ट्वाइलाइट

ट्वाइलाइट

स्टेफ़नी मेयर

अनुवाद : डॉ. सुधीर दीक्षित

MANJUL
मंजुल पब्लिशिंग हाउस

MANJUL

मंजुल पब्लिशिंग हाउस

कॉरपोरेट एवं संपादकीय कार्यालय

• द्वितीय तल, उषा प्रीत कॉम्प्लेक्स, 42 मालवीय नगर, भोपाल-462 003

विक्रय एवं विपणन कार्यालय

• सी-16, सेक्टर 3, नोएडा, उत्तर प्रदेश, 201301

वेबसाइट : www.manjulindia.com

वितरण केन्द्र

अहमदाबाद, बेंगलुरू, भोपाल, कोलकाता, चेन्नई,
हैदराबाद, मुम्बई, नई दिल्ली, पुणे

स्टेफ़नी मेयर द्वारा लिखित मूल अंग्रेजी पुस्तक
ट्वाइलाइट का हिन्दी अनुवाद

Twilight by Stephenie Meyer – Hindi edition

यह हिन्दी संस्करण 2023 में पहली बार प्रकाशित

ISBN 978-93-5543-066-3

Cover image: shutterstock

अनुवाद : डॉ. सुधीर दीक्षित

मुद्रण व जिल्दसाज़ी : थॉमसन प्रेस (इंडिया) लिमिटेड

मेरी बड़ी बहन एमिली को,

जिसके उत्साह के बिना यह कहानी अधूरी रह सकती थी।

अनुक्रम

यह अच्छाई और बुराई के ज्ञान का वृक्ष है,
लेकिन इसका फल तुम नहीं खाओगे :

क्योंकि तुमने जिस दिन
यह फल खाया, तुम निश्चित रूप से मर जाओगे।

जेनेसिस 2:17

प्रस्तावना

मैंने इस बारे में ज़्यादा नहीं सोचा था कि मैं कैसे मरूँगी - हालाँकि पिछले कुछ महीनों में मेरे पास इसके पर्याप्त कारण थे - लेकिन अगर मैं सोचती भी, तो भी मैं इस तरह मरने की कल्पना नहीं कर पाती।

मैंने साँस रोककर लंबे कमरे को निहारा, शिकारी की काली आँखों में झाँका और उसने ख़ुश होकर मुझे देखा।

निश्चित रूप से मरना एक अच्छी चीज़ थी, किसी दूसरे की जगह, जिससे मैं प्यार करती थी। महान भी। यह अहम चीज़ मानी जानी चाहिए।

मैं जानती थी कि अगर मैं कभी फ़ोर्क्स नहीं जाती, तो मैं इस समय मौत का सामना नहीं कर रही होती, हालाँकि मुझे दहशत तो हो रही थी, लेकिन मुझे उस निर्णय पर अफ़सोस नहीं था। जब ज़िंदगी आपको इतना सुंदर सपना देती है, जो आपकी उम्मीदों से ज़्यादा हो, तो इसके ख़त्म होने पर अफ़सोस करना ठीक नहीं है।

शिकारी दोस्ताना अंदाज़ में मुस्कराया और मुझे मारने के लिए आगे बढ़ा।

1

पहली नज़र

मेरी माँ मुझे हवाई अड्डे तक छोड़ने आईं। कार की खिड़कियाँ खुली थीं। फ़ीनिक्स का तापमान 75 डिग्री फ़ारेनहाइट था और आसमान पूर्णत : नीला था, एक भी बादल नज़र नहीं आ रहा था। मैं अपनी प्रिय शर्ट पहने थी - स्लीवलेस, सफ़ेद लेस और छेद वाली; मैं इसे विदाई के प्रतीक के रूप में पहन रही थी। मैं अपने साथ एक गर्म जैकेट रखकर ले जा रही थी।

वॉशिंगटन के उत्तर-पश्चिम के ओलंपिक प्रायद्वीप में फ़ोर्क्स नाम का छोटा कस्बा है, जो हमेशा बादलों से ढका रहता है। इस कस्बे में जितनी बारिश होती है, उतनी अमेरिका में किसी दूसरी जगह नहीं होती। इसी कस्बे और यहाँ हमेशा मौजूद रहने वाले बादलों की वजह से ही मेरी माँ मुझे लेकर भागी थीं, जब मैं कुछ ही महीने की थी। चौदह साल की उम्र तक मुझे हर गर्मियों में इसी कस्बे में एक महीने बिताना पड़ता था, लेकिन चौदहवें साल में मैंने यह सिलसिला बंद कर दिया। पिछली तीन गर्मियों से मेरे डैडी चार्ली मेरे साथ कैलिफ़ोर्निया में दो सप्ताह का वैकेशन मनाने लगे थे।

अब मैंने ख़ुद को फ़ोर्क्स में निर्वासित कर दिया था - यह क़दम मैंने बहुत डरते-डरते उठाया था। मुझे फ़ोर्क्स से नफ़रत थी।

मुझे फ़ीनिक्स से प्यार था। मुझे इसके सूरज और तपती गर्मी से प्यार था। मैं इस हलचल भरे, फैले हुए शहर से प्यार करती थी।

"बेला," मेरी माँ ने हवाई जहाज़ में मेरे बैठने से पहले मुझसे कहा - शायद हज़ारवीं बार। "तुम्हें यह करने की ज़रूरत नहीं है।"

मेरी माँ मेरे जैसे दिखती थीं, सिवाय छोटे बालों और हँसी की रेखाओं को छोड़कर। उनकी फैली हुई, बच्चों जैसी आँखों में देखने पर मुझे दहशत का एहसास हुआ। मैं अपनी प्यार करने वाली, ग़लतियाँ करने वाली, खिसकी हुई माँ को असुरक्षित कैसे छोड़कर जा सकती थी? हालाँकि अब उनके पास फ़िल थे, इसलिए बिल समय पर अदा हो जाएँगे, फ्रिज में भोजन रहेगा, उनकी कार में गैस रहेगी और खो जाने पर वे उसे फ़ोन कर सकेंगी, लेकिन फिर भी...

"मैं जाना *चाहती* हूँ," मैंने झूठ बोल दिया। मैं हमेशा से झूठ बोलने में कमज़ोर हूँ, लेकिन मैं यह झूठ कुछ समय से इतना ज़्यादा बोल रही थी कि अब यह काफ़ी विश्वसनीय बन गया था।

"चार्ली से मेरी तरफ़ से हाय कहना।"

"कह दूँगी।"

"तुमसे जल्दी ही मिलूँगी," उन्होंने ज़ोर देकर कहा। "तुम जब चाहो, घर आ सकती हो - जब भी तुम्हें मेरी ज़रूरत होगी, मैं तुरंत आ जाऊँगी।"

लेकिन मुझे इस वादे के पीछे का त्याग उनकी आँखों में साफ़ नज़र आ रहा था।

"मेरी चिंता मत करो," मैंने आग्रह किया। "यह बेहतरीन रहेगा। मैं आपसे प्यार करती हूँ, माँ।"

उन्होंने एक मिनट तक मुझे कसकर गले लगाया और फिर मैं हवाई जहाज़ में बैठ गई और वे चली गईं।

फ़ीनिक्स से सिएटल तक चार घंटे की उड़ान थी, फिर छोटे हवाई जहाज़ से पोर्ट एंजेलिस तक जाना पड़ा और फिर एक घंटे तक कार से फ़ोर्क्स। हवाई जहाज़ में उड़ने से मुझे दिक़्क़त नहीं थी, लेकिन चार्ली के साथ कार में एक घंटे तक बैठने के बारे में थोड़ी उलझन थी।

चार्ली ने इस पूरी चीज़ को सचमुच अच्छी तरह से लिया था। वे सचमुच ख़ुश थे कि मैं पहली बार उनके साथ रहने आ रही थी। वे इतने उत्साहित थे कि मेरा नाम हाई स्कूल में लिखा चुके थे और कार ख़रीदने में भी मेरी मदद करने वाले थे।

लेकिन चार्ली के साथ समय बिताना निश्चित रूप से अजीब था। हम दोनों ही बातूनी नहीं थे और कहने के लिए कुछ था भी नहीं। मैं जानती

थी कि वे मेरे निर्णय को लेकर काफ़ी उलझन में थे - मेरी माँ की तरह ही मैंने भी फ़ोर्क्स के प्रति अपनी नापसंदगी को कभी नहीं छिपाया था।

जब मैं पोर्ट एंजेलिस में उतरी, तो बारिश हो रही थी। मैंने इसे अपशकुन की तरह नहीं देखा - यह तो बस एक ऐसी चीज़ थी, जिससे बचा नहीं जा सकता था। मैंने पहले ही सूरज को अलविदा कह दिया था।

चार्ली क्रूज़र में मेरा इंतज़ार कर रहे थे। मैंने इसका भी अनुमान लगा लिया था। फ़ोर्क्स के भले नागरिकों के लिए चार्ली पुलिस चीफ़ स्वान थे। मेरे पास ज़्यादा पैसे नहीं थे, लेकिन इसके बावजूद कार ख़रीदने की मेरी बुनियादी प्रेरणा यह थी कि मैं ऊपर लाल-नीली रोशनी वाली कार के बिना शहर में आना-जाना चाहती थी। पुलिस की गाड़ी ट्रैफ़िक को जितना धीमा करती है, उतना कोई दूसरी चीज़ नहीं करती।

चार्ली ने अजीब तरीक़े से एक हाथ से मुझे गले लगाया, जब मैं हवाई जहाज़ से उतरकर लड़खड़ाई।

"बेल्स, तुम्हें देखकर अच्छा लगा," उन्होंने कहा, जब उन्होंने सहजता से मुझे थामकर सीधा किया। "तुम ज़्यादा नहीं बदली हो। रिनी कैसी है?"

"माँ अच्छी हैं। आपको देखकर भी अच्छा लगा, डैड।" उनके मुँह पर मुझे उन्हें चार्ली कहने की इजाज़त नहीं थी।

मेरे पास केवल कुछ ही बैग थे। एरिज़ोना के मेरे ज़्यादातर कपड़े वॉशिंगटन के लिहाज़ से बहुत पतले थे। मेरी माँ और मैंने अपने पैसे मिलाकर मेरे जाड़े के कपड़ों का इंतज़ाम किया था, लेकिन वे फिर भी कम थे। मेरा सारा सामान क्रूज़र की डिग्गी में आसानी से आ गया।

"मैंने तुम्हारे लिए अच्छी कार ढूँढ ली है, सचमुच सस्ती है," उन्होंने घोषणा की, जब हमने अंदर बैठकर बेल्ट लगा ली।

"किस तरह की कार?" जिस तरह उन्होंने 'अच्छी कार' के बजाय '*तुम्हारे* लिए अच्छी कार' कहा था, उससे मुझे शक हो रहा था।

"देखो, यह दरअसल एक ट्रक है, शैवरले ट्रक।"

"यह आपको कहाँ मिला?"

"तुम्हें ला पुश का बिली ब्लैक याद है?" ला पुश समुद्र तट पर रेड इंडियन का छोटा रिज़र्वेशन था।

"नहीं।"

“वह गर्मियों में हमारे साथ मछली पकड़ने जाता था,” चार्ली ने कहा।

इससे समझ में आता था कि वह मुझे याद क्यों नहीं था। मैं अपनी याददाश्त से दर्द भरी, अनावश्यक चीज़ों को रोकने में काफ़ी माहिर हूँ।

“अब वह व्हीलचेयर पर है,” चार्ली ने आगे कहा, जब मैंने प्रतिक्रिया नहीं की, “इसलिए अब वह ट्रक नहीं चला सकता और उसने मुझे इसे सस्ते में बेचने की पेशकश की।”

“यह किस साल का है?” उनके बदले हुए हाव-भाव देखकर मैं समझ सकती थी कि यही वह प्रश्न था, जिसके पूछे जाने से वे बच रहे थे।

“देखो, बिली ने इंजन पर काफ़ी काम किया है - दरअसल, यह कुछ साल पुराना है।”

उन्हें मेरे बारे में इतना तो पता होना चाहिए था कि मैं आसानी से पीछा नहीं छोड़ूँगी। “उन्होंने इसे कब ख़रीदा था?”

“मेरे हिसाब से उसने इसे 1984 में ख़रीदा था।”

“क्या उन्होंने इसे नया ख़रीदा था?”

“देखो, नहीं। मैं सोचता हूँ कि यह साठ के शुरुआती दशक में नया था - या ज़्यादा से ज़्यादा पचास के दशक के अंत में,” उन्होंने झेंपते हुए स्वीकार किया।

“ओह डैडी, मैं कारों के बारे में दरअसल कुछ नहीं जानती। अगर कुछ गड़बड़ हो जाती है, तो मैं इसे ठीक नहीं कर पाऊँगी और मैं मैकेनिक का ख़र्च नहीं उठा सकती...”

“अरे बेला, वह चीज़ बेहतरीन चलती है। वे अब इस तरह की चीज़ नहीं बनाते हैं।”

वह चीज़, मैंने ख़ुद से सोचा... इसमें संभावनाएँ थीं - कम से कम निकनेम।

“सस्ता मतलब कितना सस्ता?” आख़िरकार, मैं इस मामले में समझौता नहीं कर सकती थी।

“देखो बेटा, मैंने इसे दरअसल तुम्हारे लिए ख़रीद लिया है। घर आने की ख़ुशी में मेरी तरफ़ से तोहफ़ा।” चार्ली ने कनखियों से आशा भरे अंदाज़ में मुझे देखा।

वाह। मुफ़्त।

"डैडी, आपको यह करने की ज़रूरत नहीं थी। मैं अपने लिए कार ख़रीदने वाली थी।"

"मुझे दिक़्क़त नहीं है। मैं चाहता हूँ कि तुम यहाँ ख़ुश रहो।" यह कहते वक़्त वे सड़क की तरफ़ देख रहे थे। चार्ली अपने जज़्बात बताने में संकोच नहीं करते थे। उनकी यह आदत मुझमें भी आ गई थी। इसलिए जब मैंने प्रतिक्रिया की, तब मैं आगे देख रही थी।

"यह सचमुच अच्छी बात है, डैडी। धन्यवाद। मैं सचमुच इसकी क़द्र करती हूँ।" यह जोड़ने की कोई ज़रूरत नहीं थी कि फ़ोर्क्स में ख़ुश रहना मेरे लिए असंभव है। उन्हें मेरे साथ कष्ट उठाने की ज़रूरत नहीं थी। और मैंने मुफ़्त ट्रक का इंजन कभी नहीं देखा था।

"ख़ैर, तुम्हारा स्वागत है," मेरे धन्यवाद पर झेंपते हुए वे बुदबुदाए।

हमने मौसम के बारे में कुछ बातें कीं, जो गीला था और बातचीत के नाम पर यही था। हम ख़ामोशी में खिड़कियों से बाहर घूरते रहे।

ज़ाहिर है, यह सुंदर था। मैं इस बात से इंकार नहीं कर सकती थी। हर चीज़ हरी थी : पेड़, उनके काई से ढके तने, उनकी शाखाएँ इसके मंडप के साथ लटक रही थीं और ज़मीन फर्न वृक्षों से ढकी थी। यहाँ तक कि हवा भी पत्तियों के बीच से गुज़रते समय हरी दिख रही थी।

चारों तरफ़ हरा ही हरा था - एक अनोखा ग्रह।

अंततः हम चार्ली के घर पहुँच गए। वह अब भी उसी छोटे, दो बेडरूम वाले मकान में रहते थे, जो उन्होंने मेरी माँ के साथ विवाह के शुरुआती दिनों में ख़रीदा था। उनके विवाह के बस यही दिन थे - शुरुआती दिन। वहाँ मकान के सामने वाली सड़क पर, जो ज़रा भी नहीं बदली थी, मेरा नया ट्रक खड़ा था - जो मेरे लिए नया था। यह फीके लाल रंग का था, जिसमें बड़े फ़ेंडर्स थे (पानी या कीचड़ के छींटों को रोकने के लिए वाहन के पहियों को घेरता हुआ लगा अवरोध)। और इसका अगला हिस्सा गोल था। मुझे बहुत हैरानी हुई कि मुझे यह बहुत पसंद आया। मैं यह नहीं जानती थी कि क्या यह चल पाएगा, लेकिन मैं ख़ुद को इसके भीतर देख सकती थी। इसके अलावा यह ठोस लोहे का था, जिसे कभी नुक़सान नहीं हो सकता था - दुर्घटना स्थल पर इसके पेंट में खरोंच तक नहीं आएगी, जबकि सामने वाली कार के परख़च्चे आस-पास पड़े दिखाई देंगे!

"वाह डैडी, यह तो शानदार है! धन्यवाद!" अब मेरे आने वाले कल की दहशत थोड़ी कम हो गई। अब मैं दोनों अप्रिय विकल्पों से बच सकती थी – बारिश में दो मील तक चलकर स्कूल जाना या चीफ़ की गाड़ी में बैठकर जाना।

चार्ली ने भर्राई हुई आवाज़ में दोबारा झेंपते हुए कहा, "मुझे ख़ुशी है कि यह तुम्हें पसंद आया।"

मेरा सारा सामान ऊपर की मंज़िल पर पहुँचाने में केवल एक ही चक्कर लगा। मुझे पश्चिमी बेडरूम मिला, जहाँ से सामने वाला अहाता दिखता था। कमरा जाना-पहचाना था। मेरे जन्म के बाद से ही यह मेरा कमरा था। लकड़ी का फ़र्श, हल्की नीली दीवारें, नुकीली छत, खिड़की पर पीले पड़े लेस के पर्दे – ये सब मेरे बचपन का हिस्सा थे। चार्ली ने जो एकमात्र परिवर्तन किए थे, वे यह थे कि उन्होंने पालने की जगह पर पलंग लगा दिया था और मेरे बड़े होने पर एक डेस्क भी लगा दी थी। डेस्क पर अब सेकंड हैंड कंप्यूटर था, जिसके मोडम की फ़ोन लाइन को नज़दीकी फ़ोन प्लग तक फ़र्श पर चिपकाया गया था। यह मेरी माँ की शर्त थी, ताकि हम आसानी से संपर्क कर सकें। मेरे बचपन के दिनों वाली झूलती कुर्सी अब भी कोने में रखी थी।

सीढ़ियों के ऊपर सिर्फ़ एक छोटा बाथरूम था, जिसका इस्तेमाल अब मैं और चार्ली दोनों करेंगे। मैं इस तथ्य पर बहुत ज़्यादा सोचने की कोशिश नहीं कर रही थी।

चार्ली के बारे में एक बहुत अच्छी चीज़ यह है कि वे सिर के ऊपर खड़े नहीं रहते हैं। उन्होंने मुझे सामान ख़ाली और व्यवस्थित करने के लिए अकेला छोड़ दिया। यह एक ऐसा काम था, जो मेरी माँ के लिए असंभव होता। अकेले रहना अच्छा था, क्योंकि अकेले में हमेशा मुस्कराने और ख़ुश दिखने की ज़रूरत नहीं होती। निराशा से खिड़की के पार गिरती बारिश को घूरना और कुछ आँसुओं को निकलने देना राहत की बात थी। मैं सचमुच रोने के मूड में नहीं थी। मैं इसे सोते समय के लिए बचा रही थी, जब मुझे अगली सुबह के बारे में सोचना होगा।

फ़ोर्क्स हाई स्कूल में सिर्फ़ 357 विद्यार्थी थे – मुझे मिलाकर 358। दूसरी ओर, फ़ीनिक्स में मेरी जूनियर क्लास में ही 700 से ज़्यादा विद्यार्थी थे। यहाँ के सारे विद्यार्थी इकट्ठे बड़े हुए थे – उनके बाप-दादा बचपन से दोस्त थे।

मैं बड़े शहर से आने वाली नई लड़की थी, एक उत्सुकता, एक अनूठी शख़्स।

अगर मैं फ़ीनिक्स से आने वाली लड़की जैसी दिखती, तो शायद मैं इससे लाभ ले सकती थी, लेकिन शारीरिक दृष्टि से मैं कहीं से कहीं तक उस साँचे में नहीं ढली थी। मेरा रंग टैन होना *चाहिए* था, मेरी खेलकूद में रुचि होनी चाहिए थी, मेरे बाल सुनहरे होने चाहिए थे - शायद वॉलीबॉल खिलाड़ी या चियरलीडर - वे सारे चीज़ें, जिन्हें सूरज की घाटी में रहने से जोड़ा जाता है।

इसके बजाय नीली आँखों या लाल बाल की जगह मेरी त्वचा हाथीदाँत जैसे रंग की थी, निरंतर धूप के बावजूद। मैं हमेशा से छरहरी थी, लेकिन नाज़ुक सी। पहली ही नज़र में साफ़ दिख जाता था कि मैं खिलाड़ी नहीं हूँ। मुझमें हाथ और आँख का आवश्यक तालमेल नहीं था, जिस वजह से मैं जब भी खेलती थी, तो ख़ुद को नीचा दिखाती थी - मैं ख़ुद को ही चोट पहुँचा लेती थी और मेरे क़रीब खड़े लोगों को भी।

जब मैंने अपने कपड़े लकड़ी के पुराने ड्रेसर में रखने का काम पूरा किया, तो मैंने बाथरूम के सामान वाला अपना बैग निकाला और यात्रा के दिन के बाद नहाने के लिए बाथरूम तक गई। अपने उलझे हुए, गीले बालों पर कंघी करते समय मैंने आईने में अपना चेहरा देखा। शायद यह रोशनी के कारण रहा होगा, लेकिन मैं अभी से ज़्यादा मुरझाई हुई और बीमार दिखने लगी थी। मेरी त्वचा सुंदर हो सकती थी - यह बहुत साफ़ थी, लगभग पारदर्शी दिखती थी - लेकिन यह सब रंग पर निर्भर करता था। यहाँ मेरे पास कोई रंग नहीं था।

आईने में अपनी पीली छवि को देखने पर मैं यह स्वीकार करने के लिए विवश हुई कि मैं ख़ुद से झूठ बोल रही हूँ। यह केवल शारीरिक मामला ही नहीं था, जिसमें मैं कभी फ़िट नहीं हो सकती थी। और अगर मैं तीन हज़ार विद्यार्थियों वाले स्कूल में अपनी पहचान नहीं बना पाई थी, तो यहाँ इस बात की कितनी संभावना थी?

मैं अपनी उम्र के लोगों से ज़्यादा अच्छे संबंध नहीं बना पाती थी। शायद सच तो यह था कि मैं किसी भी उम्र के लोगों से ज़्यादा अच्छे संबंध नहीं बना पाती थी। मैं संसार में सबसे ज़्यादा अपनी माँ के क़रीब थी, लेकिन उनके साथ भी मैं घनिष्ठ नहीं हो पाती थी, कभी सटीकता से

समान मानसिकता नहीं रख पाती थी। कई बार तो मैं सोचती थी कि क्या मैं अपनी आँखों से वही चीज़ें देख रही हूँ, जो बाक़ी का संसार देख रहा है। कहीं मेरे दिमाग़ कुछ अलग तो नहीं है!

लेकिन कारण मायने नहीं रखता था। सिर्फ़ परिणाम मायने रखता था। और कल तो सिर्फ़ शुरुआत होगी।

मुझे उस रात अच्छी नींद नहीं आई, जमकर रोने के बाद भी। छत पर बारिश और हवा की लगातार *आवाज़ें* आती रहीं। मैंने फीके रंग की पुरानी रज़ाई को सिर के ऊपर खींचा और बाद में तकिये को भी। लेकिन आधी रात के बाद ही मैं सो पाई, जब बारिश आख़िरकार थोड़ी धीमी हुई।

सुबह खिड़की में से मुझे सिर्फ़ घना कोहरा दिख रहा था। अचानक मुझे दम घुटने जैसा अहसास हुआ। मैंने ख़ुद से कहा, आप यहाँ कभी आसमान नहीं देख सकते थे; यह किसी पिंजरे जैसा था।

चार्ली के साथ नाश्ता एक शांत घटना थी। उन्होंने मुझे स्कूल के लिए शुभकामना दी। उसकी आशा बेकार है, यह जानते हुए भी मैंने उन्हें धन्यवाद दिया। क़िस्मत मुझ पर कभी मेहरबान नहीं होती थी। मुझसे पहले चार्ली घर से निकले और उस पुलिस स्टेशन गए, जो अब तक उनकी पत्नी और परिवार था। उनके जाने के बाद मैं बलूत की पुरानी चौकोर टेबल पर तीन बेमेल कुर्सियों में से एक में बैठी और उनके छोटे किचन की जाँच की। गहरे रंग के पटिये वाली दीवारें, चमकदार पीली अलमारी और सफ़ेद लिनोलियम का फ़र्श। कुछ भी नहीं बदला था। माँ ने अठारह साल पहले अलमारी पर चमकदार पीला रंग किया था, ताकि घर में धूप का अहसास हो। बग़ल के रूमाल के आकार वाले फ़ैमिली रूम में छोटी अँगीठी के ऊपर कई तसवीरें क़तार में लगी थीं। सबसे पहले लास वेगास में चार्ली और मेरी माँ की शादी की तसवीर, फिर मेरे पैदा होने के बाद अस्पताल में हम तीनों की तसवीर, जिसे एक सहयोगी नर्स ने खींचा था, जिसके बाद पिछले साल तक मेरे स्कूल की तसवीरों का क़ाफ़िला था। इनकी तरफ़ देखने से मुझे शर्म आती थी – मुझे देखना होगा कि जब तक मैं यहाँ हूँ, तब तक मैं चार्ली से वे तसवीरें और कहाँ लगवा सकती हूँ।

इस मकान में रहते समय यह अहसास न करना असंभव था कि चार्ली मेरी माँ के जाने से सदमे से उबर नहीं पाए थे। इससे मैं असहज हो गई।

मैं बहुत जल्दी स्कूल नहीं पहुँचना चाहती थी, लेकिन अब मैं घर में और ज़्यादा नहीं रुक सकती थी। मैंने अपनी जैकेट पहनी - जो अंतरिक्षयात्री के सूट जैसी लग रही थी - और बारिश की ओर चल दी।

बारिश हल्की थी, जिससे मैं तुरंत गीली नहीं हुई, जब मैंने ताला लगाने के लिए मकान की चाबी उठाई, जो हमेशा दरवाज़े के पास छज्जे के नीचे छिपी रहती थी। मेरे नए वाटरप्रूफ़ जूतों की आवाज़ चौंकाने वाली थी। मैंने वहाँ चलते समय बजरी की सामान्य चरमराहट को याद किया। मैं ठहरकर अपने ट्रक को प्रशंसा भरी नज़रों से उतना नहीं निहार सकती थी, जितना मैं चाहती थी। मैं उस धुंध भरे गीलेपन से बाहर निकलने की जल्दी में थी, जो मेरे सिर के चारों ओर घुमड़ रहा था और टोपे के नीचे मेरे बालों से चिपक रहा था।

ट्रक के भीतर माहौल अच्छा और सूखा था। ज़ाहिर है, इसे बिली या चार्ली ने साफ़ किया था, लेकिन इसके बावजूद गद्दीदार सीटों पर तंबाकू, गैसोलिन और पिपरमेंट की हल्की ख़ुशबू अब भी मौजूद थी। जब इंजन जल्दी चालू हो गया, तो मैंने राहत की साँस ली, लेकिन इसकी आवाज़ कानफोड़ू थी। इतने पुराने ट्रक में कोई न कोई दोष होना तो तय था। पुराना रेडियो चल रहा था; यह एक अच्छी चीज़ थी, जिसकी मुझे उम्मीद नहीं थी।

स्कूल ढूँढना मुश्किल नहीं था, हालाँकि मैं पहले कभी वहाँ नहीं गई थी। ज़्यादातर दूसरी चीज़ों की तरह ही स्कूल भी हाइवे के पास था। यह स्पष्ट नहीं था कि यह स्कूल है। वहाँ सिर्फ़ एक साइनबोर्ड लगा था, जो यह घोषणा करता था कि यही फ़ोर्क्स हाई स्कूल है और इसे देखकर ही मैं रुक गई। यह समान इमारतों के संग्रह जैसा दिखता था, जिन्हें महरून ईंटों से बनाया गया था। वहाँ इतने सारे पेड़ और झाड़ियाँ थीं कि पहले तो मैं इसका आकार ही नहीं देख पाई। स्कूल वाला अहसास ही नहीं था। मुझे अपने पुराने स्कूल की याद आने लगी। चेन वाली फ़ेंस कहाँ थीं, मेटल डिटेक्टर कहाँ थे?

मैंने पहली इमारत के सामने ट्रक खड़ा कर दिया, जिसके दरवाज़े पर फ्रंट ऑफ़िस लिखा था। किसी दूसरे की गाड़ी वहाँ नहीं खड़ी थी, इसलिए मुझे लग रहा था कि मैं सही जगह पर नहीं पहुँची हूँ, लेकिन फिर भी मैंने यह निर्णय लिया कि मूर्खतापूर्ण ढंग से बारिश में गोल-गोल घूमने

के बजाय अंदर जाकर रास्ता पूछना बेहतर रहेगा। मैं ट्रक से अनिच्छा से बाहर निकली और गहरे रंग की हेज के बीच बने पत्थर के छोटे रास्ते पर चली। दरवाज़ा खोलने से पहले मैंने गहरी साँस ली।

अंदर चमकदार रोशनी थी और माहौल उम्मीद से ज़्यादा गर्म था। ऑफ़िस छोटा था। एक छोटा वेटिंग एरिया, जिसमें फ़ोल्डिंग कुर्सियाँ थीं, नारंगी पपड़ी वाला कमर्शियल कारपेट था, दीवारों पर नोटिस और पुरस्कार भरे पड़े थे, एक बड़ी घड़ी टिकटिक करते हुए चल रही थी। प्लास्टिक के बड़े गमलों में हर जगह पौधे उग रहे थे, मानो बाहर पर्याप्त हरियाली न हो। कमरा बीच वाले लंबे काउंटर की वजह से दो हिस्सों में बँट गया था, जिस पर काग़ज़ों से भरी वायर बास्केट रखी थीं और इसके सामने चमकदार रंगों के पोस्टर टेप से लगे थे। काउंटर के पीछे तीन डेस्क थीं, जिनमें से एक पर चश्मा पहने एक बड़ी, लाल बालों वाली महिला बैठी थी। वह जामुनी टीशर्ट पहने हुए थी, जिससे मुझे तत्काल अहसास हो गया कि मैंने ज़्यादा कपड़े पहन रखे हैं।

लाल बालों वाली महिला ने ऊपर देखा। "मैं आपकी क्या सहायता कर सकती हूँ?"

"मैं इज़ाबेला स्वान हूँ," मैंने उसे बताया और उसकी आँखों में तुरंत पहचान की चमक आ गई। सबको पता था कि मैं आ रही हूँ; इसमें कोई शक नहीं था कि मैं सार्वजनिक गपशप का लोकप्रिय विषय थी। चीफ़ की भगोड़ी पत्नी की बेटी आख़िरकार घर लौट आई थी।

"ज़ाहिर है," उसने कहा। वह अपनी डेस्क पर रखे काग़ज़ों के ढेर में तब तक ढूँढ़ती रही, जब तक कि उसे वे काग़ज़ नहीं मिल गए, जिनकी वह तलाश कर रही थी। "यह रहा आपका शेड्यूल और स्कूल का नक़्शा।" वह काउंटर पर कई काग़ज़ लेकर आई।

उसने मेरी कक्षाएँ पढ़ीं, नक़्शे पर हर कक्षा तक पहुँचने का सबसे अच्छा रास्ता खींचा और मुझे एक स्लिप दी, जिस पर हर टीचर से साइन कराकर मुझे शाम को वापस लौटाना था। वह मेरी तरफ़ देखकर मुस्कराई और चार्ली की तरह ही उसने भी यही उम्मीद जताई कि मुझे फ़ोर्क्स में अच्छा लगेगा। मैं उतने विश्वास से पलटकर मुस्कराई, जितना मैं कर सकती थी।

जब तक मैं लौटकर अपने ट्रक के पास पहुँची, तब तक दूसरे विद्यार्थी आने लगे थे। मैं ट्रैफ़िक की क़तार के पीछे-पीछे स्कूल के अंदर गई। मुझे यह देखकर ख़ुशी हुई कि ज़्यादातर कारें मेरे ट्रक जितनी ही पुरानी थीं। बहुत भड़कीली नहीं। मैं कभी कम आमदनी वाले एक इलाक़े में रही थी, जो पैरेडाइज़ वैली डिस्ट्रिक्ट में था। वहाँ विद्यार्थियों की पार्किंग में नई मर्सिडीज़ या पोर्श देखना आम बात थी। यहाँ सबसे अच्छी कार चमचमाती वोल्वो थी और यह अलग हटकर दिखती थी। फिर भी मुझे जैसे ही जगह मिली, मैंने अपने ट्रक का इंजन बंद कर दिया, ताकि इसकी ज़ोरदार आवाज़ से दूसरों का ध्यान आकर्षित न हो।

मैंने ट्रक में नक़्शे को देखा और इसे याद करने की कोशिश की। मैं नक़्शे को दिन भर नाक के सामने रखकर नहीं चलना चाहती थी। मैंने हर चीज़ अपने बैग में ठूँसी और उसे अपने कंधे पर टाँगा और एक बड़ी साँस खींची। मैं यह कर सकती हूँ, मैं कमज़ोर स्वर में ख़ुद से झूठ बोली। कोई भी मुझे काटने नहीं वाला था। मैंने आख़िरकार साँस छोड़ी और ट्रक से बाहर निकल गई।

फ़ुटपाथ पर किशोरों की भीड़ थी और उधर जाते समय मैंने अपना चेहरा अपने हुड में पीछे खींच लिया। मुझे यह देखकर राहत मिली कि मेरी साधारण काली जैकेट अलग हटकर नहीं दिख रही थी।

कैफ़ेटेरिया के पास से गुज़रने के बाद इमारत 3 को देखना आसान था। इसके पूर्वी कोने में सफ़ेद चौखाने में बड़े काले अक्षरों में 3 लिखा था। जब मैं दरवाज़े के पास गई, तो मुझे अहसास हुआ कि मैं ज़्यादा तेज़ी से साँस लेने लगी हूँ। दरवाज़े के भीतर घुसते समय मैंने अपनी साँस रोकने की कोशिश की, जबकि मेरे आगे दो रेनकोट पहने हुए छात्र चले जा रहे थे।

क्लासरूम छोटा था। मेरे आगे के दोनों विद्यार्थी हुक्स की एक लंबी कतार पर अपने कोट टाँगने के लिए दरवाज़े के ठीक बाहर रुक गए। मैंने भी उनकी देखादेखी ऐसा ही किया। वे दोनों ही लड़कियाँ थीं; एक तो चीनी मिट्टी की रंगत और सुनहरे रंग के बालों वाली थी, दूसरी पीली थी, जिसके हल्के भूरे बाल थे। कम से कम मेरी त्वचा का रंग यहाँ अलग हटकर नहीं दिखेगा।

मैं स्लिप लेकर टीचर के पास गई। वे लंबे क़द के, गंजे आदमी थे, जिनकी डेस्क की नेमप्लेट पर मि. मैसन लिखा था। मेरा नाम देखकर वे बुद्धू की तरह मुझे घूरते रहे - यह उत्साह बढ़ाने वाली प्रतिक्रिया नहीं थी और ज़ाहिर है, मेरा चेहरा टमाटर जितना लाल हो गया। लेकिन कम से कम उन्होंने क्लास के सामने मुझे परिचय देने को नहीं कहा और पीछे वाली एक ख़ाली डेस्क पर भेज दिया। पीछे बैठने की वजह से मेरे नए सहपाठियों के लिए मुझे घूरना ज़्यादा मुश्किल था, लेकिन फिर भी वे ऐसा करने में कामयाब हो गए। मैंने अपनी निगाह टीचर की दी हुई रीडिंग लिस्ट पर जमाए रखी। यह काफ़ी बुनियादी थी : ब्रॉन्टी, शेक्सपियर, चॉसर, फ़ॉकनर। मैंने हर चीज़ पहले ही पढ़ रखी थी। यह तसल्लीदायक था... और नीरस भी। मैं सोच रही थी कि क्या माँ मेरे पुराने निबंधों का फ़ोल्डर भेज देंगी या वे सोचेंगी कि यह नक़ल थी। टीचर के पढ़ाते समय मैं अपने दिमाग़ में उनके साथ अलग-अलग तरीक़े से बहस करने की रिहर्सल करती रही।

घंटी बजने के बाद त्वचा की समस्याओं वाला और तेल की परत जितने काले बालों वाला एक पतला लड़का गलियारे के पार मुझसे बात करने के लिए झुका।

"तुम इज़ाबेला स्वान हो, है ना?" वह अति सहायक, चेस क्लब क़िस्म का दिख रहा था।

"बेला," मैंने सुधारा। तीन सीट के दायरे के भीतर मौजूद हर विद्यार्थी मुड़कर मेरी तरफ़ देखने लगा।

"तुम्हारी अगली क्लास कहाँ है?" उसने पूछा।

मुझे अपने बैग में देखना पड़ा। "उह, शासन, जेफ़रसन की क्लास, इमारत 6 में।"

मैं उत्सुक आँखों से नज़र मिलाए बिना कहीं देख ही नहीं सकती थी।

"मैं इमारत 4 की तरफ़ जा रहा हूँ, मैं तुम्हें रास्ता दिखा सकता हूँ..." निश्चित रूप से अति-सहायक। उसने आगे कहा, "मेरा नाम एरिक है।"

मैं हल्के से मुस्कराकर बोली, "धन्यवाद।"

हमने अपनी जैकेट उठाई और बारिश में चल दिए, जो ज़्यादा तेज़ हो गई थी। मैं क़सम खाकर कह सकती थी कि हमारे पीछे के कुछ विद्यार्थी

हमारी बातें सुनने के लिए जान-बूझकर बहुत क़रीब चल रहे थे। मैं दहशत में न आने की सोचने लगी।

"तो यह फ़ीनिक्स से बहुत अलग है, है ना?" उसने पूछा।

"बहुत।"

"वहाँ ज़्यादा बारिश नहीं होती, है ना?"

"साल में तीन-चार बार।"

उसने कहा, "वाह, यह कैसा होता होगा?"

"धूप भरा," मैंने बताया।

"तुम्हारी त्वचा तो ज़्यादा टैन नहीं है।"

"मेरी माँ आंशिक एल्बिनो है।"

उसने घबराकर मेरे चेहरे को टटोला और मैंने आह भरी। ऐसा लग रहा था कि बादलों और हास्यबोध का आपस में कोई मेल नहीं था। अगर कुछ महीने यही सिलसिला चलेगा, तो मैं ताने मारने की कला भूल ही जाऊँगी।

हम कैफ़ेटेरिया के पास से चलकर दक्षिण की इमारतों की तरफ़ गए, जो जिम के पास थीं। एरिक दरवाज़े तक मेरे साथ चलकर गया, हालाँकि उस पर लिखी इबारत काफ़ी स्पष्ट थी।

"गुड लक," उसने कहा, जब मैंने हैंडल को छुआ। "शायद हमारी दूसरी कुछ क्लासें भी एक साथ होंगी।" उसकी आवाज़ में उम्मीद झलक रही थी।

मैं अस्पष्ट अंदाज़ में उसकी ओर मुस्कराई और अंदर चली गई।

बाक़ी की सुबह भी कमोबेश इसी तरह गुज़री। ट्रिगनोमेट्री के टीचर मि. वार्नर से मैं वैसे भी नफ़रत करती, क्योंकि वे विषय ही ऐसा पढ़ाते थे, लेकिन वही अकेले थे, जिन्होंने पूरी क्लास के सामने खड़े होकर मुझे अपना परिचय देने को कहा। मैं हकलाई, शर्माई और अपनी सीट की तरफ़ जाते समय जूतों की वजह से गिरते-गिरते बची।

दो क्लासों के बाद मैं हर क्लास में कुछ चेहरों को पहचानने लगी। हमेशा कोई न कोई दूसरों से ज़्यादा बहादुर होता था, जो मेरे पास आकर अपना परिचय देता था और मुझसे सवाल पूछता था कि मुझे फ़ोर्क्स कितना पसंद आ रहा था। मैंने कूटनीतिज्ञ बनने की कोशिश की, लेकिन ज़्यादातर

मामलों में मैं झूठ बोलती रही। इसका फ़ायदा यह हुआ कि मुझे कभी नक़्शे की ज़रूरत नहीं पड़ी।

एक लड़की ट्रिगनोमेट्री और स्पैनिश दोनों क्लासों में मेरे बग़ल में बैठी और वह मेरे साथ ही लंच के लिए कैफ़ेटेरिया में गई। उसकी लंबाई मुझसे कम थी। मेरा क़द पाँच फ़ुट चार इंच था और वह मुझसे कुछ इंच छोटी थी, हालाँकि उसके घुँघराले काले बालों की वजह से यह फ़र्क़ काफ़ी कम नज़र आता था। मुझे उसका नाम याद नहीं था, इसलिए जब वह टीचर्स और कक्षाओं के बारे में बोलती रही, तो मैं मुस्कराकर सिर हिलाती रही। और मैं उसकी बातें न सुनने की कोशिश करती रही।

हम एक भरी टेबल के अंत में पहुँच गए, जहाँ उसके कई मित्र थे, जिन्हें उसने मेरा परिचय दिया। मैं उसके बोलते ही उन सभी के नाम भूल गई। वे उसकी बहादुरी से प्रभावित नज़र आ रहे थे कि उसने मुझसे बात की। अँग्रेज़ी की क्लास वाले लड़के एरिक ने कमरे के पार से मेरी तरफ़ हाथ हिलाया।

वहाँ लंचरूम में सात उत्सुक अजनबियों के साथ बैठकर बातचीत करते समय मैंने पहली बार उन्हें देखा।

वे कैफ़ेटेरिया के कोने में बैठे थे। मैं जिस लंबे कमरे में बैठी थी, वहाँ से वे अधिकतम दूरी पर थे। वे पाँच थे। वे बात नहीं कर रहे थे और वे कुछ खा भी नहीं रहे थे, हालाँकि उनमें से प्रत्येक के सामने भोजन की ट्रे रखी हुई थी, जिसे उन्होंने छुआ तक नहीं था। वे मेरी तरफ़ बुद्धू की तरह नहीं घूर रहे थे, जैसा ज़्यादातर दूसरे विद्यार्थी कर रहे थे, इसलिए मैं अति उत्सुक आँखों से नज़र मिलाने के डर के बिना उन्हें सुरक्षित तरीक़े से घूर सकती थी। लेकिन इनमें से किसी चीज़ ने मेरे ध्यान को आकर्षित नहीं किया।

उनमें कोई समानता नहीं दिख रही थी। तीन लड़कों में से एक बड़ा था - किसी गंभीर वेटलिफ्टर जैसी मांसपेशियाँ, काले, घुँघराले बाल। दूसरा ज़्यादा ऊँचा, छरहरा था, लेकिन फिर भी शक्तिशाली और शहद जैसे सुनहरे बालों वाला था। आख़िरी वाला छरहरा, कम भारी और उलझे हुए, कांसे के रंग के बालों वाला था। वह बाक़ी की तुलना में लड़कों जैसा ज़्यादा दिख रहा था, जिन्हें देखकर लगता था कि वे कॉलेज के विद्यार्थी हो सकते थे या फिर यहाँ के शिक्षक भी हो सकते थे।

लड़कियाँ उनके ठीक विपरीत थीं। ऊँची वाली सुंदरता की प्रतिमा जैसी थी। उसकी आकृति मनभावन थी, जैसी आपको *स्पोर्ट्स इलस्ट्रेटेड* के स्विमसूट अंक के कवर पर दिखाई दे सकती है। यह उस तरह की सुडौल आकृति थी, जिससे उसके आस-पास की हर लड़की सिर्फ़ उस कमरे में होने भर से ही हीन भावना का शिकार हो सकती थी। उसके बाल सुनहरे थे, जो उसकी पीठ के बीच तक झूल रहे थे। छोटी लड़की परी जैसी थी, बहुत पतली और छोटे मुँह वाली। उसके छोटे बाल गहरे काले थे और हर दिशा में खड़े थे।

इन सारे अंतरों के बावजूद वे सभी हूबहू एक जैसे थे। उनमें से हर के चेहरे पर सफ़ेदी भरा पीलापन मौजूद था। वे इस धूपरहित कस्बे के सभी विद्यार्थियों में सबसे पीले थे। मुझसे यानी एल्बिनो से भी ज़्यादा पीले। उन सबकी आँखें बहुत काली थीं, हालाँकि उनके बालों की रंगत में अंतर था। उन सभी की आँखों के नीचे काले निशान थे - बैंगनी, चोट जैसे निशान। ऐसा लगता था कि वे सभी रात भर न सोए हों या उनकी टूटी हुई नाक हाल ही में ठीक हुई हो। वैसे उनकी नाक क्या, उनके सभी अंग सीधे, आदर्श और परिपूर्ण थे।

लेकिन मैं इस वजह से उन्हें नहीं घूरती रही।

मैं तो उन्हें इसलिए घूरती रही, क्योंकि उनके चेहरे, इतने अलग और इतने समान होने के बावजूद बहुत ज़्यादा, अलौकिक रूप से सुंदर थे। उनके जैसे चेहरे सिर्फ़ किसी फ़ैशन मैग्ज़ीन के पन्नों पर ही दिख सकते थे। जैसे किसी प्राचीन चित्रकार ने देवदूतों के चेहरे बनाए हों। यह तय करना मुश्किल था कि उनमें कौन सबसे ज़्यादा सुंदर है - शायद सुनहरे बालों वाली लड़की या काँसे जैसे बालों वाला लड़का।

जहाँ तक मैं देख सकती थी, वे सभी दूर देख रहे थे - एक दूसरे से दूर, बाक़ी विद्यार्थियों से दूर, हर चीज़ से दूर। मेरे देखते ही देखते छोटी लड़की अपनी ट्रे हाथ में लेकर उठी - बिना खुला सोडा, बिना खाया सेव - और फ़ुर्ती में शालीन और आकर्षक चाल में चली गई। मैं उसके नर्तकी जैसे लचकदार क़दम देखती रही, जब वह अपनी ट्रे बॉक्स में डालकर पिछले दरवाज़े से इतनी फ़ुर्ती से निकल गई, जितना मुझे संभव नहीं लगता था। मेरी आँखें दूसरों पर पड़ीं, जो बिना किसी परिवर्तन के बैठे थे।

"वे कौन हैं?" मैंने स्पैनिश क्लास वाली लड़की से पूछा, जिसका नाम मैं भूल गई थी।

मेरा मतलब समझने के लिए जब उसने ऊपर देखा - हालाँकि शायद वह मेरे लहज़े से समझ गई होगी कि मैं किसके बारे में पूछ रही हूँ - तो अचानक उस लड़के ने उसे देखा, जो ज़्यादा छरहरा था, लड़के जैसा दिखता था, शायद सबसे छोटा। उसने मेरे पास बैठी उस लड़की को एक झलक देखा और फिर उसकी स्याह आँखें मेरी आँखों से टकराईं।

उसने तुरंत ही अपनी नज़रें हटा लीं, इतनी जल्दी कि मैं नहीं हटा पाई, हालाँकि शर्म की लाली के साथ मैंने अपनी आँखें तुरंत झुका लीं। उस छोटी सी झलक में उसके चेहरे पर दिलचस्पी जैसा कोई भाव नहीं था - ऐसा लग रहा था, जैसे मेरी सहपाठी ने उसका नाम लेकर उसे बुलाया हो और उसने अचानक सहजता से उसकी तरफ़ देख लिया था, हालाँकि वह पहले ही जवाब न देने का निर्णय ले चुका था।

मेरे पड़ोस में बैठी लड़की झेंपकर हँसने लगी और मेरी ही तरह टेबल को देखने लगी।

"वो हैं एडवर्ड और एमथ कलन; और रोज़ेली और जैस्पर हेल। जो अभी-अभी गई थी, वो एलिस कलन थी; वे सभी डॉ. कलन और उनकी पत्नी के साथ रहते हैं।" उसने आवाज़ दबाकर कहा।

मैंने सुंदर लड़के को कनखियों से निहारा, जो अब अपनी ट्रे की तरफ़ देख रहा था और अपनी लंबी, पीली अँगुलियों से एक ब्रेड के टुकड़े-टुकड़े कर रहा था। उसका मुँह बहुत तेज़ी से चल रहा था और उसके आदर्श होंठ हल्के से खुले थे। बाक़ी तीनों अब भी दूर देख रहे थे और इसके बावजूद मुझे महसूस हुआ, जैसे वह उनसे चुपचाप बोल रहा था।

अजीब, अलोकप्रिय नाम, मैंने सोचा। दादा-दादियों जैसे नाम। लेकिन शायद यहाँ पुराने ज़माने का ही फ़ैशन चलता हो - छोटे कस्बे के नाम? मुझे आख़िरकार याद आया कि मेरी पड़ोसन का नाम जेसिका था, जो काफ़ी आम नाम है। फ़ीनिक्स में मेरी इतिहास की क्लास में जेसिका नाम की दो लड़कियाँ थीं।

"वे बहुत... बहुत अच्छे दिखते हैं।" मैंने गागर में सागर भरने की कोशिश करते हुए कहा।

"हाँ!" जेसिका एक बार फिर हँसी। "वे सब हमेशा *इकट्ठे* रहते हैं - मेरा मतलब है एमथ और रोज़ेली, और जैस्पर और एलिस। और वे एक साथ रहते हैं।" उसकी आवाज़ में छोटे कस्बे का सारा सदमा और निंदा का भाव भरा था, मैंने आलोचनात्मक दृष्टि से सोचा। लेकिन अगर मैं ईमानदार होती, तो मुझे यह मानना पड़ता कि फ़ीनिक्स में भी इस बात को लेकर गपशप तो होती।

"कलन्स कौन से हैं?" मैंने पूछा। "वे सगे तो नहीं दिखते हैं..."

"नहीं, वे सगे नहीं हैं। डॉ. कलन काफ़ी जवान हैं, पच्चीस से तीस साल के होंगे। उन्होंने इन सभी को गोद लिया है। हेल भाई-बहन *हैं* - जुड़वाँ - सुनहरे बाल वाले - और वे दत्तक संतानें हैं।"

"दत्तक संतानों के हिसाब से उनकी उम्र थोड़ी ज़्यादा लगती है।"

"अब हो गई है। जैस्पर और रोज़ेली दोनों अठारह के हो गए हैं, लेकिन वे आठ साल की उम्र से मिसेज़ कलन के पास हैं। वे उनकी चाची या कोई दूसरी रिश्तेदार हैं।"

"वे दरअसल अच्छे हैं - इतनी कम उम्र में भी इन सभी बच्चों की परवरिश करना।"

"मुझे भी ऐसा ही लगता है," जेसिका ने अनिच्छा से स्वीकार किया और मुझे यह आभास हुआ कि वह किसी कारण से डॉक्टर और उनकी पत्नी को पसंद नहीं करती थी। वह उनकी गोद ली हुई संतानों को जिस तरह देख रही थी, उससे मुझे लगा कि इसका कारण ईर्ष्या हो सकती थी। "मैं सोचती हूँ कि मिसेज़ कलन के बच्चे नहीं हो सकते हैं," उसने आगे कहा, मानो इससे उनकी दयालुता कम हो जाती हो।

इस सारी बातचीत के दौरान मेरी निगाह बार-बार उस टेबल की तरफ़ उठती रही, जहाँ अजीब परिवार बैठा था। वे दीवारों की तरफ़ देखते रहे, लेकिन उन्होंने कुछ भी नहीं खाया।

"क्या वे हमेशा से फ़ोर्क्स में ही रहते हैं?" मैंने पूछा। वैसे मैं जानती थी कि अगर ऐसा होता, तो यहाँ बिताई गर्मियों में वे मुझे ज़रूर दिखते।

"नहीं," उसने एक ऐसी आवाज़ में कहा, जिसमें यह निहित था कि यह स्पष्ट होना चाहिए, मुझ जैसी नवागंतुक के लिए भी। "वे दो साल पहले अलास्का की किसी जगह से आए हैं।"

मेरे अंदर करुणा और राहत के भाव जाग्रत हो गए। करुणा इसलिए, क्योंकि वे बहुत सुंदर थे, लेकिन इसके बावजूद बाहरी होने की वजह से यहाँ के लोगों ने उन्हें स्वीकार नहीं किया था। राहत इसलिए, क्योंकि मैं अकेली ही वहाँ नई नहीं आई थी और निश्चित रूप से किसी पैमाने से सबसे रोचक भी नहीं थी।

जब मैं उनकी जाँच कर रही थी, तो सबसे छोटे वाले कलन ने निगाह उठाकर मुझसे नज़रें मिलाईं और इस बार उसके चेहरे पर उत्सुकता का भाव था। जब मैंने तेज़ी से अपनी निगाह हटाई, तो मुझे ऐसा लगा कि उसके चेहरे पर निराशा का भाव था, मानो उसकी कोई उम्मीद पूरी न हुई हो।

"लाल भूरे बालों वाला लड़का कौन है?" मैंने पूछा। मैंने उसे कनखियों से देखा। वह अब भी मुझे घूर रहा था, लेकिन मूर्खों की तरह नहीं, जिस तरह दूसरे विद्यार्थी आज कर रहे थे - उसके चेहरे पर थोड़ी कुंठा का भाव था। मैं दोबारा नीचे देखने लगी।

"वह एडवर्ड है। ज़ाहिर है, वह बहुत सुंदर है, लेकिन अपना समय बर्बाद मत करना। वह डेटिंग नहीं करता। ऐसा लगता है, जैसे वह यहाँ की किसी लड़की को अपने लायक़ नहीं मानता।" वह नाक चढ़ाकर बोली और मुझे लगा कि यह स्पष्ट रूप से खट्टे अंगूर वाली बात होगी। मैं सोचने लगी कि इस एडवर्ड ने उसे कब ठुकराया होगा।

अपनी मुस्कान छिपाने के लिए मैंने अपना होंठ काटा। फिर मैंने उस लड़के की तरफ़ दोबारा देखा। उसका चेहरा मुड़ा हुआ था, लेकिन मुझे उसका गाल थोड़ा उठा नज़र आया, मानो वह भी मुस्करा रहा हो।

कुछ ही मिनट बाद वे चारों एक साथ टेबल से उठकर चले गए। वे सभी बहुत आकर्षक थे - यहाँ तक कि बड़ा और हट्टा-कट्टा लड़का भी। उन्हें देखने भर से उलझन होने लगती थी। एडवर्ड नाम के लड़के ने मुझे दोबारा नहीं देखा।

मैं जेसिका और उसके मित्रों के साथ टेबल पर इतनी देर तक बैठी, जितना अकेली कभी नहीं बैठती। मैं इस तनाव में थी कि कहीं मैं पहले दिन क्लास में देर से न पहुँचूँ। मेरी एक नई परिचित भी बन गई थी, जिसने मुझे याद दिलाया कि उसका नाम एंजेला था। उसका मेरे साथ अगले घंटे बायलॉजी का दूसरा पीरियड था। हम दोनों एक साथ चुपचाप क्लास की ओर गए। वह भी संकोची थी।

जब हम क्लास में दाख़िल हुए, तो एंजेला काले टॉप वाली लैब टेबल पर बैठने गई, जिस पर बैठने की मुझे आदत थी। उसके पास एक और विद्यार्थी पहले से बैठा था। वास्तव में सारी टेबलें भरी थीं, सिवाय एक के। बीच वाले रास्ते के बग़ल में मैंने एडवर्ड कलन को उसके असामान्य बालों से पहचाना, जिसके बग़ल में एकमात्र ख़ाली सीट थी।

जब मैं टीचर को अपना नाम बताने और स्लिप पर साइन कराने के लिए डेस्कों के बीच से चली, तो मैं चुपके से एडवर्ड को ही देख रही थी। मेरे गुज़रते वक़्त वह अचानक अपनी सीट पर तनकर बैठ गया। उसने मुझे एक बार फिर घूरा और मेरी तरफ़ देखते समय उसके चेहरे पर बड़ा अजीब भाव था - यह शत्रुतापूर्ण था, आवेशमय था। मैंने तुरंत निगाह दूसरी तरफ़ कर ली। इससे मुझे सदमा लगा और मेरा चेहरा एक बार फिर लाल पड़ गया। मैं रास्ते में लड़खड़ा गई और एक टेबल के कोने का सहारा लेकर गिरते-गिरते बची। वहाँ बैठी लड़की खी-खी करने लगी।

इस सबके बावजूद मैंने इस बात पर ग़ौर कर लिया था कि उस लड़के की आँखें काली थीं - कोयले जैसी काली।

मि. बैनर ने मेरी स्लिप पर साइन कर दिए और उन्होंने क्लास को परिचय देने जैसी कोई बकवास नहीं की। उन्होंने मुझे चुपचाप एक किताब थमा दी। मैं समझ गई कि हमारी पटरी अच्छी तरह जमेगी। ज़ाहिर है, उनके पास यही एकमात्र विकल्प था कि वे मुझे कमरे के बीच में मौजूद इकलौती ख़ाली सीट पर भेज दें। जब मैं *उसके* बग़ल में बैठने गई, तो मैंने अपनी निगाह नीचे रखी। जिस शत्रुतापूर्ण अंदाज़ से उसने मुझे देखा था, उससे मैं चकरा गई थी।

जब मैंने टेबल पर अपनी किताब रखी और अपनी जगह पर बैठी, तो मैंने ऊपर नहीं देखा, लेकिन मैंने कनखियों से इतना ज़रूर देख लिया कि उसके बैठने की मुद्रा बदल गई थी। वह मुझसे दूर झुक गया था, अपनी कुर्सी के बिलकुल कोने पर बैठा था और अपना चेहरा इस तरह मोड़ रहा था, मानो उसे मेरे पास से बुरी बदबू आ रही हो। मैंने अपने बाल सूँघे। उनमें से स्ट्रॉबेरी की ख़ुशबू आ रही थी, जो मेरे प्रिय शैंपू की थी। यह काफ़ी अच्छी ख़ुशबू लग रही थी। मैंने अपने बाल दाएँ कंधे की तरफ़ गिरा लिए, ताकि हमारे बीच एक परदा बन जाए और इसके बाद मैंने टीचर की बातों पर ध्यान देने की कोशिश की।

दुर्भाग्य से उस दिन का लेक्चर सेल्युलर एनाटॉमी पर था, जिसे मैं पहले पढ़ चुकी थी। फिर भी मैंने सावधानी से नोट्स लिए और पूरे समय नीचे देखती रही।

फिर भी मैं बीच-बीच में बालों के परदे के बीच से उस अजीब लड़के को देखने से ख़ुद को रोक नहीं पाई। पूरी क्लास के दौरान कुर्सी के कोने पर उसकी सख़्त पकड़ ढीली नहीं हुई और उसने मुझसे ज़्यादा से ज़्यादा दूरी रखी। मैं देख सकती थी कि उसका हाथ उसके बाएँ पैर पर मुट्ठी में बँधा हुआ था और उसकी पीली त्वचा के नीचे उसकी नसें तनी हुई थीं। उसने इस मुट्ठी को भी कभी ढीला नहीं किया। उसकी सफ़ेद शर्ट की लंबी आस्तीनें कोहनियों तक ऊपर थीं और उसकी बाँह आश्चर्यजनक रूप से उसकी हल्की त्वचा के नीचे कठोर और मांसपेशियों से भरी थी। स्पष्ट रूप से वह उतना कमज़ोर नहीं था, जितना अपने हट्टे-कट्टे भाई के बग़ल में बैठते समय दिख रहा था।

यह क्लास सामान्य से ज़्यादा लंबी खिंचती लग रही थी। क्या ऐसा इसलिए था, क्योंकि दिन ख़त्म होने वाला था या फिर इसलिए, क्योंकि मैं उसकी भिंची हुई मुट्ठी के खुलने का इंतज़ार कर रही थी? यह कभी नहीं खुली। वह इतना स्थिर बैठा रहा, मानो साँस ही न ले रहा हो। उसके साथ क्या गड़बड़ थी? क्या यह उसका सामान्य व्यवहार था? मैंने लंच पर जेसिका की कटुता के बारे में जो निर्णय लिया था, अब मैं उसके बारे में सवाल करने लगी। शायद जेसिका उतनी विद्वेषपूर्ण नहीं थी, जितना मैंने उसे मान लिया था।

इसका मुझसे तो कोई संबंध हो नहीं सकता। वह मुझे बिलकुल भी नहीं जानता था।

मैंने एक बार फिर उसकी तरफ़ नज़रें उठाईं और मुझे पछतावा हुआ। वह मेरी तरफ़ फिर घूर रहा था और उसकी काली आँखें नफ़रत से भरी थीं। जब मैं सहमकर उससे दूर घूमी और अपनी कुर्सी पर सिकुड़कर बैठी, तो मेरे दिमाग़ में अचानक यह वाक्यांश आया - *अगर ख़ूबसूरती किसी की जान ले सकती होती।*

उसी पल घंटी तेज़ी से बजी, जिसे सुनकर मैं उछल पड़ी। लेकिन तब तक एडवर्ड कलन अपनी सीट से एक झटके से उठ चुका था। वह लहरदार अंदाज़ में उठा - वह मेरे अनुमान से ज़्यादा लंबा था - उसने

मेरी तरफ़ पीठ की और किसी दूसरे के उठने से भी पहले वह दरवाज़े से बाहर जा चुका था।

मैं अपनी सीट में बर्फ़ की तरह जम गई थी और सूनी निगाहों से उसी दिशा में घूर रही थी। वह बहुत बुरा था। यह उचित नहीं था। मैंने धीरे-धीरे अपना सामान बटोरा और अपने अंदर उठते गुस्से के तूफ़ान को रोकने की कोशिश की, वरना मेरी आँखों में आँसू आ जाते। न जाने क्यों मेरे गुस्से के तार मेरी आँखों की ग्रंथियों से जुड़े थे। जब भी मैं गुस्सा होती थी, तो मैं रोने लगती थी - काफ़ी अपमानजनक प्रवृत्ति है ये।

"तुम इज़ाबेला स्वान हो?" एक पुरुष आवाज़ ने पूछा।

मैंने नज़र उठाकर देखा। वहाँ बच्चों जैसे चेहरे वाला आकर्षक लड़का खड़ा था। उसके पीले सुनहरे बाल सावधानी से जेल से सलीके से जमे थे और वह दोस्ताना अंदाज़ में मेरी तरफ़ मुस्करा रहा था। ज़ाहिर है, उसे मेरे पास से बदबू नहीं आ रही थी।

"बेला," मैंने उसे सुधारते हुए कहा और मुस्कराया।

"मैं माइक हूँ।"

"हाय, माइक।"

"क्या तुम्हें तुम्हारी अगली क्लास खोजने में मदद चाहिए?"

"दरअसल मैं जिम जा रही हूँ। मैं सोचती हूँ कि मैं उसे खोज सकती हूँ।"

"वही मेरी भी अगली क्लास है।" वह रोमांचित नज़र आ रहा था, हालाँकि इतने छोटे स्कूल के लिहाज़ से यह इतना बड़ा संयोग नहीं था।

हम एक साथ क्लास तक गए। वह बातूनी था। वही ज़्यादातर समय बोलता रहा, जिससे मुझे काफ़ी आसानी रही। वह दस साल की उम्र तक कैलिफ़ोर्निया में रहा था, इसलिए वह जानता था कि मैं सूरज के बारे में कैसा महसूस करती थी। पता चला कि उसके साथ ही मेरी अँग्रेज़ी की क्लास भी होती थी। वह उस दिन मिलने वाले सभी विद्यार्थियों में सबसे अच्छा था।

लेकिन जिम में दाख़िल होते समय उसने पूछा, "तुमने एडवर्ड कलन को पेंसिल चुभा दी थी क्या? मैंने उसे पहले कभी इतना अजीब बर्ताव करते नहीं देखा।"

मैं शर्मसार हो गई। तो मैं अकेली नहीं थी, जिसने इस बात पर ग़ौर किया था। और स्पष्ट रूप से यह एडवर्ड कलन का सामान्य व्यवहार *नहीं था*। मैंने अनजान बनने का निर्णय लिया।

"क्या यह वही लड़का था, जिसकी बग़ल में मैं बायलॉजी में बैठी थी?" मैंने सहजता से पूछा।

"हाँ," उसने कहा। "ऐसा लग रहा था, मानो उसे बहुत कष्ट हो रहा हो, जैसे वह दर्द से छटपटा रहा हो।"

"मुझे कुछ नहीं पता," मैंने प्रतिक्रिया की। "मैंने उससे एक शब्द भी नहीं बोला।"

"बड़ा अजीब बंदा है।" माइक ड्रेसिंग रूम में जाने के बजाय मेरे पास ही रुका रहा। "अगर मैं इतना ख़ुशक़िस्मत होता कि तुम मेरे पास बैठतीं, तो मैं तुमसे ज़रूर बात करता।"

मैं उसकी तरफ़ देखकर मुस्कराई और फिर लड़कियों के लॉकर रूम के दरवाज़े से अंदर चली गई। वह दोस्ताना था और यह स्पष्ट था कि वह मुझे पसंद करता है। लेकिन यह मेरी चिढ़ को कम करने के लिए काफ़ी नहीं था।

मैंने एक साथ चार वॉलीबॉल गेम्स चलते देखे। मैंने वॉलीबॉल खेलते समय ख़ुद को और दूसरों को कितनी चोटें पहुँचाई थीं, यह याद करके मेरा दिल बैठ गया।

आख़िरकार अंतिम घंटी बज ही गई। मैं धीरे-धीरे चलकर ऑफ़िस में स्लिप जमा करने गई। बारिश नहीं हो रही थी, लेकिन हवा तेज़ और ज़्यादा ठंडी थी। मैंने ख़ुद को बाँहों में समेट लिया।

जब मैं गर्म ऑफ़िस में घुसी, तो मेरा मन हुआ कि तुरंत ही बाहर निकल जाऊँ।

एडवर्ड कलन मेरे सामने डेस्क के पास खड़ा था। मैंने एक बार फिर उसके बिखरे हुए काँसे जैसे बाल पहचान लिए। उसने मेरे आने की आहट पर ग़ौर नहीं किया था। मैं पीछे की दीवार से टिक गई और रिसेप्शनिस्ट के ख़ाली होने का इंतज़ार करने लगी।

वह धीमी और आकर्षक आवाज़ में उसके साथ बहस कर रहा था। मैं जल्दी ही उनकी बहस का मुद्दा समझ गयी। वह छठे घंटे की बायलॉजी को किसी दूसरे समय पढ़ने की कोशिश कर रहा था – किसी भी समय।

मुझे यक़ीन ही नहीं हो रहा था कि यह सब मेरे कारण हो रहा था। यह किसी दूसरी चीज़ के कारण होना चाहिए, जो मेरे बायलॉजी की क्लास में दाख़िल होने से पहले हुई होगी। उसके चेहरे का चिड़चिड़ा भाव यक़ीनन किसी दूसरी वजह से होगा। यह असंभव था कि कोई अजनबी मुझे अचानक, इतनी बुरी तरह नापसंद करने लगे।

दरवाज़ा एक बार फिर खुला और अचानक कमरे में ठंडी हवा आई, जिससे डेस्क पर रखे काग़ज़ फड़फड़ाने लगे और मेरे बाल उड़कर मेरे चेहरे पर आ गए। अंदर आई लड़की ने डेस्क तक आकर वायर बास्केट में एक नोट डाला और बाहर चली गई। लेकिन एडवर्ड कलन की पीठ सख़्त हो गई थी और वह मुझे घूरने के लिए धीरे-धीरे मुड़ा - उसका चेहरा बहुत, बहुत सुंदर था - लेकिन उसकी पैनी आँखों में नफ़रत भरी थी। एक पल के लिए तो मुझे वास्तविक खतरा महसूस हुआ, जिससे मेरे हाथ के रोंगटे खड़े हो गए। यह भाव एक पल तक ही दिखा, लेकिन इसने मुझे ठंडी हवा से भी ज़्यादा कँपकँपा दिया। वह रिसेप्शनिस्ट की ओर मुड़ा।

"तो फिर रहने दें," उसने मख़मल जैसी आवाज़ में कहा। "मैं समझ गया कि यह असंभव है। आपकी सहायता के लिए बहुत-बहुत धन्यवाद।" और वह मेरी तरफ़ देखे बिना ही घूमा और दरवाज़े से बाहर निकल गया।

मैं डेस्क पर सहमते हुए गई। मेरा चेहरा इस बार लाल के बजाय सफ़ेद था और मैंने रिसेप्शनिस्ट को टीचर्स के साइन वाली स्लिप थमा दी।

रिसेप्शनिस्ट ने माँ जैसे अंदाज़ में पूछा, "बेटा, तुम्हारा पहला दिन कैसा रहा?"

"अच्छा।" मैंने झूठ बोल दिया; मेरी आवाज़ कमज़ोर थी। उसे भरोसा नहीं हुआ। जब मैं ट्रक तक पहुँची, तो यह वहाँ खड़ा आख़िरी वाहन था। यह किसी बंदरगाह जैसा दिख रहा था, घर के सबसे क़रीब चीज़, जो इस गीली हरी जगह पर थी। मैं कुछ समय तक अंदर बैठी और विंडशील्ड को सूनेपन से देखती रही। लेकिन जल्दी ही मुझे इतनी ठंड लगी कि हीटर की ज़रूरत महसूस होने लगी, इसलिए मैंने चाबी घुमाई और इंजन चालू कर दिया। मैं चार्ली के घर की तरफ़ चल दी और पूरे रास्ते आँसुओं से लड़ती रही।

2

खुली किताब

अगला दिन बेहतर था... और बदतर भी।

बेहतर इसलिए, क्योंकि अब बारिश नहीं हो रही थी, हालाँकि बादल घने और अपारदर्शी थे। यह ज़्यादा आसान था, क्योंकि मैं जानती थी कि दिन कैसा गुज़रेगा। माइक अँग्रेज़ी की क्लास में मेरे पास बैठने आया और मेरी अगली क्लास तक छोड़ने भी गया। इस दौरान चेस क्लब का एरिक पूरे समय उसे गुस्से से घूरता रहा; जो एक तरह से मेरी प्रशंसा थी। आज लोगों ने मेरी तरफ़ उतना ज़्यादा नहीं देखा, जितना कल देख रहे थे। लंच पर मैं एक बड़े समूह के साथ बैठी, जिसमें माइक, एरिक, जेसिका और कई अन्य लोग थे, जिनके नाम और चेहरे अब मुझे याद हो चले थे। मुझे ऐसा महसूस हुआ, जैसे अब मैं पानी में डूबने के बजाय उस पर चलने लगी थी।

यह बदतर इसलिए था, क्योंकि मैं थकी-थकी थी। हवा मकान के चारों तरफ़ इतना शोर करती थी कि नींद ही नहीं आती थी। यह बदतर इसलिए भी था, क्योंकि मि. वार्नर ने ट्रिगनोमेट्री में मुझे जवाब देने को कहा, जबकि मैंने हाथ भी नहीं उठाया था और मेरा जवाब ग़लत निकला। यह बदतर इसलिए भी था, क्योंकि मुझे वॉलीबॉल खेलना पड़ा और एक बार जब मैं गेंद के रास्ते से नहीं बच पाई, तो मैंने इसे अपनी टीम के सदस्य के सिर पर दे मारा। और यह बदतर इसलिए भी था, क्योंकि एडवर्ड कलन स्कूल नहीं आया।

पूरी सुबह मैं लंच को लेकर दहशत में थी और उसकी अजीब गुस्सैल निगाह का सामना करने से घबरा रही थी। मेरा एक हिस्सा उससे आमना-सामना करके यह पूछना चाहता था कि उसे मुझसे क्या समस्या थी। जब मैं बिस्तर पर लेटकर जाग रही थी, तो मैं कल्पना करती रही कि मैं उससे क्या कहूँगी। लेकिन मैं ख़ुद को अच्छी तरह जानती थी। मुझे पता था कि मुझमें ऐसा करने की हिम्मत नहीं है। मेरे मुकाबले तो डरपोक ख़रगोश भी शेर जैसा लगेगा।

लेकिन जब मैं कैफ़ेटेरिया में जेसिका के साथ चलकर गई - मैंने अपनी निगाह को उसकी तलाश करने से बहुत रोका, लेकिन मैं इसमें पूरी तरह नाकामयाब रही- तो मैंने देखा कि उसके चारों भाई-बहन उसी टेबल पर एक साथ बैठे थे, लेकिन वह उनके साथ नहीं था।

बीच में माइक हमें पकड़कर अपनी टेबल पर ले गया। उसके इस तरह ध्यान देने से जेसिका काफ़ी ख़ुश नज़र आ रही थी और उसकी सहेलियाँ भी जल्द ही हमारे पास आ गईं। लेकिन जब मैंने उन लोगों की चटरपटर सुनने की कोशिश की, तो मैं बुरी तरह परेशान थी और उस पल का घबराहट से इंतज़ार कर रही थी, जब एडवर्ड सामने आएगा। मैं यह उम्मीद कर रही थी कि वह जब भी आए, बस मुझे नज़रअंदाज़ कर दे और मेरी शंकाओं को झूठा साबित कर दे।

वह नहीं आया और जैसे-जैसे समय गुज़रता गया, मेरा तनाव बढ़ने लगा।

जब लंच ख़त्म होने तक वह नज़र नहीं आया, तो मैं ज़्यादा आत्मविश्वास के साथ बायलॉजी की तरफ़ गई। ऐसा लगता था कि माइक में किसी वफ़ादार कुत्ते के सारे गुण थे और वह मुझे निष्ठापूर्वक क्लास तक छोड़ने गया। मैंने दरवाज़े पर पहुँचकर साँस रोकी, लेकिन एडवर्ड कलन वहाँ भी नहीं था। मैं साँस छोड़कर अपनी सीट तक गई। माइक मेरे पीछे आया और समुद्र तट पर पिकनिक मनाने चलने की बात करने लगा। जब तक घंटी नहीं बजी, वह मेरी डेस्क के पास ही रुका रहा। फिर वह हसरत भरे अंदाज़ में मेरी तरफ़ मुस्कराया और दाँतों के ब्रेसिज़ तथा बुरे घूँघर वाली एक लड़की के पास बैठने चला गया। ऐसा लग रहा था कि मुझे माइक के बारे में कुछ करना होगा, लेकिन यह आसान नहीं होगा। इस कस्बे में कूटनीति अनिवार्य थी, क्योंकि यहाँ हर कोई हर किसी

को जानता था। दिक़्क़त यह थी कि मैं कभी ज़्यादा कूटनीतिज्ञ नहीं रही थी; अति दोस्ताना लड़कों को दूर रखने का मुझे कोई अभ्यास नहीं था।

मुझे राहत मिली कि आज पूरी डेस्क पर मेरा क़ब्ज़ा था और एडवर्ड नहीं आया था। मैंने यह बात ख़ुद को बार-बार बताई। लेकिन मुझे बार-बार यही शंका कचोटती रही कि वह मेरे ही कारण आज नहीं आया है। यह मूर्खतापूर्ण था और मैं इस बात पर घमंड कर सकती थी कि मैं किसी को इतनी प्रबलता से प्रभावित कर सकती हूँ। यह असंभव था। लेकिन इसके बावजूद मैं यह चिंता करने से ख़ुद को नहीं रोक पाई कि यही सच था।

जब स्कूल आख़िरकार ख़त्म हुआ और वॉलीबॉल की शर्मिंदा करने वाली घटना के बाद मेरे गालों की लाली कम होने लगी, तो मैंने फटाफट जीन्स और नेवी ब्लू स्वेटर पहना। मैं फ़ुर्ती से लड़कियों के लॉकर रूम से बाहर निकली और इस बात पर ख़ुश हुई कि मैं हाल-फ़िलहाल अपने वफ़ादार मित्र से बचने में सफल हो गई थी। मैं तेज़ी से पार्किंग तक पहुँची, जो अब भागते विद्यार्थियों से भरा हुआ था। मैं अपने ट्रक में बैठ गई और अपने बैग में झाँककर तसल्ली कर ली कि मैंने हर चीज़ सही रख ली थी।

पिछली रात को मुझे पता चला था कि चार्ली फ्राइड अंडों और बेकन के अलावा ज़्यादा कुछ नहीं बना सकते थे। इसलिए मैंने उनसे आग्रह किया कि जब तक मैं यहाँ रहूँ, तब तक वे मुझे किचन का प्रभार सौंप दें। उन्होंने ख़ुशी-ख़ुशी मुझे दावत हॉल की चाबी दे दी। मुझे यह भी पता चला कि घर में भोजन नहीं था। इसलिए मैंने शॉपिंग लिस्ट बनाई और अलमारी में फूड मनी वाले जार में से पैसा निकाला। अब मैं सुपरबाज़ार जा रही थी।

मैंने अपने तूफ़ानी इंजन में जान फूँकी और मेरी दिशा में घूमने वाले सिरों को नज़रअंदाज़ करते हुए सावधानी से ट्रक पीछे किया, ताकि यह कारों की उस क़तार में पहुँच जाए, जो पार्किंग से बाहर निकलने का इंतज़ार कर रही थीं। इंतज़ार करते वक़्त मैंने ऐसा दिखने की कोशिश की, जैसे यह बहरा करने वाला शोर किसी दूसरे की कार से आ रहा था। मैंने कलन और हेल भाई-बहनों को उनकी कार में घुसते देखा। यह चमकदार नई वोल्वो थी। ज़ाहिर है। मैंने उनके कपड़ों पर पहले ग़ौर नहीं किया था- मैं उनके चेहरों से ही मंत्रमुग्ध हो गई थी। ग़ौर करने पर यह स्पष्ट हो

गया कि उन सभी की पोशाक बेहद अच्छी थी; सादगीपूर्ण, लेकिन डिज़ाइनर जैसे कपड़े। वैसे वे इतने ज़्यादा ख़ूबसूरत और इतने ज़्यादा आकर्षक थे कि अगर वे टाट के कपड़े भी पहन लेते, तो धूम मचा देते। ऐसा लग रहा था कि उनके पास सुंदरता और पैसे दोनों की बहुतायत थी। लेकिन इसके बावजूद इन लोगों को यहाँ स्वीकार नहीं किया गया था।

नहीं। मुझे इस बात पर पूरा यक़ीन नहीं था। शायद वे अपनी मर्ज़ी से अकेले रहते थे। ऐसा कौन सा दरवाज़ा होगा, जो इतनी ज़्यादा सुंदरता के आगे न खुले?

जब मैं उनके पास से गुज़री, तो बाक़ी सबकी तरह उन्होंने भी मेरे शोर करते ट्रक को देखा। मैंने अपनी आँखें रास्ते पर जमाए रखीं और स्कूल के मैदान से बाहर निकलने के बाद राहत की साँस ली।

सुपरमार्केट स्कूल से ज़्यादा दूर नहीं था; बस दक्षिण में कुछ सड़क दूर, हाइवे से थोड़ा हटकर। सुपरमार्केट में अंदर जाने के बाद मुझे अच्छा लगा; मुझे सामान्य महसूस हुआ। मैं माँ के साथ जब थी तो वहाँ पर भी शॉपिंग करती थी और मुझे इसकी आदत थी, इसलिए मैं इसे ख़ुशी-ख़ुशी करने लगी। स्टोर अंदर से इतना बड़ा था कि छत पर बारिश की टपटप सुनाई नहीं दे रही थी, जिससे मुझे यह याद आया कि मैं कहाँ पर थी।

घर पहुँचकर मैंने सारा किराना ख़ाली किया और जहाँ ख़ाली जगह दिखी, वहाँ भर दिया। मुझे उम्मीद थी कि चार्ली को इससे दिक़्क़त नहीं होगी। मैंने आलुओं को फ़ॉइल में लपेटा और उन्हें बेक करने के लिए ओवन में रख दिया। फिर मैंने स्टीक को मैरिनेड करने रखा और इसे फ्रिज में अंडों के कार्टन के ऊपर संतुलित किया।

यह काम करने के बाद मैं किताबों का बैग लेकर ऊपर की मंज़िल पर पहुँची। होमवर्क शुरू करने से पहले मैंने सूखे कपड़े पहने, गीले बालों की पोनीटेल बनाई और पहली बार अपना ईमेल चेक किया। मेरे पास तीन मैसेज आए थे।

“बेला,” माँ ने लिखा था...

जैसे ही तुम वहाँ पहुँचो, मुझे बताना। मुझे बताओ कि तुम्हारी यात्रा कैसी रही। क्या बारिश हो रही है? मुझे अभी से याद आने लगी है। मैंने फ्लोरिडा

के लिए पैकिंग लगभग पूरी कर ली है, लेकिन मुझे अपना गुलाबी ब्लाउज़ नहीं मिल रहा है। क्या तुम्हें पता है कि मैंने इसे कहाँ रखा है? फ़िल हाय कह रहा है। माँ।

मैंने आह भरी और अगला मैसेज चेक किया। यह पहले वाले के आठ घंटे बाद भेजा गया था।

"बेला," उन्होंने लिखा था...

तुमने अभी तक मुझे ईमेल क्यों नहीं किया? तुम किस चीज़ का इंतज़ार कर रही हो? माँ।

आख़िरी वाला आज सुबह आया था।

इज़ाबेला,

अगर आज शाम 5.30 तक मुझे तुम्हारी तरफ़ से कोई जवाब नहीं मिला, तो मैं चार्ली को फ़ोन कर रही हूँ।

मैंने घड़ी देखी। मेरे पास अब भी एक घंटा था, लेकिन मेरी माँ समय से पहले हड़बड़ी करने के लिए मशहूर थीं।

माँ,

शांत रहो। मैं जवाब दे रही हूँ। कोई भी जल्दबाज़ी मत करना।

बेला।

मैंने इसे भेज दिया और दोबारा शुरू किया।

माँ,

हर चीज़ बेहतरीन है। ज़ाहिर है, बारिश हो रही है। मैं सोच रही थी कि जब लिखने को कुछ मिले, तब लिखूँ। स्कूल बुरा नहीं है, लेकिन सिलेबस थोड़ा पुराना होने के कारण नीरस लगता है। मुझे कुछ अच्छे साथी मिल गए हैं, जो मेरे साथ लंच करते हैं।

आपका ब्लाउज़ ड्राईक्लीनर के यहाँ है। आपको इसे शुक्रवार को उठाना था।

क्या आप यक़ीन कर सकती हैं कि चार्ली ने मुझे एक ट्रक ख़रीदकर दिया है? मैं इससे प्रेम करती हूँ। यह पुराना, लेकिन बहुत मज़बूत है और जैसा आप जानती हैं, यह मेरे लिए अच्छा है।

मुझे भी आपकी याद आती है। मैं जल्दी ही दोबारा लिखूँगी, लेकिन हर पाँच मिनट बाद ईमेल चेक मत करना। आराम से रहो, धैर्य रखो। मैं आपसे प्यार करती हूँ।

बेला।

मैंने *वुदरिंग हाइट्स* पढ़ने का निर्णय लिया था - हम इस समय अँग्रेज़ी की क्लास में यही पढ़ रहे थे। मैं मज़े के लिए इसे दोबारा पढ़ना चाहती थी और मैं तब यही कर रही थी, जब चार्ली घर आए। मुझे समय का अंदाज़ा ही नहीं रहा था और मैं तेज़ी से नीचे उतरी, आलुओं को बाहर निकाला और स्टीक को ब्रॉइल करने के लिए रखा।

सीढ़ियों पर मेरी आवाज़ सुनकर डैडी चिल्लाकर बोले, "बेला?"

और कौन होगा? मैंने मन ही मन सोचा।

"हाय डैड, घर पर स्वागत है।"

"धन्यवाद।" जब मैं किचन में सक्रिय हुई, तो उन्होंने अपनी बंदूक का बेल्ट टाँगा और बूट उतारे। जहाँ तक मैं जानती थी, उन्होंने अपने काम के

सिलसिले में कभी बंदूक नहीं चलाई थी। मेरे बचपन में वे हमेशा दरवाज़े से अंदर घुसते ही गोलियाँ निकाल लेते थे। मुझे लगता है कि अब वे मुझे पर्याप्त बड़ा मानने लगे थे कि अब मैं ग़लती से ख़ुद पर गोली नहीं चलाऊँगी और इतनी निराश नहीं होऊँगी कि ख़ुद को जान-बूझकर गोली मार लूँ।

"डिनर में क्या है?" उन्होंने सावधानी से पूछा। मेरी माँ काफ़ी कल्पनाशील कुक थीं और उनके प्रयोग हमेशा स्वादिष्ट नहीं होते थे। उन्हें इतनी पुरानी बात याद थी, यह सोचकर मैं हैरान थी और दुखी भी।

"स्टीक और आलू," मैंने जवाब दिया और वे राहत में नज़र आए।

किचन में निठल्ले खड़े रहना शायद उन्हें अजीब लग रहा था, इसलिए मेरे काम करते समय वे टीवी देखने के लिए लिविंग रूम में चले गए। यह व्यवस्था हम दोनों को ही ज़्यादा आरामदेह लगती थी। स्टीक बनते वक़्त मैंने सलाद तैयार किया और टेबल लगाई।

डिनर तैयार होने पर मैंने उन्हें आवाज़ लगाई और उन्होंने आते समय प्रशंसात्मक अंदाज़ में सूँघा।

"ख़ुशबू तो अच्छी आ रही है, बेल।"

"धन्यवाद।"

हम कुछ मिनट तक ख़ामोशी में खाते रहे। यह अटपटा नहीं लगा। हम दोनों को ही ख़ामोशी से दिक़्क़त नहीं होती थी। कुछ मायनों में हम दोनों साथ रहने के लिए अच्छी तरह उपयुक्त थे।

उन्होंने दूसरी बार परोसते समय पूछा, "तो तुम्हें स्कूल कैसा लगा? दोस्त बने?"

"हाँ, मेरी जेसिका नाम की लड़की के साथ कुछ क्लासें हैं। मैं लंच में उसकी सहेलियों के साथ बैठती हूँ। और माइक नाम का लड़का बहुत दोस्ताना है। हर कोई काफ़ी अच्छा लगता है।" एक असाधारण अपवाद को छोड़कर।

"वह माइक न्यूटन होगा। अच्छा बच्चा है - अच्छा परिवार है। उसके डैडी का खेल के सामान का स्टोर है, जो कस्बे के ठीक बाहर है। यहाँ से गुज़रने वाले बैकपैकर्स से उसकी अच्छी कमाई हो जाती है।"

मैंने झिझकते हुए पूछा, "आप कलन परिवार को जानते हैं?"

"डॉ. कलन का परिवार? बिलकुल। डॉ. कलन बेहतरीन इंसान हैं।"

"वे... लड़के... थोड़े अलग हैं। वे स्कूल में सबसे अलग-थलग रहते हैं।"

चार्ली की नाराज़गी देखकर मैं हैरान रह गई।

"इस शहर के लोग भी ना!" वे बुदबुदाए। "डॉ. कलन बेहतरीन सर्जन हैं। वो शायद संसार के किसी भी अस्पताल में काम कर सकते थे और यहाँ मिलने वाली तनख़्वाह से दस गुना कमा सकते थे," बोलते-बोलते उनकी आवाज़ तेज़ होती गई। "हमारी क़िस्मत अच्छी है कि वे यहाँ पर हैं – हमारी क़िस्मत अच्छी है कि उनकी पत्नी किसी छोटे कस्बे में रहना चाहती थी। वे इस समुदाय के लिए वरदान हैं और उनके बच्चे भी काफ़ी अच्छे तथा विनम्र हैं। जब वे यहाँ पहलेपहल रहने आए थे, तो मेरे मन में शंका थी कि इतने सारे गोद लिए किशोर न जाने कैसे होंगे। मैंने सोचा था कि हमें उनसे दिक़्क़त हो सकती है। लेकिन वे सभी बहुत परिपक्व हैं - मुझे उनमें से किसी से रत्ती भर भी दिक़्क़त नहीं है। और यह बात मैं उन कई लोगों की संतानों के बारे में नहीं कह सकता, जो इस कस्बे में कई पीढ़ियों से रह रहे हैं। एक बात और, वे परिवार के रूप में उस तरह एकजुट रहते हैं, जिस तरह परिवार को रहना चाहिए – हर दूसरे वीकएंड पर कैंपिंग ट्रिप पर जाते रहते हैं... वे नए आए हैं, सिर्फ़ इसलिए लोग उनके बारे में उलटा-सीधा बोलते हैं।"

मैंने कभी चार्ली के मुँह से इतनी लंबी बात नहीं सुनी थी। इससे साफ़ ज़ाहिर था कि लोकनिंदा के बारे में उनकी राय प्रबल थी।

मैं पीछे पलटी। "वे मुझे भी अच्छे लगे। मैंने तो बस इस बात पर ग़ौर किया कि वे अपने काम से काम रखते हैं। वे सभी बहुत आकर्षक हैं।" मैंने ज़्यादा प्रशंसात्मक बनने की कोशिश में जोड़ा।

"तुम्हें डॉक्टर से मिलना चाहिए।" चार्ली ने हँसते हुए कहा। "यह एक अच्छी चीज़ है कि उनका दांपत्य जीवन सुखद है। जब भी डॉक्टर आस-पास होते हैं, तब अस्पताल की बहुत सी नर्सों की एकाग्रता भंग हो जाती है।"

इसके बाद खाना ख़त्म होने तक हम ख़ामोश रहे। मैं बर्तन धोने लगी और उन्होंने टेबल साफ़ की। वे दोबारा टीवी की तरफ़ चल दिए और जब मैंने हाथ से बर्तन धोने का काम पूरा कर लिया – यहाँ डिशवॉशर नहीं था - तो मैं गणित का होमवर्क करने के लिए अनिच्छा से ऊपर गई। मैं एक परंपरा को बनता हुआ महसूस कर सकती थी।

उस रात आख़िरकार बारिश शांत थी। मैं काफ़ी थकान महसूस कर रही थी, इसलिए जल्दी ही सो गई।

बाक़ी के सप्ताह में कोई ख़ास घटना नहीं हुई। मैं अपनी क्लासों की दिनचर्या की आदी हो गई। शुक्रवार तक मैं स्कूल के लगभग सभी विद्यार्थियों को पहचानने लगी, हालाँकि मुझे उन सबके नाम मालूम नहीं थे। जिम में मेरी टीम के लोगों ने मुझे गेंद से दूर रखना सीख लिया और अगर दूसरी टीम मेरी कमज़ोरी का फ़ायदा उठाने की कोशिश करती थी, तो वे जल्दी से मेरे सामने आ जाते थे। मैं ख़ुशी-ख़ुशी उनके रास्ते से दूर रहती थी।

एडवर्ड कलन स्कूल लौटकर नहीं आया।

हर दिन मैं चिंता से बाक़ी कलन भाई-बहनों को उसके बिना कैफ़ेटेरिया में दाख़िल होते देखती थी। फिर मैं तनावरहित हो जाती थी और लंच के समय की बातचीत में शामिल हो जाती थी। ज़्यादातर बातचीत दो सप्ताह बाद ला पुश ओशन पार्क की पिकनिक पर केंद्रित होती थी, जिसे माइक आयोजित कर रहा था। मुझे भी इसमें चलने के लिए आमंत्रित किया गया था और मैंने हाँ कर दी थी, इच्छा से नहीं, बल्कि विनम्रता की वजह से। समुद्र तट गर्म और सूखा होगा।

शुक्रवार तक मैं अपनी बायलॉजी की क्लास में दाख़िल होने में पूरी तरह से भयरहित थी और अब मुझे इस बात की चिंता नहीं थी कि एडवर्ड वहाँ पर होगा। जहाँ तक मैं जानती थी, उसने स्कूल छोड़ दिया था। मैंने उसके बारे में न सोचने की कोशिश की, लेकिन मैं इस चिंता को पूरी तरह नहीं दबा पाई कि मैं ही उसकी निरंतर अनुपस्थिति का कारण थी, हालाँकि यह मूर्खतापूर्ण लगता था।

फ़ोर्क्स में मेरा पहला वीकएंड बगैर किसी घटना के बीता। चार्ली को आम तौर पर ख़ाली घर में समय बिताने की आदत नहीं थी, इसलिए वे ज़्यादातर वीकएंड में काम करते थे। मैंने घर साफ़ किया, अपना होमवर्क निपटाया और अपनी माँ को ज़्यादा झूठे ईमेल भेजे। मैं शनिवार को ट्रक से लाइब्रेरी तक गई, लेकिन वहाँ इतनी कम किताबें थीं कि मैंने कार्ड नहीं बनवाया। मुझे जल्द ही ओलिंपिया या सिएटल जाने की तारीख़ तय करनी होगी और एक अच्छा बुकस्टोर खोजना होगा। मेरे मन में विचार आया कि इस ट्रक का गैस माइलेज कितना होगा... और यह सोचकर ही मैं काँप गई।

बारिश वीकएंड पर हल्की बनी रही, जिससे मुझे अच्छी नींद आई।

विद्यार्थियों ने सोमवार सुबह पार्किंग लॉट पर मेरा अभिवादन किया। मैं उन सबके नाम नहीं जानती थी, लेकिन मैं हाथ हिलाकर मुस्करा दी। उस सुबह मौसम ज़्यादा ठंडा था, लेकिन ख़ुशी की बात यह थी कि बारिश नहीं हो रही थी। अँग्रेज़ी में माइक ने मेरे बग़ल में अपनी जानी-पहचानी जगह बना ली। *वुदरिंग हाइट्स* में हमसे पॉप क्विज़ कराई गई। यह काफ़ी सीधी और आसान थी।

कुल मिलाकर, मैं काफ़ी आरामदेह महसूस कर रही थी, मेरी कल्पना से भी ज़्यादा। इतनी आरामदेह, जितनी की मैंने कल्पना भी नहीं की थी।

जब हम क्लास से बाहर निकले, तो हवा में सफ़ेद रेशे भरे थे। लोग रोमांचित होकर एक-दूसरे से चिल्लाकर बात कर रहे थे। हवा मेरे गालों और नाक पर काट रही थी।

"वाह," माइक ने कहा। "बर्फ़ गिर रही है।"

मैंने कपास जैसे छोटे टुकड़ों को देखा, जो फ़ुटपाथ पर जमा हो रहे थे और मेरे चेहरे के पास से गुज़र रहे थे।

बर्फ़। तुरंत ही मेरा अच्छा दिन ख़त्म हो गया।

वह हैरान दिखा। "क्या तुम्हें बर्फ़ पसंद नहीं है?"

"नहीं। इसका मतलब है कि मौसम बारिश से भी ज़्यादा ठंडा है।" ज़ाहिर सी बात थी। "इसके अलावा मैं सोचती थी कि यह रेशों में नीचे गिरती होगी - हर टुकड़ा अनूठा होता होगा। ये तो क्यू-टिप्स के सिरों जैसे दिखते हैं।"

उसने अविश्वास भरे स्वर में पूछा, "क्या तुमने पहले कभी बर्फ़ गिरते नहीं देखी?"

"क्यों नहीं देखी?" मैंने ठहरकर कहा। "टीवी पर देखी है।"

माइक हँसा। और तभी बर्फ़ का एक बड़ा गोला उसके सिर के पीछे टकराया। हम दोनों मुड़कर देखने लगे कि इसे किसने फेंका था। मुझे एरिक पर शक था, जो हमारी तरफ़ पीठ करके दूर जा रहा था - हालाँकि यह उसकी अगली क्लास के लिए ग़लत दिशा थी। स्पष्ट रूप से माइक भी उसी पर शक कर रहा था। वह झुका और बर्फ़ का गोला बनाने लगा।

"लंच में मिलती हूँ, ठीक है?" मैं बोलते-बोलते चलती रही। "जब लोग गीली चीज़ें फेंकने लगते हैं, तो मैं अंदर चली जाती हूँ।"

उसने बस सिर हिला दिया; उसकी निगाह दूर जाते एरिक पर जमी थी।

पूरी सुबह सभी विद्यार्थी रोमांचित होकर बर्फ़ के बारे में बातें करते रहे; यह नए साल की पहली बर्फ़बारी थी। मैंने अपना मुँह बंद रखा। निश्चित रूप से, बर्फ़ बारिश से ज़्यादा सूखी होती थी - जब तक कि यह आपके मोजों में पिघलती नहीं थी।

जब मैं स्पैनिश की क्लास के बाद जेसिका के साथ कैफ़ेटेरिया गई, तो मैं काफ़ी सतर्क थी। हर तरफ बर्फ़ के गोले उड़ रहे थे। मेरे हाथ में एक बाइंडर था, जिसका इस्तेमाल मैं ज़रूरत पड़ने पर ढाल की तरह कर सकती थी। जेसिका को मैं मज़ेदार लग रही थी, लेकिन मेरे चेहरे के किसी भाव की वजह से उसने मुझ पर बर्फ़ का गोला नहीं फेंका।

जब हम दरवाज़े के अंदर घुसे, तो माइक हमारे पास आ गया। वह हँस रहा था और बर्फ़ उसके बालों में पिघल रही थी। जब हम भोजन ख़रीदने के लिए कतार में खड़े हुए, तो वह और जेसिका बर्फ़ की लड़ाई के बारे में दिलचस्पी से बातें करने लगे। मैंने आदतन कोने वाली उस टेबल की तरफ़ देखा। और फिर मैं जहाँ थी, वहीं जम गई। टेबल पर आज पाँच लोग थे।

जेसिका ने मेरी बाँह खींची।

"हेलो बेला? तुम्हें क्या चाहिए?"

मैंने नीचे देखा। मेरा चेहरा लाल हो रहा था। मैंने ख़ुद को याद दिलाया कि मेरे शर्म महसूस करने का कोई कारण नहीं था। मैंने कुछ ग़लत नहीं किया था।

माइक ने जेसिका से पूछा, "बेला को क्या हुआ?"

"कुछ नहीं," मैंने जवाब दिया। "मैं आज बस सोडा लूँगी।" मैं क़तार के सिरे पर पहुँच गई थी।

जेसिका ने पूछा, "क्या तुम्हें भूख नहीं लग रही?"

"दरअसल मेरा जी मचल रहा है," मैंने कहा, मेरी निगाह अब भी फर्श पर थी।

मैंने उन लोगों के भोजन लेने का इंतज़ार किया और फिर उनके पीछे-पीछे एक टेबल तक गई; मेरी आँखें अब भी मेरे पैरों पर थीं।

मैंने अपने सोडा की धीरे-धीरे चुस्की ली; मेरे पेट में खलबली हो रही थी। दो बार माइक ने अनावश्यक चिंता के साथ पूछा कि मुझे कैसा लग रहा है।

मैंने उसे बताया कि चिंता की कोई बात नहीं थी, लेकिन मैं यह भी सोच रही थी कि क्या मुझे इस नाटक को आगे बढ़ाकर अगली क्लास के बजाय नर्स के ऑफ़िस में चले जाना *चाहिए*।

मूर्खतापूर्ण। मुझे भागने की कोई ज़रूरत नहीं है।

मैंने कलन परिवार की टेबल पर एक और नज़र डालने का निर्णय लिया। अगर वह मुझे गुस्से से घूर रहा होगा, तो मैं बायलॉजी के पीरियड में नहीं जाऊँगी; मैं हमेशा से इतनी ही डरपोक थी।

मैंने अपना सिर नीचे रखा और अपनी पलकों के नीचे से निगाह डाली। उनमें से कोई भी इस तरफ़ नहीं देख रहा था। मैंने अपना सिर थोड़ा ऊपर उठाया।

वे हँस रहे थे। एडवर्ड, जैस्पर और एमथ सभी के बाल पिघलती बर्फ़ में सने थे। एलिस और रोज़ेली दूर झुकीं, जब एमथ ने अपने गीले बाल उनकी ओर हिलाए। बाक़ी सबकी तरह ही वे भी बर्फ़ वाले दिन का आनंद ले रहे थे - लेकिन सिर्फ़ वे ही थे, जो बाक़ी लोगों की तुलना में किसी फ़िल्म के दृश्य जैसे दिख रहे थे।

लेकिन हँसी और चुलबुले अंदाज़ के अलावा कुछ और अलग था, हालाँकि मैं स्पष्टता से यह नहीं बता सकती थी कि वह क्या था। मैंने एडवर्ड की सबसे सावधानी से जाँच की। उसकी त्वचा कम पीली थी, मैंने निर्णय लिया - शायद बर्फ़ के युद्ध की वजह से - उसकी आँखों के नीचे के काले घेरे भी कम दिख रहे थे। लेकिन कोई और अंतर था। मैंने सोच-विचार किया, घूरा और फ़र्क़ का पता लगाने की कोशिश की।

"बेला, तुम किसे घूर रही हो?" जेसिका अचानक बोली और उसकी आँखें उधर उठ गईं, जिधर मैं घूर रही थी।

उसी पल एडवर्ड की नज़रें मेरी नज़रों से मिलीं।

मैंने अपना सिर नीचे कर लिया, अपने बालों को इतना गिरने दिया कि मेरा चेहरा छिप जाए। वैसे मुझे यक़ीन था कि जिस पल हमारी आँखें मिली थीं, वह रूखा या ग़ैर-दोस्ताना नहीं दिख रहा था, जैसा कि वह पिछली बार था, जब मैंने उसे देखा था। वह एक बार फिर सिर्फ़ जिज्ञासु नज़र आ रहा था और किसी बात से असंतुष्ट लग रहा था।

"एडवर्ड कलन तुम्हें घूर रहा है," जेसिका ने मेरे कानों में ही-ही करते हुए कहा।

"वह नाराज़ तो नहीं दिख रहा है ना?" मैं यह पूछे बिना नहीं रह पाई।

"नहीं," वह बोली, वह मेरे सवाल से थोड़ी चकरा गई थी। "क्या उसे नाराज़ होना चाहिए?"

"मुझे नहीं लगता कि वह मुझे पसंद करता है," मैंने उसे गोपनीय जानकारी दी। मैं अब भी उबकाई जैसा महसूस कर रही थी। मैंने अपनी बाँह पर सिर रख लिया।

"कलन परिवार किसी को पसंद नहीं करता... देखो, वे किसी के इतने क़रीब नहीं आते कि उन्हें पसंद करने लगें। लेकिन वह अब भी तुम्हें घूर रहा है।"

"उसकी तरफ़ देखना छोड़ो," मैंने फुफकारते हुए कहा।

वह धूर्त अंदाज़ में हँसी, लेकिन दूसरी तरफ़ देखने लगी। उसने यह किया है या नहीं, यह सुनिश्चित करने के लिए मैंने अपना सिर उठाया, वरना मैं हिंसक क़दम भी उठा सकती थी।

तभी माइक ने हमारी बातचीत में बाधा डाली - वह स्कूल के बाद पार्किंग लॉट में बर्फ़ीले तूफ़ान के बड़े युद्ध की योजना बना रहा था और हमें उसमें शामिल करना चाहता था। जेसिका उत्साह से तैयार हो गई। जिस तरह वह माइक को देखती थी, उससे इस बारे में कोई शक नहीं रह जाता था कि वह उसके हर सुझाव को ख़ुशी-ख़ुशी मान लेगी। मैं ख़ामोश रही। मैं सोचती रही कि पार्किंग लॉट ख़ाली होने तक मुझे जिम में छिपना होगा।

लंच के बाक़ी समय में मैं बहुत सावधान रही कि अपनी निगाह अपनी ख़ुद की टेबल की तरफ़ रखूँ। मैंने उस वादे का सम्मान करने का निर्णय लिया, जो मैंने ख़ुद से किया था। वह नाराज़ नहीं दिख रहा था, इसलिए मैं बायलॉजी की क्लास में जाऊँगी। उसके बग़ल में दोबारा बैठने की सोचकर ही मेरे पेट में उथलपुथल होने लगी थी।

मैं क्लास के लिए हमेशा की तरह माइक के साथ चलकर नहीं जाना चाहती थी - वह बर्फ़ के गोले फेंकने वालों का लोकप्रिय निशाना दिख रहा था - लेकिन दरवाज़े तक पहुँचते ही मेरे सिवा हर किसी ने एक स्वर में दर्द भरी आवाज़ निकाली। बारिश हो रही थी और बर्फ़ के सारे अवशेषों को रास्ते से हटा रही थी। मैंने अपना हुड ऊपर किया और मन ही मन ख़ुश हुई। अब मैं जिम के बाद सीधे अपने घर जा सकती थी।

इमारत चार तक जाते समय माइक ने शिकायतों का पुलिंदा खोल दिया।

क्लास के अंदर पहुँचने के बाद मैंने राहत के साथ देखा कि मेरी टेबल अब भी ख़ाली थी। मि. बैनर कमरे में घूम रहे थे और हर टेबल पर एक माइक्रोस्कोप तथा स्लाइड्स का बॉक्स दे रहे थे। क्लास कुछ मिनट बाद शुरू होने वाली थी और कमरे में बातों की गुनगुन हो रही थी। मैंने अपनी आँखें दरवाज़े से दूर रखीं और अपनी नोटबुक के कवर पर यूँ ही स्केचिंग करने लगी।

मैंने बहुत स्पष्टता से सुना, जब मेरे बग़ल की कुर्सी हिली, लेकिन मेरी आँखें उसी स्केच पर सावधानी से केंद्रित रहीं, जो मैं बना रही थी।

"हेलो," एक धीमा, संगीतमय सुर सुनाई दिया।

मैंने ऊपर देखा। मैं इस बात पर हैरान थी कि वह मुझसे बात कर रहा था। वह अब भी मुझसे उतनी दूर बैठा था, जितना वह उस डेस्क पर बैठ सकता था, लेकिन उसकी कुर्सी का कोण मेरी तरफ़ था। उसके बाल गीले और बिखरे हुए थे - फिर भी उसे देखकर लग रहा था, मानो वह अभी-अभी हेयर जेल के विज्ञापन की शूटिंग करके आया हो। उसका चमकता चेहरा दोस्ताना और खुला था; उसके बेदाग़ होंठों पर हल्की मुस्कान थी। लेकिन उसकी आँखें सावधान थीं।

"मेरा नाम एडवर्ड कलन है," उसने आगे कहा। "मुझे पिछले हफ़्ते अपना परिचय देने का मौक़ा नहीं मिला था। आप बेला स्वान होंगी।"

मेरा दिमाग़ चकरा रहा था। क्या मैंने इस पूरे प्रसंग की कल्पना कर ली थी? वह अब बेहद विनम्र था। मुझे बोलना ही पड़ा; वह इंतज़ार कर रहा था। लेकिन मैं बोलने के लिए कोई पारंपरिक चीज़ नहीं सोच पाई।

"तुम्हें मेरा नाम कैसे पता?" मैंने हकलाते हुए पूछा।

वह एक हल्की, मनमोहक हँसी हँस दिया।

"ओह, मैं सोचता हूँ कि यहाँ हर कोई तुम्हारा नाम जानता है। पूरा कस्बा तुम्हारे आने का इंतज़ार कर रहा था।"

मैं जानती थी कि उसकी बात सही थी।

"नहीं," मैं मूर्खतापूर्ण ढंग से अपनी बात पर अड़ी रही। "मेरा मतलब था, तुमने मुझे बेला क्यों कहा?"

वह दुविधा में था। "क्या तुम्हें इज़ाबेला नाम ज़्यादा पसंद है?"

"नहीं, मुझे बेला पसंद है," मैंने कहा। "लेकिन मैं सोचती हूँ कि चार्ली - मेरा मतलब है मेरे डैडी - मेरी पीठ पीछे मुझे इज़ाबेला नाम से संबोधित करते होंगे - इसीलिए यहाँ हर कोई मुझे उसी नाम से जानता है," मैंने स्पष्ट करने की कोशिश की और निहायत मंदबुद्धि महसूस करने लगी।

"ओह," उसने मामला छोड़ दिया। मैं अचकचाकर दूर देखने लगी।

शुक्र है कि मि. बैंटर ने उसी पल क्लास शुरू कर दी। हम आज जो लैब करने वाले थे, उसके बारे में वे कुछ बताने लगे और मैंने उनकी बातों पर ध्यान केंद्रित करने की कोशिश की। बॉक्स में स्लाइडें अव्यवस्थित थीं। हम दोनों लैब पार्टनर थे और हमें ओनियन रूट टिप सेल्स की स्लाइडों में माइटोसिस यानी विभाजन की अवस्थाओं के हिसाब से अंतर पहचानना और फिर उसी अनुसार उन पर लेबल लगाना था। हमें अपनी किताबों का इस्तेमाल नहीं करना था। बीस मिनट बाद वे आकर देखने वाले थे कि किसका जवाब सही था।

"शुरू हो जाओ," उन्होंने आदेश दिया।

"पार्टनर, लेडीज़ फ़र्स्ट?" एडवर्ड ने पूछा। उसने मेरी तरफ़ मुस्कान से देखा, जो इतनी सुंदर थी कि मैं बस मूर्खों की तरह उसे देखती रह गई।

"या मैं शुरू कर सकता हूँ, अगर तुम चाहो।" उसकी मुस्कान ओझल हो गई; वह स्पष्ट रूप से मुझे मूर्ख समझ रहा था।

"नहीं," मैंने लाल पड़ते चेहरे के साथ कहा। "मैं शुरू करती हूँ।"

मैं शान झाड़ रही थी, बस थोड़ी सी। मैं यह लैब पहले ही कर चुकी थी और मैं जानती थी कि यह काम कैसे करना है। यह आसान होना चाहिए। मैंने पहली स्लाइड माइक्रोस्कोप के नीचे रखी और इसे जल्दी से 40 एक्स पर एडजस्ट किया। मैंने स्लाइड का बस थोड़ा सा अध्ययन किया।

मेरा आकलन आत्मविश्वास से भरपूर था। "प्रोफेज़।"

"मैं देख सकता हूँ?" उसने पूछा, जब मैं स्लाइड हटाने लगी। मुझे रोकने के लिए उसके हाथ ने मेरा हाथ पकड़ लिया। उसकी अँगुलियाँ बर्फ़ जितनी ठंडी थीं। ऐसा लग रहा था, जैसे वह क्लास से पहले उन्हें बर्फ़ में रखकर बैठा था। लेकिन मैंने इस वजह से अपना हाथ इतनी जल्दी नहीं झटका था। दरअसल उसके छूते ही मेरे हाथ को ऐसा लगा, जैसे बिजली का करेंट लग गया हो।

"सॉरी," वह बुदबुदाया और उसने अपना हाथ तुरंत पीछे खींच लिया। बहरहाल, वह माइक्रोस्कोप को अपने पास लाने की कोशिश में जुटा रहा। जब उसने स्लाइड को मुझसे भी कम समय तक देखा।

"प्रोफेज़," वह सहमत था और उसने इसे हमारी वर्कशीट में पहली ख़ाली जगह पर सफ़ाई से लिख दिया। उसने पहली स्लाइड निकालकर दूसरी लगाई और फिर हल्के से देखा।

"एनाफेज़," वह बुदबुदाया और उसने इसे लिख दिया।

मैंने अपनी आवाज़ तटस्थ रखी। "क्या मैं देख सकती हूँ?"

दिखावटी हँसी हँसते हुए उसने माइक्रोस्कोप मेरी तरफ़ कर दिया।

मैंने उत्सुकता से देखा, लेकिन निराश हुई। वह बिलकुल सही था।

"तीसरी स्लाइड?" मैंने उसकी तरफ़ देखे बिना अपना हाथ आगे बढ़ाया।

उसने वह मुझे थमा दी; ऐसा लग रहा था, जैसे वह इस बारे में सावधान था कि कहीं दोबारा हमारे हाथों का संपर्क न हो जाए।

मैंने सबसे तेज़ झलक देखने की कोशिश की, जो मैं देख सकती थी।

"इंटरफेज़।" मैंने उसके माँगे बिना ही माइक्रोस्कोप उसकी ओर बढ़ा दिया। उसने फटाफट निगाह डाली और इसे नीचे लिख लिया। जब वह देख रहा था, तब मैं भी इसे लिख सकती थी, लेकिन उसकी साफ़, सजीली लिखावट देखकर मेरी हिम्मत नहीं हुई। मैं नहीं चाहती थी कि अपनी फूहड़ लिखाई से पेज को बिगाड़ूँ।

हमारा काम पूरा हो गया, जबकि दूसरा कोई क़रीब भी नहीं था। मैं देख सकती थी कि माइक और उसकी पार्टनर दो स्लाइडों की बार-बार तुलना कर रहे थे, जबकि एक समूह ने तो अपनी टेबल के नीचे किताब खोल ली थी।

अब मेरे पास करने को कुछ नहीं था। मैं बस यही कोशिश कर रही थी कि उसकी तरफ़ न देखूँ... नाकाम कोशिश। मैंने निगाह ऊपर उठाकर देखा; वह मुझे घूर रहा था और उसकी आँखों में कुंठा का वही अजीब भाव था। अचानक मैंने उसके चेहरे के उस सूक्ष्म अंतर को पहचान लिया।

"क्या तुमने कॉन्टैक्ट लेंस पहने हैं?" मैं बिना सोचे बोल पड़ी।

मेरे अप्रत्याशित प्रश्न से वह चकरा गया। "नहीं तो!"

"ओह," मैं बुदबुदाई। "तुम्हारी आँखें थोड़ी अलग दिख रही हैं।"

उसने कंधे उचका दिए और दूर देखने लगा।

वास्तव में मुझे यक़ीन था कि उसकी आँखें अलग थीं। मुझे अच्छी तरह याद था कि जब उसने मुझे पिछली बार देखा था, तो उसकी आँखें स्याही जैसी काली थीं - उनका रंग उसकी पीली त्वचा और सुनहरे बालों की पृष्ठभूमि में उभरकर दिख रहा था। आज उसकी आँखें बिलकुल ही अलग रंग की थीं; अजीब गेरुआ, बटरस्कॉच से ज़्यादा स्याह, लेकिन वही सुनहरी रंगत। मुझे समझ नहीं आया कि ऐसा कैसे हो सकता है, जब तक कि वह कॉन्टैक्ट लेंस के बारे में किसी कारण से झूठ न बोल रहा हो। या शायद फ़ोर्क्स मुझे सचमुच पगला रहा था।

मैंने नीचे देखा। उसके हाथ एक बार फिर मुट्ठियों में कस गए थे।

तभी मि. बैनर हमारी टेबल पर यह देखने आ गए कि हम काम क्यों नहीं कर रहे हैं। उन्होंने हमारे कंधों के ऊपर से निगाह डाली और जवाबों की जाँच करने के लिए ज़्यादा ग़ौर से देखा।

मि. बैनर ने पूछा, "तो एडवर्ड, क्या तुमने माइक्रोस्कोप में इज़ाबेला को मौक़ा नहीं दिया?"

"बेला," एडवर्ड ने अपने आप ही उनकी बात सुधार दी। "वास्तव में, उसने पाँच में से तीन पहचाने थे।"

मि. बैनर अब मुझे देख रहे थे। उनके चेहरे पर संदेह का भाव था।

उन्होंने पूछा, "क्या तुमने यह लैब पहले की है?"

मैं झेंपे अंदाज़ में मुस्करा दी। "ओनियन रूट के साथ नहीं।"

"व्हाइटफ़िश ब्लास्टुला के साथ?"

"हाँ।"

मि. बैनर ने सिर हिलाया। "क्या तुम फ़ीनिक्स में एडवांस्ड प्लेसमेंट प्रोग्राम में थीं?"

"हाँ।"

"अच्छा," उन्होंने एक पल बाद कहा। "मुझे लगता है, यह अच्छा ही रहा कि तुम दोनों लैब पार्टनर हो।" वे दूर जाते समय थोड़ा और बुदबुदाए। उनके जाने के बाद मैं एक बार फिर अपनी नोटबुक पर यूँ ही चित्र बनाने लगी।

"बर्फ़बारी बंद होना बहुत बुरा है, है ना?" एडवर्ड ने पूछा। मुझे लगा कि वह मेरे साथ छुटपुट बात करने के लिए ख़ुद को विवश कर रहा था। मेरे मन में एक बार फिर दहशत हो रही थी। ऐसा लग रहा था, जैसे उसने लंच पर जेसिका के साथ मेरी बातचीत सुन ली थी और मुझे ग़लत साबित करने की कोशिश कर रहा था।

मैंने एक की तरह इस पर अफ़सोस का नाटक करने के बजाय ईमानदारी से जवाब दिया, "दरअसल नहीं।" मैं अब भी शंका की मूर्खतापूर्ण भावना को हटाने की कोशिश कर रही थी और एकाग्रता क़ायम नहीं रख सकती थी।

"तुम्हें ठंड पसंद नहीं है।" यह प्रश्न नहीं था।

"न ही गीलापन।"

"फ़ोर्क्स तुम्हारे रहने के लिए मुश्किल जगह होगी," उसने कहा।

"तुम्हें तो अंदाज़ा भी नहीं है।" मैंने स्याह अंदाज़ में जवाब दिया।

मेरी बात पर वह मंत्रमुग्ध नज़र आया, हालाँकि ऐसा क्यों था, इसकी मैं कल्पना भी नहीं कर सकती थी। उसका चेहरा इतना ज़्यादा ध्यान भटकाता था कि मैंने ठान लिया कि अब से उसकी तरफ़ बस उतना ही देखूँगी, जितनी शिष्टाचार की माँग थी।

"तो फिर तुम यहाँ क्यों आईं?"

किसी ने भी मुझसे यह नहीं पूछा था – इतने सीधे तरीक़े से तो नहीं।

"यह... जटिल है।"

"मुझे लगता है कि मैं समझ जाऊँगा," उसने ज़ोर डालते हुए कहा।

मैं एक पल के लिए ठहरी और फिर मैंने उससे निगाह मिलाने की ग़लती कर ली। उसकी गहरी सुनहरी आँखों ने मुझे पागल बना दिया और मैं बिना सोचे जवाब दे बैठी।

मैंने कहा, "मेरी माँ ने दोबारा शादी कर ली।"

"यह तो ज़्यादा जटिल नहीं लगता," वह असहमत था, लेकिन अचानक सहानुभूतिपूर्ण हो गया था। "यह कब हुआ?"

"पिछले सितंबर में।" मेरी आवाज़ दुख भरी लग रही थी, मुझे भी।

"और तुम्हें वह आदमी पसंद नहीं है," एडवर्ड ने अंदाज़ा लगाया, उसका लहज़ा अब भी दयालु था।

"नहीं, फ़िल अच्छा है। शायद थोड़ा ज़्यादा युवा है, लेकिन अच्छा है।"

"तो फिर तुम उनके साथ क्यों नहीं रहीं?"

मैं उसकी रुचि का कारण नहीं जानती थी, लेकिन वह अपनी पैनी निगाह से मुझे घूरता रहा, मानो मेरी नीरस ज़िंदगी की कहानी उसके लिए बहुत महत्त्वपूर्ण हो।

"फ़िल बहुत यात्राएँ करते हैं। बेसबॉल खेलना उनका पेशा है।" मैं थोड़ा मुस्कराई।

"क्या मैंने उनके बारे में सुना है?" उसने मुस्कराकर प्रतिक्रिया करते हुए पूछा।

"शायद नहीं। वह इतना भी *अच्छा* नहीं खेलते हैं। सिर्फ़ माइनर लीग। उन्हें बहुत ज़्यादा यात्राएँ करनी पड़ती हैं।"

"और तुम्हारी माँ ने तुम्हें यहाँ भेज दिया, ताकि वे उनके साथ यात्राएँ कर सकें।" उसने एक बार फिर अनुमान लगाते हुए कहा; यह प्रश्न नहीं था।

मेरी उठी। "नहीं, उन्होंने मुझे यहाँ नहीं भेजा। मैंने ही ख़ुद को यहाँ भेजा है।"

उसकी भौंहें आपस में मिल गईं। "मैं समझ नहीं पाया," उसने स्वीकार किया और इस बात से वह ख़ामख़्वाह कुंठित नज़र आ रहा था।

मैंने आह भरी। मैं उसे यह सब क्यों समझा रही थी? वह स्पष्ट उत्सुकता से मुझे आगे भी घूरता रहा।

“वे पहले तो मेरे साथ रुकीं, लेकिन उन्हें फ़िल की याद आने लगी। इससे वे दुखी हो रही थीं... इसलिए मैंने निर्णय लिया कि अब चार्ली के साथ थोड़ा क्वालिटी टाइम बिताऊँगी।” बात पूरी होने तक मेरी आवाज़ में उदासी आ गई थी।

“लेकिन अब तुम दुखी हो?” उसने इशारा किया।

“और?” मैंने चुनौती दी।

“यह न्यायोचित नहीं लगता।” उसने कंधे उचका दिए, लेकिन उसकी आँखें अब भी केंद्रित थीं।

मैं बिना हँसने वाली बात के हँस दी। “क्या तुम्हें यह बात किसी ने नहीं बताई? जीवन न्यायपूर्ण नहीं है।”

“मुझे लगता है कि मैंने यह पहले कहीं सुना *तो है,*” वह शुष्कता से सहमत हुआ।

“तो बस यही बात है,” मैंने ज़ोर दिया और यह सोचा कि वह अब भी मुझे उस तरह से क्यों घूरे जा रहा है।

उसकी निगाह मुझे घूरने लगी। उसने धीरे से कहा, “तुमने नाटक तो अच्छा किया। लेकिन मैं शर्त लगाने को तैयार हूँ कि तुम इतना ज़्यादा कष्ट उठा रही हो, जितना किसी को बताना नहीं चाहती हो।”

मैंने उसकी तरफ़ मुँह बनाया और पाँच साल की लड़की की तरह जीभ निकालने की इच्छा को रोकते हुए दूर देखने लगी।

“क्या मैं ग़लत हूँ?”

मैंने उसे नज़रअंदाज़ करने की कोशिश की।

“मुझे तो ऐसा नहीं लगता,” वह आत्मसंतुष्ट अंदाज़ में बुदबुदाया।

“यह *तुम्हारे* लिए महत्त्वपूर्ण क्यों है?” मैंने चिढ़कर पूछा। मैंने अपनी आँखें दूर रखीं और टीचर को घूमते हुए देखती रही।

“यह बहुत अच्छा सवाल है,” वह इतनी धीरे से बुदबुदाया कि मुझे लगा, वह ख़ुद से बात कर रहा था। लेकिन जब वह कुछ पल तक ख़ामोश रहा, तो मैं इस नतीजे पर पहुँची कि मुझे बस यही जवाब मिलने वाला था।

मैंने आह भरकर ब्लैकबोर्ड की तरफ़ मुँह बनाया।

“क्या मेरी बातों से तुम चिढ़ रही है?” उसने पूछा। वह ख़ुश लग रहा था।

मैंने बिना सोचे उस पर निगाह डाली... और फिर सच्चाई बता दी। "नहीं तो। मैं तो खुद से ज़्यादा चिढ़ रही हूँ। मेरा चेहरा पढ़ना बहुत आसान है - मेरी माँ हमेशा मुझे खुली किताब कहती हैं।" मैंने त्योरी चढ़ा ली।

"इसके विपरीत, मुझे तो तुम पढ़ने में बहुत मुश्किल होती हो।" हर उस चीज़ के बावजूद जो मैंने कही थी और जो उसने अनुमान लगाया था, उसकी आवाज़ से ऐसा लग रहा था, जैसे वह सच बोल रहा था।

"तब तो तुम चेहरा पढ़ने में माहिर होओगे," मैंने जवाब दिया।

"आम तौर पर।" वह खुलकर मुस्कराया और बेहद सफ़ेद दाँत चमकाए।

मि. बैनर ने क्लास को सतर्क किया और मैं उनकी बात सुनने के लिए राहत से मुड़ी। मुझे विश्वास नहीं हो रहा था कि मैंने अभी-अभी अपनी नीरस ज़िंदगी इस विचित्र, सुंदर लड़के के सामने स्पष्ट कर दी है, जो इस वजह से मुझे तुच्छ भी समझ सकता था। हमारी बातचीत के दौरान तो वह तल्लीन नज़र आता था, लेकिन अब मैं कनखियों से देख सकती थी कि वह एक बार फिर मुझसे दूर झुक रहा था और उसके हाथ स्पष्ट तनाव के साथ टेबल के सिरे को जकड़े हुए थे।

मैंने ध्यान देने की कोशिश की, जब मि. बैनर ने ओवरहेड प्रोजेक्टर पर ट्रांसपेरेंसी लगाकर वह समझाया,, जो मैंने माइक्रोस्कोप में बिना मुश्किल के देख लिया था। लेकिन मैं अपने विचारों पर क़ाबू नहीं रख पा रही थी।

आख़िरकार जब घंटी बजी, तो एडवर्ड उतनी ही तेज़ी और आकर्षक अंदाज़ से कमरे से बाहर चला गया, जैसा पिछले सोमवार को गया था। और पिछले सोमवार की तरह ही इस बार भी मैं हैरानी से उसे घूरती रह गई।

माइक तेज़ी से मेरे बग़ल में आ गया और उसने मेरी किताबें उठा लीं। मैं कल्पना करने लगी कि वह पूँछ भी हिला रहा होगा।

"यह बहुत बुरा था," उसने आह भरते हुए कहा। "सारी स्लाइडें तो एक जैसी दिखती थीं। तुम्हारी क़िस्मत अच्छी थी कि कलन तुम्हारा पार्टनर था।"

"मुझे इसमें कोई दिक़्क़त नहीं आई," मैंने उसकी बात का मतलब समझते हुए कहा। वैसे मैंने तुरंत ही बात सँभाल ली। "मैं यह लैब पहले भी कर चुकी हूँ," मैंने आगे कहा, ताकि उसकी भावनाएँ आहत न हों।

"कलन आज पर्याप्त दोस्ताना नज़र आ रहा था," उसने कहा, जब हमने रेनकोट पहने। वह इसके बारे में ख़ुश नहीं लग रहा था।

मैंने तटस्थ दिखने की कोशिश की। "क्या पता, पिछले सोमवार को उसे क्या हो गया था।"

जिम जाते समय मैं माइक की चटरपटर पर ध्यान केंद्रित नहीं कर पाई और पीई ने भी मेरा ध्यान केंद्रित रखने के लिए ज़्यादा कुछ नहीं किया। आज माइक मेरी टीम में था। उसने अपने साथ-साथ मेरी जगह को भी बहादुरी से सँभाला, इसलिए मेरे विचारों में सिर्फ़ तभी बाधा पड़ती थी, जब मुझे सर्विस करनी होती थी। जब भी मेरी बारी आती थी, मेरी टीम के सभी लोग सिर झुकाकर खड़े हो जाते थे।

जब मैं पार्किंग तक गई, तब तक बारिश धुंध में बदल गई थी, लेकिन मुझे सूखे ट्रक के अंदर पहुँचने पर ज़्यादा ख़ुशी हुई। मैंने हीटर चला लिया और इस बार मुझे इंजन के कानफोड़ू शोर की परवाह नहीं थी। मैंने अपनी जैकेट का जिप खोला, हुड नीचे किया और अपने गीले बाल फैला लिए, ताकि घर पहुँचने तक वह हीटर की गर्म हवा से सूख जाएँ।

मैंने अपने चारों ओर देखकर यह सुनिश्चित किया कि मैदान साफ़ था। फिर मुझे एक स्थिर, सफ़ेद आकृति दिखी। मुझसे तीन कार दूर एडवर्ड कलन वोल्वो के सामने वाले दरवाज़े से टिका हुआ था और मेरी दिशा में एकटक घूर रहा था। मैं तेज़ी से दूसरी तरफ़ देखने लगी और मैंने ट्रक को रिवर्स गियर में डाल दिया; हड़बड़ी में मैं एक जंग लगी टोयोटा कोरोला को ठोंकने ही वाली थी। टोयोटा की क़िस्मत अच्छी थी कि मैंने समय पर ब्रेक लगा दिया। यह उस तरह की कार थी, जिसका मेरा ट्रक भुर्ता बना सकता था। मैंने गहरी साँस ली। फिर अपने ट्रक के दूसरे हिस्से से बाहर देखते हुए मैंने सावधानी से दोबारा गियर बदला, इस बार ज़्यादा सफलता से। वोल्वो के पास से गुज़रते समय मैं सामने घूरती रही, लेकिन कनखियों से मुझे जो दिखा, उससे मैं क़सम खा सकती थी कि वह हँस रहा था।

3

अद्भुत घटना

जब मैंने सुबह अपनी आँखें खोलीं, तो कोई चीज़ अलग थी। यह रोशनी थी। यह अब भी जंगल में बादल भरे दिन की भूरी-हरी रोशनी थी, लेकिन यह ज़्यादा साफ़ थी। मुझे अहसास हुआ कि आज कोहरा मेरी खिड़की को नहीं ढँक रहा था।

मैं बाहर देखने के लिए उछलकर उठी और फिर दहशत में आह भरने लगी।

आँगन बर्फ़ की एक महीन परत से ढँका हुआ था, यह मेरे ट्रक पर धूल की तरह बिछी थी और इसने सड़क तक को सफ़ेद कर दिया था। लेकिन यह सबसे बुरा हिस्सा नहीं था। कल की सारी बारिश जमकर ठोस हो गई थी - हालाँकि पेड़ों पर बर्फ़ जमने और सुइयाँ निकलने का मंज़र बहुत ज़बर्दस्त और सुंदर था, लेकिन सड़क घातक बर्फ़ से चिकनी हो गई थी। मुझे तो सूखी ज़मीन पर भी गिरने से बचने के लिए काफ़ी सावधानी बरतनी पड़ती थी; मेरे लिए बेहतर यही था कि मैं दोबारा सो जाऊँ।

मेरे नीचे उतरने से पहले ही चार्ली ऑफ़िस जा चुके थे। कई मायनों में चार्ली के साथ रहना अकेले रहने जैसा लगता था और मैंने पाया कि मुझे यह अकेलापन बुरा नहीं, बल्कि बहुत अच्छा लगता है।

मैंने फटाफट सीरियल का बाउल खाया और कार्टन से ऑरेंज जूस पिया। मैं स्कूल जाने को लेकर रोमांचित थी और इस बात से मैं घबरा गई। मैं जानती थी कि मैं ज्ञानार्जन के परिवेश से प्रेरित नहीं थी और अपने

नए दोस्तों से मिलने के लिए भी उत्सुक नहीं थी। ईमानदारी से दिल के अंदर झाँकने पर मैं जानती थी कि मैं स्कूल जाने के लिए सिर्फ़ इसलिए उतावली थी, क्योंकि वहाँ मुझे एडवर्ड कलन दिखेगा। और यह बहुत, बहुत मूर्खतापूर्ण बात थी।

कल की मेरी अनसोची और शर्मिंदा करने वाली बकबक के बाद मुझे उससे पूरी तरह दूर रहना चाहिए था। और मुझे उस पर शक भी था; उसने अपनी आँखों के बारे में झूठ क्यों बोला? मैं अब भी उस शत्रुता के भाव से डरती थी, जो मैं कई बार उसकी तरफ़ से निकलते हुए महसूस करती थी, हालाँकि उसके आदर्श चेहरे को देखते ही अब भी मेरी ज़ुबान पर ताला पड़ जाता था। मैं बहुत अच्छी तरह जानती थी कि मेरे और उसके स्तर में ज़मीन-आसमान का अंतर था। इसलिए मुझे आज उसे देखने के बारे में इतना उतावला नहीं होना चाहिए।

बर्फ़ीले ड्राइववे पर सही-सलामत पहुँचने के लिए मुझे अपनी समूची एकाग्रता का इस्तेमाल करना पड़ा। जब मैं आख़िरकार ट्रक तक पहुँची, तो मेरा संतुलन गड़बड़ाने लगा, लेकिन साइड मिरर को पकड़कर मैंने ख़ुद को बचा लिया। साफ़ लग रहा था कि आज का दिन किसी बुरे सपने जैसा होने वाला है।

स्कूल तक ट्रक चलाते समय मैं गिरने के डर और एडवर्ड कलन के बारे में अनचाहे विचार सोचने लगी थी। अपना ध्यान भटकाने के लिए मैं माइक और एरिक के बारे में सोचने लगी। मैंने विचार किया कि फ़ोर्क्स के किशोर लड़कों की मुझ पर प्रतिक्रिया कितनी अलग थी। मेरे ख़याल से यहाँ भी मैं बिलकुल वैसी ही दिखती थी, जैसी कि फ़ीनिक्स में दिखती थी। शायद ऐसा इसलिए होगा, क्योंकि वहाँ के लड़कों ने मुझे किशोरावस्था की सारी अजीब अवस्थाओं से धीरे-धीरे गुज़रते देखा था और वे मुझे अब भी वैसा ही मानते थे। लेकिन यहाँ मैं एक नई इंसान थी, जहाँ नए लोग बहुत कम आते थे। शायद मेरे फूहड़पन को यहाँ कमज़ोरी के बजाय मनमोहक माना जाता था, जिसकी वजह से लोग मुझे कष्ट में फँसी सुंदरी मानने लगे थे। कारण चाहे जो हो, माइक का पालतू कुत्ते जैसा व्यवहार और उसके साथ एरिक की स्पष्ट प्रतिद्वंद्विता मुझे परेशान कर रही थी। मैं सोचने लगी थी कि इसके बजाय मैं नज़रअंदाज़ होना ज़्यादा पसंद करूँगी या नहीं।

सड़क पर ढँकी बर्फ़ से मेरे ट्रक को कोई समस्या नहीं हो रही थी। मैंने बहुत धीरे-धीरे गाड़ी चलाई; मैं मुख्य सड़क पर विनाश की लीला नहीं दिखाना चाहती थी।

जब मैं स्कूल में ट्रक से उतरी, तब जाकर यह भेद खुला कि मुझे इतनी कम परेशानी क्यों हुई थी। चाँदी जैसी किसी चीज़ ने मेरी निगाह को आकर्षित किया और मैं ट्रक के पीछे गई - सहारे के लिए इसे पकड़े हुए - ताकि अपने टायरों की जाँच कर लूँ। उनके चारों ओर हीरे के आकार में पतली जंज़ीरें लगी थीं। मेरे ट्रक पर बर्फ़ की चेन लगाने के लिए चार्ली को जाने कितनी जल्दी उठना पड़ा होगा। मेरा गला अचानक रुँध गया। मुझे इतनी ज़्यादा परवाह की आदत नहीं थी और चार्ली की अनकही परवाह से मैं हैरान हो गई।

मैं ट्रक के पिछले कोने के पास खड़ी थी और बर्फ़ की चेन से उत्पन्न भावों के सैलाब को रोकने की कोशिश कर रही थी, तभी मुझे एक अजीब आवाज़ सुनाई दी।

यह बहुत तेज़ चरमराहट थी और यह ज़्यादा तेज़ होती जा रही थी। मैंने चौंककर ऊपर देखा।

मैंने एक साथ कई चीज़ें देखीं। कोई चीज़ धीमी गति में नहीं हो रही थी, जैसा फ़िल्मों में दिखाया जाता है। इसके बजाय एड्रीनलिन रश की वजह से मेरा मस्तिष्क ज़्यादा तेज़ी से काम कर रहा था और मैं एक साथ कई चीज़ों की स्पष्ट तसवीर देख सकती थी।

एडवर्ड कलन मुझसे चार कार दूर खड़ा-खड़ा मुझे दहशत से घूर रहा था। उसका चेहरा बाक़ी चेहरों के महासागर में अलग हटकर दिख रहा था, हालाँकि सभी सदमे में थे। लेकिन इससे ज़्यादा महत्त्वपूर्ण वह गहरी नीली वैन थी, जो तेज़ी से फिसल रही थी, जिसके टायर और ब्रेक काम नहीं कर रहे थे, जिस वजह से वैन पार्किंग में बर्फ़ पर तेज़ी से गोल-गोल घूम रही थी। यह मेरे ट्रक के पिछले हिस्से से टकराने वाली थी और मैं उनके बीच में खड़ी थी। मेरे पास आँखें बंद करने का भी समय नहीं था।

मैंने जब वैन के ट्रक से ज़ोरदार ढंग से टकराने की आवाज़ सुनी, इससे पहले कोई चीज़ मुझसे कसकर टकराई, हालाँकि उस दिशा से नहीं, जहाँ से मैं उम्मीद कर रही थी। मेरा सिर सड़क किनारे के ठंडे पत्थर से टकराया और मुझे महसूस हुआ कि किसी ठोस और ठंडी चीज़ ने मुझे

ज़मीन पर दबा दिया था। मैं उस भूरी कार के पीछे ज़मीन पर लेटी थी, जिसके बग़ल में मैंने अपनी कार खड़ी की थी। लेकिन मेरे पास किसी दूसरी चीज़ पर ग़ौर करने का मौक़ा नहीं था, क्योंकि वैन अब भी आ रही थी। यह ट्रक के सिरे में फँसी हुई अब भी घूम रही थी, फिसल रही थी और *एक बार फिर* मुझसे टकराने वाली थी।

एक हल्की आवाज़ से मैं जागरूक हुई कि मेरे साथ कोई और था और उस आवाज़ को न पहचानना असंभव था। दो लंबे सफ़ेद हाथ मेरे सामने रक्षात्मक अंदाज़ में फैल गए और वैन मेरे चेहरे से एक फ़ुट की दूरी पर थरथराती हुई रुक गई। ख़ुशक़िस्मती से लंबे हाथ वैन के बग़ल में एक गहरे निशान में फँस गए।

फिर उसके हाथ इतनी तेज़ी से चले कि मुझे कुछ नहीं दिखा। एक हाथ अचानक वैन के नीचे वाले हिस्से को पकड़ रहा था और कोई चीज़ मुझे खींच रही थी और मेरे पैरों को गुड़िया की तरह झुला रही थी, जब तक कि वे भूरी कार के टायर से नहीं टकरा गए। तेज़ धातु की टक्कर मेरे कानों में चुभी और वैन रुक गई, काँच बाहर निकलकर सड़क पर गिर गए - ठीक वहीं, जहाँ एक सेकंड पहले मेरे पैर थे।

चीख़-पुकार शुरू होने से पहले एक लंबे पल तक ख़ामोशी छाई रही। फिर जो चीत्कार हुआ, उसमें मैं एक से ज़्यादा लोगों को अपना नाम चिल्लाते सुन सकती थी, लेकिन उस चीख़-पुकार से ज़्यादा मैं अपने कान में एडवर्ड कलन की धीमी, बेचैन आवाज़ सुन सकती थी।

"बेला? तुम ठीक तो हो?"

"मैं ठीक हूँ।" मेरी आवाज़ अजीब लग रही थी। मैंने बैठने की कोशिश की, लेकिन फिर मुझे अहसास हुआ कि उसने मेरे शरीर को एक फ़ौलादी शिकंजे ने अपने शरीर से चिपका रखा था।

"ध्यान से," उसने चेतावनी दी, जब मैं जूझी। "मुझे लगता है कि तुम्हारा सिर थोड़ा कसकर टकरा गया है।"

मैं अपने बाएँ कान के ऊपर टीस मारते दर्द के बारे में जागरूक हुई।

"ओह," मैंने हैरानी से कहा।

"मुझे भी यही लगा था।" उसकी आवाज़ ऐसी लग रही थी, मानो वह हँसी दबा रहा हो।

"तुम कैसे..." मैंने शुरू किया, लेकिन फिर मैंने अपने दिमाग़ को साफ़ करने और स्थिति का जायज़ा लेने की कोशिश की। "तुम यहाँ इतनी तेज़ी से कैसे पहुँचे?"

"मैं तो तुम्हारे बग़ल में ही खड़ा था, बेला," उसकी आवाज़ एक बार फिर गंभीर थी।

मैं बैठने के लिए मुड़ी और इस बार उसने मुझे ऐसा करने दिया। उसने मेरी कमर पर से पकड़ ढीली कर दी और उस सीमित जगह में वह जितनी दूर खिसक सकता था, खिसक गया। मैंने उसके चिंतित, मासूम भाव को देखा और मैं सुनहरी आँखों की शक्ति से एक बार फिर विचलित हो गई। मैं उससे क्या पूछ रही थी?

और फिर लोगों की भीड़ हमारे क़रीब आ गई। उनके चेहरे पर आँसू बह रहे थे, वे एक-दूसरे से चिल्लाकर कह रहे थे, हमसे चिल्लाकर कह रहे थे।

"हिलना मत," किसी ने निर्देश दिया।

"टाइलर को वैन से बाहर निकालो!" किसी दूसरे ने चिल्लाकर कहा। हमारे चारों तरफ़ तेज़ गतिविधि हो रही थी। मैंने उठने की कोशिश की, लेकिन एडवर्ड के ठंडे हाथ ने मेरे कंधे को नीचे धका दिया।

"हाल-फ़िलहाल ऐसे ही रहो।"

"लेकिन यह ठंडा है," मैंने शिकायत की। इससे मुझे हैरानी हुई, जब मैंने उसकी दबी हँसी देखी। धारदार हँसी।

"तुम वहाँ थे," मुझे अचानक याद आया और उसकी दबी हँसी अधूरी रह गई। "तुम अपनी कार के पास थे।"

उसका भाव सख़्त हो गया। "नहीं, मैं नहीं था।"

"मैंने तुम्हें देखा था।" हमारे चारों ओर अफरातफरी मची थी। मैं घटनास्थल पर पहुँचने वाले वयस्कों की ज़्यादा भारी आवाज़ें सुन सकती थी। लेकिन मैं हमारे बहस के मुद्‍दे पर ज़िद से अड़ी रही; मैं सही थी और उसे यह मानना होगा।

"बेला, मैं तुम्हारे पास ही खड़ा था और मैंने तुम्हें रास्ते से दूर खींचा था।" उसने अपनी आँखों की समूची विनाशकारी ताक़त मुझ पर लगा दी, मानो कोई अत्यंत महत्त्वपूर्ण चीज़ बताने की कोशिश कर रहा हो।

"नहीं।" मैंने अपना जबड़ा भींचा।

उसकी आँखों का सोना दहकने लगा। "प्लीज़, बेला।"

"क्यों?" मैंने माँग की।

"मुझ पर भरोसा करो," उसने आग्रह किया; उसकी धीमी आवाज़ ज़बर्दस्त थी।

मुझे अब साइरनों की आवाज़ सुनाई दे रही थी। "क्या तुम बाद में मुझे हर चीज़ बताने का वादा करोगे?"

"ठीक है," उसने कहा और अचानक परेशान दिखने लगा।

"ठीक है," मैंने गुस्से से दोहराया।

वैन को दूर खिसकाने में छह इमरजेंसी मेडिकल टेक्निशियन्स और दो टीचर्स - मि. वार्नर और क्लैप नामक कोच - की ज़रूरत पड़ी, ताकि हमें ले जाने के लिए स्ट्रेचर ला सकें। एडवर्ड ने ज़ोर-शोर से स्ट्रेचर पर जाने से इंकार कर दिया। मैंने भी ऐसा ही करने की कोशिश की, लेकिन उस गद्दार ने उन्हें बता दिया कि मेरा सिर टकरा गया था और शायद मेरे सिर में चोट लगी थी। मैं अपमान से मरते-मरते बची, जब उन्होंने मेरे गले में पट्टा डाल दिया। जब उन्होंने मुझे एम्बुलैंस के पीछे भरा, तो ऐसा लग रहा था, मानो पूरा स्कूल वहाँ पर था और गंभीरता से देख रहा था। एडवर्ड सामने बैठ गया। इससे मैं पगला गई।

स्थिति और बदतर हो गई, जब उसी समय चीफ़ स्वान भी वहाँ पहुँच गए।

"बेला!" वे दहशत में चिल्लाए, जब उन्होंने स्ट्रेचर पर मुझे पहचाना।

"मैं बिलकुल ठीक हूँ, चार्ली - डैडी।" मैंने आह भरी। "मेरे साथ कोई गड़बड़ नहीं है।"

वे पूरी स्थिति की जानकारी लेने के लिए सबसे क़रीबी ईएमटी की ओर मुड़े। मैंने बाहरी चीज़ों पर ध्यान देना छोड़ दिया, ताकि अपने दिमाग़ में अव्यवस्थित घुमड़ रही जटिल तसवीरों के ढेर को व्यवस्थित कर लूँ। जब उन्होंने मुझे कार से दूर उठाया था, तो मैंने भूरी कार के बम्पर में एक गहरा गड्ढा देखा था - एक बहुत स्पष्ट गड्ढा, जो एडवर्ड के कंधे के आकार से मेल खाता था... मानो उसने इतनी शक्ति से कार पर प्रहार किया था कि धातु को नुक़सान पहुँच जाए...

और फिर मुझे उसका परिवार दिखा, जो दूर से देख रहा था। उनके चेहरे पर जो भाव थे, वे नापसंदगी से आवेश तक के थे, लेकिन उनमें अपने भाई की सुरक्षा को लेकर किसी तरह की चिंता नज़र नहीं आ रही थी।

मैंने कोई तार्किक समाधान सोचने की कोशिश की, जिससे वह सब स्पष्ट हो सके, जो मैंने अभी-अभी देखा था - एक ऐसा समाधान, जिससे यह निष्कर्ष न निकलता हो कि मैं पागल हो गई थी।

स्वाभाविक रूप से काउंटी के अस्पताल तक मैं एम्बुलैंस पुलिस के साथ गई। जब वे मुझे एम्बुलैंस में से उतार रहे थे, तो मैं मूर्खतापूर्ण महसूस कर रही थी। स्थिति और बुरी इसलिए लग रही थी, क्योंकि एडवर्ड ख़ुद के दम पर अस्पताल के दरवाज़े से अंदर गया था। मैंने अपने दाँत भींच लिए।

वे मुझे इमरजेंसी रूम में ले गए। यह लंबा कमरा था, जिसमें पलंगों की क़तारों को पैस्टल आकृति वाले पर्दों से अलग किया गया था। एक नर्स ने मेरी बाँह पर ब्लड प्रेशर का पट्टा बाँध दिया और जीभ के नीचे थर्मामीटर रख दिया। चूँकि किसी ने भी मुझे निजता देने के लिए पर्दा खींचने की जहमत नहीं उठाई थी, इसलिए मैंने निर्णय लिया कि अब मूर्खतापूर्ण दिखने वाले गले के पट्टे को उतार देना चाहिए। नर्स के दूर जाते ही मैंने फटाफट उसे खोला और पलंग के नीचे फेंक दिया।

अस्पताल के कर्मचारी एक बार फिर वहाँ आए; मेरे बग़ल में एक और स्ट्रेचर किसी को लेकर आ रही थी। मैंने देखा कि वह एक लड़का था, जिसके सिर के चारों ओर ख़ून से सनी पट्टियाँ बँधी थीं। यह तो मेरी शासन वाली क्लास का टाइलर क्राउली है। टाइलर की हालत मुझसे सौ गुना ख़राब दिख रही थी, लेकिन इसके बावजूद वह मुझे चिंता से घूर रहा था।

"बेला, मुझे बहुत अफ़सोस है!"

"मैं ठीक हूँ, टाइलर - तुम्हारी हालत बहुत बुरी दिख रही है, सब ठीक है?" जब हम बात कर रहे थे, तो नर्सों ने उसकी ख़ून से सनी पट्टियाँ खोलीं। उसके माथे और बाएँ गाल पर बहुत से सतही घाव दिख रहे थे।

उसने मेरी बात अनसुनी कर दी और अपना ही राग अलापने लगा, "मुझे लग रहा था कि मैं तुम्हें जान से मारने वाला हूँ! मैं बहुत तेज़ कार

चला रहा था और फिर मैं बर्फ़ में ग़लत तरीक़े से फँस गया...” उसने दर्द की शिकन के साथ कहा, जब एक नर्स ने उसके चेहरे को रुई से साफ़ किया।

“अब उसकी चिंता मत करो; टक्कर हुई तो नहीं ना।”

“तुम इतनी जल्दी रास्ते से कैसे हट गईं? तुम एक पल वहाँ थीं और अगले पल नहीं थीं...”

“वो... एडवर्ड ने मुझे रास्ते से हटा लिया था।”

वह दुविधा में दिखने लगा। “कौन?”

“एडवर्ड कलन - वह मेरे बग़ल में खड़ा था।” मैं हमेशा से झूठ बोलने में कमज़ोर रही हूँ, इसीलिए मेरी आवाज़ में विश्वसनीयता कम थी।

“कलन? वह तो मुझे नहीं दिखा... ओह, मुझे लगता है यह सब बहुत तेज़ी से हुआ था। वह ठीक है?”

“लगता तो है। वह यहीं कहीं है, लेकिन वह स्ट्रेचर पर नहीं आया था।”

मैं जानती थी कि मैं पागल नहीं हूँ। हुआ क्या था? मैंने जो देखा था, वह किसी तरह समझ में नहीं आ रहा था।

फिर वे मुझे स्ट्रेचर पर सिर का एक्सरे कराने ले गए। मैंने उन्हें बताया कि कोई गड़बड़ नहीं है और मेरी बात बिलकुल सही थी; एक्सरे में आघात का नामोनिशान नहीं था। मैंने पूछा कि क्या मैं अस्पताल से जा सकती हूँ, लेकिन नर्स ने कहा कि इसके लिए मुझे डॉक्टर से पूछना होगा। मैं इमरजेंसी रूम में फँसी रह गई और इंतज़ार करती रही। टाइलर लगातार माफ़ी माँग रहा था और इसका बदला चुकाने का वादा कर रहा था, जिससे मैं बहुत परेशान हो गई। मैंने उसे लाख बार बताया कि मैं ठीक हूँ, लेकिन फिर भी वह ख़ुद को दोष देता रहा और परेशान होता रहा। आख़िरकार मैंने अपनी आँखें बंद कर लीं और उसे नज़रअंदाज़ कर दिया। वह पछतावे की आग में जलता हुआ बड़बड़ाता रहा।

“क्या वह सो रही है?” एक संगीतमय आवाज़ ने पूछ। मेरी आँखें तेज़ी से खुल गईं।

एडवर्ड मेरे पलंग के किनारे पैरों के पास खड़ा-खड़ा बनावटी हँसी हँस रहा था। मैंने उसे आँखें तरेर कर देखा। यह आसान नहीं था - हसरत से देखना ज़्यादा स्वाभाविक होता।

"सुनो, एडवर्ड, मुझे सचमुच अफ़सोस है-" टाइलर ने बोलना शुरू किया।

एडवर्ड ने उसे रोकने के लिए एक हाथ उठाया।

"कोई चोट नहीं लगी, मतलब कोई ग़लती नहीं हुई," उसने अपने चमचमाते दाँत दिखाते हुए कहा। वह टाइलर के पलंग के कोने पर मेरे सामने बैठ गया। उसने एक बार फिर बनावटी हँसी निकाली।

"तो मशीन का फ़ैसला क्या है?" उसने मुझसे पूछा।

"मेरे साथ कोई गड़बड़ नहीं है, लेकिन वे मुझे जाने नहीं दे रहे हैं," मैंने शिकायत की। "ऐसा कैसे हो गया कि वे तुम्हें हमारी तरह स्ट्रेचर पर नहीं लाए?"

"देखो, जान-पहचान से फ़र्क़ पड़ता है," उसने जवाब दिया। "लेकिन चिंता मत करो, मैं तुम्हें छुड़वाने आया हूँ।"

तभी एक डॉक्टर मुड़कर अंदर आए और मेरा मुँह खुला रह गया। वे युवा थे, उनके बाल सुनहरे थे... वे किसी भी मूवी स्टार से ज़्यादा हैंडसम थे। हालाँकि उनका चेहरा पीला था और वे थके-थके दिख रहे थे; उनकी आँखों के नीचे काले निशान थे। चार्ली के वर्णन के अनुसार यही एडवर्ड के पिता होने चाहिए।

"तो मिस स्वान," डॉ. कलन ने काफ़ी आकर्षक आवाज़ में कहा, "आप कैसा महसूस कर रही हैं?"

वे मेरे सिर के ऊपर दीवार पर लगे लाइटबोर्ड तक गए और उसे चालू किया।

"आपका एक्सरे अच्छा दिखता है," उन्होंने कहा। "क्या आपको सिर में दर्द हो रहा है? एडवर्ड बता रहा था कि आपका सिर बहुत तेज़ी से टकराया था।"

"मैं ठीक हूँ," मैंने एक आह के साथ दोहराया और एडवर्ड की तरफ़ जल्दी से मुँह बनाया।

डॉक्टर की ठंडी अँगुलियों ने मेरी खोपड़ी को हल्के से दबाना शुरू किया। जब मैंने दर्द में मुँह बनाया, तो उन्होंने ग़ौर किया।

"दर्द है?" उन्होंने पूछा।

"ज़्यादा नहीं।" मैं इससे ज़्यादा दर्द झेल चुकी थी।

मैंने एक दबी हँसी सुनी और मैंने मुड़कर एडवर्ड की प्यारी मुस्कान देखी। मेरी आँखें सिकुड़ गईं।

"अच्छी बात है। आपके डैडी वेटिंग रूम में बैठे हैं - अब आप उनके साथ घर जा सकती हैं। लेकिन अगर आपको चक्कर आएँ या आँखों में दिखने की समस्या आए, तो यहाँ आ जाना।"

"क्या मैं स्कूल नहीं जा सकती?" मैंने पूछा; मैं चार्ली का ध्यान रखने की कल्पना कर रही थी।

"शायद आपको आज आराम करना चाहिए।"

मैंने एडवर्ड पर निगाह डाली। "क्या *उसे* स्कूल जाने को मिलेगा?"

"किसी न किसी को तो अच्छी ख़बर सुनानी होगी कि हम बच गए," एडवर्ड आत्मसंतुष्ट अंदाज़ में बोला।

डॉ. कलन ने सुधार करते हुए कहा, "सच कहूँ तो किसी को जाने की ज़रूरत नहीं है; ज़्यादातर स्कूल तो वेटिंग रूम में ही बैठा है।"

"ओह नहीं," मैंने दर्द भरे स्वर में कहा और अपना चेहरा हाथों से ढक लिया।

डॉ. कलन ने अपनी भौंहें उठाकर पूछा, "क्या आप यहीं रुकना चाहती हैं?"

"नहीं, नहीं!" मैंने ज़ोर देकर कहा, अपने पैर पलंग के एक तरफ़ उछाले और तेज़ी से कूद गई। कुछ ज़्यादा ही तेज़ी से - मैं लड़खड़ा गई और डॉ. कलन को मुझे पकड़ना पड़ा। वे चिंतित दिख रहे थे।

"मैं ठीक हूँ," मैंने उन्हें दोबारा आश्वस्त किया। उन्हें यह बताने की ज़रूरत नहीं थी कि मेरे संतुलन की समस्याओं का सिर टकराने से कोई संबंध नहीं था।

"दर्द के लिए टाइलेनॉल ले लेना," उन्होंने मुझे सीधा खड़ा करते हुए सुझाव दिया।

"दर्द इतना ज़्यादा भी नहीं है," मैंने ज़ोर देकर कहा।

"लगता है कि तुम बहुत ख़ुशक़िस्मत हो," डॉ. कलन ने कहा, जब वे मेरे चार्ट पर साइन करते हुए मुस्कराए।

"ख़ुशक़िस्मत हूँ कि एडवर्ड मेरे बग़ल में खड़ा था," मैंने एडवर्ड को कठोरता से घूरते हुए कहा।

"ओह हाँ, अच्छा है," डॉ. कलन सहमत हुए और इसके बाद अपने सामने के काग़ज़ों में काफ़ी रुचि लेने लगे। फिर वे टाइलर के पास चले गए। मेरा सहज बोध सक्रिय हो गया; डॉक्टर को भेद पता था।

"मुझे लगता है कि *आपको* हमारे साथ थोड़े ज़्यादा समय तक रहना होगा," उन्होंने टाइलर से कहा और उसके घाव देखने लगे।

जैसे ही डॉक्टर की पीठ मेरी तरफ़ हुई, मैं एडवर्ड के पास पहुँच गई।

"क्या मैं तुमसे एक मिनट बात कर सकती हूँ?" मैंने दबे स्वर में कहा। वह मुझसे एक क़दम दूर हट गया और उसका जबड़ा अचानक कस गया।

"तुम्हारे डैडी तुम्हारा इंतज़ार कर रहे हैं," उसने दाँतों के बीच से जवाब दिया।

मैंने डॉ. कलन और टाइलर की तरफ़ निगाह डाली।

"मैं तुम्हारे साथ अकेले में बात करना चाहती हूँ, अगर तुम्हें दिक़्क़त न हो," मैंने दबाव डालते हुए कहा।

उसने मुझे गुस्से से देखा और फिर अपनी पीठ घुमाकर लंबे कमरे की ओर चल दिया। उसकी बराबरी करने के लिए मुझे एक तरह से दौड़ना पड़ा। जैसे ही हम छोटे हॉल वाले कोने में पहुँचे, वह घूम गया।

"तुम क्या चाहती हो?" उसने पूछा और उसकी आवाज़ में चिढ़ साफ़ झलक रही थी। उसकी आँखें भावशून्य थीं।

उसके शत्रुतापूर्ण रवैये से मैं डर गई। मेरे शब्द मेरी उम्मीद से कम गंभीरता से बाहर निकले। "तुम पर स्पष्टीकरण का उधार बाक़ी है," मैंने उसे याद दिलाया।

"मैंने तुम्हारी जान बचाई है - मेरा कोई उधार बाक़ी नहीं है।"

मैं उसकी आवाज़ में छिपे द्वेष से सहम गई। "तुमने वादा किया था।"

"बेला, तुम्हारा सिर टकराया है, तुम नहीं जानतीं कि तुम क्या बोल रही हो।" उसका लहज़ा चाकू जैसा था।

अब मेरा पारा चढ़ गया और मैंने उसे अवज्ञापूर्ण गुस्से से घूरा। "मेरे सिर में कोई गड़बड़ नहीं है।"

उसने भी आँखें तरेरकर कहा, "तुम मुझसे क्या चाहती हो, बेला?"

"मैं सच्चाई जानना चाहती हूँ," मैं बोली, "मैं जानना चाहती हूँ कि मैं तुम्हारी ख़ातिर झूठ क्यों बोल रही हूँ।"

"तुम क्या *सोचती हो* कि क्या हुआ था?" उसने झिड़कते हुए कहा।

यह एक झटके में बाहर आ गया।

"मैं तो बस इतना जानती हूँ कि तुम मेरे आस-पास कहीं नहीं थे - टाइलर ने भी तुम्हें नहीं देखा, इसलिए मुझसे यह मत कहो कि मेरा सिर कसकर टकरा गया था, इसलिए मेरा दिमाग़ फिर गया है। वह वैन हम दोनों को कुचलने वाली थी - लेकिन इसने ऐसा नहीं किया और तुम्हारे हाथों ने इस पर गड्ढे बना दिए और तुम्हें ज़रा भी चोट नहीं पहुँची - वैन मेरे पैरों को कुचलने वाली थी, लेकिन तुमने इसे पकड़ लिया था..." मैं जानती थी कि यह पागलपन भरा लग रहा था और मैं आगे नहीं बोल सकती थी। मैं इतने गुस्से में थी कि मेरे आँसु निकलने ही वाले थे। मैंने दाँत भींचकर उन्हें रोकने की कोशिश की।

वह अविश्वास में मुझे घूर रहा था। लेकिन उसका चेहरा तनावपूर्ण और रक्षात्मक था।

"तुम सोचती हो कि मैंने तुम पर से वैन को उठा लिया?" उसका लहज़ा मेरे मानसिक संतुलन पर प्रश्नचिह्न लगा रहा था, लेकिन इससे मेरा शक और बढ़ गया। यह एक कुशल अभिनेता द्वारा आदर्श ढंग से बोला गया वाक्य था।

मैंने बस एक बार सिर हिला दिया; मेरा जबड़ा कसा हुआ था।

"तुम जानती हो, कोई भी इस पर यक़ीन नहीं करेगा।" उसकी आवाज़ में अब उपहास का पुट भी था।

"मैं किसी को बताने नहीं जा रही हूँ," मैंने हर शब्द धीरे-धीरे बोला और सावधानी से अपने गुस्से पर क़ाबू किया।

उसके चेहरे पर हैरानी का भाव आ गया। "तो फिर यह महत्त्वपूर्ण क्यों है?"

"यह मेरे लिए महत्त्वपूर्ण है," मैंने ज़ोर देकर कहा। "मैं झूठ बोलना पसंद नहीं करती - इसलिए अगर मैं ऐसा कर रही हूँ, तो इसके पीछे कोई अच्छा कारण होना चाहिए।"

"क्या तुम मुझे बस धन्यवाद देकर मामला ख़त्म नहीं कर सकतीं?"

"धन्यवाद," मैंने इंतज़ार किया और मेरे अंदर गुस्से का गुबार था।

"तुम पीछा नहीं छोड़ने वालीं, है ना?"

"नहीं।"

"तो फिर इस स्थिति में... मुझे लगता है कि तुम्हें निराशा का आनंद लेना होगा।"

हमने ख़ामोशी में एक-दूसरे की तरफ़ गुस्से से मुँह बनाया। पहले मैं बोली, ख़ुद को एकाग्र रखने की कोशिश में। मेरे सामने यह ख़तरा मौजूद था कि मैं कहीं उसके आगबबूला, सुंदर चेहरे से विचलित न हो जाऊँ। यह तो किसी विनाशकारी देवदूत को घूरने जैसा था।

"तुमने मुझे बचाने की जहमत ही क्यों उठाई?" मैंने ठंडे लहज़े में पूछा।

वह रुका और पल भर के लिए उसका मनमोहक चेहरा अप्रत्याशित रूप से असुरक्षित नज़र आया।

उसने फुसफुसाकर कहा, "मैं नहीं जानता।"

फिर वह पलटा और मुझसे दूर चला गया।

मैं इतनी नाराज़ थी कि मुझे हिलने में कुछ मिनट का समय लग गया। जब मैं चल सकने की स्थिति में आ गई, तो धीरे-धीरे हॉल के सिरे के निर्गम द्वार तक पहुँची।

मैं जितना डर रही थी, वेटिंग रूम उससे ज़्यादा अप्रिय था। ऐसा लग रहा था कि मैं फ़ोर्क्स में जिस भी चेहरे को जानती थी, वह यहाँ पर मौजूद था और मुझे घूर रहा था। चार्ली तेज़ी से मेरे बग़ल में आए; मैंने अपने हाथ उठा दिए।

मैंने उन्हें खिन्न अंदाज़ में आश्वस्त किया, "मैं बिलकुल ठीक हूँ।" मैं अब भी भड़की हुई थी और छुटपुट बातचीत के मूड में नहीं थी।

"डॉक्टर ने क्या कहा?"

"डॉक्टर कलन ने मुझे देखा और कहा कि मैं ठीक हूँ और घर जा सकती हूँ।" मैंने आह भरी। माइक, जेसिका और एरिक सभी वहाँ थे और हमारी ओर मिलने आने लगे थे। मैंने आग्रह किया, "चलो, चलते हैं।"

मुझे ज़्यादा न छूते हुए चार्ली ने एक बाँह मेरी पीठ में डाली और मुझे काँच के निर्गम द्वार तक ले गए। मैंने झेंपे अंदाज़ में अपने मित्रों की

ओर हाथ हिला दिया और इस तरह उन्हें बता दिया कि अब उन्हें चिंता करने की ज़रूरत नहीं है। क्रूज़र में बैठकर मुझे बहुत राहत मिली – और मैंने ऐसा पहली बार महसूस किया था।

यात्रा के दौरान हम ख़ामोश रहे। मैं अपने ख़्यालों में इतनी खोई थी कि मैं भूल ही गई कि चार्ली भी वहाँ पर थे। मुझे विश्वास था कि हॉल में एडवर्ड का रक्षात्मक व्यवहार उन विचित्र चीज़ों की पुष्टि थी, जिन्हें देखने के बारे में मुझे अब भी विश्वास नहीं हो रहा था।

जब हम घर पहुँचे, तो चार्ली ने आख़िरकार कहा।

"देखो... तुम्हें रिनी को फ़ोन कर लेना चाहिए।" उन्होंने अपराधी अंदाज़ में सिर झुकाया।

मैं स्तब्ध रह गई। "आपने माँ को बता दिया!"

"सॉरी।"

मैंने बाहर निकलते वक़्त क्रूज़र का दरवाज़ा ज़रूरत से थोड़ी ज़्यादा तेज़ी से बंद किया।

ज़ाहिर है, मेरी माँ को हिस्टीरिया का दौरा पड़ गया था। मुझे उन्हें कम से कम तीस बार बताना पड़ा कि मैं अच्छा महसूस कर रही हूँ, तब कहीं वे शांत हुईं। उन्होंने मुझसे घर आने का ज़ोरदार आग्रह किया – और वे यह बात भूल गईं कि घर उस समय ख़ाली था – लेकिन उनके आग्रहों का प्रतिरोध करना मेरी कल्पना से ज़्यादा आसान था। मैं एडवर्ड के रहस्य में सरोबार थी। और एडवर्ड के मोहपाश में भी बँधी थी। मूर्खतापूर्ण, मूर्खतापूर्ण, मूर्खतापूर्ण। मैं फ़ोर्क्स से बच निकलने के लिए उतनी उत्सुक नहीं थी, जितना मुझे होना चाहिए था, जितना किसी भी सामान्य, समझदार इंसान को होना चाहिए था।

मैंने उस रात जल्दी सोने का फ़ैसला किया। चार्ली लगातार चिंता से मुझे देख रहे थे, जिससे मुझे उलझन हो रही थी। मैंने बाथरूम से तीन टाइलेनॉल निकालीं। उनसे मदद मिली और जब दर्द कम हुआ, तो मैं धीरे-धीरे नींद के आगोश में चली गई।

उस रात मैंने पहली बार एडवर्ड कलन को सपने में देखा।

4

आमंत्रण

मेरे सपने में बहुत अँधेरा था। वहाँ जो हल्की सी रोशनी थी, वह एडवर्ड की त्वचा से आ रही थी। मुझे उसका चेहरा नहीं दिख रहा था, बस उसकी पीठ नज़र आ रही थी। वह मुझे अँधेरे में छोड़कर मुझसे दूर जा रहा था। मैं चाहे जितना तेज़ दौड़ती, लेकिन उसे पकड़ नहीं सकती थी। मैंने चाहे जितने ज़ोर से आवाज़ दी, लेकिन वह कभी नहीं पलटा। परेशान होकर मैं आधी रात को जाग गई और बहुत समय तक जागती ही रही। उसके बाद एडवर्ड लगभग हर रात को मेरे सपनों में आता था; वह हमेशा सरहद पर रहता था, कभी पहुँच के भीतर नहीं रहता था।

दुर्घटना के बाद वाला महीना बेचैन, तनावपूर्ण और पहलेपहल शर्मनाक था।

मुझे यह जानकर निराशा हुई कि मैं उस बचे हुए सप्ताह में लोगों के ध्यान का केंद्र बन गई थी। टाइलर क्राउली तो बहुत बड़ा झमेला था। वह मेरे पीछे-पीछे चलता रहता था और किसी न किसी तरह अपने काम का बदला चुकाना चाहता था। मैंने उसे बार-बार बताया कि मैं सबसे ज़्यादा यह चाहती हूँ कि वह इस बारे में सब कुछ भूल जाए - ख़ास तौर पर इसलिए, क्योंकि मुझे दरअसल कुछ भी नहीं हुआ था - लेकिन इसके बावजूद वह मेरे पीछे लगा रहा। वह क्लासों के बीच में मेरे पीछे रहता था और अब हमारे भरे हुए लंच टेबल पर बैठता था। माइक और एरिक एक-दूसरे के प्रति कम दोस्ताना थे, लेकिन उससे भी कम दोस्ताना वे

टाइलर के प्रति थे। इससे मुझे चिंता हुई कि मैंने एक और प्रशंसक बना लिया था, जिसे मैं पसंद नहीं करती थी।

किसी को भी एडवर्ड की परवाह नहीं थी, हालाँकि मैंने बार-बार बताया कि वही हीरो था - किस तरह उसने मुझे रास्ते से दूर खींचा था और वह भी कार के नीचे आने से बाल-बाल बचा था। मैंने विश्वसनीय बनने की कोशिश की। जेसिका, माइक, एरिक और हर व्यक्ति हमेशा यही बोलता था कि उन्होंने तो उसे तब तक देखा भी नहीं था, जब तक कि वैन को हटाया नहीं गया।

मैंने ख़ुद सोचा कि किसी दूसरे ने उसे इतनी दूर खड़े क्यों नहीं देखा, जिसके ठीक बाद उसने अचानक, असंभव तरीक़े से मेरी जान बचाई। चिढ़ के साथ मुझे इसके कारण का अहसास हुआ - कोई दूसरा शायद एडवर्ड के बारे में उतना जागरूक नहीं था, जितनी मैं हमेशा से थी। कोई दूसरा उसे उस तरह नहीं देखता था, जिस तरह मैं देखती थी।

एडवर्ड को कभी उन उत्सुक दर्शकों की भीड़ ने नहीं घेरा, जो उससे आँखों देखा हाल जानने के लिए उत्सुक हों। लोग हमेशा की तरह उससे दूर रहते थे। कलन और हेल जोड़े हमेशा की तरह उसी टेबल पर बैठते थे, कुछ भी नहीं खाते थे और सिर्फ़ आपस में बात करते थे। उनमें से कोई भी, ख़ास तौर पर एडवर्ड, अब मेरी तरफ़ नहीं देखता था।

जब वह क्लास में मेरे बग़ल में बैठता था, तो वह मुझसे उतनी दूर बैठता था, जितना उस टेबल पर संभव था। वह मेरी उपस्थिति से पूरी तरह अनजान नज़र आता था। कभी-कभार उसकी मुट्ठी अचानक बँध जाती थी - त्वचा हड्डियों पर और ज़्यादा सफ़ेद नज़र आती थी - और तब मैं सोचती थी कि शायद वह उतना तटस्थ भी नहीं है, जितना नज़र आता है।

वह सोच रहा होगा कि काश उसने मुझे टाइलर की वैन के रास्ते से नहीं खींचा होता - मैं किसी दूसरे निष्कर्ष पर नहीं पहुँच सकती थी।

मैं उससे बात करने के लिए बेकरार थी और दुर्घटना के बाद वाले दिन मैंने कोशिश भी की थी। आख़िरी बार जब मैंने उसे देखा था, यानी इमरजेंसी रूम के बाहर, उस वक़्त हम दोनों ही ग़ुस्से में थे। मैं अब भी नाराज़ थी, क्योंकि वह सच्चाई के मामले में मुझ पर भरोसा नहीं कर रहा था, हालाँकि मैंने अपना वादा पूरी तरह से निभाया था। सच तो यह था

कि उसने मेरी जान बचाई थी, चाहे जैसे भी बचाई हो। और रात भर में मेरे क्रोध की गर्मी कृतज्ञता में बदल गई।

जब मैं बायलॉजी की क्लास में गई और सीधे आगे देख रही थी, तो वह पहले से ही बैठा हुआ था। मैं बैठ गई और उम्मीद करने लगी कि वह मेरी तरफ़ मुड़ेगा। उसने इस बात का कोई संकेत नहीं दिया कि उसे मेरे आने का अहसास भी था।

"हेलो एडवर्ड," मैंने अच्छे से कहा, ताकि वह समझ जाए कि मैं अच्छा व्यवहार करने वाली हूँ।

उसने अपना सिर मेरी तरफ़ हल्का सा घुमाया, एक बार सिर हिलाया और फिर दूसरी तरफ़ देखने लगा।

यह वह आख़िरी संपर्क था, जो मेरा उसके साथ हुआ था, हालाँकि वह हर दिन वहाँ रहता था, मुझसे एक फ़ुट दूर। मैं बार-बार उसकी तरफ़ देखती थी, क्योंकि मैं ख़ुद को रोक नहीं पाती थी - दूर से, कैफ़ेटेरिया में या पार्किंग लॉट में। मैं देखती थी कि उसकी सुनहरी आँखें दिनोदिन ज़्यादा काली हो रही थीं। लेकिन क्लास में मैं उस पर उतना ही ध्यान देती थी, जितना वह मुझ पर देता था। मैं दुखी थी। और उसके सपने लगातार आते रहे।

मेरे स्पष्ट झूठों के बावजूद मेरे ईमेल्स से रिनी को मेरी उदासी का अंदाज़ा हो गया और उन्होंने चिंता में कई बार फ़ोन किया। मैंने उन्हें विश्वास दिलाने की कोशिश की कि मैं मौसम की वजह से उदास थी।

मेरे लैब पार्टनर और मेरे बीच के इस स्पष्ट झगड़े से माइक ख़ुश था। मैं देख सकती थी कि वह इस बारे में चिंतित था कि एडवर्ड का जांबाज़ बचाव मुझे प्रभावित कर सकता है और उसे यह जानकर राहत मिली कि इसका विपरीत प्रभाव हुआ। उसका आत्मविश्वास इतना ज़्यादा बढ़ गया कि बायलॉजी की क्लास शुरू होने से पहले वह मेरी टेबल की नोक पर बैठने लगा और एडवर्ड को उसी तरह नज़रअंदाज़ करता रहा, जिस तरह एडवर्ड हमें नज़रअंदाज़ करता था।

उस ख़तरनाक बर्फ़ीले दिन के बाद बर्फ़ हमेशा के लिए चली गई। माइक निराश था कि उसे अपनी बर्फ़बारी के युद्ध के मंचन का मौक़ा नहीं मिला, लेकिन उसे इस बात की ख़ुशी थी कि हम समुद्र तट पर जल्दी ही

पिकनिक मनाने जा सकते हैं। बारिश तेज़ी से गिरती रही और सप्ताह गुज़रते गए।

जेसिका ने मुझे भविष्य में आने वाली एक और घटना की जानकारी दी - उसने मार्च के पहले मंगलवार को फ़ोन करके पूछा कि क्या मैं उसे यह अनुमति दूँगी कि वह माइक को दो सप्ताह बाद लड़कियों की चॉइस वाले स्प्रिंग डांस में आमंत्रित कर ले।

"क्या तुम्हें पक्का यक़ीन है कि तुम्हें फ़र्क़ नहीं पड़ेगा... कहीं तुम तो उसे आमंत्रित नहीं करने वाली थीं?" वह जुटी रही, जब मैंने उसे बताया कि मुझे रत्ती भर भी फ़र्क़ नहीं पड़ता।

"नहीं जेस, मैं नहीं जा रही हूँ।" मैंने उसे आश्वस्त किया। डांस मेरी योग्यताओं के बहुत बाहर की चीज़ थी।

"यह सचमुच मज़ेदार होगा।" उसने आधे-अधूरे मन से मुझे समझाने की कोशिश की। मुझे शक था कि जेसिका को मेरा सचमुच साथ उतना पसंद नहीं है, जितनी मेरी अस्पष्ट लोकप्रियता।

मैंने उसे प्रोत्साहित किया, "तुम माइक के साथ मज़े करो।"

अगले दिन ट्रिगनोमेट्री और स्पेनिश में जेसिका चुप-चुप दिखी, जिससे मैं हैरान रह गई। बातूनीपन क्यों नहीं दिख रहा था। क्लासों के बीच मेरे साथ चलते समय भी वह चुप रही और मुझे उससे कारण पूछने में डर लग रहा था। अगर माइक ने उसे ठुकरा दिया था, तो जेसिका मुझे यह बात कभी नहीं बताना चाहेगी।

मेरा डर लंच के दौरान ज़्यादा मज़बूत हो गया, जब जेसिका माइक से ज़्यादा से ज़्यादा दूर बैठी और एरिक के साथ उत्साह से बात करने लगी। माइक असामान्य रूप से ख़ामोश था।

माइक तब भी ख़ामोश था, जब वह क्लास तक जाने के लिए मेरे साथ चला। उसके चेहरे का असहज भाव एक बुरा संकेत था। लेकिन उसने वह विषय तब तक नहीं छेड़ा, जब तक कि मैं अपनी सीट पर नहीं बैठ गई और वह मेरी डेस्क पर नहीं बैठ गया। हमेशा की तरह मैं एडवर्ड के बारे में बिजली की तरह जागरूक थी, जो इतने क़रीब बैठा था कि मैं हाथ बढ़ाकर उसे छू सकती थी, लेकिन वह इतना दूर भी था मानो वह मेरी कल्पना का आविष्कार हो।

"तो," माइक ने फ़र्श की ओर देखते हुए कहा, "जेसिका ने मुझसे स्प्रिंग डांस पर चलने का पूछा है।"

"यह बेहतरीन है।" मैंने अपनी आवाज़ को उत्साही बनाया। "तुम जेसिका के साथ बहुत मज़े करोगे।"

"देखो..." वह अटकने लगा, जब उसने मेरी मुस्कान की जाँच की; स्पष्ट रूप से वह मेरी प्रतिक्रिया से ख़ुश नहीं था। "मैंने उसे कहा था कि मुझे इसके बारे में सोचना होगा।"

"तुमने ऐसा क्यों किया?" मैंने नापसंदगी का भाव लाते हुए कहा, हालाँकि मैं राहत में थी कि उसने जेसिका से साफ़ इंकार नहीं किया था।

उसका चेहरा सुर्ख़ लाल हो गया और वह दोबारा नीचे देखने लगा। करुणा ने मेरे संकल्प को हिला दिया।

"मैं सोच रही थी कि क्या... देखो, क्या तुम मुझसे पूछने की योजना बना रहे हो।"

मैं पल भर के लिए ठहरी और अपराधबोध की उस लहर से नफ़रत करने लगी, जो मेरे अंदर आ गई थी। लेकिन मैंने कनखियों से देखा कि एडवर्ड का सिर मेरी दिशा में झुका हुआ था।

"माइक, मैं सोचती हूँ कि तुम्हें उसे हाँ कह देना चाहिए था," मैंने कहा।

"क्या तुमने पहले ही किसी से बात कर ली है?" क्या एडवर्ड ने इस बात पर ग़ौर किया कि माइक की आँखें उसकी दिशा में घूमी थीं?

"नहीं," मैंने उसे आश्वस्त किया। "मैं डांस नहीं करूँगी।"

"क्यों नहीं?" माइक ने जवाब माँगा।

मैं उसे डांस की वजह से उत्पन्न होने वाले सुरक्षा के ख़तरे नहीं बताना चाहती थी, इसलिए मैंने फटाफट नई योजना बना ली।

"मैं उस शनिवार को सिएटल जा रही हूँ," मैंने जल्दी से बहाना बनाया। मुझे वैसे भी शहर के बाहर जाना ही था – अचानक यह जाने के लिए आदर्श समय लगने लगा था।

"क्या तुम किसी दूसरे वीकएंड में नहीं जा सकतीं?"

"सॉरी, नहीं," मैंने कहा। "इसलिए अब तुम्हें जेसिका से और इंतज़ार नहीं कराना चाहिए – यह बदतमीज़ी होगी।"

"हाँ, तुम सही कह रही हो," वह बुदबुदाया और निराश होकर अपनी सीट की तरफ़ चल दिया। मैंने अपनी आँखें बंद कर लीं और अपनी कनपटियों पर अँगुलियाँ दबाईं; मैं अपराधबोध और सहानुभूति को अपने दिमाग़ से बाहर धकाने की कोशिश कर रही थी। मि. बैनर ने बोलना शुरू कर दिया। मैंने आह भरकर आँखें खोलीं।

अब एडवर्ड जिज्ञासा से मुझे घूर रहा था, उसी जानी-पहचानी कुंठा के साथ, जो उसकी काली आँखों में और भी ज़्यादा स्पष्ट दिख रही थी।

मैंने पलटकर घूरा; मैं हैरान थी और उम्मीद कर रही थी कि वह तुरंत दूर देखने लगेगा। लेकिन इसके बजाय वह पैनी गहनता से मेरी आँखों में निहारता रहा। मेरे दूर देखने का सवाल ही नहीं उठता था। मेरे हाथ कॉपने लगे।

"मि. कलन?" टीचर ने पुकारा और उस सवाल का जवाब माँगा, जो मैंने नहीं सुना था।

"क्रैब्स साइकल," एडवर्ड ने जवाब दिया और अनिच्छा से मि. बैनर की तरफ़ देखने के लिए मुड़ा।

जैसे ही उसकी आँखों ने मुझे आज़ाद किया, मैं अपनी किताब की तरफ़ नीचे देखने लगी और अपनी जगह खोजने की कोशिश की। इस बार भी मैं हमेशा की तरह ही डरपोक निकली और अपना चेहरा छिपाने के लिए मैंने अपने बाल दाएँ कंधे पर गिरा लिए। मेरे भीतर जज़्बातों का जो सैलाब उठ रहा था, उस पर मुझे यक़ीन नहीं हो रहा था - सिर्फ़ इसलिए, क्योंकि उसने छह हफ़्ते बाद मुझे पहली बार देखा था। मैं उसे ख़ुद पर इस तरह का जादू करने की अनुमति नहीं दे सकती थी। यह दयनीय था। दयनीय से भी ज़्यादा यह व्याकुल करने वाला था।

बाक़ी की क्लास में मैंने बहुत कोशिश की कि उसके बारे में जागरूक न रहूँ। चूँकि यह असंभव था, इसलिए मैंने यह कोशिश की कि उसे यह बात पता न चले कि मैं उसके बारे में जागरूक हूँ। जब आख़िरकार घंटी बजी, तो मैंने अपना सामान बटोरने के लिए उसकी तरफ़ पीठ घुमा ली और उम्मीद करने लगी कि हमेशा की तरह आज भी वह तुरंत चला जाएगा।

"बेला?" उसकी आवाज़ मेरे लिए इतनी जानी-पहचानी नहीं होनी चाहिए थी, मानो मैं इस आवाज़ को चंद हफ़्तों से नहीं, बल्कि जनम-जनम से जानती थी।

मैं धीरे-धीरे, अनिच्छा से घूमी। मैं वह महसूस नहीं करना चाहती थी, जो मैं जानती थी कि मैं उसके अति आदर्श चेहरे को देखकर *महसूस* करूँगी। जब मैं आख़िरकार उसकी ओर मुड़ी, तो मेरे चेहरे का भाव सतर्क था; उसके चेहरे का भाव पढ़ना संभव नहीं था। वह कुछ नहीं बोला।

"क्या हुआ? तुम मुझसे दोबारा बात कर रहे हो?" मैंने आख़िरकार पूछा और बिना इरादे के मेरी आवाज़ चिड़चिड़ी हो गई थी।

मुस्कान रोकने के लिए उसके होंठ थरथराए। उसने स्वीकार किया, "नहीं, सचमुच नहीं।"

मैंने अपनी आँखें बंद कर लीं और अपनी नाक से धीरे-धीरे साँस खींची। मैं यह जानती थी कि मैं अपने दाँत भींच रही हूँ। उसने इंतज़ार किया।

"तो फिर तुम क्या चाहते हो, एडवर्ड?" मैंने अपनी आँखें बंद रखते हुए पूछा; उससे इस तरह स्पष्ट अंदाज़ में बात करना ज़्यादा आसान था।

"मुझे अफ़सोस है।" उसकी आवाज़ संजीदा लग रही थी। "मैं जानता हूँ कि मैं बहुत बदतमीज़ी भरा व्यवहार कर रहा हूँ। लेकिन दरअसल यही बेहतर रहेगा।"

मैंने अपनी आँखें खोल लीं। उसका चेहरा बहुत गंभीर था।

"मैं नहीं जानती कि तुम्हारी बात का क्या मतलब है।" मेरी आवाज़ सतर्क थी।

"बेहतर यही रहेगा कि हम दोस्त न बनें," उसने स्पष्ट किया। "मेरी बात पर भरोसा करो।"

मेरी आँखें सिकुड़ गई थीं। मैंने *यह* पहले भी सुना था।

"यह बहुत बुरा है कि तुम्हें यह बात जल्दी पता नहीं चली," मैं दाँतों के बीच से फुफकारी। "तुम इस सारे अफ़सोस से ख़ुद को बचा सकते थे।"

"अफ़सोस?" उस शब्द और मेरे लहज़े की वजह से वह चकरा गया था। "किस बात का अफ़सोस?"

"इस बात का अफ़सोस कि तुमने उस बेवकूफ़ वैन को मुझे कुचलने क्यों नहीं दिया।"

वह हैरान था। उसने मुझे अविश्वास से घूरा।

आख़िरकार जब वह बोला, तो बौखलाया हुआ दिख रहा था। "तुम सोचती हो कि मुझे तुम्हारी जान बचाने पर अफ़सोस है?"

"मैं *जानती* हूँ कि तुम्हें है," मैंने तुरंत कहा।

"तुम कुछ नहीं जानतीं।" वह सचमुच गुस्से में दिख रहा था।

मैंने तेज़ी से अपना सिर उससे दूर घुमाया और अपने जबड़े से वे तूफ़ानी आरोप नहीं निकलने दिए, जो मैं उस पर लगाना चाहती थी। मैं अपनी किताबें इकट्ठी करके दरवाज़े तक गई। मैं फ़िल्मी अंदाज़ में धड़धड़ाती हुई कमरे से बाहर निकलना चाहती थी, लेकिन यह नहीं हो पाया। मेरे जूते की अँगुली दरवाज़े के स्टॉपर में फँस गई और इस वजह से मेरी किताबें गिर गईं। मैं पल भर के लिए वहाँ स्तंभित खड़ी रही और उन्हें छोड़कर जाने के बारे में सोचती रही। फिर मैं आह भरकर उन्हें उठाने के लिए झुकी। मैंने देखा कि एडवर्ड वहाँ पहले से ही मौजूद था और उनका ढेर लगा चुका था। उसने मुझे किताबें थमाईं; उसका चेहरा सख़्त था।

मैंने बर्फ़ीले अंदाज़ में कहा, "धन्यवाद।"

उसकी आँखें सिकुड़ गईं, "वेलकम"

मैं जल्दी से सीधी हुई, उससे दूर घूमी और बिना पलटकर देखे जिम की ओर धड़धड़ाती हुई चल दी।

जिम निर्मम था। हम अब बास्केटबॉल खेल रहे थे। मेरी टीम मुझे कभी पास नहीं देती थी, जो अच्छी बात थी, लेकिन इसके बावजूद मैं बहुत बार गिरती रहती थी। कई बार तो मैं अपने साथ दूसरों को भी गिरा देती थी। आज स्थिति सामान्य से बदतर थी, क्योंकि मेरे दिमाग़ में एडवर्ड का ख़्याल चल रहा था। मैंने अपने पैरों पर ध्यान केंद्रित करने की कोशिश की, लेकिन वह बार-बार मेरे विचारों में आता रहा, जिससे मेरा संतुलन बार-बार गड़बड़ाता रहा।

हमेशा की तरह जिम से बाहर निकलना राहत की बात थी। मैं लगभग दौड़कर अपने ट्रक तक पहुँची। इतने सारे लोग थे, जिनसे मैं बचना चाहती थी। दुर्घटना में ट्रक को सिर्फ़ हल्का सा नुक़सान हुआ था।

मुझे इसकी पीछे की लाइट्स बदलवानी थीं और थोड़ा पेंट का काम भी करा सकती थी, लेकिन उसकी कोई ख़ास ज़रूरत नहीं थी। टाइलर के माता-पिता को अपनी वैन कबाड़े के भाव बेचनी पड़ी थी।

मेरा दिल ज़ोर-ज़ोर से धड़कने लगा, जब मोड़ मुड़ने पर मैंने एक लंबी आकृति को मेरे ट्रक के सिरे पर टिके देखा। फिर मुझे अहसास हुआ कि वह एरिक था। मैं एक बार फिर चलने लगी।

मैंने कहा, "हे, एरिक।"

"हाय, बेला।"

"क्या हुआ?" मैंने दरवाज़ा खोलते समय पूछा। मैं उसकी आवाज़ के असहज पुट पर ध्यान नहीं दे रही थी, इसलिए उसके अगले शब्द सुनकर दंग रह गई।

"ओह, मैं बस सोच रहा था... क्या तुम मेरे साथ स्प्रिंग डांस के लिए चलोगी?" उसकी आवाज़ आख़िरी शब्द पर टूट गई।

"मुझे लग रहा था कि यह लड़कियों का चुनाव था," मैंने कहा; मैं इतनी हैरान थी कि कूटनीति भूल गई थी।

उसने शर्मिंदा चेहरे के साथ स्वीकार किया, "हाँ।"

मैंने ख़ुद को सँभाला और अपनी मुस्कान को गर्मजोशी भरा बनाने की कोशिश की। "मुझसे पूछने के लिए धन्यवाद, लेकिन उस दिन मैं सिएटल जा रही हूँ।"

"ओह," उसने कहा। "तो शायद अगली बार।"

"बिलकुल," मैंने सहमति में कहा और अपना होंठ काट लिया। मैं नहीं चाहती थी कि वह इसे सच समझ ले।

वह दोबारा स्कूल की तरफ़ चला गया। मुझे किसी की हल्की सी दबी हँसी सुनाई दी।

एडवर्ड मेरे ट्रक के सामने से गुज़र रहा था, सीधे आगे देख रहा था और उसके होंठ कसकर भिंचे थे। मैं दरवाज़ा खोलकर अंदर कूदी और इसे अपने पीछे कसकर बंद कर लिया। मैंने इंजन को चालू किया और गलियारे में रिवर्स किया। एडवर्ड पहले से ही अपनी कार में बैठ चुका था, जो मेरे ट्रक के सामने से कुछ दूर थी। उसकी कार की वजह से मेरा बाहर जाने का रास्ता बंद हो गया था। वह वहाँ अपने परिवार का इंतज़ार करने

के लिए रुका था; मैं उन चारों को इस तरफ़ आते हुए देख सकती थी, लेकिन वे अब भी कैफ़ेटेरिया के पास थे। मैंने उसकी चमचमाती वोल्वो के पिछले हिस्से को उड़ाने के बारे में सोचा, लेकिन बहुत ज़्यादा गवाह थे। मैंने अपने रियरव्यू मिरर में देखा। कारों की लाइन लगने लगी थी। मेरे ठीक पीछे टाइलर क्राउली अपनी नई सेकंड हैंड सेंट्रा में हाथ हिला रहा था। मैं इतनी उत्तेजित थी कि मैंने हाथ हिलाकर जवाब नहीं दिया।

जब मैं वहाँ बैठकर सामने वाली कार को छोड़कर हर तरफ़ देख रही थी, तो मुझे अपनी पैसेंजर वाली खिड़की पर दस्तक सुनाई दी। मैंने देखा, यह टाइलर था। मैंने दुविधा में अपने रियरव्यू मिरर में देखा। उसकी कार अब भी चालू थी, लेकिन उसका दरवाज़ा खुला था। मैं खिड़की नीचे करने के लिए झुकी। यह सख़्त थी। आधे रास्ते नीचे करने के बाद मैंने हार मान ली।

“मुझे अफ़सोस है टाइलर, मैं कलन के पीछे फँस गई हूँ।” मैं चिढ़ रही थी - स्पष्ट रूप से मेरी ग़लती की वजह से यह ट्रैफ़िक जाम नहीं लगा था।

“ओह, मैं जानता हूँ - हम यहाँ अटक गए हैं, इसलिए मुझे तुमसे वह कहने का मौक़ा मिल गया, जो मैं कहना चाहता था।” वह मुस्कराया।

यह नहीं हो सकता था।

“क्या तुम मुझसे स्प्रिंग डांस में चलने को नहीं कहोगी?” उसने आगे कहा।

“मैं उस दिन शहर में नहीं रहूँगी, टाइलर।” मेरी आवाज़ थोड़ी तीखी हो गई थी। मुझे ध्यान रखना था कि यह उसकी ग़लती नहीं थी कि माइक और एरिक ने उस दिन के मेरे धैर्य के कोटे का पहले ही इस्तेमाल कर लिया था।

“हाँ, माइक ने बताया था,” उसने स्वीकार किया।

“फिर क्यों-”

उसने कंधे उचकाए। “मुझे लग रहा था कि तुम उसे यूँ ही टरका रही हो।”

ठीक है, यह पूरी तरह से उसकी ग़लती थी।

"सॉरी टाइलर," मैंने अपनी चिढ़ को छिपाते हुए कहा। "मैं सचमुच शहर से बाहर जा रही हूँ।"

"यह ठीक है। अब भी हमारे पास प्रॉम है।"

और इससे पहले कि मैं कुछ कह पाऊँ, वह दोबारा अपनी कार की तरफ़ बढ़ गया। मैं सदमे में आ गई। मैंने देखा कि आगे एलिस, रोज़ेली, एमथ और जैस्पर वोल्वो में बैठ रहे थे। रियरव्यू मिरर में एडवर्ड की आँखें मुझ पर जमी थीं। इसमें कोई शक नहीं था कि वह हँसी के मारे हिल रहा था, मानो उसने टाइलर का कहा एक-एक शब्द सुन लिया हो। मेरा पैर एक्सीलरेटर दबाने के लिए व्याकुल हो रहा था... एक छोटे से धक्के से किसी को भी नुक़सान नहीं होता, बस उस सिल्वर पेंट का चमचमाता हुलिया बिगड़ जाता। मैंने इंजन चालू किया।

लेकिन तब तक वे सभी अंदर बैठ चुके थे और एडवर्ड तेज़ी से कार चलाने लगा था। मैंने धीरे-धीरे, सावधानी से और रास्ते भर ख़ुद से बड़बड़ाते हुए ट्रक चलाया।

घर पहुँचने पर मैंने चिकन की एक मेक्सिकन डिश बनाने का निर्णय लिया। इसमें काफ़ी समय लगता था, इसलिए मुझे उम्मीद थी कि यह मुझे व्यस्त रखेगी। जब मैं धीमी आँच पर प्याज और मिर्च भून रही थी, तो फ़ोन की घंटी बजी। मुझे इसे उठाने में डर लग रहा था, लेकिन मैंने उठा लिया; यह चार्ली या माँ का फ़ोन भी हो सकता था।

फ़ोन जेसिका ने किया था और वह बहुत ख़ुश थी। माइक ने स्कूल के बाद उसे पकड़कर उसका आमंत्रण स्वीकार कर लिया था। प्याज-मिर्च चलाते वक़्त मैंने उसके साथ थोड़ा जश्न मनाया। फिर उसने कहा कि वह फ़ोन रखती है, क्योंकि उसे एंजेला और लॉरेन को भी यही बात बतानी थी। मैंने सुझाव दिया - सामान्य मासूमियत के साथ - कि शायद एंजेला, मेरे साथ बायलॉजी पढ़ने वाली शर्मीली लड़की, एरिक को आमंत्रित कर सकती है। और लॉरेन, वह रूखी लड़की जो मुझे लंच टेबल पर हमेशा नज़रअंदाज़ करती थी, टाइलर से पूछ सकती है; मैंने सुना था कि वह अब भी उपलब्ध है। जेस के हिसाब से यह बेहतरीन विचार था। अब जब उसे माइक का विश्वास हो गया था, तो वह सचमुच संजीदा लग रही थी, जब उसने कहा कि काश मैं भी डांस में चलती। मैंने उसे भी सिएटल जाने का बहाना चिपका दिया।

फ़ोन रखने के बाद मैंने डिनर पर ध्यान केंद्रित करने की कोशिश की - ख़ास तौर पर चिकन को काटते समय; मैं एक बार फिर अस्पताल के इमरजेंसी रूम में नहीं जाना चाहती थी। लेकिन एडवर्ड के आज बोले हर शब्द का विश्लेषण करते समय मेरा सिर घूम रहा था। उसकी बात का क्या मतलब था, बेहतर यही रहेगा कि हम दोस्त न बनें?

उसके मतलब का अनुमान लगाते वक़्त मेरे पेट में ऐंठन होने लगी। उसने ग़ौर किया होगा कि मैं उसमें कितनी खोई रहती हूँ; वह नहीं चाहता होगा कि मैं उस दिशा में आगे जाऊँ... इसलिए हम दोस्त भी नहीं रह सकते... क्योंकि उसकी मुझमें ज़रा भी रुचि नहीं है।

ज़ाहिर है, उसकी मुझमें रुचि नहीं थी, मैंने गुस्से से सोचा, मेरी आँखों में जलन हो रही थी - प्यार पर देर से होने वाली प्रतिक्रिया। मैं *रोचक* नहीं थी। और वह था। रोचक... और प्रतिभाशाली... और रहस्यमय... और आदर्श... और सुंदर... और संभवतः एक हाथ से बड़ी वैन को उठाने में सक्षम।

तो यह ठीक है। मैं उसे अकेला छोड़ सकती हूँ। नैं उसे अकेला छोड़ *दूँगी*। मैं यहाँ नरक में अपनी ख़ुद की थोपी हुई सज़ा काटूँगी और फिर आशा करूँगी कि दक्षिण-पश्चिम या शायद हवाई का कोई कॉलेज मुझे स्कॉलरशिप दे दे। मैंने अपने विचार धूप वाले तटों और ताड़ के वृक्षों पर केंद्रित किए, जब मैंने मेक्सिकन डिश को तैयार करके ओवन में रखा।

जब घर आने पर चार्ली को हरी मिर्च की ख़ुशबू आए, तो उन्होंने शक की नज़र से देखा। उनका कोई दोष नहीं था - सबसे क़रीबी खाने योग्य मेक्सिकन भोजन शायद दक्षिणी कैलिफ़ोर्निया में मिलता था। वे भले ही छोटे शहर के सिपाही हों, लेकिन थे तो सिपाही, इसलिए उन्होंने बहादुरी दिखाते हुए पहला कौर खा लिया। ऐसा लगा कि उन्हें यह पसंद आया। वे धीरे-धीरे किचन में मुझ पर भरोसा करने लगे थे और यह देखना मज़ेदार था।

"डैडी?" मैंने पूछा, जब उनका खाना लगभग पूरा हो गया।

"हाँ, बेला?"

"ओह, मैं बस आपको बताना चाहती थी कि मैं एक दिन के लिए सिएटल जा रही हूँ, शनिवार से एक सप्ताह बाद... क्या यह ठीक है?" मैं

अनुमति नहीं लेना चाहती थी - यह बुरी परंपरा होती - लेकिन न बताना असभ्यता होती, इसलिए मैंने इस तरह से बताया।

"क्यों?" वे हैरान दिख रहे थे, मानो वे कल्पना नहीं कर पा रहे हों कि ऐसा क्या था, जो फ़ोक्र्स में नहीं मिल सकता था।

"देखिए, मैं कुछ किताबें चाहती हूँ - यहाँ की लाइब्रेरी छोटी है - और मैं शायद कुछ कपड़े भी देख लूँगी।" मेरे पास अब इतना पैसा था, जितने की मुझे आदत नहीं थी, क्योंकि चार्ली की बदौलत मुझे कार ख़रीदने के पैसे नहीं देने पड़े थे। वैसे ट्रक गैस के मामले में काफ़ी क़ीमत वसूल कर लेता था।

"उस ट्रक का गैस माइलेज शायद ज़्यादा अच्छा नहीं होगा?" उनके शब्द मेरे विचारों की गूँज थे।

"मैं जानती हूँ, मैं मॉन्टेसेनो और ओलिंपिया में - और टैकोमा में रुक जाऊँगी, अगर मुझे यह करना पड़ा।"

"क्या तुम अकेली जा रही हो?" उन्होंने पूछा। मैं नहीं जानती थी कि क्या उन्हें शक था कि मेरा कोई गोपनीय बॉयफ्रेंड है या वे सिर्फ़ कार की मुश्किल के बारे में चिंतित थे।

"हाँ।"

"सिएटल काफ़ी बड़ा शहर है - तुम खो सकती हो," वे चिंता करने लगे।

"डैडी, फ़ीनिक्स सिएटल से पाँच गुना बड़ा है - और मैं नक़्शा देख सकती हूँ, इसलिए चिंता न करें।"

"क्या तुम चाहती हो कि मैं तुम्हारे साथ चलूँ?"

मैंने चतुराई से अपनी दहशत छिपाने की कोशिश की।

"नहीं, डैडी, मैं शायद दिन भर ड्रेसिंग रूम में रहूँगी - आपके लिए बहुत बोरिंग रहेगा।"

"ओह, तो फिर ठीक है।" महिलाओं की पोशाक वाली दुकान पर बैठने के विचार से ही उनका मन उखड़ गया था।

"धन्यवाद।" मैं उनकी तरफ़ देखकर मुस्कराई।

"तुम डांस के लिए समय पर लौट तो आओगी?"

उह। सिर्फ़ इतने छोटे शहर में ही किसी *पिता* को यह जानकारी हो सकती है कि हाई स्कूल के डांस कब होने वाले थे।

"नहीं - मैं डांस नहीं करती, डैडी।" उन्हें तो यह बात समझनी चाहिए थी- मुझे संतुलन की समस्याएँ अपनी माँ से नहीं, बल्कि उनसे विरासत में मिली थीं।

वे समझ गए। "ओह, यह ठीक है," उन्होंने अहसास किया।

अगली सुबह जब मैं पार्किंग लॉट में पहुँची, तो मैंने जान-बूझकर अपना ट्रक सिल्वर वोल्वो से यथासंभव दूर खड़ा किया। मैं उसकी कार ठोंकने के प्रलोभन से बचना चाहती थी, ताकि मुझ पर नई कार का ऋण न चढ़ जाए। गाड़ी से बाहर निकलते समय मेरे हाथ से चाबी फिसल गई और मेरे पैरों के पास पानी वाले गड्ढे में गिर गई। जब मैं उसे उठाने के लिए झुकी, तो अचानक एक सफ़ेद हाथ आया और उसने चाबी उठा ली। मैं सीधी खड़ी हो गई। एडवर्ड कलन मेरे बग़ल में खड़ा था और आराम से मेरे ट्रक पर झुका था।

"तुम यह कैसे *कर* लेते हो?" मैंने हैरानी और चिढ़ से पूछा।

"क्या?" यह बोलते समय उसने चाबी आगे बढ़ाई। जब मैंने चाबी लेने के लिए हाथ बढ़ाया, तो उसने इसे मेरी हथेली पर गिरा दिया।

"हवा में से प्रकट होना?"

"बेला, इसमें मेरी कोई ग़लती नहीं है कि तुम इतनी बेध्यान रहती हो।" उसकी आवाज़ हमेशा की तरह धीमी थी - मख़मली, शांत।

मैंने उसके आदर्श चेहरे को त्योरी चढ़ाकर देखा। उसकी आँखें आज एक बार फिर हल्की थीं, सुनहरे शहद जैसे रंग की। इसके बाद मेरे विचार इतने उलझ गए कि उन्हें सही करने के लिए मुझे नीचे देखना पड़ा।

"कल रात ट्रैफ़िक जाम क्यों लगाया था?" मैंने अब भी दूर देखते हुए पूछा। "मैंने सोचा था कि तुम यह नाटक कर रहे हो कि मेरा कोई अस्तित्व ही नहीं है, चिढ़ाकर जान लेने पर आमादा नहीं हो।"

"वह मैंने अपनी नहीं, टाइलर की ख़ातिर किया था। मुझे उसे भी तो मौक़ा देना था।" वह मक्कारी से हँसा।

"तुम..." मैंने हाँफते हुए कहा। मैं पर्याप्त बुरा शब्द नहीं खोज पाई। ऐसा महसूस हुआ, जैसे मेरे गुस्से की आग को उसके शरीर को जलाकर राख कर देना चाहिए, लेकिन वह काफ़ी ख़ुश दिख रहा था।

"और मैं यह नाटक नहीं कर रहा हूँ कि तुम्हारा अस्तित्व नहीं है," वह आगे बोला।

"तो फिर तुम मुझे चिढ़ाकर मेरी जान लेने की कोशिश क्यों कर *रहे हो*? क्योंकि टाइलर की वैन काम पूरा नहीं कर पाई?"

उसकी पीली भूरी आँखों में गुस्सा चमकने लगा। उसके होंठ सख़्त लकीर बन गए; हँसी-मज़ाक़ का नामोनिशान तक नहीं था।

"बेला, तुम बहुत मूर्ख हो," उसने कहा और उसकी धीमी आवाज़ ठंडी थी।

मेरी हथेलियां कॉपने लगी - मैं किसी को बहुत बुरी तरह मारना चाहती थी। मैं ख़ुद पर हैरान थी। आम तौर पर मैं काफ़ी अहिंसक इंसान हूँ। मैं पीठ घुमाकर चलने लगी।

"ठहरो," उसने कहा। इसके बावजूद मैं चलती रही, गुस्से से बारिश में छपछप करते हुए। लेकिन वह मेरे बग़ल में आ गया था और आसानी से मेरी बराबरी पर चल रहा था।

"मुझे अफ़सोस है, यह बदतमीज़ी थी," उसने साथ-साथ चलते हुए कहा। मैंने उसकी बात अनसुनी कर दी। "मैं यह नहीं कह रहा हूँ कि यह सच नहीं है," उसने आगे कहा, "लेकिन फिर भी इसे कहना बदतमीज़ी था।"

"तुम मुझे अकेला क्यों नहीं छोड़ देते?" मैं बड़बड़ाई।

"मैं तुमसे कुछ पूछना चाहता था, लेकिन तुमने मुझे भटका दिया," उसने हँसी दबाते हुए कहा। ऐसा लग रहा था कि उसका हास्यबोध लौट आया था।

"क्या तुम्हें मल्टिपल पर्सनैलिटी डिसऑर्डर है?" मैंने गंभीरता से पूछा।

"तुम यह दोबारा कर रही हो।"

मैंने आह भरी। "तो फिर ठीक है। तुम क्या पूछना चाहते हो?"

"मैं पूछ रहा था कि क्या शनिवार से एक सप्ताह बाद - तुम जानती हो, स्प्रिंग डांस वाले दिन-"

"क्या तुम *मज़े* लेने की कोशिश कर रहे हो?" मैंने उसकी बात बीच में काट दी और उसकी तरफ़ घूम गई। उसके चेहरे के भाव देखकर मेरा चेहरा तरबतर हो गया।

उसकी ख़ुश आँखें दुष्टता से दमक रही थीं। "क्या तुम मुझे अपनी बात पूरी करने दोगी?"

मैंने अपना होंठ काटा, अपने हाथों की मुट्ठी बना ली और अपनी अँगुलियाँ बाँध लीं, ताकि मैं कोई हिंसक काम न कर सकूँ।

"मैंने सुना था, तुम उस दिन सिएटल जा रही हो और मैं सोच रहा था कि क्या तुम राइड चाहती हो।"

यह अप्रत्याशित था।

"क्या?" मुझे पक्का नहीं था कि वह क्या कहना चाह रहा है।

"क्या तुम सिएटल के लिए राइड चाहती हो?"

"किसके साथ?" मैंने चकराते हुए पूछा।

"ज़ाहिर है, मेरे साथ।" उसने हर अक्षर को स्पष्टता से उच्चारण किया, मानो वह किसी मानसिक दृष्टि से कमज़ोर व्यक्ति से बात कर रहा हो।

मैं अब भी स्तब्ध थी। "*क्यों* ?"

"देखो, मैं भी अगले कुछ हफ़्तों में सिएटल जाने की योजना बना रहा था और सच कहूँ, तो मुझे यक़ीन नहीं है कि तुम्हारा ट्रक यह यात्रा पूरी कर सकता है।"

"मेरा ट्रक अच्छी तरह चलता है, चिंता करने के लिए धन्यवाद।" मैं एक बार फिर चलने लगी, लेकिन अब मैं इतनी हैरान थी कि उतना गुस्सा नहीं कर सकती थी।

"लेकिन क्या तुम्हारा ट्रक एक टैंक गैस में वहाँ पहुँच सकता है?" वह एक बार फिर मेरे साथ चलने लगा।

"मैं समझ नहीं पा रही हूँ कि तुम्हें इसकी चिंता क्यों है।" मूर्खतापूर्ण, चमचमाती वोल्वो का मालिक।

"सीमित संसाधनों की बर्बादी की चिंता हर एक को करनी चाहिए।"

"सच्ची, एडवर्ड।" मेरे अंदर रोमांच की लहर दौड़ गई, जब मैंने उसका नाम लिया और मुझे इससे नफ़रत हुई। "मैं तुम्हारे विचारों की बराबरी नहीं कर सकती। मैं सोच रही थी कि तुम मेरे दोस्त नहीं बनना चाहते।"

"मैंने यह नहीं कहा था कि मैं तुम्हारा दोस्त नहीं बनना चाहता। मैंने तो यह कहा था कि बेहतर यही रहेगा कि हम दोस्त न बनें।"

"ओह, धन्यवाद, अब *सारी* बात साफ़ हो गई है।" भारी ताना। मुझे अहसास हुआ कि मैंने चलना छोड़ दिया था। हम अब कैफ़ेटेरिया की छत के नीचे खड़े थे, इसलिए मैं उसके चेहरे को ज़्यादा आसानी से देख सकती थी। लेकिन इससे मेरे विचारों की स्पष्टता में निश्चित रूप से कोई मदद नहीं मिली।

"यह तुम्हारे लिए... ज़्यादा *समझदारी* भरा होगा कि तुम मेरी दोस्त न बनो," उसने स्पष्ट किया। "लेकिन मैं तुमसे दूर रहने की कोशिश करते-करते थक गया हूँ, बेला।"

आख़िरी वाक्य कहते समय उसकी आँखें सुलग रही थीं और उसकी आवाज़ दहकती हुई थी। मैं यही भूल गई कि साँस कैसे लेते हैं।

"क्या तुम मेरे साथ सिएटल चलोगी?" उसने पूछा, वह अब भी प्रचंड अंदाज़ में बोल रहा था।

मैं कुछ बोलने की स्थिति में नहीं थी, इसलिए मैंने बस सिर हिला दिया।

वह हल्के से मुस्कराया और फिर उसका चेहरा गंभीर हो गया।

"तुम्हें दरअसल मुझसे दूर रहना *चाहिए,*" उसने चेतावनी दी। "मैं तुमसे क्लास में मिलूँगा।"

वह तेज़ी से मुड़ा और उसी रास्ते लौट गया, जहाँ से हम आए थे।

5

ब्लड ग्रुप

मैं स्तब्धता की अवस्था में अँग्रेज़ी की क्लास तक पहुँची। जब मैं क्लास के अंदर गई, तो मुझे अहसास भी नहीं था कि क्लास शुरू हो चुकी है।

"क्लास में आने के लिए धन्यवाद, मिस स्वान," मि. मैसन ने ताना मारते हुए कहा।

मेरा चेहरा लाल हो गया और मैं तेज़ी से अपनी सीट पर पहुँच गई।

जब तक क्लास ख़त्म नहीं हुई, तब तक मुझे यह ख़बर ही नहीं थी कि माइक मेरे बग़ल वाली सीट पर नहीं बैठा था, जहाँ वह आम तौर पर बैठता था। मुझे थोड़ी ग्लानि हुई। लेकिन वह और एरिक दोनों ही सामान्य रूप से दरवाज़े पर मिले, इसलिए मैंने अनुमान लगाया कि मुझे थोड़ा क्षमा कर दिया गया था। जब हम चलने लगे, तो माइक अपने असली स्वरूप में आया और इस वीकएंड की मौसम की भविष्यवाणी के बारे में उत्साह दिखाने लगा। बारिश थोड़ी रुकने वाली है, इसलिए उसकी समुद्र तट की पिकनिक संभव थी। मैंने भी उत्साह दिखाने की कोशिश की, क्योंकि मैं कल उसे निराश करने का बदला चुकाना चाहती थी। यह मुश्किल था; बारिश हो या न हो, तापमान फिर भी पैंतालीस और पचास के बीच रहेगा, वह भी तब जब हमारी क़िस्मत अच्छी हो।

बाक़ी की सुबह एक झोंके में गुज़र गई। यक़ीन ही नहीं हो रहा था कि एडवर्ड की बातें और निगाहें कोरी कल्पना नहीं था। शायद यह बहुत

विश्वसनीय सपना था, जिसे मैं ग़लती से सच मान बैठी थी। यही ज़्यादा संभव था, क्योंकि मैं यह तो नहीं मान सकती थी कि मैं उसे किसी भी स्तर पर आकर्षक लगती थी।

इसलिए जेसिका के साथ कैफ़ेटेरिया में दाख़िल होते वक़्त मैं बेचैन और भयभीत थी। मैं एडवर्ड का चेहरा देखना चाहती थी। मैं यह देखना चाहती थी कि क्या वह दोबारा ठंडा और उदासीन इंसान बन गया है, जैसा वह पिछले कुछ हफ़्तों में रहा था। या फिर चमत्कार हो गया हो और मैंने सचमुच वही सुना हो, जो मैं सोचती थी कि मैंने उस सुबह सुना था। जेसिका अपने डांस प्लान के बारे में बकबक करती रही - लॉरेन और एंजेला ने दूसरे लड़कों को आमंत्रित कर लिया था और वे सब एक साथ जा रहे थे - मेरी अन्यमनस्कता से पूरी तरह बेख़बर।

जब मेरी आँखें हमेशा की तरह उसकी टेबल पर केंद्रित हुईं, तो मुझे निराशा का झटका लगा। बाक़ी चारों वहाँ बैठे थे, लेकिन वह नहीं था। क्या वह घर चला गया था? मैं तबाह महसूस करने लगी और जेसिका की बकबक सुनने लगी। मेरी भूख मर गई थी - मैंने लेमोनेड की बोतल के अलावा कुछ नहीं ख़रीदा। मैं बस बैठकर ग़म खाना चाहती थी।

"एडवर्ड कलन फिर से तुम्हारी तरफ़ घूर रहा है," जेसिका ने कहा और उसका नाम लेकर मेरी बेध्यानी को तोड़ दिया। "क्या पता आज वह अकेला क्यों बैठा है?"

मेरा सिर सीधा हो गया। वह जहाँ देख रही थी, मैं उधर देखने लगी। एडवर्ड के चेहरे पर धूर्त मुस्कान थी और वह कैफ़ेटेरिया के पार उसकी सामान्य जगह से थोड़ी दूर वाली एक ख़ाली टेबल पर बैठकर मुझे घूर रहा था। जब हमारी नज़रें मिलीं, तो उसने एक हाथ उठाया और तर्जनी से मुझे उसके पास आने का इशारा किया। जब मैं अविश्वास में घूरने लगी, तो उसने मुझे आँख मारी।

"क्या वह *तुम्हें* बुला रहा है?" जेसिका ने अपमानजनक आश्चर्य से पूछा।

"शायद उसे बायलॉजी के होमवर्क में मदद की ज़रूरत होगी," मैंने उसे शांत करने के लिए बोला। "ओह, जाकर देखती हूँ कि वह क्या चाहता है।"

दूर जाते वक़्त मैं ख़ुद पर जेसिका की नज़रें महसूस कर सकती थी।

जब मैं एडवर्ड की टेबल पर पहुँची, तो मैं दुविधा में उसके सामने वाली कुर्सी के पीछे खड़ी हो गई।

"आज तुम मेरे साथ क्यों नहीं बैठतीं?" उसने मुस्कराते हुए पूछा।

मैं चुपचाप बैठ गई और सावधानी से उसे देखने लगी। वह अब भी मुस्करा रहा था। यह यक़ीन करना मुश्किल था कि संसार में कोई इंसान इतना सुंदर भी हो सकता है। मुझे डर था कि वह धुएँ के गुबार में खो जाएगा और मेरी नींद खुल जाएगी।

वह मेरे बोलने का इंतज़ार कर रहा था।

"यह अलग है," मैंने आख़िरकार कहा।

"देखो..." वह रुका और फिर बाक़ी की बात कही। "मैंने तय कर लिया है कि अगर मैं नरक में जा ही रहा हूँ, तो क्यों न पूरी शिद्दत से जाऊँ।"

मैंने उसके कुछ ऐसा बोलने का इंतज़ार किया, जो मुझे समझ में आए। पल गुज़रते गए।

"तुम जानते हो कि मुझे तुम्हारी बातों का ओर-छोर समझ नहीं आ रहा है," मैंने अंततः इशारा किया।

"मैं जानता हूँ।" वह एक बार फिर मुस्कराया और फिर उसने विषय बदल दिया। "तुम्हारे दोस्त मुझसे नाराज़ हैं कि मैंने तुम्हें चुरा लिया।"

"वे ज़िंदा बच जाएँगे।" मैं उनकी आँखों को अपनी पीठ में चुभते हुए महसूस कर सकती थी।

"वैसे हो सकता है कि मैं तुम्हें लौटाने से मना कर दूँ," उसने अपनी आँखों में दुष्ट चमक लाते हुए कहा।

वह हँसा। "तुम थोड़ी परेशान दिख रही हो।"

"नहीं तो," मैंने कहा, लेकिन मेरी आवाज़ मूर्खतापूर्ण तरीक़े से टूट गई। "मैं दरअसल हैरान हूँ... यह सब किस वजह से हो रहा है?"

"मैंने तुम्हें बताया था ना - मैं तुमसे दूर रहने की कोशिश करते-करते थक गया हूँ। इसलिए मैं हार मान रहा हूँ।" वह अब भी मुस्करा रहा था, लेकिन उसकी गेरुए रंग की आँखें गंभीर थीं।

"हार मान रहे हो?" मैंने उलझन में दोहराया।

"हाँ - अच्छा बनने की कोशिश से हार मान रहा हूँ। अब मैं बस वही करने जा रहा हूँ, जो मैं चाहता हूँ। इसके बाद जो होगा, देखा जाएगा।" यह बोलते समय उसकी मुस्कान फीकी हो गई और उसकी आवाज़ में सख़्ती का पुट आ गया।

"मैं एक बार फिर नहीं समझ पाई।"

एक बार फिर उसके होंठों पर जानलेवा मुस्कान थिरकने लगी।

"मैं जब भी तुमसे बात करता हूँ, हमेशा ज़रूरत से ज़्यादा बोल जाता हूँ - यह एक समस्या है।"

"चिंता मत करो - मुझे कुछ भी समझ नहीं आता है," मैंने ताना मारते हुए कहा।

"बस मैं इसी के भरोसे बैठा हूँ।"

"तो सरल भाषा में पूछूँ, तो क्या अब हम दोस्त हैं?"

"दोस्त...," उसने संदेह से कहा।

"या नहीं हैं," मैं बुदबुदाई।

वह दाँत दिखाने लगा। "देखो, मुझे लगता है हम कोशिश कर सकते हैं। लेकिन फिर भी मैं तुम्हें चेतावनी देना चाहता हूँ कि मैं तुम्हारे लिए अच्छा दोस्त नहीं हूँ।" उसकी मुस्कान के पीछे की चेतावनी असली थी।

"तुम यह बात बहुत बोलते हो," मैंने कहा। मैंने अपने पेट में अचानक होने वाली थरथराहट को नज़रअंदाज़ करने और अपनी आवाज़ को टूटने से बचाने की कोशिश की।

"हाँ, क्योंकि तुम मेरी बात सुन नहीं रही हो। मैं अब भी इंतज़ार कर रहा हूँ कि तुम इस पर यक़ीन कर लो। अगर तुम समझदार हो, तो तुम मुझसे दूर चली जाओगी।"

"मैं सोचती हूँ कि तुमने मेरी समझदारी के बारे में अपनी राय स्पष्ट कर दी है।" मेरी आँखें सिकुड़ गईं।

वह क्षमा भरे अंदाज़ में मुस्कराया।

"तो जब तक मैं समझदार नहीं होती हूँ, तब तक हम दोस्त बनने की कोशिश करेंगे?" मैं इस उलझी हुई बातचीत का सारांश समझने के लिए जूझ रही थी।

"यह सही लगता है।"

मैंने अपने हाथों को देखा, जो लेमोनेड की बोतल को थामे हुए थे; मुझे समझ नहीं आ रहा था कि अब क्या करूँ... या कहूँ।

"तुम क्या सोच रही हो?" उसने उत्सुकता से पूछा।

मैंने उसकी गहरी सुनहरी आँखों में झाँका, जिससे मैं मदहोश हो गई और फिर मैंने हमेशा की तरह सच्चाई उगल दी।

"मैं यह पता लगाने की कोशिश कर रही हूँ कि तुम क्या हो।"

उसका जबड़ा सिकुड़ गया, लेकिन उसने थोड़ी कोशिश करके अपनी मुस्कान को क़ायम रखा।

"क्या तुम इस कोशिश में कामयाब हो रही हो?" उसने बेतकल्लुफ़ी से पूछा।

"बहुत ज़्यादा तो नहीं," मैंने स्वीकार किया।

वह हँसने लगा। "इस बारे में तुम्हारे क्या अनुमान हैं?"

मेरा चेहरा लाल पड़ गया। मैं पिछले महीने ब्रूस वेन और पीटर पार्कर के बीच झूल रही थी। मैं यह बात किसी तरह नहीं कहने वाली थी।

"मुझे नहीं बताओगी?" उसने पूछा और अपना सिर एक तरफ़ झुका लिया और एक बहुत ही लुभावनी मुस्कान देने लगा।

मैंने सिर हिलाया। "बहुत शर्मिंदा करने वाली बात है।"

उसने शिकायत की, "तुम्हें पता है, मैं *वास्तव में* बहुत कुंठित महसूस कर रहा हूँ।"

"नहीं," मैं जल्दी से असहमत हुई और मेरी आँखें सिकुड़ गईं। "मैं *कल्पना* भी नहीं कर सकती कि इससे किसी को कुंठा होगी - सिर्फ़ इसलिए क्योंकि कोई आपको यह बताने से इंकार करता है कि वह क्या सोच रहा है, भले ही वह ख़ुद सारे समय रहस्यमय बातें करता रहता है, जिनका ख़ास उद्देश्य आपको पागल बनाना है और रात को यह सोचने पर मजबूर करना होता है कि उनका क्या मतलब हो सकता है... फिर इससे कोई कुंठित क्यों होगा?"

"या इससे भी बेहतर," मैंने आगे कहा और मेरे मन में दबी हुई सारी चिढ़ अब खुलकर प्रवाहित होने लगी थी, "यह कहें कि उस व्यक्ति ने बहुत सारी अजीब चीज़ें भी की हैं - एक दिन असंभव परिस्थितियों में आपकी जान बचाई है और अगले दिन आपके साथ किसी अछूत जैसा

व्यवहार किया और उसने दोनों में से किसी भी चीज़ को कभी स्पष्ट नहीं किया - वादा करने के बाद भी। यह भी *काफ़ी* कुंठित करने वाला नहीं होगा।"

"तुम्हारा गुस्सा काफ़ी तेज़ है, है ना?"

"मुझे दोहरे मानदंड पसंद नहीं हैं।"

हम बिना मुस्कराए एक-दूसरे को घूरते रहे।

उसने अपने कंधे के ऊपर से देखा और फिर अप्रत्याशित रूप से खी-खी करने लगा।

"क्या?"

"तुम्हारा बॉयफ्रेंड सोच रहा है कि मैं तुम्हारे साथ बुरा सलूक कर रहा हूँ - वह यह निर्णय ले रहा है कि हमारी लड़ाई शांत करने के लिए यहाँ आए या न आए।" वह एक बार फिर खी-खी करने लगा।

"मैं नहीं जानती कि तुम किसके बारे में बोल रहे हो," मैंने ठंडे लहज़े में कहा। "लेकिन मुझे यक़ीन है कि तुम ग़लत हो।"

"मैं नहीं हूँ। मैंने तुम्हें बताया था ना, ज़्यादातर लोगों को पढ़ना आसान होता है।"

"ज़ाहिर है, मेरे सिवाय।"

"हाँ। तुम्हारे सिवाय।" उसका मूड अचानक बदल गया; उसकी निगाह चिंतित हो गई। "मैं नहीं जानता कि ऐसा क्यों है।"

मुझे उसकी निगाह की उत्कटता से दूर देखना पड़ा। मैं अपने लेमोनेड के ढक्कन को खोलने पर ध्यान केंद्रित करने लगी। मैंने एक चुस्की ली और टेबल को देखे बिना उसे घूरने लगी।

"तुम्हें भूख नहीं लग रही है?" उसका ध्यान भटक गया।

"नहीं।" मेरा यह कहने का मन नहीं हुआ कि मेरे पेट में तो चूहे दौड़ रहे थे। "तुम्हें?" मैंने उसके सामने की ख़ाली टेबल को देखा।

"नहीं, मुझे भूख नहीं लग रही है।" मैं उसके चेहरे का भाव नहीं समझ पाई - ऐसा लग रहा था, जैसे वह किसी निजी चुटकुले का मज़ा ले रहा हो।

"क्या तुम मुझ पर एक अहसान कर सकते हो?" मैंने एक पल हिचकने के बाद कहा।

वह अचानक सतर्क हो गया। "यह तो इस बात पर निर्भर करता है कि तुम क्या चाहती हो।"

"ज़्यादा कुछ नहीं चाहती," मैंने उसे आश्वस्त किया।

वह इंतज़ार करता रहा; सतर्क लेकिन जिज्ञासु।

"मैं बस यह सोच रही थी... कि अगली बार जब तुम मेरी भलाई के लिए मुझे नज़रअंदाज़ करने का निर्णय लो, तो क्या उससे पहले मुझे चेतावनी दे सकते हो, ताकि मैं तैयार रहूँ।" मैंने यह बात लेमोनेड की बोतल को देखकर बोली और अपनी छोटी अँगुली से इसके ऊपरी सिरे पर गोला बनाती रही।

"यह तो तर्कसंगत बात है।" जब मैंने ऊपर देखा, तो उसके होंठ दबे हुए थे, मानो ख़ुद को हँसने से रोक रहा हो।

"धन्यवाद।"

"तो क्या मैं भी बदले में एक चीज़ माँग सकता हूँ?" उसने पूछा।

"एक।"

"मुझे *एक* अनुमान बताओ।"

ऊप्स। "वह नहीं।"

"तुमने अभी-अभी इसका वादा किया था," उसने मुझे याद दिलाया।

"तुमने ख़ुद वादे तोड़े हैं, उनका क्या?" मैंने भी याद दिलाया।

"बस एक अनुमान - मैं नहीं हँसूँगा।"

"नहीं, तुम हँसोगे।" मुझे इस बात पर पूरा भरोसा था।

उसने नीचे देखा और फिर अपनी लंबी काली पलकों से मुझे घूरा। उसकी गेरुए रंग की आँखों में तपन थी।

"प्लीज़?" वह हल्के से बोला और मेरी तरफ़ झुका।

मेरी आँखें झपक गईं और दिमाग़ सुन्न हो गया। वाह, उसने यह *कैसे* किया?

"ओह क्या?" मैंने स्तब्ध अंदाज़ में पूछा।

"कृपया मुझे बस एक छोटा सा अनुमान बताओ।" उसकी आँखें अब भी मुझे जला रही थीं।

"उह, तुम्हें रेडियोएक्टिव मकड़ी ने काटा होगा?" क्या वह सम्मोहन भी जानता था? या मैं ही बहुत भोली और मूर्ख थी?

"यह बहुत सृजनात्मक नहीं है," उसने ताना मारा।

"मुझे अफ़सोस है, लेकिन मेरा अनुमान तो यही है," मैंने गुस्से में कहा।

"तुम तो क़रीब भी नहीं हो," उसने चिढ़ाया।

"कोई मकड़ी नहीं?"

"नहीं।"

"और कोई रेडियोएक्टिवटी भी नहीं?"

"बिलकुल नहीं।"

"बेड़ा गर्क हो," मैंने आह भरी।

"क्रिप्टोनाइट मुझे परेशान नहीं करते," उसने दबी हँसी के साथ कहा।

"तुम्हें हँसना नहीं था, याद है?"

वह अपना चेहरा सामान्य रखने के लिए जूझा।

मैंने उसे चेतावनी दी। "मैं कभी न कभी तो समझ ही जाऊँगी।"

"काश तुम इसकी कोशिश न करो!" वह एक बार फिर गंभीर था।

"क्यों...?"

"अगर मैं सुपरहीरो नहीं निकला, तो क्या होगा? अगर मैं बुरा आदमी हुआ, तो क्या होगा?" वह चुलबुले अंदाज़ में मुस्कराया, लेकिन उसकी आँखें अभेद्य थीं।

"ओह," मैंने कहा, जब उसके दिए हुए कई संकेत अचानक सही जगह पर आ गए। "मैं समझी।"

"क्या सचमुच?" उसका चेहरा अचानक गंभीर हो गया था, मानो उसे डर हो कि ग़लती से उसने ज़्यादा बोल दिया था।

"तुम ख़तरनाक हो?" मैंने अंदाज़ा लगाया। मेरी नब्ज़ तेज़ हो गई, जब मैंने सहज बोध से इन शब्दों की सच्चाई का अहसास किया। वह ख़तरनाक था। वह सारे समय मुझे यही बताने की कोशिश कर रहा था।

उसने बस मेरी तरफ़ देखा। उसकी आँखें किसी भाव से भरी थीं, जो मेरी समझ में नहीं आ सकता था।

"लेकिन बुरा नहीं," मैंने फुसफुसाकर कहा और अपना सिर हिलाया। "नहीं, मुझे भरोसा नहीं है कि तुम बुरे हो।"

"तुम ग़लत हो।" उसकी आवाज़ सुनना काफ़ी मुश्किल था। उसने नीचे देखा और मेरी बोतल का ढक्कन चुराकर उसे अपनी अँगुलियों के बीच घुमाने लगा। मैंने उसे घूरा और सोचा कि मुझे डर क्यों नहीं लग रहा था। वह जो कह रहा था, वह सच है - यह स्पष्ट था। लेकिन मैं बस चिंतित, उलझन... और सबसे बढ़कर सम्मोहित महसूस कर रही थी। उसी तरह, जैसा मैं उसके क़रीब रहते वक़्त हमेशा महसूस करती थी।

ख़ामोशी तब तक चली, जब तक मैंने इस बात पर ग़ौर नहीं किया कि कैफ़ेटेरिया लगभग ख़ाली हो चुका था।

मैं उछलकर खड़ी हो गई। "हमें देर हो जाएगी।"

"मैं आज क्लास में नहीं जा रहा हूँ," उसने कहा और इतनी तेज़ी से ढक्कन घुमाया कि यह एक झोंके जैसा दिखने लगा।

"क्यों नहीं?"

"कभी-कभार क्लास में न जाना अच्छा होता है।" वह मेरी ओर देखकर मुस्कराया, लेकिन उसकी आँखें थोड़ी परेशान थीं।

"ठीक है, तो मैं जा रही हूँ," मैंने उससे कहा। मैं इतनी डरपोक थी कि पकड़े जाने का जोखिम नहीं ले सकती थी।

उसने अपना ध्यान बोतल के ढक्कन की ओर मोड़ा। "तो फिर तुमसे बाद में मिलता हूँ।"

मेरा मन डगमगा रहा था, लेकिन तभी पहली घंटी बजी, जिसने मुझे तेज़ी से दरवाज़े के बाहर भेज दिया - आख़िरी निगाह से इस बात की पुष्टि हुई कि वह एक सेंटीमीटर भी नहीं हिला था।

मैं दौड़कर क्लास में गई। मेरा दिमाग़ तेज़ी से घूम रहा था। कुछ सवालों के जवाब मिले थे, लेकिन बदले में बहुत सारे नए सवाल आ गए थे। कम से कम बारिश रुक गई थी।

मैं ख़ुशक़िस्मत थी। मेरे पहुँचने तक मि. बैनर कमरे में नहीं आए थे। मैं जल्दी से जाकर अपनी सीट पर बैठ गई। मैं देख सकती थी कि माइक और एंजेला दोनों ही मुझे घूर रहे थे। माइक नाराज़ लग रहा था; एंजेला हैरान लग रही थी और आश्चर्यमिश्रित हसरत का भाव भी था।

तभी मि. बैनर क्लास में आकर सबको शांत करने लगे। वे अपनी बाँहों में छोटे कार्डबोर्ड बक्से लिए थे। उन्होंने इन्हें माइक की टेबल पर रखते हुए उससे कहा कि वह उन्हें क्लास में बाँट दे।

"देखो विद्यार्थियों, तुम लोगों को हर बॉक्स से एक पीस उठाना है," उन्होंने अपने लैब जैकेट की जेब से रबर ग्लव्ज़ निकालकर पहनते समय कहा। जब ग्लव्ज़ आवाज़ करते हुए अपनी जगह पर स्थिर हुए, तो चटाक की वह आवाज़ मुझे ख़तरनाक लगी। "पहला इंडिकेटर कार्ड होना चाहिए," उन्होंने चार चौखाने वाला एक सफ़ेद कार्ड दिखाते हुए कहा। "दूसरा चार दाँतों वाला एप्लिकेटर है" - उन्होंने कोई चीज़ उठाई, जो बिना दाँतों वाले हेयर पिक जैसी दिख रही थी - "और तीसरा स्टेराइल माइक्रो-लैंसेट है।" उन्होंने नीले प्लास्टिक का एक छोटा टुकड़ा उठाकर उसे खोला। इतनी दूरी से काँटा अदृश्य था, लेकिन मुझ पर तनाव छा गया।

"मैं तुम लोगों के कार्ड तैयार करने के लिए पानी का ड्रॉपर लेकर पूरी क्लास में घूमूँगा। ध्यान रहे, जब तक मैं तुम्हारे पास न पहुँचूँ, तब तक शुरू मत करना।" उन्होंने एक बार फिर माइक की टेबल से शुरू किया और चारों चौखानों में से प्रत्येक में पानी की एक बूँद सावधानी से डाली। "इसके बाद तुम्हें सावधानी से लैंसेट अपनी अँगुली में चुभाना है..." उन्होंने माइक का हाथ पकड़कर उसकी बीच वाली अँगुली में सुई चुभा दी। ओह नहीं! मेरे माथे पर चिपचिपा पसीना आ गया।

"इसके बाद हर दाँते पर ख़ून की एक छोटी बूँद रखना है।" उन्होंने माइक की अँगुली को तब तक दबाया, जब तक कि उससे ख़ून बहने नहीं लगा। मुझे उबकाई आ रही थी।

"और फिर इसे कार्ड पर लगाना है," उन्होंने बात पूरी की और हमें दिखाने के लिए लाल कार्ड उठाया। मैंने अपनी आँखें बंद कर लीं और अपने कानों में होने वाली गुनगुनाहट के पार सुनने की कोशिश की।

"अगले वीकएंड में पोर्ट एंजेलिस में रेड क्रॉस का ब्लड डोनेशन कैंप लगने वाला है, इसलिए मैंने सोचा कि तुम सभी को अपना ब्लड ग्रुप पता होना चाहिए।" उन्होंने यह बात काफ़ी गर्व से कही। "तुममें से जो लोग अभी अठारह साल के नहीं हुए हैं, उन्हें अभिभावक की अनुमति लानी होगी - मेरी डेस्क में इसकी स्लिप रखी है।"

वे अपनी पानी की बूँदों के साथ पूरे कमरे में घूमते रहे। मैंने अपना गाल ठंडे काले टेबलटॉप पर टिका लिया और होश में रहने की कोशिश की। मैं अपने चारों तरफ़ चीख़ें, शिकायतें और खिल्लियाँ सुन सकती थी, जब मेरे सहपाठी अपनी अँगुली छेद रहे थे। मैंने मुँह से धीरे-धीरे साँस ली।

"बेला, तुम ठीक हो?" मि. बैनर ने पूछा। उनकी आवाज़ मेरे सिर के क़रीब थी और चिंतित लग रही थी।

"मैं पहले से ही अपना ब्लड ग्रुप जानती हूँ, मि. बैनर।" मैंने कमज़ोर आवाज़ में कहा। मुझे सिर उठाने में डर लग रहा था।

"क्या तुम्हें चक्कर आ रहे हैं?"

"हाँ सर," मैं बुदबुदाई और मन ही मन क्लास से बाहर न भागने से खुद को हतोत्साहित करती रही... जब मेरे पास मौक़ा था।

उन्होंने कहा, "क्या कोई बेला को नर्स के पास ले जा सकता है, प्लीज़?"

मुझे यह जानने के लिए ऊपर देखने की ज़रूरत नहीं थी कि यह काम करने का बीड़ा माइक ने ही उठाया होगा।

"क्या तुम चल सकती हो?" मि. बैनर ने पूछा।

"हाँ," मैंने फुसफुसाकर कहा। मैंने सोचा, सिर्फ़ यहाँ से निकलने भर के लिए। मैं तो रेंग जाऊँगी।

माइक उत्सुक था, जब उसने मेरी कमर में बाँह डाली और मेरी बाँह अपने कंधे पर रखी। मैं क्लासरूम से बाहर जाते समय उस पर बहुत कसकर टिकी थी।

माइक मुझे कैंपस में धीरे-धीरे खींचकर ले गया। जब हम कैफ़ेटेरिया के कोने के पास पहुँचे, जहाँ इमारत चार से कुछ नहीं दिख सकता था, तो मैं रुक गई, क्योंकि अगर मि. बैनर देख भी रहे हों, तो मैं उन्हें नहीं दिखूँगी।

मैंने आग्रह किया, "बस मुझे एक मिनट बैठने दो, प्लीज़?"

उसने मुझे फ़ुटपाथ के कोने पर बैठने में मदद की।

"और तुम चाहे जो करो, अपना हाथ जेब में रखो," मैंने चेतावनी दी। मेरा सिर अब भी चकरा रहा था। मैं लुढ़क गई और अपना गाल फ़ुटपाथ की ठंडी, नम सीमेंट से टिकाकर आँखें बंद कर लीं।

"अरे बेला, ऐसा लगता है तुम्हें उल्टी आ रही है," माइक ने घबराकर कहा।

"बेला?" एक अलग आवाज़ मुझे कहीं दूर सुनाई दी।

नहीं! कृपया मुझे उस बेहद जानी-पहचानी आवाज़ की कल्पना में ही रहने दो।

"क्या हुआ - क्या उसे चोट लग गई?" उसकी आवाज़ अब ज़्यादा क़रीब थी और वह परेशान था। मैं इसकी कल्पना नहीं कर रही थी। मैंने अपनी आँखें कसकर बंद कर लीं और मरने की उम्मीद करने लगी। या कम से कम यह कि उल्टी न कर दूँ।

माइक तनावपूर्ण दिख रहा था। "मेरे ख़याल से उसे चक्कर आ रहे हैं। मैं नहीं जानता कि क्या हुआ, उसने तो अपनी अँगुली तक नहीं छेदी थी।"

"बेला।" एडवर्ड की आवाज़ अब मेरे ठीक पास थी और उसमें राहत की खनक थी। "क्या तुम मेरी आवाज़ सुन सकती हो?"

"नहीं," मैंने कराहते हुए कहा। "दूर चले जाओ।"

उसकी दबी हँसी सुनाई दी।

"मैं उसे नर्स के पास ले जा रहा था," माइक ने रक्षात्मक लहज़े में स्पष्ट किया, "लेकिन वह इससे आगे जाने को तैयार ही नहीं है।"

"मैं उसे ले जाऊँगा।" मैं अब भी उसकी आवाज़ में मुस्कान सुन सकती थी। "तुम क्लास में लौटकर जा सकते हो।"

"नहीं," माइक ने विरोध किया। "यह काम मुझे सौंपा गया है।"

तभी अचानक फ़ुटपाथ मेरे नीचे से ग़ायब हो गई। मेरी आँखें सदमे की वजह से खुल गईं। एडवर्ड ने मुझे अपनी बाँहों में उठा लिया था; इतनी आसानी से, जैसे मेरा वज़न 110 पौंड के बजाय सिर्फ़ 10 पौंड हो।

"मुझे नीचे उतारो!" ओह, कहीं मैं उस पर उल्टी न कर दूँ! लेकिन वह मेरे बोलने से पहले ही चलने लगा था।

"सुनो!" माइक ने कहा, जो अब हमारे दस क़दम पीछे रह गया था।

एडवर्ड ने उसकी बात अनसुनी कर दी। "तुम तो भयंकर दिख रही हो," उसने मुझसे कहा और शरारत से मुस्कराया।

"मुझे फ़ुटपाथ पर उतार दो," मैंने कराहते हुए कहा। उसकी चाल की हिलने वाली गतिविधि से स्थिति और बिगड़ रही थी। उसने मुझे अपने शरीर से दूर रखा और सिर्फ़ अपनी बाँहों से मेरा पूरा वज़न उठाया - ऐसा नहीं लग रहा था कि इससे उसे कोई दिक़्क़त हो रही हो।

उसने पूछा, "तो ख़ून देखकर तुम्हें चक्कर आ जाते हैं?" ऐसा लग रहा था कि इस बात से उसे मज़ा आ रहा था।

मैंने जवाब नहीं दिया। मैंने अपनी आँखें दोबारा बंद कर लीं, होंठ कसकर भींच लिए और उलटी रोकने में अपनी सारी ताक़त लगा दी।

"और वह भी तुम्हारा ख़ुद का ख़ून नहीं था," उसने मज़े लेते हुए आगे कहा।

मैं नहीं जानती कि उसने मुझे उठाते हुए दरवाज़ा कैसे खोला, लेकिन मुझे अचानक माहौल गर्म लगा, इसलिए मैं समझ गई कि हम भीतर पहुँच गए थे।

"ओह, ओह," मुझे एक स्त्री स्वर की लंबी साँस सुनाई दी।

"उसे बायलॉजी में चक्कर आ गए थे," एडवर्ड ने स्पष्ट किया।

मैंने अपनी आँखें खोलीं। मैं ऑफ़िस में थी और एडवर्ड सामने वाले काउंटर के पार नर्स के दरवाज़े की तरफ़ जा रहा था। लाल सिर वाली फ्रंट ऑफ़िस रिसेप्शनिस्ट मिस कोप इसे खोलने के लिए उसके आगे दौड़ी। दादी जैसी दिखने वाली नर्स ने एक उपन्यास के बीच से हमें हैरानी से देखा, जब एडवर्ड मुझे कमरे में उठाकर ले गया और एक पलंग पर भूरे विनाइल गद्दे के ऊपर लिटा दिया। फिर वह दीवार से टिककर उतनी दूरी पर खड़ा हो गया, जितना उस सँकरे कमरे में संभव था। उसकी आँखें चमक रही थीं और रोमांचित थीं।

"उसे बस चक्कर आ रहे हैं," उसने भौंचक्की नर्स को आश्वस्त किया। "बायलॉजी में ब्लड टेस्ट चल रहा है।"

नर्स ने समझदारी से सिर हिलाया। "हमेशा एक न एक होता है।"

एडवर्ड ने अपनी हँसी दबाई।

"बेटा, बस एक मिनट लेटी रहो; यह गुज़र जाएगा।"

"मैं जानती हूँ," मैंने आह भरी। उलटी पहले ही कम होने लगी थी।

"क्या ऐसा अक्सर होता है?" नर्स ने पूछा।

"कई बार," मैंने स्वीकार किया। एडवर्ड ने अपनी हँसी रोकने के लिए खाँसने का नाटक किया।

"अब तुम क्लास में जा सकते हो," नर्स ने एडवर्ड से कहा।

"मुझे उसके साथ रहने को कहा गया है।" उसने यह बात इतने विश्वास और अधिकार से कही कि नर्स ने आगे बहस नहीं की, हालाँकि उसने अपने होंठ कस लिए।

"बेटा, मैं तुम्हारे माथे पर थोड़ी बर्फ़ रख देती हूँ" नर्स ने मुझसे कहा और तेज़ी से कमरे से बाहर चली गई।

"तुम सही थे," मैंने दर्द में कहा और अपनी आँखें बंद कर लीं।

"मैं आम तौर पर सही ही होता हूँ - वैसे इस बार किस ख़ास चीज़ के बारे में?"

"कभी-कभी कक्षा में नहीं जाना अच्छा है।" मैंने धीरे-धीरे साँस लेने का अभ्यास किया।

"तुमने तो मुझे एक मिनट के लिए डरा ही दिया था," उसने कुछ पल बाद स्वीकार किया। उसके लहज़े से लगा, जैसे यह काफ़ी अपमानजनक कमज़ोरी थी। "मुझे लगा कि न्यूटन तुम्हारी लाश को दफ़नाने के लिए जंगल में ले जा रहा है।"

"हा हा।" मेरी आँखें अब भी बंद थी, लेकिन मैं हर मिनट ज़्यादा सामान्य महसूस कर रही थी।

"सच्ची - मैंने लाशों का भी उससे अच्छा रंग देखा है। मैं चिंतित था कि कहीं मुझे तुम्हारी हत्या का इंतकाम न लेना पड़े।"

"बेचारा माइक! मैं शर्त लगाती हूँ कि वह गुस्सा होगा।"

"वह मुझसे भयंकर नफ़रत करता है," एडवर्ड चहकते हुए बोला।

"तुम्हें यह पता नहीं चल सकता," मैंने बहस की, लेकिन फिर अचानक सोचने लगी कि शायद उसे पता चल भी सकता होगा।

"मैंने उसका चेहरा देखा था - मैं समझ सकता था।"

"तुमने मुझे कैसे देखा? मैंने तो सोचा था कि तुम चले गए हो।" मैं अब लगभग ठीक थी, हालाँकि अगर मैं लंच में कुछ खा लेती, तो शायद उबकाई ज़्यादा जल्दी गुज़र जाती। दूसरी तरफ़, शायद यह ख़ुशक़िस्मती की बात थी कि मेरा पेट ख़ाली था।

"मैं अपनी कार में बैठकर सीडी सुन रहा था।" इतनी सामान्य प्रतिक्रिया - इससे मैं हैरान रह गई।

दरवाज़ा खुलने की आवाज़ सुनाई दी। मैंने आँखें खोलकर देखा, नर्स अपने हाथ में ठंडी पट्टी लेकर आ रही थी।

"यह लो, बेटा।" नर्स ने इसे मेरे माथे पर रख दिया और कहा, "तुम अब ठीक दिख रही हो।"

"मुझे लगता है कि अब मैं बिलकुल ठीक हूँ," मैंने उठकर बैठते हुए कहा। बस कानों में थोड़ी सी घन घनाहत हो रही थी, मगर चक्कर नहीं आ रहे थे। पुदीने जैसी हरी दीवारें स्थिर थीं, जैसा कि उन्हें होना चाहिए था।

वे मुझे दोबारा लिटाने वाली थीं, लेकिन तभी दरवाज़ा खुला और मिस कोप ने अपना सिर अंदर डाला।

"एक और मरीज़ आ गया है," उन्होंने चेतावनी दी।

अगले मरीज़ के लिए खटिया ख़ाली करने के लिए मैं कूदकर उतर गई।

मैंने नर्स को पट्टी थमाते हुए कहा। "यह लीजिए, मुझे इसकी ज़रूरत नहीं है।"

और फिर माइक दरवाज़े से लड़खड़ाता हुआ आया; इस बार वह हमारी बायलॉजी क्लास के पीले दिखने वाले लड़के ली स्टीफ़ेंस को सहारा दे रहा था। एडवर्ड और मैं उन्हें जगह देने के लिए पीछे दीवार से टिक गए।

"ओह नहीं," एडवर्ड बुदबुदाया। "बेला, बाहर ऑफ़िस में जाओ।"

मैंने चकराकर उसे देखा।

"मेरी बात मान लो - जाओ।"

मैं घूमी और दरवाज़ा बंद होने से पहले ही उसे पकड़कर सिक रूम से बाहर निकल गई। मैं एडवर्ड को अपने पीछे आते महसूस कर सकती थी।

"तुमने मेरी बात सचमुच मान ली।" वह स्तब्ध था।

"मुझे ख़ून की गंध आ गई थी," मैंने कहा और अपनी नाक सिकोड़ ली। ली मेरी तरह दूसरे लोगों का ख़ून देखकर बीमार नहीं हुआ था।

"लोगों को ख़ून की ख़ुशबू नहीं आ सकती," उसने विरोध किया।

"लेकिन मुझे आती है - इसी कारण मुझे उलटी आती है। इसमें से जंग... और नमक जैसी ख़ुशबू आती है।"

वह बहुत गहरे भाव से मुझे घूर रहा था।

"क्या हुआ?" मैंने पूछा।

"कुछ नहीं।"

तभी माइक दरवाज़े से बाहर निकला और मुझे देखने के बाद एडवर्ड को देखा। उसने एडवर्ड को जिस निगाह से देखा, उससे इस बात की पुष्टि हो गई कि एडवर्ड ने नफ़रत के बारे में सही कहा था। माइक ने एक बार फिर मुझे देखा; उसकी आँखें नाख़ुश थीं।

"*तुम* ठीक दिख रही हो," उसने आरोप लगाया।

"बस अपना हाथ जेब में रखना," मैंने उसे एक बार फिर चेतावनी दी।

"अब उसमें से ख़ून नहीं निकल रहा है," वह बड़बड़ाया। "तुम क्लास में दोबारा चल रही हो?"

"मज़ाक़ कर रहे हो? अगर मैं गई, तो कुछ समय बाद मुझे दोबारा यहीं आना पड़ेगा।"

"हाँ, बात तो सही है... तो क्या तुम इस वीकएंड पिकनिक पर चल रही हो? समुद्र तट पर?" यह बोलते वक़्त उसने एडवर्ड को गुस्से से देखा, जो फैले हुए काउंटर से टिककर खड़ा था और किसी मूर्ति की तरह स्थिर रहकर शून्य में निहार रहा था।

मैंने यथासंभव दोस्ताना स्वर में कहा, "पक्का, मैंने कहा था कि मैं चलूँगी।"

"हम मेरे डैडी के स्टोर में दस बजे इकट्ठे हो रहे हैं।" उसकी आँखें एक बार फिर एडवर्ड पर पड़ीं और वह सोचने लगा कि क्या वह ज़रूरत से ज़्यादा जानकारी दे रहा था। वैसे उसकी बॉडी लैंग्वेज से यह काफ़ी स्पष्ट था कि यह आमंत्रण सबके लिए नहीं है।

"मैं वहाँ पहुँच जाऊँगी," मैंने वादा किया।

"तो फिर जिम में मिलते हैं," उसने कहा और अधूरे मन से दरवाज़े की तरफ़ बढ़ा।

"मिलते हैं," मैंने जवाब दिया। उसने एक बार फिर मुझे देखा, उसका गोल मुँह थोड़ा फूला हुआ था और फिर दरवाज़े से निकलते समय उसके कंधे झुक गए थे। मेरे भीतर सहानुभूति का सैलाब आ गया। मैंने एक बार फिर उसका निराश चेहरा देखने के बारे में सोचा... जिम में।

"जिम," मैंने दर्द भरे स्वर में कहा।

"मैं उसे सँभाल सकता हूँ।" मैंने ग़ौर नहीं किया था कि एडवर्ड मेरे बग़ल में आ गया था, लेकिन अब वह मेरे कान में बोला था। "जाकर बैठ जाओ और कमजोर दिखो," वह बुदबुदाया।

यह चुनौतीपूर्ण काम नहीं था; मैं हमेशा ही कमजोर दिखती थी और चक्कर आने की वजह से मेरे चेहरे पर पसीने की हल्की चमक भी आ चुकी थी। मैं चूँ-चूँ करने वाली फ़ोल्डिंग चेयर पर बैठ गई और अपनी आँखें बंद करके सिर दीवार से टिका लिया। चक्कर आने के बाद मैं हमेशा पस्त हो जाती थी।

मैंने एडवर्ड को काउंटर पर धीमे स्वर में बोलते सुना।

"मिस कोप?"

"हाँ?" मैं यह नहीं सुन पाई थी कि मिस कोप अपनी डेस्क पर लौट आई हैं।

"बेला का अगला पीरियड जिम का है और मेरे ख़याल से उसकी हालत इतनी ठीक नहीं है कि वह जिम में जा सके। दरअसल मैं उसे उसके घर छोड़ने की सोच रहा था। क्या आप उसे जिम से छुट्टी दे सकती हैं?" मिस कोप की आवाज़ पिघले शहद जैसी थी। मैं कल्पना कर सकती थी कि एडवर्ड कितनी सम्मोहक आँखों से मिस कोप को देख रहा होगा।

"क्या तुम्हें भी छुट्टी चाहिए, एडवर्ड?" मिस कोप ने मीठे सुर में कहा। मैं यह क्यों नहीं कर सकती?

"नहीं, मेरा मिसेज़ गॉफ़ का पीरियड है, उन्हें दिक़्क़त नहीं होगी।"

"ठीक है, तो उसे घर छोड़ आओ। जल्दी ठीक हो जाओ, बेला," उन्होंने मुझसे कहा। मैंने नाटक करते हुए कुछ ज़्यादा ही कमज़ोरी से सिर हिलाया।

"क्या तुम चल सकती हो या मैं तुम्हें दोबारा उठाकर ले चलूँ?" रिसेप्शनिस्ट की तरफ़ पीठ करने के बाद उसने ताना मारा।

"मैं ख़ुद चलूँगी।"

मैं सावधानी से खड़ी हो गई और मैं अब भी ठीक थी। उसने मेरे लिए दरवाज़ा खोलकर रखा, उसकी मुस्कान विनम्रतापूर्ण थी, लेकिन उसकी आँखों में मसखरी साफ़ दिख रही थी। बाहर ठंडी, महीन धुंध थी, जो

अभी-अभी गिरने लगी थी। यह अच्छा महसूस हो रहा था - पहली बार मैंने आसमान से लगातार गिरती नमी का आनंद लिया - क्योंकि इसने मेरे चेहरे से चिपचिपे पसीने को साफ़ कर दिया।

"धन्यवाद," मैंने कहा, जब वह मेरे पीछे बाहर आया। "जिम से छुटकारा पाने के लिए बीमारी का बहाना बनाना अच्छा सौदा है।"

"जब चाहो।" वह सीधे आगे देख रहा था और बारिश को घूर रहा था।

"तो क्या तुम भी चल रहे हो? इस शनिवार, मेरा मतलब है?" मैं उम्मीद कर रही थी कि वह भी चले, हालाँकि इसकी उम्मीद कम थी। मैं यह तसवीर नहीं देख सकती थी कि वह स्कूल के बाक़ी बच्चों के साथ कारपूल में शामिल होगा; उसका संसार अलग था। लेकिन फिर भी मेरे मन में यह उम्मीद थी कि वह हाँ करके मेरे मन में पिकनिक के प्रति उत्साह जगा सकता है।

"वैसे तुम लोग जा कहाँ रहे हो?" वह अब भी भावशून्य चेहरे से सामने देख रहा था।

"ला पुश, फ़र्स्ट बीच।" मैंने उसके चेहरे को पढ़ने की कोशिश की। उसकी आँखें थोड़ी सिकुड़ गईं।

उसने कनखियों से मुझे देखा और शुष्कता से मुस्कराया। "मुझे नहीं लगता कि मुझे आमंत्रित किया गया है।"

मैंने आह भरी। "मैंने अभी-अभी तुम्हें आमंत्रित किया था।"

"इस सप्ताह तुम और मैं बेचारे माइक को अब और परेशान नहीं करते हैं। हम नहीं चाहते कि वह बेचारा ज्वालामुखी की तरह फट जाए।" उसकी आँखें नाच रही थी; उसे इस विचार में इतना आनंद आ रहा था, जितना नहीं आना चाहिए था।

"माइक-स्कमाइक," मैं बुदबुदाई और उसके मुँह से "तुम और मैं" सुनकर भावविभोर हो गई। मुझे यह इतना ज़्यादा पसंद आया था, जितना नहीं आना चाहिए था।

हम अब पार्किंग लॉट के क़रीब थे। मैं बाईं तरफ़ मुड़ी और अपने ट्रक की तरफ़ जाने लगी। किसी चीज़ ने मेरी जैकेट पकड़कर मुझे पीछे खींच लिया।

"तुम्हें क्या लगता है, तुम कहाँ जा रही हो?" उसने उग्र अंदाज़ में पूछा। वह मेरी जैकेट को अपनी मुट्ठी में पकड़े हुए था।

मैं हक्की-बक्की थी। "मैं घर जा रही हूँ।"

"क्या तुमने मेरा वादा नहीं सुना कि मैं तुम्हें सुरक्षित घर पहुँचाऊँगा? क्या तुम सोचती हो कि इस हाल में मैं तुम्हें गाड़ी चलाने दूँगा?" उसकी आवाज़ अब भी गुस्से से लबरेज़ थी।

"किस हाल में? और मेरे ट्रक का क्या होगा?" मैंने शिकायत की।

"उसे मैं स्कूल के बाद एलिस से छुड़वा दूँगा।" वह अब मेरी जैकेट को कार की तरफ़ खींचकर ले जा रहा था। गिरने से बचने के लिए मैं यही कर सकती थी कि उसकी तरफ़ खिंची चली जाऊँ। मैं जानती थी कि अगर मैं प्रतिरोध करूँ, तब भी वह शायद मुझे खींच ले जाएगा।

"छोड़ो!" मैंने ज़ोर देकर कहा। उसने मेरी बात अनसुनी कर दी। मैं गीले फ़ुटपाथ के पार लहराती हुई चलती रही, जब तक कि हम वोल्वो तक नहीं पहुँच गए। तब कहीं जाकर उसने मुझे आज़ाद किया - मैं पैसेंजर दरवाज़े के पास लड़खड़ा गई।

"तुम बहुत *आक्रामक* हो!" मैंने शिकायत भरे लहज़े में कहा।

"यह खुला है," उसने बस यही प्रतिक्रिया दी। वह ड्राइवर की सीट पर बैठ गया।

"मैं ख़ुद ट्रक चलाकर घर जाने में पूरी तरह सक्षम हूँ!" मैं आवेश में भुनभुनाती हुई कार के पास खड़ी रही। अब ज़्यादा तेज़ बारिश होने लगी थी और मैंने अपना हुड ऊपर नहीं किया था, इसलिए पानी अब मेरे बालों से होकर पीठ पर रिसने लगा था।

उसने ऑटोमैटिक विंडो नीचे की और सीट के पार मेरी ओर झुका। "अंदर आ जाओ, बेला।"

मैंने जवाब नहीं दिया। मैं मन ही मन हिसाब लगा रही थी कि अगर मैं दौड़ लगाऊँ, तो क्या मैं उसके पकड़ने से पहले ट्रक तक पहुँच सकती हूँ। अंततः मैं इस नतीजे पर पहुँची कि इस बात की ज़्यादा संभावना नहीं थी।"

"मैं तुम्हें फिर से घसीट लाऊँगा," उसने मेरी योजना का अंदाज़ा लगाकर धमकी दी।

उसकी कार में बैठते समय मैंने यथासंभव गरिमामय दिखने की कोशिश की। मैं इसमें ज़्यादा सफल नहीं रही - मैं भीगी बिल्ली जैसी दिख रही थी और मेरे बूट चूँ-चूँ कर रहे थे।

मैंने कठोरता से कहा, "यह पूरी तरह अनावश्यक है।"

उसने जवाब नहीं दिया। वह कंट्रोल्स से खेलता रहा, हीटर तेज़ किया और संगीत को धीमा किया। जब उसने कार पार्किंग लॉट से बाहर निकाली, तो मैंने चुप रहकर बदला लेने की ठान ली - मैं मुँह फुलाकर बैठ गई - लेकिन फिर मैंने बज रहे संगीत को पहचान लिया और मेरी उत्सुकता मेरे इरादों पर भारी पड़ गई।

"क्लेयर डी ल्यून?" मैंने हैरानी से पूछा।

"तुम डेबुसी को जानती हो?" वह भी हैरान था।

"ज़्यादा नहीं," मैंने जवाब दिया। "माँ घर में बहुत सारा शास्त्रीय संगीत बजाती हैं - मैं केवल अपने प्रिय संगीत को पहचानती हूँ।"

"यह मुझे भी बहुत प्रिय है।" उसने बारिश में बाहर घूरा और विचारों में खो गया।

संगीत को सुनते समय मैं हल्की भूरी लेदर सीट पर टिककर तनावरहित महसूस करने लगी। जानी-पहचानी, शांतिदायक धुन पर प्रतिक्रिया न करना असंभव था। बारिश की वजह से खिड़की के बाहर की हर चीज़ धुँधली होकर भूरे और हरे धब्बों में बदल गई थी। मुझे अहसास हुआ कि कार बहुत तेज़ चल रही थी; वैसे कार इतने संतुलित ढंग से चल रही थी कि मुझे गति महसूस नहीं हुई। सिर्फ़ बग़ल से गुज़रते शहर से मुझे इस बात का पता चला।

"तुम्हारी माँ कैसी हैं?" उसने मुझसे अचानक पूछा।

मैंने उसकी तरफ़ देखा। वह उत्सुक आँखों से मुझे पढ़ रहा था।

"वे काफ़ी कुछ मेरे जैसी दिखती हैं, लेकिन वे ज़्यादा सुंदर हैं," मैंने कहा। उसने अपनी भौंहें उठाईं। "मेरे अंदर चार्ली की छाप काफ़ी ज़्यादा है। माँ मुझसे ज़्यादा बहिर्मुखी हैं और ज़्यादा बहादुर भी। वे ग़ैर-ज़िम्मेदार और थोड़ी विचित्र हैं और वे काफ़ी अप्रत्याशित कुक हैं। वे मेरी सबसे अच्छी दोस्त हैं।" मैं रुक गई। उनके बारे में बात करने से मैं उदास महसूस करने लगी थी।

"तुम्हारी उम्र कितनी है, बेला?" उसकी आवाज़ किसी कारण से कुंठित थी, जिसकी मैं कल्पना नहीं कर सकती थी। उसने कार रोक दी थी और मुझे अहसास हुआ कि हम चार्ली के घर पहुँच चुके थे। बारिश

इतनी तेज़ थी कि मुझे घर मुश्किल से दिखाई दे रहा था। ऐसा लग रहा था, जैसे कार किसी नदी में डूबी हुई थी।

"मैं सत्रह साल की हूँ," मैंने थोड़ी घबड़ाहट में जवाब दिया।

"तुम सत्रह की लगती नहीं हो।"

उसका लहज़ा उलाहने से भरा था; इससे मुझे हँसी आ गई।

"क्या हुआ?" उसने एक बार फिर जिज्ञासा से पूछा।

"मेरी माँ हमेशा कहती हैं कि पैदा होते वक़्त मेरी उम्र 35 साल थी और मैं हर साल ज़्यादा अधेड़ होती जा रही हूँ।" मैं हँसी और फिर आह भरी। "देखो, किसी न किसी को तो वयस्क बनना ही था।" मैं पल भर के लिए ठहरी। "तुम ख़ुद हाई स्कूल के जूनियर जैसे नहीं लगते हो।"

उसने मुँह बनाया और विषय बदल दिया।

"तो तुम्हारी माँ ने फ़िल से शादी क्यों की?"

मैं हैरान थी कि उसे फ़िल का नाम याद था; मैंने सिर्फ़ एक बार उनका ज़िक्र किया था, वह भी दो महीने पहले। मुझे जवाब देने में एक पल का समय लग गया।

"मेरी माँ... वे अपनी उम्र के हिसाब से बहुत जवान दिखती हैं। मैं सोचती हूँ कि फ़िल उन्हें और भी ज़्यादा जवान महसूस कराते हैं। चाहे जो हो, वे फ़िल के लिए पागल हैं।" मैंने अपना सिर हिलाया। आकर्षण मेरे लिए रहस्य था।

"क्या फ़िल तुम्हें पसंद हैं?" उसने पूछा।

"क्या यह मायने रखता है?" मैंने कहा। "मैं चाहती हूँ कि वे ख़ुश रहें... और फ़िल ही है, जिसे वे चाहती हैं।"

"यह बहुत उदार है... मैं सोचता हूँ," उसने विचारपूर्वक कहा।

"क्या?"

"क्या वे यही तुम्हारे साथ करेंगी? तुम क्या सोचती हो? चाहे तुम्हारी पसंद कोई भी हो?" वह अचानक गंभीर हो गया था; उसकी आँखें मेरी आँखों पर जमी थीं।

"मैं ऐसा सोचती हूँ," मैंने हकलाते हुए कहा। "लेकिन वे अभिभावक हैं। इससे मामला थोड़ा अलग हो जाता है।"

"इसका मतलब है ज़्यादा डरावना नहीं हो," उसने मज़ाक़ में कहा।

मैंने प्रतिक्रिया में शरारती मुस्कान दी। "डरावने से तुम्हारा क्या मतलब है? जिसका चेहरा कई जगह से छिदा हो और बड़े टैटू हों?"

"मुझे लगता है, यह एक परिभाषा है।"

"तुम्हारी परिभाषा क्या है?"

लेकिन उसने मेरे प्रश्न को नज़रअंदाज़ करके दूसरा प्रश्न पूछ लिया। "क्या तुम सोचती हो कि मैं डरावना हो सकता हूँ?" उसने एक भौंह उठाई और उसके चेहरे पर हल्की सी मुस्कान चमकने लगी।

मैंने पल भर के लिए सोचा कि सच बोलना ज़्यादा अच्छा रहेगा या झूठ। मैंने सच बोलने का फ़ैसला किया। "हूँ... मैं सोचती हूँ कि तुम हो *सकते* हो, बशर्ते तुम चाहो।"

"क्या अब तुम्हें मुझसे डर लग रहा है?" उसकी मुस्कान ग़ायब हो गई थी और उसका स्वर्ग सा सुंदर चेहरा अचानक गंभीर हो गया था।

"नहीं।" लेकिन मैंने बहुत जल्दी जवाब दे दिया था। मुस्कान वापस लौट आई।

"तो अब क्या तुम मुझे अपने परिवार के बारे में बताओगे?" मैंने उसका ध्यान भटकाने के लिए पूछा। "यह मेरे परिवार से ज़्यादा रोचक कहानी होगी।"

वह तुरंत सावधान हो गया। "तुम क्या जानना चाहती हो?"

"कलन दंपति ने तुम्हें गोद लिया था?" मैंने पुष्टि की।

"हाँ।"

मैं पल भर के लिए झिझकी। "तुम्हारे माता-पिता को क्या हुआ?"

"वे बहुत साल पहले मर गए थे।" उसकी आवाज़ तथ्यात्मक थी।

"मुझे अफ़सोस है," मैं बुदबुदाई।

"मुझे उनके बारे में दरअसल ज़्यादा स्पष्टता से याद नहीं है। कार्लाइल और एस्मी काफ़ी समय से मेरे माता-पिता हैं।"

"और तुम उनसे प्यार करते हो।" यह सवाल नहीं था। यह तो उसके बोलने के लहज़े से स्पष्ट था।

"हाँ।" वह मुस्कराया। "उनसे बेहतर लोगों की मैं कल्पना भी नहीं कर सकता।"

"तुम बहुत ख़ुशक़िस्मत हो।"

"मैं जानता हूँ कि मैं हूँ।"

"और तुम्हारे बहन-भाई?"

उसने डैशबोर्ड की घड़ी देखी।

"मेरे भाई-बहन और जैस्पर और रोज़ेली बहुत विचलित होंगे, अगर वे बारिश में मेरा इंतज़ार करते हुए खड़े रहें।"

"ओह सॉरी, मुझे लगता है कि तुम्हें जाना होगा।" मैं कार से बाहर नहीं निकलना चाहती थी।

"और चीफ़ स्वान के घर लौटने से पहले तुम्हें भी शायद अपना ट्रक वापस चाहिए होगा, ताकि उन्हें बायलॉजी क्लास वाली घटना के बारे में न बताना पड़े।" उसने शरारती मुस्कान के साथ कहा।

"मुझे यक़ीन है कि अब तक उन्हें पता चल गया होगा। फ़ोर्क्स में कोई चीज़ रहस्य नहीं रहती है।" मैंने आह भरी।

वह थोड़ी अनावश्यक तीव्रता से हँसा।

"समुद्र तट पर मज़े करो... सन बाथ के लिए अच्छा मौसम है।" उसने गिरती बारिश पर नज़र डाली।

"क्या मैं तुमसे कल नहीं मिल पाऊँगी?"

"नहीं। एमथ और मैं वीकएंड जल्दी शुरू करने वाले हैं।"

"तुम क्या करने जा रहे हो?" दोस्त यह तो पूछ सकता है, है ना? मुझे उम्मीद थी कि उसे मेरी आवाज़ में निराशा सुनाई नहीं देगी।

"हम रेनियर के दक्षिण में गोट रॉक्स वाइल्डरनेस में हाइकिंग करने वाले हैं।" मुझे याद आया, चार्ली ने बताया था कि कलन परिवार अक्सर कैंपिंग पर जाता है।

"बढ़िया, मज़े करो।" मैंने उत्साही दिखने की पूरी कोशिश की। वैसे मुझे नहीं लगा कि मैं उसे मूर्ख बना पाई थी। उसके होंठों के कोनों पर मुस्कान तैर रही थी।

"क्या इस वीकएंड में तुम मेरी ख़ातिर एक चीज़ करोगी?" वह मेरे चेहरे को देखने के लिए मुड़ा और अपनी चमकती सुनहरी आँखों की पूरी शक्ति मुझ पर छोड़ दी।

मैंने असहाय होकर सिर हिला दिया।

"गुस्सा मत होना, लेकिन ऐसा लगता है कि तुम उन लोगों में से एक हो, जो दुर्घटनाओं को चुंबक की तरह आकर्षित करते हैं। इसलिए... समुद्र में डूबने या कार के सामने आने या ऐसी ही किसी दूसरी चीज़ की कोशिश मत करना, ठीक है?" उसने वक्र मुस्कान के साथ कहा।

उसकी बात सुनकर मेरी असहायता ग़ायब हो गई। मैंने आँखें तरेरकर उसे देखा।

"मैं देखती हूँ कि मैं क्या कर सकती हूँ" मैंने पलटकर कहा और बाहर बारिश में कूद गई। मैंने बहुत ताक़त से दरवाज़ा अपने पीछे बंद किया।

वह कार चलाकर जाते समय भी मुस्करा रहा था।

6

डरावनी कहानियाँ

मैं अपने कमरे में बैठकर *मैकबेथ* के तीसरे अंक पर ध्यान केंद्रित करने की कोशिश कर रही थी, लेकिन सच तो यह था कि मैं अपने ट्रक की आवाज़ सुनने की कोशिश कर रही थी। मुझे लग रहा था कि तेज़ बारिश के शोर के बावजूद मुझे अपने इंजन का कानफोड़ू शोर सुनाई दे जाएगा। लेकिन मुझे ग़लत लगा था। जब मैंने एक बार फिर पर्दे में से झाँका - तो अचानक ट्रक वहाँ पर खड़ा दिखा।

मैं शुक्रवार का इंतज़ार नहीं कर रही थी और यह इंतज़ार करने लायक़ था भी नहीं। ज़ाहिर है, मुझे बायलॉजी में जो चक्कर आए थे, उसके बारे में बातें हुईं। ख़ास तौर पर जेसिका को इस कहानी में बड़ा मज़ा आ रहा था। क़िस्मत से माइक ने अपना मुँह बंद रखा, इसलिए किसी को भी एडवर्ड के शामिल होने की भनक नहीं लग पाई। वैसे जेसिका ने लंच के बारे में बहुत से सवाल पूछे।

"तो एडवर्ड कलन कल क्या चाहता था?" जेसिका ने ट्रिगनोमेट्री में पूछा।

"क्या पता," मैंने सच बोला। "दरअसल वह मुद्दे की बात पर आया ही नहीं।"

"तुम बहुत नाराज़ दिख रही थीं," उसने दोबारा कुरेदा।

"क्या सचमुच?" मैंने अपने भाव को सूना रखा।

"जानती हो, मैंने उसे कभी परिवार के अलावा किसी दूसरे के साथ बैठते नहीं देखा। यह अजीब था।"

"अजीब," मैं सहमत हो गई। वह चिढ़ी हुई दिख रही थी; उसने अधीरता से अपने स्याह घूँघर पीछे उचकाए - मुझे लगता है कि वह कोई ऐसी चीज़ सुनने की उम्मीद कर रही थी, जिसमें नमक-मिर्च लगाकर वह दूसरों को चटखारेदार कहानी के रूप में सुनाना चाहती थी।

शुक्रवार के बारे में सबसे बुरा हिस्सा यह था कि हालाँकि मैं जानती थी कि वह वहाँ नहीं रहेगा, लेकिन इसके बावजूद मैंने उम्मीद नहीं छोड़ी थी। जब मैं जेसिका और माइक के साथ कैफ़ेटेरिया में गई, तो मैं उसकी टेबल पर देखने से ख़ुद को रोक नहीं पाई, जहाँ रोज़ेली, एलिस और जैस्पर सिर सटाकर बातें कर रहे थे। और मैं उस उदासी को नहीं रोक पाई, जो मेरे अंदर भर गई, जब मुझे अहसास हुआ कि उसे दोबारा देखने से पहले मुझे जाने कितना इंतज़ार करना पड़ेगा।

मेरी सामान्य टेबल पर बैठा हर विद्यार्थी अगले दिन की योजना बनाने में मशगूल था। माइक एक बार फिर उत्साही हो गया था और स्थानीय मौसम विशेषज्ञ की भविष्यवाणी पर बहुत भरोसा कर रहा था, जिसने कल धूप निकलने का वादा किया था। लेकिन मैं देखने से पहले इस पर विश्वास नहीं करना चाहती थी। वैसे आज मौसम ज़्यादा गर्म था - लगभग साठ। शायद पिकनिक पूरी तरह निराशाजनक नहीं रहेगी।

मैंने लंच के दौरान लॉरेन की शत्रुतापूर्ण निगाहों का सामना किया, जिनका कारण मुझे समझ नहीं आया। हम एक साथ कमरे से बाहर जा रहे थे और मैं उसके ठीक पीछे थी। मैं उसके रेशमी, सुनहरे बालों से एक फ़ुट दूर थी और ज़ाहिर है, उसे यह बात मालूम नहीं थी।

"...पता नहीं क्यों *बेला*" - उसने मेरा नाम हिक़ारत से लिया - "अब से कलन लोगों के साथ क्यों नहीं बैठती," मैंने उसे माइक के सामने बुदबुदाते सुना। मैंने कभी ग़ौर नहीं किया था कि उसकी नाक से निकलने वाली आवाज़ इतनी अप्रिय थी, लेकिन मैं इसमें छिपे द्वेष से ज़्यादा हैरान थी। मैं दरअसल उसे अच्छी तरह नहीं जानती थी, निश्चित रूप से इतनी अच्छी तरह नहीं कि वह मुझे नापसंद करे - कम से कम मुझे ऐसा ही लगता था।

"वह मेरी दोस्त है; वह हमारे साथ ही बैठेगी," माइक ने वफ़ादारी से फुसफुसाकर कहा; थोड़ा हक़ जताते हुए भी। मैं ठहरी, ताकि जेस और एंजेला मुझसे आगे निकल जाएँ। मैं अब आगे उनकी बातें नहीं सुनना चाहती थी।

उस रात डिनर पर चार्ली ला पुश की मेरी यात्रा के बारे में उत्साही दिख रहे थे। मैंने सोचा कि उन्हें मुझे वीकएंड में घर पर अकेला छोड़ने को लेकर अपराधबोध सताता होगा, लेकिन वे भी क्या करते? ये कई साल पुरानी आदतें थीं, इसलिए उन्हें तोड़ना मुश्किल था। ज़ाहिर है, वे पिकनिक पर जाने वाले सभी बच्चों के नाम जानते थे और उनके माता-पिता के भी और शायद उनके दादा-नानाओं के भी। मैंने सोचा कि क्या वे एडवर्ड कलन की कार में बैठकर सिएटल जाने की मेरी योजना के बारे में भी इतना ही उत्साह दिखाएँगे। वैसे मैंने सोच लिया था कि मैं यह बात उन्हें नहीं बताऊँगी।

"डैडी, क्या आप गोट रॉक्स जैसी जगह के बारे में जानते हैं? शायद माउंट रेनियर के दक्षिण में," मैंने सामान्य अंदाज़ में पूछा।

"हाँ - क्यों?"

मैंने कंधे उचकाए। "कुछ बच्चे वहाँ कैंपिंग करने की सोच रहे थे।"

"वह जगह कैंपिंग के लिए बहुत अच्छी नहीं है।" उनकी आवाज़ में हैरानी थी। "यहाँ बहुत ज़्यादा भालू रहते हैं। ज़्यादातर लोग शिकार के मौसम में वहाँ जाते हैं।"

"ओह," मैंने बुदबुदाते हुए कहा। "शायद मैंने नाम ग़लत सुन लिया था।"

मैं देर तक सोना चाहती थी, लेकिन एक असामान्य रोशनी की वजह से जाग गई। मैंने आँखें खोलकर देखा। मेरी खिड़की में से साफ़ पीली रोशनी आ रही थी। मुझे यक़ीन नहीं हुआ। मैं जल्दी से इसकी जाँच करने के लिए खिड़की तक गई और निश्चित रूप से वहाँ सूरज दिख रहा था। यह आसमान में ग़लत जगह पर था, ज़रूरत से ज़्यादा नीचे था और यह उतना क़रीब नहीं था, जितना इसे होना चाहिए था, लेकिन यह निश्चित रूप से सूरज ही था। दूर क्षितिज पर बादलों का घेरा था, लेकिन बीच

की काफ़ी बड़ी जगह नीली दिख रही थी। मैं ज़्यादा से ज़्यादा समय तक खिड़की पर ही खड़ी रहना चाहती थी। मुझे डर था कि अगर मैं हटी, तो कहीं नीलापन दोबारा ग़ायब न हो जाए।

न्यूटन्स ओलिंपिक आउटफ़िटर्स स्टोर शहर के उत्तर में था। मैंने उस स्टोर को देखा था, हालाँकि मैं वहाँ कभी रुकी नहीं थी - मुझे आउटडोर वाले सामानों की ज़रूरत ही नहीं थी। मैंने पार्किंग लॉट में माइक की सबर्बन और टाइलर की सेंट्रा को पहचान लिया। जब मैंने उनके पास अपना ट्रक खड़ा किया, तो मैं उस सबर्बन के सामने खड़े समूह को देख सकती थी। वहाँ एरिक दो दूसरे लड़कों के साथ था, जिनके साथ मेरी क्लास होती थी। मुझे काफ़ी यक़ीन था कि उनके नाम बेन और कॉनर हैं। जेस वहाँ थी और उसके अगल-बग़ल में एंजेला तथा लॉरेन थीं। तीन और लड़कियाँ उनके साथ खड़ी थीं, जिनमें वह भी शामिल थी, जिस पर मैं शुक्रवार को जिम में गिरी थी। जब मैं ट्रक से बाहर निकली, तो उसने मुझे गंदी निगाह से देखा और लॉरेन से फुसफुसाकर बोलने लगी। लॉरेन अपने कॉर्नसिल्क जैसे बाल हिलाकर मुझे हिक़ारत से देखने लगी।

तो यह *उन* दिनों में से एक होने वाला था।

कम से कम माइक मुझे देखकर ख़ुश था।

“तुम आ गईं!” उसने ख़ुशी से कहा। “मैंने कहा था ना कि आज धूप रहेगी, है ना?”

“मैंने तुम्हें बताया था ना कि मैं आ रही हूँ,” मैंने उसे याद दिलाया।

“अब सिर्फ़ ली और सामंता का इंतज़ार है... जब तक कि तुमने किसी को आमंत्रित न किया हो,” माइक ने आगे कहा।

“नहीं,” मैंने हल्के से झूठ बोल दिया, इस आशा में कि मेरा झूठ पकड़ा नहीं जाएगा। लेकिन मेरे मन में यह हसरत भी थी कि काश चमत्कार हो जाए और एडवर्ड वहाँ आ जाए।

माइक संतुष्ट दिख रहा था।

“क्या तुम मेरी कार में चलोगी? या तो उसमें या फिर ली की मम्मी की मिनीवैन में।”

“बिलकुल।”

वह आनंद में मुस्कराया। माइक को ख़ुश करना बहुत आसान था।

"तुम सामने वाली पैसेंजर सीट पर बैठ जाना," उसने वादा किया। मैंने अपनी सकपकाहट छिपाई। माइक और जेसिका को एक साथ ख़ुश करना आसान नहीं था। मुझे दिख गया था कि इस समय जेसिका हमें गुस्से से देख रही थी।

संख्याओं ने मेरा साथ दिया। ली दो और लोगों को ले आया, जिससे जगह कम पड़ गई। मैं सबर्बन की सामने वाली सीट पर माइक और अपने बीच में जेसिका को फँसाने में मैं कामयाब हो गई। माइक इस बारे में ख़ुश नज़र नहीं आया, लेकिन इससे कम से कम जेसिका का गुस्सा ठंडा हो गया।

ला पुश फ़ोर्क्स से सिर्फ़ पंद्रह मील दूर था। ज़्यादातर रास्ते में शानदार घने हरे जंगल थे और चौड़ी क्यूलेट नदी दो बार इस सड़क के नीचे से निकलती थी। मुझे ख़ुशी थी कि मैं विंडो सीट पर बैठी थी। हमने खिड़कियाँ खोल रखी थीं - सबर्बन में नौ लोग भर गए थे, जिससे साँस लेने में दिक़्क़त होने लगी थी - और मैं ज़्यादा से ज़्यादा धूप सोखना चाहती थी।

जब मैं गर्मियों में चार्ली के साथ रहने आती थी, तो कई बार ला पुश के समुद्र तटों पर गई थी, इसलिए फ़र्स्ट बीच का एक मील लंबा अर्धचंद्राकार किनारा जाना-पहचाना था। यह अब भी बेहद सुंदर था। धूप में भी पानी गहरा भूरा और झागदार था तथा भूरे, चट्टानी तट की ओर लहरें उछाल रहा था। पानी के बीच से टापू उठ रहे थे और वहाँ चट्टानों की ऊबड़-खाबड़ नोंकें दिख रही थीं, जो सख़्त, ऊँचे देवदार वृक्षों से घिरी थीं। समुद्र तट पर असली बालू की सिर्फ़ एक पतली पट्टी थी, जो पानी के किनारे थी। उसके बाद अरबों बड़े, चिकने और भूरे पत्थर थे, जो दूरी से एक जैसे दिखते थे, लेकिन क़रीब पहुँचने पर हर पत्थर का रंग अलग दिखता था : टेराकोटा, समुद्री हरा, लैवेंडर, नीला भूरा, दबा हुआ सुनहरा। तट पर बड़े ड्रिफ्टवुड पेड़ थे, जो नमकीन लहरों के कारण सफ़ेद हो गए थे; कुछ समूह में जंगल के कोने पर थे, कुछ लहरों की पहुँच के बाहर अकेले थे।

तेज़, ठंडी और नमकीन हवा चल रही थी। पेलिकन लहरों पर तैर रही थीं, जबकि उनके ऊपर सीगल उड़ रही थीं। वहाँ एक बाज भी मँडरा रहा था। बादलों ने अब भी आसमान में गोला बना रखा था और वे किसी

भी पल हमला करने का ख़तरा पेश कर रहे थे, लेकिन हाल-फ़िलहाल सूरज नीले आसमान में बहादुरी से चमक रहा था।

हमने समुद्र तट तक नीचे जाने वाला रास्ता चुना। माइक लकड़ियों के लट्ठों के पास पहुँचने वाला रास्ता दिखा रहा था, जहाँ आम तौर पर पार्टियाँ होती थीं। आग जलाने की जगह भी स्पष्ट दिख रही थी, जिसमें काली राख भरी थी। वह लड़का जिसका नाम मेरे हिसाब से बेन था, एरिक के साथ गया और वे दोनों जंगल के कोने से ड्रिफ्टवुड की टूटी हुई, सूखी लकड़ियाँ बटोर लाए। जल्दी ही पुरानी राख के ऊपर तंबू जैसी आकृति बन गई थी।

"क्या तुमने कभी ड्रिफ्टवुड आग देखी है?" माइक ने मुझसे पूछा। मैं हड्डी के रंग की एक बेंच पर बैठी थी। दूसरी लड़कियाँ झुंड में मेरे दोनों तरफ़ बैठी थीं और रोमांचित स्वर में गपशप कर रही थीं। माइक आग के पास घुटनों के बल बैठा और सिगरेट लाइटर से एक छोटी लकड़ी को जलाने लगा।

"नहीं," मैंने कहा, जब उसने जलती हुई टहनी को सावधानी से तंबू से सटाया।

"तुम्हें यह पसंद आएगी - इसके रंग देखना।" उसने एक और टहनी जलाई और इसे पहली वाली के बग़ल में रख दिया। सूखी लकड़ी में से जल्दी ही लपटें उठने लगीं।

"यह तो नीली है," मैंने हैरानी में कहा।

"यह नमक के कारण होता है। सुंदर है, है ना?" उसने एक और टहनी जलाकर उधर रखी, जहाँ आग नहीं लगी थी और फिर मेरे पास आकर बैठ गया। शुक्र है कि जेसिका उसके दूसरी तरफ़ थी। वह उसकी तरफ़ मुड़ी और उसका ध्यान खींच लिया। मैं नीली और हरी लपटों को आसमान की तरफ़ चटकते देखती रही।

आधा घंटे की बातचीत के बाद कुछ लड़के क़रीब के ज्वार-कुंडों तक जाना चाहते थे। इससे मैं दुविधा में पड़ गई। एक तरफ़ तो मुझे ज्वार-कुडों से प्रेम था। वे बचपन से ही मुझे सम्मोहित करते थे। बचपन में मैं जब भी फ़ोर्क्स आती थी, तो मेरे मन में सिर्फ़ उन्हें देखने का ही प्रलोभन रहता था। दूसरी तरफ़, मैं उनमें गिरती बहुत थी। यह ज़्यादा बड़ी बात नहीं थी,

जब आप सात साल की हों और डैडी साथ में हों। इससे मुझे एडवर्ड का आग्रह याद आया - कि मुझे समुद्र में गिरना नहीं है।

लॉरेन ने मेरी तरफ़ से निर्णय ले लिया। वह वहाँ नहीं जाना चाहती थी और उसने निश्चित रूप से इसके लिए ग़लत जूते पहने थे। एंजेला और जेसिका के अलावा ज़्यादातर दूसरी लड़कियाँ भी तट पर ही रुकना चाहती थीं। मैंने इंतज़ार किया, जब तक कि टाइलर और एरिक ने लड़कियों के साथ रुकने का वादा नहीं किया। फिर मैं हाइकिंग करने वाले समूह के साथ जाने के लिए चुपचाप खड़ी हो गई। जब माइक ने मुझे आते देखा, तो वह खुलकर मुस्कराया।

यात्रा ज़्यादा लंबी नहीं थी, हालाँकि मुझे इस बात से नफ़रत थी कि जंगल में आसमान नहीं दिखता था। जंगल की हरी रोशनी किशोर हँसी के तालमेल में नहीं थी और मेरे चारों तरफ़ चल रहे हल्के हँसी-मज़ाक़ के सामंजस्य में भी नहीं थी, क्योंकि यह बहुत अँधेरी और मनहूस थी। मुझे अपने हर क़दम पर नज़र रखनी पड़ी और मैं बड़ी सावधानी से चली। नीचे जड़ों से और ऊपर शाखाओं से बचना बड़ा मुश्किल काम था; मैं जल्दी ही पीछे रह गई। अंततः मैं जंगल की पन्ने जैसी सीमाओं से बाहर निकली और एक बार फिर पथरीले समुद्र तट पर आ गई। लहरें छोटी थीं और एक ज्वार-नदी हमारे पास से समुद्र की ओर जा रही थी। इसके पथरीले किनारे जीवन से भरपूर थे। ये उथले कुंड कभी पूरी तरह ख़ाली नहीं होते थे।

मैंने बहुत सावधानी बरती कि छोटे समुद्री कुंडों के ज़्यादा क़रीब न जाऊँ। बाक़ी निडर थे और चट्टानों पर से कूद रहे थे, जो किनारे पर ख़तरनाक रूप से खड़ी थीं। मैंने एक बड़े कुंड के कोने पर बहुत स्थिर दिखने वाली चट्टान खोजी और सतर्कता से वहाँ बैठ गई; मैं अपने नीचे के प्राकृतिक मछलीघर को मंत्रमुग्ध होकर देखने लगी। चमकदार एनीमोन्स के समूह अदृश्य धारा में निरंतर लहरा रहे थे, मुड़े हुए शंख किनारों पर दौड़ रहे थे, उनके भीतर के केकड़े नहीं दिख रहे थे, स्टारफ़िश गतिहीन होकर चट्टानों से और एक दूसरे से चिपकी थीं। तभी सफ़ेद धारियों वाली एक छोटी काली ईल चमकते हरे शैवालों से गुज़री और समुद्र के लौटने का इंतज़ार करने लगी। मैं पूरी तरह तल्लीन थी, सिर्फ़ मेरे दिमाग़ का एक छोटा हिस्सा यह सोच रहा था कि एडवर्ड इस समय क्या कर रहा

था। मैं यह कल्पना कर रही थी कि अगर वह यहाँ मेरे साथ होता, तो क्या कह रहा होता।

आख़िरकार लड़कों को भूख लग गई और मैं उनके पीछे लौटने के लिए उठी। इस बार जंगलों के बीच से गुज़रते समय मैंने उनके साथ क़दम मिलाने की कोशिश की, इसलिए स्वाभाविक रूप से मैं कई बार गिर गई। मेरी हथेलियों पर कुछ सतही खरोंचें लगीं और मेरी जीन्स के घुटनों पर हरे धब्बे लग गए, लेकिन स्थिति बदतर हो सकती थी।

जब हम फ़र्स्ट बीच पर लौटे, तो हम जितने लोगों को छोड़कर गए थे, अब उनकी संख्या बढ़ गई थी। जब हम ज़्यादा क़रीब पहुँचे, तो हमें नए आने वालों के चमकते, सीधे काले बाल और उनकी ताँबे जैसी त्वचा दिखी। वे रिज़र्वेशन के किशोर थे, जो सामाजिक मेलजोल के लिए आए थे। भोजन पहले ही इधर से उधर हो रहा था और लड़के जल्दी से इसे खाने पहुँच गए। जब हम एक-एक करके ड्रिफ्टवुड गोले में पहुँचे, तो एरिक ने हमारा परिचय दिया। एंजेला और मैं सबसे आख़िर में पहुँचे थे और जब एरिक ने हमारे नाम लिए, तो मैंने ग़ौर किया कि आग के क़रीब पत्थर पर बैठा एक छोटा लड़का मुझे दिलचस्पी से देखने लगा था। मैं एंजेला के पास बैठ गई और माइक हमारे लिए सैंडविच तथा बहुत सारे सोडा ले आया, जिनमें से हम चुन सकते थे। इस दौरान मेहमानों में सबसे बड़े दिखने वाले लड़के ने अपने साथ आए सात लोगों के नाम लेकर परिचय दिया। मैं सिर्फ़ यह समझ पाई कि उनमें से एक लड़की का नाम जेसिका था और मुझमें दिलचस्पी लेने वाले लड़के का नाम जैकब था।

एंजेला के साथ बैठना सुकून भरा था। वह शांत क़िस्म की थी, इसलिए उसके आस-पास रहना आरामदेह था – उसे हर समय ख़ामोशी को चटरपटर से भरना ज़रूरी नहीं लगता था। खाते वक़्त उसने मुझे सोचने के लिए स्वतंत्र छोड़ दिया और कोई बाधा नहीं डाली। उस समय मैं यह सोच रही थी कि फ़ोर्क्स में समय कितने अलग-अलग तरीक़े से गुज़रता है; कई बार तो एक झोंके की तरह गुज़र जाता है, जिसमें कुछ तसवीरें बाक़ी तस्वीरों से ज़्यादा स्पष्टता से अंकित होती हैं। और कई बार हर सेकंड महत्त्वपूर्ण होता था और मेरे मन पर अमिट छाप छोड़ देता था। मैं सटीकता से जानती थी कि किसकी वजह से फ़र्क़ पड़ता था, जिससे मैं विचलित हो गई।

लंच के दौरान बादलों की सेना बढ़ने लगी। वे नीले आसमान पर क़ब्ज़ा करने लगे, रह-रहकर सूरज को अपने आगोश में लेने लगे, समुद्र तट पर अपनी लंबी छाया डालने लगे और लहरों को काला करने लगे। खाना ख़त्म करने के बाद लोग दो-तीन के समूह में इधर-उधर होने लगे। कुछ लहरों के नज़दीक गए और अस्थिर सतह के पार चट्टानों पर कूदने की कोशिश करने लगे। बाक़ी ज्वार-कुंडों की तरफ़ दूसरी यात्रा पर जा रहे थे। माइक - जिसके पीछे जेसिका लगी थी - गाँव में एक दुकान की तरफ़ जा रहा था। कुछ स्थानीय बच्चे भी उसके साथ गए; बाक़ी हाइक पर गए। जब वे सभी तितर-बितर हुए, तब मैं अपने ड्रिफ्टवुड के लट्ठे पर अकेली बैठी थी। लॉरेन और टाइलर उस सीडी प्लेयर में उलझे थे, जो कोई विचारपूर्वक ले आया था। रिज़र्वेशन के तीन किशोर गोले में बैठे थे, जिनमें जैकब नाम का लड़का और प्रवक्ता की भूमिका निभाने वाला सबसे बड़ा लड़का शामिल थे।

एंजेला हाइक करने वालों के साथ चली गई थी। उसके कुछ मिनट बाद जैकब मेरे पास आकर एंजेला की जगह पर बैठ गया। वह चौदह, शायद पंद्रह साल का दिख रहा था। उसके लंबे, चमकदार काले बाल थे, जो गर्दन के पीछे रबर बैंड में बँधे थे। उसकी त्वचा सुंदर, रेशमी और गेरुए रंग की थी। उसकी आँखें काली थीं और उसके गाल की हड्डियों के ऊँचे उभारों के ऊपर गहराई में स्थित थीं। उसकी ठुड्डी के आस-पास बचपन का गोलपन अब भी दिख रहा था। कुल मिलाकर काफ़ी अच्छा चेहरा। लेकिन उसके चेहरे के बारे में मेरी सकारात्मक राय उसके पहले शब्दों से नष्ट हो गई।

"तुम इज़ाबेला स्वान हो, है ना?"

यह एक बार फिर से स्कूल के पहले दिन जैसा था।

"बेला," मैंने आह भरते हुए कहा।

"मैं जैकब ब्लैक हूँ।" उसने दोस्ताना अंदाज़ में हाथ बढ़ाया। "तुमने मेरे डैडी का ट्रक ख़रीदा है।"

"ओह," मैंने राहत में कहा और उसका चिकना हाथ मिलाया। "तुम बिली के बेटे हो। तुम मुझे याद होने चाहिए।"

"नहीं, मैं परिवार में सबसे छोटा हूँ - तुम्हें मेरी बड़ी बहनें याद होंगी।"

"रैशेल और रेबेका," मुझे अचानक याद आया। जब मैं यहाँ आती थी, तब चार्ली और बिली हम लोगों को एक-दूसरे के साथ रखते थे, ताकि उनके मछली पकड़ते समय हम व्यस्त रहें। हम सब इतने संकोची थे कि दोस्ती की दिशा में ज़्यादा तरक़्क़ी नहीं हो पाई। ज़ाहिर है, जब मैं ग्यारह साल की हुई, तो मैं इतना बखेड़ा मचाने लगी कि मछली पकड़ने की यात्राएँ बंद हो गईं।

"क्या वे यहीं हैं?" मैंने समुद्र के कोने पर लड़कियों को देखते हुए सोचा कि क्या मैं अब उन्हें पहचान सकती हूँ।

"नहीं।" जैकब ने अपना सिर हिलाया। "रैशेल को वॉशिंगटन स्टेट की स्कॉलरशिप मिल गई और रेबेका ने हवाई के एक सर्फ़र से शादी कर ली - वह अब हवाई में रहती है।"

"शादी। वाह।" मैं स्तब्ध थी। उसकी जुड़वाँ बहनें मुझसे बस एक साल बड़ी थीं।

"तो तुम्हें ट्रक कैसा लगा?" उसने पूछा।

"मुझे इससे प्रेम है। यह बेहतरीन चलता है।"

"हाँ, लेकिन यह काफ़ी धीमा चलता है," वह हँसा। "जब चार्ली ने इसे ख़रीदा, तो मैंने राहत की साँस ली। डैडी मुझे दूसरी कार बनाने नहीं दे रहे थे। वे कहते थे कि जब हमारे यहाँ एक अच्छा वाहन है, तो दूसरे की क्या ज़रूरत है।"

"यह उतना धीमा भी नहीं है," मैंने आपत्ति की।

"कभी साठ के ऊपर चलाने की कोशिश की है?"

"नहीं!"

"अच्छी बात है। चलाना भी मत।" उसने दाँत निकाले।

मैं भी दाँत दिखाए बिना नहीं रह पाई। "यह टक्कर में बेहतरीन रहता है," मैंने अपने ट्रक की रक्षा करते हुए कहा।

"मैं नहीं सोचता कि कोई टैंक भी उस पुराने ट्रक का बाल भी बाँका कर सकता है," वह एक बार फिर हँसते हुए सहमत हुआ।

"तो तुम कार बनाते हो?" मैंने पूछा और मैं प्रभावित थी।

"जब मेरे पास ख़ाली समय और पुर्ज़े होते हैं। तुम्हें शायद पता नहीं होगा कि 1986 की वोक्सवैगन रैबिट का मास्टर सिलिंडर कहाँ मिल

सकता है?" उसने मज़ाक़ में कहा। उसकी आवाज़ सुखद और भारी थी।

"सॉरी," मैं हँसी। "अभी तक तो नहीं देखा है, लेकिन मैं तुम्हारे लिए अपनी आँखें खुली रखूँगी।" जैसे मुझे पता हो कि यह क्या था। उसके साथ बात करना बहुत आसान था।

उसने चमकदार मुस्कान देते हुए मेरी ओर हसरत से देखा, जिसे मैं पहचानना सीख रही थी। मैं ही अकेली नहीं थी, जिसने इस पर ग़ौर किया था।

"तुम बेला को जानते हो, जैकब?" आग के पार से लॉरेन ने पूछा - मेरे हिसाब से काफ़ी अक्खड़ अंदाज़ में।

"एक तरह से हम एक-दूसरे को तब से जानते हैं, जब से मैं पैदा हुआ हूँ," वह हँसा और मेरी तरफ़ एक बार फिर मुस्कराया।

"कितना अच्छा है।" वैसे उसकी आवाज़ से ऐसा नहीं लग रहा था, जैसे उसे यह अच्छा लगा हो और उसकी पीली, शक्की आँखें सिकुड़ गईं।

"बेला," उसने एक बार फिर पुकारा और सावधानी से मेरा चेहरा देखा। "मैं अभी-अभी टाइलर से कह रही थी कि यह कितना बुरा है कि कलन लोगों में से कोई भी आज नहीं आया। क्या किसी ने उन्हें आमंत्रित ही नहीं किया था?" उसकी चिंता का भाव अविश्वसनीय था।

"तुम्हारा मतलब डॉ. कार्लाइल कलन के परिवार से है?" ऊँचे, ज़्यादा बड़े लड़के ने मेरे कुछ बोलने से पहले ही बोल दिया, जिससे लॉरेन चिढ़ गई। सच कहा जाए, तो वह लड़के के बजाय आदमी के ज़्यादा क़रीब था और उसकी आवाज़ बहुत गहरी थी।

"हाँ, क्या तुम उन्हें जानते हो?" उसने नीचा दिखाने वाले अंदाज़ में पूछा और उसकी ओर थोड़ा सा मुड़ी।

"कलन परिवार यहाँ नहीं आता," उसने उसके सवाल को नज़रअंदाज़ करते हुए एक ऐसे लहज़े में कहा, मानो बात यहीं ख़त्म हो जाती हो।

टाइलर ने लॉरेन का ध्यान दोबारा जीतने के लिए अपने हाथ की सीडी पर उसकी राय पूछी। लॉरेन का ध्यान भटक गया।

मैंने गहरी आवाज़ वाले लड़के को आश्चर्य से घूरा, लेकिन अब वह हमारे पीछे अँधेरे जंगल को देखने लगा था। उसने कहा था कि कलन परिवार यहाँ नहीं आता था, लेकिन उसके लहज़े से ऐसा लग रहा था, जैसे

उन्हें यहाँ आने की अनुमति नहीं थी; जैसे उन पर प्रतिबंध लगा था। उसके लहज़े का मुझ पर अजीब प्रभाव पड़ा और मैंने इसे नज़रअंदाज़ करने की कोशिश की, हालाँकि मैं इसमें सफल नहीं हुई।

जैकब ने मेरे विचारों का सिलसिला तोड़ा। "तो क्या फ़ोर्क्स तुम्हें पगला रहा है?"

"ओह, मैं तो कहूँगी कि इससे भी ज़्यादा।" मैंने मुँह बनाया। उसने समझते हुए दाँत दिखाए।

मैं अब भी कलन परिवार पर की गई उस संक्षिप्त टिप्पणी की जुगाली कर रही थी। मेरे अंदर अचानक एक प्रेरणा आई। यह मूर्खतापूर्ण योजना थी, लेकिन मेरे दिमाग़ में इससे ज़्यादा अच्छी योजना नहीं थी। मैं सोच रही थी कि युवा जैकब को लड़कियों का ज़्यादा अनुभव नहीं होगा, इसलिए वह मेरे फ्लर्टिंग के जाल को नहीं समझ पाएगा और उसमें फँस जाएगा।

"क्या तुम मेरे साथ समुद्र तट तक चलना चाहते हो?" मैंने पूछा और एडवर्ड जिस तरह अपनी पलकों के नीचे से ऊपर देखता था, उसकी नक़ल करने की कोशिश की। मुझे यक़ीन था कि इसका उतना प्रभाव नहीं पड़ेगा, लेकिन जैकब इच्छुकता से उछल पड़ा।

जब हम ड्रिफ्टवुड की समुद्री दीवार की ओर के कई रंगों के पत्थरों के पास उत्तर में चले, तो बादलों ने अचानक आसमान को पूरी तरह ढक लिया, जिससे समुद्र स्याह हो गया और तापमान गिर गया। मैंने अपने हाथ अपने जैकेट की जेबों में गहरे घुसा लिए।

"तो तुम सोलह साल के हो?" मैंने पूछा और मूर्ख जैसी न दिखने की कोशिश की, जब मैंने अपनी पलकें उस तरह फड़फड़ाईं, जिस तरह मैंने लड़कियों को टीवी पर करते देखा था।

"मैं अभी-अभी पंद्रह का हुआ हूँ," उसने स्वीकार किया, हालाँकि उसने इसे प्रशंसात्मक रूप से लिया था।

"सचमुच?" मेरा चेहरा झूठे आश्चर्य से भरा था। "मैं तो सोच रही थी कि तुम्हारी उम्र ज़्यादा होगी।"

उसने कहा, "मैं अपनी उम्र के हिसाब से ज़्यादा लंबा हूँ।"

"क्या तुम फ़ोर्क्स ज़्यादा आते हो?" मैंने चालाक अंदाज़ में पूछा, मानो मैं हाँ की उम्मीद कर रही थी। मैं ख़ुद को मूर्खतापूर्ण लगी। मुझे डर

था कि वह हिक़ारत से मेरी ओर मुड़ेगा और मुझ पर धोखेबाज़ी का इल्ज़ाम लगाएगा, लेकिन वह अब भी काफ़ी ख़ुश दिख रहा था।

"ज़्यादा नहीं," उसने त्योरी के साथ स्वीकार किया। "लेकिन जब मेरी कार पूरी हो जाएगी, उसके बाद मैं जितना चाहूँ उतना जा सकता हूँ - मेरा लाइसेंस बनने के बाद," उसने सुधार किया।

"वह दूसरा लड़का कौन था, जिससे लॉरेन बात कर रही थी? वह हम लोगों के साथ उठने-बैठने के लिहाज़ से ज़्यादा बड़ा लगता है।" मैंने जान-बूझकर ख़ुद को युवाओं के साथ जोड़ लिया था, ताकि यह स्पष्ट हो जाए कि मैं जैकब को पसंद करती हूँ।

"वह सैम है - वह उन्नीस साल का है," उसने मुझे जानकारी दी।

"वह डॉक्टर के परिवार के बारे में क्या कह रहा था?" मैंने मासूमियत से पूछा।

"कलन परिवार के बारे में? ओह, उन्हें यहाँ रिज़र्वेशन पर नहीं आना चाहिए।" उसने दूर जेम्स आईलैंड की दिशा में देखा, जब उसने उसकी पुष्टि की, जो मेरे हिसाब से मैंने सैम की आवाज़ में सुना था।

"क्यों नहीं?"

उसने मुझे पलटकर देखा और अपना होंठ काट लिया। "ऊप्स। मुझे उस बारे में कुछ भी नहीं बताना चाहिए था।"

"ओह, मैं किसी को भी नहीं बताऊँगी; मैं तो बस जिज्ञासावश जानना चाहती हूँ।" मैंने अपनी मुस्कान को मनमोहक बनाने की कोशिश की और सोचा कि कहीं मैं ज़्यादा डोरे तो नहीं डाल रही हूँ।

वह पलटकर मुस्कराया और ऐसा लग रहा था, जैसे वह जाल में फँस गया था। फिर उसने एक भौंह उठाई और उसकी आवाज़ पहले से भी ज़्यादा भारी थी।

"तुम्हें डरावनी कहानियाँ पसंद हैं?"

"मैं उनसे *प्रेम* करती हूँ," मैंने उत्साह से कहा और उसे तपती निगाहों से देखा।

जैकब नज़दीकी ड्रिफ्टवुड वृक्ष की ओर गया, जिसकी जड़ें किसी बड़ी मकड़ी के उलझे हुए पैरों जैसी बाहर निकली थीं। वह एक मुड़ी हुई जड़ पर हल्के से बैठ गया, जबकि मैं उस पेड़ के तने पर उसके नीचे बैठी।

उसने चट्टानों को घूरा और उसके चौड़े होंठों के कोनों के आस-पास एक मुस्कान तैर रही थी। मैं देख सकती थी कि वह इस कहानी को अच्छा बनाने की कोशिश कर रहा था। मैंने अपनी आँखों में दिखने वाली उत्कट रुचि को क़ायम रखने पर ध्यान केंद्रित किया।

"क्या तुम हमारी पुरानी कहानियाँ जानती हो, इस बारे में कि हम कहाँ से आए हैं - क्यूलेट्स, मेरा मतलब है?" उसने शुरू किया।

मैंने कहा, "नहीं तो।"

"देखो, बहुत सी दंतकथाएँ हैं, जिनमें से कुछ तो महाप्रलय तक जड़ें खोजने का दावा करती हैं - ये कहती हैं कि प्राचीन क्यूलेट्स ने अपनी नावें पहाड़ के सबसे ऊँचे पेड़ों के शिखर से बाँध दी थीं और नोआ तथा उसकी नाव की तरह प्रलय से बच गए थे।" इतिहास का अपना ज्ञान मेरे सामने बघारते हुए वह मुस्कराया। "एक और दंतकथा दावा करती है कि हम भेड़ियों से उत्पन्न हुए हैं - कि भेड़िये अब भी हमारे भाई हैं। उन्हें मारना कुनबे के क़ानून के ख़िलाफ़ है।

"फिर *ठंडे लोगों* के बारे में कहानियाँ हैं।" उसकी आवाज़ काफ़ी धीमी हो गई।

"ठंडे लोग?" मैंने पूछा और अब मेरा कौतूहल नक़ली नहीं था।

"हाँ। ठंडे लोगों की दंतकथाएँ भेड़ियों की दंतकथाओं जितनी ही पुरानी हैं और कुछ तो ज़्यादा पुरानी भी हैं। किंवदंती के अनुसार मेरे ख़ुद के परदादा कुछ ठंडे लोगों को जानते थे। उन्होंने ही वह संधि की थी, जिसकी वजह से वे हमारी ज़मीन पर नहीं आ सकते थे।" उसने अपनी आँखें गोल-गोल घुमाईं।

"तुम्हारे परदादा?" मैंने प्रोत्साहित किया।

"वे क़बीले के मुखिया थे, मेरे डैडी की तरह। देखो, ठंडे लोग भेड़ियों के स्वाभाविक शत्रु होते हैं - असली के भेड़िये नहीं, लेकिन वे भेड़िये जो हमारे पुरखों की तरह इंसान में बदल सकते हैं। उन्हें नरभेड़िया कहा जाता है।"

"नरभेड़ियों के शत्रु होते हैं?"

"सिर्फ़ एक।"

मैंने गंभीरता से उसे घूरा और अपनी व्यग्रता को प्रशंसा के रूप में छिपाने की उम्मीद की।

"तो तुमने देखा," जैकब ने आगे कहा, "ठंडे लोग पारंपरिक रूप से हमारे शत्रु होते हैं। लेकिन मेरे परदादा के समय में हमारे इलाक़े में आने वाला यह समूह अलग था। वे उस तरह शिकार नहीं करते थे, जिस तरह दूसरे ठंडे लोग करते थे - वे कुनबे के लिए ख़तरनाक नहीं लगते थे। इसलिए मेरे परदादा ने उनके साथ यह संधि की कि अगर वे हमारी ज़मीन से दूर रहने का वादा करेंगे, तो हम उनका भेद इंसानों के सामने नहीं खोलेंगे।" उसने मेरी तरफ़ आँख मारी।

"अगर वे ख़तरनाक नहीं हों, तो क्या...?" मैंने समझने की कोशिश की। मैं डर रही थी कि कहीं उसे समझ न आ जाए कि मैं उसकी भुतहा कहानी पर कितनी गंभीरता से विचार कर रही हूँ।

"इंसानों को ठंडे लोगों से जोखिम हमेशा रहता है, भले ही वे इस समूह जितने सभ्य हों। आपको कभी पता नहीं होता कि उन्हें कब इतनी ज़्यादा भूख लगने लगेगी कि वे ख़ुद को रोक न पाएँ।" उसने जान-बूझकर अपने लहज़े में जोखिम की मोटी परत चढ़ा दी।

"तुम्हारा क्या मतलब है 'सभ्य?'"

"वे दावा करते थे कि वे इंसानों का शिकार नहीं करते हैं और जानवरों का शिकार करके पेट भर लेते हैं।"

मैंने अपनी आवाज़ को सामान्य रखने की कोशिश की। "तो यह कलन परिवार पर कैसे लागू होता है? क्या वे भी उन ठंडे लोगों जैसे हैं, जिनसे तुम्हारे परदादा मिले थे?"

"नहीं।" वह नाटकीय अंदाज़ में रुका। "वे *वही* हैं।"

उसने सोचा होगा कि मेरे चेहरे पर जो डर का भाव आया था, वह उसकी कहानी की वजह से था। वह ख़ुशी में मुस्कराया और आगे बोलने लगा।

"अब उनकी संख्या बढ़ गई है। एक नई औरत आई है और एक नया आदमी भी आया है, लेकिन बाक़ी वही हैं। मेरे परदादा लीडर कार्लाइल को जानते थे। वह यहाँ था और तुम्हारे लोगों के यहाँ आने से *पहले* यहाँ से चला गया था।" वह अपनी मुस्कान को रोकने की कोशिश कर रहा था।

"और वे कौन हैं?" मैंने आख़िरकार पूछा। "ठंडे लोग *क्या* होते हैं?"

वह स्याह अंदाज़ में मुस्कराया।

"ख़ून पीने वाले।" उसने ठंडे लहज़े में कहा। "लोग उन्हें वैम्पायर कहते हैं।"

उसका जवाब सुनकर मैं उठती-गिरती लहर को घूरने लगी; मुझे पता नहीं था कि मेरे चेहरे पर कौन से भाव आए थे।

वह खुलकर हँसा, "तुम्हारे तो रोंगटे खड़े हो गए।"

"तुम बहुत अच्छी कहानी सुनाते हो," मैंने उसकी प्रशंसा की, लेकिन मैं अब भी लहरों को घूर रही थी।

"काफ़ी अजीब कहानी है, है ना? इसी कारण मेरे डैडी यह नहीं चाहते हैं कि हम इसे किसी को भी सुनाएँ।"

मैं अभी तक अपने भावों को इतना नियंत्रित नहीं कर पाई थी कि उसकी ओर देख सकूँ। "चिंता मत करो, मैं किसी को भी नहीं बताऊँगी।"

"मुझे लगता है, मैंने अभी-अभी संधि का उल्लंघन कर दिया है," वह हँसा।

"मैं इसे क़ब्र तक अपने साथ ले जाऊँगी," मैंने वादा किया और फिर मैं काँपने लगी।

"एक बात का ध्यान रखना। चार्ली से कुछ मत कहना। वे मेरे डैडी से गुस्सा हैं, क्योंकि उन्होंने सुना है कि जब से डॉ. कलन ने अस्पताल में काम शुरू किया है, तो हमारे रिज़र्वेशन के कुछ लोगों ने अस्पताल जाना छोड़ दिया है।"

"मैं नहीं कहूँगी, बिलकुल नहीं।"

"तो क्या तुम्हारे हिसाब से हमारा कुनबा अंधविश्वासी है?" उसने चुलबुले अंदाज़ में पूछा, लेकिन उसमें चिंता की झलक भी थी। मैंने अब तक समुद्र से नज़रें नहीं हटाई थीं।

मैं मुड़ी और उतने सामान्य अंदाज़ में उसकी ओर मुस्कराई, जितना मैं कर सकती थी।

"नहीं। मैं सोचती हूँ कि तुम डरावनी कहानियाँ सुनाने में बहुत माहिर हो। मेरे अब भी रोंगटे खड़े हैं, देखो?" मैंने अपना हाथ दिखाया।

"बढ़िया।" वह मुस्कराया।

और फिर समुद्र तट पर पत्थर टकराने की आवाज़ ने हमें चेतावनी दे दी कि कोई आ रहा है। हमारे सिर एक साथ मुड़े और हमने देखा कि माइक और जेसिका लगभग पचास गज़ की दूरी पर थे और वे हमारी ओर आ रहे थे।

"तो तुम यहाँ हो, बेला," माइक ने राहत में कहा और अपना हाथ अपने सिर के ऊपर लहराया।

"क्या यह तुम्हारा बॉयफ्रेंड है?" जैकब ने पूछा, जो माइक की आवाज़ में ईर्ष्या की खनक से चौकस हो गया था। मैं हैरान थी कि यह खनक इतनी स्पष्ट थी।

"नहीं, निश्चित रूप से नहीं," मैंने फुसफुसाकर कहा। मैं जैकब के प्रति बहुत ज़्यादा कृतज्ञ थी और उसे ज़्यादा से ज़्यादा ख़ुश रखना चाहती थी। माइक से सावधानी से दूर मुड़कर मैंने जैकब की तरफ़ आँख मारी। वह मेरी फूहड़ फ्लर्टिंग से ख़ुश हो गया।

"अच्छा, जब मुझे अपना लाइसेंस मिल जाता है...," उसने कहना शुरू किया।

"तो तुम्हें फ़ोर्क्स में मुझसे मिलने आना चाहिए। हम कुछ समय एक साथ बिता सकते हैं।" यह कहते समय मुझे अपराधबोध महसूस हुआ। मैं जानती थी कि मैंने उसका इस्तेमाल किया था। लेकिन मुझे जैकब सचमुच पसंद था। उसके साथ मैं आसानी से दोस्ती कर सकती थी।

माइक अब हमारे पास पहुँच चुका था, हालाँकि जेसिका अब भी कुछ क़दम दूर थी। मैं देख सकती थी कि उसकी आँखें जैकब को तौल रही थीं और उसकी स्पष्ट कम उम्र से संतुष्ट दिख रही थीं।

"तुम कहाँ थीं?" उसने पूछा, हालाँकि जवाब उसके ठीक सामने था।

"जैकब मुझे यहाँ की कुछ कहानियाँ सुना रहा था," मैंने कहा। "बड़ी दिलचस्प कहानियाँ थीं।"

मैं गर्मजोशी से जैकब की ओर मुस्कराई और वह भी दाँत दिखाने लगा।

"अच्छा।" माइक ठहरा और हमारी साँठगाँठ देखने के बाद स्थिति को सावधानी से दोबारा तौलने लगा।, "हम लोग सामान पैक कर रहे हैं - लगता है, बारिश जल्दी ही होने वाली है।"

हम सभी ने काले आसमान को देखा। निश्चित रूप से बारिश के शत-प्रतिशत आसार दिख रहे थे।

"ठीक है।" मैं उछल पड़ी। "मैं आ रही हूँ।"

"तुमसे *दोबारा* मिलना अच्छा लगा," जैकब ने कहा; मैं समझ गई कि वह माइक को थोड़ा सा चिढ़ाना चाहता है।

"मुझे भी। अगली बार जब चार्ली बिली से मिलने आएँगे, तो मैं भी साथ आ जाऊँगी," मैंने वादा किया।

मुस्कान उसके पूरे चेहरे पर फैल गई। "यह बेहतरीन रहेगा।"

"और धन्यवाद," मैंने गंभीरता से कहा।

जब हम चट्टानों पर चलते हुए पार्किंग लॉट की दिशा में बढ़े, तो मैंने अपना हुड ऊपर खींच लिया। कुछ बूँदें गिरने लगी थीं और पत्थरों पर काले धब्बे बनाने लगी थीं। जब हम सबर्बन तक पहुँचे, तो बाक़ी लोग पहले ही पूरा सामान रख चुके थे। मैं एंजेला और टाइलर के साथ पीछे वाली सीट पर पहुँच गई और घोषणा की कि मैं आते समय आगे बैठी थी, इसलिए जाते समय पीछे बैठूँगी। एंजेला ने खिड़की से बाहर नज़र डालकर आने वाले तूफ़ान को घूरा और लॉरेन बीच वाली सीट से टाइलर का ध्यान आकर्षित करने के लिए मुड़ी, इसलिए मैंने अपना सिर सीट से टिकाया और अपनी आँखें बंद कीं और कुछ न सोचने की कड़ी कोशिश करने लगी।

7

बुरा सपना

मैंने चार्ली से कहा कि मुझे बहुत सारा होमवर्क करना है और मैं कुछ नहीं खाना चाहती। टीवी पर एक बास्केटबॉल मैच आ रहा था, जिसके बारे में वे रोमांचित थे। ज़ाहिर है, मुझे पता नहीं था कि उस मैच के बारे में क्या ख़ास था, इसलिए उनके रोमांच की वजह से वे मेरे चेहरे या लहज़े की किसी असामान्य चीज़ पर ग़ौर नहीं कर पाए।

अपने कमरे में पहुँचने के बाद मैंने दरवाज़ा बंद कर लिया। मैंने अपनी डेस्क को खंगाला, जब तक कि मुझे मेरा पुराना हेडफ़ोन नहीं मिल गया। फिर मैंने उसे अपने छोटे सीडी प्लेयर में लगाया और क्रिसमस पर फ़िल की दी हुई सीडी उठा ली। यह उसका प्रिय बैंड था, लेकिन वे बहुत ज़्यादा शोर कर रहे थे, इसलिए मुझे यह ज़्यादा पसंद नहीं आया था। मैंने इसे लगाया और बिस्तर पर लेट गई। मैंने हेडफ़ोन लगाया, प्ले बटन दबाया और वॉल्यूम इतना ज़्यादा कर लिया कि मेरे कानों को चोट पहुँचने लगी। मैंने अपनी आँखें बंद कर लीं, लेकिन रोशनी अब भी आ रही थी, इसलिए मैंने अपने चेहरे के ऊपरी आधे हिस्से पर तकिया रख लिया।

मैंने बहुत सावधानी से संगीत पर ध्यान केंद्रित किया, बोल और जटिल ड्रम वादन को समझने की कोशिश की। जब मैंने तीसरी बार सीडी सुनी, तो मैं सारे शब्द समझ चुकी थी, कोरस के भी। मुझे यह जानकर हैरानी हुई कि कानफोड़ू आवाज़ के पार जाने के बाद मुझे बैंड पसंद आने लगा था। मुझे एक बार फिर फ़िल को धन्यवाद देना होगा।

और यह कारगर रहा। धमाकेदार संगीत की वजह से सोचना असंभव था - और यही इस पूरे इंतज़ाम का उद्‌देश्य था। मैंने सीडी बार-बार सुनी, जब तक कि मैं सारे गानों के साथ-साथ गाने लगी और अंततः सो नहीं गई।

मेरी आँखें एक जानी-पहचानी जगह पर खुलीं। अपनी चेतना के किसी कोने में मैं जागरूक थी कि मैं सपना देख रही हूँ, लेकिन मैं जंगल की हरी रोशनी को पहचान गई। नज़दीक ही लहरों के चट्टानों से टकराने की आवाज़ सुनाई दे रही थी और मैं जानती थी कि अगर मैं समुद्र तक पहुँच जाऊँ, तो मुझे सूरज दिखाई दे जाएगा। मैं आवाज़ का अनुसरण करने की कोशिश कर रही थी, लेकिन वहाँ जैकब ब्लेक भी था, जो मेरा हाथ पकड़कर मुझे जंगल के सबसे अँधेरे हिस्से की ओर से पीछे खींच रहा था।

“जैकब? क्या गड़बड़ है?” मैंने पूछा। उसका चेहरा डरा हुआ था, जब उसने मेरे प्रतिरोध के ख़िलाफ़ अपनी सारी ताक़त लगा दी; मैं अँधेरे में नहीं जाना चाहती थी।

“दौड़ो, बेला, तुम्हें दौड़ना होगा!” वह दहशत में फुसफुसाया।

“इस तरफ़, बेला!” मैंने पहचाना कि पेड़ों के अंधकारमय केंद्र से माइक की आवाज़ आ रही थी, लेकिन मैं उसे नहीं देख पाई।

“क्यों?” मैंने पूछा। मैं अब भी जैकब की पकड़ के ख़िलाफ़ जूझ रही थी और सूरज को देखने के लिए उतावली थी।

अचानक जैकब ने मेरा हाथ छोड़ दिया। वह चीख़ने और काँपने लगा। फिर वह जंगल के अँधेरे फ़र्श पर गिर गया। वह ज़मीन पर छटपटाने लगा और मैं दहशत में देखती रही।

“जैकब!” मैं चीख़ी। लेकिन वह जा चुका था। उसकी जगह पर काली आँखों वाला एक बड़ा लाल-भूरा भेड़िया था। भेड़िये का मुँह मुझसे दूर समुद्र तट की ओर था, उसके कंधे के बाल खड़े थे और उसके बाहर निकले दाँतों के बीच से गुर्राने की आवाज़ें आ रही थीं।

“बेला, दौड़ो!” माइक मेरे पीछे से एक बार फिर चिल्लाया। लेकिन मैं नहीं मुड़ी। मैं समुद्र तट से अपनी तरफ़ आती रोशनी को देख रही थी।

और फिर एडवर्ड ने पेड़ों के बीच से बाहर क़दम रखा। उसकी त्वचा पर हल्की चमक थी; उसकी आँखें काली और ख़तरनाक थीं। उसने

एक हाथ ऊपर उठाया और मुझे इशारे से अपने पास बुलाया। भेड़िया मेरे पैरों पर गुर्राया।

मैंने एक क़दम आगे बढ़ाया, एडवर्ड की तरफ़। फिर वह मुस्कराया; उसके दाँत नुकीले और पैने थे।

"मुझ पर विश्वास करो," वह घुरघुराती आवाज़ में बोला।

मैंने एक और क़दम बढ़ाया।

भेड़िये ने मेरे और वैम्पायर के बीच की जगह पर छलाँग लगा दी और उसके दाँत एडवर्ड के गले की तरफ़ थे।

"नहीं!" मैं चीख़ी और अपने बिस्तर से उठकर खड़ी हो गई।

मेरे अचानक उठने से हेडफ़ोन ने पलंग के पास वाली टेबल पर रखे सीडी प्लेयर को खींच दिय, जिससे यह लकड़ी के फ़र्श पर गिर गया।

मेरी बत्ती अभी भी जल रही थी और मैं बिस्तर पर पूरी पोशाक पहने बैठी थी, जूते भी। मैंने अस्त-व्यस्त हालत में अपने ड्रेसर पर रखी घड़ी पर निगाह डाली। सुबह के साढ़े पाँच बजे थे।

मैं कराही, पीछे गिर गई और अपने चेहरे पर लुढ़क गई। फिर मैंने पैरों का इस्तेमाल करके अपने जूते उतार दिए। मैं इतनी ज़्यादा असहज थी कि दोबारा नहीं सो सकती थी। मैंने करवट बदली और लेटे-लेटे ही अपनी जीन्स के बटन खोलकर उसे अजीब तरीक़े से उतारा। मुझे अपने बालों की चोटी चुभ रही थी, जो मेरी खोपड़ी में लगे किसी काँटे जितना परेशान कर रही थी। मैं बग़ल में पलटी और रबर बैंड खोलकर अपनी अँगुलियों से दो चोटियों में कंघी कर ली। मैंने तकिये को दोबारा अपनी आँखों पर रख लिया।

ज़ाहिर है, इन सारी कोशिशों से कोई फ़ायदा नहीं हुआ। मेरे अवचेतन ने मुझे सपने में ठीक वही तसवीरें दिखाई थीं, जिनसे बचने की मैं बुरी तरह कोशिश कर रही थी। अब मैं उनका सामना करने वाली थी।

मैं बैठ गई और मेरा सिर एक मिनट तक चकराया, पहली चीज़ें पहले, मैंने ख़ुद से कहा, इसे ज़्यादा से ज़्यादा समय तक दूर रखना चाहिए। मैंने बाथरूम का बैग उठा लिया।

शॉवर उतना लंबा नहीं चला, जितनी मुझे उम्मीद थी। अपने बालों को ब्लोअर से सुखाने के बाद भी बाथरूम में करने लायक़ कोई काम नहीं

बचा था। टॉवेल लपेटकर मैं अपने कमरे में आई। मुझे पता नहीं था कि चार्ली अब भी सो रहे हैं या जा चुके हैं। मैंने खिड़की से बाहर देखा; क्रूज़र जा चुका था। दोबारा मछली पकड़ने।

मैंने धीरे-धीरे अपने सबसे आरामदेह कपड़े पहने और अपना बिस्तर जमाया - एक ऐसी चीज़, जो मैंने कभी नहीं की थी। मैं अब इसे और ज़्यादा नहीं टाल सकती थी। मैंने डेस्क तक जाकर अपना पुराना कंप्यूटर चालू किया।

मुझे यहाँ इंटरनेट चलाने से नफ़रत थी। मेरा मोडम बाबा आदम के ज़माने का था, सिर्फ़ डायल अप करने में ही इतना ज़्यादा समय लग जाता था कि मैं उस दौरान सीरियल का एक बाउल लाने चली गई।

मैंने धीरे-धीरे खाया और सावधानी से हर कौर को चबाया। इसके बाद मैंने कटोरे और चम्मच को धोकर सुखाया और उन्हें दूर रख दिया। मैंने पैरों को घसीटते हुए सीढ़ियाँ चढ़ी। मैंने सबसे पहले तो अपने सीडी प्लेयर को फ़र्श से उठाया और उसे टेबल के बीचोबीच रख दिया। मैंने हेडफ़ोन निकालकर डेस्क के ड्रॉअर में रख दिया। फिर मैंने उसी सीडी को चालू किया और इसे इतना धीमा किया, जहाँ यह पृष्ठभूमि की आवाज़ बन गई।

एक और आह भरकर मैं अपने कंप्यूटर की ओर मुड़ी। ज़ाहिर है, स्क्रीन पर पॉप-अप विज्ञापन आ गए थे। मैं सख़्त फ़ोल्डिंग चेयर पर बैठकर सारे विज्ञापनों को बंद करने लगी। अंततः मैं अपने प्रिय सर्च इंजन तक पहुँच गई। मैंने कुछ और पॉप-अप्स बंद किए और फिर सिर्फ़ एक शब्द टाइप किया।

वैम्पायर।

ज़ाहिर है, इसमें इतना समय लग रहा था कि गुस्सा आने लगा था। जब रिज़ल्ट्स आए, तो उनमें से अपनी पसंद का रिज़ल्ट चुनना मुश्किल था - फ़िल्मों और टीवी शो से लेकर रोल-प्लेइंग गेम्स, भूमिगत धातु और गोथिक कॉस्मेटिक कंपनियाँ।

लेकिन फिर मुझे एक संभावनाशील साइट दिख गई, जिस पर मेरी चाही गई जानकारी हो सकती थी - वैम्पायर्स ए टू ज़ेड। मैं बेचैनी से इसके लोड होने का इंतज़ार करती रही और स्क्रीन पर उभरने वाले हर विज्ञापन

को बंद करती रही। आख़िरकार स्क्रीन लोड हो गई – सफ़ेद पृष्ठभूमि पर काले अक्षर; वेबसाइट शैक्षणिक दिख रही थी। होम पेज पर दो कोट्स थे :

भूतों और राक्षसों के वृहद स्याह संसार में कोई भी प्राणी इतना भयंकर, वीभत्स और घिनौना, लेकिन इतने डरावने सम्मोहन से भरा नहीं है, जितना कि वैम्पायर, जो न तो भूत है, न ही राक्षस है, लेकिन जो इन दोनों के ही रहस्यमय और भयंकर गुणों से संपन्न है। —रेव. मॉन्टैग्यू समर्स

अगर इस संसार में कोई अच्छी तरह प्रमाणित लेखा है, तो यह वैम्पायर्स का है। किसी चीज़ की कमी नहीं है : आधिकारिक रिपोर्ट्स हैं, प्रसिद्ध हस्तियों, सर्जनों, पादरियों, न्यायाधीशों के हलफ़नामे हैं; न्यायिक प्रमाण बहुत परिपूर्ण है। लेकिन इसके बावजूद ऐसा कौन है, जो वैम्पायर्स में विश्वास करता है? —रूसो

बाक़ी की साइट पर पूरे संसार के वैम्पायर्स की दंतकथाएँ वर्णमाला के क्रम के अनुसार सूचीबद्ध थीं। जिस पहले वैम्पायर पर मैंने क्लिक किया, वह डैनेग था। यह फ़िलिपिनो वैम्पायर था, जिसने काफ़ी पहले टापुओं पर अरबी बोने की प्रथा शुरू की थी। दंतकथा के अनुसार *डैनेग* ने कई सालों तक इंसानों के साथ काम किया, लेकिन एक दिन यह सिलसिला ख़त्म हो गया, जब एक महिला की अँगुली कट गई और *डैनेग* उसे चूसने लगा; उसे उस महिला के ख़ून का स्वाद इतना ज़्यादा पसंद आया कि वह उसके शरीर का सारा ख़ून पी गया।

मैंने सावधानी से वर्णन पढ़े और जानी-पहचानी चीज़ की तलाश की, ऐसा लगता था कि वैम्पायर संबंधी ज़्यादातर दंतकथाएँ महिलाओं के वैम्पायर होने और बच्चों के शिकार होने पर केंद्रित थीं। ऐसा लग रहा था कि उन्हें छोटे बच्चों की उच्च मृत्यु दर को स्पष्ट करने के लिए गढ़ा गया था या फिर पुरुषों को बेवफ़ाई का बहाना देने के लिए। कई कहानियों में शरीर रहित आत्माओं का वर्णन था और अनुचित दफ़नाने के ख़िलाफ़ चेतावनियाँ भी थीं। मेरी देखी फ़िल्मों जैसा ज़्यादा कुछ नहीं था, और हिब्रू

एस्ट्री और पोलिश *अपियर* जैसे बहुत कम वैम्पायर ही सारे समय ख़ून पीने की फिराक में रहते थे।

केवल तीन प्रविष्टियों ने सचमुच मेरा ध्यान आकर्षित किया : रोमानिया का *वैराकोलेकी*, एक शक्तिशाली मृत व्यक्ति, जो सुंदर, पीली त्वचा वाले इंसान के रूप में प्रकट हो सकता था; स्लोवक *नेलेप्सी*, जो इतना शक्तिशाली और तेज़ था कि आधी रात के बाद एक ही घंटे में पूरे गाँव में नरसंहार कर सकता था; और तीसरा था *स्ट्रेगॉनी बेनिफ़िची*।

इस आख़िरी वाले के बारे में सिर्फ़ एक संक्षिप्त वाक्य लिखा था।

स्ट्रेगॉनी बेनिफ़िची : एक इतालवी वैम्पायर, जिसे अच्छाई की तरफ़ माना जाता था और यह सारे बुरे वैम्पायर्स का घातक शत्रु था।

यह राहत की बात थी कि सैकड़ों में से एक दंतकथा - एक छोटी प्रविष्टि - अच्छे वैम्पायर्स के अस्तित्व का दावा कर रही थी।

वैसे कुल मिलाकर इसमें बहुत कम जानकारी थी, जो जैकब की कहानियों या मेरे ख़ुद के अवलोकन से मेल खाती हो। पढ़ते वक़्त मैंने अपने दिमाग़ में छोटा कैटेलॉग बनाया और सावधानी से हर दंतकथा से इसकी तुलना की। गति, शक्ति, सुंदरता, पीली त्वचा, रंग बदलने वाली आँखें और फिर जैकब के मानदंड : ख़ून पीने वाले, नरभेड़ियों के शत्रु, ठंडे ख़ून वाले और अमर। बहुत कम मिथक मिले, जो एक भी घटक से मेल खाते हों।

फिर एक और समस्या थी। मैंने जो बहुत कम डरावनी फ़िल्में देखी थीं और वेबसाइट पर जो लिखा था, उसका निष्कर्ष यह था - वैम्पायर्स दिन के समय बाहर नहीं निकल सकते, वरना सूरज उन्हें जलाकर राख कर देगा। वे दिन भर कफ़न में सोते थे और सिर्फ़ रात को बाहर निकलते थे।

गुस्से में मैंने कंप्यूटर के बंद होने का इंतज़ार किए बिना मेन पॉवर स्विच बंद कर दिया। चिढ़ के साथ-साथ मुझे बहुत शर्म भी आ रही थी। यह सब बहुत मूर्खतापूर्ण दिख रहा था। मैं अपने कमरे में बैठकर वैम्पायर्स पर शोध कर रही हूँ। मुझे क्या हो गया है? मैंने निर्णय लिया कि ज़्यादातर दोष फ़ोर्क्स कस्बे का है - और सच कहें, तो पूरे ओलिंपिक पेनिन्सुला का, जो हर समय गीला रहता था।

मुझे घर से बाहर निकलना था, लेकिन कोई ऐसी मनचाही जगह नहीं थी, जहाँ जाने में तीन दिन से कम समय लगे। मैं कहाँ जाने वाली थी, यह सोचे बिना ही मैंने अपने बूट पहने और सीढ़ियाँ उतर गई। मैंने अपना रेनकोट पहना और मौसम पर नज़र डाले बिना ही दरवाज़े से बाहर निकल गई।

आसमान बादलों से भरा था, लेकिन अभी बारिश नहीं हो रही थी। मैंने अपने ट्रक को नज़रअंदाज़ किया और पूर्व दिशा में पैदल चलने लगी। मैं चार्ली के आँगन पर अतिक्रमण करने वाले जंगल की तरफ़ जा रही थी। इसमें ज़्यादा समय नहीं लगा, जब मैं इतनी अंदर चली गई कि सड़क और मकान ओझल हो गए। वहाँ बस गीली मिट्टी पर मेरे पैरों की आवाज़ थी या किसी पक्षी के अचानक बोलने की आवाज़ थी।

यहाँ जंगल के बीच से जाने वाली एक पतली पगडंडी थी, वरना मैं इस तरह अकेले भटकने का जोखिम नहीं उठाती। मेरा दिशाज्ञान निराशाजनक था; मैं इससे बेहतर परिस्थितियों में भी भटक सकती थी। पगडंडी जंगल में ज़्यादा गहराई तक गई; जहाँ तक मैं जानती थी ज़्यादातर पूर्व दिशा में। यह स्प्रूस वृक्ष, हेमलॉक पौधों, सदाबहार पेड़ों और मेपल वृक्षों के बीच से गुज़रती रही। मुझे अपने आस-पास के पेड़ों के नाम अस्पष्टता से याद थे और वह भी सिर्फ़ इसलिए, क्योंकि चार्ली ने मुझे शुरुआती दिनों में क्रूज़र की खिड़की से उनकी तरफ़ इशारा करके उनके नाम बताए थे। कई पेड़ अनजान थे और बाक़ी के बारे में मैं यक़ीन से कुछ नहीं कह सकती थी, क्योंकि वे हरे परजीवियों से ढँके थे।

मैं उस पगडंडी पर तब तक चलती रही, जब तक कि ख़ुद पर मेरा गुस्सा मुझ पर हावी रहा। जब गुस्सा कम होने लगा, तो मैं धीमी हो गई। पानी की कुछ बूँदें मेरे ऊपर की पत्तियों से रिसकर नीचे आईं, लेकिन मुझे पक्का नहीं पता था कि अभी बारिश होने लगी थी या ये कल की बारिश की बची हुई बूँदें थीं, जो अब तक मेरे ऊपर की पत्तियों में अटकी हुई थीं और अब धरती तक का रास्ता तय कर रही थीं। हाल में गिरा एक पेड़ - यह हाल में गिरा है, यह मैं इसलिए कह सकती थी, क्योंकि यह काई से पूरी तरह नहीं ढँका था - दूसरे पेड़ के तने से टिका था और पगडंडी से कुछ फ़ुट दूर छायादार छोटी बेंच जैसी आकृति बना रहा था। मैं फ़र्न के पौधों को लाँघकर वहाँ सावधानी से बैठ गई और मैंने गीली

सीट और मेरे कपड़ों के बीच जैकेट रख ली। फिर मैंने अपने हुड से ढँका सिर पेड़ से टिका लिया।

मैंने घूमने के लिए ग़लत जगह चुनी थी। यह बात मुझे पता होनी चाहिए थी, लेकिन जाने के लिए कोई दूसरी जगह भी तो नहीं थी। जंगल गहरा हरा था और पिछली रात के सपने के दृश्य से इतना ज़्यादा मेल खा रहा था कि वहाँ मन शांत नहीं हो सकता था। मेरे गीले क़दमों की आवाज़ रुकने के बाद तीखी ख़ामोशी छा गई थी। पक्षी भी शांत थे और बूँदों की संख्या बढ़ती जा रही थी, जिससे मैं इस निष्कर्ष पर पहुँची कि ऊपर बारिश हो रही थी। बैठने के बाद फ़र्न मेरे सिर से ज़्यादा ऊँचाई पर थे, इसलिए तीन फ़ुट वाले रास्ते से जाने वाला कोई भी व्यक्ति मुझे नहीं देख सकता था।

यहाँ पेड़ों के बीच उन मूर्खतापूर्ण बातों पर यक़ीन करना ज़्यादा आसान था, जिन पर मुझे घर के अंदर शर्म आ रही थी। हज़ारों सालों से इस जंगल में कुछ नहीं बदला था और यहाँ पर सैकड़ों अलग-अलग देशों की सारी दंतकथाओं और मिथकों के सच होने की ज़्यादा संभावना लग रही थी, जो मेरे साफ़-सुथरे बेडरूम में नहीं लग रही थी।

मैंने ख़ुद को दो सबसे अहम प्रश्नों पर ध्यान केंद्रित करने के लिए विवश किया, जिनका मुझे जवाब देना था, लेकिन यह काम मैंने अनिच्छा से किया।

सबसे पहले तो मुझे यह निर्णय लेना था कि जैकब ने कलन परिवार के बारे में जो बताया था, क्या वह सच हो सकता था।

तुरंत ही मेरे मन ने प्रबल इंकार कर दिया। ऐसी बकवास धारणाओं को रखना मूर्खतापूर्ण और गलत था। लेकिन फिर क्या? मैंने ख़ुद से पूछा। इस बात का कोई तार्किक स्पष्टीकरण नहीं था कि मैं इस पल कैसे ज़िंदा थी। मैंने अपने दिमाग़ में उन चीज़ों की सूची बनाई, जिन्हें मैंने ख़ुद देखा था : असंभव गति और शक्ति, आँखों का रंग काले से सुनहरा और फिर काला होना, अमानवीय सुंदरता, पीली, बर्फ़ीली त्वचा। और इससे ज़्यादा - छोटी-छोटी चीज़ें जो धीरे-धीरे दर्ज होती थीं - वे कभी कुछ खाते नहीं थे, वे बहुत आकर्षक अंदाज़ में चलते थे, जो असाधारण था। और जिस तरह *वह* कई बार बोलता था, अपरिचित लहज़ा और वाक्यांश, जो इक्कीसवीं सदी के क्लासरूम के बजाय बीसवीं सदी के उपन्यास की शैली के ज़्यादा

अनुरूप थे। उसने उसी दिन क्लास से छुट्टी ली थी, जिस दिन हम ब्लड टेस्ट कर रहे थे। उसने समुद्र तट की यात्रा को तब तक मना नहीं किया था, जब तक कि उसने यह नहीं सुन लिया था कि हम कहाँ जाने वाले हैं। वह आस-पास के हर व्यक्ति के विचारों को पढ़ सकता था... सिवाय मेरे। उसने मुझे बताया था कि वह विलेन है, ख़तरनाक है...

क्या कलन लोग वैम्पायर हो सकते हैं?

देखो, वे *कुछ न कुछ* तो थे। तार्किकता की संभावना के बाहर की चीज़ें मेरी अविश्वास करती आँखों के सामने हो रही थीं। चाहे वह जैकब की शब्दावली के *ठंडे लोगों* की श्रेणी में आता हो या फिर मेरे अनुमान के हिसाब से सुपरहीरो की श्रेणी में, एडवर्ड कलन... इंसान नहीं था। वह इससे ज़्यादा था।

तो फिर - शायद। हाल-फ़िलहाल मेरा जवाब यही होगा।

और फिर सबसे महत्त्वपूर्ण सवाल। अगर यह सच हुआ, तो मैं क्या करूँगी?

अगर एडवर्ड वैम्पायर हो - मैं यह सोचने के लिए भी ख़ुद को मुश्किल से तैयार कर पाई - तो मुझे क्या करना चाहिए? किसी दूसरे को शामिल करने की बात तो छोड़ ही दें। मैं ख़ुद ही इस पर विश्वास नहीं कर रही थी; किसी दूसरे को बताने पर मुझे पागलख़ाने भेज दिया जाएगा।

सिर्फ़ दो ही विकल्प व्यावहारिक लग रहे थे। पहला तो उसकी ख़ुद की सलाह मानना था : समझदारी दिखाना और उससे यथासंभव दूर रहना। हमारी योजनाएँ रद्द कर दूँ और जहाँ तक मेरे लिए संभव है, उसे नज़रअंदाज़ करूँ। यह नाटक करूँ कि जिस एक क्लास में हमें मजबूरन एक साथ बैठना पड़ता था, वहाँ हमारे बीच मोटे काँच की दीवार थी, जिसे भेदा नहीं जा सकता था। उसे बता दूँ कि वह मुझे अकेला छोड़ दे - और यह बात इस बार सच्चे इरादे से कहूँ।

इस विकल्प पर विचार करते समय मैं निराशा का दर्द महसूस करने लगी। मेरे मन ने दर्द को अस्वीकार कर दिया और तेज़ी से अगले विकल्प पर पहुँच गया।

मैं कुछ भी अलग नहीं करूँगी। देखो, अगर वह कोई... बुरी चीज़ है, तो भी उसने अब तक मेरा कोई नुक़सान नहीं किया है। सच तो यह

है कि अगर वह इतनी तेज़ी से काम नहीं करता, तो मैं टाइलर की कार के नीचे दबकर मर चुकी होती। इतनी तेज़ी से, मैंने ख़ुद के साथ तर्क किया, कि यह सिर्फ़ तीव्र प्रतिक्रिया भी तो हो सकती है। लेकिन अगर यह काम किसी की जान बचाने के लिए किया गया था, तो वह बुरा कैसे हो सकता है? मैंने तर्क दिया। मेरा दिमाग़ जवाबरहित गोलों में चकरघिन्नी की तरह घूमता रहा।

अगर मैं किसी पर यक़ीन कर सकती थी, तो एक चीज़ पर कर सकती थी। पिछली रात मेरे सपने में जो स्याह एडवर्ड था, वह जैकब की कहानियों से उत्पन्न मेरे डर का प्रतिबिंब था और एडवर्ड ख़ुद नहीं था। फिर भी, जब मैं नरभेड़िये की छलाँग पर दहशत में चीख़ी थी, तो मेरे होंठों पर 'नहीं' की चीख़ इसलिए नहीं आई थी, क्योंकि मैं नरभेड़िये को होने वाले नुक़सान से डर रही थी। मैं तो इसलिए चीख़ी थी कि कहीं *एडवर्ड* को कोई नुक़सान न पहुँचे - जब वह अपने नुकीले दाँत खोलकर मुझे बुला रहा था, तब भी मुझे *उसकी* ख़ातिर डर लग रहा था।

और मैं जानती थी कि इसी में मेरा जवाब था। मैं नहीं जानती थी कि क्या सचमुच मेरे पास कोई विकल्प था। मैं अब तक इस मामले में बहुत गहरी धँस चुकी थी। अब जब मैं जान गई थी - अगर मैं जान गई थी - तो मैं अपने डरावने रहस्य के बारे में कुछ नहीं कर सकती थी। क्योंकि जब मैं उसके, उसकी आवाज़, उसकी सम्मोहक आँखों, उसके व्यक्तित्व की चुंबकीय शक्ति के बारे में सोचती थी, तो मैं इस वक़्त उसके साथ होने से ज़्यादा कुछ नहीं चाहती थी। भले ही... लेकिन मैं यह नहीं सोच सकती। यहाँ नहीं, अँधेरे जंगल में अकेले नहीं। तब नहीं, जब बारिश ने इसे गोधूलि वेला जैसा धुँधला बना दिया था और ज़मीन पर पदचापों की आवाज़ आती थी। मैं काँपी और तेज़ी से अपने छिपने की जगह से उठी। मुझे चिंता होने लगी थी कि कहीं बारिश के कारण यह पगडंडी ओझल न हो जाए।

लेकिन पगडंडी वहीं पर थी और इसने मुझे टपकती हरी भूलभुलैया से बाहर निकलने का रास्ता बताया। मैंने तेज़ी से इस पर चली और हुड को अपने चेहरे के चारों ओर खींच लिया। मैं इस बात पर हैरान थी कि पेड़ों के बीच तेज़-तेज़ चलकर मैं कितनी दूर तक आ गई थी। मैं यह सोचने लगी कि क्या मैं सचमुच बाहर की ही तरफ़ जा रही हूँ या फिर जंगल में और गहराई तक जा रही हूँ। इससे पहले कि मैं ज़्यादा दहशत

में आऊँ, मुझे जालीदार शाखाओं के बीच से कुछ खुली जगहें दिखने लगीं। फिर मुझे सड़क पर गुज़रती एक कार की आवाज़ सुनाई दी और मैं बाहर निकल आई। चार्ली का लॉन मेरे सामने पसरा हुआ था, घर मुझे बुला रहा था और गर्मी तथा सूखे मोजे देने का वादा कर रहा था।

अभी दोपहर ही थी, जब मैं अंदर पहुँची। मैं ऊपर की मंज़िल पर गई और दिन के कपड़े पहने - जीन्स और टी-शर्ट - क्योंकि मैं अंदर ही रुकने वाली थी। दिन के कामों पर ध्यान केंद्रित करने में ज़्यादा कोशिश की ज़रूरत नहीं पड़ी - *मैकबेथ* पर निबंध, जो बुधवार तक देना था। मैं संतुष्टि के साथ निबंध का प्रारूप तैयार करने में जुट गई और काफ़ी समय बाद शांत महसूस कर रही थी... सच कहूँ, तो गुरुवार की दोपहर के बाद पहली बार।

यह हमेशा मेरा तरीक़ा रहा है। निर्णय लेना मेरे लिए दर्द भरा हिस्सा रहता था, वह हिस्सा जिसमें मुझे कष्ट होता था। लेकिन एक बार जब मैं निर्णय पर पहुँच जाती थी, तो इसके बाद मैं बस उस पर अमल करने लगती थी - आम तौर पर इस राहत के साथ कि मैंने विकल्प चुन लिया है। कई बार तो राहत में निराशा का पुट आ जाता था, जैसे फ़ोर्क्स आने का मेरा निर्णय। लेकिन फिर भी यह विकल्पों के साथ कुश्ती लड़ने से बेहतर था।

इस निर्णय के साथ जीना बेहद आसान था। ख़तरनाक रूप से आसान।

बाक़ी का दिन शांत और उपयोगी रहा - मेरा निबंध आठ बजे से पहले पूरा हो गया। चार्ली शाम को ढेर सारी मछलियाँ पकड़कर लाए और मैंने मन ही मन सोचा कि मैं जब अगले सप्ताह सिएटल जाऊँगी, तो मछली के व्यंजनों की रेसिपी वाली किताब ज़रूर लेकर आऊँगी। उस यात्रा के बारे में सोचकर मेरी धड़कन तेज़ हो गई। वह वैसी ही थी, जैसी जैकब ब्लैक के साथ टहलने से पहले उसके बारे में सोचते समय हुई थी। मेरे अहसास को अलग होना चाहिए, मैंने सोचा। मुझे डरना चाहिए - मैं जानती थी कि मुझे डरना चाहिए, लेकिन मुझे सही माईनों में डर महसूस ही नहीं हो रहा था।

उस रात मैं बिना सपनों की नींद सोई, क्योंकि सुबह बहुत जल्दी उठने के कारण मैं थक गई थी और उससे पहले रात को भी मेरी नींद

पूरी नहीं हुई थी। मैं फ़ोर्क्स आने के बाद दूसरी बार धूप की चमकती पीली रोशनी में जागी। मैं फुदककर खिड़की तक गई और यह देखकर स्तब्ध रह गई कि आसमान में एक भी बादल नहीं है और जो छुटपुट सफ़ेद गुच्छे दिख भी रहे थे, उनमें बारिश नहीं छिपी थी। मैंने खिड़की खोल दी - मैं हैरान रह गई कि यह बिना आवाज़ किए, बिना अटके खुल गई, क्योंकि इसे न जाने कितने सालों बाद खोला गया था - और तुलनात्मक रूप से सूखी हवा को अपने अंदर भरने लगी। यह लगभग गर्म दिन था और हवा न के बराबर चल रही थी। मेरा ख़ून मेरी नसों में बिजली की तरह दौड़ने लगा।

जब मैं नीचे उतरी, तो चार्ली अपना नाश्ता ख़त्म कर रहे थे और उन्होंने मेरे मूड को तुरंत भाँप लिया।

“अच्छा दिन है,” उन्होंने कहा।

“हाँ,” मैंने मुस्कराते हुए कहा।

वे भी मुस्करा दिए; उनकी भूरी आँखें किनारों पर मुड़ रही थीं। जब चार्ली मुस्कराते थे, तो यह देखना ज़्यादा आसान था कि वे और मेरी माँ इतनी जल्दी शादी के महासागर में क्यों कूद गए थे। उन दिनों वे जितने रोमांटिक थे, उसमें से ज़्यादातर मेरे आने से पहले ही कुम्हला गया था, जिस तरह उनके घुंघराले भूरे बाल - मेरे जैसा ही रंग, हालाँकि संरचना अलग थी - कम हो गए थे और उनके माथे की चमकदार त्वचा को धीरे-धीरे ज़्यादा उजागर करते गए थे। लेकिन जब वे मुस्कराते थे, तो मैं उस इंसान की झलक देख सकती थी, जो रिनी के साथ उस समय भागा था, जब रिनी मेरी इस समय की उम्र से सिर्फ़ दो साल बड़ी थीं।

मैंने ख़ुशी-ख़ुशी नाश्ता किया और धूप में धूल के कणों को हिलते देखा, जो पिछली खिड़की में तैर रहे थे। चार्ली ने गुडबाय कहा और मैंने क्रूज़र को मकान से दूर जाते सुना। मैं दरवाज़े से बाहर निकलते समय ठिठक गई; मेरा हाथ बारिश की अपनी जैकेट पर था। इसे घर पर छोड़ना बदक़िस्मती को आमंत्रित करने जैसा होगा। एक आह के साथ मैंने इसे अपनी बाँह पर लपेटा और उस सबसे तेज़ धूप में बाहर निकली, जो मैंने कई महीनों में पहली बार देखी थी।

बहुत सारे एल्बो ग्रीज़ की मदद से मैं ट्रक की दोनों खिड़कियों को लगभग पूरी तरह नीचा करने में कामयाब हुई। मैं सबसे पहले स्कूल पहुँचने वाले विद्यार्थियों में से एक थी; बाहर निकलने की जल्दी में मैंने घड़ी तक

नहीं देखी थी। मैंने गाड़ी खड़ी की और कैफ़ेटेरिया की दक्षिण दिशा में लगी पिकनिक बेंचों की तरफ़ चल दी, जिनका इस्तेमाल कभी-कभार ही होता था। बेंचें अब भी थोड़ी नम थीं, इसलिए मैं अपनी जैकेट पर बैठ गई और मुझे ख़ुशी थी कि मैंने इसका इस्तेमाल करने का तरीक़ा खोज लिया था। मेरा होमवर्क पूरा हो गया था - जो धीमी सामाजिक ज़िंदगी का परिणाम था - लेकिन ट्रिगनोमेट्री की कुछ समस्याएँ थीं, जिन्हें मैं पूरी तरह नहीं समझ पाई थी। मैंने अपनी किताब मेहनत से बाहर निकाली, लेकिन पहली समस्या को हल करते समय आधे रास्ते में ही मैं दिवास्वप्न देखने लगी और लाल छाल वाले पेड़ों पर धूप का खेल देखने लगी। मैंने अपने होमवर्क के मार्जिन पर स्केचिंग शुरू कर दी। कुछ मिनट बाद मुझे अचानक एहसास हुआ कि स्याह आँखों की पाँच जोड़ियाँ, जिन्हें मैंने स्केच किया था, पेज से मेरी ओर घूर रही थीं। मैंने इरेज़र से उन्हें मिटा दिया।

"बेला!" मैंने किसी को चिल्लाते सुन; आवाज़ माइक जैसी लग रही थी। मैं पलटी और मुझे अहसास हुआ कि जब मैं बेध्यानी में वहाँ बैठी थी, तो स्कूल विद्यार्थियों से भर गया था। हर कोई टी-शर्ट में था, कुछ तो शॉर्ट भी पहने थे, हालाँकि तापमान साठ से ऊपर नहीं था। माइक खाकी शॉर्ट और धारीदार रग्बी शर्ट में मेरी तरफ़ आ रहा था और हाथ हिला रहा था।

"हे, माइक," मैंने कहा और हाथ लहराया; मैं इतनी सुहानी सुबह आधे-अधूरे मन से जवाब नहीं दे सकती थी।

वह मेरे पास बैठने आया, उसके कीलों जैसे व्यवस्थित बाल रोशनी में सुनहरे चमक रहे थे और उसकी मुस्कान उसके चेहरे पर फैली हुई थी। वह मुझे देखकर इतना ख़ुश हुआ कि मैं भी ख़ुश हुए बिना नहीं रह पाई।

"मैंने पहले कभी इस बात पर ग़ौर नहीं किया था - तुम्हारे बालों में तो लाल रंगत है," उसने टिप्पणी की और अपनी अँगुलियों के बीच एक बाल पकड़ा, जो हल्की हवा में फड़फड़ा रहा था।

"सिर्फ़ धूप में।"

मैं थोड़ी असहज हो गई, जब उसने लट को मेरे कान के पीछे दबाया।

"बेहतरीन दिन है, है ना?"

"मेरी तरह का दिन है," मैं सहमत हुई।

"तुमने कल क्या किया?" उसका लहजा ज़रूरत से थोड़ा ज़्यादा अधिकारपूर्ण था।

"मैंने ज़्यादातर अपने निबंध पर काम किया।" मैंने यह नहीं बताया कि मैंने इसे पूरा कर लिया था - डींगें हाँकने की कोई ज़रूरत नहीं थी।

उसने हथेली से अपना माथा ठोंका। "ओह हाँ - यह मंगलवार तक देना है, है ना?"

"उह, बुधवार तक, मुझे लगता है।"

"बुधवार?" उसने त्योरी चढ़ाई। "यह अच्छा नहीं है... तुम अपना निबंध किस विषय पर लिख रही हो?"

"क्या शेक्सपियर का स्त्री पात्रों का चरित्र-चित्रण नारी-द्वेषी है?"

वह मेरी तरफ़ ऐसे घूरने लगा, मानो मैंने लैटिन भाषा में कुछ बोला हो।

"मुझे लगता है कि मुझे आज रात इस पर काम करना होगा," उसने कहा; "मैं पूछने वाला था कि क्या तुम बाहर जाना चाहती हो।"

"ओह।" मैं इसके लिए तैयार नहीं थी। मेरी माइक के साथ सुखद बातचीत क्यों नहीं हो पाती; कोई न कोई कष्टदायक घटना क्यों हो जाती है?

"देखो, हम डिनर पर चल सकते हैं... और मैं निबंध पर बाद में काम कर सकता हूँ।" उसने आशा भरी मुस्कान के साथ कहा।

माइक... "मुझे नहीं लगता कि यह अच्छा विचार है।"

उसका चेहरा लटक गया। "क्यों?" उसने पूछा; उसकी आँखें सतर्क थीं। मेरे विचार एडवर्ड की ओर मुड़ गए; मैं सोचने लगी कि क्या माइक के विचार भी उसी तरफ़ मुड़े होंगे।

"मैं सोचती हूँ... और मैं इस वक़्त जो कह रही हूँ, अगर उसे तुमने किसी के सामने दोहराया, तो मैं ख़ुशी-ख़ुशी तुम्हारी जान ले लूँगी," मैंने धमकी दी, "लेकिन मैं सोचती हूँ कि इससे जेसिका के दिल को ठेस लगेगी।"

वह चकरा गया था। ज़ाहिर है, वह इस दिशा में बिलकुल भी नहीं सोच रहा था। "जेसिका?"

"सच्ची माइक, क्या तुम *अंधे* हो?"

"ओह," उसने साँस छोड़ी - वह स्पष्ट रूप से चकरा गया था। उससे दूर जाने के लिए मैंने इस मौक़े का फ़ायदा उठा लिया।

"अब क्लास का समय हो गया है और मैं दोबारा देर से नहीं पहुँचना चाहती।" मैंने अपनी किताबें उठाकर बैग में रखीं।

हम ख़ामोशी से इमारत 3 में गए और वह अब भी विचारों में डूबा दिख रहा था। मैं उम्मीद कर रही थी कि वह जिन भी विचारों में डूबा हो, वे उसे सही दिशा में ले जाएँ।

जब मैंने ट्रिगनोमेट्री में जेसिका को देखा, तो वह उत्साह से भरपूर थी। वह, एंजेला और लॉरेन उस रात को डांस के कपड़े ख़रीदने के लिए पोर्ट एंजेलिस जाने वाली थीं और वह चाहती थी कि मैं भी चलूँ, भले ही मुझे कपड़ों की ज़रूरत न हो। मैं निर्णय नहीं ले पाई। कुछ लड़कियों के साथ शहर से बाहर जाना अच्छा रहेगा, पर लॉरेन भी तो रहेगी। और कौन जाने, मैं आज रात क्या करूँगी... लेकिन यह निश्चित रूप से ग़लत मार्ग था, जिस पर मैं अपने दिमाग़ को नहीं चलाना चाहती थी। ज़ाहिर है, मैं धूप के बारे में ख़ुश थी। लेकिन सिर्फ़ यही उस उल्लासपूर्ण मनोदशा के लिए पूरी तरह ज़िम्मेदार नहीं था; यह तो क़रीब भी नहीं था।

इसलिए मैंने उसे "सोचूँगी" कह दिया। मैंने बताया कि मुझे पहले चार्ली से बात करनी पड़ेगी।

वह स्पैनिश की क्लास के सारे रास्ते सिर्फ़ डांस के बारे में बात करती रही। क्लास ख़त्म होने के बाद भी वह इसी बारे में बोलती रही, मानो बीच में कोई बाधा ही न पड़ी हो। हम लंच करने चल दिए। उसने क्या कहा, उस बारे में मैंने ख़ास ग़ौर नहीं किया, क्योंकि मैं अपनी ख़ुद की उम्मीद की उधेड़बुन में खोई थी। मैं न सिर्फ़ उसे, बल्कि सारे कलन भाई-बहनों को देखने के लिए उत्सुक थी - मैं उनकी तुलना उन संदेहों से करना चाहती थी, जो मेरे दिमाग़ को सता रहे थे। जब मैंने कैफ़ेटेरिया की चौखट पार की, तो मैं बहुत व्याकुल थी। क्या उन्हें पता चल जाएगा कि मैं क्या सोच रही हूँ? और फिर एक दूसरा भाव मेरे अंदर हिलोरें मारने लगा - क्या एडवर्ड दोबारा मेरे साथ बैठने का इंतज़ार कर रहा होगा?

जैसा मेरी आदत थी, मैंने सबसे पहले कलन भाई-बहनों की टेबल पर निगाह डाली। दहशत की एक लहर मेरे पेट में थरथराने लगी, जब

मैंने उसे ख़ाली देखा। बहुत कम उम्मीद से मैंने बाक़ी कैफ़ेटेरिया पर निगाह डाली और सोचा कि शायद वह अकेला बैठकर मेरा इंतज़ार कर रहा होगा। वह जगह लगभग भरी हुई थी - स्पैनिश की क्लास पाँच मिनट देर से छूटी थी, इसलिए हम देर से पहुँचे थे - लेकिन एडवर्ड या उसके परिवार के किसी सदस्य का नामोनिशान नहीं दिख रहा था। अकेलापन पूरी ताक़त से मुझ पर प्रहार करने लगा।

मैं जेसिका के पीछे पैर घसीटती हुई गई और अब मैंने सुनने का नाटक करना भी छोड़ दिया।

हम इतनी देर से पहुँचे थे कि हर व्यक्ति पहले ही हमारी टेबल पर बैठ चुका था। मैंने माइक के बग़ल वाली ख़ाली कुर्सी से बचते हुए एंजेला के पास वाली कुर्सी को चुना। मैंने कनखियों से देखा कि माइक ने विनम्रता से जेसिका के लिए कुर्सी खींची, जिससे उसका चेहरा तुरंत दमकने लगा।

एंजेला ने धीरे से *मैकबेथ* के निबंध के बारे में कुछ सवाल पूछे, जिनका जवाब मैंने उतने स्वाभाविक तरीक़े से दिया, जितना मैं दुख के समुद्र में डूबते समय दे सकती थी। उसने भी मुझे उनके साथ आज रात चलने के लिए आमंत्रित किया और अब मैं तैयार हो गई, क्योंकि अब मैं अपना दिल बहलाने के लिए कुछ भी करने को तैयार थी।

मुझे अहसास हुआ कि मैं शायद आशा के आख़िरी धागे को पकड़े हुए थी, क्योंकि जब मैंने बायलॉजी की क्लास में एडवर्ड की ख़ाली सीट देखी, तो मुझे निराशा की एक नई लहर महसूस हुई।

बाक़ी का दिन धीरे-धीरे, निराशाजनक गुज़रा। जिम में हमें बैडमिंटन के नियमों के बारे में लेक्चर दिया गया; उन्होंने मेरे लिए यह नई यातना सोचकर रखी थी। लेकिन कम से कम इसका मतलब था कि मुझे बैडमिंटन कोर्ट पर गिरने के बजाय बैठकर सुनना ही था। सबसे अच्छी बात यह रही कि कोच अपनी बात पूरी नहीं कर पाए, इसलिए मुझे कल की भी छुट्टी मिल जाएगी। इससे कोई फ़र्क़ नहीं पड़ता कि परसों वे मेरे हाथ में रैकेट का हथियार दे देंगे, ताकि मैं क्लास के बाक़ी लोगों पर क़हर बरपा सकूँ।

कैंपस से जाकर मैं ख़ुश थी, क्योंकि आज रात जेसिका और बाक़ी लोगों के साथ बाहर जाने से पहले मैं मुँह फुलाना और अफ़सोस करना चाहती थी, लेकिन मैं जैसे ही चार्ली के घर के दरवाज़े के अंदर घुसी, जेसिका का फ़ोन आ गया और उसने बताया कि हमारी योजना रद्द हो

गई है। मैंने इस बात पर ख़ुशी व्यक्त करने की कोशिश की कि माइक ने उसके सामने डिनर पर चलने का प्रस्ताव रखा था - मैं सचमुच राहत में थी कि वह आख़िरकार समझ रहा था - लेकिन मेरा उत्साह मेरे ही कानों में झूठा लग रहा था। उसने कहा कि अब हम लोग कल शाम को चलेंगे।

अब मेरे पास ध्यान भटकाने वाली बहुत कम चीज़ें बचो थीं। डिनर के लिए मछली मैरिनेट हो रही थीं, सलाद और ब्रेड पिछली रात के बचे थे, इसलिए वहाँ करने के लिए कुछ नहीं था। मैं आधे घंटे तक होमवर्क पर पूरी तरह ध्यान केंद्रित करती रही, लेकिन इसके बाद वह भी हो गया। मैंने अपना ईमेल चेक किया, अपनी माँ के पुराने पत्र पढ़े, जो वर्तमान तक आते-आते ज़्यादा छोटे हो गए थे। मैंने आह भरी और फटाफट जवाब लिखा।

मॉम,
सॉरी, मैं बाहर गई थी। मैं कुछ दोस्तों के साथ समुद्र तट पर गई थी। और मुझे एक निबंध लिखना था।

मेरे बहाने बड़े लचर थे, इसलिए मैंने इसे छोड़ दिया।

आज बाहर धूप निकली है - मैं जानती हूँ। मैं भी हैरान हूँ - इसलिए मैं बाहर जा रही हूँ और जितना ज़्यादा विटामिन डी सोख सकती हूँ, सोख लूँगी। मैं आपसे प्यार करती हूँ।
बेला।

मैंने सोचा कि एक घंटे तक स्कूल की किताबों से अलग हटकर कुछ पढ़ूँ। मैं फ़ोर्क्स आते समय कुछ किताबें साथ लाई थी। उनमें सबसे बुरी अवस्था में जेन ऑस्टिन के उपन्यासों का संग्रह था। मैं उसे उठाकर पीछे वाले आँगन की तरफ़ चल दी और नीचे उतरते समय सीढ़ियों के ऊपर वाली कपड़ों की अलमारी से एक फटी पुरानी रज़ाई उठा ली।

बाहर चार्ली के छोटे, चौकोर आँगन में पहुँचकर मैंने रज़ाई को दोहरा किया। फिर मैंने इसे मोटे लॉन पर पेड़ों की छायाओं की पहुँच के बाहर बिछा लिया। मैं जानती थी कि लॉन हमेशा गीला रहेगा, चाहे सूरज कितने भी समय तक चमके। मैं पेट के बल लेट गई, अपने टखने हवा में आर-पार किए, किताब के अलग-अलग उपन्यासों के पन्ने पलटे और यह निर्णय लेने की कोशिश करती रही कि कौन सा उपन्यास मेरे दिमाग़ को सबसे ज़्यादा व्यस्त रखेगा। *प्राइड एंड प्रिज्यूडिस* और *सेंस एंड सेंसिबिलिटी* मुझे विशेष प्रिय थे। मैंने पहले वाले उपन्यास को हाल में ही पढ़ा था, इसलिए मैंने *सेंस एंड सेंसिबिलिटी* से शुरू किया। अध्याय तीन शुरू करने के बाद मुझे याद आया कि इस उपन्यास के हीरो का नाम *एडवर्ड* था। गुस्से से मैं *मैन्सफ़ील्ड* पार्क की ओर मुड़ी, लेकिन उसके हीरो का नाम *एडमंड* था और यह भी काफ़ी क़रीब था। क्या अठारहवीं सदी के अंत में और कोई नाम उपलब्ध नहीं थे? मैंने चिढ़कर किताब बंद कर दी और अब पीठ के बल लेट गई। मैंने अपनी आस्तीनें उतनी चढ़ा लीं, जितनी वे चढ़ सकती थीं और आँखें बंद कर लीं। मैंने ख़ुद से कठोरता से कहा कि मैं अपनी त्वचा पर गर्मी के अलावा कुछ महसूस नहीं करूँगी, कुछ नहीं सोचूँगी। हवा अब भी हल्की थी, लेकिन फिर भी यह मेरे बालों के रेशे मेरे चेहरे के आस-पास उड़ा रही थी, जिससे मुझे थोड़ी गुदगुदी हो रही थी। मैंने अपने सारे बाल सिर के ऊपर करके उन्हें रज़ाई पर बिखरा लिया और एक बार फिर उस गर्मी पर ध्यान केंद्रित किया, जो मेरी पलकों, मेरे गालों, मेरी नाक, मेरे होंठों, मेरी बाँहों, मेरे गले को छू रही थी, मेरी हल्की शर्ट से रिसकर अंदर जा रही थी...

अगली चीज़ जिसके बारे में मैं चेतन हुई, वह ड्राइववे की ईंटों पर चार्ली के क्रूज़र की आवाज़ थी। मैं हैरानी में उठकर बैठी। तब जाकर मुझे अहसास हुआ कि रोशनी पेड़ों के पीछे जा चुकी थी और मैं सो गई थी। मैंने चारों तरफ़ देखा। मैं अस्त-व्यस्त हाल में थी और अचानक महसूस कर रही थी कि मैं अकेली नहीं हूँ।

"चार्ली?" मैंने आवाज़ लगाई। मुझे उनके दरवाज़ा धड़ाम से बंद करने की आवाज़ सुनाई दी।

मैं उछल पड़ी और मूर्खतापूर्ण ढंग से डर गई। मैंने गीली रज़ाई और अपनी किताब को उठाया। मैं अंदर दौड़ी, ताकि स्टोव पर थोड़ा

तेल गर्म कर लूँ। मैं जानती थी कि आज डिनर में देर हो जाएगी। जब मैं अंदर पहुँची, तो चार्ली अपनी बंदूक का बेल्ट लटका रहे थे और जूते उतार रहे थे।

"सॉरी, डैड, डिनर अब तक तैयार नहीं हुआ है – मैं बाहर सो गई थी।" मैंने एक जम्हाई रोकी।

"चिंता मत करो," उन्होंने कहा। "मैं वैसे भी खेल का स्कोर देखना चाहता था।"

मैंने डिनर के बाद चार्ली के साथ टीवी देखा। टीवी पर मेरा कोई मनपसंद कार्यक्रम नहीं था, लेकिन वे जानते थे कि मुझे बेसबॉल पसंद नहीं है, इसलिए उन्होंने एक मूर्खतापूर्ण सीरियल चला दिया, जिसमें हम दोनों को ही मज़ा नहीं आया। इसके बावजूद वे ख़ुश दिख रहे थे कि हमने मिलकर कुछ तो किया। और मेरी उदासी के बावजूद उन्हें ख़ुश करना मुझे भी अच्छा लगा।

"डैडी," मैंने विज्ञापन के समय कहा, "जेसिका और एंजेला कल रात को पोर्ट एंजेलिस में डांस के लिए कपड़े ख़रीदने जा रही हैं। वे चाहती हैं कि मैं कपड़े चुनने में उनकी मदद करूँ... अगर मैं उनके साथ जाऊँ, तो आपको दिक़्क़त तो नहीं होगी?"

"जेसिका स्टैनली?" उन्होंने पूछा।

"और एंजेला वेबर।" मैंने आह भरी, जब मैंने उन्हें विवरण दिए।

वे दुविधा में थे। "लेकिन तुम तो डांस में नहीं जा रही हो, है ना?"

"नहीं डैडी, लेकिन मैं कपड़े चुनने में *उनकी* मदद कर रही हूँ – देखिए, उन्हें सृजनात्मक राय देने के लिए।" मुझे यह बात इस तरह किसी महिला को नहीं समझानी पड़ती।

"अच्छा, ठीक है।" उन्हें अहसास हो गया कि लड़कियों के मामले में उन्हें ज़्यादा ज्ञान नहीं है। "वैसे कल तो स्कूल रहेगा।"

"हम स्कूल के ठीक बाद निकलेंगे, इसलिए हम जल्दी लौट आएँगे। आपके डिनर की व्यवस्था आप कर लेंगे, ठीक है?"

"बेल्स, तुम्हारे यहाँ आने से पहले मैंने सत्रह साल तक ख़ुद खाना बनाया है," उन्होंने मुझे याद दिलाया।

"मैं नहीं जानती कि आप ज़िंदा कैसे रहे," मैं बुदबुदाई और फिर ज़्यादा स्पष्टता से आगे जोड़ दिया। "मैं फ्रिज में ठंडे सैंडविचों के लिए कुछ चीज़ें छोड़ जाऊँगी, ठीक है? सबसे ऊपर।"

सुबह एक बार फिर धूप खिली थी। मैं नई आशा के साथ जागी, जिसे दबाने की मैंने पूरी कोशिश की। मैंने गर्म मौसम के हिसाब से गहरे नीले वी-गले का ब्लाउज़ पहना - जिसे मैं फ़ीनिक्स में जाड़ों में पहनती थी।

मैंने स्कूल तक पहुँचने की योजना बना ली थी, ताकि मेरे पास क्लास तक जाने के लिए मुश्किल से समय रहे। डूबते दिल से मैंने पूरी पार्किंग का चक्कर लगाया और ख़ाली जगह ढूँढ़ी। साथ ही मैं उस सिल्वर वोल्वो की भी तलाश कर रही थी, जो कहीं नहीं दिख रही थी। मैंने आख़िरी क़तार में गाड़ी खड़ी की और तेज़ी से अँग्रेज़ी की क्लास में पहुँची। मैं हाँफती हुई पहुँची थी, लेकिन आख़िरी घंटी से पहले आ चुकी थी, हालाँकि थोड़ी थकी हुई थी।

यह कल जैसा ही था - मैं बस आशा के छोटे कोंपलों को अपने मन में उगने से नहीं रोक सकती थी, जो दर्दनाक तरीक़े से कुचल दी गईं, जब मैंने लंचरूम में और अपनी ख़ाली बायलॉजी टेबल पर ख़ामख़्वाह उसे खोजा।

पोर्ट एंजेलिस की योजना आज रात की थी। यह इस वजह से मुझे और आकर्षक लग रही थी, क्योंकि लॉरेन को कोई दूसरा काम आ गया था। मैं शहर से बाहर जाने के लिए उतावली थी, ताकि मैं हमेशा पीछे मुड़कर न देखती रहूँ और उसके अचानक प्रकट होने की उम्मीद न करती रहूँ, जैसा वह हमेशा करता था। मैंने ख़ुद के सामने क़सम खाई कि मैं आज रात अच्छे मूड में रहूँगी और ड्रेस खोजने में एंजेला या जेसिका के आनंद को बर्बाद नहीं करूँगी। वैसे मैं भी थोड़े कपड़े ख़रीद सकती थी। मैंने यह सोचने से इंकार किया कि अगर पहले बनाई गई योजना में एडवर्ड ने रुचि नहीं ली, तो इस वीकएंड पर मुझे सिएटल में अकेले ख़रीदारी करनी पड़ेगी। वैसे निश्चित रूप से वह मुझे बताए बिना योजना रद्द नहीं करेगा।

स्कूल के बाद जेसिका अपनी पुरानी सफ़ेद मरकरी कार में मेरे पीछे-पीछे मेरे घर तक आई, ताकि मैं अपनी किताबों और ट्रक से छुटकारा पा सकूँ। भीतर जाकर मैंने फुर्ती में बाल सँवारे और फ़ोर्क्स से बाहर निकलने के बारे में रोमांच का हल्का सा उफान महसूस किया। मैंने चार्ली

के लिए टेबल पर एक नोट रख दिया, जिसमें मैंने दोबारा स्पष्ट किया कि डिनर कहाँ खोजना है, फिर मैंने अपने स्कूल बैग के गंदे वॉलेट की जगह एक पर्स उठा लिया, जिसका मैं शायद ही कभी इस्तेमाल करती थी। और इसके बाद मैं दौड़ लगाकर जेसिका के पास पहुँच गई। इसके बाद हम एंजेला के घर पहुँचे और वह हमारा इंतज़ार कर रही थी। जब हम सचमुच शहर की सीमा के पार पहुँचे, तो मैं बेहद रोमांचित हो गई।

8

पोर्ट एंजेलिस

जेस चीफ़ से ज़्यादा तेज़ कार चलाती थी, इसलिए हम चार बजे तक पोर्ट एंजेलिस पहुँच गए। काफ़ी समय से मैं गर्ल्स नाइट आउट में नहीं गई थी, इसलिए यह हॉर्मोन का प्रवाह प्रफुल्लित करने वाला था। हमने रॉक संगीत सुना और जेसिका उन लड़कों के बारे में बताती रही, जिनके साथ हम उठते-बैठते थे। माइक के साथ जेसिका का डिनर काफ़ी अच्छा रहा था और वह उम्मीद कर रही थी कि शनिवार रात तक वे पहले चुंबन तक पहुँचने में कामयाब हो जाएँगे। मैं ख़ुश होकर मन ही मन मुस्कराई। एंजेला डांस में जाने को लेकर ख़ास ख़ुश नहीं थी, क्योंकि एरिक में उसकी सच्ची रुचि नहीं थी। जेस ने उससे उगलवाने की कोशिश की कि वह किस क़िस्म के लड़कों में सच्ची रुचि लेती है, लेकिन थोड़े समय बाद मैंने ड्रेसेस के बारे में सवाल पूछकर उसे बचा लिया। बदले में एंजेला ने मुझे कृतज्ञता भरी निगाह से देखा।

पोर्ट एंजेलिस सुंदर एवं छोटा टूरिस्ट स्पॉट था, जो फ़ोर्क्स से ज़्यादा सुसंस्कृत और अनूठा था। जेसिका और एंजेला इसे अच्छी तरह से जानती थीं, इसलिए उन्होंने खाड़ी के पास के मनमोहक समुद्र तट पर तख़्ते से बने हुए मार्ग पर समय बर्बाद नहीं किया। जेस शहर के एक बड़े डिपार्टमेंट स्टोर तक कार ले गई, जो खाड़ी इलाक़े के पर्यटक स्थलों से कुछ दूर था।

डांस को अर्द्ध-औपचारिक बताया गया था, इसलिए हमें पक्का नहीं पता था कि इसका क्या मतलब था। जेसिका और एंजेला दोनों को ही

यक़ीन नहीं हुआ, जब मैंने उन्हें बताया कि फ़ीनिक्स में मैं कभी डांस में नहीं गई थी।

"तुम कभी किसी बॉयफ्रेंड के साथ भी नहीं गईं?" जेस ने शंका से पूछा, जब हम स्टोर के सामने वाले दरवाज़े से अंदर घुसे।

"देखो सच्ची," मैंने उसे विश्वास दिलाने की कोशिश की, क्योंकि मैं अपनी डांस की समस्याओं को स्वीकार नहीं करना चाहती थी। "मेरा कभी कोई बॉयफ्रेंड रहा ही नहीं। कोई बनने के क़रीब भी नहीं था। मैं बाहर ज़्यादा नहीं जाती थी।"

"क्यों नहीं?" जेसिका ने माँग की।

"किसी ने मुझसे बाहर चलने को कहा ही नहीं," मैंने ईमानदारी से जवाब दिया।

वह संदेह में दिख रही थी। उसने मुझे याद दिलाया, "यहाँ तो लोग तुम्हें बाहर चलने को कहते हैं, लेकिन तुम उन्हें मना कर देती हो।" अब हम जूनियर्स सेक्शन में पहुँच चुके थे और रैक्स पर ड्रेस-अप कपड़ों को खोज रहे थे।

"टाइलर को छोड़कर," एंजेला ने धीरे से सुधार किया।

"क्या?" मैं तेज़ी से साँस खींचते हुए बोली। "तुमने क्या कहा?"

"टाइलर ने सबको बता दिया है कि वह तुम्हारे साथ प्रॉम में जा रहा है," जेसिका ने संदिग्ध आँखों से मुझे जानकारी दी।

"उसने *क्या कहा?*" मेरी आवाज़ ऐसी लग रही थी, जैसे कोई मेरा गला दबा रहा हो।

"मैंने तुम्हें बताया था ना कि यह सच नहीं है," एंजेला ने जेसिका से फुसफुसाकर कहा।

मैं ख़ामोश थी और अब भी सदमे में थी, जो तेज़ी से चिढ़ में बदल रहा था। लेकिन हमें ड्रेस रैक्स मिल गए थे और अब हमें काम करना था।

"इसीलिए लॉरेन तुम्हें पसंद नहीं करती," जेसिका खिलखिलाई, जब हमने कपड़ों पर हाथ फेरे। मैंने दाँत पीसे। "अगर मैं उस पर अपना ट्रक चढ़ा दूँ, तो क्या वह दुर्घटना के बारे में अपराधी महसूस करना छोड़ देगा? तब क्या वह बदला चुकाने की कोशिशें छोड़ देगा और हिसाब बराबर मान लेगा?"

"शायद," जेस मक्कारी से हँसी। "अगर वह सिर्फ़ इसीलिए कर रहा हो तो।"

जैसी ड्रेस हम चाहती थीं, उसके विकल्प वहाँ ज़्यादा नहीं थे, लेकिन उन दोनों को ही कुछ ड्रेसेस जम गईं। मैं ड्रेसिंग रूम के ठीक भीतर तीन तरफ़ा दर्पण के पास एक निचली कुर्सी पर बैठ गई और अपने गुस्से को क़ाबू में रखने की कोशिश करने लगी।

जेस दो ड्रेसेस के बीच तय नहीं कर पा रही थी - एक लंबी, बिना फीते वाली सादी काली ड्रेस और दूसरी, स्पघेटी फीते वाली घुटने तक की इलेक्ट्रिक ब्लू ड्रेस। मैंने उसे नीली वाली चुनने के लिए प्रोत्साहित किया; मैंने कहा, इससे आँखें उभरकर दिखेंगी। एंजेला ने हल्की गुलाबी ड्रेस चुनी, जो उसके लंबे क़द पर अच्छे से लिपट जाती थी और उसके हल्के भूरे बालों की शहद जैसी रंगत को उभारती थी। मैंने दोनों ड्रेसेस की खुलकर प्रशंसा की और ठुकराए गए कपड़े रैक पर रखने में मदद की। घर पर रिनी के साथ मैंने ख़रीदारी की जो यात्राएँ की थीं, उन्हें देखते हुए यह यात्रा काफ़ी छोटी और ज़्यादा आसान थी। मैं सोचने लगी कि सीमित विकल्पों की वजह से निर्णय लेना आसान होता है।

जूतों और श्रंगार के दूसरे सामानों के लिए हम एक्सेसरीज़ सेक्शन में गए। वे चीज़ों को पहनकर देखती रहीं और मैं सिर्फ़ उन्हें देखकर राय देती रही; मैं ख़ुद के लिए कुछ ख़रीदने के मूड में नहीं थी, हालाँकि मुझे नए जूतों की ज़रूरत थी। टाइलर पर चिढ़ की वजह से गर्ल्स नाइट का उत्साह कम हो रहा था और निराशा का द्वार खुलने लगा था।

"एंजेला?" मैंने झिझकते हुए शुरुआत की, जब वह गुलाबी फीतेदार हील्स के जूतों को आज़मा रही थी - उसे बहुत ख़ुशी थी कि उसे इतने लंबे क़द वाला साथी मिल रहा है कि वह आख़िरकार हाई हील वाले जूते पहन सकती है। जेसिका ज्वेलरी सेक्शन की तरफ़ चली गई थी, इसलिए हम दोनों अकेली थीं।

"हाँ?" उसने अपना पैर बाहर निकाला और जूते को ज़्यादा अच्छी तरह देखने के लिए टखना मोड़ा।

मैंने हाँ कह दिया। "मुझे ये पसंद हैं।"

"मैं सोचती हूँ कि मैं इन्हें ले लूँ - वैसे ये एक ड्रेस को छोड़कर किसी से मैच नहीं करते," उसने सोचते हुए कहा।

"ओह, ख़रीद भी लो - ये सेल पर मिल रहे हैं," मैंने प्रोत्साहित किया। वह मुस्कराई और एक बॉक्स को बंद किया, जिसमें ज़्यादा व्यावहारिक दिखने वाले धूमिल सफ़ेद जूते रखे हुए थे।

मैंने एक बार फिर कोशिश की। "देखो, एंजेला..." उसने उत्सुकता से ऊपर देखा।

"क्या कलन लोगों के लिए यह सामान्य है" - मैंने अपनी निगाह जूतों पर रखी - "कि वे स्कूल से काफ़ी बाहर रहें?" मैं उदासीन दिखने की कोशिश में बुरी तरह असफल रही।

"हाँ, जब मौसम अच्छा होता है, तो वे हमेशा बैकपैकिंग करने जाते हैं - डॉक्टर भी। वे सभी आउटडोर प्राणी हैं," उसने मुझे धीरे से बताया और अपने जूतों की जाँच भी करती रही। उसने एक भी सवाल नहीं पूछा; दूसरी तरफ़, अगर जेसिका होती, तो सैकड़ों सवाल दाग़ देती। मैं एंजेला को सचमुच पसंद करने लगी थी।

"ओह।" मैंने इस विषय पर आगे कुछ नहीं कहा, क्योंकि जेसिका हमें स्फटिक की ज्वेलरी दिखाने आ गई थी, जो उसके सिल्वर जूतों से मैच कर रही थी।

हमने समुद्र तट पर एक छोटे इतालवी रेस्टोरेंट में डिनर लेने की योजना बनाई थी, लेकिन ड्रेस ख़रीदने में उतना समय नहीं लगा था, जितना हम सोच रहे थे। जेस और एंजेला अपने कपड़े कार में रखकर खाड़ी के आस-पास घूमने वाले थे। मैंने उनसे कहा कि मैं एक घंटे बाद उनसे रेस्तराँ में मिलूँगी - मैं कोई बुकस्टोर खोजना चाहती हूँ। वे दोनों भी मेरे साथ चलने को तैयार थीं, लेकिन मैंने कहा कि वे मज़े करें - वे नहीं जानती थीं कि किताबों से घिरे होने पर मैं कितनी मगन हो सकती हूँ। यह एक ऐसा काम था, जो मुझे अकेले करना पसंद था। वे ख़ुशी-ख़ुशी बातें करते हुए अपनी कार तक गईं और मैं उस दिशा में चल दी, जिधर जेस ने इशारा किया था।

मुझे बुकस्टोर खोजने में कोई दिक़्क़त नहीं आई, लेकिन यह वैसा बुकस्टोर नहीं था, जिसे मैं खोज रही थी। बुकस्टोर की डिस्प्ले विंडो स्फटिक के सामानों, सपने पकड़ने वाले यंत्रों और आध्यात्मिक उपचार की किताबों से भरी थीं। काँच के पार लंबे सफ़ेद बालों वाली पचास साल की एक महिला दिख रही थी, जिसके बाल पीछे की तरफ़ थे और जो साठ

के दशक की ड्रेस पहने थी। उसने मुस्कराते हुए काउंटर के पीछे से मेरा स्वागत किया। मैंने निर्णय लिया कि यह एक ऐसी बातचीत थी, जिसे करने की कोई ज़रूरत नहीं थी। शहर में कोई सामान्य बुकस्टोर भी तो होगा।

मैं सड़कों पर भटकती रही, जो अब कामकाजी दिन ख़त्म होने वाले ट्रैफ़िक से भरी थीं। मुझे उम्मीद थी कि मैं शहर के केंद्र की तरफ़ जा रही हूँ। मैं कहाँ जा रही हूँ, इस पर मैं उतना ध्यान नहीं दे रही थी, जितना मुझे देना चाहिए था। मैं निराशा से जूझ रही थी। मैं एडवर्ड के बारे में न सोचने की बहुत ज़्यादा कोशिश कर रही थी और एंजेला ने जो बताया था... उसके बाद मैं शनिवार की उम्मीदें छोड़ने की सबसे ज़्यादा कोशिश कर रही थी। मैं उस निराशा से डर रही थी, जो बाक़ी से ज़्यादा दर्दनाक होगी। तभी मुझे पार्किंग में एक सिल्वर वोल्वो दिखी और निराशा के सैलाब ने मुझे डुबो दिया। मैं मन ही मन सोचने लगी, मूर्ख, अविश्वसनीय वैम्पायर।

मैं दक्षिण दिशा में पैर घसीटकर चलने लगी, काँच की विंडो वाली दुकानों की ओर, क्योंकि वहीं संभावनाएँ नज़र आ रही थीं, लेकिन वहाँ पहुँचकर मैंने देखा कि वहाँ बस एक रिपेयर शॉप है और बाक़ी जगह ख़ाली पड़ी है। जेस और एंजेला से मिलने में अभी काफ़ी समय था और उनसे मिलने से पहले मुझे अपने मूड को भी सुधारना था। मैंने अपनी अँगुलियाँ अपने बालों में दो-तीन बार फेरीं और कुछ गहरी साँसें लीं। और फिर मैं मोड़ मुड़ गई।

एक और सड़क पार करने पर मुझे अहसास होने लगा कि मैं ग़लत दिशा में जा रही हूँ। पैदल चलते सारे लोग उत्तर दिशा में जा रहे थे और ऐसा लग रहा था कि यहाँ की ज़्यादातर इमारतें वेयरहाउस थीं। मैंने अगले मोड़ पर पूर्व दिशा में जाने का निर्णय लिया। मैं सोच रही थी कि कुछ ब्लॉक आगे जाने के बाद मैं समुद्र तट तक पहुँचने के लिए एक अलग सड़क पकड़ लूँगी।

जिधर मैं जा रही थी, उस मोड़ पर चार पुरुषों का समूह दिखा। उन्होंने इतने अनौपचारिक कपड़े पहने थे कि वे ऑफ़िस से छूटने वाले कर्मचारी नहीं लगते थे, लेकिन वे इतने गंदे दिख रहे थे कि टूरिस्ट भी नहीं हो सकते थे। जब मैं उनके पास पहुँची, तो मुझे दिखा कि उनकी उम्र मुझसे बहुत ज़्यादा नहीं है। वे आपस में ज़ोर-ज़ोर से हँसी-मज़ाक़ कर रहे

थे, जमकर हँस रहे थे और एक दूसरे के हाथों पर मुक्के मार रहे थे। मैं बग़ल वाली फ़ुटपाथ पर ज़्यादा से ज़्यादा अंदर हो गई, ताकि उन्हें जगह दे सकूँ। मैं तेज़ी से चलने लगी और उनके आगे मोड़ पर देखने लगी।

"अरे सुनो तो!" मेरे पास से गुज़रते वक़्त उनमें से एक चिल्लाया। वह मुझसे ही बोल रहा होगा, क्योंकि दूसरा कोई आस-पास नहीं था। मैंने अपने आप निगाह उठाई। उनमें से दो रुक गए थे और बाक़ी दो धीमे हो रहे थे। पच्चीस साल से कम उम्र का भारी, काले बालों वाला आदमी मेरे सबसे क़रीब था और ऐसा लग रहा था कि उसी ने मुझसे बोला था। वह फलालेन की शर्ट पहने था और उसके नीचे एक गंदी टी-शर्ट, कट-ऑफ़ जीन्स और सैंडल थे। उसने मेरी तरफ़ आधा क़दम बढ़ाया।

"हेलो," मैं बुदबुदाई, जो स्वतः प्रतिक्रिया थी, फिर मैंने जल्दी से दूर देखा और तेज़ी से मोड़ की तरफ़ चलने लगी। पीछे तेज़ आवाज़ में उनके हँसने की आवाज़ सुनाई दे रही थी।

"अरे ठहरो तो!" उनमें से एक पीछे से बोला, लेकिन मैंने अपना सिर नीचे रखा और राहत की साँस के साथ मोड़ मुड़ गई। मुझे अब भी अपने पीछे उनके हँसने की आवाज़ आ रही थी।

मैंने ख़ुद को एक फ़ुटपाथ पर पाया, जो कई धूसर रंग के वेयरहाउसों के पीछे ले जा रही थी। हर वेयरहाउस के दरवाज़े बहुत बड़े थे, ताकि ट्रक से सामान उतारने में आसानी रहे। शाम का समय होने के कारण सभी पर ताले लग चुके थे। सड़क के दक्षिणी हिस्से में कोई फ़ुटपाथ नहीं थी, बस चेन वाली फेंस थी, जिसके ऊपर काँटेदार तार थे, जो इंजन पार्ट्स के अहाते की सुरक्षा की ख़ातिर लगाए गए थे। मैं पोर्ट एंजेलिस के उस हिस्से से काफ़ी दूर आ गई थी, जो पर्यटकों के लिए सुरक्षित था। मुझे अहसास हुआ कि अँधेरा होने लगा था। बादलों ने पश्चिमी क्षितिज पर भीड़ लगा दी थी, जिस वजह से सूर्य जल्दी अस्त हो रहा था। पूर्वी आसमान अब भी साफ़ था, लेकिन गुलाबी और सुनहरी धारियों के साथ अब भूरा होने लगा था। मेरी जैकेट कार में ही छूट गई थी और अचानक कँपकँपी की वजह से मैंने अपनी बाँहें सीने पर कसकर बाँध लीं। एक अकेली वैन मेरे पास से गुज़री और फिर पूरी सड़क ख़ाली थी।

आसमान अचानक ज़्यादा काला हो गया। जब मैंने बादलों को घूरने के लिए अपने कंधे के ऊपर से पीछे देखा, तो मुझे यह देखकर सदमा लगा कि दो पुरुष मेरे बीस फुट पीछे चुपचाप चल रहे थे।

वे उन्हीं में से थे, जिनके पास से मैं मोड़ पर गुज़री थी, हालाँकि उनमें वह काला वाला नहीं था, जिसने मुझसे बोला था। मैंने तुरंत अपना सिर आगे घुमाया और अपनी रफ़्तार तेज़ कर दी। अब मैं एक ऐसी ठंड की वजह से काँपने लगी, जिसका मौसम से कोई संबंध नहीं था। मेरे पर्स का फीता कंधे पर था और मैंने इसे अपने शरीर के पास लटका लिया था, ताकि इसे कोई छीनकर भाग न सके। मैं अच्छी तरह जानती थी कि मेरा मिर्च वाला स्प्रे कहाँ था - यह अब भी पलंग के नीचे रखे मेरे मोटे कपड़े वाले बैग में था, जिसे मैंने कभी ख़ाली नहीं किया था। मेरे पास ज़्यादा पैसे नहीं थे, एक बीस का नोट था और कुछ एक के। मैंने सोचा कि मैं 'संयोग से' अपना बैग गिराकर दूर चली जाऊँगी, लेकिन मेरे दिमाग़ के पीछे की एक छोटी और डरी हुई आवाज़ ने मुझे चेतावनी दी कि इनके इरादे चोरी से भी बदतर हो सकते हैं।

मैं उनके शांत क़दमों की आहट को ग़ौर से सुनती रही। वे बहुत शांति से चल रहे थे, जब उनकी तुलना उस धींगामस्ती वाले शोर से की जाए, जो वे पहले कर रहे थे। ऐसा नहीं लग रहा था कि वे अपनी गति बढ़ा रहे थे या मेरे ज़्यादा क़रीब आ रहे थे। साँस लो, मैंने ख़ुद को याद दिलाया। तुम्हें नहीं पता कि वे तुम्हारा पीछा कर रहे हैं। मैं दौड़े बिना जितनी तेज़ चल सकती थी, चलने लगी और दाएँ हाथ के मोड़ पर ध्यान केंद्रित किया, जो अब मुझसे सिर्फ़ कुछ गज़ दूर था। मैं उनकी आहट सुन सकती थी, जो पहले जितनी ही दूर थी। एक नीली कार दक्षिण से सड़क पर आई और तेज़ी से मेरे पास से गुज़र गई। मैंने उसके सामने कूदने के बारे में सोचा, लेकिन फिर मैं झिझक गई और संकोच करती रही; मुझे पक्का विश्वास नहीं था कि वे लोग सचमुच मेरा पीछा कर रहे हैं... और फिर बहुत देर हो चुकी थी।

मैं मोड़ पर पहुँच गई, लेकिन पहली निगाह डालते ही समझ में आ गया कि यह एक और इमारत के पीछे जाने वाला अंधा मार्ग है। मैं उम्मीद में आधी पलटी; मुझे जल्दी से दिशा सही करनी थी और सँकरे ड्राइव के

पार जाकर दोबारा फुटपाथ पर पहुँचना था। सड़क अगले मोड़ पर ख़त्म हो गई, जहाँ स्टॉप का संकेत था। मैंने अपने पीछे के मद्धिम क़दमों की आहट पर ध्यान केंद्रित किया और यह सोचने लगी कि दौड़ूँ या नहीं। वे बहुत पीछे लग रहे थे और मैं जानती थी कि वे मुझसे ज़्यादा तेज़ दौड़ सकते हैं। मुझे यक़ीन था कि अगर मैंने दौड़ने की कोशिश की, तो मैं सड़क पर गिर जाऊँगी। मैंने अपने कंधे के ऊपर से त्वरित निगाह डाली; वे अब शायद चालीस फ़ुट की दूरी पर थे। मैंने राहत महसूस की, लेकिन वे दोनों मुझे घूर रहे थे।

मोड़ तक पहुँचने में काफ़ी लंबा समय लग रहा था। मैंने अपनी गति स्थिर रखी; मेरे पीछे आने वाले आदमी हर क़दम के साथ ज़्यादा पीछे होते जा रहे थे। शायद उन्हें अहसास हो गया था कि उनकी वजह से मैं डर रही हूँ और उन्हें इस बात पर अफ़सोस हो रहा था। मैंने देखा कि मैं जिस चौराहे की तरफ़ जा रही थी, वहाँ उत्तर की ओर जाने वाली दो कारें गुज़रीं। मैंने राहत की साँस ली। एक बार जब मैं इस वीरान सड़क से निकल जाऊँगी, तो चिंता की बात नहीं होगी, क्योंकि आस-पास ज़्यादा लोग होंगे। मैं कृतज्ञ आह के साथ मोड़ पर मुड़ गई।

और फिर मैं एक झटके से रुक गई।

सड़क पर दोनों तरफ़ सूनी, द्वाररहित, खिड़कीरहित दीवारें थीं। मैं दो चौराहे दूर स्ट्रीटलैंप, कारें और पैदल यात्री देख सकती थी, लेकिन वे सब बहुत दूर थे। जब मैं फुटपाथ पर रुकी, तो आधी सड़क दूर पश्चिमी इमारत से टिके हुए समूह के दूसरे दो पुरुष रोमांचित मुस्कान से मुझे देख रहे थे।

मुझे तो घेरा जा रहा था।

मैं सिर्फ़ पल भर के लिए रुकी, लेकिन यह बहुत लंबा महसूस हुआ, फिर मैं मुड़ी और दौड़कर सड़क के दूसरी तरफ़ पहुँची। मेरे मन में एक डूबता अहसास था कि यह फिजूल की कोशिश है। मेरे पीछे क़दमों की आहट अब ज़्यादा तेज़ होती जा रही थी।

"तो तुम मिल गईं!" भारी, काले बालों वाले आदमी की गूँजती आवाज़ ने ख़ामोशी तोड़ी और मैं उछल पड़ी। बढ़ते अँधेरे में ऐसा लग रहा था, जैसे वह मेरे पार देख रहा हो।

"हाँ," मेरे पीछे से एक आवाज़ ने जवाब दिया, जिससे मैं एक बार फिर उछल पड़ी। मैंने सड़क पर जल्दी से चलने की कोशिश की। "हमने थोड़ा चक्कर लगा लिया था।"

मेरे क़दमों को अब धीमा होना पड़ा। मैं अपने और मज़ाक़ करते जोड़े के बीच की दूरी को बहुत जल्दी कम कर रही थी। मेरी चीख़ काफ़ी तेज़ है, इसलिए मैंने हवा अंदर खींची और इस चीख़ का इस्तेमाल करने की तैयारी की, लेकिन मेरा गला इतना सूख गया था कि मुझे पता नहीं था कि मैं कितनी तेज़ चीख़ पाऊँगी। तेज़ गतिविधि के साथ मैंने अपना पर्स अपने सिर के ऊपर से निकाला और एक हाथ से इसका पट्टा पकड़ लिया। ज़रूरत पड़ने पर मैं इसे छोड़ने या हथियार की तरह इसका इस्तेमाल करने के लिए तैयार हो गई।

मोटा आदमी दीवार से दूर आया, जब मैं सावधानी से रुक गई और सड़क पर धीरे-धीरे चल दी।

"मुझसे दूर रहना।" मैंने एक ऐसी आवाज़ में चेतावनी दी, जिसे मैं शक्तिशाली और निडर बनाना चाहती थी, लेकिन सूखे गले के बारे में मेरा अनुमान सही था - आवाज़ तेज़ नहीं निकल रही थी।

"ऐसा मत बोलो, प्रिय," उसने कहा और मेरे पीछे से ठहाका फिर से शुरू हो गया।

मैंने कुछ फ़ुट की दूरी पर दहशत में वह याद करने की कोशिश की, जो मुझे आत्म-रक्षा के बारे में बताया गया था। मुट्ठी मारकर नाक तोड़ दो या सिर पर मारो। अँगुली आँख में डाल दो - आँख बाहर निकाल दो। और ज़ाहिर है, पुरुषों के गुप्त इलाक़े में घुटना या लात मार दो। तभी मेरे दिमाग़ में वही निराशावादी आवाज़ आई और उसने मुझे याद दिलाया कि मेरे पास शायद उनमें से किसी एक के ख़िलाफ़ भी कोई मौक़ा नहीं था और यहाँ तो वे चार थे। चुप रहो! मैंने इस आवाज़ को आदेश दिया, ताकि दहशत के कारण मैं अपाहिज न हो जाऊँ। मैं उनमें से किसी को गिराए बिना नहीं गिरने वाली थी।

तभी अचानक मोड़ पर हेडलाइटें नाचने लगीं। कार मोटे वाले आदमी से टकराते-टकराते बची और वह उछलकर फ़ुटपाथ पर जाने के लिए मजबूर हो गया। मैंने सड़क पर गोता लगाया - *इस* कार को या तो रुकना

होगा या फिर मुझे टक्कर मारनी होगी, लेकिन वह सिल्वर कार अप्रत्याशित रूप से धीमी हो रही थी। यह घिसटते हुए रुकी और मुझसे कुछ फ़ुट दूर पैसेंजर द्वार खुल गया।

गुस्से से भरी एक आवाज़ ने आदेश दिया, "अंदर बैठ जाओ।"

यह आश्चर्यजनक था कि कार में बैठने से पहले ही - उसकी आवाज़ सुनते ही - गले को बंद करने वाला डर कितनी जल्दी ग़ायब हो गया था और सुरक्षा का भाव मेरे रोम-रोम में व्याप्त हो गया था। मैं उछलकर सीट पर बैठी और कार का दरवाज़ा बंद कर लिया।

कार में अँधेरा था, इसलिए दरवाज़ा खुलने पर बाहर रोशनी नहीं आई थी। डैशबोर्ड की चमक में उसका चेहरा मुश्किल से दिखाई दे रहा था। टायरों ने आवाज़ की, जब उसने उत्तर दिशा की तरफ़ गाड़ी मोड़ी और बहुत जल्दी गति बढ़ा दी। वह सड़क पर स्तब्ध पुरुषों की तरफ़ कार लहरा रहा था। मैंने उन्हें फ़ुटपाथ की तरफ़ गोता लगाते हुए देखा। फिर हम सीधे हुए और तेज़ गति से बंदरगाह की तरफ़ जाने लगे।

"अपनी सीट बेल्ट पहन लो," उसने आदेश दिया। तब कहीं जाकर मुझे अहसास हुआ कि मैं दोनों हाथों से सीट को पकड़े थी। मैंने तुरंत आदेश का पालन किया। बेल्ट लगने की आवाज़ अँधेरे में ज़ोर से सुनाई दी। उसने तेज़ी से बायाँ मोड़ काटा और बिना रुके कई स्टॉप साइन्स पार कर गया।

लेकिन मैं पूरी तरह सुरक्षित महसूस कर रही थी और हाल-फ़िलहाल मुझे रत्ती भर भी परवाह नहीं थी कि हम कहाँ जा रहे थे। मैंने गहरी राहत में उसके चेहरे को घूरा। इससे मुझे ऐसी राहत मिली, जो अचानक बचने से भी ज़्यादा थी। मैंने सीमित रोशनी में उसके बेदाग़ नैन-नक़्श को पढ़ने की कोशिश की और अपनी साँस के सामान्य होने का इंतज़ार करने लगी, जब तक कि मुझे यह नहीं दिख गया कि वह बहुत गुस्से में दिख रहा था।

"तुम ठीक हो?" मैंने भर्राई हुई आवाज़ में पूछा।।

"नहीं," वह रूखे अंदाज़ में बोला और वह आगबबूला था।

मैं ख़ामोश बैठी-बैठी उसका चेहरा देखती रही। उसकी आग जैसी आँखें सीधे सामने घूरती रहीं, जब तक कि कार अचानक रुक नहीं गई। मैंने चारों ओर देखा, लेकिन अँधेरा इतना ज़्यादा था कि सड़क के पास

लगे अँधेरे पेड़ों की क़तारों की अस्पष्ट रूपरेखा के सिवाय कुछ नहीं दिख रहा था। निश्चित रूप से अब हम शहर में नहीं थे।

"बेला?" उसने कहा; उसकी आवाज़ कसी हुई और नियंत्रित थी।

"हाँ?" मेरी आवाज़ अब भी भर्राई हुई थी। मैंने धीरे से गला साफ़ करने की कोशिश की।

"तुम ठीक हो?" उसने अब भी मेरी तरफ़ नहीं देखा, लेकिन आवेश उसके चेहरे पर साफ़ झलक रहा था।

"हाँ," मैंने फटे बाँस जैसी आवाज़ में बोली।

"मेरा ध्यान भटकाओ, प्लीज़," उसने आदेश दिया।

"मैं तुम्हारी बात सुन नहीं पाई!"

उसने तेज़ी से साँस छोड़ी।

"किसी महत्त्वहीन चीज़ के बारे में तब तक बोलती रहो, जब तक कि मैं शांत न हो जाऊँ," उसने स्पष्ट किया, अपनी आँखें बंद कर लीं और अपनी नाक के पुल को अपने अँगूठे और तर्जनी के बीच दबा लिया।

"ओह," मैं अपने दिमाग़ में किसी महत्त्वहीन बात की तलाश करने लगी। "मैं कल स्कूल से पहले टाइलर क्राउली पर गाड़ी चढ़ाने वाली हूँ?"

उसकी आँखें अब भी बंद थीं, लेकिन उसके मुँह के कोने हिले।

"क्यों?"

"वह हर एक से कह रहा है कि वह मुझे प्रॉम (हाई स्कूल के स्टूडेंट्स के लिए डांस पार्टी) में ले जा रहा है - या तो उसका दिमाग़ सरक गया है या फिर वह मुझे टक्कर मारने के प्रयास की भरपाई कर रहा है... वह सोचता है कि *प्रॉम* में ले जाने से हिसाब बराबर हो जाएगा। इसलिए मैं सोच रही हूँ कि अगर मैं उसे टक्कर मार दूँ, तो हमारा हिसाब बराबर हो जाएगा और वह बदला चुकाने की कोशिश छोड़ देगा। मुझे दुश्मनों की ज़रूरत नहीं है और अगर टाइलर मुझे अकेला छोड़ देगा, तो लॉरेन की दुश्मनी भी ख़त्म हो जाएगी। मुझे उसकी सेंट्रा के परखच्चे उड़ाने पड़ सकते हैं। अगर उसके पास कार नहीं होगी, तो वह किसी को प्रॉम में कैसे ले जा सकता है..." मैं बकवास करती रही।

"मैंने उसके बारे में सुना था।" उसने थोड़ा ज़्यादा शांत होकर कहा।

"*तुमने* सुना था?" मैंने अविश्वास में पूछा और मेरी पुरानी चिढ़ भड़क उठी। "अगर वह गर्दन के नीचे से अपाहिज हो जाए, तब तो वह प्रॉम में नहीं जा सकता।" मैंने अपनी योजना में थोड़ा फेरबदल कर लिया।

एडवर्ड ने आह भरकर अपनी आँखें खोलीं।

"बेहतर?"

"दरअसल नहीं।"

मैंने इंतज़ार किया, लेकिन वह दोबारा नहीं बोला। वह पीछे सीट पर सिर टिकाकर कार की छत को घूरने लगा। उसका चेहरा सख़्त था।

"क्या गड़बड़ है?" मेरी आवाज़ फुसफुसाहट में बाहर निकली।

"कई बार मुझे अपने गुस्से के साथ समस्या होती है, बेला।" वह भी फुसफुसा रहा था और खिड़की से बाहर देखते समय उसकी आँखें सिकुड़ गईं। "लेकिन *यह अच्छा नहीं रहेगा,* अगर मैं पलटकर जाऊँ और उन लोगों को पकड़..." उसने अपना वाक्य पूरा नहीं किया, बल्कि दूर देखने लगा और अपने गुस्से को क़ाबू में करने के लिए एक पल जूझा। "कम से कम," उसने आगे कहा, "मैं ख़ुद को यही विश्वास दिलाने की कोशिश कर रहा था।"

"ओह।" यह शब्द नाकाफ़ी लग रहा था, लेकिन मैं इससे बेहतर प्रतिक्रिया नहीं सोच पाई।

हम ख़ामोशी में बैठे रहे। मैंने डैशबोर्ड की घड़ी देखी। साढ़े छह से ज़्यादा समय हो गया था।

"जेसिका और एंजेला चिंता कर रही होंगी," मैं बुदबुदाई। "मुझे उनसे मिलने जाना था।"

उसने एक शब्द बोले बिना इंजन चालू कर दिया, शांत अंदाज़ में पलटा और तेज़ गति से शहर की तरफ़ चल दिया। हम पलक झपकते ही सड़क की रोशनियों के बीच पहुँच गए थे, अब भी बहुत तेज़ी से जा रहे थे और समुद्र तट के क़रीब बोर्डवॉक पर धीरे-धीरे चल रही कारों के बीच से आसानी से रास्ता बना रहे थे। उसने फ़ुटपाथ के पास इतनी कम जगह में गाड़ी पार्क की, जिसे मैं वोल्वो के लिए बहुत कम मान रही थी, लेकिन उसने एक ही झटके में यह काम प्रयासरहित तरीक़े से कर दिया। मैंने खिड़की से बाहर देखा। ला बेला इटैलिया की रोशनी दिख रही थी और जेस तथा एंजेला उसमें से निकलकर हमसे दूर जा रही थीं।

"तुम्हें कैसे पता चला कि कहाँ..." मैंने शुरू किया, लेकिन फिर मैंने अपना सिर हिला दिया। मैंने कार का दरवाज़ा खुलने की आवाज़ सुनी और उसे बाहर निकलते देखा।

"तुम क्या कर रहे हो?" मैंने पूछा।

"मैं तुम्हें डिनर पर ले जा रहा हूँ।" वह हल्के से मुस्कराया, लेकिन उसकी आँखें सख़्त थीं। उसने कार से बाहर निकलकर दरवाज़ा बंद कर दिया। मैं सीट बेल्ट खोलते समय उलझी और फिर फटाफट कार से बाहर निकल गई। वह फ़ुटपाथ पर मेरा इंतज़ार कर रहा था।

मेरे बोलने से पहले वह बोल पड़ा। "जाकर जेसिका और एंजेला को रोक लो, वरना मुझे उन्हें भी खोजना पड़ेगा। अगर मैं तुम्हारे नए दोस्तों से दोबारा टकराया, तो मुझे नहीं लगता कि मैं ख़ुद को रोक पाऊँगा।"

मैं उसकी आवाज़ में ख़तरे की खनक सुनकर काँप उठी।

"जेस! एंजेला!" मैं उनके पीछे से चिल्लाई। जब वे मुड़ीं, तो मैं हाथ हिलाने लगी। वे दौड़कर मेरे पास आ गईं। उन दोनों के चेहरे पर राहत दिख रही थी, जो हैरानी में बदल गई, जब उन्होंने देखा कि मेरे बग़ल में कौन खड़ा था। वे झिझकते हुए हमसे कुछ फ़ुट दूर रुक गईं।

"तुम कहाँ थीं?" जेसिका की आवाज़ में संदेह भरा था।

"मैं भटक गई थी," मैंने झेंपकर स्वीकार किया। "और फिर मैं एडवर्ड से टकरा गई।" मैंने उसकी तरफ़ इशारा किया।

"क्या यह ठीक रहेगा, अगर मैं शामिल हो जाऊँ?" उसने अपनी रेशमी, आकर्षक आवाज़ में पूछा। लड़कियों के हैरान भाव देखकर मैं समझ गई कि उसने पहले कभी उन पर अपना जादू नहीं छोड़ा था।

"अर... निश्चित रूप से," जेसिका धीरे से बोली।

"उह, दरअसल, बेला, तुम्हारा इंतज़ार करते-करते हमने खाना खा लिया था- सॉरी," एंजेला ने स्वीकार किया।

"यह ठीक है - मुझे भी भूख नहीं है।" मैंने कंधे उचका दिए।

"मुझे लगता है कि तुम्हें कुछ खा लेना चाहिए।" एडवर्ड की आवाज़ धीमी, लेकिन अधिकारपूर्ण थी। उसने जेसिका की तरफ़ देखकर थोड़े तेज़ स्वर में कहा। "आपको दिक़्क़त तो नहीं, अगर मैं आज रात बेला को

अपनी कार से घर छोड़ दूँ? इससे आपको उसके खाना खाते समय उसका इंतज़ार करने की ज़रूरत नहीं पड़ेगी।"

"उह, कोई समस्या नहीं है, मुझे लगता है..." उसने अपना होंठ काटा; वह मेरे भाव से यह पता लगाना चाहती थी कि क्या मैं भी यही चाहती थी। मैंने उसे आँख मारी। मैं अपने संरक्षक देवदूत के साथ अकेले रहने से ज़्यादा कुछ नहीं चाहती थी। इतने सारे सवाल थे, जो मैं उससे तब तक नहीं पूछ सकती थी, जब तक कि हम अकेले न हों।

"ठीक है।" एंजेला ने जेसिका से ज़्यादा जल्दी कहा। "कल मिलते हैं, बेला... एडवर्ड।" उसने जेसिका का हाथ पकड़कर कार की तरफ़ खींचा, जिसे मैं कुछ दूरी पर फ़र्स्ट स्ट्रीट पर खड़ी देख सकती थी। कार के अंदर पहुँचने के बाद जेस ने मुड़कर हाथ हिलाया और उसका चेहरा उत्सुकता से भरा था। मैंने भी पलटकर हाथ हिलाया और उनके दूर जाने का इंतज़ार किया, क्योंकि इसके बाद ही मैं एडवर्ड की तरफ़ मुड़ना चाहती थी।

"सच्ची, मुझे भूख नहीं है," मैंने ज़ोर देकर कहा और उसके चेहरे की जाँच करने के लिए ऊपर देखा। उसका भाव समझ में नहीं आया।

"मेरा दिल रख लो।"

वह रेस्तराँ के दरवाज़े तक गया और ज़िद्दी अंदाज़ में इसे खुला रखा। स्पष्ट रूप से आगे किसी बहस की गुंजाइश नहीं थी। मैं सब्र भरी आह भरते हुए उसके पास से होती हुई रेस्तराँ में घुस गई।

रेस्तराँ में भीड़ नहीं थी - पोर्ट एंजेलिस में अभी पर्यटकों का मौसम नहीं चल रहा था। मालकिन महिला थी और उसकी आँखों की निगाह से मैं समझ गई कि वह एडवर्ड को तौल रही थी। उसने ज़रूरत से ज़्यादा गर्मजोशी से उसका स्वागत किया। मैं इस बात पर हैरान थी कि इससे मुझे कितनी ज़्यादा परेशानी हुई। वह मुझसे कुछ इंच ज़्यादा लंबी थी और उसके अस्वाभाविक रूप से सुनहरे बाल थे।

"दो के लिए टेबल?" एडवर्ड की आवाज़ मनमोहक थी, चाहे उसका ऐसा इरादा रहा हो या न रहा हो। मैंने देखा कि मालकिन की निगाह मुझ पर जाकर लौट गई। वह मेरे स्पष्ट सामान्य हुलिये से संतुष्ट थी। वह हमें एक टेबल पर ले गई, जो डाइनिंग फ्लोर के सबसे भीड़ भरे इलाक़े के बीच थी।

मैं बैठने वाली थी, लेकिन एडवर्ड ने मेरी तरफ़ अपना सिर हिलाया।

उसने धीरे से ज़ोर देकर होस्ट से कहा, "शायद थोड़े एकांत वाली जगह?" मुझे पक्का नहीं था, लेकिन ऐसा लग रहा था कि एडवर्ड ने उसे टिप दी थी। मैंने पुरानी फ़िल्मों के अलावा किसी को टेबल से इंकार करते कभी नहीं देखा था।

"बिलकुल।" वह भी उतनी ही हैरान लग रही थी, जितनी कि मैं थी। वह मुड़ी और हमें बूथ्स के एक छोटे घेरे के पार्टीशन की ओर ले गई - जो सभी ख़ाली थे। "यह कैसा है?"

"आदर्श।" उसने अपनी दमकती मुस्कान दी, जिससे पल भर के लिए मालकिन के होश उड़ गए।

"उह," - उसने पलक झपकाते हुए अपना सिर हिलाया - "आपकी वेटर तुरंत आ जाएगी।" वह डगमगाती हुई दूर चली गई।

"सच्ची, तुम्हें लोगों के साथ ऐसा नहीं करना चाहिए," मैंने आलोचना की। "यह न्यायोचित नहीं है।"

"क्या नहीं करना चाहिए?"

"उन्हें इस तरह मंत्रमुग्ध करना - शायद इस वक़्त किचन में उसकी तेज़-तेज़ साँसें चल रही होंगी।"

एडवर्ड उलझन में दिख रहा था।

"ओह, छोड़ो भी," मैंने संदेह से कहा। "तुम्हें *पता होना चाहिए* कि तुम्हारा लोगों पर कैसा प्रभाव पड़ता है?"

उसने अपना सिर एक तरफ़ झुकाया और उसकी आँखें उत्सुक थीं। "मैं लोगों को मंत्रमुग्ध करता हूँ?"

"तुमने ग़ौर नहीं किया? क्या तुम सोचते हो कि हर व्यक्ति को उसकी मनचाही चीज़ इतनी आसानी से मिल जाती है?"

उसने मेरे सवालों को नज़रअंदाज़ कर दिया। "क्या मैं तुम्हें *मंत्रमुग्ध* करता हूँ?"

मैंने स्वीकार किया, "बहुत बार।"

तभी हमारी वेटर आ गई। उसका चेहरा अपेक्षा से भरा था। मालकिन ने निश्चित रूप से परदे के पीछे उसे बताया होगा और यह नई लड़की निराश नहीं दिख रही थी। उसने एक कान के पीछे छोटे काले बाल का

रेशा झटका और अनावश्यक गर्मजोशी से मुस्कराई।

"हेलो। मेरा नाम एम्बर है और आज रात मैं आपको सर्व करूँगी। मैं आपके पीने के लिए क्या ला सकती हूँ?" मैं ग़ौर कर रही थी कि वह सिर्फ़ एडवर्ड से बोल रही थी।

एडवर्ड ने मेरी तरफ़ देखा।

यह प्रश्न जैसा लगा, इसलिए मैं बोल पड़ी, "मैं कोक लूँगी।"

"दो कोक," एडवर्ड ने कहा।

"मैं तुरंत लेकर आती हूँ," उसने एक और अनावश्यक मुस्कान के साथ एडवर्ड को आश्वस्त किया, लेकिन वह उसे नहीं देख रहा था, वह तो मुझे देख रहा था।

"क्या?" मैंने पूछा, जब वह चली गई।

उसकी आँखें मेरे चेहरे पर ही ठहरी रहीं। "तुम कैसा महसूस कर रही हो?"

"मैं अच्छी हूँ," मैंने जवाब दिया और मैं उसकी उत्कटता से हैरान थी।

"तुम्हें चक्कर जैसा, मतली जैसा, ठंड जैसा तो महसूस नहीं हो रहा है...?"

"क्या मुझे ऐसा महसूस करना चाहिए?"

मेरे हैरानी के लहज़े पर वह दबी हँसी हँसने लगा।

"देखो, मैं दरअसल इस बात का इंतज़ार कर रहा हूँ कि तुम कब सदमे में जाती हो।" उसके चेहरे पर आदर्श वक्र मुस्कान आ गई।

"मैं नहीं सोचती कि ऐसा होगा!" मैंने कहा, जब मैं दोबारा साँस ले पाई। "मैं अप्रिय चीज़ों का दमन करने में हमेशा बहुत अच्छी रही हूँ।"

"फिर भी मुझे ज़्यादा अच्छा लगेगा, जब तुम्हारे अंदर थोड़ी शकर और भोजन चला जाएगा।"

तुरंत ही वेट्रेस हमारे ड्रिंक और ब्रेडस्टिक्स की बास्केट लेकर आ गई। उन्हें टेबल पर रखते समय वह मेरी तरफ़ पीठ करके खड़ी हुई।

"क्या आप ऑर्डर देने के लिए तैयार हैं?" उसने एडवर्ड से पूछा।

"बेला?" एडवर्ड ने पूछा। वह मेरी ओर अनिच्छा से मुड़ी।

मुझे मेन्यू में जो पहली चीज़ दिखी, मैंने उसे ही चुन लिया। "ऊँ... मैं मशरूम रैवियोली लूँगी।"

"और आप?" वह एक मुस्कान के साथ उसकी ओर मुड़ी।

"मेरे लिए कुछ नहीं," उसने कहा। ज़ाहिर है, नहीं।

"अगर आपका इरादा बदल जाए, तो मुझे बता दीजिएगा।" शर्मीली मुस्कान अब भी उसके चेहरे पर थी, लेकिन एडवर्ड उसे नहीं देख रहा था, इसलिए वह असंतुष्ट होकर चली गई।

"पियो," उसने आदेश दिया।

मैंने आदेश का पालन करते हुए सोडे की चुस्की ली और फिर ज़्यादा गहराई से पीने लगी। मैं इस बात पर हैरान थी कि मैं कितनी प्यासी थी। मुझे अहसास हुआ कि मैंने पूरा गिलास ख़त्म कर दिया था, जब उसने अपना गिलास मेरी तरफ़ बढ़ा दिया।

"धन्यवाद," मैं बुदबुदाई और मैं अब भी प्यासी थी। बर्फ़ीले सोडे की ठंडक सीने में महसूस हो रही थी, जिससे मैं काँप गई।

"क्या तुम्हें ठंड लग रही है?"

"बस कोक की वजह से," मैंने बताया और एक बार फिर काँपी।

"तुम्हारे पास जैकेट नहीं है?" उसने नापसंदगी भरी आवाज़ में कहा।

"है तो।" मैंने अपने पास ख़ाली बेंच की तरफ़ देखा। "ओह - मैं इसे जेसिका की कार में छोड़ आई थी," मुझे अहसास हुआ।

एडवर्ड अपनी जैकेट उतारने लगा था। मुझे अचानक अहसास हुआ कि मैंने एक बार भी कभी नहीं देखा था कि उसने क्या पहना है - यह सिर्फ़ आज रात की ही बात नहीं थी, हमेशा की बात थी। मैं उसके चेहरे से नीचे देख ही नहीं सकती थी। अब मैंने नीचे देखा और ध्यान केंद्रित किया। वह इस वक़्त हल्के मटमैले रंग की लेदर जैकेट उतार रहा था। इसके नीचे उसने आइवरी टर्टलनेक स्वेटर पहन रखा था। यह बहुत फ़िटिंग वाला था और उसके सीने के गठीले उभारों को साफ़ दिखा रहा था।

उसने मुझे जैकेट थमाई और मेरे निहारने में बाधा डाली।

"धन्यवाद," मैंने दोबारा कहा और उसकी जैकेट में हाथ डाल लिए। यह ठंडी थी - जैसी मेरी जैकेट सुबह उठाते समय थी, जब यह हवादार

हॉल के रास्ते में लटकी हुई थी। मैं एक बार फिर काँपी। इसमें से गज़ब की ख़ुशबू आ रही थी। मैंने साँस अंदर भरी और ज़ायक़ेदार ख़ुशबू को पहचानने की कोशिश करने लगी। इसमें से आने वाली ख़ुशबू कोलोन जैसी नहीं थी। आस्तीनें बहुत ज़्यादा लंबी थीं; मैंने उन्हें पीछे खोंस लिया, ताकि मेरे हाथ आज़ाद रहें।

"नीला रंग तुम पर बहुत खिलता है," उसने मेरे ब्लाउज़ की तरफ़ देखते हुए कहा। मैं हैरानी से नीचे देखने लगी और ज़ाहिर है, मेरा चेहरा शर्म से लाल हो गया।

उसने ब्रेड बास्केट मेरी तरफ़ बढ़ाई।

"सच्ची, मैं सदमे में नहीं जा रही हूँ," मैंने प्रतिरोध किया।

"तुम्हें जाना चाहिए - कोई भी *सामान्य* व्यक्ति चला जाता। तुम तो ज़रा भी प्रभावित नहीं लग रही हो।" वह व्यग्र दिख रहा था। उसने मेरी आँखों में घूरा और मैंने देखा कि उसकी आँखें कितनी हल्की थीं। मैंने आज तक उसकी आँखों का इतना हल्का रंग नहीं देखा था - सुनहरा बटरस्कॉच।

"मैं तुम्हारे साथ बहुत सुरक्षित महसूस करती हूँ," मैं इतनी सम्मोहित थी कि मैंने दोबारा सच बोल दिया।

इससे वह नाख़ुश हुआ और उसकी भौंह उठ गई। उसने त्योरी चढ़ाते हुए अपना सिर हिलाया।

"यह मेरी योजना से ज़्यादा जटिल है," उसने ख़ुद से बुदबुदाते हुए कहा।

मैंने एक ब्रेडस्टिक उठाई और इसके सिरे को कुतरते समय उसके भाव को तौलने लगी। मैं दरअसल यह सोच रही थी कि उससे सवाल पूछना कब ठीक रहेगा।

"जब तुम्हारी आँखें इतनी हल्की होती हैं, तो तुन आम तौर पर अच्छे मूड में रहते हो," मैंने टिप्पणी की और उसका ध्यान उस तरफ़ से हटाने की कोशिश की, जिस भी विचार की वजह से वह त्योरी चढ़ा रहा था और गंभीर हो गया था।

उसने स्तब्ध होकर मेरी तरफ़ देखा। "क्या?"

"जब तुम्हारी आँखें काली होती हैं, तब तुम ज़्यादा चिड़चिड़े होते हो - तब मैं इसकी उम्मीद करती हूँ," मैंने आगे कहा। "इसके बारे में मेरा एक अनुमान है।"

उसकी आँखें सिकुड़ गईं। "और अनुमान?"

"हूँ।" मैंने ब्रेड का एक छोटा टुकड़ा चबाया और तटस्थ दिखने की कोशिश करने लगी।

"मुझे उम्मीद है कि इस बार तुम ज़्यादा समझदारी का परिचय दोगी... या फिर तुम अब भी कॉमिक बुक्स में लिखी हुई बातें दोहराओगी?" उसकी हल्की मुस्कान चिढ़ाने वाली थी, लेकिन आँखें अब भी कसी हुई थीं।

"नहीं, मुझे यह विचार कॉमिक बुक से नहीं मिला है, लेकिन इसे मैंने ख़ुद भी ईजाद नहीं किया है," मैंने स्वीकार किया।

"बोलो?" उसने उकसाया।

लेकिन तभी वेट्रेस मेरा भोजन लेकर पार्टीशन के पार आ गई। मुझे अहसास हुआ कि हम अनजाने में ही टेबल के पार एक-दूसरे के क़रीब झुक गए थे, क्योंकि वेट्रेस के क़रीब आने पर हम दोनों को ही सीधा होना पड़ा। उसने डिश मेरे सामने रख दी – यह काफ़ी अच्छी दिख रही थी – और जल्दी से एडवर्ड की ओर मुड़ी।

"क्या आपका इरादा बदला?" उसने पूछा। "क्या कोई और चीज़ है, जो मैं आपको दे सकती हूँ?" शायद मैं उसके शब्दों में दोहरे अर्थ की कल्पना कर रही थी।

"नहीं, आपको धन्यवाद, लेकिन थोड़ा और सोडा अच्छा रहेगा।" उसने लंबे सफ़ेद हाथ से मेरे सामने के ख़ाली गिलासों की तरफ़ इशारा किया।

"बिलकुल।" वह ख़ाली गिलास हटाकर चली गई।

"तुम कह रही थीं?" उसने पूछा।

"मैं इस बारे में तुम्हें कार में बताऊँगी। अगर..." मैं ठहरी।

"शर्तें हैं?" उसने एक भौंह उठाई, उसकी आवाज़ परेशान थी।

"ज़ाहिर है, मेरे मन में कुछ सवाल हैं।"

"ज़ाहिर है।"

वेट्रेस दो और कोक लेकर आई। इस बार उसने कुछ कहे बिना उन्हें नीचे रखा और चली गई।

मैंने एक चुस्की ली।

"तो अब बताओ," उसने कहा, उसकी आवाज़ अब भी सख़्त थी।

मैंने सबसे कम जटिल प्रश्न से शुरू किया या कम से कम मुझे ऐसा लग रहा था। "तुम पोर्ट एंजेलिस में क्यों हो?"

उसने नीचे की तरफ़ देखा और अपने बड़े हाथों को टेबल पर धीरे-धीरे मोड़ा। उसकी आँखें पलकों के नीचे से थरथराईं और उसके चेहरे पर बनावटी हँसी का संकेत था।

"अगला।"

"लेकिन यह तो सबसे आसान वाला है," मैंने आपत्ति की।

"अगला," उसने दोहराया।

मैंने कुंठित होकर नीचे की तरफ़ देखा। मैंने छुरी-काँटे वाला पैकेट खोला और उसमें से काँटा निकालकर एक रैवियोली में सावधानी से चुभाया। मैंने इसे अपने मुँह में धीरे-धीरे रखा। मैं अब भी नीचे देख रही थी और चबाते हुए सोचती जा रही थी। मशरूम अच्छे थे। मैंने गटका और ऊपर देखने से पहले कोक की एक और चुस्की ली।

"तो ठीक है।" मैंने उसे गुस्से से घूरा और धीरे-धीरे आगे बोलती रही। "चलो मान लेते हैं, ज़ाहिर है यह काल्पनिक है कि... कोई... जान सकता है कि लोग क्या सोच रहे हैं, मन की बात पढ़ सकता है, - कुछ अपवादों को छोड़कर।"

"सिर्फ़ *एक* अपवाद," उसने सुधार किया, "काल्पनिक रूप से।"

"ठीक है, एक अपवाद को छोड़कर।" मैं रोमांचित थी कि वह इस खेल को खेल रहा था, लेकिन मैंने सामान्य दिखने की कोशिश की। "यह कैसे काम करता है? सीमाएँ क्या हैं? वह कोई व्यक्ति... सही समय पर किसी दूसरे व्यक्ति को कैसे खोजेगा? उसे कैसे पता चलेगा कि वह दूसरा व्यक्ति मुश्किल में है?" मैंने सोचा कि क्या वह मेरे उलझे हुए प्रश्नों को समझ पाएगा।

"काल्पनिक रूप से?" उसने पूछा।

"बिलकुल।"

"देखो, अगर... वह व्यक्ति..."

"चलो हम उसे जो नाम देते हैं," मैंने सुझाव दिया।

वह व्यंग्यपूर्ण अंदाज़ में मुस्कराया। "जो ठीक है। अगर जो ध्यान दे रहा हो, तो समय के इतने सटीक होने की ज़रूरत नहीं होती।" उसने सिर

हिलाकर अपनी आँखें घुमाईं। "*सिर्फ़ तुम* ही इतने छोटे कस्बे में मुश्किल में फँस सकती हो। जानती हो, तुम यहाँ की अपराध दर के आँकड़ों को एक दशक के लिए तबाह कर सकती थी।"

"हम काल्पनिक प्रकरण की बात कर रहे थे," मैंने उसे ठंडे लहज़े में याद दिलाया।

वह मेरी तरफ़ देखकर हँसा, उसकी आँखों में उष्ण भाव था।

"हाँ, वो तो है," वह सहमत हुआ। "क्या हम तुम्हें जेन नाम दे सकते हैं?"

"तुम्हें कैसे पता?" मैं अपनी उत्कटता नहीं छिपा पाई। मुझे अहसास हुआ कि मैं दोबारा उसकी तरफ़ झुक रही हूँ।

ऐसा लग रहा था कि वह डावाँडोल है और किसी आंतरिक दुविधा की वजह से अनिश्चित है। उसकी आँखें मेरी आँखों से मिलीं और मैंने अंदाज़ा लगाया कि वह उसी समय यह निर्णय ले रहा था कि मुझे सच बताए या न बताए।

"तुम मुझ पर भरोसा कर सकते हो," मैं बुदबुदाई। मैंने बिना सोचे उसके मुड़े हाथों को छूने के लिए हाथ बढ़ा दिया, लेकिन उसने उन्हें हल्का सा पीछे सरका लिया, मैंने अपना हाथ पीछे खींच लिया।

"मैं नहीं जानता कि मेरे पास अब कोई दूसरा विकल्प है।" उसकी आवाज़ लगभग कानाफूसी के स्तर पर थी। "मैं ग़लत था - तुम्हारी नज़रें मेरी उम्मीद से ज़्यादा तेज़ हैं।"

"मैंने तो सोचा था कि तुम हमेशा सही होते हो।"

"मैं हुआ करता था।" उसने एक बार फिर अपना सिर हिलाया। "मैं तुम्हारे बारे में एक और मामले में ग़लत हूँ। तुम दुर्घटनाओं के लिए चुंबक नहीं हो - यह पर्याप्त बड़ी श्रेणी नहीं है। तुम तो *मुश्किल* के लिए चुंबक हो। अगर दस मील के दायरे के भीतर कोई ख़तरनाक चीज़ है, तो यह हमेशा तुम्हें खोज लेगी।"

"और तुम ख़ुद को इसी श्रेणी में रखते हो?" मैंने अंदाज़ा लगाया।

उसका चेहरा ठंडा और भावशून्य हो गया। "निस्संदेह।"

मैंने एक बार फिर टेबल पर अपना हाथ बढ़ाया - उसने एक बार फिर उसे हल्का सा पीछे खींचा, लेकिन इस बार मैंने ज़बर्दस्ती अपनी

अँगुलियों से उसके हाथ के पीछे वाले हिस्से को हल्के से छू लिया। उसकी त्वचा किसी पत्थर की तरह ठंडी और सख़्त थी।

"धन्यवाद।" मेरी आवाज़ कृतज्ञता से लबरेज़ थी। "यह दो बार हो गया।"

उसका चेहरा नरम दिखने लगा। "हम तीसरी बार की कोशिश नहीं करते हैं, ठीक है?"

मैंने मुँह बनाया, लेकिन सिर हिला दिया। उसने अपना हाथ मेरे हाथ के नीचे से निकाला और अपने दोनों हाथ टेबल के नीचे रख लिए, लेकिन वह मेरी तरफ़ झुक गया।

"मैं तुम्हारा पीछा करते हुए पोर्ट एंजेलिस आया," उसने स्वीकार किया और वह तेज़ी से बोल रहा था। "मैंने पहले कभी किसी ख़ास इंसान को जीवित रखने की कोशिश नहीं की है और यह काम मेरी उम्मीद से ज़्यादा मुश्किल था, लेकिन ऐसा सिर्फ़ इसलिए हुआ, क्योंकि यह तुम हो। सामान्य लोगों का दिन इतनी सारी विपत्तियों के बिना आराम से गुज़र जाता है।" वह ठहरा। मैंने सोचा कि क्या मुझे इस बात पर चिढ़ना चाहिए कि वह मेरा पीछा कर रहा था, इसके बजाय मैं ख़ुशी की एक अजीब तरंग महसूस कर रही थी। उसने घूरा, वह शायद सोच रहा था कि मेरे होंठ अनैच्छिक मुस्कान में क्यों मुड़ रहे थे।

"क्या तुमने कभी सोचा है कि शायद मेरा आख़िरी पल वैन के समय ही आ गया था और तुम क़िस्मत के कामकाज में हस्तक्षेप कर रहे थे?" मैंने ख़ुद को भटकाते हुए अटकल लगाई।

"वह पहली बार नहीं था," उसने कहा और उसकी आवाज़ सुनना मुश्किल था। मैंने आश्चर्य में उसे घूरा, लेकिन वह नीचे देख रहा था। "तुम्हारा आख़िरी पल तो तभी आ गया था, जब मैं तुमसे पहली बार मिला था।"

मुझे उसके शब्दों में डर की लहर महसूस हुई और मुझे अचानक याद आ गया कि उसकी हिंसक आँखों ने मुझे कितनी नफ़रत से घूरा था... लेकिन उसकी उपस्थिति में मैं सुरक्षा का जो प्रबल अहसास महसूस करती थी, उससे वह डर चला गया। जब तक उसने मेरी आँखों को पढ़ने के लिए ऊपर देखा, उनमें डर का कोई नामोनिशान नहीं था।

"तुम्हें याद है?" उसने पूछा, उसका देवदूत जैसा चेहरा गंभीर था।

"हाँ।" मैं शांत थी।

"और तुम अब भी यहाँ बैठी हो।" उसकी आवाज़ में अविश्वास का पुट था; उसने एक भौंह उठा ली।

"हाँ, मैं यहाँ बैठी हूँ... तुम्हारे कारण।" मैं ठहरी। "क्योंकि किसी तरह तुम जानते थे कि आज मुझे कैसे खोजना है...?" मैंने कहा।

उसने अपने होंठ इकट्ठे दबाए और सिकुड़ी आँखों से मुझे घूरा; लग रहा था कि वह एक बार फिर निर्णय ले रहा था। उसने मेरी भरी प्लेट को देखा और फिर मुझे देखा।

"तुम खाओ, मैं बोलूँगा," उसने सौदा किया।

मैंने जल्दी से रैवियोली को एक बार फिर उठाया और मुँह में डाल लिया।

"यह उम्मीद से ज़्यादा मुश्किल है – तुम पर नज़र रखना। आम तौर पर मैं किसी को बहुत आसानी से खोज सकता हूँ, बशर्ते मैं उसके मन को पहले पढ़ चुका होऊँ।" उसने मेरी तरफ़ चिंता से देखा और मुझे अहसास हुआ कि मैं अपनी जगह पर जम गई थी। मैंने गटकने में पूरा ज़ोर लगाया और इसके बाद एक और रैवियोली खा ली।

"मैं जेसिका पर नज़र रखे हुए था, लेकिन सावधानी से नहीं – जैसा मैंने कहा था, सिर्फ़ तुम ही पोर्ट एंजेलिस में मुश्किल को खोज सकती हो – और जब तुम अकेले चली गईं, तो पहलेपहल तो मैंने ध्यान नहीं दिया। फिर जब मुझे अहसास हुआ कि तुम अब उसके साथ नहीं हो, तो मैं तुम्हारी तलाश करते हुए उस बुकस्टोर तक गया, जो मैंने उसके दिमाग़ में देखा था। मैं समझ सकता था कि तुम अंदर जाने के बजाय दक्षिण दिशा में चली गई थीं... और मैं जानता था कि तुम्हें जल्दी ही पलटना होगा। इसलिए मैं बस तुम्हारा इंतज़ार कर रहा था, यूँ ही सड़क पर जा रहे लोगों के विचारों में खोज रहा था – यह देखने के लिए कि क्या किसी ने तुम पर ग़ौर किया था, ताकि मुझे पता चल जाए कि तुम कहाँ हो। मेरे पास चिंता करने का कोई कारण नहीं था... लेकिन मैं अजीब तरह के तनाव में था..." वह विचारों में खो गया, मेरे पार देखने लगा और ऐसी चीज़ें देखने लगा, जिनकी मैं कल्पना नहीं कर सकती थी।

"मैं गोल चक्कर लगाने लगा, फिर भी... सुनता रहा। सूरज आख़िरकार अस्त हो रहा था और मैं बाहर निकलकर तुम्हारे पीछे पैदल जाने वाला था। और फिर-" वह रुक गया और उसने अपने दाँत अकस्मात आवेश में भींच लिए। उसने ख़ुद को शांत करने की कोशिश की।

"फिर क्या हुआ?" मैं फुसफुसाई। वह मेरे सिर के ऊपर से घूरता रहा।

"मैंने सुना कि वे क्या सोच रहे थे," वह गुर्राया; उसका ऊपरी होंठ उसके दाँत के ऊपर हल्का सा मुड़ गया। "मैंने उसके दिमाग़ में तुम्हारा चेहरा देखा।" एडवर्ड अचानक आगे झुका। उसकी एक कोहनी टेबल पर नज़र आई, उसका हाथ उसकी आँखों को ढक रहा था। यह गतिविधि इतनी तीव्र थी कि मैं चौंक गई।

"यह बहुत... बहुत मुश्किल था - तुम कल्पना भी नहीं कर सकती कि यह मेरे लिए कितना मुश्किल था - कि मैं सिर्फ़ तुम्हें ले जाऊँ और उन लोगों को छोड़ दूँ... जिंदा।" उसकी आवाज़ उसकी बाँह से धीमी हो गई थी। "मैं तुम्हें जेसिका और एंजेला के साथ जाने देता, लेकिन मुझे डर था कि अगर मैं अकेला रहा, तो मैं उनकी तलाश में जा सकता हूँ," उसने फुसफुसाते हुए स्वीकार किया।

मैं वहाँ स्तब्ध बैठी रही और मेरे विचार अस्त-व्यस्त थे। मेरे हाथ मेरी गोद में बँधे थे और मैं कमज़ोरी से सीट से टिकी थी। उसका चेहरा अब भी उसके हाथ पर था और यह अब भी इतना स्थिर था, मानो उसे उस पत्थर से तराशा गया था, जो उसकी त्वचा के रंग से मेल खाता था।

आख़िरकार उसने ऊपर देखा, उसकी आँखें मेरी आँखों से मिलीं और उसकी आँखों में भी बहुत से सवाल नज़र आए।

"क्या तुम घर जाने को तैयार हो?" उसने पूछा।

"मैं यहाँ से चलने को तैयार हूँ," मैंने शब्दों को अलग तरीक़े से कहा। मैं बहुत कृतज्ञ थी कि हमारे पास इकट्ठे समय बिताने के लिए एक घंटे का समय और था, जब हम कार से वापस लौटते। मैं उसे गुडबाय कहने के लिए तैयार नहीं थी।

वेट्रेस प्रकट हो गई, जैसे उसे बुलाया गया हो या वह देख रही हो।

"आपको कैसा लगा?" उसने एडवर्ड से पूछा।

"हम चेक के लिए तैयार हैं, धन्यवाद।" उसकी आवाज़ शांत थी, थोड़ी खुरदुरी थी और उसमें हमारी बातचीत का खिंचाव प्रतिबिंबित हो रहा था। इससे वह उलझन में पड़ गई। एडवर्ड ने इंतज़ार करते हुए देखा।

"बि-बिलकुल," उसने हकलाते हुए कहा। "यह लीजिए।" उसने अपने काले एप्रन के सामने वाले पॉकेट से लेदर का छोटा फ़ोल्डर निकालकर एडवर्ड को थमा दिया।

उसके हाथ में पहले ही एक नोट था। उसने इसे फ़ोल्डर में रखकर उसे थमा दिया।

"बाक़ी आप रख लेना।" वह मुस्कराया, फिर वह खड़ा हुआ और मैं अजीब तरीक़े से अपने पैरों पर खड़ी हुई।

वेट्रेस ने एक बार फिर उसकी तरफ़ आमंत्रण की मुस्कान बिखेरी। "आपकी शाम अच्छी रहे।"

वेट्रेस को धन्यवाद देते समय भी एडवर्ड ने मुझसे नज़रें नहीं हटाईं। मैंने अपनी मुस्कान दबा ली।

एडवर्ड दरवाज़े तक मेरे बग़ल में क़रीब चला, लेकिन मुझे न छूने के मामले में वह अब भी सावधान था। मुझे याद आया कि जेसिका ने माइक के साथ उसके संबंध के बारे में क्या कहा था कि वे लगभग पहले चुंबन की कगार पर थे। मैंने आह भरी। लगता था एडवर्ड ने मेरी बात सुन ली और वह जिज्ञासा से नीचे देखने लगा। मैंने फ़ुटपाथ की तरफ़ देखा और शुक्र मनाया कि वह मेरे मन की बात पढ़कर यह नहीं जान सकता था कि मैं क्या सोच रही थी।

उसने यात्री द्वार खोला, मेरे बैठने तक इसे खोले रहा और मेरे पीछे हौले से बंद किया। मैंने उसे कार के सामने से दूसरी तरफ़ जाते देखा और एक बार फिर हैरान हुई कि वह कितना आकर्षक था। मुझे शायद अब तक इसका आदी हो जाना चाहिए था – लेकिन मैं नहीं हुई थी। मुझे ऐसा लगने लगा था कि एडवर्ड इस क़िस्म का इंसान नहीं है, जिसका कोई आदी हो सकता है।

कार के भीतर बैठने के बाद उसने इंजन चालू किया और हीटर तेज़ कर दिया। मौसम बहुत ठंडा हो गया था और मैंने अंदाज़ा लगाया

कि अच्छा मौसम ख़त्म होने वाला है। वैसे उसकी जैकेट गर्म थी और जब भी मुझे लगता था कि वह देख नहीं रहा है, तो मैं इसकी ख़ुशबू सूँघती रहती थी।

एडवर्ड ने एक तरह से बिना देखे ट्रैफ़िक के बीच से गाड़ी निकाली और मुख्य सड़क की तरफ़ चल दिया।

"अब," उसने ज़ोर देकर कहा, "तुम्हारी बारी है।"

9

अनुमान

"क्या मैं बस एक और सवाल पूछ सकती हूँ?" मैंने आग्रह किया, जब एडवर्ड ने शांत सड़क पर बहुत जल्दी एक्सीलरेटर दबा दिया। ऐसा लग रहा था कि वह सड़क पर ध्यान ही नहीं दे रहा था।

उसने आह भरी।

"सिर्फ़ एक," वह मान गया। उसके होंठों ने दबकर एक सावधान लकीर बना ली।

"देखो... तुमने कहा था कि तुम्हें पता था कि मैं बुकस्टोर में नहीं गई थी, बल्कि दक्षिण में गई थी। मैं सिर्फ़ यह सोच रही थी कि यह तुम्हें कैसे पता चला।"

उसने जान-बूझकर दूर देखा।

"मुझे लग रहा था कि हम सारे दुराव-छिपाव के पार आ चुके हैं," मैंने असंतोष दिखाया।

वह लगभग मुस्कराया।

"तो फिर ठीक है। मैंने तुम्हारी ख़ुशबू का पीछा किया था।" वह सड़क को देखता रहा, जिससे मुझे अपना चेहरा शांत करने का समय मिल गया। मैं इस पर कोई अच्छी प्रतिक्रिया नहीं सोच पाई, लेकिन मैंने इसे भावी अध्ययन के लिए सावधानी से फ़ाइल कर लिया। मैंने दोबारा ध्यान केंद्रित करने की कोशिश की। मैं उससे सवाल पूछना बंद नहीं करना चाहती थी, जब वह आख़िरकार चीज़ों को स्पष्ट कर रहा था।

"तुमने मेरे पहले सवाल का जवाब भी नहीं दिया था..." मैंने टोका।

उसने नापसंदगी से मुझे देखा। "कौन सा सवाल?"

"यह कैसे काम करती है - दिमाग़ पढ़ने वाली चीज़? क्या तुम किसी के भी दिमाग़ को पढ़ सकते हो, कहीं पर भी? तुम ऐसा कैसे कर लेते हो? क्या तुम्हारा बाक़ी का परिवार...?" मैंने मूर्खतापूर्ण महसूस किया कि मैं कल्पना पर स्पष्टीकरण माँग रही हूँ।

"ये तो एक से ज़्यादा सवाल हैं," उसने इशारा किया। मैंने सिर्फ़ अपनी अँगुलियाँ गुँथीं और उसे निहारते हुए इंतज़ार करने लगी।

"नहीं, सिर्फ़ मैं ही ऐसा कर सकता हूँ, लेकिन मैं किसी को भी कहीं पर भी नहीं सुन सकता। मुझे उसके काफ़ी क़रीब रहना होता है। किसी की 'आवाज़' जितनी ज़्यादा जानी-पहचानी होती है, मैं उसके विचारों को उतनी ही ज़्यादा दूर तक सुन सकता हूँ, लेकिन फिर भी कुछ मील से ज़्यादा नहीं।" वह विचारपूर्वक ठहरा। "यह कुछ हद तक वैसा है, जैसे आप लोगों से भरे किसी बड़े हॉल में हों, जहाँ हर कोई एक साथ बात कर रहा हो। यह बस पृष्ठभूमि में आवाज़ों की गूँज जैसी होती है। जब तक कि मैं किसी एक आवाज़ पर ध्यान केंद्रित न करूँ और वह भी तब, जब वह स्पष्ट सोच रहा हो।

"ज़्यादातर समय मैं इन आवाज़ों को न सुनने की कोशिश करता हूँ - इससे ध्यान बहुत भटक सकता है। इसके अलावा, तब *सामान्य* दिखना भी ज़्यादा आसान होता है" - उसने यह शब्द कहते समय त्योरी चढ़ाई - "वरना यह भी हो सकता है कि मैं संयोग से किसी के शब्दों के बजाय उसके विचारों का जवाब देने लगूँ।"

"तुम्हारे हिसाब से तुम मुझे क्यों नहीं सुन सकते?" मैंने जिज्ञासा से पूछा।

उसने मेरी तरफ़ देखा; उसकी आँखें रहस्यमय थीं।

"मैं नहीं जानता," वह बुदबुदाया। "मेरा इकलौता अंदाज़ा यह है कि शायद तुम्हारा दिमाग़ उस तरह काम नहीं करता, जिस तरह बाक़ी लोगों का करता है। जैसे तुम्हारे विचार एएम फ्रीक्वेंसी पर हों और मैं सिर्फ़ एफ़एम फ्रीक्वेंसी ही पकड़ सकता हूँ।" वह अचानक ख़ुश होकर दाँत दिखाने लगा।

"इसका मतलब मेरा दिमाग़ सही तरह से काम नहीं करता है? मैं खिसकी हुई हूँ?" इन शब्दों से मुझे इतनी ज़्यादा उलझन हुई, जितनी नहीं होनी चाहिए थी - शायद इसलिए, क्योंकि उसके अनुमान का तीर सही जगह पर लगा था। मुझे इस बात का शक हमेशा से था, लेकिन इसकी पुष्टि से मैं लज्जित हो गई।

"आवाज़ें अपने दिमाग़ में मैं सुनता हूँ और तुम चिंता कर रही हो कि *खिसकी* हुई तुम हो," वह हँसा। "चिंता मत करो; यह सिर्फ़ एक अनुमान है..." उसका चेहरा कस गया। "जिससे अब हम तुम पर आते हैं।"

मैंने आह भरी। कहाँ से शुरू करूँ?

"अब हम सारे दुराव-छिपाव के पार आ गए हैं," उसने मुझे हौले से याद दिलाया।

मैंने पहली बार उसके चेहरे से दूर देखा और शब्द खोजने लगी। मैंने स्पीडोमीटर पर नज़र डाली।

"ओह यह क्या?" मैं चिल्लाई। "गाड़ी धीमी करो!"

"तुम सौ मील प्रति घंटे की रफ़्तार से जा रहे हो!" मैं अब भी चिल्ला रही थी। मैंने खिड़की के बाहर दहशत भरी निगाह डाली, लेकिन अँधेरे में ज़्यादा कुछ नहीं दिखा। सड़क सिर्फ़ हेडलाइट्स की नीली चमक के लंबे टुकड़े में ही दिख रही थी। सड़क के दोनों सिरों का जंगल काली दीवार जैसा था - और अगर हम इस गति से उससे टकराएँ, तो स्टील की दीवार जितना कठोर।

"आराम से, बेला।" उसने अपनी आँखें घुमाईं, लेकिन गति कम नहीं की।

"क्या तुम हमारी जान लेने की कोशिश कर रहे हो?" मैंने माँग की।

"हमारी टक्कर नहीं होगी।"

मैंने अपनी आवाज़ को धीमा करने की कोशिश की। "तुम इतनी जल्दी में क्यों हो?"

"मैं हमेशा ऐसे ही कार चलाता हूँ।" वह मेरी तरफ़ मुड़कर वक्र अंदाज़ में मुस्कराया।

"अपनी निगाह सड़क पर रखो!"

"मेरी कभी दुर्घटना नहीं हुई है, बेला - कभी फ़ाइन तक नहीं हुआ है।" वह मुस्कराया और उसने अपने माथे को ठोंका। "अंदरूनी राडार डिटेक्टर।"

"बहुत मज़ेदार।" मैं गुस्सा करने लगी। "याद है, चार्ली सिपाही है? मैं ट्रैफ़िक के नियमों का पालन करना सीखते-सीखते बड़ी हुई हूँ। इसके अलावा, अगर तुम गाड़ी किसी पेड़ के तने से भिड़ा दोगे, तो तुम तो शायद धूल झाड़कर चल सकते हो।"

"शायद," वह छोटी, कठोर हँसी हँसते हुए सहमत हुआ। "लेकिन तुम नहीं चल सकतीं।" उसने आह भरी और मैंने राहत के साथ काँटे को धीरे-धीरे अस्सी की तरफ़ आते देखा। "अब तो ख़ुश?"

"लगभग।"

"मुझे धीमे कार चलाने से नफ़रत है," वह बुदबुदाया।

"यह धीमी है?"

"मेरी ड्राइविंग के बारे में काफ़ी बातें हो गईं," उसने गुस्से से कहा। "मैं अब भी तुम्हारे नवीनतम अनुमान का इंतज़ार कर रहा हूँ।"

मैंने अपना होंठ काट लिया। उसने मेरी तरफ़ नीचे देखा। उसकी शहद जैसी आँखें अप्रत्याशित रूप से नरम थीं।

"मैं हँसूँगा नहीं," उसने वादा किया।

"मुझे तुम्हारे नाराज़ होने का ज़्यादा डर है।"

"क्या यह इतना बुरा है?"

"हाँ, यह काफ़ी बुरा है।"

वह इंतज़ार करता रहा। मैं अपने हाथों को नीचे देख रही थी, इसलिए उसके चेहरे का भाव नहीं देख पाई।

"बोलो भी!" उसकी आवाज़ शांत थी।

"मैं नहीं जानती कि कहाँ से शुरू करूँ," मैंने स्वीकार किया।

"तुम शुरू से ऐसा क्यों नहीं करतीं... तुमने बताया था कि तुमने यह अपने दम पर नहीं सोचा है।"

"सो तो है।"

"तो तुम्हारी शुरुआत कहाँ से हुई - किताब से? फ़िल्म से?" उसने तहक़ीक़ात की।

"नहीं - यह शनिवार की बात है, समुद्र तट पर।" मैंने उसके चेहरे की एक झलक देखने का जोखिम लिया। वह हैरान दिख रहा था।

"मुझे परिवार का एक पुराना मित्र संयोग से मिल गया - जैकब ब्लैक।" मैंने कहा। "जब मैं बहुत छोटी थी, तभी से उसके डैडी और चार्ली दोस्त हैं।"

वह अब भी उलझा हुआ लग रहा था।

"उसके डैडी क्यूलेट्स के मुखियाओं में से एक हैं।" मैंने उसे सावधानी से देखा। अब उसका उलझा हुआ भाव जम सा गया था। "हम टहलने लगे" - मैंने अपने सारे षड्यंत्रों का ज़िक्र करना मुनासिब नहीं समझा - "और वह मुझे कुछ पुरानी दंतकथाएँ सुनाने लगा - मुझे लगता है, वह मुझे डराने की कोशिश कर रहा था। उसने मुझे एक कहानी सुनाई..." मैं झिझकी।

"आगे बोलो," उसने कहा।

"वैम्पायर्स के बारे में।" मुझे अहसास हुआ कि मैं फुसफुसा रही थी। अब मैं उसका चेहरा नहीं देख सकती थी, लेकिन मैंने स्टियरिंग व्हील पर उसकी अँगुलियों को कसते हुए देखा।

"और तुमने तुरंत मेरे बारे में सोच लिया?" अब भी शांत।

"नहीं। उसने... तुम्हारे परिवार का ज़िक्र किया था।"

वह ख़ामोशी से सड़क को घूर रहा था।

मैं अचानक चिंता करने लगी, मुझे जैकब को सुरक्षित बचाना होगा।

"वह इसे मूर्खतापूर्ण अंधविश्वास मानता है," मैंने जल्दी से आगे जोड़ दिया। "उसे उम्मीद नहीं थी कि मैं इसका कुछ मतलब निकालूँगी।" मैं जानती थी कि यह काफ़ी नहीं लग रहा था। "दरअसल सारी ग़लती मेरी थी। मैंने ही उसे यह सब मुझे बताने के लिए मजबूर किया था।"

"क्यों?"

"लॉरेन ने तुम्हारा ज़िक्र किया था - वह मुझे उत्तेजित करने की कोशिश कर रही थी। तभी कुनबे का एक बड़ा लड़का बोला कि तुम्हारा परिवार रिज़र्वेशन पर नहीं आता, हालाँकि उसके लहज़े से अलग मतलब निकल रहा था। इसलिए मैंने जैकब को अकेले पकड़ा और चालाकी से उससे कहानी उगलवा ली," मैंने सिर लटकाते हुए स्वीकार किया।

उसने हँसकर मुझे चौंका दिया। मैं गुस्से से उसे घूरने लगी। वह हँस रहा था, लेकिन उसकी आँखें तप रही थीं और आगे घूर रही थीं।

"किस तरह की चालाकी?" उसने पूछा।

"मैंने फ़्लर्ट करने की कोशिश की - यह मेरी उम्मीद से ज़्यादा सफल रहा।" यह बताते समय मेरे लहज़े में अविश्वास भरा था।

"मुझे वह देखना अच्छा लगता।" वह दबी हँसी हँसने लगा। "और तुम मुझ पर लोगों को मंत्रमुग्ध करने का आरोप लगाती हो - बेचारा जैकब ब्लैक।"

मेरा चेहरा लाल हो गया और मैंने रात के अँधेरे में खिड़की से बाहर देखा।

"फिर तुमने क्या किया?" उसने एक मिनट बाद पूछा।

"फिर मैंने इंटरनेट पर थोड़ी छानबीन की।"

"और क्या उससे तुम्हें विश्वास हुआ?" उसकी आवाज़ में रुचि का पुट बहुत कम था, लेकिन उसके हाथों ने स्टियरिंग व्हील को बहुत कसकर जकड़ रखा था।

"नहीं। कोई चीज़ फ़िट नहीं हुई। ज़्यादातर बातें तो बेसिरपैर की थीं। और फिर..." मैं रुक गई।

"क्या?"

"मैंने निर्णय लिया कि यह मायने नहीं रखता था," मैं फुसफुसाई।

"यह *मायने* नहीं रखता था?" उसका लहज़ा सुनकर मैंने ऊपर देखा - मैंने आख़िरकार उसके सावधानी से ओढ़े हुए शांत नक़ाब को तोड़ दिया था। उसके चेहरे पर अविश्वास था, क्रोध का बस हल्का सा अंश था, जिससे मैं डर रही थी।

"नहीं," मैंने हौले से कहा। "मेरे लिए यह मायने नहीं रखता कि तुम क्या हो।"

उसकी आवाज़ सख़्त और उपहासपूर्ण हो गई। "तुम्हें फ़र्क़ नहीं पड़ता, अगर मैं दरिंदा हूँ? अगर मैं *इंसान* नहीं हूँ?"

"नहीं।"

वह ख़ामोशी में दोबारा आगे घूरने लगा। उसका चेहरा ठंडा था।

"तुम गुस्सा हो," मैंने आह भरी। "मुझे तुम्हें कुछ नहीं बताना चाहिए था।"

"नहीं," वह बोला, लेकिन उसका लहज़ा उसके चेहरे जितना ही सख़्त था। "मैं यह जानना चाहता हूँ कि तुम क्या सोच रही हो – भले ही तुम जो सोच रही हो, वह सरासर पागलपन हो।"

"तो मैं एक बार फिर ग़लत हूँ?" मैंने चुनौती दी।

"मैं उसका ज़िक्र नहीं कर रहा हूँ। 'यह मायने नहीं रखता!'" उसने मेरी बात दोहराई और अपने दाँत इकट्ठे भींच लिए।

"मैं सही हूँ?" मैंने हाँफते हुए बोला।

"क्या यह *मायने* रखता है?"

मैंने एक गहरी साँस ली।

"दरअसल नहीं," मैं ठहरी। "लेकिन *मेरे मन* में जिज्ञासा है।" कम से कम मेरी आवाज़ शांत थी।

उसने अचानक अनिच्छा छोड़ दी और यथास्थिति को स्वीकार कर लिया। "तुम्हें किस बारे में जिज्ञासा है?"

"तुम कितने साल के हो?"

"सत्रह।" उसने तुरंत जवाब दिया।

"और तुम कितने समय से सत्रह के हो?"

उसके होंठ थरथराए, जब उसने सड़क को घूरा। "कुछ समय से," उसने आख़िरकार स्वीकार किया।

"ठीक है।" मैं मुस्कराई और इस बात पर ख़ुश थी कि वह मुझे सच बताने लगा है। उसने सतर्क निगाहों से मुझे देखा, जैसे उसने पहले देखा था, जब उसे यह चिंता थी कि मैं सदमे में चली जाऊँगी। मैं प्रोत्साहन में खुलकर मुस्कराई, जिस पर उसने त्योरी चढ़ा ली।

"हँसना मत – लेकिन तुम दिन में बाहर कैसे आ सकते हो?"

वह फिर भी हँसा। "मिथक।"

"सूरज से जल जाते हो?"

"मिथक।"

"ताबूतों में सोते हो?"

"मिथक।" वह पल भर के लिए झिझका और फिर उसने एक अलग लहज़े में कहा, "मैं सो नहीं सकता।"

मुझे इसे जज़्ब करने में एक मिनट का समय लगा। "बिलकुल भी नहीं?"

"कभी नहीं," उसने कहा और उसकी आवाज़ इतनी धीमी थी कि मुश्किल से सुनाई दे रही थी। वह उदास भाव से मुझे देखने के लिए मुड़ा। उसकी सुनहरी आँखें मेरी आँखों से मिलीं और मेरे विचारों का सिलसिला न जाने कहाँ चला गया। मैं उसकी ओर निहारती रही, जब तक कि वह दूर नहीं देखने लगा।

"तुमने मुझसे सबसे महत्त्वपूर्ण सवाल तो अब तक पूछा ही नहीं।" उसकी आवाज़ अब सख़्त थी और जब उसने दोबारा मुझे देखा, तो उसकी आँखें ठंडी थीं।

मैंने स्तब्ध होकर आँखें झपकाईं। "कौन सा?"

"तुम्हें मेरी डाइट की परवाह नहीं है?" उसने ताना मारते हुए पूछा।

"ओह," मैं बुदबुदाई। "वह।"

"हाँ, वह।" उसकी आवाज़ स्याह थी। "क्या तुम यह नहीं जानना चाहतीं कि मैं ख़ून पीता हूँ या नहीं?"

मेरे चेहरे पर दर्द से शिकन आ गई। "देखो, जैकब ने इस बारे में कुछ कहा तो था।"

"जैकब ने इस बारे में क्या कहा था?" उसने सपाट अंदाज़ में पूछा।

"उसने कहा था कि तुम... इंसानों का शिकार नहीं करते। उसने कहा था कि तुम्हारे परिवार को ख़तरनाक नहीं मानना चाहिए, क्योंकि तुम लोग सिर्फ़ जानवरों का शिकार करते हो।"

"उसने कहा था कि हम ख़तरनाक नहीं हैं?" उसकी आवाज़ में गहरा संदेह था।

"ऐसा तो नहीं। उसने कहा था कि तुम्हें ख़तरनाक नहीं *मानना* चाहिए, लेकिन क्यूलेट्स के लोग फिर भी एहतियात के तौर पर तुम लोगों को अपनी ज़मीन पर नहीं आने देना चाहते।"

उसने आगे देखा, लेकिन मैं नहीं जानती थी कि वह सड़क को देख रहा है या नहीं।

"तो क्या वह सही था? लोगों का शिकार न करने के बारे में?" मैंने अपनी आवाज़ यथासंभव सपाट रखी।

"क्यूलेट्स लोगों की याददाश्त अच्छी है," वह फुसफुसाया।

मैंने इसे पुष्टि के रूप में लिया।

"वैसे इस बात से तुम लापरवाह मत हो जाना," उसने मुझे चेतावनी दी। "वे लोग सही हैं, जो हमसे दूरी बनाकर रखते हैं। हम अब भी ख़तरनाक हैं।"

"मैं समझी नहीं।"

"हम कोशिश करते हैं," उसने धीरे-धीरे स्पष्ट किया। "हम जो करते हैं, उसमें आम तौर पर बहुत अच्छे होते हैं, लेकिन कई बार हमसे भी ग़लतियाँ हो जाती हैं। मिसाल के तौर पर, मैं भी तुम्हारे साथ अकेले रहकर ग़लती कर रहा हूँ।"

"यह ग़लती है?" मैंने अपनी आवाज़ में दुख सुना, लेकिन मैं नहीं जानती थी कि क्या यह उसे भी सुनाई दिया होगा।

"बहुत ही ख़तरनाक," वह बुदबुदाया।

फिर हम दोनों ख़ामोश हो गए। जब हेडलाइट सड़क के मोड़ के साथ मुड़ीं, तो मैंने देखा कि वे बहुत तेज़ी से चल रही थीं। यह वास्तविकता के बजाय वीडियो गेम जैसा लग रहा था। मैं जागरूक थी कि हमारे नीचे काली सड़क के गुज़रने के साथ ही समय भी तेज़ी से फिसलता जा रहा था और मैं इस बात से बहुत डर रही थी कि मुझे उसके साथ इस तरह रहने का मौक़ा दोबारा कभी नहीं मिलेगा - पूरी तरह खुली अंतरंगता, जिसमें हमारे बीच की सारी दीवारें ढह जाएँ। उसके शब्दों में अंत का संकेत छिपा था और मैं यह सोचकर ही घबरा जाती थी। मैं उसके साथ का एक भी मिनट बर्बाद नहीं कर सकती थी।

"मुझे और बताओ," मैंने हताशा में पूछा। मुझे इस बात की परवाह नहीं थी कि वह क्या कहता है, मैं तो बस उसकी आवाज़ दोबारा सुनना चाहती थी।

उसने मेरी तरफ़ जल्दी से देखा और मेरे बदले हुए लहज़े से हैरान दिखा। "तुम और क्या जानना चाहती हो?"

"मुझे बताओ कि तुम इंसानों के बजाय जानवरों का शिकार क्यों करते हो," मैंने सुझाव दिया। मेरी आवाज़ में अब भी मायूसी भरी थी। मुझे अहसास हुआ कि मेरी आँखें गीली थीं और मैं उस दुख के ख़िलाफ़ लड़ी, जो मुझ पर हावी होने की कोशिश कर रहा था।

"मैं दरिंदा नहीं बनना *चाहता*।" उसकी आवाज़ बहुत धीमी थी।

"लेकिन क्या जानवर काफ़ी नहीं हैं?"

वह रुका। "ज़ाहिर है, मैं पक्का नहीं कह सकता, लेकिन हम इसकी तुलना टोफू और सोया मिल्क पर गुज़ारा करने से करते हैं। हम ख़ुद को शाकाहारी कहते हैं, हमारा आपस में करने वाला मज़ाक़। इससे हमारी भूख - या ज़्यादा सच्चाई से कहा जाए तो प्यास - पूरी तरह तो शांत नहीं होती है, लेकिन इससे हमें इतनी शक्ति मिल जाती है कि हम प्रतिरोध कर सकें। ज़्यादातर समय।" उसका लहज़ा उदास हो गया। "कई बार यह बाक़ी समय से ज़्यादा मुश्किल हो जाता है।"

"क्या यह इस समय तुम्हारे लिए बहुत मुश्किल है?" मैंने पूछा।

उसने आह भरी। "हाँ।"

"लेकिन तुम अभी भूखे नहीं हो," मैंने विश्वास के साथ कहा - पूछा नहीं, बल्कि बताया।

"तुम ऐसा क्यों सोचती हो?"

"तुम्हारी आँखें। मैंने तुम्हें बताया था ना कि मेरा एक अनुमान है। मैंने ग़ौर किया है कि लोग - ख़ास तौर पर पुरुष - भूखे होने पर ज़्यादा चिड़चिड़े होते हैं।"

वह मुँह दबाकर हँसा। "तुम भाँपने में माहिर हो, है ना?"

मैंने जवाब नहीं दिया। मैंने तो बस उसकी हँसी की आवाज़ सुनी और इसे स्मृति के ख़ज़ाने में डाल दिया।

जब दोबारा शांति छा गई, तो मैंने पूछा, "क्या तुम इस वीकएंड पर एमथ के साथ शिकार पर गए थे?"

"हाँ।" वह एक पल के लिए ठहरा, मानो यह तय कर रहा हो कि कोई चीज़ कहे या न कहे। "मैं जाना तो नहीं चाहता था, लेकिन यह ज़रूरी था। जब मैं प्यासा नहीं होता हूँ, तो तुम्हारे आस-पास रहना थोड़ा ज़्यादा आसान होता है।"

"तुम जाना क्यों नहीं चाहते थे?"

"तुमसे दूर रहने पर मैं... तनाव में आ जाता हूँ।" उसकी आँखें कोमल लेकिन प्रचंड थीं। "मैं मज़ाक़ नहीं कर रहा था, जब मैंने तुमसे पिछले गुरुवार को कहा था कि तुम समुद्र में गिर मत जाना या कार के नीचे मत आ जाना। मेरा ध्यान पूरे वीकएंड में भटकता रहा था और मैं तुम्हारे बारे में चिंता करता रहा था। और आज रात को जो हुआ, उससे मैं हैरान हूँ कि तुमने वह पूरा वीकएंड सही-सलामत, बिना खरोंच के कैसे गुज़ार लिया।" उसने अपना सिर हिलाया, और फिर उसे कोई चीज़ याद आई। "नहीं, बिना खरोंच के तो नहीं।"

"क्या?"

"तुम्हारे हाथ," उसने मुझे याद दिलाया। मैंने अपनी हथेलियों को देखा, मेरे हाथों की हथेलियों पर बहुत सारी खरोंचें थी। उसकी आँखों से कुछ नहीं छिपता था।

"मैं गिर गई थी," मैंने आह भरते हुए कहा।

"मुझे भी यही लगा था।" उसके होंठ कोनों पर मुड़ गए। "मुझे लगता है कि तुम जैसी ख़तरे की खिलाड़ी के साथ इससे भी ज़्यादा बुरा हो सकता था - और इस आशंका ने मुझे पूरे समय यातना दी, जब मैं तुमसे दूर था। तीन दिन बहुत लंबे लग रहे थे। मैंने सचमुच एमथ को परेशान कर दिया था।" वह मेरी तरफ़ देखकर उदासी से मुस्कराया।

"तीन दिन? क्या तुम आज अभी-अभी नहीं लौटे हो?"

"नहीं, हम रविवार को वापस आ गए थे।"

"तो फिर तुम में से कोई भी स्कूल क्यों नहीं आया?" मैं कुंठित थी, लगभग नाराज़ भी, जब मैंने सोचा कि उसके न आने की वजह से मैं कितनी निराश थी।

"देखो, तुमने पूछा था कि क्या सूरज मुझे चोट पहुँचाता है। जवाब है कि यह नहीं पहुँचाता, लेकिन मैं धूप में बाहर नहीं निकल सकता - कम से कम वहाँ तो नहीं, जहाँ कोई देख सकता हो।"

"क्यों?"

"मैं तुम्हें किसी दिन दिखाऊँगा," उसने वादा किया।

मैंने इसके बारे में एक पल सोचा।

"तुम मुझे फ़ोन कर सकते थे," मैंने तर्क दिया।

वह चकरा गया। "लेकिन मैं जानता था कि तुम सुरक्षित हो।"

"लेकिन मैं तो नहीं जानती थी कि *तुम कहाँ* थे। मैं-" मैंने झिझकते हुए अपनी आँखें झुका लीं।

"क्या?" उसकी मख़मली आवाज़ सम्मोहक थी।

"मुझे पसंद नहीं आया। तुम्हें न देखना। इससे मुझे भी चिंता हो जाती है।" मैं इस बात को ज़ोर से बोलने पर शर्म से लाल हो गई।

वह शांत था। मैंने सहमकर ऊपर देखा कि उसके चेहरे पर दर्द का भाव था।

"आह," वह धीरे से कराहा। "यह ग़लत है।"

मैं उसकी प्रतिक्रिया को समझ नहीं पाई। "मैंने क्या कहा?"

"क्या तुम देख नहीं रही हो, बेला। मेरे लिए यह एक बात है कि मैं ख़ुद को दुखी बनाऊँ, लेकिन यह बिलकुल दूसरी चीज़ है कि तुम भी शामिल हो जाओ।" उसने अपनी दर्द भरी आँखें सड़क पर रखीं और उसके शब्द इतनी तेज़ी से बह रहे थे कि समझना मुश्किल हो रहा था। "मैं यह नहीं सुनना चाहता था कि तुम ऐसा महसूस करती हो।" उसकी आवाज़ धीमी, लेकिन व्यग्र थी। उसके शब्द चाकू की तरह लगे। "यह ग़लत है। यह सुरक्षित नहीं है। मैं ख़तरनाक हूँ, बेला - प्लीज़ इसे समझ लो।"

"नहीं।" मैंने बहुत कोशिश की कि रूठे बच्चे की तरह न दिखूँ।

"मैं गंभीर हूँ," वह गुर्राया।

"मैं भी हूँ। मैंने तुम्हें बताया था ना, यह मायने नहीं रखता कि तुम क्या हो। अब बहुत देर हो चुकी है।"

उसकी आवाज़ कोड़े जैसी थी, धीमी और कठोर। "यह बात कभी मत कहना।"

मैंने अपना होंठ काट लिया और इस बात पर ख़ुश थी कि उसे यह पता नहीं चल सकता कि इससे कितनी चोट पहुँची है। मैंने सड़क को घूरा। हम अब क़रीब होंगे। वह बहुत तेज़ चला रहा था।

"तुम क्या सोच रही हो?" उसने पूछा, उसकी आवाज़ अब भी ठंडी थी। मैंने सिर्फ़ अपना सिर हिला दिया। मुझे पक्का नहीं था कि मैं बोल

सकती हूँ। मैं अब भी अपने चेहरे पर उसकी निगाह महसूस कर सकती थी, लेकिन मैंने अपनी आँखें सामने रखीं।

"क्या तुम रो रही हो?" वह डर गया। मुझे पता ही नहीं चला था कि मेरी आँखों की नमी छलक गई थी। मैंने जल्दी से गाल पर हाथ फेरा, सचमुच गद्दार आँसू वहाँ थे और मेरे जज़्बातों को उजागर कर रहे थे।

"नहीं," मैंने कहा, लेकिन मेरी आवाज़ लरज़ रही थी।

मैंने देखा कि उसने झिझकते हुए अपना दायाँ हाथ मेरी तरफ़ बढ़ाया, लेकिन फिर रुक गया और इसे धीरे-धीरे दोबारा स्टियरिंग व्हील पर रख लिया।

"मुझे अफ़सोस है।" उसकी आवाज़ अफ़सोस से जल रही थी। मैं जानती थी कि वह सिर्फ़ उन शब्दों के लिए ही क्षमा नहीं माँग रहा था, जिनसे मैं विचलित हुई थी।

अँधेरा ख़ामोशी में हमारे पास से गुज़रता रहा।

"मुझे कुछ बताओ," उसने एक मिनट बाद पूछा और मैं सुन सकती थी कि वह ज़्यादा हल्के लहज़े में बोलने की कोशिश कर रहा था।

"हाँ?"

"मेरे आने से पहले तुम आज रात क्या सोच रही थीं? मैं तुम्हारे चेहरे के भाव को नहीं समझ पाया - तुम उतनी डरी हुई नहीं दिख रही थीं, तुम तो ऐसे दिख रही थीं, जैसे किसी चीज़ पर बहुत ज़्यादा केंद्रित हो।"

"मैं यह याद करने की कोशिश कर रही थी कि हमलावर को कैसे बेबस करना है - जानते हो, आत्मरक्षा। मैं उसकी नाक को उसके सिर में घुसाने का तरीक़ा सोच रही थी।" मैंने नफ़रत के सैलाब के साथ काले बालों वाले आदमी के बारे में सोचा।

"तुम उनसे लड़ने वाली थीं?" इससे वह परेशान हो गया। "तुमने भागने के बारे में नहीं सोचा?"

"जब मैं दौड़ती हूँ, तो बहुत गिर जाती हूँ," मैंने स्वीकार किया।

"मदद के लिए चिल्लाने के बारे में क्या?"

"मैं उस हिस्से पर आने वाली थी।"

उसने अपना सिर हिलाया। "तुमने सही कहा था - मैं निश्चित रूप से तुम्हें ज़िंदा रखने के लिए क़िस्मत से लड़ रहा हूँ।"

मैंने आह भरी। हमारी रफ़्तार कम हो रही थी और अब हम फ़ोर्क्स की सीमाओं में दाख़िल हो रहे थे। इसमें बीस मिनट से भी कम समय लगा था।

"क्या तुम कल नज़र आओगे?" मैंने माँग की।

"हाँ - मुझे एक निबंध भी जमा करना है।" वह मुस्कराया। "मैं लंच में तुम्हारे लिए सीट रोक लूँगा।"

आज रात हमारे बीच जो कुछ भी हुआ था, उसके बाद यह मूर्खतापूर्ण था कि यह छोटा-सा वादा ही सुनकर मेरे पेट में तितलियाँ उड़ने लगीं और मैं बोलने की हालत में नहीं रही।

हम चार्ली के घर के सामने पहुँच गए थे। बत्तियाँ जल रही थीं, मेरा ट्रक अपनी जगह पर था और हर चीज़ पूरी तरह सामान्य दिख रही थी। यह किसी सपने से जागने जैसा था। उसने कार रोक दी, लेकिन मैं नहीं हिली।

"क्या तुम कल आने का *वादा* करते हो?"

"मैं वादा करता हूँ।"

मैंने इस पर सोचा और फिर सिर हिला दिया। मैंने आख़िरी बार सूँघते हुए उसकी जैकेट उतारी।

"तुम इसे रख सकती हो - तुम्हारे पास कल के लिए जैकेट नहीं है," उसने मुझे याद दिलाया।

मैंने यह उसे थमा दी। "मैं चार्ली को पूरी बात नहीं बताना चाहती।"

"ओह, ठीक है।" उसने दाँत निकाले।

मैं झिझकी, मेरा हाथ दरवाज़े के हैंडल पर था और मैं पल को लंबा खींचने की कोशिश कर रही थी।

"बेला?" उसने एक अलग लहज़े में पूछा - गंभीर, लेकिन झिझकते हुए।

"हाँ?" मैं बहुत उत्सुकता से उसकी ओर मुड़ी।

"क्या तुम मुझसे किसी चीज़ का वादा करोगी?"

"हाँ," मैंने कहा और तुरंत ही हाँ कहने पर अफ़सोस करने लगी।

क्या हो, अगर वह यह कहे कि मैं उससे दूर रहूँ? मैं यह वादा तो नहीं कर सकती।

"जंगल में अकेले मत जाना।"

मैंने उलझन में उसे घूरा। "क्यों?"

उसकी त्योरी चढ़ गई और उसकी आँखें कसी हुई थीं, जब उसने खिड़की के बाहर मेरे आगे घूरा।

"मैं हमेशा वहाँ सबसे ख़तरनाक चीज़ नहीं हूँ। हम इस बात को यहीं पर छोड़ देते हैं।"

मैं उसकी सीधी आवाज़ से थोड़ी काँप गई, लेकिन मैंने राहत भी महसूस की। कम से कम यह एक आसान वादा था, जिसे मैं निभा सकती थी। "जो भी तुम कहो।"

"मैं कल तुमसे मिलूँगा," उसने आह भरकर कहा और मैं जानती थी कि अब वह चाहता था कि मैं जाऊँ।

"तो फिर कल।" मैंने अनिच्छा से दरवाज़ा खोला।

"बेला?" मैं मुड़ी और वह मेरी ओर झुक रहा था, उसका पीला, सुंदर चेहरा मुझसे कुछ इंच दूर था। मेरे दिल ने धड़कना बंद कर दिया।

"अच्छे से सोना," उसने कहा। उसकी साँस मेरे चेहरे पर पड़ी, जिससे मैं स्तब्ध हो गई। यह वही शानदार ख़ुशबू थी, जो उसकी जैकेट में भर गई थी, लेकिन ज़्यादा घनीभूत। मैंने पलकें मिचमिचाईं, मैं पूरी तरह स्तब्ध थी। वह पीछे हो गया।

मैं हिल नहीं सकती थी, जब तक कि मेरा दिमाग़ किसी तरह से ख़ुद को सुलझा न ले। फिर मैंने अजीब अंदाज़ में कार से बाहर क़दम रखा और मुझे दरवाज़े का सहारा लेना पड़ा। मुझे लगा कि वह दबी हँसी हँस रहा था, लेकिन आवाज़ इतनी धीमी थी कि मैं पक्का नहीं कह सकती थी।

उसने इंतज़ार किया, जब तक कि मैं सामने वाले दरवाज़े तक नहीं पहुँच गई, फिर मैंने इंजन को धीमे से चालू होते सुना। मैं सिल्वर कार को मोड़ पर ग़ायब होते देखने के लिए मुड़ी। अचानक मुझे बहुत ठंड का अहसास हुआ।

मैंने मशीनी अंदाज़ में चाबी निकाली, दरवाज़ा खोला और अंदर क़दम रखा।

चार्ली ने लिविंग रूम से कहा। "बेला?"

"हाँ डैड, मैं हूँ।" मैंने अंदर जाकर उन्हें देखा। वे बेसबॉल मैच देख रहे थे।

"तुम जल्दी घर आ गईं।"

"ऐसा क्या?" मैं हैरान थी।

"अभी तो आठ भी नहीं बजे हैं," उन्होंने मुझे बताया। "तुम लड़कियों को मज़ा आया?"

"हाँ - बहुत मज़ा आया।" मेरा सिर घूम रहा था, जब मैंने वह सब याद करने की कोशिश की, जो गर्ल्स नाइट आउट में हुआ था। "उन दोनों को ड्रेस मिल गई।"

"क्या तुम ठीक हो?"

"बस थक गई हूँ। मैं बहुत पैदल चली।"

"अच्छा, तो फिर तुम्हें आराम करना चाहिए।" वह चिंतित लग रहा था। मैं सोचने लगी, मेरा चेहरा न जाने कैसा दिख रहा होगा।

"पहले जेसिका को फ़ोन कर दूँ।"

"तुम अभी-अभी तो उसके साथ आई हो!" उन्होंने हैरान होकर कहा।

"हाँ - पर मैं अपनी जैकेट उसकी कार में भूल गई। मैं चाहती हूँ कि वह कल इसे पक्के में ले आए।"

"देखो, उसे पहले घर तो पहुँचने दो।"

"ठीक है," मैं सहमत हुई।

मैं किचन तक गई और थकान के मारे कुर्सी में लुढ़क गई। मैं अब सचमुच भौंचक्की महसूस कर रही थी। मैंने सोचा कि क्या मैं आख़िरकार सदमे में जाने वाली हूँ। मैंने ख़ुद से कहा, अपने आपको सँभालो।

अचानक फ़ोन की घंटी बजी, जिससे मैं चौंक गई। मैंने इसे जल्दी से उठाया।

"हेलो?" मैंने हाँफते हुए पूछा।

"बेला?"

"हे, जेस। मैं अभी तुम्हें ही फ़ोन करने वाली थी।"

"तुम घर पहुँच गईं?" उसकी आवाज़ में राहत थी... और आश्चर्य भी।

"हाँ। मेरी जैकेट तुम्हारी कार में छूट गई है - तुम इसे कल ले आना?"

“पक्का। लेकिन बताओ तो सही, क्या-क्या हुआ!” उसने माँग की।

“ऊँ, कल - ट्रिगनोमेट्री में, ठीक?”

वह जल्दी से समझ गई। “ओह, तुम्हारे डैडी वहाँ पर हैं?”

“हाँ, सही कहा।”

“ठीक, मैं तुमसे कल बात करूँगी। बाय!” उसकी आवाज़ काफ़ी बेचैन लग रही थी।

“बाय, जेस।”

मैंने धीरे-धीरे सीढ़ियाँ चढ़ी और मेरे दिमाग़ पर जड़ता का एक भारी बादल छाने लगा था। मैंने सोने से पहले के सारे काम बेध्यानी से किए और इस तरफ़ ध्यान ही नहीं दिया कि मैं क्या कर रही हूँ। जब तक मैं शॉवर में नहीं गई - पानी बहुत गर्म था और मेरी त्वचा को जला रहा था - तब तक मुझे अहसास ही नहीं हुआ था कि मैं ठिठुर रही थी। मैं कुछ मिनट तक बुरी तरह काँपती रही, इसके बाद ही धुएँ की बौछार आख़िरकार मेरी सख़्त मांसपेशियों को शिथिल कर पाई, फिर मैं शॉवर में खड़ी हुई और मैं इतनी ज़्यादा थकी थी कि हिल नहीं सकती थी, जब तक कि गर्म पानी ख़त्म नहीं होने लगा।

मैंने बाहर निकलकर एक टॉवेल लपेटा और गर्म पानी से मिली गर्मी को रोके रखने की कोशिश की, ताकि कँपकँपी दोबारा न लौटे। मैंने फटाफट सोने के कपड़े पहने और अपनी रज़ाई के नीचे घुस गई। फिर मैं एक गेंद के आकार में मुड़ गई और गर्म रखने के लिए ख़ुद को बाँहों में भर लिया। फिर भी मैं कई बार काँपी।

मेरा दिमाग़ अब भी तेज़ी से घूम रहा था। इसमें ऐसी तसवीरें थीं, जो मुझे समझ में नहीं आ रही थीं और कुछ का मैं दमन करना चाहती थी। पहले तो कोई भी चीज़ स्पष्ट नहीं थी, लेकिन जब मैं धीरे-धीरे बेसुध होने के ज़्यादा क़रीब पहुँची, तो कुछ चीज़ें स्पष्ट हो गईं।

मैं तीन चीज़ें पूरे विश्वास से कह सकती थी। पहली, एडवर्ड एक वैम्पायर था। दूसरी, उसका एक ऐसा हिस्सा था - और मैं नहीं जानती थी कि वह हिस्सा कितना शक्तिशाली है - जो मेरे ख़ून का प्यासा था। और तीसरी, मैं बिना शर्त, बिना शक उससे प्रेम करती थी।

10

सवाल–जवाब

सुबह मेरे उस हिस्से के साथ बहस करना बहुत मुश्किल था, जो पिछली रात को सपना कह रहा था। न तो तर्क मेरी तरफ़ था, न ही सहज बोध। मैं उन हिस्सों से चिपकी रही, जिनकी मैं कल्पना नहीं कर सकती थी - जैसे उसकी ख़ुशबू। मुझे यक़ीन था कि मैं अपने दम पर उसका सपना कभी नहीं देख सकती थी।

मेरी खिड़की के बाहर कोहरा और अँधेरा था, जो आदर्श स्थिति थी। आज उसके पास स्कूल न आने का कोई कारण नहीं था। मेरे पास जैकेट नहीं है, यह याद रखते हुए मैंने अपने भारी कपड़े पहने। एक और सबूत कि मेरी स्मृति सच्ची थी।

जब मैं नीचे गई, तो चार्ली एक बार फिर जा चुके थे - मुझे उम्मीद से ज़्यादा देर हो रही थी। मैंने तीन कौर में ग्रेनोला बार निगली, कार्टन से सीधे जूस पिया और फिर फटाफट दरवाज़े से बाहर निकल गई। मैं उम्मीद कर रही थी कि जेसिका के मिलने तक बारिश रुकी रहेगी।

कोहरा घना था, हवा धुआँ-धुआँ थी। धुँध बर्फ़ जैसी ठंडी थी और यह मेरे चेहरे और गले की खुली त्वचा से चिपक रही थी। मैं अपने ट्रक में हीटर चलाने के लिए उतावली थी। कोहरा इतना घना था कि ड्राइववे में कुछ फुट दूर जाने के बाद ही मुझे अहसास हुआ कि इसमें एक कार खड़ी थी : सिल्वर कार। मेरा दिल उछल पड़ा और फिर दोगुनी गति से चलने लगा।

मैं यह नहीं देख पाई थी कि वह कहाँ से आया, लेकिन अचानक वह वहाँ पर था और मेरे लिए दरवाज़ा खोल रहा था।

"क्या तुम आज मेरे साथ चलना चाहती हो?" उसने पूछा और मेरे चेहरे का भाव देखकर हँस दिया, उसने मुझे एक बार फिर हैरान कर दिया था। उसकी आवाज़ में अनिश्चितता थी। वह दरअसल मुझे विकल्प दे रहा था – मैं इंकार करने के लिए स्वतंत्र थी और उसका एक हिस्सा इसकी उम्मीद भी कर रहा था। वैसे मेरे हिसाब से यह काफ़ी बकवास उम्मीद थी।

"हाँ, धन्यवाद," मैंने कहा और अपनी आवाज़ को शांत रखने की कोशिश की। गर्म कार में घुसने के बाद मैंने ग़ौर किया कि उसकी जैकेट पैसेंजर सीट के सिर टिकाने वाली जगह पर टँगी थी। दरवाज़ा मेरे पीछे बंद हुआ और उम्मीद से ज़्यादा जल्दी वह मेरे बग़ल में बैठकर कार चालू कर रहा था।

"मैं जैकेट तुम्हारे लिए लाया था। मैं नहीं चाहता हूँ कि तुम बीमार पड़ो।" उसकी आवाज़ सतर्क थी। मैंने ग़ौर किया कि वह ख़ुद जैकेट नहीं पहने था। वह तो बस लंबे आस्तीनों वाली एक हल्की भूरी वी-नेक शर्ट पहने था। एक बार फिर इसका कपड़ा उसकी आदर्श मांसपेशियों वाले सीने से चिपका हुआ था। सिर्फ़ उसके चेहरे के प्रबल आकर्षण की वजह से ही मेरी आँखें उसके शरीर से दूर रह पाईं।

"मैं इतनी नाज़ुक भी नहीं हूँ," मैंने कहा, लेकिन मैंने जैकेट को गोद में खींचा, अपनी बाँहें बहुत लंबी आस्तीनों में डालीं और मैं यह जानने के लिए बेताब थी कि क्या ख़ुशबू वाक़ई इसकी याद जितनी अच्छी थी। यह बेहतर निकली।

"नहीं हो क्या?" वह इतनी धीमी आवाज़ में बोला कि मुझे पक्का नहीं था कि वह यह बात मुझे सुनाना चाहता था।

हम कोहरे से ढँकी सड़कों से गुज़रे, हमेशा बहुत तेज़, अजीब महसूस करते हुए। कम से कम मैं तो थी। पिछली रात को सारी दीवारें गिर गई थीं... लगभग सारी। मुझे पता नहीं था कि क्या हम आज भी उतने ही स्पष्टवादी रहने वाले हैं। इससे मेरी ज़बान बंद हो गई। मैं उसके बोलने का इंतज़ार कर रही थी।

वह मेरी तरफ़ मुड़ा और हँसने लगा। "क्या हुआ, आज बीस सवाल नहीं हैं?"

"क्या मेरे प्रश्नों से तुम्हें दिक़्क़त होती है?" मैंने राहत में पूछा।

"नहीं, उतनी नहीं, जितनी तुम्हारी प्रतिक्रियाओं से होती है।" ऐसा लग रहा था कि वह मज़ाक़ कर रहा था, लेकिन मैं यह बात यक़ीन के साथ नहीं कह सकती थी।

मैंने त्योरी चढ़ा ली। "क्या मैं बुरे तरीक़े से प्रतिक्रिया करती हूँ?"

"नहीं, यही तो समस्या है। तुम हर चीज़ को बड़े सामान्य ढंग से लेती हो - यह सामान्य नहीं है। इससे मैं हैरान हो जाता हूँ कि तुम दरअसल क्या सोच रही हो।"

"मैं जो सचमुच सोच रही हूँ, वह मैं तुम्हें हमेशा बता देती हूँ।"

"तुम कुछ बातें छिपा लेती हो," उसने आरोप लगाया।

"ज़्यादा नहीं।"

"फिर भी इतनी कि मैं पगला जाता हूँ।"

"तुम इसे सुनना नहीं चाहते," मैं बुदबुदाई, लगभग फुसफुसाई। जैसे ही शब्द बाहर निकले, मुझे उन पर अफ़सोस हुआ। मेरी आवाज़ में दर्द बहुत धीमा था। मैं बस यही उम्मीद कर सकती थी कि उसने इस पर ग़ौर नहीं किया होगा।

उसने प्रतिक्रिया नहीं दी और मैंने सोचा कि क्या मैंने उसका मूड ख़राब कर दिया है। जब हम स्कूल के पार्किंग लॉट में घुसे, तो उसके चेहरे का भाव मुझे समझ नहीं आ रहा था। अचानक देर से ही सही एक चीज़ मेरे दिमाग़ में आई।

"तुम्हारा बाक़ी परिवार?" मैंने पूछा - उसके साथ अकेले रहने पर मैं बेहद ख़ुश थी, लेकिन मुझे याद आया कि उसकी कार आम तौर पर भरी रहती थी।

"वे रोज़ेली की कार में आए हैं।" उसने कंधे उचकाते हुए चमचमाती ओपन रेड कनवर्टिबल के बग़ल में कार खड़ी की। "भड़कीली है, है ना?"

"वाह," मैंने कहा। "अगर *उसके पास यह है*, तो फिर वह तुम्हारी कार में क्यों आती है?"

"जैसा मैंने कहा था, यह भड़कीली है। हम बाक़ी लोगों जैसे दिखने की *कोशिश* करते हैं।"

"तुम सफल नहीं होते हो।" मैं हँसी और कार से बाहर निकलते वक़्त अपना सिर हिलाया। अब मुझे देर नहीं हो रही थी। उसकी तूफ़ानी ड्राइविंग ने मुझे पर्याप्त समय रहते स्कूल पहुँचा दिया था। "अगर यह ज़्यादा ख़ास है, तो फिर आज रोज़ेली ड्राइव करके क्यों आई?"

"क्या तुमने ग़ौर नहीं किया? मैं अब *सारे* नियम तोड़ रहा हूँ।" वह कार के सामने मेरे बग़ल में बहुत क़रीब आ गया, जब हम कैंपस में चले। मैं उस थोड़ी सी दूरी को भी मिटा देना चाहती थी और हाथ बढ़ाकर उसे छूना चाहती थी, लेकिन मुझे डर था कि उसे मेरा ऐसा करना पसंद नहीं आएगा।

मैंने ज़ोर से पूछा, "अगर तुम सामान्य दिखना चाहते हो, तो तुम्हारे पास इस जैसी कारें क्यों हैं?"

"शौक़ है," उसने शरारती मुस्कान के साथ स्वीकार किया। "हम सभी तेज़ गाड़ी चलाना पसंद करते हैं।"

"समझ में आता है," मैं बहुत हौले से बुदबुदाई।

कैफ़ेटेरिया के छज्जे के नीचे जेसिका इंतज़ार कर रही थी और उसकी आँखें बाहर टपकने ही वाली थीं। भगवान उसका भला करे, मेरी जैकेट उसकी बाँह पर थी।

"हे जेसिका," मैंने कुछ फ़ुट दूर से कहा। "याद रखने के लिए धन्यवाद।" उसने बिना बोले मेरी जैकेट मुझे थमा दी।

"गुड मॉर्निंग, जेसिका," एडवर्ड ने विनम्रता से कहा। यह उसकी ग़लती नहीं थी कि उसकी आवाज़ इतनी सम्मोहक थी या उसकी आँखें इतनी जादुई थीं।

"ओह... हाय।" उसने आँखें फाड़कर मुझे देखा और अपने उलझे विचारों को इकट्ठा करने की कोशिश की। "तुमसे ट्रिगनोमेट्री में मिलूँगी।" उसने अर्थपूर्ण निगाह से मुझे देखा और मैंने एक आह दबा ली। मैं उसे क्या बताऊँगी?

"हाँ, तभी मिलते हैं।"

वह दूर चली गई और उसने अपने कंधे के ऊपर से दो बार पलटकर देखा।

"तुम उसे क्या बताने वाली हो?" एडवर्ड बुदबुदाया।

"अरे, मैं तो सोच रही थी कि तुम मेरा दिमाग़ नहीं पढ़ सकते!" मैंने फुफकारते हुए कहा।

"मैं नहीं पढ़ सकता," उसने चौंककर कहा, फिर वह समझ गया और उसकी आँखों में चमक आ गई। "लेकिन मैं उसका दिमाग़ पढ़ सकता हूँ - वह क्लास में तुम पर चढ़ाई करने के लिए उतावली है।"

मैंने दर्द भरी आवाज़ निकाली, जब मैंने उसकी जैकेट उतारकर उसे थमाई और अपनी ख़ुद की जैकेट पहनी। उसने इसे अपनी बाँह पर मोड़ लिया।

"तो तुम उसे क्या बताने वाली हो?"

"थोड़ी मदद करोगे?" मैंने आग्रह किया। "वह क्या जानना चाहती है?"

उसने अपना सिर हिलाया और दुष्टता से मुस्कराया। "यह न्यायपूर्ण नहीं है।"

"नहीं, तुम जो चीज़ जानते हो, वह मुझे नहीं बता रहे हो - यह *न्यायपूर्ण* नहीं है।"

चलते-चलते उसने पल भर के लिए सोचा। हम मेरी पहली क्लास के लिए दरवाज़े के बाहर रुके।

उसने आख़िरकार कहा, "वह यह जानना चाहती है कि क्या हम छुपकर डेट कर रहे हैं। और वह यह जानना चाहती है कि तुम मेरे बारे में कैसा महसूस करती हो।"

"ओह। मुझे क्या कहना चाहिए?" मैंने बहुत मासूम दिखने की कोशिश की। लोग अपनी क्लास में से जाते समय हमारे पास से गुज़र रहे थे, शायद घूर भी रहे थे, लेकिन मैं उनके बारे में न के बराबर जागरूक थी।

"हूँ।" वह बाल की एक भटकती हुई लट को पकड़ने के लिए ठहरा, जो हेयरबैंड से बचकर निकल भागी थी और उसे दोबारा सही जगह पर लपेट दिया। मेरा दिल बहुत तेज़ गति से शोर मचाने लगा। "मुझे लगता है कि तुम पहले वाली बात पर तो हाँ कह सकती हो... अगर तुम्हें दिक़्क़त न हो - यह किसी दूसरे स्पष्टीकरण से ज़्यादा आसान है।"

"मुझे दिक़्क़त नहीं है," मैंने धीमी आवाज़ में कहा।

"और जहाँ तक उसके दूसरे सवाल की बात है... देखो, मैं भी उसका जवाब सुनने के लिए सुन रहा होऊँगा।" उसके मुँह का एक हिस्सा मेरी प्रिय वक्र मुस्कान में खिंच गया। मैं अपनी साँस को इतनी जल्दी क़ाबू में नहीं कर पाई कि उसकी उस बात का जवाब दे सकूँ। वह मुड़ा और दूर चला गया।

"लंच में मिलते हैं," उसने अपने कंधे के ऊपर से कहा। दरवाज़े में घुसते तीन लोग रुककर मुझे घूरने लगे।

मैं जल्दी से क्लास में घुस गई। मुझे शर्म आ रही थी और मैं चिढ़ भी रही थी। वह बहुत बड़ा धोखेबाज़ था। अब मुझे और चिंता होने लगी थी कि मैं जेसिका से क्या कहूँगी। मैं अपनी सामान्य सीट पर बैठी और अपना बैग गुस्से में पटक दिया।

"मॉर्निंग, बेला," माइक ने मेरे बग़ल वाली सीट से कहा। मैंने नज़रें उठाईं और उसके चेहरे पर एक अजीब सा, लगभग निराशा का भाव दिखा। "पोर्ट एंजेलिस कैसा था?"

"यह..." इसे सारांश में बताने का कोई ईमानदार तरीक़ा नहीं था। "बेहतरीन था।" मैंने आख़िरकार कमज़ोर अंदाज़ में बात पूरी की। "जेसिका ने सचमुच सुंदर ड्रेस ख़रीदी।"

"क्या वह सोमवार रात के बारे में कुछ बोली?" उसने पूछा और उसकी आँखों में चमक थी। मैं मुस्कराई कि बातचीत किस तरह बदल गई थी।

"वह कह रही थी कि उसे बहुत मज़ा आया," मैंने उसे आश्वस्त किया।

"उसने ऐसा कहा?" उसने उत्सुकता से पूछा।

"बिलकुल।"

फिर मि. मैसन ने क्लास को व्यवस्थित किया और हमसे अपने पेपर्स जमा करने को कहा। अँग्रेज़ी और शासन की क्लासें एक झोंके में गुज़र गईं, जब मैं इस बारे में चिंता करती रही कि मैं जेसिका के सामने स्थिति कैसे स्पष्ट करूँगी। मैं इस वजह से भी परेशान थी कि मेरी बातें जेस के विचारों के माध्यम से एडवर्ड भी सुनेगा। उसकी यह प्रतिभा कितना परेशान कर सकती है – जब यह मेरी जान न बचा रही हो।

कोहरा दूसरी क्लास के आख़िर तक लगभग छँट गया था, लेकिन बाहर रोशनी काफ़ी कम थी, क्योंकि बादल काफ़ी नीचे मँडरा रहे थे। मैंने मुस्कराकर आसमान को देखा।

एडवर्ड ने सही कहा था। जब मैं ट्रिगनोमेट्री की क्लास में घुसी, तो जेसिका पीछे वाली क़तार में बैठी थी और बेताबी की वजह से वह अपनी सीट से उछल पड़ी। मैं अनिच्छा से उसकी बग़ल में बैठने गई और ख़ुद को यह विश्वास दिलाने की कोशिश की कि जितनी जल्दी यह ख़त्म हो जाए, उतना ही अच्छा है।

"मुझे हर चीज़ बताओ!" मेरे सीट पर पूरा बैठने से पहले ही उसने आदेश दिया।

"तुम क्या जानना चाहती हो?" मैं सकपकाने लगी।

"कल रात को क्या हुआ?"

"उसने मुझे डिनर कराया और फिर कार से घर छोड़ा।"

उसने गुस्से से मुझे घूरा, उसके चेहरे का भाव संदेह से सख़्त था। "वह तुम्हें इतनी जल्दी घर कैसे ले आया?"

"वह पागलों की तरह कार चलाता है। मुझे तो बहुत डर लग रहा था।" मैंने उम्मीद की कि वह इसे सुन रहा होगा।

"क्या यह डेट जैसा था – क्या तुमने उससे कहा था कि तुम उसे वहाँ मिलोगी?"

मैंने इस बारे में नहीं सोचा था। "नहीं – मैं तो उसे वहाँ देखकर *बहुत* हैरान थी।"

उसके होंठ निराशा में सिकुड़ गए, जब उसने मेरी आवाज़ में सच्चाई की खनक सुनी।

"लेकिन आज वह तुम्हें स्कूल के लिए लेने गया?" उसने तहक़ीक़ात की।

"हाँ – यह भी हैरानी की बात थी। उसने पिछली रात को देख लिया था कि मेरे पास जैकेट नहीं है," मैंने स्पष्ट किया।

"तो क्या तुम लोग एक बार फिर बाहर जाने की योजना बना रहे हो?"

"उसने शनिवार को मुझे कार से सिएटल ले जाने का प्रस्ताव रखा है, क्योंकि उसके हिसाब से मेरा ट्रक इस लायक़ नहीं है - क्या यह मायने रखता है?"

"हाँ," उसने सिर हिलाया।

"तो फिर हाँ।"

"वाह।" उसने उस शब्द को तीन हिज्जों में तोड़ा। "एड वर्ड कलन।"

"ठहरो!" उसके हाथ ऊपर उठे और उसकी हथेलियाँ मेरी तरफ़ इस तरह तन गईं, मानो ट्रैफ़िक रोक रही हो। "क्या उसने तुम्हें चूमा?"

"नहीं," मैं बुदबुदाई। "यह वैसा नहीं था।"

वह निराश दिखने लगी। मुझे पक्का मालूम था कि मैं भी थी।

"क्या तुम्हें लगता है कि शनिवार को...?" उसने अपनी भौंहें उठाईं।

"मुझे दरअसल इस बारे में काफ़ी शक है।" मैंने अपने असंतोष को ज़्यादा अच्छी तरह नहीं छिपाया था।

"तुमने किस बारे में बातचीत की?" उसने फुसफुसाकर ज़्यादा जानकारी माँगी। क्लास शुरू हो गई थी, लेकिन मि. वार्नर ज़्यादा ध्यान नहीं दे रहे थे और क्लास में हम अकेले ही बात नहीं कर रहे थे।

"पता नहीं, जेस, बहुत सारी बातें," मैं फुसफुसाई। "हमने अँग्रेज़ी के निबंध पर थोड़ी बातचीत की।" बहुत थोड़ी सी। मैं सोचती हूँ कि उसने बीच में उसका ज़िक्र किया था।

"प्लीज़ बेला," उसने आग्रह किया। "मुझे खुलकर पूरे विस्तार से बताओ।"

"तो... ठीक है, एक ख़ास चीज़ सुनो। तुम्हें देखना चाहिए था, जब वेट्रेस उसके साथ फ़्लर्ट कर रही थी - यह साफ़ दिख रहा था, लेकिन उसने उस पर ज़रा भी ध्यान नहीं दिया।" वह इसका जो मतलब निकाले, निकाल सकता है।

"यह एक अच्छा संकेत है।" उसने सिर हिलाया। "क्या वह सुंदर थी?"

"बहुत - और उसकी उम्र शायद उन्नीस-बीस साल होगी।"

"और भी बेहतर है। वह तुम्हें पसंद करता होगा।"

"मुझे *ऐसा ही लगता* है, लेकिन बताना मुश्किल है। वह हमेशा इतना रहस्यमय रहता है," मैंने आह भरते हुए आगे जोड़ दिया।

वह बोली, "मैं नहीं जानतीं कि तुम इतनी बहादुर कैसे हो, जो उसके साथ अकेली रह लेती हो।"

"क्यों?" मैं सदमे में थी, लेकिन वह मेरी प्रतिक्रिया को नहीं समझ पाई।

"वह इतना... दबंग है। मुझे तो कुछ समझ में नहीं आएगा कि उससे क्या कहूँ।" उसने मुँह बनाया और शायद आज सुबह या कल रात का वाक़या याद किया, जब एडवर्ड ने उस पर अपनी आँखों की ज़बर्दस्त शक्ति का इस्तेमाल किया था।

"जब मैं उसके आस-पास होती हूँ, तो मुझे भी दिमाग़ी संतुलन की थोड़ी समस्या होती है," मैंने स्वीकार किया।

"ओह अच्छी बात। *वह* अविश्वसनीय रूप से सुंदर है।" जेसिका ने कंधे उचकाए, मानो इससे हर ग़लती माफ़ हो जाती हो। जो उसकी डिक्शनरी में शायद हो भी जाती थी।

"उसमें इससे भी ज़्यादा है।"

"सचमुच? वो कैसे?"

काश मैंने इसे जाने दिया होता! मैं उम्मीद कर रही थी कि हमारी बातचीत सुनने की बात उसने मज़ाक़ में कही होगी।

"मैं इसे स्पष्ट नहीं कर सकती... लेकिन चेहरे के *पीछे* वह और भी ज़्यादा अविश्वसनीय है।" वह वैम्पायर जो अच्छा बनना चाहता था - जो लोगों की जान बचाता रहता है, ताकि वह दरिंदा न बने... मैं कमरे के सामने देखने लगी।

"क्या यह *संभव* है?" उसने दाँत निकाले।

मैंने उसे नज़रअंदाज़ किया और मि. वार्नर पर ध्यान देने का नाटक करने लगी।

"तो वह तुम्हें पसंद है?" वह हार नहीं मानने वाली थी।

"हाँ," मैंने संक्षेप में जवाब दिया।

"मेरा मतलब, क्या तुम *सचमुच* उसे पसंद करती हो," उसने आगे पूछा।

"हाँ," मैंने एक बार फिर लजाते हुए कहा। मैं उम्मीद कर रही थी कि यह लजाना जेसिका के विचारों में दर्ज नहीं होगा।

एक शब्द के जवाबों से उसका मन भर गया था। "तुम उसे कितना ज़्यादा पसंद करती हो?"

"बहुत ज़्यादा," मैं फुसफुसाई। "वो मुझे जितना पसंद करता है, उससे भी ज़्यादा, लेकिन मैं ख़ुद को ऐसा करने से रोक नहीं पाती हूँ।" मैंने आह भरी और पिछली झेंप भरी लालिमा अगली में मिल गई।

फिर ख़ुशक़िस्मती से मि. वार्नर ने जेसिका को जवाब देने को कहा।

उसे क्लास के दौरान दोबारा यह विषय छेड़ने का मौक़ा नहीं मिला और जैसे ही घंटी बजी, मैंने बचाव की कार्यवाही की।

मैंने उसे बताया, "अँग्रेज़ी की क्लास में माइक पूछ रहा था कि क्या तुमने सोमवार रात के बारे में कुछ कहा था।"

"तुम मज़ाक़ कर रही हो! तुमने उससे क्या कहा?" उसने हाँफते हुए कहा और उस बारे में पूछने लगी।

"मैंने उसे बताया कि तुमने कहा था कि तुम्हें बहुत मज़ा आया - इससे वह काफ़ी ख़ुश दिख रहा था।"

"मुझे पूरी बात बताओ कि उसने क्या कहा और तुमने क्या जवाब दिया!"

हमने बाक़ी पैदल चलते वक़्त और स्पेनिश की क्लास में वाक्य संरचना की चीरफाड़ की और माइक के चेहरे के भावों का विस्तृत वर्णन किया। मैं इस मामले को इतना नहीं खींचती, लेकिन मुझे इस बात की चिंता थी कि अगर मैंने ऐसा नहीं किया, तो बातचीत मेरी प्रेम कहानी पर केंद्रित हो जाएगी।

और फिर लंच की घंटी बज गई। जब मैं अपनी सीट से उछली और अपनी किताबें बेध्यानी से बैग में भरने लगी, तो मेरे दमकते चेहरे से जेसिका को अंदाज़ा हो गया होगा।

"तुम आज हमारे साथ नहीं बैठोगी, है ना?" उसने अंदाज़ा लगाया।

"मुझे ऐसा *नहीं लगता*।" मैं पक्का नहीं कह सकती थी कि वह कहीं फिर से ग़ायब न हो गया हो।

लेकिन हमारी स्पैनिश की क्लास के बाहर, दीवार से टिका हुआ वह मौजूद था - ग्रीक देवता की तरह इतना ज़्यादा दिखता हुआ, जितना किसी इंसान को नहीं दिखना चाहिए - और वहाँ मेरा इंतज़ार कर रहा था। जेसिका ने एक नज़र डाली, आँखें घुमाईं और चली गई।

"बाद मेंलते हैं, बेला।" उसकी आवाज़ चुटीली थी। मुझे फ़ोन पर अपना रिंगर बंद करना पड़ सकता है।

"हेलो।" एडवर्ड की आवाज़ में ख़ुशी और चिड़चिड़ापन एक साथ था। यह स्पष्ट था कि उसने हमारी बातें सुन ली थीं।

"हाय।"

मैं कुछ और कहने के बारे में नहीं सोच पाई और उसने कुछ नहीं बोला - मुझे लगा, वह समय ले रहा होगा - इसलिए कैफ़ेटेरिया तक जाते समय हम ख़ामोश रहे। भीड़ भरे लंचटाइम की हड़बड़ी में एडवर्ड के साथ चलना काफ़ी हद तक यहाँ मेरे पहले दिन जैसा था, हर व्यक्ति घूर रहा था।

वह लाइन में जाकर खड़ा हो गया और अब भी ख़ामोश रहा, हालाँकि उसकी आँखें हर कुछ सेकंड बाद मेरे चेहरे की ओर लौटती रहीं, उनका भाव अनुमान भरा था। मुझे लगा कि चिढ़ ख़ुशी के ऊपर हावी होने लगी है। मैं घबराकर अपनी जैकेट के साथ खेलने लगी।

वह काउंटर पर पहुँच गया और एक ट्रे में भोजन ले आया।

"तुम क्या कर रहे हो?" मैंने आपत्ति की। "तुम मेरे लिए इतना सारा भोजन क्यों ले रहे हो?"

उसने अपना सिर हिलाया और भोजन ख़रीदने के लिए आगे क़दम बढ़ाया।

"ज़ाहिर है, आधा मेरे लिए है।"

मैंने एक भौंह उठाई।

वह मुझे उसी जगह ले गया, जहाँ हम एक बार पहले बैठे थे। लंबी टेबल के दूसरे सिरे से सीनियर्स के एक समूह ने हैरानी में हमारी तरफ़ देखा, जब हम एक-दूसरे के सामने बैठे। एडवर्ड उन पर ध्यान नहीं दे रहा था।

वह ट्रे मेरी तरफ़ खिसकाते हुए बोला, "जो तुम चाहती हो, ले लो।"

"मेरे मन में एक जिज्ञासा है," मैंने कहा, जब मैंने एक सेब उठाकर उसे अपने हाथों में घुमाया, "अगर कोई तुमसे खाना खाने की शर्त लगाए, तो क्या होगा?"

"तुम में हमेशा कोई न कोई जिज्ञासा रहती है।" उसने दाँत निकाले और सिर हिलाया। फिर उसने आँखें तरेरकर मुझे देखा और मुझसे नज़रें मिलाए रखीं, जब उसने ट्रे से पिज़्ज़ा का टुकड़ा उठाया, खाया, चबाया और फिर निगल लिया। मैंने आँखें फाड़कर देखा।

"अगर कोई तुमसे मिट्टी खाने की शर्त लगाए, तो तुम ऐसा कर सकती हो, है ना?" उसने बड़ों जैसे अंदाज़ में पूछा।

मैंने अपनी नाक सिकोड़ी। "मैंने एक बार शर्त... में ऐसा किया था," मैंने स्वीकार किया। "यह इतनी बुरी भी नहीं थी।"

वह हँसा। "मुझे लगता है कि मुझे हैरानी नहीं हुई।" मेरे कंधे के ऊपर की किसी चीज़ ने उसका ध्यान खींचा।

"मैं जो कुछ कर रहा हूँ, जेसिका हर चीज़ पर नज़र रख रही है - वह बाद में तुम्हारे सामने विस्तार से इसका विश्लेषण करेगी।" उसने बाक़ी का पिज़्ज़ा मेरी तरफ़ सरका दिया। जेसिका के ज़िक्र से उसकी पुरानी चिढ़ का संकेत फिर से दिखाई देने लगा।

मैंने सेव रखकर पिज़्ज़ा का कौर लिया और दूर देखने लगी, मैं जानती थी कि अब वह बोलने वाला है।

"तो वेट्रेस सुंदर थी, सचमुच?" उसने सामान्य अंदाज़ में पूछा।

"तुमने सचमुच ग़ौर नहीं किया?"

"नहीं। मैं ध्यान नहीं दे रहा था। मेरे दिमाग़ में बहुत कुछ चल रहा था।"

"बेचारी लड़की।" अब मैं उदार होने की सोच सकती थी।

"तुमने जेसिका से कुछ कहा था... देखो, उससे मुझे उलझन हुई।" उसने भटकने से इंकार किया। उसकी आवाज़ भारी थी और उसने परेशान आँखों से अपनी पलकों के नीचे से ऊपर देखा।

"मुझे हैरानी नहीं है कि तुमने कोई ऐसी बात सुन ली, जो तुम्हें पसंद नहीं आई। तुम जानते हो, चोरी से सुनने वालों के बारे में क्या कहा जाता है," मैंने उसे याद दिलाया।

"मैंने तुम्हें चेतावनी दी थी कि मैं सुनूँगा।"

"और मैंने तुम्हें चेतावनी दी थी कि मैं जो सोच रही हूँ, तुम वह हर चीज़ नहीं जानना चाहते।"

"हाँ, तुमने दी तो थी," वह सहमत हुआ, लेकिन उसकी आवाज़ अब भी खुरदुरी थी। "वैसे तुम्हारी बात पूरी तरह सही नहीं है। मैं जानना चाहता हूँ कि तुम क्या सोच रही हो - हर चीज़। मेरे मन में बस यही आता है... कि काश तुम कुछ चीज़ें न सोचो!"

मैंने मुँह बनाया। "यह काफ़ी बड़ा अंतर है।"

"दरअसल इस पल मुद्‌दे की बात यह नहीं है।"

"तो फिर क्या है?" हम अब टेबल पर एक-दूसरे की तरफ़ झुके हुए थे। उसके बड़े गोरे हाथ उसकी ठुड्‌डी के नीचे जुड़े थे। मैंने आगे झुककर अपना दायाँ हाथ अपने गले पर फेरा। मुझे बार-बार ख़ुद को याद दिलाना पड़ रहा था कि हम भीड़ भरे लंचरूम में बैठे हैं, जहाँ शायद कई जिज्ञासु आँखें हम पर पहरा दे रही हैं, लेकिन फिर भी अपने निजी और रहस्यमय संसार में यह भूल जाना बहुत ज़्यादा आसान था।

"क्या तुम्हें सचमुच विश्वास है कि मैं तुम्हारी जितनी परवाह करता हूँ, तुम मेरी उससे ज़्यादा परवाह करती हो?" वह बुदबुदाया और यह बोलते समय मेरे ज़्यादा क़रीब झुका, उसकी स्याह सुनहरी आँखें तीर जितनी पैनी थीं।

मैंने याद करने की कोशिश की कि साँस कैसे छोड़ते हैं। यह मुझे तब याद आया, जब मैंने दूर देखा।

मैं बुदबुदाई, "तुम यह दोबारा कर रहे हो।"

उसकी आँखें हैरानी से चौड़ी हो गईं। "क्या?"

"मुझे मंत्रमुग्ध कर रहे हो," मैंने स्वीकार किया और उसकी तरफ़ देखते समय ध्यान केंद्रित करने की कोशिश की।

"ओह।" उसकी त्योरी चढ़ गई।

"यह तुम्हारी ग़लती नहीं है," मैंने आह भरी। "तुम इसमें कुछ नहीं कर सकते।"

"क्या तुम मेरे सवाल का जवाब दोगी?"

मैंने नीचे देखा। "हाँ।"

"हाँ, तुम जवाब देने वाली हो या नहीं, क्या तुम सचमुच ऐसा सोचती हो?" वह एक बार फिर चिढ़ गया था।

"हाँ, मैं सचमुच ऐसा सोचती हूँ।" मैंने अपनी निगाह टेबल पर रखी और मैं लेमिनेट पर प्रिंटेड फॉक्स वुड ग्रेन्स का पैटर्न देख रही थीं। ख़ामोशी खिंचती चली गई। मैंने ज़िद पकड़ ली थी कि इस बार मैं इसे नहीं तोड़ूँगी। मैं उसके चेहरे के भाव देखने के प्रलोभन से कसकर जूझ रही थी।

आख़िरकार वह बोला और उसकी आवाज़ मख़मल जितनी मुलायम थी। "तुम ग़लत हो।"

मैंने नज़र उठाकर देखा कि उसकी आँखें कोमल थीं।

"तुम्हें क्या पता?" मैंने फुसफुसाकर असहमति जताई। मैंने अपना सिर शंका में हिलाया, हालाँकि मेरा दिल उसके शब्दों पर फुदकने लगा था और मैं उन पर बहुत ज़्यादा विश्वास करना चाहती थी।

"तुम ऐसा क्यों सोचती हो?" उसकी पुखराज जैसी आँखें तीर जैसी थीं – मुझे लगा कि वह ख़ामख़्वाह मेरे दिमाग़ को समझने की कोशिश कर रहा है और सच्चाई जानना चाहता है।

मैं पलटकर घूरने लगी और स्पष्टता से सोचने के लिए जूझने लगी, ताकि अपनी बात कहने का सही तरीक़ा सोच सकूँ। जब मैं शब्दों की तलाश कर रही थी, तो उसे बेचैनी होने लगी। मेरी ख़ामोशी से कुंठित होकर उसकी भृकुटी तन गई। मैंने गर्दन से हाथ उठाकर एक अँगुली सामने की।

"मुझे सोचने दो," मैंने ज़ोर देकर कहा। उसके चेहरे का बादल साफ़ हो गया, क्योंकि अब वह संतुष्ट हो गया था कि मैं जवाब देने वाली हूँ। मैंने अपना हाथ टेबल पर रखा और अपना बायाँ हाथ हिलाया, ताकि मेरी हथेलियाँ आपस में दब जाएँ। मैंने अपने हाथों को घूरा और अपनी अँगुलियों को गुत्थमगुत्था किया और फिर खोला। इसके बाद आख़िरकार मैं बोली।

"देखो, स्पष्ट बातों के अलावा, कई बार..." मैं झिझकी। "मैं पक्का नहीं कह सकती – *मैं* दिमाग़ नहीं पढ़ सकती हूँ – लेकिन कई बार जब तुम कोई दूसरी बात कह रहे होते हो, तो ऐसा लगता है, जैसे तुम गुडबाय कहने की कोशिश कर रहे हो।" यह वेदना की उस अनुभूति का सर्वश्रेष्ठ सार था, जो उसके शब्दों से मुझे कई बार होती थी।

"तुम्हारी नज़र बहुत पैनी है," उसने फुसफुसाकर कहा। और एक बार फिर मेरी वेदना सतह पर आ गई, जब उसने मेरे डर की पुष्टि की। "इसीलिए तो तुम ग़लत हो," उसने बताना शुरू किया, लेकिन फिर उसकी आँखें सिकुड़ गईं। "'स्पष्ट बातों' से तुम्हारा क्या मतलब है?"

"देखो, मेरी तरफ़ देखो," मैंने कहा। यह अनावश्यक बात थी, क्योंकि वह पहले ही देख रहा था। "मैं पूरी तरह सामान्य हूँ - सिवाय मृत्यु के क़रीबी अनुभव जैसी बुरी चीज़ों के। मैं इतनी फूहड़ हूँ कि एक तरह से विकलांग हूँ। और तुम्हारी तरफ़ देखो।" मैंने अपना हाथ उसकी और उसकी चकाचौंध करने वाली आदर्श आकृति की तरफ़ लहराया।

उसकी भौंह एक पल के लिए गुस्से से सिकुड़ी, फिर सपाट हो गई, जब उसकी आँखों में ज्ञान का भाव दिखा। "तुम जानती हो, तुम ख़ुद को बहुत स्पष्टता से नहीं देखती हो। वैसे बुरी चीज़ों के बारे में तुम बिलकुल सही हो," वह स्याह अंदाज़ में हँसा, "लेकिन तुमने वह नहीं सुना, जो इस स्कूल का हर पुरुष तुम्हारे आने के पहले दिन सोच रहा था।"

मैंने हैरानी में आँखें झपकाईं। "मुझे इस पर यक़ीन नहीं हो रहा है...," मैं बुदबुदाई।

"एक बार तो मुझ पर यक़ीन करो - तुम सामान्य नहीं, इसके विपरीत हो।"

यह बोलते वक़्त उसकी आँखों में जो भाव आया, उसे देखकर मैं ख़ुश हो गई, लेकिन मेरी शर्म ज़्यादा शक्तिशाली थी। मैंने जल्दी से उसे अपने मूल तर्क की याद दिलाई।

"लेकिन मैं गुड बाय नहीं कह रही हूँ," मैंने इशारा किया।

"क्या तुम्हें समझ नहीं आ रहा है? इसी से मैं सही साबित हो जाता हूँ। मैं सबसे ज़्यादा परवाह करता हूँ, क्योंकि अगर मैं तुम्हें छोड़ सकता हूँ" - उसने अपना सिर हिलाया और विचारों के साथ जूझता नज़र आया - "अगर छोड़ना सही चीज़ है, तो मैं तुम्हें चोट से बचाने और सुरक्षित रखने के लिए ख़ुद कष्ट उठाने को तैयार हूँ।"

मैंने गुस्से से आँखें तरेरीं। "और तुम्हें नहीं लगता कि मैं ऐसा करूँगी?"

"तुम्हें यह विकल्प चुनने की कभी ज़रूरत ही नहीं पड़ेगी।"

अचानक उसका अनिश्चित मूड दोबारा बदल गया। उसके चेहरे पर एक शरारती, विनाशकारी मुस्कान खिल उठी। "ज़ाहिर है, तुम्हें सुरक्षित रखना पूर्णकालिक काम जैसा महसूस होने लगा है, जिसके लिए मेरी निरंतर उपस्थिति की ज़रूरत पड़ती है।"

"आज किसी ने मेरी जान लेने की कोशिश नहीं की है," मैंने उसे याद दिलाया। मैं इस बात के लिए कृतज्ञ थी कि उसने माहौल को हल्का करने वाला विषय छेड़ा। मैं नहीं चाहती थी कि वह आगे गुड बाय या अलविदा के बारे में बातें करे। अगर मुझे करना पड़ता, तो शायद मैं भी उसे क़रीब रखने के लिए ख़ुद को ख़तरे में डाल देती... मैंने उस विचार को दूर धकेला, ताकि उसकी तेज़ आँखें इसे मेरे चेहरे पर पढ़ न लें। इस विचार से मैं निश्चित रूप से मुश्किल में पड़ जाऊँगी।

"अब तक," उसने कहा।

"अब तक," मैं मान गई। मैं इस बारे में बहस कर सकती थी, लेकिन अब मैं चाहती थी कि वह विपत्तियों की उम्मीद करे।

"मैं तुमसे एक और सवाल पूछना चाहता हूँ।" उसका चेहरा अब भी सामान्य था।

"पूछो।"

"क्या तुम्हें सचमुच इस शनिवार को सिएटल जाना है या फिर यह अपने तमाम प्रशंसकों से पीछा छुड़ाने का बहाना था?"

मैंने उस याद पर मुँह बनाया। "जानते हो, टाइलर वाली बात के लिए मैंने तुम्हें अब तक माफ़ नहीं किया है," मैंने उसे चेतावनी दी। "तुम्हारी ग़लती के कारण उसे यह ग़लतफ़हमी हो गई है कि मैं उसके साथ प्रॉम में जा रही हूँ।"

"ओह, वह मेरी मदद के बिना भी तुमसे पूछने का कोई मौक़ा खोज लेता - मैं तो दरअसल तुम्हारा चेहरा देखना चाहता था," वह दबी हँसी हँसा। अगर उसकी हँसी इतनी मनमोहक न होती, तो मैं और ज़्यादा गुस्सा होती। "अगर मैं तुमसे पूछता, तो क्या तुम *मुझे* भी इंकार कर देतीं?" उसने पूछा, वह अब भी हँस रहा था।

"शायद नहीं," मैंने स्वीकार किया। "लेकिन मैं बाद में मना कर देती - बीमारी या टखने में चोट का बहाना बना देती।"

वह हैरान था। "ऐसा क्यों?"

मैंने दुख से अपना सिर हिलाया। "मुझे लगता है, तुमने मुझे कभी जिम में नहीं देखा, लेकिन मुझे लग रहा था कि तुम बात को समझ गए होगे।"

"क्या तुम इस तथ्य का ज़िक्र कर रही हो कि तुम सपाट सतह पर भी गिरने के लिए कोई चीज़ खोज सकती हो?"

"स्पष्ट रूप से।"

"इसमें तो कोई समस्या नहीं है।" वह बहुत आत्मविश्वास से बोल रहा था। "यह तो साथी के हुनर पर निर्भर करता है।" उसे दिख गया कि मैं विरोध करने वाली हूँ, इसलिए उसने मुझे बीच में ही रोक दिया। "लेकिन तुमने मुझे यह तो बताया ही नहीं कि क्या तुम सिएटल जाने का संकल्प ले चुकी हो या फिर तुम्हें दिक़्क़त न हो, तो हम कोई दूसरी चीज़ करें?"

जब तक यह 'हम' क़ायम है, तब तक मुझे किसी दूसरी चीज़ की परवाह नहीं थी।

"विकल्पों का स्वागत है," मैंने अनुमति दी। "लेकिन मुझे एक अहसान माँगना है।"

वह सतर्क दिखने लगा, जैसा कि वह हमेशा दिखता था, जब भी मैं उससे कोई रहस्य भरा सवाल पूछती थी। "क्या?"

"क्या इस बार कार मैं चला सकती हूँ?"

उसने त्योरी चढ़ाई। "क्यों?"

"देखो, ज़्यादातर तो इसलिए, क्योंकि जब मैंने चार्ली को बताया था कि मैं सिएटल जा रही हूँ, तो उन्होंने ख़ास तौर पर पूछा था कि क्या मैं अकेले जा रही हूँ और उस वक़्त मैं अकेली ही जा रही थी। अगर उन्होंने दोबारा पूछा, तो मैं शायद झूठ नहीं बोलूँगी, लेकिन मुझे नहीं लगता कि वह दोबारा *पूछेंगे* और अगर मैं अपने ट्रक को घर पर छोड़कर गई, तो यह विषय अनावश्यक रूप से उठेगा। और इसलिए भी, क्योंकि तुम्हारी ड्राइविंग से मुझे डर लगता है।"

उसने अपनी आँखें गोल-गोल घुमाईं। "मेरे बारे में इतनी सारी डरावनी चीज़ें हैं, लेकिन तुम्हें मेरी ड्राइविंग से डर लगता है।" उसने अपना सिर हिक़ारत में हिलाया, लेकिन फिर उसकी आँखें एक बार फिर गंभीर हो गईं। "क्या तुम अपने डैडी को यह नहीं बताना चाहोगी कि तुम पूरे

दिन मेरे साथ रहोगी?" उसके प्रश्न के पीछे कोई ऐसा भाव था, जिसे मैं समझ नहीं पाई।

"चार्ली को जितना कम बताया जाए, उतना ही अच्छा रहता है।" मैं इस बारे में निश्चित थी। "वैसे हम जा कहाँ रहे हैं?"

"उस दिन मौसम अच्छा रहेगा, इसलिए मैं सार्वजनिक जगहों से दूर रहूँगा... और अगर तुम चाहो, तो तुम मेरे साथ रह सकती हो।" एक बार फिर, वह मेरे सामने विकल्प रख रहा था।

"और तुम मुझे दिखाओगे कि सूरज में न आने से तुम्हारा क्या मतलब था?" मैंने पूछा; मैं एक और अज्ञात रहस्य के उजागर होने के विचार से रोमांचित हो गई।

"हाँ," वह मुस्कराया और फिर ठहरा। "लेकिन अगर तुम मेरे साथ... अकेले नहीं रहना चाहतीं, तब भी मैं नहीं चाहूँगा कि तुम अकेली सिएटल जाओ। मैं यह सोचकर ही काँप उठता हूँ कि इतने बड़े शहर में तुम कितनी मुश्किलों को खोज सकती हो।"

मैं भन्ना गई। "फ़ीनिक्स सिएटल से तीन गुना बड़ा है - सिर्फ़ जनसंख्या में। भौगोलिक क्षेत्रफल में तो-"

"लेकिन स्पष्ट रूप से," उसने मेरी बात काटते हुए कहा, "फ़ीनिक्स में तुम्हारी जान जोखिम में नहीं थी। इसलिए मैं चाहूँगा कि तुम मेरे क़रीब रहो।" उसकी आँखों ने एक बार फिर से मंत्रमुग्ध करने वाला पैंतरा अपनाया।

मैं बहस नहीं कर सकती थी, न तो उसकी आँखों से, न ही उसके साथ रहने से और यह वैसे भी विवादास्पद बिंदु था। "वैसे मुझे तुम्हारे साथ अकेले रहने में कोई दिक़्क़त नहीं है।"

"मैं जानता हूँ," उसने आह भरी और विचार किया। "फिर भी तुम्हें चार्ली को बता देना चाहिए।"

"और मैं ऐसा क्यों करूँ?"

उसकी आँखें अचानक खूँखार हो गईं। "ताकि तुम्हें सही-सलामत वापस लाने का मेरे पास छोटा सा कारण रहे।"

लेकिन एक पल सोचने के बाद मैंने फ़ैसला कर लिया। "मैं सोचती हूँ कि मैं यह जोखिम ले लूँगी।"

उसने नाराज़गी से साँस छोड़ी और दूर देखने लगा।

"चलो किसी दूसरी चीज़ के बारे में बात करते हैं," मैंने सुझाव दिया।

"तुम किस बारे में बात करना चाहती हो?" उसने पूछा। वह अब भी चिढ़ा हुआ था।

मैंने चारों तरफ़ देखकर तसल्ली की कि कोई हमारी बात नहीं सुन रहा है। जब मैंने कमरे में नज़र डाली, तो मैंने देखा कि उसकी बहन एलिस मुझे घूर रही थी। बाक़ी एडवर्ड को देख रहे थे। मैं जल्दी से दूसरी तरफ़ देखने लगी, फिर मैंने एडवर्ड की तरफ़ दोबारा देखा और वह पहली चीज़ पूछ ली, जो मेरे दिमाग़ में आई।

"तुम पिछले वीकएंड उस गोट रॉक्स नामक जगह... शिकार करने क्यों गए थे? चार्ली ने कहा था कि यह भालुओं के कारण हाइक करने के लिए अच्छी जगह नहीं है।"

उसने मुझे घूरा, जैसे मैं कोई स्पष्ट चीज़ भूल रही थी।

उसने दाँत दिखाए। "जानते हो, अभी भालुओं का मौसम नहीं है," मैंने सख़्त अंदाज़ में कहा और अपने सदमे को छिपाया।

"अगर तुम सावधानी से पढ़ो, तो क़ानून में सिर्फ़ हथियारों से शिकार करने पर प्रतिबंध लगाया हुआ है," उसने मुझे जानकारी दी।

जब यह बात मेरे दिमाग़ में अंदर बैठी, तो मेरे चेहरे पर जो भाव आया, उसे उसने आनंद से निहारा।

"भालू?" मैंने मुश्किल से दोहराया।

"ग्रिज़्ली एमथ को बहुत प्रिय है।" उसकी आवाज़ अब भी अनौपचारिक थी, लेकिन उसकी आँखें मेरी प्रतिक्रिया की जाँच कर रही थीं। मैंने ख़ुद को सँभालने की कोशिश की।

"हूँ," मैंने कहा और नीचे देखने के बहाने के रूप में पिज़्ज़ा का एक और टुकड़ा खाया। मैंने धीरे-धीरे चबाया और फिर ऊपर देखे बिना कोक का लंबा घूँट लिया।

"तो," मैंने एक पल बाद कहा और उसकी चिंतापूर्ण निगाह से निगाह मिलाई। "तुम्हें क्या प्रिय है?"

उसने एक भौंह उठाई और उसके मुँह के कोने नापसंदगी में नीचे मुड़ गए। "पहाड़ी शेर।"

"आह," मैंने विनम्र, लेकिन रुचिहीन अंदाज़ में कहा और एक बार फिर अपना सोडा खोजने लगी।

"ज़ाहिर है," उसने कहा और उसका लहज़ा अब मेरे लहज़े का दर्पण था, "हमें सावधान रहना पड़ता है कि हम निरंकुश शिकार करके पर्यावरण को नुक़सान न पहुँचाएँ। हम ऐसी जगहों पर शिकार करते हैं, जहाँ शिकारी जानवरों की संख्या ज़रूरत से ज़्यादा होती है - चाहे उसके लिए हमें कितनी ही दूर क्यों न जाना पड़े। यहाँ हमेशा हिरण और बारहसिंघे बहुत रहते हैं और उनसे काम चल जाता है, लेकिन उनमें मज़ा कहाँ है?" उसने मज़ाक़ में मुस्कराते हुए कहा।

"सही बात, उनमें मज़ा कहाँ है," मैं पिज़्ज़ा के एक और कौर के साथ बुदबुदाई।

"बसंत की शुरुआत भालुओं के मामले में एमथ का प्रिय मौसम होता है - वे बस शीतनिद्रा से बाहर निकले होते हैं, इसलिए वे जल्दी चिढ़ जाते हैं।" वह किसी मज़ाक़ को याद करके मुस्कराया।

"चिड़चिड़े ग्रिज़्ली भालू से ज़्यादा मज़ा किसी चीज़ में नहीं है," मैंने सिर हिलाकर सहमति व्यक्त की।

उसने खी-खी की और सिर हिलाया। "मुझे बताओ, तुम दरअसल क्या सोच रही हो, प्लीज़?"

"मैं इसकी कल्पना करने की कोशिश कर रही हूँ - लेकिन मैं कर नहीं पा रही हूँ," मैंने स्वीकार किया। "तुम हथियारों के बिना भालू का शिकार कैसे करते हो?"

"ओह, हमारे पास हथियार होते हैं।" उसने एक संक्षिप्त, ख़तरनाक मुस्कान में अपने चमकदार दाँत दिखाए। मैं कँपकँपी को रोकने के लिए जूझी, क्योंकि यह मेरा भांडा फोड़ देती। "उस तरह के नहीं, जिनके बारे में शिकार के क़ानून बनाने वाले लोग सोचते हैं। अगर तुमने कभी टेलीविज़न पर भालू का हमला देखा हो, तो तुम एमथ के शिकार करने की कल्पना कर सकती हो।"

मैं अपनी रीढ़ में होने वाली एक और सनसनी को नहीं रोक पाई। मैंने कैफ़ेटेरिया के पार एमथ की तरफ़ देखा और इस बात के लिए कृतज्ञ हुई कि वह मेरी तरफ़ नहीं देख रहा था। उसकी बाँहों और धड़ पर मोटी मांसपेशियाँ थीं और वे अब ज़्यादा ख़तरनाक दिख रही थीं।

एडवर्ड की निगाह मेरी निगाह के पीछे गई और उसने दबी हँसी निकाली। मैंने कमज़ोरी से उसकी ओर घूरा।

"क्या तुम भी भालू की तरह हो?" मैंने धीमी आवाज़ में पूछा।

"शेर की तरह ज़्यादा हूँ, लोग तो यही कहते हैं," उसने हल्केपन से कहा। "शायद हमारी पसंद ही इस बात का सूचक होती है।"

मैंने मुस्कराने की कोशिश की। "शायद," मैंने दोहराया। लेकिन मेरे दिमाग़ में इतनी सारी विरोधी तसवीरें भर चुकी थीं कि मैं उन्हें आपस में नहीं मिला सकती थी। "क्या यह चीज़ मुझे देखने को मिल सकती है?"

"हर्गिज़ नहीं!" उसका चेहरा सामान्य से ज़्यादा सफ़ेद हो गया और उसकी आँखें अब खूँखार थीं। मैं स्तब्ध होकर पीछे टिक गई और - हालाँकि मैं यह बात उसके सामने कभी स्वीकार नहीं करती - मैं उसकी प्रतिक्रिया से डर गई। वह भी पीछे टिक गया और उसने अपनी बाँहों को सीने पर बाँध लिया।

आवाज़ को दोबारा नियंत्रित करने के बाद मैंने पूछा, "इससे मैं बहुत डर जाऊँगी?"

"अगर ऐसा होता, तो मैं तुम्हें आज रात को ही ले चलता," उसने कहा। उसकी आवाज़ छुरी जैसी थी। "तुम्हें डर की अच्छी ख़ुराक की *ज़रूरत* है। तुम्हारे लिए उससे ज़्यादा फ़ायदेमंद कुछ नहीं हो सकता।"

"फिर क्यों?" मैंने दबाव डाला और उसके गुस्सैल शब्दों को नज़रअंदाज़ करने की कोशिश की।

वह एक मिनट तक मुझे गुस्से से घूरता रहा।

"बाद में," उसने आख़िरकार कहा। वह एक चपल गतिविधि में खड़ा हो गया। "हमें देर हो जाएगी।"

मैंने चारों तरफ़ देखा। मैं यह देखकर हैरान थी कि उसकी बात सही थी; कैफ़ेटेरिया लगभग ख़ाली हो चुका था। जब मैं उसके साथ होती थी, तो समय और जगह इस तरह उलझ जाते थे कि मैं दोनों को ही पूरी तरह भूल जाती थी। मैं उछलकर उठी और कुर्सी के पीछे से अपना बैग उठाया।

"तो फिर बाद में," मैं सहमत हो गई। मैं यह बात भूलने वाली नहीं थी।

11

जटिलताएँ

जब हम अपनी लैब टेबल तक इकट्ठे गए, तो सबकी निगाह हम पर ही थी। मैंने इस बात पर ग़ौर किया कि अब वह डेस्क पर मुझसे ज़्यादा से ज़्यादा दूर बैठने की कोशिश नहीं करता था। इसके बजाय अब तो वह मुझसे काफ़ी सटकर बैठने लगा था, हमारी बाँहें लगभग छूती थीं।

तभी मि. बैनर कमरे में आए – उस आदमी की टाइमिंग कमाल की थी। वे पहियों पर धातु का एक लंबा फ्रेम खींचकर ला रहे थे, जिस पर भारी दिखने वाला पुराना टीवी और वीसीआर रखे थे। फ़िल्म का दिन – क्लास में उत्साह का माहौल दिखने लगा।

मि. बैनर ने अनिच्छुक वीसीआर में टेप लगाया और बत्तियाँ बंद करने के लिए दीवार तक गए।

जब कमरे में अँधेरा हो गया, तो मैं अचानक इस बारे में बहुत ज़्यादा जागरूक हो गई कि एडवर्ड मुझसे एक इंच से भी कम दूर बैठा था। मैं अपने अंदर दौड़ने वाली अप्रत्याशित बेंचैनी से भी स्तब्ध थी। मैं इस बात पर हैरान थी कि उसके बारे में पहले से *ज़्यादा जागरूक* होना संभव था। अँधेरे में हाथ बढ़ाकर उसे छूने और उसके आदर्श चेहरे को एक बार थपथपाने का सिरफिरा आवेग मुझ पर लगभग हावी हो गया। मैंने अपनी बाँहें सीने पर कसकर बाँध लीं और हाथों की मुट्ठी बना ली। मेरा दिमाग़ होशोहवास खोने लगा था।

शुरुआत में नामों की पट्टी चली, जिससे कमरे में हल्की सी रोशनी हुई। मेरी आँखें अपने आप ही उसकी तरफ़ चली गईं। मैं झेंपकर मुस्कराई,

जब मुझे अहसास हुआ कि उसकी मुद्रा हूबहू मेरे जैसी थी, क्योंकि उसने भी मुट्ठी बाँध रखी थी और मेरी ही तरह वह भी तिरछी नज़रों से मुझे घूर रहा था। वह पलटकर मुस्कराया, उसकी आँखों ने जाने कैसे मुझे चकाचौंध करने में कामयाबी पा ली, अँधेरे में भी। मैं दूर देखा, मैं डर रही थी कि कहीं मेरी साँसें ज़्यादा तेज़ न चलने लगें। मेरा सिर चकरा रहा था और यह बेहद मूर्खतापूर्ण था।

वह पीरियड बहुत लंबा लगा। मैं फ़िल्म पर ध्यान केंद्रित नहीं कर पाई – मुझे तो यह भी नहीं पता कि वह किस विषय पर थी। मैंने तनावरहित होने की असफल कोशिश की, मैं असफल रही। कभी-कभार मैं उसकी तरफ़ फटाफट निगाह डाल लेती थी, लेकिन वह भी कभी तनावरहित नज़र नहीं आया। उसे छूने की प्रबल इच्छा भी रुकने का नाम नहीं ले रही थी, इसलिए मैंने अपनी अँगुलियाँ अपनी पसलियों में चुभा लीं, जब तक कि अँगुलियों में दर्द नहीं होने लगा।

जब मि. बैनर ने क्लास के बाद बत्तियाँ दोबारा जला दीं, तो मैंने राहत की साँस ली। मैंने अपनी बाँहें सामने फैला लीं और अपनी सख़्त अँगुलियों को ताना। एडवर्ड बग़ल में चोरी से हँस रहा था।

"वाह, यह रोचक थी," उसने बुदबुदाया। उसकी आवाज़ स्याह और आँखें सतर्क थीं।

"हूँ," मैं बस इतनी ही प्रतिक्रिया कर पाई।

"क्या हम चलें?" उसने लहराते हुए अंदाज़ में उठते हुए पूछा।

मैं लगभग कराहने लगी। जिम जाना पड़ेगा। मैं सावधानी से खड़ी हुई। मुझे यह चिंता सता रही थी कि हमारे बीच की इस नई प्रगाढ़ता से कहीं मेरा संतुलन तो प्रभावित न हो गया हो।

वह मुझे ख़ामोशी से मेरी अगली क्लास में ले गया और दरवाज़े पर रुका, मैं गुड बाय कहने के लिए मुड़ी। उसका चेहरा देखकर मैं चौंक गई – उसका भाव लगभग दर्द भरा, लेकिन अतीव सुंदर दिख रहा था कि मैं पहले जितनी ही प्रबलता से उसे छूने के लिए छटपटाने लगी। मेरी गुडबाय मेरे गले में ही अटकी रह गई।

उसकी आँखों में द्वंद्व चल रहा था। उसने झिझकते हुए अपना हाथ उठाया और फिर तेज़ी से मेरे गाल की लंबी हड्डी पर अँगुलियाँ फेरीं।

उसकी त्वचा हमेशा जितनी ठंडी थी, लेकिन उसकी अँगुलियों के स्पर्श से मेरी त्वचा बहुत गर्म हो गई – जैसे मैं जल गई थी, लेकिन अब तक मुझे इसके दर्द का अहसास नहीं हुआ था।

वह एक भी शब्द बोले बिना मुड़ा और तेज़ी से मुझसे दूर चला गया।

मैं चकराते सिर और लड़खड़ाते पैरों के साथ जिम के अंदर गई। मैं लॉकर रूम में घुसी, तंद्रा जैसी अवस्था में कपड़े बदले और मैं इस बारे में कम जागरूक थी कि दूसरे लोग मेरे आस-पास हैं। वास्तविकता तब तक पूरी तरह सामने नहीं आई, जब तक कि मेरे हाथ में रैकेट नहीं थमा दिया गया। यह भारी नहीं था, लेकिन मेरे हाथ में काफ़ी ख़तरनाक लग रहा था। मैं देख सकती थी कि क्लास के कुछ दूसरे बच्चे मुझे चोरी से देख रहे हैं। कोच क्लैप ने हमें जोड़ियों के रूप में टीम बनाने का आदेश दिया।

सौभाग्य से माइक में सभ्यता के कुछ अवशेष अब भी बचे थे, वह मेरे बग़ल में आकर खड़ा हो गया।

"क्या तुम मेरे साथ टीम बनाना चाहती हो?"

"धन्यवाद माइक – तुम्हें यह करने की ज़रूरत नहीं है।" मैंने क्षमायाचना के अंदाज़ में मुँह बनाया।

"चिंता मत करो, मैं तुम्हारे रास्ते से दूर रहूँगा।" वह शरारत से मुस्कराया। कई बार माइक को पसंद करना बहुत आसान होता था।

खेल ज़्यादा अच्छा नहीं चला। मैं जाने कैसे एक ही प्रहार में अपना रैकेट ख़ुद के सिर में और माइक के कंधे पर मारने में कामयाब हो गई। मैंने बाक़ी का घंटा कोर्ट के पीछे वाले कोने में बिताया और रैकेट को सुरक्षित तरीक़े से अपनी पीठ के पीछे पकड़े रही। मेरे नहीं खेलने के बावजूद माइक बहुत अच्छा खेला, उसने चार में से तीन गेम अकेले जीत लिए। उसने मुझे बिना कारण के हाथ ऊँचा करके बधाई दी, जब कोच ने आख़िरकार क्लास को ख़त्म करने वाली सीटी बजाई।

कोर्ट से दूर जाते समय वह बोला, "तो!"

"तो क्या?"

"तुम और कलन, हैं?" उसने पूछा, उसका अंदाज़ विद्रोही था। स्नेह की मेरी पुरानी भावनाएँ ग़ायब हो गईं।

"इससे तुम्हारा कोई मतलब नहीं है, माइक," मैंने चेतावनी दी और मन ही मन जेसिका को सीधे नरक में जाने का शाप दिया।

"मुझे यह पसंद नहीं है," वह फिर भी बुदबुदाया।

"तुम्हें पसंद करने की ज़रूरत भी नहीं है," मैंने तपाक से कहा।

"वह तुम्हारी तरफ़ ऐसे देखता है जैसे... जैसे तुम कोई खाने की चीज़ हो," उसने मुझे नज़रअंदाज़ करते हुए आगे कहा।

मैंने उस ज्वालामुखी को रोका, जो फटने की कगार पर था, लेकिन मेरे प्रयासों के बावजूद एक हल्की खिल्ली निकल ही गई। वह मुझ पर आँखें तरेरने लगा। मैं हाथ हिलाकर लॉकर रूम की तरफ़ भाग गई।

मैंने फटाफट कपड़े पहने और तितलियों से ज़्यादा शक्तिशाली चीज़ें मेरे पेट की दीवारों से बदहवास अंदाज़ में टकरा रही थीं। माइक के साथ मेरी बहस अब दूर की याद बन चुकी थी। मैं सोच रही थी कि क्या एडवर्ड इंतज़ार कर रहा होगा या मुझे उसकी कार तक जाना होगा। अगर उसका परिवार वहाँ हुआ, तो क्या होगा? मेरे मन में सच्ची दहशत की लहर महसूस हुई। क्या वे जानते थे कि मैं जानती हूँ? क्या मुझे पता होना चाहिए था, जो वे जानते हैं कि मैं जानती हूँ या नहीं जानती?

जब तक मैं जिम से बाहर निकली, मैं इस नतीजे पर पहुँच चुकी थी कि मैं पार्किंग लॉट की तरफ़ देखे बिना ही पैदल घर चली जाऊँगी, लेकिन मेरी चिंताएँ अनावश्यक थीं। एडवर्ड जिम के बग़ल में टिका हुआ मेरा इंतज़ार कर रहा था और उसके असाधारण चेहरे पर परेशानी की कोई लकीर नहीं दिख रही थी। उसके बग़ल में चलते समय मुझे हवा में उड़ने का एक अजीब अहसास हुआ।

"हाय," मैंने कहा और खुलकर मुस्कराई।

"हेलो।" उसकी जवाबी मुस्कान शानदार थी। "जिम कैसा था?"

मेरा चेहरा थोड़ा सा उतर गया। "अच्छा," मैंने झूठ बोल दिया।

"सचमुच?" उसे विश्वास नहीं हुआ। उसने अपनी निगाहों को थोड़ा हटाया और मेरे कंधे के पीछे देखकर वहीं केंद्रित कर लीं। मैंने पलटकर देखा, वहाँ माइक मेरी तरफ़ पीठ करके जा रहा था।

"क्या?" मैंने पूछा।

अब उसने मुझे देखा, लेकिन उसकी निगाह फिर भी कसी हुई थी। "न्यूटन तो मुझे परेशान कर रहा है।"

"तुम दोबारा तो नहीं सुन रहे थे?" मैं दहशत में आ गई और मेरे अच्छे स्वभाव के सारे संकेत ग़ायब हो गए।

"तुम्हारा सिर कैसा है?" उसने मासूमियत से पूछा।

"तुम तो भरोसा करने के क़ाबिल ही नहीं हो!" मैं मुड़ी और पार्किंग लॉट की सामान्य दिशा में चलने लगी, हालाँकि मैंने इस बिंदु पर पैदल घर जाने का विचार भी नहीं छोड़ा था।

वह आसानी से मेरे साथ क़दम मिलाकर चलने लगा।

"तुमने ही तो कहा था कि मैंने तुम्हें कभी जिम में नहीं देखा - इससे मेरी जिज्ञासा जाग गई।" उसकी आवाज़ में पश्चाताप जैसा कुछ नहीं था, इसलिए मैंने उसे अनसुना कर दिया।

हम ख़ामोशी में उसकी कार तक गए - मैं गुस्सा और शर्मिंदा थी। लेकिन मुझे कार से कुछ क़दम दूर रुकना पड़ा - लड़कों की भीड़ इसे घेरे हुए थी। ग़ौर से देखने पर मुझे अहसास हुआ कि वे वोल्वो को नहीं घेरे हुए थे, वे तो दरअसल रोज़ेली की लाल कनवर्टिबल को घेरे हुए थे और उनकी आँखों में हसरत साफ़ दिखाई दे रही थी। जब एडवर्ड ने उनके बीच से जाकर दरवाज़ा खोला, तो उनमें से किसी ने भी ऊपर नहीं देखा। मैं जल्दी से पैसेंजर साइड से बैठ गई और मुझ पर भी किसी ने ध्यान नहीं दिया।

"भड़कीली," वह बुदबुदाया।

मैंने पूछा, "यह किस तरह की कार है?"

"एम3।"

"मैं कार की *पत्रिकाओं* की भाषा नहीं समझती।"

"यह बीएमडब्ल्यू है।" उसने अपनी आँखें गोल-गोल कीं। अब वह मेरी तरफ़ नहीं देख रहा था, बल्कि कार प्रेमियों पर गाड़ी चढ़ाए बिना रिवर्स करने की कोशिश कर रहा था।

मैंने सिर हिलाया - मैंने इसके बारे में सुना था।

"तुम अब भी नाराज़ हो?" उसने पूछा, जब उसने सावधानी से बाहर निकलने का रास्ता खोज लिया।

"बहुत।"

उसने आह भरी। "अगर मैं माफ़ी माँगूँ, तो क्या तुम माफ़ कर दोगी?"

"शायद... अगर तुम दिल से माँगो। और *अगर* तुम ऐसा दोबारा न करने का वादा करो," मैंने ज़ोर दिया।

उसकी आँखों में अचानक चालाकी दिखाई दी। "यह कैसा रहेगा, अगर मैं दिल से माफ़ी माँगूँ *और* तुम्हें शनिवार को कार चलाने दूँ?" उसने मेरी शर्तों के बदले में अपनी शर्तें रखीं।

मैंने विचार किया और निर्णय लिया कि यह शायद सबसे अच्छी पेशकश है, जो मुझे मिलेगी। मैंने सहमति में कहा, "पक्का।"

"तो फिर मुझे बहुत अफ़सोस है कि मैंने तुम्हें नाराज़ किया।" उसकी आँखें एक लंबे पल तक संजीदगी से दहकने लगीं - मेरे दिल की धड़कनों के साथ ज़बर्दस्त छेड़खानी करने लगीं - और फिर वह मज़ाक़ के मूड में आ गया। "और मैं शनिवार को सुबह-सुबह तुम्हारी चौखट पर जल्दी ही प्रकट हो जाऊँगा।"

"उह, अगर ड्राइववे में अनजान वोल्वो खड़ी रही, तो चार्ली की स्थिति में कोई मदद नहीं मिलेगी।"

वह मुस्कराकर बोला, "मेरा कार से आने का इरादा नहीं था।"

"फिर कैसे-"

उसने मेरी बात बीच में ही काट दी। "इसकी चिंता मत करो। कार नहीं आएगी, पर मैं आ जाऊँगा।"

मैंने इसे जाने दिया। मेरे मन में एक ज़्यादा ज़रूरी सवाल था।

"अभी क्या बाद में?" मैंने महत्त्वपूर्ण तरीक़े से पूछा।

उसने त्योरी चढ़ाई। "मुझे लगता है कि बाद में।"

मैं अपने भाव को विनम्र रखते हुए इंतज़ार करती रही।

उसने कार रोक दी। मैंने हैरानी से ऊपर देखा - ज़ाहिर है, हम चार्ली के घर पहुँच चुके थे और ट्रक के पीछे खड़े थे। उसके साथ बैठना ज़्यादा आसान था, बशर्ते मैं यात्रा ख़त्म होने के बाद ऊपर देखूँ। जब मैंने उसे पलटकर देखा, तो वह मुझे घूर रहा था और अपनी नज़रों से तौल रहा था।

"तुम अब भी जानना चाहती हो कि तुम मुझे शिकार करते हुए क्यों नहीं देख सकतीं?" वह गंभीर नज़र आ रहा था, लेकिन मुझे उसकी आँखों की गहराई में थोड़ा हास्यबोध भी दिख रहा था।

"देखो," मैंने स्पष्ट किया, "मैं तुम्हारी प्रतिक्रिया के बारे में हैरान थी।"

"क्या तुम डर गई थीं?" हाँ, निश्चित रूप से वहाँ हास्यबोध था।

"नहीं," मैंने झूठ बोल दिया। उसे भरोसा नहीं हुआ।

"मैं तुम्हें डराने के लिए माफ़ी माँगता हूँ," वह हल्की मुस्कान के साथ आगे बोला, लेकिन फिर मज़ाक़ के सारे सबूत ग़ायब हो गए। "यह तो बस हमारे शिकार करते समय... तुम्हारे वहाँ होने का विचार था।" उसका जबड़ा कस गया।

"यह बुरा होगा?"

वह भिंचे हुए दाँतों के बीच से बोला। "बहुत बुरा।"

"क्यों...?"

उसने एक गहरी साँस ली और विंडशील्ड में से उन मोटे, घुमड़ते बादलों को देखा, जो नीचे उतरते दिख रहे थे और ऐसा लग रहा था कि हम हाथ बढ़ाकर उन्हें पकड़ सकते हैं।

"जब हम शिकार करते हैं," उसने धीरे-धीरे, अनिच्छा से कहा, "तो हम ख़ुद को अपनी इंद्रियों के हवाले कर देते हैं... अपने दिमाग़ का कम इस्तेमाल करते हैं। हम ख़ास तौर पर अपनी ख़ुशबू के अहसास को ख़ुद पर हावी होने देते हैं। जब मैं इस तरह से नियंत्रण खोता हूँ, उस समय अगर तुम मेरे आस-पास रहीं..." उसने अपना सिर हिलाया और वह अब भी भारी बादलों को उदास अंदाज़ में निहार रहा था।

मैंने अपने चेहरे के भाव पर दृढ़ नियंत्रण रखा। मैं जानती थी कि वह मेरी प्रतिक्रिया ज़रूर देखेगा। मेरे चेहरे से उसे कुछ भी पता नहीं चला।

लेकिन हमारी नज़रें मिलीं और ख़ामोशी गहराती गई। आज दोपहर बिजली का जो प्रवाह मैंने महसूस किया था, वह माहौल में नज़र आने लगा, जब वह मेरी आँखों से अपनी आँखें लड़ाने लगा। जब तक मेरा सिर नहीं चकराने लगा, तब तक मुझे अहसास ही नहीं हुआ कि मैं साँस नहीं ले रही थी। जब मैंने ख़ामोशी को तोड़ते हुए ऊबड़-खाबड़ तरीके से साँस ली, तो उसने अपनी आँखें बंद कर लीं।

"बेला, मैं सोचता हूँ कि अब तुम्हें अंदर जाना चाहिए।" उसकी धीमी आवाज़ खुरदुरी थी, उसकी निगाह एक बार फिर बादलों पर थी।

मैंने दरवाज़ा खोला और कार में ठंडी हवा का झोंका घुस गया, जिससे मेरा सिर चकरा गया। मैं डर रही थी कि इस हालत में मैं कहीं गिर न जाऊँ, इसलिए मैंने सावधानी से कार से बाहर क़दम रखा और बिना पीछे मुड़े दरवाज़ा बंद किया। ऑटोमैटिक विंडो खुलने की आवाज़ से मैं मुड़ी।

"ओह बेला?" उसने पीछे से कहा और उसकी आवाज़ ज़्यादा सपाट थी। जब वह खुली खिड़की में से झुका, तो उसके होंठों पर हल्की मुस्कान थी।

"हाँ?"

"कल मेरी बारी है।"

"किस चीज़ की?"

वह खुलकर मुस्कराया और अपने चमकते दाँत दिखाने लगा। "सवाल पूछने की।"

और फिर वह चला गया। मैं अपने विचार समेट पाऊँ, उससे पहले ही कार सड़क पर तेज़ी से चली गई और मोड़ पर ग़ायब हो गई। घर में घुसते वक़्त मैं मुस्कराई। अगर और कुछ नहीं, तो यह तो स्पष्ट था कि वह कल मुझसे मिलने वाला है।

उस रात एडवर्ड मेरे सपनों में छाया रहा, हमेशा की तरह, लेकिन मेरी अचेतनता का माहौल बदल गया था। अब इसमें वही बिजली दौड़ रही थी, जो उस दोपहर को प्रवाहित हुई थी, इसलिए मैं बेचैनी में करवटें बदलती रही और बार-बार जागती रही। सुबह के शुरुआती घंटों में ही मैं आख़िरकार एक थकी हुई और स्वप्नरहित नींद में सो पाई।

जागने पर मैं थकी थी और थोड़ी चिड़चिड़ी भी थी। मैंने आह भरते हुए अपना भूरा टर्टलनेक और जीन्स निकाली। यहाँ मैं इनसे नहीं बच सकती थी, हालाँकि मैं ख़ुद को स्पघेटी स्ट्रैप्स और शॉर्ट्स के दिवास्वप्न देखने से नहीं रोक पाई। नाश्ता उम्मीद के मुताबिक़ सामान्य और शांत घटना थी। चार्ली ने ख़ुद के लिए अंडे तले थे, मैं अपना सीरियल का बाउल खा रही थी। मैं सोच रही थी कि कहीं वे इस शनिवार के बारे में

भूल तो नहीं गए। उन्होंने मेरे अनपूछे सवाल का जवाब दे दिया, जब वे अपनी प्लेट सिंक में रखने के लिए खड़े हुए।

"इस शनिवार के बारे में...," उन्होंने शुरू किया, जब वे किचन तक गए और नल चालू किया।

मैं सिहर गई "हाँ, डैडी?"

"क्या तुम अब भी सिएटल जा रही हो?" उन्होंने पूछा।

"योजना तो यही थी।" मैंने मुँह बनाया और सोचा कि काश उन्होंने यह मुद्दा नहीं उठाया होता, तो मुझे सावधानी से अर्द्धसत्य नहीं बोलना पड़ता।

उन्होंने अपनी प्लेट में थोड़ा डिश सोप डाला और इसे ब्रश से चारों ओर घुमाया। "और क्या तुम्हें यक़ीन है कि तुम डांस के समय तक नहीं लौट पाओगी?"

"मैं डांस में नहीं जा रही हूँ, डैडी," मैंने गुस्से से कहा।

"क्या किसी ने तुम्हें नहीं चुना?" उन्होंने पूछा और प्लेट धोने पर ध्यान केंद्रित करके अपनी चिंता छिपाने की कोशिश की।

मैं बारूदी सुरंग से दूर हटकर खड़ी हो गई। "यह लड़कियों का चयन है।"

"ओह।" उन्होंने त्योरी चढ़ाई, जब उन्होंने अपनी प्लेट साफ़ की।

मुझे उनके साथ सहानुभूति थी। पिता बनना काफ़ी मुश्किल होता होगा, इस बात से डरना कि आपकी बेटी किसी पसंद के लड़के से मिलने लगेगी, लेकिन तब भी चिंता करना, जब उसे कोई लड़का पसंद न आए। मैंने काँपते हुए सोचा, अगर चार्ली को ज़रा सी भी भनक लग गई कि मैं किसे *पसंद* करती हूँ, तो यह कितना बुरा होगा!

फिर चार्ली विदा में हाथ हिलाकर चले गए। मैं ब्रश करने और अपनी किताबें उठाने के लिए ऊपर की मंज़िल पर गई। जब मैंने क्रूज़र के जाने की आवाज़ सुनी, उसके बाद मैं अपनी खिड़की में से झाँकने की इच्छा को केवल कुछ ही पल रोक पाई। सिल्वर कार वहाँ पर थी। यह ड्राइववे में चार्ली वाली जगह पर मेरा इंतज़ार कर रही थी। मैं सीढ़ियों से कूदी, सामने वाले दरवाज़े से फटाफट बाहर निकली और सोचने लगी कि यह विचित्र दिनचर्या कितने दिन चलेगी। मैं तो चाहती थी कि यह कभी ख़त्म न हो।

जब मैंने डेड-बोल्ट का ताला लगाने की जहमत उठाए बिना अपने पीछे दरवाज़ा बंद किया, तो वह कार में इंतज़ार कर रहा था। ऐसा नहीं लग रहा था कि वह देख रहा हो। मैं चलकर कार तक गई, दरवाज़ा खोलने से पहले संकोचवश रुकी और फिर अंदर बैठ गई। वह तनावरहित था और मुस्करा रहा था - और हमेशा की तरह आदर्श और सुंदर था, अति दुखदायी हद तक।

"गुड मॉर्निंग।" उसकी आवाज़ रेशमी थी। "तुम आज कैसी हो?" उसकी आँखें मेरे चेहरे पर घूमीं, मानो उसका सवाल कोरा शिष्टाचार नहीं था।

"अच्छी हूँ, धन्यवाद।" जब मैं उसके क़रीब होती थी, तो मैं हमेशा अच्छी होती थी - अच्छी से भी ज़्यादा अच्छी।

उसकी निगाह मेरी आँखों के नीचे के काले निशानों पर ठहर गई। "तुम थकी-थकी दिख रही हो।"

"मैं सो नहीं पाई," मैंने स्वीकार किया। थोड़ी सुरक्षा की ख़ातिर मैंने स्वचालित ढंग से अपने बाल लहराकर कंधे पर कर लिए।

"मैं भी नहीं सो पाया," उसने मुझे चिढ़ाया, जब उसने कार चालू की। मैं अब कार की शांत आवाज़ की आदी होने लगी थी। मुझे यक़ीन था कि जब मैं अपना ट्रक दोबारा चलाऊँगी, तो इसका कानफोड़ू शोर मुझे डरा देगा।

मैं हँसी। "मुझे लगता है कि यह सही है। मुझे लगता है कि मैं तुमसे बस थोड़ा सा ज़्यादा सोई हूँ।"

"मैं शर्त लगाता हूँ कि यह सच है।"

"तो कल रात तुमने क्या किया?" मैंने पूछा।

वह बनावटी हँसी हँसने लगा। "तुम्हें मौक़ा नही मिलेगा। आज सवाल पूछने का मेरा दिन है।"

"ओह, सही है। तुम क्या जानना चाहते हो?" मेरे माथे पर बल पड़ गए। मैं अपने बारे में किसी चीज़ की कल्पना नहीं कर सकती थी, जो उसके रुचि लेने लायक़ हो।

"तुम्हारा प्रिय रंग क्या है?" उसने पूछा और उसका चेहरा संजीदा था।

मैंने अपनी आँखें गोल-गोल घुमाईं। "यह हर दिन बदलता रहता है।"

"आज तुम्हारा प्रिय रंग क्या है?" वह अब भी संजीदा था।

"शायद भूरा।" मुझे अपने मूड के हिसाब से कपड़े पहनने की आदत थी।

उसने नाक से आवाज़ निकाली और अपने गंभीर भाव को त्याग दिया। उसने संदेह से पूछा, "भूरा।"

"निश्चित रूप से। भूरा गर्म होता है। मुझे भूरे की कमी *खलती* है। हर चीज़ जिसे भूरी होना चाहिए - पेड़ के तने, चट्टानें, धूल - वे सब यहाँ हरियाली से ढके हैं," मैंने शिकायत की।

वह मेरी आलोचना से मंत्रमुग्ध नज़र आने लगा। उसने पल भर के लिए सोचा और फिर मेरी आँखों में घूरा।

"सही कहा," उसने एक बार फिर गंभीर होते हुए फ़ैसला किया। "भूरा गर्म होता है।" वह आगे झुका, तेज़ी से, लेकिन थोड़ा झिझकते हुए, ताकि मेरे बाल मेरे कंधे के पीछे कर दे।

अब तक हम स्कूल पहुँच चुके थे। कार को पार्किंग की जगह पर रोकते हुए वह मेरी ओर मुड़ा।

"इस समय तुम्हारे सीडी प्लेयर में कौन सा संगीत है?" उसने पूछा। उसका चेहरा उतना ही गंभीर था, जैसे उसने मुझसे हत्या जैसे अपराध को स्वीकार करने को कहा हो।

मुझे अहसास हुआ कि मैंने फ़िल की दी हुई सीडी को नहीं हटाया था। जब मैंने उस बैंड का नाम लिया, तो वह वक्र अंदाज़ में मुस्कराया और उसकी आँखों में एक अजीब भाव आ गया। उसने अपनी कार के सीडी प्लेयर के नीचे एक कंपार्टमेंट खोला, वहाँ खचाखच भरी तीस-चालीस सीडी में से एक बाहर निकाली और मुझे थमा दी।

"डेबुसी के बजाय यह?" उसने भौंह उठाई।

यह वही सीडी थी। मैंने जाने-पहचाने कवर आर्ट को देखने के बाद अपनी निगाह झुका ली।

बाक़ी का दिन भी इसी तरह गुज़रा। वह मेरी ज़िंदगी की हर छोटी से छोटी बात के बारे में लगातार सवाल पूछता रहा- जब वह मुझे अँग्रेज़ी की क्लास तक छोड़ने गया, जब वह स्पैनिश की क्लास के बाद मुझसे मिला और जब वह लंच के पूरे घंटे मेरे साथ बैठा। उसने पूछा कि मुझे कौन

सी फ़िल्में पसंद थीं और कौन सी नापसंद थीं। उसने पूछा कि मैं किन जगहों पर गई हूँ और किन जगहों पर जाना चाहती हूँ... और किताबें - अंतहीन रूप से किताबें।

मुझे याद नहीं है कि आख़िरी बार मैं इतना ज़्यादा कब बोली थी। अक्सर मैं बातचीत पर एकाधिकार जमाने के बारे में शर्मिंदगी महसूस करने लगती थी, क्योंकि मुझे लगता था कि वह बोर हो रहा होगा, लेकिन उसका चेहरा इतना तल्लीन था और उसके प्रश्नों की बौछार ख़त्म होने का नाम ही नहीं ले रही थी, इसलिए मैं जवाब देने के लिए मजबूर थी। उसके ज़्यादातर सवाल आसान थे, लेकिन कुछ ऐसे भी थे, जिनसे मुझे शर्म आ जाती थी। जब भी मेरा चेहरा लाल होता था, तो सवालों का एक बिलकुल नया चक्र शुरू हो जाता था।

जैसे तब, जब उसने मेरे प्रिय रत्न के बारे में पूछा और मैंने बिना सोचे पुखराज बोल दिया। वह इतनी तेज़ गति से मुझ पर सवाल दाग़ रहा था कि मुझे लगा, जैसे मैं कोई मनोवैज्ञानिक टेस्ट दे रही हूँ, जहाँ आपको दिमाग़ में आने वाले पहले शब्द बताने पड़ते हैं। मुझे यक़ीन था कि उसने अपने मन में जिन प्रश्नों की सूची बना रखी थी, वह उन्हें पूछता रहता, सिर्फ़ मेरे लजाने को छोड़ कर। प्रिय रत्न वाले सवाल का जवाब देते वक़्त मेरा चेहरा लाल हो गया, क्योंकि कुछ समय पहले तक मेरा प्रिय रत्न रक्तमणि था। उसकी पुखराज आँखों को निहारते समय इस बदलाव का कारण पता न होना असंभव था। ज़ाहिर है, वह तब तक बेचैन रहता था, जब तक मैं उसे यह नहीं बता देती थी कि मेरा चेहरा लाल क्यों हुआ था।

जब उसकी मनुहार कामयाब नहीं हुई - और यह नाकाम इसलिए रही - क्योंकि मैंने अपनी आँखें उसके चेहरे से सुरक्षित तरीक़े से दूर रखी थीं - तब उसने मुझे आख़िरकार आदेश दिया, "मुझे बताओ।"

"यह आज तुम्हारी आँखों का रंग है," मैंने आह भरते हुए समर्पण किया और मेरे हाथों को देखा, जब मैं मेरे बालों से छेड़छाड़ करती रही। "मुझे लगता है कि अगर तुम मुझसे दो हफ़्ते बाद पूछोगे, तो मैं गोमेद बताऊँगी।" मैंने सच बोलने के चक्कर में उसे ज़रूरत से ज़्यादा जानकारी दे दी थी और मुझे चिंता हो रही थी कि कहीं इससे उसका गुस्सा न भड़क जाए, जो तब बढ़ जाता था, जब भी मैं बहुत ज़्यादा स्पष्टता से बताती थी कि मैं उसकी कितनी ज़्यादा दीवानी हूँ।

लेकिन उसका ठहराव बहुत छोटा था।

उसने फिर से सवाल दागा, "तुम्हें किस तरह के फूल पसंद हैं?"

मैंने राहत की साँस ली और मनोविश्लेषण का सिलसिला चलता रहा।

बायलॉजी की क्लास एक बार फिर मुश्किल थी। एडवर्ड के प्रश्नों का सिलसिला तब तक जारी रहा, जब तक मि. बैनर कमरे में दाख़िल नहीं हुए। वे ऑडियो-विज़ुअल फ्रेम को दोबारा कमरे में घसीटकर ला रहे थे। जब टीचर बत्ती के स्विच के पास गए, तो मैंने ग़ौर किया कि एडवर्ड ने अपनी कुर्सी मुझसे थोड़ी दूर खिसका ली। इससे मदद नहीं मिली। जैसे ही कमरे में अँधेरा हुआ, बिजली की वही चिंगारी महसूस होने लगी और थोड़ा सा हाथ बढ़ाकर उसकी ठंडी त्वचा को कल की तरह छूने का वही बेचैन उन्माद हावी होने लगा।

मैं टेबल पर आगे झुकी, ठुड्डी को बँधे हाथों पर रखा और मेरी छिपी अँगुलियाँ टेबल का कोना पकड़े रहीं। मैं उस अतार्किक हसरत को नज़रअंदाज़ करने के लिए जूझती रही, जिसने मुझे आंदोलित कर दिया था। मैंने उसकी तरफ़ नहीं देखा। मैं डर रही थी कि अगर वह मेरी तरफ़ देख रहा होगा, तो ख़ुद पर नियंत्रण रखना मेरे लिए और भी ज़्यादा मुश्किल हो जाएगा। मैंने फ़िल्म देखने की पूरी कोशिश की, लेकिन एक घंटे बाद मुझे ज़रा भी पता नहीं था कि मैंने क्या देखा था। जब मि. बैनर ने बत्तियाँ जलाईं, तो मैंने राहत की साँस ली और आख़िरकार एडवर्ड की तरफ़ देखा। वह मेरी तरफ़ देख रहा था और उसकी आँखें अनिश्चित थीं।

वह ख़ामोशी में उठा और स्थिर खड़े होकर मेरा इंतज़ार करने लगा। कल की तरह ही हम ख़ामोशी में जिम की तरफ़ जाने लगे। और कल की तरह ही उसने एक शब्द बोले बिना मेरे चेहरे को छुआ - इस बार ठंडे हाथ के पिछले हिस्से से - मेरी कनपटी से मेरे जबड़े तक एक बार थपथपाया - फिर वह मुड़कर दूर चला गया।

माइक का वन-मैन बैडमिंटन शो देखने में जिम का समय जल्दी गुज़र गया। उसने मुझसे बात नहीं की, या तो मेरा गुमसुम भाव देखकर या फिर इसलिए, क्योंकि कल की हमारी झड़प के बाद वह अब भी नाराज़ था। दिमाग़ के किसी कोने में मुझे इसके बारे में बुरा महसूस हुआ, लेकिन मैं उस पर ध्यान केंद्रित नहीं कर पाई।

इसके बाद मैं जल्दी से कपड़े बदलने गई। मैं असहज थी और जानती थी कि मैं यहाँ से जितनी जल्दी निकलूँगी, एडवर्ड के पास उतनी ही जल्दी पहुँचूँगी। इस दबाव की वजह से मैंने सामान्य से ज़्यादा फूहड़पन से काम किया। अंततः मैं दरवाज़े तक पहुँच गई और जब मैंने उसे वहाँ खड़े देखा, तो मुझे एक बार फिर जन्नत का अहसास हुआ और एक चौड़ी मुस्कान मेरे चेहरे पर अपने आप खिल गई। वह सवाल पूछने से पहले मुस्कराया।

अब उसके सवाल अलग थे, जिनका जवाब देना उतना आसान नहीं था। वह जानना चाहता था कि मुझे घर की किन चीज़ों की कमी खलती है या याद आती है। उसने हर उस चीज़ का वर्णन माँगा, जिससे वह अपरिचित था। हम चार्ली के घर के सामने घंटों बैठे, जब आसमान स्याह हुआ और बारिश की वजह से हमारे चारों ओर बाढ़ जैसा दृश्य दिखने लगा।

मैंने क्रिअसोट की ख़ुशबू जैसी असंभव चीज़ों का वर्णन किया - कटु, थोड़ी डामर जैसी, लेकिन फिर भी सुखद - जुलाई में झींगुरों की पैनी आवाज़, पेड़ों का पंखदार बाँझपन, सफ़ेद-नीला आसमान, जो एक क्षितिज से दूसरे क्षितिज तक फैला रहता था और बैंगनी ज्वालामुखी चट्टानों से ढके निचले पहाड़ से ही बाधित होता था। सबसे मुश्किल चीज़ यह बताना था कि यह मुझे इतना सुंदर क्यों लगता था - एक ऐसी सुंदरता को तर्कसंगत बनाना, जो कम घने, काँटेदार पौधों या पेड़ों पर निर्भर नहीं करती थी, बल्कि अक्सर आधी मुर्दा दिखती थी, एक ऐसी सुंदरता, जिसका भूमि के दिखने वाले आकार से ज़्यादा संबंध था - जहाँ चट्टानी पहाड़ियों के बीच घाटियाँ थीं और उनसे सूरज जिस तरह परावर्तित होता था। मैंने जब उसके सामने इसका वर्णन करने की कोशिश की, तो मुझे अपने हाथों का काफ़ी इस्तेमाल करना पड़ा।

उसके तहक़ीक़ात करने वाले प्रश्नों की वजह से मैं खुलकर बोलती रही और तूफ़ान की हल्की रोशनी में यह भूल ही गई कि बातचीत पर एकाधिकार करने के लिए मुझे शर्म आनी चाहिए। आख़िरकार, जब मैंने घर पर अपने अस्त-व्यस्त कमरे का वर्णन पूरा किया, तो उसने आगे प्रश्न नहीं पूछा, बल्कि रुक गया।

"तुम्हारे प्रश्न ख़त्म हो गए?" मैंने राहत में पूछा।

"अभी कहाँ हैं - लेकिन तुम्हारे डैडी जल्द ही घर आ जाएँगे।"

"चार्ली!" मुझे अचानक उनके अस्तित्व की याद आई और मैंने आह भरी। मैंने बाहर बारिश से स्याह आसमान को देखा, लेकिन उससे समय का कुछ अंदाज़ा लगाना संभव नहीं था। "कितनी देर हो गई?" मैंने ज़ोर से पूछा और फिर मैंने घड़ी देखी। मैं समय देखकर हैरान थी - चार्ली अब घर लौटने वाले होंगे।

"साँझ हो गई है," एडवर्ड ने बुदबुदाते हुए पश्चिमी क्षितिज की ओर देखा, जो बादलों के कारण दिखाई नहीं दे रहा था। उसकी आवाज़ विचारपूर्ण थी, मानो उसका दिमाग़ कहीं दूर हो। मैंने उसकी तरफ़ घूरा, लेकिन वह बिना देखे विंडशील्ड के बाहर निहारता रहा।

मैं अब भी घूर रही थी, जब उसकी आँखें अचानक मेरी आँखों से टकराईं।

"यह हमारे लिए सबसे सुरक्षित समय होता है," उसने कहा और मेरी आँखों के अनकहे प्रश्न का जवाब दिया। "सबसे आसान समय, लेकिन एक मायने में सबसे दुखद भी... एक और दिन का अंत, रात की वापसी। अँधेरा बहुत नीरस होता है, क्या तुम ऐसा नहीं सोचतीं?" वह विचारपूर्ण अंदाज़ में मुस्कराया।

"मुझे रात पसंद है। अँधेरे के बिना हमें कभी सितारे नहीं दिख सकते।" मैंने त्योरी चढ़ाई। "वैसे यहाँ वे ज़्यादा नहीं दिखते हैं।"

वह हँसा और मूड अचानक हल्का हो गया।

"चार्ली कुछ ही मिनट में आ जाएँगे। इसलिए जब तक कि तुम उन्हें बताना न चाहो कि तुम शनिवार को मेरे साथ रहोगी..." उसने एक भौंह उठाई।

"धन्यवाद, लेकिन उसकी ज़रूरत नहीं है।" मैंने अपनी किताबें समेटीं और मुझे अहसास हुआ कि इतनी ज़्यादा देर तक बैठने की वजह से मेरा शरीर अकड़ गया था। "तो कल मेरी बारी है?"

"निश्चित रूप से नहीं!" उसके चेहरे पर मज़ाक़िया क्रोध दिख रहा था। "मैंने तुम्हें बताया था ना कि मेरे सवाल अभी पूरे नहीं हुए हैं, है ना?"

"अब और क्या रह गया है?"

"यह तुम्हें कल पता चलेगा।" उसने मेरे लिए दरवाज़ा खोलने की ख़ातिर हाथ बढ़ाया और उसके इतने नज़दीक आने की वजह से मेरा दिल तेज़ी से खड़खड़ करने लगा।

लेकिन उसका हाथ हैंडल पर जम गया।

"अच्छा नहीं है," वह बुदबुदाया।

"क्या हुआ?" मैं यह देखकर हैरान थी कि उसका जबड़ा कस गया था और उसकी आँखें परेशान दिख रही थीं।

उसने पल भर के लिए मुझे देखा। उसने उदास अंदाज़ में कहा, "एक और जटिलता।"

उसने एक तेज़ गतिविधि में दरवाज़ा खोला और फिर लगभग दुबकते हुए मुझसे तेज़ी से दूर हुआ।

बारिश में हेडलाइट की चमक ने मेरा ध्यान खींचा, जब एक स्याह कार हमसे कुछ फ़ुट दूर फ़ुटपाथ पर आकर रुकी।

"चार्ली की कार मोड़ पर ही है," उसने चेतावनी दी और बारिश में आने वाले वाहन को देखा।

अपनी दुविधा और उत्सुकता के बावजूद मैं तुरंत कूद गई। बारिश ज़्यादा तेज़ हो गई और मेरी जैकेट से टकराकर बूँदें छिटकने लगीं।

मैंने दूसरी कार की सामने वाली सीट पर बैठे लोगों को पहचानने की कोशिश की, लेकिन बहुत ज़्यादा अँधेरा था। मैं नई कार की हेडलाइट्स की रोशनी में एडवर्ड को चमकते हुए देख सकती थी। वह अब भी आगे घूर रहा था और उसकी निगाह किसी चीज़ या व्यक्ति पर केंद्रित थी, जिसे मैं देख नहीं सकती थी। उसके चेहरे पर कुंठा और अवज्ञा का एक अजीब भाव था।

फिर उसने इंजन को रेस दी और गीली सड़क पर टायरों की चरमराहट सुनाई दी। कुछ ही पल बाद वोल्वो ओझल हो गई।

"हे बेला," छोटी काली कार के ड्राइवर वाले हिस्से से एक जानी-पहचानी भारी आवाज़ आई।

"जैकब?" मैंने पूछा और बारिश में से देखने की कोशिश की। तभी मोड़ पर चार्ली का क्रूज़र दिखाई दिया और उसकी रोशनी मेरे सामने वाली कार में बैठे लोगों पर पड़ी।

जैकब पहले ही उतरने लगा था। उसकी चौड़ी मुस्कान अँधेरे में भी दिख रही थी। पैसेंजर सीट पर एक बूढ़ा आदमी बैठा था, भारी आदमी जिसका चेहरा यादगार था - चेहरा अतिरेक से भरा था, गाल कंधों पर टिके थे, सलवटें लाल त्वचा पर पुरानी लेदर जैकेट की तरह फैली थीं। और आश्चर्यजनक रूप से जानी-पहचानी आँखें, काली आँखें जो एक साथ ज़रूरत से ज़्यादा युवा और उस बड़े चेहरे के हिसाब से काफ़ी प्राचीन दिखती थीं, जिनमें वे लगी थीं। जैकब के डैडी बिली ब्लैक। मैं उन्हें तुरंत पहचान गई, हालाँकि उन्हें मैंने पाँच साल से ज़्यादा समय से नहीं देखा था। हालाँकि मैं उनका नाम भूल गई थी, लेकिन चार्ली ने मेरे आने के पहले दिन उनका ज़िक्र किया था और वह मुझे याद था। वे मुझे घूर रहे थे और मेरे चेहरे की जाँच कर रहे थे, इसलिए मैं उनकी ओर यूँ ही मुस्कराई। उनकी आँखें फैली थीं, मानो सदमे या डर में हों। उनके नथुने फड़क रहे थे। मेरी मुस्कान ओझल हो गई।

एक और जटिलता, एडवर्ड ने कहा था।

बिली अब भी मुझे पैनी, चिंतापूर्ण आँखों से घूरे जा रहे थे। मैं अंदर ही अंदर कराहने लगी। क्या बिली ने एडवर्ड को इतनी आसानी से पहचान लिया था? क्या वे सचमुच उन असंभव दंतकथाओं पर विश्वास करते थे, जिन पर उनका बेटा नाक-भौं सिकोड़ता था?

जवाब बिली की आँखों में स्पष्ट था। हाँ। हाँ, वे ऐसा करते थे।

12

संतुलन

"बिली!" चार्ली अपनी कार से बाहर निकलते ही बोले।

मैं घर की ओर मुड़ी और जैकब को इशारा किया, फिर मैं पोर्च के नीचे सिर झुकाकर गई। मैंने सुना कि पीछे चार्ली उनका भावभीना स्वागत कर रहे थे।

"जेक, मैं यह नाटक करने वाला हूँ कि मैंने तुम्हें स्टियरिंग व्हील के पीछे नहीं देखा" उन्होंने नापसंदगी भरे लहज़े में कहा।

"रिज़र्वेशन पर परमिट थोड़ी कम उम्र में ही मिल जाता है," जैकब ने कहा, जब मैंने दरवाज़े का ताला खोला और पोर्च लाइट जलाई।

"वो तो है," चार्ली हँसा।

"मुझे किसी न किसी तरह तो बाहर निकलना रहता है।" इतने साल बीतने के बावजूद मैंने आसानी से बिली की गूँजती आवाज़ पहचान ली। इसे सुनकर मैं अचानक ख़ुद को ज़्यादा छोटी, किसी बच्ची जैसी महसूस करने लगी।

मैं अंदर गई, अपने पीछे दरवाज़ा खुला छोड़ा, बत्तियाँ जलाईं और फिर अपनी जैकेट टाँग दी। इसके बाद मैं दरवाज़े पर खड़ी होकर चिंता से देखती रही, जब चार्ली और जैकब ने बिली को कार से उतारकर उनकी व्हीलचेयर पर बैठाया।

जब वे तीनों बारिश को झटकते हुए तेज़ी से अंदर आए, तो मैं रास्ते से हट गई।

"मुझे तुमने हैरान कर दिया," चार्ली कह रहे थे।

"हमें मिले काफ़ी समय हो गया था," बिली ने जवाब दिया। "कहीं हम ग़लत समय तो नहीं आ गए?" उनकी काली आँखों ने एक बार फिर मुझे देखा और उनके भाव को पढ़ना संभव नहीं था।

"नहीं, यह बड़ी ख़ुशी की बात है। मुझे उम्मीद है कि तुम गेम देखने के लिए रुकोगे।"

जैकब ने दाँत निकाले। "मेरे ख़याल से यही योजना है - हमारा टीवी पिछले सप्ताह ख़राब हो गया है।"

बिली ने अपने बेटे की तरफ़ मुँह बनाया। "और ज़ाहिर है, जैकब बेला से दोबारा मिलने के लिए उतावला हो रहा था," उन्होंने आगे जोड़ दिया। जैकब ने मुँह बनाकर सिर झुका लिया और मैं पश्चाताप की लहर से जूझने लगी। शायद समुद्र तट पर मैंने कुछ ज़्यादा ही विश्वसनीय नाटक कर दिया था।

मैंने किचन की तरफ़ मुड़ते हुए पूछा, "क्या आपको भूख लगी है?" दरअसल मैं बिली की पैनी निगाह से बचना चाहती थी।

"नहीं, हम खाकर आए हैं," जैकब ने जवाब दिया।

"और डैडी, आपको?" मैंने तेज़ी से मुड़ते हुए अपने कंधे के ऊपर से पूछा।

"हाँ," उन्होंने जवाब दिया। उनकी आवाज़ से लग रहा था कि वे सामने वाले कमरे और टीवी की दिशा में जा रहे थे। उनके पीछे बिली की चेयर के जाने की आवाज़ भी सुनाई दे रही थी।

फ़्राइंग पैन में ग्रिल्ड चीज़ सैंडविच था और मैं टमाटर काट रही थी, तभी मुझे लगा कि कोई मेरे पीछे खड़ा है।

"कैसा चल रहा है?" जैकब ने पूछा।

"काफ़ी अच्छा।" मैं मुस्कराई। उसके उत्साह का प्रतिरोध करना मुश्किल था। "तुम्हारा कैसा चल रहा है? क्या तुम्हारी कार पूरी हो गई?"

"नहीं।" उसकी त्योरी चढ़ गई। "अब भी पार्ट्स की ज़रूरत है। हमने यह वाली कार उधार ली है।" उसने अपने अँगूठे से सामने वाले आँगन की तरफ़ इशारा किया।

"सॉरी। मैं वह पार्ट नहीं देख पाई... वैसे तुम्हें कौन सा पार्ट चाहिए था?"

"मास्टर सिलिंडर," उसने दाँत निकालते हुए कहा। "क्या ट्रक के साथ कोई गड़बड़ है?" उसने अचानक पूछा।

"नहीं तो।"

"ओह। मैंने तो बस इसलिए पूछा, क्योंकि तुम इसे नहीं चला रही थीं।"

मैंने कड़ाही को घूरा और फिर सैंडविच के कोने को ऊपर करके देखा कि नीचे वाला हिस्सा ठीक से सिंक गया है या नहीं। "मुझे एक दोस्त ने लिफ्ट दे दी थी।"

"शानदार कार थी।" जैकब की आवाज़ प्रशंसा से भरी थी। "मैं ड्राइवर को नहीं पहचान पाया। मुझे लगता था कि मैं यहाँ के ज़्यादातर बच्चों को पहचानता हूँ।"

मैंने सामान्य अंदाज़ में सिर हिलाया और सैंडविच पलटते वक़्त अपनी नज़रें झुकाए रखीं।

"डैडी उसे पहले से जानते थे।"

"जैकब, क्या तुम मुझे प्लेट्स उठाकर दे सकते हो? वे सिंक के ऊपर वाली अलमारी में रखी हैं।"

"बिलकुल।"

उसने ख़ामोशी में प्लेट्स उठाईं। मैं उम्मीद कर रही थी कि वह उस मामले को छोड़ देगा।

"तो वह कौन था?" उसने मेरे बग़ल में काउंटर पर दो प्लेट लगाते हुए पूछा।

मैंने हार मानते हुए आह भरी। "एडवर्ड कलन।"

उसके हँसने पर मुझे हैरानी हुई। मैंने उसकी तरफ़ देखा, वह थोड़ा झेंपा हुआ लग रहा था।

"इससे बात समझ में आ गई," उसने कहा। "तभी मैं सोचूँ कि डैडी इतना अजीब व्यवहार क्यों कर रहे थे।"

"हाँ," मैंने मासूम भाव से कहा। "वे कलन परिवार को पसंद नहीं करते।"

"अंधविश्वासी बुजुर्ग," जैकब बहुत धीमे से बोला।

"तुम्हें यह तो नहीं लगता कि वे चार्ली से कुछ कहेंगे?" मैं यह पूछे बिना नहीं रह पाई और शब्द धीमी आवाज़ में बाहर निकल पड़े।

जैकब ने एक पल तक मुझे घूरा और मैं उसकी काली आँखों के भाव नहीं समझ पाई। "मुझे नहीं लगता," उसने आख़िरकार जवाब दिया। "मैं सोचता हूँ कि चार्ली ने इस मुद्दे पर उन्हें पिछली बार काफ़ी छीला था। तब से उनमें ज़्यादा बात नहीं हुई है – मुझे लगता है कि आज एक तरह का पुनर्मिलन है। मैं नहीं सोचता कि वे यह मुद्दा दोबारा उठाएँगे।"

"ओह," मैंने कहा और तटस्थ दिखने की कोशिश की।

चार्ली को सैंडविच देने के बाद मैं सामने वाले कमरे में ही बैठी रही। मैं मैच देखने का नाटक कर रही थी, जबकि जैकब मुझसे बातें करता जा रहा था, लेकिन सच तो यह था कि मैं उसकी नहीं, आदमियों की बातचीत सुन रही थी। मैं उस संकेत पर नज़र रख रही थी, जो मुझे पहले से बता दे कि बिली मेरा भांडा फोड़ने वाले हैं। और मैं यह सोच रही थी कि अगर वे ऐसा करने की कोशिश करते हैं, तो मैं उन्हें कैसे रोक सकती हूँ।

यह लंबी रात थी। मेरा बहुत सारा होमवर्क अधूरा पड़ा था, लेकिन मैं बिली को चार्ली के साथ अकेला छोड़ने से डर रही थी। आख़िरकार मैच ख़त्म हो गया।

"क्या तुम अपने दोस्तों के साथ जल्दी ही समुद्र तट पर आने वाली हो?" जैकब ने पूछा, जब वह उसके डैडी को चौखट के ऊपर से निकाल रहा था।

"मुझे नहीं पता," मैंने टालते हुए कहा।

तभी बिली बोले, "यह मज़ेदार था, चार्ली।"

चार्ली ने प्रोत्साहित करते हुए कहा, "अगला मैच देखने भी आना।

"बिलकुल, बिलकुल," बिली ने कहा। "हम ज़रूर आएँगे। गुड नाइट।" उसकी आँखें मेरी तरफ़ आईं और उसकी मुस्कान ग़ायब हो गई। "ध्यान रखना, बेला," उन्होंने गंभीर स्वर में कहा।

"धन्यवाद," मैं दूर देखकर बुदबुदाई।

मैं सीढ़ियों की तरफ़ बढ़ी, लेकिन तभी चार्ली ने दरवाज़े से हाथ हिलाया।

"रुको, बेला," उन्होंने कहा।

मैं सहम गई। क्या लिविंग रूम में मेरे जाने से पहले ही बिली ने चुगली कर दी थी?

लेकिन चार्ली तनावरहित थे और अप्रत्याशित मेहमानों के आने पर अब भी मुस्करा रहे थे।

"मुझे आज तुमसे बात करने का मौक़ा ही नहीं मिला। तुम्हारा दिन कैसा गुज़रा?"

"अच्छा।" मैं पहली सीढ़ी पर एक पैर रखकर झिझकी। मैं आगे की बात जानना चाहती थी, ताकि मैं सुरक्षित रूप से जवाब दे सकूँ। "मेरी बैडमिंटन टीम चारों मैच जीत गई।"

"वाह, मुझे पता नहीं था कि तुम बैडमिंटन भी खेल सकती हो।"

"देखिए, दरअसल मैं नहीं खेल सकती, लेकिन मेरा पार्टनर बहुत अच्छा खेलता है," मैंने स्वीकार किया।

"कौन है?" उन्होंने थोड़ी रुचि से पूछा।

"ऊँ... माइक न्यूटन," मैंने अनिच्छा से उन्हें बताया।

"ओह हाँ - तुमने बताया तो था कि तुम्हारी न्यूटन लड़के से दोस्ती है।" वे उत्साह में आ गए। "अच्छा परिवार है।" उन्होंने एक मिनट तक सोच-विचार किया। "तुम इस वीकएंड उससे डांस के लिए क्यों नहीं पूछती हो?"

"डैडी!" मैंने कराहते हुए कहा। "वह मेरी सहेली जेसिका को एक तरह से डेट कर रहा है। इसके अलावा आप जानते हैं कि मैं डांस नहीं कर सकती।"

"ओह हाँ," वे बुदबुदाए, फिर क्षमायाचना भरे अंदाज़ में मेरी तरफ़ मुस्कराए। "तो मुझे लगता है, यह अच्छा रहेगा कि तुम शनिवार को चली जाओगी... मैंने स्टेशन के बंदों के साथ मछली पकड़ने जाने की योजना बनाई है। मौसम सचमुच गर्म रहना चाहिए, लेकिन अगर तुम अकेले जाने की वजह से अपनी यात्रा रद्‌द करना चाहती हो, तो मैं घर पर ही रह जाऊँगा। मुझे पता है कि मैं तुम्हें यहाँ काफ़ी अकेला छोड़ता हूँ।"

"डैडी, आप बेहतरीन काम कर रहे हैं।" मैं मुस्कराई और उम्मीद की कि वे मेरी राहत को नहीं देख पाएँगे। "मुझे अकेले रहने से कभी दिक़्क़त नहीं हुई - मैं आप ही के जैसी हूँ।" मैंने उनकी तरफ़ आँख मारी और उनके चेहरे पर झुर्रीदार आँखों वाली मुस्कान खिल उठी।

मैं उस रात ज़्यादा अच्छी तरह सोई, मैं इतनी ज़्यादा थक गई थी कि दोबारा सपने नहीं देख सकती थी। जब मैं मोती जैसी भूरी सुबह को जागी, तो मेरा मूड अच्छा था। बिली और जैकब के साथ गुज़री तनावपूर्ण शाम अब पर्याप्त हानिरहित लग रही थी। मैंने इसे पूरी तरह भूलने का फ़ैसला किया। मैंने ख़ुद को सीटी बजाते हुए पकड़ा, जब मैं अपने बालों के अगले हिस्से को पीछे हुड में खींच रही थी और तब भी, जब मैं फुदकती हुई सीढ़ियाँ उतर रही थी। चार्ली ने भी इस बात पर ग़ौर किया।

"आज तुम बहुत ख़ुश लग रही हो," उन्होंने नाश्ते पर टिप्पणी की।

मैंने कंधे उचकाए। "आज शुक्रवार है।"

मैं जल्दी इसलिए कर रही थी, ताकि चार्ली के जाते ही मैं भी जाने के लिए तैयार हो जाऊँ। मैंने अपना बैग तैयार रखा था, जूते पहन लिए थे और ब्रश कर लिया था, लेकिन कोई फ़ायदा नहीं हुआ! जैसे ही मुझे पक्का हुआ कि चार्ली नज़रों से ओझल हो गए होंगे, मैं दरवाज़े तक दौड़कर पहुँची, लेकिन एडवर्ड मुझसे ज़्यादा तेज़ निकला। वह अपनी चमचमाती हुई कार में इंतज़ार कर रहा था। कार की खिड़कियाँ नीचे थीं और इंजन बंद था।

मैं इस बार नहीं झिझकी और तुरंत पैसेंजर साइड पर बैठ गई। मैं उसका चेहरा देखने के लिए बहुत उतावली थी। उसने वक्र मुस्कान से देखा, जिससे मेरी साँसे और दिल थम गए। मैं कल्पना नहीं कर सकती थी कि कोई देवदूत भी इससे ज़्यादा सुंदर हो सकता था। उसके बारे में ऐसा कुछ नहीं था, जिसे बेहतर बनाया जा सकता हो।

"तुम्हें ठीक से नींद आई?" उसने पूछा। मैंने सोचा कि क्या वह जानता है कि उसकी आवाज़ कितनी मनमोहक है।

"अच्छे से। तुम्हारी रात कैसी रही?"

"सुखद।" उसकी आवाज़ में हँसी छिपी थी। मुझे महसूस हुआ जैसे मुझे कोई अंदरूनी मज़ाक़ समझ न आया हो।

"क्या मैं पूछ सकती हूँ कि तुमने क्या किया?" मैंने पूछा।

"नहीं।" उसने दाँत दिखाए। "आज भी *मेरा* दिन है।"

वह आज लोगों के बारे में जानना चाहता था : रिनी के बारे में ज़्यादा जानकारी चाहता था, उनके क्या शौक़ थे, ख़ाली समय में हम एक

साथ क्या करते थे। और फिर मेरी नानी के बारे में, मेरे स्कूल के चंद दोस्तों के बारे में - मैं झेंप गई, जब उसने उन लड़कों के बारे में पूछा, मैंने डेट किया था। मैंने इस बात पर राहत महसूस की कि मैंने दरअसल कभी किसी को डेट नहीं किया था, इसलिए यह मुद्दा ज़्यादा लंबा नहीं खिंचा। जेसिका और एंजेला की तरह ही वह भी इस बात पर हैरान था कि मेरा कोई रोमांटिक इतिहास नहीं रहा था।

"तो तुम पहले कभी किसी से नहीं मिलीं, जो तुम्हें पसंद आया हो?" उसने गंभीर लहज़े में पूछा, जिससे मैं यह सोचने लगी कि वह किस बारे में सोच रहा है।

मैंने अनिच्छा भरे अंदाज़ में सच बोल दिया। "फ़ीनिक्स में तो नहीं।"

उसके होंठ एक सख़्त लकीर में दब गए।

हम इस समय तक कैफ़ेटेरिया में थे। दिन झोंके में गुज़र गया था, जिसकी अब मुझे तेज़ी से आदत पड़ती जा रही थी। मैंने उसके संक्षिप्त विराम का लाभ लेते हुए ब्रेड का कौर काटा।

"मुझे आज तुम्हें तुम्हारी गाड़ी से आने देना चाहिए था," मेरे चबाते समय उसने बिना किसी भूमिका के ऐलान किया।

"क्यों?" मैंने पूछा।

"मैं लंच के बाद एलिस के साथ जा रहा हूँ।"

"ओह," मैंने पलकें झपकाईं, चकराई हुई और निराश। "कोई बात नहीं! मैं पैदल चली जाऊँगी, घर उतना दूर भी नहीं है।"

उसने मुझे अधीरता से त्योरी चढ़ाकर देखा। "मैं तुम्हें पैदल घर नहीं जाने दूँगा। हम तुम्हारा ट्रक ले आएँगे और यहाँ छोड़ देंगे, ताकि तुम उसे चलाकर जा सको।"

"मेरे पास चाबी नहीं है," मैंने आह भरी। "सच्ची, मुझे पैदल चलने से कोई दिक़्क़त नहीं है।" मुझे दिक़्क़त तो इस बात से थी कि वह मेरे पास नहीं रहेगा।

उसने सिर हिलाया। "तुम्हारा ट्रक यहीं रहेगा और चाबी इग्नीशन में लगी मिलेगी - जब तक कि तुम्हें यह डर न हो कि कोई इसे चुरा सकता है।" वह इस विचार पर हँसा।

"ठीक है," मैं अपने होंठ सिकोड़ते हुए मान गई। मुझे पूरा यक़ीन था कि मेरी चाबी उस जीन्स की जेब में थी, जो मैंने बुधवार को पहनी थी और इस वक़्त वह शायद लॉन्ड्री रूम में कपड़ों के ढेर के नीचे कहीं पर होगी। अगर वह किसी तरह मेरे घर में घुस भी गया, तब भी वह उसे नहीं खोज पाएगा। मेरी सहमति में चुनौती के पुट को उसने भाँप लिया। वह अति आत्मविश्वास से दाँत दिखाने लगा।

"तो तुम कहाँ जा रहे हो?" मैंने यथासंभव सामान्य ढंग से पूछने की कोशिश की।

"शिकार करने," उसने थोड़े सख़्त अंदाज़ में जवाब दिया। "अगर मुझे कल तुम्हारे साथ अकेले रहना है, तो मैं ज़्यादा से ज़्यादा सावधानियाँ रखना चाहता हूँ।" उसका चेहरा उदास हो गया... और अनुरोध करने वाला भी। "तुम जानती हो, तुम इस योजना को रद्द कर सकती हो।"

मैंने नीचे देखा, मुझे उसकी आँखों की सम्मोहक शक्ति से डर लग रहा था। मुझे उससे डरने वाली बात पर विश्वास नहीं था, चाहे जोखिम कितना भी वास्तविक हो। मैंने मन ही मन दोहराया, यह *मायने नहीं रखता*।

"नहीं," मैंने फुसफुसाकर कहा और उसके चेहरे को दोबारा देखा। "मैं नहीं कर सकती।"

"शायद तुम सही हो," वह उदास अंदाज़ में बुदबुदाया। मेरे देखते ही देखते उसकी आँखों का रंग स्याह हो गया।

मैंने विषय बदल दिया। "कल मैं तुम्हें किस समय देखूँगी?" मैंने पूछा, मैं उसके अभी जाने की बात से उदास हो गई थी।

"यह निर्भर करता है... कल शनिवार है, क्या तुम देर तक सोना नहीं चाहतीं?" उसने कहा।

"नहीं," मैंने बहुत तेज़ी से जवाब दिया। उसने अपनी मुस्कान रोकी।

"तो फिर रोज़ वाले समय पर," उसने निर्णय लिया। "क्या चार्ली वहाँ होंगे?"

"नहीं, वे कल मछली पकड़ने जा रहे हैं।" मैं इस बात पर ख़ुश थी कि चीज़ें कितने आसान तरीक़े से हो गई थीं।

उसकी आवाज़ तीखी हो गई। "और अगर तुम घर नहीं लौटीं, तो वे क्या सोचेंगे?"

"पता नहीं," मैंने शांत अंदाज़ में जवाब दिया। "वे जानते हैं कि मैं लॉन्ड्री करने वाली हूँ। शायद वे सोचेंगे कि मैं वॉशर में गिर गई हूँ।"

उसने मेरी तरफ़ त्योरी चढ़ाकर देखा। मैंने भी चढ़ा ली। उसका गुस्सा मेरे गुस्से से ज़्यादा प्रभावी था। "तुम आज रात किसका शिकार कर रहे हो?" मैंने पूछा, जब मुझे पक्का हो गया कि मैं गुस्से वाले मुक़ाबले में हार गई हूँ।

"जो भी पार्क में मिल जाए। हम दूर नहीं जा रहे हैं।" वह उसकी गोपनीय सच्चाइयों को लेकर मेरे सामान्य ज़िक्र से हतप्रभ दिख रहा था।

मैंने पूछा, "तुम एलिस के साथ क्यों जा रहे हो?"

"एलिस सबसे ज़्यादा... मदद कर रही है।" उसने बोलते समय त्योरी चढ़ाई।

"और बाक़ी?" मैंने कातर अंदाज़ में पूछा। "वो लोग?"

उसकी भौंहें पल भर के लिए सिकुड़ने लगी। "ज़्यादातर मामलों में विश्वास नहीं कर रहे हैं।"

मैंने उसके परिवार को देखने के लिए पीछे निगाह डाली। वे अलग-अलग दिशाओं में घूर रहे थे, लेकिन वे वैसे ही थे, जैसे पहली बार दिखे थे। अंतर सिर्फ़ यह था कि अब वे चार थे। उनका सुंदर, काँसे जैसे रंग के बालों वाला भाई मेरे सामने बैठा था और उसकी सुनहरी आँखें परेशान थीं।

"वे मुझे पसंद नहीं करते," मैंने अंदाज़ा लगाया।

"यह बात नहीं है," वह असहमत हुआ, लेकिन उसकी आँखें कुछ ज़्यादा ही मासूम बन रही थीं। "वे यह नहीं समझ पा रहे हैं कि मैं तुम्हें अकेला क्यों नहीं छोड़ सकता।"

मैंने मुँह बनाया। "वैसे अगर मामला यह है, तो मैं भी यह नहीं समझ सकती कि मैं ऐसा क्यों नहीं कर सकती।"

एडवर्ड ने अपना सिर धीरे-धीरे हिलाया, अपनी आँखें छत की तरफ़ घुमाईं और फिर दोबारा मुझसे नज़रें मिलाईं। "मैंने तुम्हें बताया था ना - तुम ख़ुद को बिलकुल भी स्पष्टता से नहीं देखती हो। तुम किसी भी लड़की जैसी नहीं हो, जिसे मैंने पहले कभी देखा है। तुम मुझे सम्मोहित कर लेती हो।"

मैंने उसकी तरफ़ गुस्से से देखा। मुझे पक्का यक़ीन था कि अब वह मेरा मज़ाक़ उड़ा रहा है।

मेरी भावनाओं को समझकर वह मुस्कराया। वह बुदबुदाया और अपने माथे को हल्के से छुआ, "मेरे पास जो प्रतिभा है, उसकी बदौलत मैं मानव स्वभाव को सामान्य से ज़्यादा अच्छी तरह समझता हूँ। लोगों के व्यवहार के बारे में अनुमान लगाया जा सकता है। लेकिन तुम... तुम कभी वह नहीं करती हो, जिसकी मैं उम्मीद करता हूँ। तुम हमेशा मुझे हैरान कर देती हो।"

मैंने दूर देखा। झेंप और असंतुष्टि के साथ मेरी आँखें दोबारा उसके परिवार की ओर भटक गईं। उसके शब्दों से मुझे लगा, जैसे वह मुझे विज्ञान का प्रयोग समझ रहा था। मैं ख़ुद पर हँसना चाहती थी कि मैं कोई दूसरी अपेक्षा रख रही हूँ।

"इस बात को स्पष्ट करना काफ़ी आसान है," उसने आगे कहा। मुझे अपने चेहरे पर उसकी नज़र महसूस हुईं, लेकिन मैं इस वक़्त उसे नहीं देख सकती थी। मुझे डर था कि वह मेरी आँखों में सकपकाहट पढ़ लेगा। "लेकिन और भी बहुत कुछ है... जिसे शब्दों में कहना आसान नहीं है-"

उसके बोलते समय भी मैं कलन भाई-बहनों को देख रही थी। अचानक उसकी सुनहरे बालों वाली और अति सुंदर बहन रोज़ेली ने मुड़कर मुझे देखा। नहीं, देखा नहीं - स्याह, ठंडी आँखों से मुझे घूरा। मैं निगाह हटाना चाहती थी, लेकिन उसकी निगाह ने मेरी निगाह को पकड़ लिया, जब तक कि एडवर्ड ने अपना वाक्य अधूरा छोड़कर गुस्सैल आवाज़ नहीं निकाली। यह लगभग फुफकार थी।

रोज़ेली ने गर्दन मोड़ ली और मैं आज़ाद हो गई। मैंने एडवर्ड की ओर देखा - और मैं जानती थी कि वह उस परेशानी और डर को समझ सकता था, जिसकी वजह से मेरी आँखें चौड़ी हो गई थीं।

उसका चेहरा कसा हुआ था, जब उसने स्पष्ट किया। "मुझे उसके बारे में अफ़सोस है। वह बस चिंतित है। देखा... यह सिर्फ़ मेरे लिए ही नहीं, दूसरों के लिए भी ख़तरनाक है, अगर तुम्हारे साथ सार्वजनिक रूप से इतना ज़्यादा समय बिताने के बाद..." उसने नीचे देखा।

"अगर?"

"अगर इसका... अंत बुरा होता है।" उसने अपना सिर अपने हाथों में रख दिया, जैसा उसने पोर्ट एंजेलिस में उस रात को किया था। साफ़ दिख रहा था कि वह दुखी था। मैं उसे तसल्ली देने के लिए व्याकुल थी, लेकिन यह नहीं जानती थी कि कैसे। मेरा हाथ अपने आप उसकी तरफ़ बढ़ा, लेकिन फिर मैंने जल्दी ही इसे टेबल पर वापस खींच लिया। मैं डर रही थी कि कहीं मेरे छूने से स्थिति और ज़्यादा न बिगड़ जाए। मुझे धीरे-धीरे अहसास हुआ कि उसके शब्दों से मुझे डरना चाहिए। मैंने उस डर के आने का इंतज़ार किया, लेकिन इसके बजाय मैं तो सिर्फ़ उसके दर्द के लिए सहानुभूति ही महसूस कर पाई।

और कुंठा - कुंठा कि वह जो भी कहने वाला था, रोज़ेली ने उसमें बाधा डाल दी थी। मैं नहीं जानती थी कि उस विषय को दोबारा कैसे उठाऊँ। उसका सिर अब भी उसके हाथों में था।

मैंने सामान्य आवाज़ में बोलने की कोशिश की। "और अब तुम्हें जाना होगा?"

"हाँ।" उसने अपना चेहरा उठाया। यह एक पल के लिए गंभीर था, फिर उसका मूड बदल गया और वह मुस्कराया। "यह शायद सबसे अच्छा रहेगा। हमारे पास उस बकवास फ़िल्म के पंद्रह मिनट हैं, जो बायलॉजी में हमें झेलनी पड़ेगी - मैं नहीं सोचता कि मैं अब इसे और झेल सकता हूँ।"

मैं चौंक गई। एलिस - जिसके छोटे, स्याहीदार बाल उसके परी जैसे सुंदर चेहरे के चारों ओर खड़े तथा अव्यवस्थित थे - अचानक एडवर्ड के कंधे के पीछे खड़ी थी। उसका छरहरा शरीर लचीला और आकर्षक था, पूरी तरह स्थिर अवस्था में भी।

एडवर्ड ने मुझसे निगाह हटाए बिना उसका अभिवादन किया। "एलिस।"

"एडवर्ड," उसने जवाब दिया; उसकी ऊँची आवाज़ लगभग उसके जितनी ही आकर्षक थी।

"एलिस, बेला - बेला, एलिस," उसने हमारा परिचय दिया और अपने हाथ से सामान्य संकेत किया; उसके चेहरे पर एक व्यंग्यपूर्ण मुस्कान आ गई।

"हेलो, बेला।" एलिस की चमकदार गहरी आँखों के भाव समझ नहीं आ रहे थे, लेकिन उसकी मुस्कान दोस्ताना थी। "आख़िरकार तुमसे मिलकर अच्छा लगा।"

एडवर्ड ने उसे घूरकर देखा।

"हाय, एलिस," मैं संकोच में बुदबुदाई।

"क्या तुम तैयार हो?" एलिस ने एडवर्ड से पूछा।

उसकी आवाज़ दूर कहीं से आती लगी। "लगभग। मैं तुमसे कार में मिलूँगा।"

वह आगे कुछ कहे बिना चली गई। उसकी चाल इतनी लहरदार और मतवाली थी कि मैं ईर्ष्या की तीखी टीस महसूस करने लगी।

"क्या मुझे कहना चाहिए, मज़े करो या यह ग़लत चीज़ होगी?" मैंने एडवर्ड की ओर मुड़ते हुए पूछा।

"नहीं, 'मज़े करो' भी किसी दूसरी चीज़ जितना ही अच्छा है।"

"तो फिर मज़े करो," मैंने पूरे दिल से कहने का नाटक किया। ज़ाहिर है, मैं उसे मूर्ख नहीं बना पाई।

"मैं कोशिश करूँगा।" "और प्लीज़, तुम सुरक्षित रहने की कोशिश करना।"

"फ़ोर्क्स में सुरक्षित रहना - कितनी बड़ी चुनौती है।"

"तुम्हारे लिए यह भी एक चुनौती है।" उसका जबड़ा सख़्त हो गया। "वादा करो।"

"मैं सुरक्षित रहने की कोशिश करने का वादा करती हूँ," मैंने दोहराया। "मैं आज रात लॉन्ड्री करूँगी - यह ख़तरों से भरा काम होना चाहिए।"

"अंदर मत गिरना," उसने चिढ़ाया।

"मैं पूरी कोशिश करूँगी।" फिर वह खड़ा हुआ और मैं भी।

"मैं तुमसे कल मिलूँगी," मैंने आह भरी।

"यह तुम्हें बहुत लंबा समय लगता है, है ना?" वह धीरे से बोला।

मैंने उदास अंदाज़ में सिर हिलाया।

"मैं सुबह आ जाऊँगा," उसने अपनी वक्र मुस्कान के साथ वादा

किया। उसने मेरा चेहरा छूने के लिए टेबल के पार हाथ बढ़ाया और एक बार फिर मेरे गाल की हड्डी पर हल्के से हाथ फेरा। फिर वह मुड़ा और दूर चला गया। मैं उसके पीछे तब तक घूरती रही, जब तक कि वह ओझल नहीं हो गया।

बाक़ी की क्लासें छोड़ने का मेरा बहुत मन था, कम से कम जिम, लेकिन सहज बोध की चेतावनी की वजह से मैं रुक गई। मैं जानती थी कि अगर मैं इस समय ग़ायब हुई, तो माइक और दूसरे लोग यह मान लेंगे कि मैं एडवर्ड के साथ हूँ। और एडवर्ड सार्वजनिक रूप से हमारे एक साथ बिताए समय की वजह से चिंतित था... अगर परिस्थितियाँ गड़बड़ होती हैं। मैंने आख़िरी विचार के बारे में ज़्यादा सोचने से इंकार कर दिया और इसके बजाय परिस्थितियों को उसके लिए ज़्यादा सुरक्षित बनाने पर ध्यान केंद्रित किया।

मैं सहज बोध से जानती थी - और ऐसा लगता है कि उसे भी यह अहसास था - कि कल बेहद महत्त्वपूर्ण आर-पार वाला दिन होगा। हमारा संबंध आगे चाकू की नोंक पर अटका नहीं रह सकता, जैसा कि यह अब तक था। हम एक तरफ़ या दूसरी तरफ़ गिरेंगे, जो पूरी तरह से उसके निर्णय या सहज बोध पर निर्भर करता था। चेतन रूप से चुनने से पहले ही मैं निर्णय ले चुकी थी और मैं इसे अंत तक क़ायम रखने के प्रति समर्पित थी, क्योंकि मेरे लिए उससे दूर होने से ज़्यादा दहशत या यातना भरा कुछ भी नहीं था। इसकी कल्पना ही असंभव थी।

मैं कर्तव्यनिष्ठ विद्यार्थी की तरह क्लास में गई। मुझे बिलकुल नहीं पता कि बायलॉजी की क्लास में क्या हुआ, मेरा दिमाग़ तो आने वाले कल के विचारों में खोया हुआ था। जिम में माइक मुझसे दोबारा बात करने लगा, उसने मुझे सिएटल में अच्छा समय बिताने की शुभकामना दी। मैंने सावधानी से स्पष्ट किया कि मैंने अपनी यात्रा रद्द कर दी थी, क्योंकि मैं अपने ट्रक के बारे में चिंतित थी।

"क्या तुम कलन के साथ डांस करने वाली हो?" अचानक उसने चिढ़कर पूछा।

"नहीं, मैं डांस नहीं करूँगी।"

"तो फिर तुम क्या करोगी?" उसने बहुत ज़्यादा रुचि लेते हुए पूछा।

मेरी स्वाभाविक इच्छा यह थी कि वह वहाँ से दफ़ा हो जाए। इसके बजाय मैंने उत्साह से झूठ बोल दिया।

"लॉन्ड्री, और फिर मुझे ट्रिगनोमेट्री टेस्ट के लिए पढ़ना है, वरना मैं फ़ेल हो जाऊँगी।"

"क्या कलन पढ़ाई में तुम्हारी मदद कर रहा है?"

"*एडवर्ड,*" मैंने ज़ोर दिया, "पढ़ाई में मेरी मदद नहीं करेगा। वह वीकएंड मनाने के लिए कहीं दूर गया है।" मैं इस बात पर हैरान थी कि मैं झूठ सामान्य से ज़्यादा स्वाभाविक तरीक़े से बोल पा रही थी।

"ओह," वह ख़ुश हो गया। "जानती हो, तुम हमारे समूह के साथ डांस करने आ सकती हो - यह बेहतरीन रहेगा। हम सब तुम्हारे साथ डांस करेंगे," उसने वादा किया।

जेसिका के चेहरे की मानसिक तसवीर ने मेरे लहज़े को कुछ ज़्यादा ही तीखा बना दिया।

"माइक, मैं डांस में *नहीं* जा रही हूँ, ठीक है?"

"ठीक है।" उसने दोबारा मुँह फुला लिया। "मैं तो बस प्रस्ताव रख रहा था।"

जब स्कूल का दिन आख़िरकार ख़त्म हुआ, तो मैं उत्साह के बिना पार्किंग तक गई। मैं ख़ास तौर पर अकेले पैदल घर नहीं जाना चाहती थी, लेकिन मुझे समझ में नहीं आ रहा था कि वह मेरा ट्रक कैसे ला पाएगा। दूसरी तरफ़, मैं यह विश्वास भी करने लगी थी कि उसके लिए कुछ भी असंभव नहीं था। बाद वाला विश्वास सही साबित हुआ - मेरा ट्रक उसी जगह पर खड़ा था, जहाँ आज सुबह उसकी वोल्वो खड़ी थी। मैंने अविश्वास में सिर हिलाया, जब मैंने खुले दरवाज़े को खोला और इग्नीशन में चाबी देखी।

मेरी सीट पर तह किया हुआ सफ़ेद काग़ज़ रखा था। मैंने अंदर जाकर दरवाज़ा बंद किया और इसके बाद ही उसे खोला। इस पर उसकी सुंदर लिखावट में दो शब्द लिखे थे।

सुरक्षित रहना।

ट्रक के चालू होने की आवाज़ से मैं डर गई, मैं ख़ुद पर हँसने लगी।

जब मैं घर पहुँची, तो दरवाज़े के हैंडल पर ताला लगा था, डेड बोल्ट का ताला खुला था - सब कुछ वैसा ही दिख रहा था, जैसा मैं आज सुबह छोड़कर गई थी। अंदर जाकर मैं सीधे लॉन्ड्री रूम तक गई। यह भी वैसा ही दिख रहा था, जैसा मैं इसे छोड़कर गई थी। मैंने अपनी जीन्स खोजी और इसे खोजने के बाद जेब की जाँच की। ख़ाली। मैंने सोचा, शायद मैंने चाबी टाँग दी होगी। मैं सिर हिलाने लगी।

उसी सहज बोध का अनुसरण करते हुए, जिसने मुझे माइक से झूठ बोलने के लिए प्रेरित किया था, मैंने जेसिका को डांस की शुभकामना देने के बहाने से फ़ोन किया। जब उसने एडवर्ड के साथ दिन बिताने के लिए शुभकामना दी, तो मैंने उसे बताया कि वह योजना रद्द हो गई है। वह ज़रूरत से ज़्यादा निराश हुई, जितना किसी तीसरे व्यक्ति को आम तौर पर नहीं होना चाहिए। मैंने इसके तुरंत बाद उससे विदा ले ली।

डिनर पर चार्ली का ध्यान भटका हुआ था। मुझे लगा, वे शायद ऑफ़िस की किसी चीज़ के बारे में चिंतित थे, या शायद बास्केटबॉल मैच या शायद उन्हें लज़ान्या खाने में आनंद आ रहा था - चार्ली के बारे में कुछ भी कहना मुश्किल था।

"आप जानते हो, डैड...," मैंने उनकी तंद्रा को तोड़ते हुए कहा।

"क्या, बेला?"

"मैं सोचती हूँ कि आपने सिएटल के बारे में सही कहा था। मैं सोचती हूँ कि मैं तब तक इंतज़ार करूँगी, जब तक कि जेसिका या कोई और मेरे साथ जाने को तैयार न हो।"

"ओह," उन्होंने हैरान होकर कहा। "ओह, ठीक है। तो तुम चाहती हो कि मैं घर पर रहूँ?"

"नहीं, डैडी। आप अपनी योजनाएँ न बदलें। मेरे पास करने के लिए हज़ारों काम हैं... होमवर्क, लॉन्ड्री... मुझे लाइब्रेरी भी जाना है और किराना स्टोर भी। मैं दिन भर अंदर-बाहर होती रहूँगी... आप जाओ और मज़े करो।"

"पक्का?"

"पक्का, डैडी। इसके अलावा फ्रीज़र में मछलियों की संख्या कम हो रही है - अब शायद दो-तीन साल की सप्लाई ही बची है।"

"तुम्हारे साथ रहना सचमुच आसान है, बेला।" वे मुस्कराए।

"मैं यही बात आपके बारे में भी कह सकती हूँ," मैंने हँसते हुए कहा। मेरी हँसी की आवाज़ सच्ची नहीं लग रही थी, लेकिन उन्होंने ग़ौर नहीं किया। मैं उन्हें धोखा देने के बारे में इतनी अपराधी महसूस कर रही थी कि मेरा एक बार तो मन हुआ कि मैं एडवर्ड की सलाह मान लूँ और उन्हें बता दूँ कि मैं कहाँ रहूँगी, लेकिन मैं रुक गई।

डिनर के बाद मैंने कपड़े तह किए और ड्रायर में एक और खेप डाली। दुर्भाग्य से इस तरह का काम था सिर्फ़ हाथों को व्यस्त रखता था। मेरे दिमाग़ के पास काफ़ी ज़्यादा ख़ाली समय था और यह क़ाबू के बाहर जा रहा था। मैं प्रबल उम्मीद और कपटी डर के बीच झूलती रही, जो मेरे संकल्प को कुरेद रहा था। मुझे ख़ुद को याद दिलाते रहना पड़ा कि मैंने अपना विकल्प चुन लिया था और अब मैं पीछे नहीं हटूँगी। मैंने उसका नोट अपनी जेब से बाहर निकाला और इतनी ज़्यादा बार देखा, जितनी उसके लिखे दो छोटे शब्दों को देखने की ज़रूरत नहीं थी। वह चाहता है कि मैं सुरक्षित रहूँ, मैंने ख़ुद को बार-बार बताया। मैं बस इस विश्वास पर अडिग रहूँगी कि अंत में यह इच्छा बाक़ी सारी इच्छाओं पर भारी पड़ेगी। और मेरा दूसरा विकल्प क्या था - उसे अपने जीवन से हटा देना? असहनीय। इसके अलावा, ऐसा लग रहा था कि मैं जब से फ़ोर्क्स आई थी, तब से मेरा जीवन *उसके बारे* में ही था।

लेकिन मेरे दिमाग़ के पीछे से आने वाली एक छोटी आवाज़ ने मुझे चिंतित कर दिया और मैं सोचने लगी कि क्या इससे *बहुत* दर्द होगा... अगर इसका अंत बुरा हुआ।

मुझे राहत मिली, जब इतनी रात हुई कि उसे सोने का समय माना जा सकता था। मैं जानती थी कि मैं ज़्यादा तनाव के कारण सो नहीं पाऊँगी, इसलिए मैंने एक ऐसा काम किया, जो पहले कभी नहीं किया था। मैंने सर्दी की गोलियाँ अनावश्यक रूप से ले लीं - क्योंकि इससे मुझे आठ घंटे की नींद आ जाती थी। मैं आम तौर पर इस तरह की हरकत के लिए ख़ुद को क्षमा नहीं करती, लेकिन कल इतना ज़्यादा जटिल होने वाला था

कि मैं नींद की कमी की वजह से होने वाले चिड़चिड़ेपन को गवारा नहीं कर सकती थी। दवा के असर का इंतज़ार करते समय मैंने अपने साफ़ बाल सुखाए, जब तक कि वे बिलकुल सीधे नहीं हो गए और फिर इस बात की चिंता करने लगी कि कल क्या पहनूँगी।

सुबह के लिए हर चीज़ तैयार करने के बाद मैं आख़िरकार बिस्तर पर लेट गई। मैं अति उत्तेजित थी। मैं कसमसाना रोक नहीं पा रही थी। मैंने उठकर सीडी के अपने शूबॉक्स में खोजा, जब तक कि मुझे शौपॉ के नॉक्टर्न्स का संग्रह नहीं मिल गया। इसे बहुत धीरे से चलाकर मैं फिर से लेट गई और अपने शरीर के एक-एक अंग को तनावरहित करने पर ध्यान केंद्रित करने लगी। इस अभ्यास के बीच में कहीं पर सर्दी की गोलियों ने असर दिखाया और मैं बेसुध हो गई।

मैं जल्दी जाग गई। समझदारी भरे दवा के इस्तेमाल की बदौलत मुझे गहरी और स्वप्नरहित नींद आई थी। अच्छी नींद के बावजूद मैं पिछली रात वाली तूफ़ानी हड़बड़ी में तुरंत फिसल गई। मैंने फटाफट कपड़े पहने, अपना कॉलर गले पर सही से जमाया और टैन स्वेटर के साथ तब तक जूझी, जब तक कि यह मेरी जीन्स पर सही तरीक़े से नहीं लटकने लगा। मैंने खिड़की से बाहर चोरी से फटाफट देखा। चार्ली जा चुके थे। बादलों की पतली, कपास जैसी परत आसमान को छिपाए हुए थी। ऐसा नहीं लग रहा था कि वे ज़्यादा समय तक टिक पाएँगे।

मैंने भोजन का स्वाद लिए बिना नाश्ता खाया और इसके बाद तेज़ी से बर्तन साफ़ करने लगी। मैंने दोबारा खिड़की से बाहर झाँका, कुछ भी नहीं बदला था। दाँत ब्रश करने के बाद मैं नीचे की मंज़िल पर जा रही थी, तभी एक धीमी दस्तक की वजह से मेरा दिल ज़ोर से धड़कने लगा।

मैं उठकर दरवाज़े तक पहुँची। उतावलेपन की वजह से मुझे दरवाज़ा खोलने में थोड़ी समस्या आई, लेकिन मैंने आख़िरकार दरवाज़ा खोल दिया और वह वहाँ पर खड़ा था। जैसे ही मैंने उसका चेहरा देखा, मेरी सारी बेचैनी ख़त्म हो गई और उसकी जगह पर शांति छा गई। मैंने राहत की साँस ली - उसके साथ होने के बाद कल के डर बहुत मूर्खतापूर्ण दिख रहे थे।

पहले-पहल वह मुस्करा नहीं रहा था - उसका चेहरा गंभीर था, लेकिन फिर उसके चेहरे का भाव हल्का हो गया, जब उसने मुझे ऊपर से नीचे तक देखा और वह हँसने लगा।

"गुड मॉर्निंग," उसने दबी हँसी हँसते हुए कहा।

"क्या गड़बड़ है?" मैंने नीचे देखा कि कहीं मैं कोई महत्त्वपूर्ण चीज़ पहनना तो नहीं भूल गई थी, जैसे जूते या जीन्स।

वह हँसते हुए बोला, "हमारी मैचिंग हो रही है।" मुझे अहसास हुआ कि वह लंबा, हल्का टैन स्वेटर पहने था, जिसके नीचे सफ़ेद कॉलर दिख रहा था और नीली जीन्स भी। मैंने हँसी के साथ अफ़सोस के गोपनीय भाव को छिपाया - वह किसी मॉडल जैसा क्यों दिखता था और मैं नहीं दिखती थी।

जब वह चलकर ट्रक तक गया, तो मैंने अपने पीछे दरवाज़ा बंद किया। वह पैसेंजर द्वार पर इंतज़ार करने लगा। उसके चेहरे पर शहीद जैसा भाव था, जिसे समझना आसान था।

"हमने तय किया था," मैंने उसे आत्मसंतुष्ट अंदाज़ में याद दिलाया। फिर मैं ड्राइवर सीट पर बैठ गई और उसका दरवाज़ा खोलने के लिए हाथ बढ़ाया।

"कहाँ?" मैंने पूछा।

"अपना सीट बेल्ट पहन लो - मुझे तो पहले ही घबराहट हो रही है।"

मैंने उसे गंदी निगाह से देखा और फिर उसकी बात मान ली।

"कहाँ?" मैंने एक आह भरकर पूछा।

"101 उत्तर पकड़ लो," उसने आदेश दिया।

जब मेरे चेहरे पर उसकी निगाह हो, तो सड़क पर ध्यान केंद्रित करना बहुत, बहुत ज़्यादा मुश्किल था। इस वजह से मैंने और भी धीमी गति से गाड़ी चलाई, हालाँकि आधा शहर अब भी सो रहा था।

"क्या तुम रात से पहले फ़ोर्क्स से बाहर निकल पाओगी?"

"यह ट्रक तुम्हारी कार जितना पुराना है - थोड़ी तो इज़्ज़त करो," मैंने पलटकर कहा।

उसकी नकारात्मकता के बावजूद हम जल्दी ही शहर की सीमा के बाहर पहुँच गए। लॉन और मकानों की जगह मोटे झाड़-झंखाड़ और हरे पट्टे वाले तने दिखने लगे।

"1-10 पर दायाँ मोड़ लेना," उसने निर्देश दिया, जब मैं पूछने ही वाली थी। मैंने ख़ामोशी से ऐसा ही किया।

"अब हम तब तक चलेंगे, जब तक कि रास्ता ख़त्म नहीं हो जाता।"

मैं उसकी आवाज़ में मुस्कान का पुट सुन सकती थी, लेकिन मुझे डर था कि कहीं गाड़ी सड़क से उतरकर उसे सही साबित न कर दे, इसलिए मैंने उसकी तरफ़ नहीं देखा कि वह सचमुच हँस रहा था या नहीं।

"और वहाँ क्या है? रास्ते के अंत में?" मैंने हैरानी से पूछा।

"एक पगडंडी?"

"हम पैदल चलेंगे?" भगवान का शुक्र था कि मैंने टेनिस जूते पहने थे।

"क्या उसमें समस्या है?" उसकी आवाज़ से ऐसा लग रहा था, मानो उसे यही उम्मीद थी।

"नहीं।" मैंने झूठ में ज़्यादा आत्मविश्वास भरने की कोशिश की, लेकिन अगर वह सोचता था कि मेरा ट्रक धीमा था, तो मेरी पैदल चाल के बारे में वह क्या कहेगा...

"चिंता मत करो, हमें सिर्फ़ पाँच मील चलना है और हमें कोई जल्दी नहीं है।"

पाँच मील। मैंने जवाब नहीं दिया, वरना वह मेरी आवाज़ को दहशत में टूटते हुए सुन लेता। पाँच मील ऊबड़-खाबड़ रास्तों पर चलना, वह भी तब जब रास्ते में उलझी हुई जड़ें और पत्थर होंगे, जो मेरे पैर मोड़ने या किसी दूसरी तरह मुझे गिराने की कोशिश करेंगे। यह अपमानजनक होने वाला था।

कुछ समय तक हम ख़ामोशी से चलते रहे और मैं दहशत भरे विचार सोचती रही।

"तुम क्या सोच रही हो?" उसने कुछ पल बाद अधीरता से पूछा।

मैंने एक बार फिर झूठ बोल दिया। "बस यह सोच रही थी कि हम कहाँ जा रहे हैं।"

"यह एक ऐसी जगह है, जहाँ जाना मुझे पसंद है, जब मौसम अच्छा होता है।" उसके बोलने के बाद हम दोनों ने ही बाहर देखा, बाहर बादल छँट रहे थे।

"चार्ली ने कहा था कि आज मौसम गर्म रहेगा।"

"और क्या तुमने चार्ली को बता दिया था कि तुम्हारे क्या इरादे हैं?" उसने पूछा।

"नहीं।"

"लेकिन जेसिका तो सोचती है कि हम इकट्ठे सिएटल जा रहे हैं?" वह इस विचार से ख़ुश नज़र आ रहा था।

"नहीं, मैंने उसे बता दिया या था कि तुमने कार्यक्रम रद्द कर दिया - जो सच है।"

"यानी कोई नहीं जानता कि तुम मेरे साथ हो?" वह गुस्से में आ गया था।

"ऐसा नहीं है... मुझे लगता है, तुमने एलिस को बताया है?"

"यह बहुत मददगार है, बेला," वह चिढ़ गया।

मैंने उसकी बात न सुनने का नाटक किया।

"क्या तुम फ़ोर्क्स से इतनी ज़्यादा तंग आ चुकी हो कि आत्महत्या के मूड में आ गई हो?" उसने पूछा।

मैंने उसे याद दिलाया, "तुम्हीं ने तो कहा था कि हमारे सार्वजनिक रूप से एक साथ रहने से तुम्हें बाद में मुश्किल हो सकती है..."

"तो तुम *मुझे* होने वाली मुश्किल के बारे में चिंतित हो - अगर *तुम* घर नहीं लौटती हो?" उसकी आवाज़ अब भी गुस्से और कटाक्ष से भरी थी।

मैंने सिर हिलाया और अपनी आँखें सड़क पर रखीं।

वह अपनी साँस के नीचे बुदबुदाया, इतनी तेज़ी से बोला कि मैं समझ नहीं पाई।

बाक़ी यात्रा में हम ख़ामोश रहे। मैं उसकी तरफ़ से क्रोध और नापसंदगी की लहरें निकलती महसूस कर सकती थी, लेकिन मुझे कहने के लिए कोई बात नहीं सूझी।

और फिर सड़क ख़त्म हो गई। यह एक पतली पैदल पगडंडी में बदल गई और वहाँ लकड़ी का एक छोटा चिह्न था। मैंने सँकरी ढलान पर ट्रक खड़ा किया और बाहर निकल गई। मैं डर रही थी कि क्या वह मुझसे अब भी नाराज़ है। अब तो उसे न देखने का मेरे पास यह बहाना भी नहीं था कि मैं गाड़ी चला रही हूँ। अब मौसम गर्म था। यह फ़ोर्क्स में मेरे आने के बाद का सबसे गर्म दिन था, बादलों के नीचे लगभग उमसदार था। मैंने अपना स्वेटर उतारा और उसे अपनी कमर के चारों ओर लपेटकर बाँध लिया। मैं ख़ुश थी कि मैंने हल्की, बगैर आस्तीन वाली शर्ट पहनी थी – ख़ास तौर पर, जब मुझे पाँच मील पैदल चलना था।

मैंने उसका दरवाज़ा धड़ाम से बंद होते सुना। मैंने पलटकर देखा कि उसने भी अपना स्वेटर उतार दिया था। उसने मेरी तरफ़ पीठ कर रखी थी और वह मेरे ट्रक के पास खड़े होकर घने जंगल को देख रहा था।

"इस तरफ़," उसने अपने कंधे के ऊपर मेरी तरफ़ देखते हुए कहा और उसकी आँखों में चिढ़ अब भी भरी थी। वह अँधेरे जंगल में चलने लगा।

"पगडंडी?" दहशत मेरी आवाज़ में साफ़ झलक रही थी, जब मैं ट्रक को तेज़ी से लाँघकर उसके बराबर पहुँची।

"मैंने कहा था कि सड़क के अंत में एक पगडंडी है, यह नहीं कहा था कि हम उस पर चलने वाले हैं।"

"हम पगडंडी पर नहीं चलेंगे?" मैंने हताशा में पूछा।

"मैं तुम्हें भटकने नहीं दूँगा।" वह मेरी तरफ़ मुड़ा और चिढ़ाने वाले अंदाज़ में मुस्कराया। मैं हैरानी के मारे साँस लेना भूल गई। उसने बिना आस्तीन की सफ़ेद शर्ट पहनी थी। बटन खुले होने के कारण उसके गले की चिकनी सफ़ेद त्वचा उसके सीने के संगमरमरी उभारों तक बिना किसी बाधा के दिखाई दे रही थी, अब उसकी आदर्श मांसपेशीय संरचना को छिपाने वाली कपड़ों की बाधा ख़त्म हो गई थी। मैंने निराशा की तेज़ टीस के साथ महसूस किया, वह तो बहुत ज़्यादा सुंदर और आदर्श है। यह देवता जैसा दिखने वाला प्राणी मेरे लिए नहीं बना हो सकता।

मेरे चेहरे पर यातना के भाव देखकर वह चकरा गया और मुझे घूरने लगा।

"क्या तुम घर लौटना चाहती हो?" उसने धीरे से पूछा। उसकी आवाज़ का दर्द मेरे दर्द से अलग था।

"नहीं।" मैं आगे चल दी, जब तक कि उसके क़रीब नहीं पहुँच गई। मैं इस बारे में चिंतित थी कि मुझे उसके साथ बिताने के लिए जो समय मिल रहा है, मैं उसका एक भी पल बर्बाद न करूँ।

"क्या दिक़्क़त है?" उसने नरमी से पूछा।

"मैं पैदल चलने में अच्छी नहीं हूँ," मैंने बोझिल अंदाज़ में जवाब दिया। "तुम्हें बहुत धैर्य रखना होगा।"

"मैं धैर्य रख सकता हूँ - लेकिन इसके लिए मुझे बहुत कोशिश करनी पड़ेगी।" वह मुस्कराया और मुझसे नज़रें मिलाए रखीं, ऐसा लग रहा था कि वह मुझे अस्पष्ट निराशा से बाहर निकालने की कोशिश कर रहा था।

मैंने पलटकर मुस्कराने की कोशिश की, लेकिन मेरी मुस्कान विश्वसनीय नहीं थी। उसने मेरे चेहरे को ग़ौर से देखा।

"मैं तुम्हें घर ले जाऊँगा," उसने वादा किया। मैं यह नहीं समझ सकती थी कि यह वादा बिना शर्त का था या इसी समय जाने तक सीमित था। मैं जानती थी कि उसके हिसाब से मैं इसी डर की वजह से परेशान थी। मैं एक बार फिर कृतज्ञ हुई, मैं ही इकलौती इंसान थी, जिसका दिमाग़ वह नहीं पढ़ सकता था।

"अगर तुम यह चाहते हो कि मैं सूर्यास्त से पहले जंगल में पाँच मील पैदल चलूँ, तो बेहतर यही रहेगा कि तुम आगे-आगे चलना शुरू कर दो," मैंने कटु अंदाज़ में कहा। उसने त्योरी चढ़ाकर देखा और मेरे लहज़े तथा भाव को समझने की कोशिश की।

एक पल बाद वह हार मानकर जंगल में आगे-आगे चलने लगा।

यह उतना मुश्किल नहीं था, जितना मुझे डर था। रास्ता ज़्यादातर समतल था। जब भी भीगे हुए फर्न वृक्ष और काई के जाले आते थे, तो वह उन्हें पकड़कर मेरे लिए रास्ता बना देता था। जब रास्ता गिरे पेड़ों या चट्टानों के ऊपर से जाता था, तो वह मेरी कोहनी से मुझे उठा लेता था और पार करते ही तुरंत छोड़ देता था। मेरी त्वचा पर उसके ठंडे स्पर्श से मेरा दिल हमेशा ग़लत तरीक़े से धड़कने लगता था। जब ऐसा दो बार हो गया, तो मुझे उसके चेहरे पर ऐसा भाव नज़र आया, जिसे देखकर मुझे विश्वास हो गया कि किसी तरह उसे यह बात समझ आ गई है।

मैंने उसके आदर्श स्वरूप से अपनी निगाह दूर रखने की पूरी-पूरी कोशिश की, लेकिन मैं अक्सर बहक जाती थी। और उसकी सुंदरता देखकर दुखी हो जाती थी।

ज़्यादातर समय हम ख़ामोशी में चले। कभी-कभार वह मुझसे कोई सवाल पूछ लेता था, जो पिछले दो दिन के सवाल-जवाब में रह गया था। उसने मेरे जन्मदिन के बारे में पूछा, मेरे ग्रेड स्कूल के टीचर्स के बारे में, मेरे बचपन के पालतू जानवरों के बारे में - और मुझे बताना पड़ा कि मैंने लगातार तीन मछलियों को मार डाला था, जिसके बाद मैंने जानवरों को पालना छोड़ दिया था। इस पर वह इतनी ज़ोर से हँसा, जितना कभी नहीं हँसा था - उस आवाज़ की घंटी जैसी गूँज ख़ाली जंगलों से हमारी ओर लौटती रही।

पदयात्रा में काफ़ी समय लग गया, लेकिन उसने कभी बेसब्री या बेचैनी का कोई संकेत नहीं दिया। जंगल प्राचीन पेड़ों की असीम भूलभुलैया जैसा लग रहा था। मैं घबरा रही थी कि कहीं हम बाहर निकलने का रास्ता नहीं खोज पाए, तो क्या होगा, लेकिन एडवर्ड हरी भूलभुलैया नें पूरी तरह निश्चित था। उसे हमारी दिशा के बारे में कोई शंका नहीं हो रही थी।

कुछ घंटे बाद मंडप से छनकर आने वाली रोशनी बदल गई; इसकी स्याह जैतूनी रंगत अब ज़्यादा चमकदार हरे रंग में बदल गई। धूप खिल गई थी, जैसी उसने भविष्यवाणी की थी। जंगल में दाख़िल होने के बाद पहली बार मैंने रोमांच महसूस किया - जो जल्द ही अधीरता में बदल गया।

"क्या हम वहाँ पहुँच गए?" मैंने ताना मारा और त्योरी चढ़ाने का नाटक किया।

"लगभग," वह मेरे मूड बदलने पर मुस्कराया। "क्या तुम्हें आगे उजाला दिख रहा है?"

मैंने घने जंगल में झाँका। "दिखना चाहिए क्या?"

"शायद *तुम्हारी* आँखों को कुछ समय बाद दिखेगा।"

"लगता है, मुझे नेत्र विशेषज्ञ से चेकअप कराना चाहिए," मैं बुदबुदाई। उसकी मुस्कान ज़्यादा गहरी हो गई।

लेकिन तभी, लगभग सौ गज़ दूर मुझे आगे के पेड़ों में एक रोशनी दिखाई दी, जो हरी के बजाय पीली थी। मैंने चलने की रफ़्तार बढ़ा दी

और हर क़दम के साथ मेरी उत्सुकता बढ़ती जा रही थी। उसने अब मुझे आगे चलने दिया और ख़ुद बिना आवाज़ किए पीछे चलने लगा।

मैं रोशनी के कुंड के कोने तक पहुँची और फ़र्न वृक्षों की आख़िरी क़तार में क़दम रखा। इसके बाद मैं उस सबसे प्यारी जगह पर पहुँच गई, जो मैंने कभी देखी थी। यह छोटी सी बगिया आदर्श रूप से गोल थी और जंगली फूलों से भरी थी - बैंगनी, पीले और हल्के सफ़ेद। आस-पास कहीं से पानी की कलकल सुनाई दे रही थी। सूरज ठीक सिर के ऊपर था और मक्खन जैसी धूप बिखेर रहा था। मैं विस्मय से नरम घास पर चलने लगी, लहराते फूलों के पास से गुज़री और शानदार गर्म हवा में पहुँच गई। मैं उसे अपनी भावनाएँ बताने के लिए मुड़ी, लेकिन वह मुझे कहीं नज़र नहीं आया। मैं पलटकर घूमी और दहशत से उसे खोजने लगी। आख़िरकार वह मुझे दिख गया। वह अब भी खुली जगह के कोने पर मंडप की घनी छाया के नीचे था और सावधान निगाहों से मुझे देख रहा था। तभी मुझे एक चीज़ याद आई, जिसे बगिया की सुंदरता ने मेरे दिमाग़ से निकाल दिया था - एडवर्ड और सूरज की पहेली, जिसे उसने आज सुलझाने का वादा किया था।

मैंने उसकी तरफ़ एक क़दम बढ़ाया और मेरी आँखें उत्सुकता से चमक रही थीं। उसकी आँखें सावधान और अनिच्छुक थीं। मैं उसका उत्साह बढ़ाते हुए मुस्कराई और अपने हाथ से उसे इशारा किया, फिर उसकी दिशा में एक और क़दम बढ़ाया। उसने चेतावनी में एक हाथ उठाया, जिससे मैं ठिठक गई और अपनी एड़ियों पर रुक गई।

एडवर्ड ने गहरी साँस ली और फिर दोपहर के सूरज की तेज़ रोशनी में क़दम रख दिया।

13

स्वीकारोक्तियाँ

धूप में एडवर्ड को देखकर मुझे सदमा लग गया था। मैं इसकी आदी नहीं थी, हालाँकि मैं उसे सुबह से ही देख रही थी। कल के शिकार की वजह से हल्की लाली होने के बावजूद उसकी त्वचा सफ़ेद थी और यह दरअसल इस तरह चमक रही थी, जैसे उस पर हज़ारों छोटे-छोटे हीरे जड़े हों। वह घास में पूरी तरह स्थिर लेट गया। उसके तराशे हुए सीने पर उसकी शर्ट खुली थी, जिससे सीना चमक रहा था और बाँहें भी। उसकी चमकती, पलकें बंद थीं, लेकिन यह स्पष्ट था कि वह सो नहीं रहा था। वह तो आदर्श प्रतिमा जैसा लग रहा था, जैसे हीरे को तराशा गया था। संगमरमर जैसी चिकनी प्रतिमा क्रिस्टल की तरह चमक रही थी।

कभी-कभार उसके होंठ इतनी तेज़ी से हिलते थे, जैसे काँप रहे हों। मेरे पूछने पर उसने बताया कि वह गाना गा रहा था, उसकी आवाज़ इतनी धीमी थी कि मैं सुन नहीं पाई।

मैंने भी धूप का आनंद लिया, हालाँकि हवा मेरी पसंद लायक़ सूखी नहीं थी। मैं भी उसकी तरह लेटकर चेहरे पर धूप की गर्मी महसूस करना चाहती थी, लेकिन मैं बैठी रही, मेरी ठुड्डी घुटनों पर आराम कर रही थी और मैं उसे निहारते रहना चाहती थी। धीमी हवा ने मेरे बाल उलझा दिए और एडवर्ड के स्थिर शरीर के चारों ओर की घास लहराने लगी।

बगिया शुरुआत में मुझे बहुत भव्य दिखी थी, लेकिन उसकी भव्यता के आगे अब बगिया मुझे फीकी नज़र आ रही थी।

मैं इस समय भी हमेशा की तरह डर रही थी कि कहीं वह मृगमरीचिका की तरह ग़ायब न हो जाए। वह इतना सुंदर था कि वास्तविक नहीं लग रहा था... झिझकते हुए मैंने एक अँगुली आगे बढ़ाई और उसके चमकते हाथों के पिछले हिस्से को छुआ, जहाँ यह मेरी पहुँच के भीतर था। मैंने एक बार फिर आदर्श रूपरंग, मख़मली चिकनी और पत्थर की तरह ठंडी त्वचा पर ग़ौर किया। जब मैंने दोबारा ऊपर देखा, तो उसकी आँखें खुली थीं और मुझे देख रही थीं। आज बटरस्कॉच, शिकार के बाद ज़्यादा हल्की, ज़्यादा गर्म। उसकी त्वरित मुस्कान ने उसके निर्दोष होंठों के कोनों को मोड़ दिया।

"मैंने तुम्हें डरा तो नहीं दिया?" उसने शोख अंदाज़ में पूछा, लेकिन उसकी नरम आवाज़ में सचमुच की जिज्ञासा थी।

"सामान्य से ज़्यादा नहीं।"

उसकी मुस्कान ज़्यादा चौड़ी हो गई और उसके दाँत धूप में चमकने लगे।

मैं थोड़ा क़रीब गई और पूरा हाथ बढ़ाकर उसकी बाँह पर अँगुलियाँ फेरने लगी। मेरी अँगुलियाँ काँप रही थीं और मैं जानती थी कि इस पर उसका ध्यान ज़रूर जाएगा।

"तुम्हें दिक़्क़त तो नहीं है?" मैंने पूछा, क्योंकि उसने एक बार फिर आँखें बंद कर ली थीं।

"नहीं," उसने आँखें खोले बिना कहा। "तुम कल्पना भी नहीं कर सकतीं कि यह कैसा महसूस होता है।" उसने आह भरी।

मैंने हल्के से अपना हाथ उसकी बाँह की आदर्श मांसपेशियों पर फेरा और उसकी कोहनी के भीतर की सिलवट के भीतर नीली नसों की दिशा पकड़ी। अपने दूसरे हाथ से मैं उसका हाथ घुमाने लगी। वह समझ गया कि मैं क्या चाहती हूँ, इसलिए उसने अपनी हथेली ऊपर कर दी - लेकिन उसने यह काम बहुत तेज़ और बेचैन करने वाली गतिविधि में किया। इससे मैं चौंक गई, मेरी अँगुलियाँ उसकी बाँह पर पल भर के लिए जम गईं।

"सॉरी," वह बुदबुदाया। मैंने एक बार फिर समय रहते उसकी सुनहरी आँखों को बंद होते देख लिया। "तुम्हारे साथ अपने असली स्वरूप में रहना बहुत ज़्यादा आसान होता है।"

मैंने उसका हाथ उठाया और इसे इधर-उधर करती रही, जब मैंने सूरज को उसकी हथेली पर चमकते हुए देखा। मैं इसे अपने चेहरे के ज़्यादा क़रीब लाई और उसकी त्वचा के छिपे हुए पहलुओं को देखने की कोशिश की।

"मुझे बताओ कि तुम क्या सोच रही हो," उसने फुसफुसाकर कहा। मैंने देखा कि उसकी आँखें अचानक एकाग्रता से मुझे देखने लगी थीं। "यह अब भी मेरे लिए बहुत अजीब है कि मुझे कुछ पता नहीं है।"

"देखो, हम बाक़ी लोगों का सारे समय यही हाल रहता है।"

"जीवन काफ़ी मुश्किल होता होगा।" क्या मैंने उसके लहज़े में अफ़सोस की झलक सुनी थी या फिर यह मेरी कल्पना थी? "लेकिन तुमने मुझे बताया नहीं।"

"मैं *सोच रही थी* कि काश मुझे पता चल जाता कि तुम क्या सोच रहे हो..." मैं झिझकी।

"और?"

"मैं सोच रही थी कि काश मैं यह यक़ीन कर पाती कि तुम असली हो। और मैं सोच रही थी कि काश मुझे डर नहीं लगता।"

"मैं नहीं चाहता कि तुम डरो।" उसकी आवाज़ हल्की सी बुदबुदाहट में निकली। मैंने वह बात सुनी, जो वह सत्यपूर्वक नहीं कह सकता था : कि मुझे डरने की ज़रूरत नहीं थी, कि डरने के लिए कुछ था ही नहीं।

"देखो, मेरा उस डर से मतलब नहीं है, हालाँकि वह भी निश्चित रूप से सोचने लायक़ बात है।"

इतनी जल्दी कि मुझे दिखाई ही नहीं दिया, वह आधा बैठ गया। वह अपनी दाईं बाँह पर टिका था और उसकी बाईं हथेली अब भी मेरे हाथ में थी। उसका देवदूत जैसा चेहरा मेरे चेहरे से कुछ इंच दूर था। मुझे उसकी अप्रत्याशित निकटता से दूर हो जाना चाहिए था और मैं हो भी सकती थी, लेकिन मैं हिल ही नहीं सकती थी। उसकी सुनहरी आँखों ने मुझे मंत्रमुग्ध कर दिया था।

"तो फिर तुम्हें किस चीज़ से डर लगता है?" वह गहरे अंदाज़ में फुसफुसाया।

लेकिन मैं जवाब नहीं दे पाई, क्योंकि उस समय मैं अपने चेहरे पर पड़ने वाली उसकी ठंडी साँस की दोबारा ख़ुशबू सूँघ रही थी। गंध इतनी मीठी और ज़ायक़ेदार थी कि मेरे मुँह में पानी आ गया। यह अनोखी और अनूठी थी, जिसकी कोई तुलना नहीं थी। इंद्रियों के वशीभूत होकर मैंने ज़्यादा सोच-विचार नहीं किया और मैं साँस खींचते हुए उसके ज़्यादा क़रीब झुक गई।

वह अपना हाथ मेरे हाथ से छुड़ाकर दूर चला गया। जितने समय में मेरी आँखें केंद्रित हुईं, उतने समय में तो वह बीस फ़ुट दूर जा चुका था। अब वह छोटी बगिया के किनारे पर एक विशाल फ़र वृक्ष की गहरी छाया में खड़ा था। उसने मुझे घूरा और उस अँधेरी जगह पर उसकी आँखें काली दिख रही थीं और उसके चेहरे का भाव समझ में नहीं आ रहा था।

मेरे चेहरे पर चोट और सदमे के भाव आ गए। मेरे ख़ाली हाथ टीस मार रहे थे।

"मुझे... अफ़सोस... है... एडवर्ड," मैं फुसफुसाई। मैं जानती थी कि वह सुन सकता है।

"मुझे एक पल का समय दो," उसने इतनी ज़ोर से कहा कि मेरे कम संवेदनशील कान सुन लें। मैं बहुत स्थिर बैठी रही।

बहुत ज़्यादा लंबे दस सेकंडों के बाद वह दोबारा चलने लगा, जो उसके लिहाज़ से धीमी चाल थी। वह कुछ फ़ुट दूर रुककर ज़मीन पर आकर्षक अंदाज़ में आलथी-पालथी मारकर बैठ गया। उसकी आँखें मेरी आँखों को छोड़ने का नाम नहीं ले रही थीं। उसने दो गहरी साँसें लीं और फिर क्षमायाचना में मुस्कराया।

"मुझे बहुत अफ़सोस है।" वह झिझका। "या फिर मैं कह सकता था कि मैं भी इंसान हूँ, तब क्या तुम मेरी बात का मतलब समझ जातीं?"

मैंने एक बार सिर हिलाया, हालाँकि मैं उसके मज़ाक़ पर मुस्कराने की स्थिति में नहीं थी। जब ख़तरे का अहसास धीरे-धीरे अंदर गया, एड्रीनलिन मेरी रगों में प्रवाहित होने लगा। वह जहाँ बैठा था, वहाँ से इस परिवर्तन को भाँप सकता था। उसके चेहरे पर चिढ़ाने वाली मुस्कान आ गई।

"मैं संसार का सर्वश्रेष्ठ शिकारी हूँ, है ना? मेरी हर चीज़ तुम्हें ललचाती है - मेरी आवाज़, मेरा चेहरा, यहाँ तक कि मेरी *ख़ुशबू* भी। मानो मुझे इनमें से किसी चीज़ की ज़रूरत हो!" अप्रत्याशित रूप से वह

खड़ा हो गया, तेज़ी से दौड़ लगाने लगा, तुरंत ही ओझल हो गया और सिर्फ़ आधा सेकंड में ही पूरी बगिया का चक्कर लगाकर पहले की तरह उसी पेड़ के नीचे नज़र आया।

"जैसे तुम मुझसे तेज़ दौड़ सकती हो," वह कटुता से हँसा।

उसने एक हाथ ऊपर किया और एक कानफोड़ू आवाज़ के साथ प्रयासरहित अंदाज़ में फ़र वृक्ष के तने से दो फ़ुट मोटी डाल को तोड़ डाला। उसने उस हाथ में इसे एक पल के लिए संतुलित किया और फिर अंधा कर देने वाली गति से इसे एक विशाल पेड़ पर फेंका, जो हिला और एक प्रहार पर काँपा; डाल के टुकड़े-टुकड़े हो गए।

वह एक बार फिर मेरे सामने आ गया। वह दो फ़ुट दूर खड़ा था, किसी पत्थर की तरह स्थिर।

"जैसे तुम मुझसे लड़ सकती हो," उसने धीरे से कहा।

मैं हिले बिना बैठी रही। इस समय मैं उससे जितना डर रही थी, उतना पहले कभी नहीं डरी थी। मैंने उसे पहले कभी अपना सावधानी से बनाया मुखौटा उतारकर पूरी तरह उच्छृंखल नहीं देखा था। वह कभी इतना कम मानवीय... या इतना ज़्यादा सुंदर नहीं दिखा था। मेरा चेहरा फक्क और आँखें चौड़ीं थीं, मैं किसी साँप की आँखों में क़ैद पक्षी जैसी बैठी रही।

उसकी प्यारी आँखें दुस्साहसी रोमांच से चमक रही थीं, फिर धीरे-धीरे उनकी चमक कम होती गई। उसका चेहरा धीरे-धीरे प्राचीन दुख के नक़ाब में बदल गया।

"डरो मत," वह बुदबुदाया और उसकी मख़मली आवाज़ बिना किसी इरादे के सम्मोहक थी। "मैं वादा करता हूँ..." वह झिझका। "मैं *क़सम* खाता हूँ कि तुम्हें नुक़सान नहीं पहुँचाऊँगा।" ऐसा लग रहा था कि वह मेरे बजाय ख़ुद को विश्वास दिलाने की ज़्यादा कोशिश कर रहा था।

"डरो मत," वह एक बार फिर फुसफुसाया, जब वह बहुत ही धीमे-धीमे मेरे ज़्यादा क़रीब आया। वह धीमे और लहरदार अंदाज़ में बैठ गया, जब तक कि हमारे चेहरे समान स्तर पर नहीं आ गए; वह मुझसे बस एक फ़ुट दूर था।

"मेहरबानी करके मुझे क्षमा कर दो," उसने औपचारिक रूप से कहा। "अब मैं ख़ुद को *नियंत्रित कर सकता* हूँ। उस समय मैं तैयार नहीं था, लेकिन अब मैं दोबारा अपना सबसे अच्छा व्यवहार करूँगा।"

वह इंतज़ार करता रहा, लेकिन मैं अब भी कुछ नहीं बोल पाई।

"मैं आज प्यासा नहीं हूँ, सच्ची।" उसने आँख मारी।

इस पर मुझे हँसना पड़ा, हालाँकि मेरी आवाज़ काँप रही थी और हाँफ रही थी।

"तुम पूरी तरह ठीक हो?" उसने कोमलता से पूछा और धीरे-धीरे हाथ बढ़ाकर सावधानी से अपना संगमरमरी हाथ मेरे हाथ में रख दिया।

मैंने उसके चिकने, ठंडे हाथ को देखा और फिर उसकी आँखों को। वे नरम और पछतावे से भरी थीं। मैंने दोबारा उसके हाथ को देखा और फिर जान-बूझकर अपनी अँगुली से उसके हाथ की लकीरों पर हाथ फेरने लगी। मैंने ऊपर देखा और सहमे अंदाज़ में मुस्कराई।

उसकी जवाबी मुस्कान चकाचौंध करने वाली थी।

"तो हम कहाँ थे, मेरे जंगली व्यवहार करने से पहले?" उसने एक सदी पहले के नम्र अंदाज़ में पूछा।

"मुझे सचमुच याद नहीं है।"

वह मुस्कराया, लेकिन उसके चेहरे पर शर्म का भाव था। "मैं सोचता हूँ, हम इस बारे में बात कर रहे थे कि तुम डर क्यों रही थीं, स्पष्ट कारण के अलावा।"

"ओह, ठीक है।"

"तो?"

मैंने उसके हाथ को नीचे देखा और उसकी चिकनी, चमकती हथेली पर निरुद्देश्य अँगुली फेरती रही। सेकंड गुज़रते गए।

"मैं बहुत आसानी से कुंठित हो जाता हूँ," उसने आह भरी। मैंने उसकी आँखों में देखा। उस समय मुझे अचानक यह बात समझ आई कि यह चीज़ उसके लिए भी उतनी ही नई थी, जितनी कि मेरे लिए थी, हालाँकि उसके पास बहुत बरसों का अथाह अनुभव था, लेकिन यह काम उसने पहले कभी नहीं किया था, इसलिए यह उसके लिए भी मुश्किल था। मुझे इस विचार से हिम्मत मिली।

"मुझे डर था... क्योंकि देखो, स्पष्ट कारणों से मैं तुम्हारे साथ नहीं रुक सकती। और मुझे डर है कि मैं तुम्हारे साथ इतना ज़्यादा रुकना पसंद करूँगी, जितना मुझे नहीं करना चाहिए।" बोलते वक़्त मैं उसके हाथों की

तरफ़ नीचे देखती रही। मेरे लिए इसे ज़ोर से कहना मुश्किल था।

"हाँ," वह धीरे से सहमत हुआ। "यह सचमुच डरने वाली बात है... मेरे साथ रहने की इच्छा। यह वाक़ई तुम्हारे हित में नहीं है।"

मैंने त्योरी चढ़ाई।

"मुझे बहुत पहले चला जाना चाहिए था," उसने आह भरी। "मुझे अब छोड़कर चला जाना चाहिए, लेकिन मैं जानता हूँ कि मैं ऐसा नहीं कर सकता।"

"मैं नहीं चाहती कि तुम मुझे छोड़कर जाओ," मैंने करुण अंदाज़ में बुदबुदाया और दोबारा नीचे देखने लगी।

"इसीलिए मुझे यह करना चाहिए, लेकिन चिंता मत करो। मैं मूलतः स्वार्थी प्राणी हूँ। मुझे तुम्हारा साथ इतना ज़्यादा पसंद है कि वह मैं नहीं कर सकता, जो मुझे करना चाहिए।"

"मुझे ख़ुशी है।"

"ख़ुश मत होना!" उसने अपना हाथ खींचा, इस बार ज़्यादा नरमी से, लेकिन उसकी आवाज़ सामान्य से ज़्यादा रूखी थी, यानी उसके हिसाब से रूखी, हालाँकि यह अब भी किसी इंसानी आवाज़ से ज़्यादा मधुर थी। उसके मूड के उतार-चढ़ाव को समझना मुश्किल था - उसके मूड में होने वाले परिवर्तनों से मैं हमेशा स्तब्ध हो जाती थी और एक क़दम पीछे हो जाती थी।

"यह तुम्हारा साथ ही नहीं है, जिसकी मैं कामना करता हूँ। *इस बात* को कभी मत भूलना। यह कभी मत भूलना कि मैं तुम्हारे लिए जितना ख़तरनाक हूँ, उतना किसी दूसरे के लिए नहीं हूँ।" वह रुका और सूनी आँखों से जंगल में निहारने लगा।

मैंने पल भर के लिए विचार किया।

"मैं नहीं सोचती कि मैं तुम्हारी बात का पूरा मतलब समझ गई - ख़ासकर आख़िरी हिस्से का," मैंने कहा।

वह मेरी तरफ़ देखकर मुस्कराया, उसका मूड एक बार फिर बदल गया।

"मैं कैसे समझाऊँ?" उसने विचार किया। "ताकि तुम डर न जाओ... हूँ।" कुछ भी सोचे बिना उसने अपना हाथ दोबारा मेरे हाथ में रख दिया,

मैंने अपने दोनों हाथों के बीच इसे कसकर पकड़ लिया। उसने हमारे हाथों को देखा।

"तुम्हारे हाथों की गर्मी आश्चर्यजनक रूप से सुखद है।" उसने आह भरी।

एक पल गुज़र गया, जिसमें उसने अपने विचारों को व्यवस्थित किया।

"तुम जानती हो, हर व्यक्ति को अलग-अलग स्वाद प्रिय होता है?" उसने शुरू किया। "कुछ लोग चॉकलेट आइसक्रीम को ज़्यादा पसंद करते हैं, तो दूसरे स्ट्रॉबेरी को?"

मैंने सिर हिलाया।

"भोजन की उपमा के लिए माफ़ करना – लेकिन मैं इसे समझाने का दूसरा कोई तरीक़ा नहीं सोच पाया।"

मैं मुस्कराई। वह भी पश्चाताप के अंदाज़ में मुस्कराया।

"देखो, हर व्यक्ति की ख़ुशबू अलग होती है, उसका सार अलग होता है। अगर तुम किसी शराबी को बासी बियर से भरे कमरे में बंद कर दो, तो वह इसे ख़ुशी-ख़ुशी पी लेगा, लेकिन अगर वह शराब छोड़ चुका हो, तो वह प्रतिरोध कर सकता है, बशर्ते वह चाहे। अब मान लेते हैं कि तुम उस कमरे में सौ साल पुरानी ब्रांडी, सबसे दुर्लभ और सबसे अच्छी ब्रांडी रख दो – और कमरे को इसकी गर्म ख़ुशबू से भर दो – तुम क्या सोचती हो कि तब उसका क्या हाल होगा?"

हम ख़ामोशी में बैठे रहे और एक-दूसरे की आँखों में देखते रहे – एक-दूसरे के विचारों को समझने की कोशिश करते रहे।

उसने खामोशी तोड़ी।

"शायद यह सही तुलना नहीं है। शायद ब्रांडी को न पीना बहुत ज़्यादा आसान होगा। शायद मुझे शराब के बजाय हेरोइन की लत कहना चाहिए।"

"तो तुम यह कह रहे हो कि मैं तुम्हारे ब्रांड की हेरोइन हूँ?" मैंने मज़ाक़ करके मूड हल्का करने की कोशिश की।

वह तेज़ी से मुस्कराया और मेरे प्रयास की सराहना की। "हाँ, तुम *सटीकता* से मेरे ब्रांड की हेरोइन हो।"

"क्या ऐसा अक्सर होता है?" मैंने पूछा।

उसने पेड़ के ऊपरी हिस्सों को देखा और सोचने लगा।

"मैंने इस बारे में अपने भाइयों से बात की थी।" वह अब भी दूर घूर रहा था। "जैस्पर के लिए तुम सब एक जैसे हो। वह हमारे परिवार में शामिल होने वाला सबसे नया सदस्य है। उसके लिए तो इससे दूर रहना ही सबसे बड़ा संघर्ष है। अभी उसे ख़ुशबू और स्वाद की बारीकियों के प्रति संवेदनशील होने का समय नहीं मिला है।" उसने तेज़ी से मेरी तरफ़ देखा और उसका भाव क्षमायाचना का था।

"सॉरी," उसने कहा।

"मुझे दिक़्क़त नहीं है। प्लीज़, मुझे चिढ़ाने या डराने या किसी दूसरी चीज़ की चिंता मत करो। तुम इसी तरह से सोचते हो। मैं समझ सकती हूँ या मैं कम से कम कोशिश कर सकती हूँ। बस मुझे वैसे ही समझाओ, जिस तरह तुम समझा सकते हो।"

उसने एक गहरी साँस ली और दोबारा आसमान को देखा।

"तो जैस्पर को यक़ीन नहीं था कि वह कभी किसी ऐसे व्यक्ति के संपर्क में आया था, जो उतना-" वह सही शब्द खोजने के लिए रुका- "*आकर्षक* हो, जितनी कि तुम मेरे लिए हो। इससे मुझे मदद नहीं मिली। एमथ ज़्यादा लंबे समय से इस क्षेत्र में है, इसलिए वह मेरी बात का मतलब समझ गया। वह कहता है कि उसके साथ यह दो बार हुआ, एक बार बहुत ही ज़्यादा प्रबलता से।"

"और तुम्हारे लिए?"

"कभी नहीं।"

शब्द गर्म हवा में एक पल के लिए रुके रहे।

मैंने ख़ामोशी तोड़ने के लिए पूछा, "एमथ ने क्या किया?"

यह ग़लत सवाल था। उसका चेहरा काला हो गया और उसका हाथ मेरे हाथ में मुट्ठी में बँध गया। वह दूर देखने लगा। मैं इंतज़ार करती रही, लेकिन उसने जवाब नहीं दिया।

"मुझे लगता है कि मैं समझ गई," मैंने आख़िरकार कहा।

उसने अपनी निगाह उठाई, उसका भाव विषादग्रस्त और याचना भरा था।

"हममें से सबसे शक्तिशाली लोग भी फिसल जाते हैं, है ना?"

"तुम क्या कहना चाह रहे हो? क्या मेरी अनुमति माँग रहे हो?" मेरी आवाज़ उम्मीद से ज़्यादा तीखी थी। मैंने अपने लहज़े को ज़्यादा नरम बनाने की कोशिश की – मैं अंदाज़ा लगा सकती थी कि उसकी ईमानदारी की उसे कितनी क़ीमत चुकानी होगी। "मेरा मतलब है, तब क्या कोई उम्मीद नहीं है?" मैं अपनी मृत्यु के बारे में कितनी शांति से बातचीत कर सकती थी!

"नहीं, नहीं!" वह तुरंत ही पछतावा करने लगा। "उम्मीद है! मेरा मतलब है ज़ाहिर है, मैं कभी नहीं..." उसने वाक्य को अधूरा छोड़ दिया। उसकी तपती हुई आँखें मेरी आँखों को सुलगाने लगीं। "यह हमारे मामले में अलग है। एमथ के मामले में... वे अजनबी थे, जो उसके रास्ते में आ गए थे। यह बहुत पहले की बात है और तब वह उतना... अनुशासित, उतना सावधान नहीं था, जितना अब है।"

वह ख़ामोश हो गया और मुझे ग़ौर से देखता रहा, जब मैंने इस पर सोचा।

"यानी अगर हम... ओह, किसी अँधेरी गली में या किसी सुनसान जगह पर..." मैं आगे नहीं बोल पाई।

"बच्चों से भरी क्लास में भी मेरा मन तुम पर कूदने का हुआ था, लेकिन ख़ुद को रोकने के लिए मुझे पूरी इच्छाशक्ति का इस्तेमाल करना पड़ा था-" वह अचानक रुक गया और दूर देखने लगा। "जब तुम मेरे पास से गुज़रकर गई थीं, तो उसी समय मैं हर उस चीज़ को बर्बाद कर सकता था, जो कार्लाइल ने हमारे लिए बनाई थी। अगर मैं पिछले कुछ सालों से अपनी प्यास को नहीं रोक रहा होता, तो मैं ख़ुद को नहीं रोक पाता।" वह रुका और पेड़ों की तरफ़ गुस्से से देखने लगा।

फिर उसने उदास अंदाज़ में मुझे देखा, जब हम दोनों ने ही उस बारे में याद किया। "तुम्हें लगा होगा कि मुझ पर भूत सवार हो गया है।"

"मुझे समझ में नहीं आया था कि तुम यह क्यों कर रहे हो। तुम इतनी जल्दी मुझसे नफ़रत कैसे कर सकते थे..."

"मेरे लिए तुम किसी तरह की चुड़ैल थीं, जिसे मुझे बर्बाद करने के लिए नरक से भेजा गया था। तुम्हारी त्वचा की ख़ुशबू... मैंने सोचा था कि यह पहले ही दिन मुझे पगला देगी। उस एक पीरियड में मैंने अपने साथ तुम्हें सम्मोहित करके तुम्हें अकेले में बुलाने के सौ तरीक़े सोचे। फिर मैं उनमें से हर एक से लड़ा, जब मैंने अपने परिवार के बारे में सोचा और

यह सोचने लगा कि मेरी इस हरकत का उन पर क्या असर हो सकता है। मुझे बाहर दौड़ लगानी पड़ी, इससे पहले कि मैं वे शब्द बोल पाऊँ, जिन्हें सुनकर तुम मेरे पीछे आ जाओ...”

फिर उसने मेरे चेहरे पर हैरानी का भाव देखा, जब मैंने उसकी कटु यादों को सोखने की कोशिश की। उसकी सम्मोहक और घातक सुनहरी आँखें पलकों के नीचे तप रही थीं।

“तुम आ जातीं,” उसने वादा किया।

मैंने शांति से बोलने की कोशिश की। “बिना किसी शक के।”

उसने मेरे हाथों को त्योरी चढ़ाकर देखा और अपनी आँखों की ताक़त से मुझे आज़ाद किया। “और फिर जब मैं तुमसे बचने की निरर्थक कोशिश में अपने शेड्यूल को बदलवाने की कोशिश कर रहा था, तो तुम भी वहीं पर आ गईं - उस छोटे गर्म कमरे में तुम्हारी ख़ुशबू मुझे पागल कर रही थी। मेरा मन था कि वहीं पर तुम्हारा शिकार कर दूँ। वहाँ सिर्फ़ एक कमज़ोर इंसान और था - मामला आसानी से निपट जाता।”

मैं गर्म धूप में काँपी और अपनी यादों को उसकी आँखों से नए सिरे से देखने लगी, तब कहीं जाकर मुझे ख़तरा समझ में आया। बेचारी मिस कोप; मैं एक बार फिर काँप गई कि मैं अनजाने में ही उनकी मौत के लिए ज़िम्मेदार होने के कितनी क़रीब थी।

“लेकिन मैंने प्रतिरोध किया। मैं नहीं जानता कि कैसे। मैंने ख़ुद को विवश किया कि मैं तुम्हारा इंतज़ार *न* करूँ और स्कूल से तुम्हारा पीछा *न* करूँ। बाहर यह ज़्यादा आसान था, क्योंकि वहाँ मुझे तुम्हारी ख़ुशबू नहीं आती थी; तब ज़्यादा स्पष्ट तरीक़े से सोचना और सही निर्णय लेना ज़्यादा आसान था। मैंने अपने भाई-बहनों को घर के क़रीब छोड़ा - मुझे उन्हें बताने में बहुत शर्म आ रही थी कि मैं कितना कमज़ोर था। वे तो सिर्फ़ इतना जानते थे कि कोई बहुत ग़लत चीज़ हो गई है - और फिर मैं सीधे कार्लाइल के पास अस्पताल में गया और उन्हें बताया कि मैं जा रहा हूँ।”

मैंने उसे हैरानी से घूरा।

“मैंने उनके साथ कार बदली - उनकी कार के टैंक में गैस पूरी भरी थी और मैं रुकना नहीं चाहता था। मैं घर जाकर एस्मी का सामना नहीं करना चाहता था। वे बिना बखेड़े के मुझे नहीं जाने देतीं। वे मुझे मनाने की कोशिश करतीं कि यह ज़रूरी नहीं था...

"अगली सुबह तक मैं अलास्का में था।" वह शर्मिंदा लग रहा था, जैसे बहुत बड़ी कायरता को स्वीकार कर रहा हो। "मैं पुराने परिचितों के साथ वहाँ दो दिन रहा... लेकिन फिर मुझे घर की याद आने लगी। मुझे बहुत बुरा लग रहा कि मेरी वजह से एस्मी परेशान थीं और मेरा बाक़ी परिवार भी। पहाड़ों की शुद्ध हवा में यह यक़ीन करना मुश्किल था कि तुम्हारा प्रतिरोध करना इतना कठिन है। मैंने ख़ुद को विश्वास दिलाया कि दूर भागना कमज़ोरी है। मैंने सोचा मैं पहले भी प्रलोभन का प्रतिरोध कर चुका था, जो हालाँकि इतने बड़े नहीं थे, इसके क़रीब भी नहीं थे, लेकिन मुझमें उनका प्रतिरोध करने की शक्ति थी। और तुम कौन थीं, एक महत्त्वहीन छोटी लड़की" - "मैंने सोचा कि कोई छोटी लड़की मुझे उस जगह से दूर नहीं भगा सकती, जहाँ मैं रहना चाहता हूँ! इसलिए मैं वापस लौट आया..." वह क्षितिज में घूरने लगा।

मैं बोल नहीं पाई।

"मैंने तुमसे मिलने से पहले सावधानियाँ बरतीं, जानवरों का शिकार किया और सामान्य से ज़्यादा ख़ुराक ली। मुझे यक़ीन था कि मैं इतना शक्तिशाली हूँ कि तुम्हारे साथ किसी दूसरे इंसान की तरह व्यवहार कर सकता हूँ। मुझे इस बात का बड़ा घमंड था।

"बेशक तुम्हारे मामले में एक जटिलता थी। मैं तुम्हारा दिमाग़ नहीं पढ़ सकता था, इसलिए मुझे कभी पता नहीं चल पाता था कि मेरे बारे में दरअसल तुम क्या सोच रही हो। मुझे इस तरह के गोल-गोल क़दम उठाने की आदत नहीं थी कि तुम्हारे शब्द जेसिका के दिमाग़ में सुनूँ... उसका दिमाग़ ज़्यादा मौलिक नहीं है और यह काफ़ी ओछा काम भी लगता था, जिससे चिढ़ छूटती थी, लेकिन इसके बावजूद मुझे पता नहीं चल सकता था कि तुमने जो कहा है, क्या तुम सचमुच वही सोच रही हो या तुम जेसिका से झूठ बोल रही हो। इस सबसे बहुत चिढ़ होती थी।" उस समय की याद से उसकी त्योरी चढ़ गई।

"मैं चाहता था कि मैंने पहले दिन जो व्यवहार किया था, तुम उसे भूल जाओ। इसीलिए मैंने तुमसे उस तरह बात करने की कोशिश की, जैसी मैं किसी दूसरे व्यक्ति के साथ करता। मैं दरअसल उत्सुक था और तुम्हारे विचारों को समझना चाहता था। लेकिन तुम तो ज़रूरत से ज़्यादा रोचक निकलीं। मैंने पाया कि मैं तुम्हारी भावनाओं में उलझ रहा हूँ... और

कभी-कभार तुम हवा में अपने हाथ या बाल लहरा देती थीं, जिसकी महक मुझे एक बार फिर स्तब्ध कर देती थी...

"ज़ाहिर है, फिर मेरी आँखों के सामने तुम कुचलकर मौत के मुँह में जाने वाली थीं। उस पल मैंने जो किया, उसके बारे में मैंने बाद में एक आदर्श बहाना गढ़ लिया - अगर मैं तुम्हें नहीं बचाता, तो तुम्हारा ख़ून मेरे सामने फैल जाता और उस स्थिति में मैं ख़ुद को रोक नहीं पाता और सबके सामने भांडा फूट जाता कि हम कौन हैं, लेकिन वह बहाना मैंने बाद में सोचा। उस वक़्त तो मेरे दिमाग़ में बस यही आया, 'वह नहीं।'"

उसने अपनी आँखें बंद कर लीं। मैं सुनती रही, मैं तार्किक कम उत्सुक ज़्यादा थी। सहज बोध मुझे बता रहा था कि मुझे दहशत महसूस होनी चाहिए। इसके बजाय मैं राहत में थी कि मैं आख़िरकार उन चीज़ों को समझ गई थी, जिनसे मैं चकरा रही थी। उसके कष्ट के बारे में मेरे मन में करुणा का भाव था, तब भी जब उसने मेरी जान लेने की हसरत को स्वीकार किया।

आख़िरकार मेरे बोलने की क्षमता वापस आई, हालाँकि मेरी आवाज़ काफ़ी धीमी थी। "अस्पताल में?"

उसकी आँखें मेरी आँखों से मिलीं। "मैं स्तब्ध था। मुझे यक़ीन नहीं हो रहा था कि मैंने हम सब लोगों को ख़तरे में डाल दिया था और ख़ुद को तुम्हारी मुट्ठी में रख दिया था - बाक़ी सब लोगों के बजाय तुम। मानो तुम्हारी जान लेने के लिए मुझे किसी और कारण की ज़रूरत थी।" हम दोनों ही उस शब्द पर चिहुँक गए। "लेकिन इसका मुझ पर विपरीत प्रभाव पड़ा," वह जल्दी से बोला। "मैं रोज़ेली, एमथ और जैस्पर से लड़ा, जब उन्होंने सुझाव दिया कि अब समय था - यह हमारे बीच अब तक हुई सबसे बुरी लड़ाई थी। कार्लाइल और एलिस ने मेरा पक्ष लिया।" एलिस का नाम लेते वक़्त उसने मुँह बनाया, जिसका कारण मुझे समझ नहीं आया। "एस्मी ने मुझसे कहा कि मैं वहीं रहने की पूरी कोशिश करूँ।" उसने अपना सिर पक्षपातपूर्ण अंदाज़ में हिलाया।

"अगले पूरे दिन मैंने हर उस व्यक्ति के दिमाग़ को पढ़ा, जिससे तुमने बात की थी। मैं बहुत हैरान था कि तुमने अपना वादा निभाया। मैं तुम्हें बिलकुल भी नहीं समझ पाया, लेकिन मैं जानता था कि मैं तुम्हारे साथ ज़्यादा जुड़ाव नहीं रख सकता। मैंने तुमसे ज़्यादा से ज़्यादा दूर रहने

की पूरी कोशिश की, पर हर दिन तुम्हारी त्वचा, तुम्हारी साँस और तुम्हारे बालों की महक... मुझे पहले दिन जितना ही जमकर सताती रही।"

उसकी निगाहें एक बार फिर मेरी निगाहों से मिलीं और वे आश्चर्यजनक रूप से कोमल थीं।

"और इसके बाद," उसने आगे कहा, "मेरा हाल बेहतर होता, अगर मैं उसी पहले पल हम सबका भांडा *फोड़ देता,* बजाय इसके कि अभी, यहाँ मैं तुम्हें नुक़सान पहुँचाऊँ, जहाँ न कोई गवाह है, न ही मुझे रोकने वाली कोई दूसरी चीज़ है"

मैं इंसान थी, इसलिए मैंने पूछ लिया, "क्यों?"

"इज़ाबेला।" उसने मेरा पूरा नाम सावधानी से लिया और फिर शोख अंदाज़ में अपने ख़ाली हाथ से मेरे बाल बिखेरे। उसके अचानक स्पर्श से मेरे शरीर को झटका लगा। "बेला, अगर मैं कभी तुम्हें नुक़सान पहुँचा दूँगा, तो मैं ज़िंदा नहीं रह पाऊँगा। तुम नहीं जानतीं कि इसने मुझे कितना सताया है।" वह शर्मिंदा होकर दोबारा नीचे देखने लगा। "यह असहनीय लगता है कि मैं तुम्हें शांत, सफ़ेद, ठंडी... शर्म से लाल होते... मेरे दिखावों के पार जाने की वजह से आँखों में सहज बोध की चमक आते नहीं देख पाऊँगा... यह सचमुच असहनीय होगा।" उसने सुंदर, दुखी आँखें उठाकर मुझे देखा। "अब तुम मेरे लिए सबसे महत्त्वपूर्ण हो। अब तक की सबसे महत्त्वपूर्ण चीज़।"

बातचीत अप्रत्याशित रूप से जिस दिशा में घूम गई थी, उससे मेरा सिर घूमने लगा था। मेरी मृत्यु के आनंददायक विषय से भटककर अब हम एक-दूसरे के सामने अपने प्रेम का इज़हार कर रहे थे। उसने इंतज़ार किया और हालाँकि मैं नीचे हम दोनों के हाथों को देख रही थी, लेकिन मैं जानती थी कि उसकी सुनहरी आँखें मुझ पर टिकी हुई हैं।

"ज़ाहिर है, तुम पहले से ही जानते हो कि मैं तुम्हारे बारे में कैसा महसूस करती हूँ," मैंने आख़िरकार कहा। "मैं यहाँ हूँ... जिसका मतलब यह है कि मैं तुमसे दूर रहने के बजाय मरना ज़्यादा पसंद करूँगी।" मैंने त्योरी चढ़ा ली। "मैं मूर्ख हूँ।"

"तुम *मूर्ख तो हो,*" वह हँसते हुए सहमत हुआ। जब हमारी नज़रें मिलीं, तो मैं भी हँस दी। हम ऐसे पल की मूर्खता और असंभवता पर मिलकर हँसे।

"और इस तरह शेर मेमने से प्यार करने लगा...," वह बुदबुदाया। मैंने दूर देखा और इस शब्द से रोमांचित होकर अपनी आँखें छिपा लीं।

"कितना मूर्ख मेमना है," मैंने आह भरी।

"कितना दुविधाग्रस्त और परपीड़क शेर है।" उसने कुछ देर तक छायादार जंगल को देखा और मैं सोचने लगी कि उसके विचार अब उसे कहाँ ले गए होंगे।

"क्यों...?" मैंने शुरू किया और ठहर गई; मुझे पक्का नहीं था कि आगे कैसे कहूँ।

वह मेरी तरफ़ देखकर मुस्कराया, सूरज उसके चेहरे और दाँतों पर चौंधियाने लगा।

"हाँ?"

"मुझे बताओ कि तुम थोड़ी देर पहले मुझसे दूर क्यों भागे थे।"

उसकी मुस्कान ग़ायब हो गई। "तुम जानती तो हो।"

"नहीं, मेरा मतलब है, मैंने *ठीक-ठीक* कौन सी चीज़ ग़लत की थी? देखो, मुझे ख़ुद पर संयम रखना होगा, इसलिए यह सीखना ज़्यादा अच्छा रहेगा कि मुझे क्या नहीं करना चाहिए। उदाहरण के लिए, यह" – मैंने उसके हाथ के पीछे के हिस्से को थपथपाया– "सही लगता है।"

वह एक बार फिर मुस्कराया। "तुमने कुछ ग़लत नहीं किया, बेला। यह मेरा दोष था।"

"लेकिन मैं अपनी तरफ़ से पूरी मदद करना चाहती हूँ, ताकि यह काम तुम्हारे लिए ज़्यादा मुश्किल न रहे।"

"देखो..." उसने पल भर के लिए विचार किया। "बात बस यह थी कि तुम बहुत ज़्यादा क़रीब थीं। ज़्यादातर इंसान नैसर्गिक बोध से हमसे दूर रहते हैं और हमारी पृथकता से विकर्षित होते हैं... मैं तुम्हारे क़रीब आने की उम्मीद नहीं कर रहा था। और तुम्हारे *गले* की ख़ुशबू।" वह बीच में रुककर यह देखने लगा कि क्या उसकी बात ने मुझे विचलित कर दिया है।

"तो फिर ठीक है," मैंने चुलबुले अंदाज़ में कहा और अचानक तनावपूर्ण हो गए माहौल को हल्का करने की कोशिश की। मैंने अपनी ठुड्डी नीचे कर ली। "गला नहीं दिखाना है।"

मेरी कोशिश कारगर रही, वह हँस दिया। "नहीं, दरअसल सबसे बड़ा कारण तो आश्चर्य था।"

उसने अपना ख़ाली हाथ उठाया और उसे धीरे से मेरे गले के बग़ल में रख दिया। मैं बहुत ख़ामोश बैठी रही, उसकी स्पर्श की ठंडक एक नैसर्गिक चेतावनी थी - जो मुझे दहशत में आने को कह रही थी, लेकिन मेरे अंदर डर का कोई भाव नहीं था। अलबत्ता, कुछ दूसरे क़िस्म की भावनाएँ ज़रूर उत्पन्न हो गई थीं...

"देखा," उसने कहा। "सब ठीक है।"

मेरा ख़ून सरपट दौड़ने लगा था और मैं इसे धीमा करना चाहती थी। मैं जानती थी कि मेरी नसों में मेरी धड़कन की धमक हर चीज़ को और ज़्यादा मुश्किल बना देगी। निश्चित रूप से वह इसे सुन सकता था।

"तुम्हारे गालों की लाली प्यारी है," वह बुदबुदाया। उसने धीरे से अपना दूसरा हाथ ख़ाली किया। मेरे हाथ बेजान होकर गोद में गिर गए। धीरे से उसने मेरे गाल पर हाथ फेरा और फिर अपने संगमरमरी हाथों में मेरा चेहरा भर लिया।

"बहुत स्थिर रहना," उसने फुसफुसाकर कहा, मानो मैं पहले ही जम नहीं गई थी।

धीरे-धीरे, अपनी निगाहें मेरी निगाहों से हटाए बिना वह मेरी तरफ़ झुका, फिर अचानक, बहुत धीरे से उसने अपना ठंडा गाल मेरे गले के नीचे के गड्ढे में रख दिया। मैं हिल नहीं सकती थी, यदि मैं हिलना भी चाहती तो। मैंने उसकी समतल साँस की आवाज़ सुनी, उसके काँसे जैसे बालों में धूप और हवा को खेलते देखा, जो उसके किसी दूसरे अंग से ज़्यादा मानवीय थे।

धीरे-धीरे उसके हाथ मेरी गर्दन के बग़ल में फिसल गए। मैं काँपने लगी और मैंने उसे साँस रोकते सुना, लेकिन उसके हाथ तब तक नहीं रुके, जब तक कि वे धीरे-धीरे मेरे कंधों तक नहीं पहुँच गए।

उसका चेहरा एक तरफ़ हुआ और उसकी नाक मेरी कॉलरबोन को छूने लगी। उसने अपने चेहरे का हिस्सा मेरे सीने पर कोमलता से दबाया।

वह मेरे दिल की धड़कन सुन रहा था।

"आह," उसने आह भरी।

मैं नहीं जानती कि हम बिना हिले-डुले कितनी देर तक बैठे रहे। शायद कई मिनट... शायद कई घंटे। आख़िर मेरी नब्ज़ शांत हो गई, लेकिन वह ज़रा भी नहीं हिला, कुछ नहीं बोला, सिर्फ़ मुझे थामे रहा। मैं जानती थी कि किसी भी पल उसके सब्र का बाँध टूट सकता है और मेरे प्राणों का अंत हो सकता है - इतनी जल्दी कि हो सकता है मैं ग़ौर भी न कर पाऊँ, लेकिन मैं अपने अंदर डर को महसूस नहीं कर सकती थी। मैं किसी दूसरी चीज़ के बारे में नहीं सोच सकती थी, सिवाय इसके कि वह मुझे छू रहा था।

और फिर उसने मुझे झटके से छोड़ दिया।

उसकी आँखें शांत थीं।

"यह दोबारा इतना मुश्किल नहीं होगा," उसने संतोष के साथ कहा।

"क्या यह बहुत मुश्किल था?"

"उतना बुरा तो नहीं, जितनी मैंने कल्पना की थी। और तुम्हारे लिए?"

"नहीं, यह मेरे लिए भी... बुरा नहीं था।"

वह मेरे लहज़े पर मुस्कराया। "तुम जानती हो, मेरा क्या मतलब है।"

मैं मुस्कराई।

"यहाँ।" उसने मेरा हाथ अपने गाल पर टिका लिया। "क्या तुम महसूस कर सकती हो कि यह कितना गर्म है?"

आम तौर पर ठंडी त्वचा वहाँ थोड़ी गर्म लग रही थी, लेकिन मैंने उस पर ग़ौर नहीं किया, क्योंकि मैं उसका चेहरा छू रही थी। यह एक ऐसी चीज़ थी, जिसके मैं तब से सपने देख रही थी, जब से मैंने उसे देखा था।

"हिलना मत," मैं फुसफुसाई।

कोई भी एडवर्ड की तरह स्थिर नहीं हो सकता था। उसने अपनी आँखें बंद कर लीं और वह किसी पत्थर जितना स्थिर हो गया, मेरे हाथ के नीचे एक प्रतिमा की तरह।

मैं उससे भी ज़्यादा धीमे से हिली और सावधान रही कि एक भी अप्रत्याशित हरकत न करूँ। मैंने उसके गाल को दुलार किया, नज़ाकत से उसकी पलक थपथपाई, उसकी आँख के नीचे की बैंगनी छाया पर अँगुली फेरी। मैंने उसकी आदर्श नाक और फिर बहुत सावधानी से उसके आदर्श

होंठों पर अँगुली फेरी। उसके होंठ खुल गए और मैं अपनी अँगुलियों के नीचे उनसे आती ठंडी हवा महसूस कर सकती थी। मैं झुकना चाहती थी और उसकी ख़ुशबू को अंदर भरना चाहती थी। इसलिए मैंने अपना हाथ ढीला छोड़ दिया और दूर झुक गई। मैं उसके सब्र का बाँध नहीं तोड़ना चाहती थी।

उसने अपनी आँखें खोलीं, वे भूखी थीं। मुझे डर नहीं लगा, बल्कि मेरे पेट के नीचे की मांसपेशियाँ हलचल मचाने लगीं और मेरी नब्ज़ दोबारा मेरी नसों में हथौड़े मारने लगी।

"काश," उसने फुसफुसाकर कहा, "काश तुम उस जटिलता... उस उलझन... को महसूस कर सकतीं, जो मैं महसूस करता हूँ। काश तुम समझ पातीं!"

उसने अपना हाथ मेरे बालों तक उठाया और फिर सावधानी से मेरे चेहरे पर अँगुली फेरी।

"मुझे बताओ," मैंने फुसफुसाकर कहा।

"मैं नहीं सोचता कि मैं ऐसा कर सकता हूँ। मैंने तुम्हें बताया है कि एक तरफ़ तो वह भूख और प्यास है - जो मैं तुम्हारे लिए महसूस करता हूँ। और मेरे ख़याल से तुम इसे समझ सकती हो, एक हद तक। हालाँकि" - वह आधा मुस्कराया। "चूँकि तुम्हें किसी नशे की आदत नहीं है, इसलिए तुम शायद पूरी तरह नहीं समझ सकतीं।

"लेकिन..." उसकी अँगुलियों ने मेरे होंठों को हल्के से छुआ, जिससे मैं दोबारा काँप गई। "दूसरी भूख भी जाग जाती हैं। ऐसी भूख, जिससे मैं अनजान हूँ... जो मेरे लिए विदेशी हैं।"

"मैं उन्हें तुमसे ज़्यादा बेहतर समझ सकती हूँ।"

"इस मामले में मैं इंसानों जैसा महसूस करने का आदी नहीं हूँ। क्या यह हमेशा ऐसा ही होता है?"

"मेरे लिए?" मैं ठहरी। "नहीं तो। इससे पहले कभी नहीं।"

उसने मेरे हाथ अपने हाथों में लिए। वे फ़ौलादी शिकंजे में बहुत कमज़ोर महसूस कर रहे थे।

"मैं नहीं जानता कि तुम्हारे क़रीब कैसे आऊँ," उसने स्वीकार किया। "मैं नहीं जानता कि क्या मैं यह कर सकता हूँ।"

मैं बहुत धीरे-धीरे आगे झुकी और अपनी आँखों से उसे चेतावनी दी। मैंने अपना गाल उसके संगमरमरी सीने पर टिकाया। मुझे उसकी साँस की आवाज़ के अलावा कुछ सुनाई नहीं दे रहा था।

"अभी इतना ही काफ़ी है," मैंने आँखें बंद करते हुए कहा।

एक बहुत ही मानवीय गतिविधि में उसने मेरे चारों ओर अपनी बाँहें डालीं और अपना चेहरा मेरे गालों पर दबा लिया।

"तुम जितना कहते हो, तुम इसमें उससे ज़्यादा अच्छे हो," मैंने कहा।

"मेरे अंदर भी इंसानी सहज बोध है - भले ही यह गहराई में दफ़न हो।"

हम एक और पल ऐसे ही बैठे रहे। मैं सोचने लगी, क्या वह भी नहीं हिलना चाहता था, जिस तरह मैं नहीं चाहती थी, लेकिन मुझे दिख रहा था कि रोशनी कम होने लगी है और जंगल की छायाएँ हमें छूने लगी हैं, इसलिए मैंने आह भरी।

"तुम्हें जाना है।"

"मैंने सोचा था कि तुम मेरा दिमाग़ नहीं पढ़ सकते।"

"अब यह ज़्यादा स्पष्ट हो रहा है।" उसकी आवाज़ में मुस्कान का अंश था।

उसने मेरे कंधे थामे और मैंने उसके चेहरे को देखा।

"क्या मैं तुम्हें दिखा सकता हूँ?" उसने पूछा और अचानक उसकी आँखें रोमांचित दिखने लगीं।

"क्या दिखा सकते हो?"

"मैं तुम्हें दिखाता हूँ कि *मैं* जंगल में कैसे यात्रा करता हूँ।" उसने मेरे चेहरे का भाव देखा। "चिंता मत करो, तुम बहुत सुरक्षित रहोगी और हम तुम्हारे ट्रक तक काफ़ी जल्दी पहुँच जाएँगे।" उसका मुँह उस वक्र मुस्कान में थिरका, जो इतनी सुंदर थी कि मेरा दिल थम गया।

"क्या तुम चमगादड़ में बदल जाओगे?" मैंने सावधानी से पूछा।

वह इतनी तेज़ हँसा, जितना पहले कभी नहीं हँसा था। "जैसे मैंने *यह बात* पहले कभी न सुनी हो!"

"ठीक है, मुझे यक़ीन है कि तुम इसे सारे समय सुनते रहते हो।"

"चलो डरपोक लड़की, मेरी पीठ पर सवार हो जाओ।"

मैंने यह देखने के लिए इंतज़ार किया कि वह मज़ाक़ कर रहा था या सचमुच कह रहा था, लेकिन ऐसा लगा जैसे वह सचमुच यही चाहता था। मेरी झिझक का कारण समझकर वह मुस्कराया और उसने मेरी तरफ़ हाथ बढ़ाया। मेरे दिल ने प्रतिक्रिया की, हालाँकि वह मेरे विचार नहीं पढ़ सकता था, लेकिन मेरी नब्ज़ से मेरा रहस्य उजागर हो जाएगा, फिर उसने मुझे अपनी पीठ पर बैठाना शुरू किया, जिसमें मुझे बहुत कम कोशिश करनी पड़ी। मैंने तो बस जगह पर आने के बाद अपने हाथ-पैर उसके चारों तरफ़ इतने कसकर लपेट लिए कि उससे किसी सामान्य व्यक्ति का दम घुट जाता। यह किसी पत्थर से लिपटने जैसा था।

"मैं तुम्हारे सामान्य बैकपैक से थोड़ी ज़्यादा भारी हूँ," मैंने चेतावनी दी।

"हह!" उसने फुफकारते हुए कहा। मैं कल्पना कर सकती थी कि वह अपनी आँखें गोल-गोल घुमा रहा होगा। मैंने पहले कभी उसे इतना उत्साहित नहीं देखा था।

उसने मुझे चौंकाते हुए अचानक मेरा हाथ पकड़ लिया, मेरी हथेली उसके चेहरे पर दबाई और गहरी साँस ली।

और फिर वह दौड़ने लगा।

अगर मुझे उसकी मौजूदगी में पहले कभी मौत का डर लगा था, तो यह उसकी तुलना में कुछ नहीं था, जो मैं अब महसूस कर रही थी।

वह गोली की तरह या शायद भूत की तरह जंगल की स्याह, मोटी झाड़ियों के बीच से दौड़ने लगा। कोई आवाज़ नहीं आ रही थी, कोई प्रमाण नहीं था, जो बता सके कि उसके पैर धरती को छू रहे हैं। उसकी साँस की गति में कोई परिवर्तन नहीं हुआ, जिससे पता चले कि उसे अतिरिक्त कोशिश करनी पड़ रही है, लेकिन पेड़ हमसे हमेशा कुछ इंच दूर से घातक गति से उड़ने लगे।

मैं इतनी ज़्यादा दहशत में थी कि आँखें ही बंद नहीं कर पाई, हालाँकि जंगल की ठंडी हवा मेरे चेहरे पर कोड़ों की तरह पड़ी, जिससे मेरी आँखें जलने लगीं। मुझे महसूस हुआ, मानो मैंने उड़ते विमान की खिड़की में से अपना सिर बाहर निकाल लिया था। और जीवन में पहली बार मुझे मोशन सिकनेस के कारण चक्कर आने वाली अनुभूति हुई।

फिर यह ख़त्म हो गया। सुबह एडवर्ड की बगिया तक पहुँचने के लिए हम घंटों पैदल चले थे, लेकिन अब हम कुछ ही मिनटों में ट्रक तक पहुँच गए थे।

"मज़ा आया, है ना?" उसकी आवाज़ उत्साही और रोमांचित थी।

वह स्थिर खड़ा रहा और मेरे उतरने का इंतज़ार करता रहा। मैंने कोशिश की, लेकिन नाकाम रही। मेरे हाथ-पैर उसके चारों ओर ताले की तरह कस गए थे और मेरा सिर घूम रहा था।

"बेला?" उसने अब चिंता से पूछा।

"मैं सोचती हूँ कि मुझे लेट जाना चाहिए," मैंने हाँफते हुए कहा।

"ओह सॉरी," वह मेरे नीचे उतरने का इंतज़ार करता रहा, लेकिन मैं हिल नहीं पाई।

"मैं सोचती हूँ कि मुझे मदद की ज़रूरत है," मैंने स्वीकार किया।

वह धीरे से हँसा और हौले से अपनी गर्दन पर से मेरी पकड़ ढीली की। उसके हाथों की फ़ौलादी शक्ति को इसमें कोई दिक़्क़त नहीं हुई। फिर उसने मुझे पलटकर अपने सामने कर लिया और किसी छोटे बच्चे की तरह मुझे अपनी बाँहों में उठा लिया। वह मुझे एक पल तक थामे रहा, फिर सावधानी से फ़र्न के लचकदार वृक्षों के तले रख दिया।

"तुम कैसा महसूस कर रही हो?"

इस बारे में मैं पक्का नहीं कह सकती थी, क्योंकि मेरा सिर बहुत तेज़ी से घूम रहा था। "मैं सोचती हूँ, चक्कर आ रहे हैं।"

"अपना सिर घुटनों के बीच रख लो।"

मैंने ऐसा ही किया और इससे थोड़ी मदद मिली। मैंने धीरे-धीरे साँस अंदर-बाहर की और अपना सिर बहुत स्थिर रखा। मुझे वह बग़ल में बैठा महसूस हुआ। कुछ पल बाद मैंने पाया कि मैं अपना सिर उठा सकती हूँ। मेरे कानों में घंटी बजने जैसी सायँ-सायँ हो रही थी।

"मुझे लगता है कि यह सबसे अच्छा विचार नहीं था," वह सोचते हुए बोला।

मैंने सकारात्मक होने की कोशिश की, लेकिन मेरी आवाज़ कमज़ोर थी। "नहीं, यह बहुत रोचक था।"

"हाह! तुम किसी भूत जितनी सफ़ेद दिख रही हो – नहीं, तुम तो *मेरे* जितनी सफ़ेद दिख रही हो!"

"मैं सोचती हूँ कि मुझे आँखें बंद कर लेनी चाहिए थीं।"

"इसे अगली बार याद रखना।"

"अगली बार!" मैंने दर्द भरी आवाज़ में कहा।

वह हँसा, उसका मूड अब भी अच्छा था।

मैं बुदबुदाई।

"आँखें खोलो, बेला," उसने धीरे से कहा।

और चेहरा मेरे चेहरे के बहुत क़रीब था। उसकी सुंदरता ने मेरे दिमाग़ को सुन्न कर दिया – यह बहुत ज़्यादा थी, इतनी ज़्यादा कि मैं उसकी आदी नहीं हो सकती थी।

"जब मैं दौड़ रहा था, तब मैं सोच रहा था..." वह रुका।

"मुझे उम्मीद है, पेड़ों से टकराने की नहीं सोच रहे होगे।"

"मूर्ख बेला," वह हँसा। "दौड़ना मेरा स्वभाव है, यह ऐसी चीज़ है, जिसके बारे में मुझे सोचना नहीं पड़ता।"

"शेखीख़ोर," मैं दोबारा बुदबुदाई।

वह मुस्कराया।

"नहीं," उसने आगे कहा, "मैं सोच रहा था कि एक ऐसी चीज़ थी, जिसकी मैं कोशिश करना चाहता था।" उसने मेरा चेहरा एक बार फिर अपने हाथों में लिया।

मैं साँस नहीं ले पाई।

वह झिझका – सामान्य तरीक़े से नहीं, इंसानी तरीक़े से नहीं।

उस तरह नहीं, जिस तरह कोई लड़का किसी लड़की को चूमने से पहले झिझकता है, उसकी प्रतिक्रिया देखता है या यह भाँपता है कि उसकी हरकत को किस तरह लिया जाएगा। शायद वह इस पल को लंबा करने के लिए झिझकेगा, उम्मीद का आदर्श पल, जो कई बार तो चुंबन से भी बेहतर होता है।

एडवर्ड अपनी परीक्षा लेने से पहले झिझका। वह तसल्ली करना चाहता था कि क्या यह सुरक्षित है। वह सुनिश्चित करना चाहता था कि क्या वह अपनी भूख पर क़ाबू कर सकता है।

और फिर उसके ठंडे, संगमरमरी होंठों ने बहुत हौले से मेरे होंठ दबा दिए।

हम में से कोई भी जिस चीज़ के लिए तैयार नहीं था, वह थी मेरी प्रतिक्रिया।

ख़ून मेरी त्वचा के नीचे उबलने लगा और मेरे होंठ सुलगने लगे। मेरी साँस बहुत तेज़ हो गई। मेरी अँगुलियों ने उसके बालों का गुच्छा बना लिया और उसे ख़ुद से सटाकर जकड़ लिया। जब मैंने उसकी उन्मत्त करने वाली महक अंदर खींची, तो मेरे होंठ अपने आप आमंत्रण में खुल गए।

तुरंत ही मुझे अहसास हुआ कि मेरे होंठों को दबाने वाले उसके होंठ रुक गए हैं और पत्थर जैसे हो गए हैं। उसके हाथों ने धीरे-धीरे मेरे चेहरे को दूर धका दिया। मैंने आँखें खोलीं और उसका सतर्क भाव देखा।

"ऊप्स," मैंने कहा।

"यह न्यूनोक्ति है।"

उसकी आँखें बौखलाई हुई थीं, उसका जबड़ा प्रबल संयम में भिंचा हुआ था, लेकिन वह अपनी आदर्श अभिव्यक्ति से नहीं भटका। उसका चेहरा मेरे चेहरे से सिर्फ़ कुछ इंच दूर था। इस वजह से मेरी आँखें चौंधिया रही थीं।

"क्या मैं...?" मैंने ख़ुद को छुड़ाने और उसे थोड़ी जगह देने की कोशिश की।

उसके हाथों ने मुझे एक इंच भी नहीं हिलने दिया।

"नहीं, यह क़ाबू में है। बस एक पल ठहरो, प्लीज़।" उसकी आवाज़ विनम्र और नियंत्रित थी।

मैंने अपनी निगाह उस पर रखी और उनमें रोमांच को हल्का होते देखा।

फिर उसके चेहरे पर आश्चर्यजनक रूप से शरारती मुस्कान आ गई।

"देखा," उसने कहा और साफ़ दिख रहा था कि वह ख़ुद से ख़ुश था।

"सहन हो रहा है?" मैंने पूछा।

वह ज़ोर से हँसा। "मैं तो अपनी उम्मीद से ज़्यादा शक्तिशाली हूँ। यह जानकर बहुत अच्छा लगता है।"

"काश मैं ख़ुद के बारे में भी यही कह पाती। मुझे अफ़सोस है।"

"देखो, *तुम सिर्फ़* इंसान हो।"

"बहुत-बहुत धन्यवाद," मैंने कहा; मेरी आवाज़ कसैली थी।

वह अपनी लचकदार, फुर्तीली, लगभग अदृश्य गतिविधि में खड़ा हो गया। उसने अपना हाथ मेरी तरफ़ बढ़ाया, जो अप्रत्याशित था। मैं सतर्कता से दूर रहने की बहुत आदी थी। मैंने उसका बर्फ़ीला हाथ लिया और मुझे वाक़ई उसके सहारे की ज़रूरत थी। मेरा संतुलन अब तक नहीं लौट पाया था।

"तुम्हें दौड़ने की वजह से चक्कर आ रहे हैं? या फिर यह मेरी चुंबन कला का परिणाम है?" जब वह हँसा, तो वह बहुत ख़ुश, बहुत इंसानी दिखा, उसका देवदूत जैसा चेहरा परेशानियों से रहित था। जिस एडवर्ड को मैं जानती थी, यह उससे बहुत अलग था। मैं और भी ज़्यादा सम्मोहित महसूस करने लगी। यह तय था कि अब उससे दूर रहने पर मुझे शारीरिक दर्द भी होगा।

"मैं पक्का नहीं कह सकती, मैं अब भी चक्कर से परेशान हूँ," मैं प्रतिक्रिया करने में कामयाब हुई। "मैं सोचती हूँ कि यह दोनों का ही असर है - थोड़ा-थोड़ा।"

"शायद कार मुझे चलानी चाहिए।"

"क्या तुम पागल हो गए हो?" मैंने विरोध किया।

"मैं तुम्हारे सर्वश्रेष्ठ दिन भी तुमसे अच्छी गाड़ी चला सकता हूँ," उसने मज़ाक़ किया। "तुम्हारा अंग-संचालन बहुत धीमा है।"

"तुम्हारी बात सही है, लेकिन मुझे नहीं लगता कि मेरी घबराहट या मेरा ट्रक तुम्हारी ड्राइविंग को बर्दाश्त कर पाएगा।"

"थोड़ा तो भरोसा करो, बेला, प्लीज़।"

मेरा हाथ मेरी जेब में था और चाबी को कसकर पकड़े था। मैंने अपने होंठ मोड़े, सोचा और फिर कसी हुई मुस्कान के साथ अपना सिर हिला दिया।

"नहीं। किसी सूरत में नहीं।"

उसने अविश्वास में अपनी भौंहें उठाईं।

मैं उसके पास से होते हुए ड्राइवर सीट की तरफ़ जाने लगी। शायद वह मुझे जाने देता, लेकिन मैं हल्के से लड़खड़ा गई या फिर शायद वह मुझे नहीं जाने देता। उसकी बाँह मेरी कमर पर कस गई, जिससे मैं छूट नहीं सकती थी।

"बेला, मैंने तुम्हें ज़िंदा रखने के लिए अब तक काफ़ी व्यक्तिगत प्रयास किया है। जब तुम चल भी नहीं सकती हो, तो मैं तुम्हें वाहन के स्टियरिंग व्हील पर कैसे बैठने दे सकता हूँ? वैसे भी अपने दोस्तों को नशे में गाड़ी नहीं चलाने देना चाहिए," उसने दबी हँसी के साथ कहा। मुझे उसके सीने से असहनीय मीठी महक भी आ रही थी।

"नशा?" मैंने आपत्ति की।

"मेरे साथ रहने का नशा।" वह एक बार फिर शरारत से मुस्करा रहा था।

"मैं इससे बहस नहीं कर सकती," मैंने आह भरी। कोई तरीक़ा नहीं था, मैं किसी भी चीज़ में उसका प्रतिरोध नहीं कर सकती थी। मैंने चाबी को ऊपर रखा और फिर इसे छोड़ दिया। उसके हाथ ने बिजली की रफ़्तार से इसे बिना आवाज़ के पकड़ लिया। "आराम से चलाना - मेरा ट्रक वरिष्ठ नागरिक है।"

"बहुत समझदारी से," उसने हामी भरी।

"और क्या तुम... मेरी उपस्थिति से ज़रा भी प्रभावित नहीं हो?" मैंने चिढ़कर पूछा।

एक बार फिर उसके आकर्षक नैन-नक्श बदल गए। उसके चेहरे का भाव कोमल हो गया और गर्मजोशी से भर गया। उसने पहले तो जवाब नहीं दिया, बस अपना चेहरा मेरे चेहरे के क़रीब झुकाया और अपने होंठ मेरे जबड़े पर फेरे - मेरे कान से ठुड्डी तक, आगे-पीछे। मैं थरथराने लगी।

"चाहे जो हो," वह आख़िर बुदबुदाया, "मेरा अंग संचालन बेहतर है।"

14

दिमाग़ शरीर पर भारी पड़ता है

मुझे मानना पड़ा कि वह अच्छी गाड़ी चला सकता है, बशर्ते वह गति सही रखे। बहुत सारी चीज़ों की तरह इसमें भी उसे कोई कोशिश नहीं करनी पड़ती थी। ऐसा लग रहा था कि वह सड़क की तरफ़ नहीं देख रहा था, लेकिन टायर लेन के बीच से एक सेंटीमीटर भी इधर-उधर नहीं हुए। वह एक हाथ से गाड़ी चला रहा था और दूसरे हाथ से मेरे हाथ को सीट पर पकड़े हुए था। कई बार वह डूबते सूरज को निहारता था, लेकिन उससे ज़्यादा बार वह मुझे निहारता था - कभी मेरे चेहरे को, कभी खुली खिड़की से उड़ने वाले बालों को। हमारे हाथ कसे हुए थे।

उसने रेडियो पर पुराने ज़माने का स्टेशन लगा दिया। मैंने वह गीत पहले कभी नहीं सुना था, लेकिन वह इसके साथ ख़ुद भी गा रहा था। उसे हर पंक्ति याद थी।

"तुम्हें पचास का संगीत पसंद है?" मैंने पूछा।

"पचास के दशक में संगीत अच्छा था। साठ या सत्तर के दशक से बहुत अच्छा, उह!" वह काँपा। "अस्सी का दशक सहन करने लायक़ था।"

"और क्या तुम मुझे कभी यह बताओगे कि तुम्हारी उम्र कितनी है?" मैंने संकोची अंदाज़ में पूछा। मैं उसके प्रफुल्लित हँसी-मज़ाक़ के मूड को बिगाड़ना नहीं चाहती थी।

"क्या यह मायने रखता है?" मुझे राहत मिली कि उसकी मुस्कान नहीं बदली थी।

"नहीं, लेकिन फिर भी मैं सोचती हूँ..." मैंने मुँह बनाया। "इस अनसुलझे रहस्य की वजह से मैं रातों को जागने से बच जाऊँगी।"

"मुझे लगता है कि कहीं यह जानकर तुम परेशान न हो जाओ" उसने ख़ुद से कहा। वह सूरज को निहारने लगा, मिनट गुज़रते गए।

"आज़माकर देख लो," मैंने आख़िरकार कहा।

उसने आह भरकर दोबारा मेरी आँखों में देखा। ऐसा लग रहा था कि वह सड़क को बिलकुल ही भूल गया था। मेरी आँखों में दिखने वाले भाव से वह प्रोत्साहित हो गया। उसने सूरज को देखा - डूबते सूरज की रोशनी उसकी त्वचा से माणिक जैसे लाल रंग में परावर्तित हो रही थी - और फिर वह बोला।

"मैं 1901 में शिकागो में पैदा हुआ था।" उसने ठहरकर कनखियों से मेरी तरफ़ देखा। मैंने सावधानी से अपने चेहरे को भावशून्य रखा, जैसे मुझे हैरानी न हुई हो और मैं आगे की जानकारी के लिए धैर्य रखे रही। वह हल्के से मुस्कराया और आगे बोला। "कार्लाइल को मैं 1918 की गर्मी में एक अस्पताल में मिला। उस वक़्त मेरी उम्र सत्रह साल थी और मैं स्पेनिश इंफ्लुएंजा से मर रहा था।"

उसने मेरे साँस खींचने की आवाज़ सुनी, हालाँकि मेरे कानों में यह काफ़ी हल्की सुनाई दी थी। उसने एक बार फिर मेरी आँखों में देखा।

"मुझे यह अच्छी तरह याद नहीं है - यह बहुत समय पहले की बात है और इंसानी स्मृतियाँ फीकी पड़ जाती हैं।" वह कुछ समय तक विचारों में खोया रहा और फिर आगे बोला। "मुझे याद है, कार्लाइल के बचाने पर मुझे कैसा महसूस हुआ था। इसे भूलना आसान नहीं होता।"

"तुम्हारे माता-पिता?"

"वे उस बीमारी से पहले ही गुज़र गए थे। मैं अकेला बचा था। इसीलिए उन्होंने मुझे चुना। महामारी के हड़कंप के बीच किसी को भी यह अहसास नहीं हुआ कि मैं चला गया था।"

"उन्होंने... तुम्हें कैसे बचाया?"

उसने कुछ पल बाद जवाब दिया। लग रहा था कि वह सावधानी से शब्द चुन रहा था।

"यह मुश्किल था। हम में से ज़्यादातर लोगों में इसे करने का संयम नहीं होता। लेकिन कार्लाइल हमेशा से सबसे दयालु, सबसे करुणामय रहे हैं... मैं नहीं सोचती कि तुम्हें पूरे इतिहास में उनकी टक्कर का कोई मिल सकता है।" वह रुका। "मेरे लिए यह सिर्फ़ बहुत, बहुत दर्द भरा था।"

उसके होंठ कस गए थे। मैं समझ गई कि वह इस बारे में और कुछ नहीं बोलेगा। मैंने अपनी जिज्ञासा दबा ली, हालाँकि मेरे मन में इस बारे में बहुत से सवाल थे। इस ख़ास मुद्‌दे पर सोचने की बहुत सारी बातें थीं, जो मेरे मन में आने लगी थीं। इसमें कोई शक नहीं था कि उसके तेज़ दिमाग़ ने पहले ही हर उस पहलू को समझ लिया था, जो मुझसे बचकर निकल गया था।

उसकी धीमी आवाज़ ने मेरे विचारों में बाधा डाली। "उन्होंने यह काम अकेलेपन की वजह से किया था। यह विकल्प आम तौर पर इसीलिए चुना जाता है। मैं कार्लाइल के परिवार में पहला सदस्य था, हालाँकि इसके बाद जल्द ही उन्हें एस्मी मिल गईं; वे एक चट्टान से गिर गई थीं। लोग उन्हें सीधे अस्पताल के मुर्दाघर में ले गए थे, हालाँकि उनका दिल अब भी धड़क रहा था।"

"तो फिर तुम यह बनने के लिए बेताब होगे..." हम वैम्पायर शब्द कहने से बचते थे, इसलिए मैंने गोल-मोल तरीक़े से कहा।

"नहीं, यही तो कार्लाइल की ख़ासियत है। वे किसी ऐसे व्यक्ति के साथ यह कभी नहीं करेंगे, जिसके पास दूसरा विकल्प हो।" अपने पिता के बारे में बोलते वक़्त उसकी आवाज़ में गहरा सम्मान था। उसने आगे कहा, "वे कहते हैं कि जब ख़ून कमज़ोर होता है, तो यह काम ज़्यादा आसान होता है।" वह अब स्याह सड़क को देखने लगा और मैं महसूस कर सकती थी कि उसने इस विषय को बंद कर दिया है।

"और एमथ और रोज़ेली?"

"इसके बाद कार्लाइल रोज़ेली को हमारे परिवार में लाए। मुझे काफ़ी समय बाद यह अहसास हुआ कि वे यह उम्मीद कर रहे थे कि वह मेरे लिए वह बन जाएगी, जो एस्मी उनके लिए थी - देखो, मेरे आस-पास रहते समय उन्होंने अपने विचारों को छिपाकर रखा था।" उसने अपनी आँखें

गोल-गोल घुमाईं। “लेकिन वह मेरे लिए कभी बहन से ज़्यादा नहीं रही। दो साल बाद उसे एमथ मिल गया। वह शिकार कर रही थी - हम उस वक़्त एपेलेशिया में थे - और उसने देखा कि एक भालू एमथ की जान लेने वाला था। वह उसे लेकर सौ मील दूर तक कार्लाइल के पास लाई, क्योंकि उसे डर था कि वह यह काम ख़ुद नहीं कर पाएगी। मैं सिर्फ़ अंदाज़ा ही लगा सकता हूँ कि वह यात्रा उसके लिए कितनी मुश्किल रही होगी।” उसने मुझे अर्थपूर्ण निगाह से देखा। हमारे हाथ अब भी एक साथ बँधे हुए थे। उसने उन्हें उठाया और अपने हाथ के पिछले हिस्से से मेरे गाल पर हाथ फेरा।

“लेकिन वह कामयाब हो गई,” मैं प्रोत्साहित करते हुए बोली और उसकी आँखों की असहनीय सुंदरता से दूर देखने लगी।

“हाँ,” वह बुदबुदाया। “उसने एमथ के चेहरे में ऐसा कुछ देखा, जिससे उसमें इतनी शक्ति आ गई। और वे तब से एक साथ हैं। कई बार वे विवाहित दंपति की तरह हमसे अलग रहते हैं, लेकिन हम जितने छोटे होने का नाटक करते हैं, हम उस जगह पर उतने ही ज़्यादा समय तक रह सकते हैं। फ़ोर्क्स आदर्श लग रहा था, इसलिए हमने हाई स्कूल में नाम लिखा लिया।” वह हँसा। “मुझे लगता है कि हमें कुछ साल बाद *एक बार फिर* उनकी शादी में जाना होगा।”

“एलिस और जैस्पर?”

“एलिस और जैस्पर दो बहुत दुर्लभ जीव हैं। उन दोनों ने बाहरी मार्गदर्शन के बिना ही अंतरात्मा विकसित कर ली, जैसा हम लोग इसे कहते हैं। जैस्पर दूसरे... परिवार का था, एक *बहुत ही* अलग परिवार का। वह निराश होकर अकेले भटकने लगा और एक दिन एलिस को दिख गया। मेरी तरह ही उसके पास भी ऐसी प्रतिभाएँ हैं, जो हमारे क़िस्म के दूसरे लोगों में नहीं हैं।”

“सचमुच?” मैं सम्मोहित होकर बीच में बोल उठी। “लेकिन तुमने तो कहा था कि सिर्फ़ तुम ही लोगों के विचार सुन सकते हो।”

“यह सच है, लेकिन वह दूसरी चीज़ें जानती है। वह होने वाली चीज़ों को पहले से *देख* लेती है - ऐसी चीज़ें जो हो सकती हैं या आने वाली हैं, लेकिन यह बहुत व्यक्तिपरक होता है। भविष्य किसी पत्थर की तरह निश्चित नहीं होता। परिस्थितियाँ बदलती रहती हैं।”

यह बोलते वक़्त उसका जबड़ा कस गया और उसकी आँखें मेरे चेहरे पर इतनी तेज़ी से आकर गईं कि मुझे यह भरोसा नहीं था कि यह सचमुच हुआ था या सिर्फ़ मेरी कल्पना थी।

"वह किस तरह की चीज़ें देखती है?"

"उसने जैस्पर को अपने स्वप्न में देखा और उसे पता चल गया कि वह उसी की तलाश कर रहा है। बाद में जाकर ख़ुद जैस्पर को यह बात समझ में आई, फिर एलिस ने कार्लाइल और हमारे परिवार को देखा और वे दोनों हमें खोजते हुए आ गए। वह ग़ैर-इंसानों के प्रति सबसे ज़्यादा संवेदनशील है। मिसाल के तौर पर, जब हमारी तरह का दूसरा समूह क़रीब आ रहा होता है, तो उसे पहले से दिख जाता है। और यह भी कि क्या इसमें जोखिम हो सकती है।"

"क्या... तुम्हारे जैसे बहुत से प्राणी हैं?" मैं हैरानी से बोली। ऐसे कितने प्राणी हमारे बीच हैं, जिनका हमें पता नहीं है?

"नहीं, ज़्यादा नहीं हैं, लेकिन ज़्यादातर किसी एक जगह नहीं रुकते। सिर्फ़ हम जैसे लोग ही ऐसा कर सकते हैं, जिन्होंने तुम लोगों का शिकार करना छोड़ दिया है" - उसने मेरी दिशा में चुपके से देखा - "तभी हम लंबे समय तक इंसानों के साथ रह सकते हैं। हमें अपने जैसा सिर्फ़ एक और परिवार मिला है, जो अलास्का में एक छोटे से गाँव में रहता है। हम कुछ समय तक साथ रहे, लेकिन हम इतने सारे लोग हो गए कि इंसानों का ध्यान आकर्षित होने लगा। जिन प्राणियों की आदतें हमसे अलग हैं... उनमें अपने दल के साथ दूर रहने की प्रवृत्ति होती है।"

"और बाक़ी?"

"ज़्यादातर मामलों में ख़ानाबदोश होते हैं। हम सभी कई मौक़ों पर इसी तरह रहे हैं। यह अक्सर नीरस हो जाता है, लेकिन हम कभी-कभार दूसरों से टकरा जाते हैं, क्योंकि हममें से ज़्यादातर उत्तरी हिस्से को पसंद करते हैं।"

"ऐसा क्यों?"

हमारी गाड़ी अब मेरे घर के सामने खड़ी थी, उसने ट्रक का इंजन बंद कर दिया। बाहर बहुत शांति और अँधेरा था, चाँद नहीं निकला था। पोर्च की बत्ती नहीं जल रही थी, इसलिए मैं समझ गई कि डैडी अब तक घर नहीं लौटे हैं।

"क्या तुम्हारी आँखें आज दोपहर बंद थीं?" उसने चिढ़ाया। "क्या तुम सोचती हो कि मैं ट्रैफ़िक दुर्घटनाओं का कारण बने बिना धूप में सड़क पर चल सकता हूँ? ओलिंपिक पेनिन्सुला को चुनने का एक और कारण है, यह संसार की सबसे ज़्यादा धूपरहित जगहों में से एक है। दिन में बाहर निकलना बहुत अच्छा लगता है। तुम यक़ीन नहीं करोगी कि रात को देखते-देखते आप अस्सी साल में कितने थक सकते हैं।"

"तो यहीं से दंतकथाएँ शुरू हुई थीं?"

"शायद।"

"और एलिस भी जैस्पर की तरह दूसरे परिवार से आई है?"

"नहीं! यह एक *रहस्य* है। एलिस को अपना मानवीय जन्म याद नहीं है। उसे नहीं मालूम कि उसे किसने उत्पन्न किया। वह अकेली जागी थी। जिसने भी उसे बनाया था, वह दूर चला गया था और हममें से कोई नहीं समझ पाया कि उसने ऐसा क्यों या कैसे किया। अगर उसके पास उसकी छठी इंद्रिय वाली क्षमता नहीं होती, अगर वह जैस्पर और कार्लाइल को नहीं देख पाती और उसे यह न पता होता कि वह किसी दिन हममें से एक बन सकती है, तो शायद वह जंगली बन सकती थी।"

सोचने के लिए बहुत ज़्यादा चीज़ें मिल गई थीं। इतना कुछ था, जो मैं उससे पूछना चाहती थी। लेकिन मुझे बहुत शर्मिंदगी हुई, जब मेरा पेट गड़गड़ाने लगा। मैं इसे ज़्यादा कौतूहल में थी कि भूल ही गई थी कि मुझे भूख लग रही थी। अब जाकर मुझे अहसास हुआ कि मेरे पेट में चूहे नहीं, शेर दौड़ रहे हैं।

"मुझे अफ़सोस है, मैं तुम्हें डिनर से दूर रख रहा हूँ।"

"मैं ठीक हूँ।"

"किसी खाना खाने वाले व्यक्ति के साथ मैंने कभी इतना ज़्यादा समय नहीं बिताया। मैं भूल जाता हूँ।"

"मैं तुम्हारे साथ रहना चाहती हूँ।" अँधेरे में यह कहना ज़्यादा आसान था। उसे देखते समय मेरी आवाज़ मुझे धोखा दे जाती थी और उसके प्रति मेरे सम्मोहन को उजागर कर देती थी।

"क्या मैं अंदर नहीं आ सकता?" उसने पूछा।

"आना चाहोगे?" मैं इसकी कल्पना नहीं कर पाई। यह देवदूत जैसा प्राणी मेरे डैडी की किचन वाली गंदी कुर्सी पर कैसा दिखेगा?

"हाँ, अगर तुम्हें सही लगे।" मैंने धीरे से ट्रक का दरवाज़ा बंद होने की आवाज़ सुनी और लगभग उसी समय वह मेरी तरफ़ के दरवाज़े को मेरे लिए खोल रहा था।

"बहुत मानवीय," मैंने उसे बधाई दी।

वह अँधेरे में मेरे बग़ल में चला, इतनी धीरे कि मुझे उसे लगातार देखना पड़ा, ताकि यह सुनिश्चित हो जाए कि वह अब भी वहाँ था। अँधेरे में वह बहुत सामान्य दिख रहा था। वह अब भी पीला था, स्वप्न की तरह सुंदर था, लेकिन अब वह धूप भरी दोपहर में चमकने वाले हीरे जैसा नहीं था।

वह मुझसे आगे दरवाज़े तक पहुँच गया और उसे खोल दिया। मैं आधी चौखट लाँघने के बाद ठिठक गई।

"दरवाज़े का ताला खुला था?"

"नहीं, मैंने छज्जे के नीचे से चाबी निकाली थी।"

मैंने अंदर क़दम रखा, पोर्च लाइट जलाई और भौंहें उठाकर उसे देखा। मैं पूरे यक़ीन के साथ कह सकती थी कि मैंने उसके सामने उस चाबी का कभी इस्तेमाल नहीं किया था।

"मुझे तुम्हारे बारे में जिज्ञासा थी।"

"तुम मेरी जासूसी कर रहे थे?" लेकिन मैं अपनी आवाज़ में ज़्यादा गुस्सा नहीं भर पाई। मैं तो इससे ख़ुश थी।

उसे किसी तरह का पछतावा नहीं था। "रात को करने के लिए और है ही क्या?"

मैंने उस पल इस बात को जाने दिया और हॉल से किचन की ओर देखा। वहाँ वह मुझसे पहले पहुँच गया, उसे किसी मार्गदर्शक की ज़रूरत नहीं थी। वह उसी कुर्सी में बैठा, जिसमें मैंने उसकी तसवीर देखी थी। उसकी सुंदरता से किचन जगमग होने लगा। पल भर बाद ही मैं दूसरी तरफ़ देख पाई।

मैंने अपना डिनर लाने पर ध्यान केंद्रित किया। मैंने कल रात के लज़ान्या को फ्रिज से निकालकर प्लेट में रखा और माइक्रोवेव में गर्म किया।

किचन टमाटर और ओरेगैनो की ख़ुशबू से भर गया। बोलते समय मैंने भोजन की प्लेट से नज़रें नहीं हटाईं।

"कितनी बार?" मैंने सामान्य तरीक़े से पूछा।

"हुँह?" उसकी आवाज़ से ऐसा लगा, जैसे वह किसी दूसरे विषय पर विचारमंथन कर रहा हो और मैंने उसमें बाधा डाली हो।

मैं अब भी नहीं पलटी। "तुम यहाँ कितनी बार आए हो?"

"मैं हर रात को यहाँ आता हूँ।"

मैं स्तब्ध होकर घूमी। "क्यों?"

"सोते वक़्त तुम बहुत दिलचस्प होती हो।" उसने सामान्य अंदाज़ में कहा। "तुम नींद में बोलती हो।"

"नहीं!" मैं हाँफते हुए बोली और मेरा चेहरा गर्म हो गया। मैंने सहारे के लिए किचन के काउंटर को पकड़ लिया। ज़ाहिर है, मैं जानती थी कि मैं नींद में बोलती हूँ, मेरी माँ इस बारे में मुझे चिढ़ाती थीं। मैंने सोचा था कि यहाँ मुझे इस बारे में चिंता करने की कोई ज़रूरत नहीं है।

उसके चेहरे का भाव तुरंत ही सकपकाहट में बदल गया। "क्या तुम मुझसे बहुत नाराज़ हो?"

"यह तो निर्भर करता है!" मेरी आवाज़ से ऐसा लग रहा था, जैसे मेरे अंदर की साँस पूरी तरह निकल गई हो।

वह इंतज़ार करता रहा।

"किस बात पर?" उसने कुरेदा।

"इस बात पर कि तुमने क्या सुना!" मैंने थोड़ा चिल्लाते हुए कहा।

तुरंत ही, ख़ामोशी से वह मेरे बग़ल में आ गया और मेरे हाथ सावधानी से अपने हाथ में ले लिए।

"गुस्सा मत होना!" उसने अनुरोध किया। उसने अपना चेहरा मेरी आँखों के स्तर तक झुकाया और मुझसे नज़रें मिलाईं। मैं लजा गई। मैंने दूर देखने की कोशिश की।

"तुम अपनी माँ को याद करती हो," उसने फुसफुसाकर कहा। "तुम उनकी चिंता करती हो। और जब बारिश होती है, तो इसकी आवाज़ तुम्हें बेचैन कर देती है। तुम घर के बारे में बहुत बड़बड़ाती थीं, लेकिन अब यह कम होता है। एक बार तुमने कहा था, 'यह बहुत ज़्यादा *हरा* है।'"

वह धीरे से हँसा और उम्मीद करने लगा कि मैं भड़क न जाऊँ।

"कोई और चीज़?" मैंने पूछा।

वह जानता था कि मैं क्या पूछ रही थी। उसने स्वीकार किया, "तुमने मेरा नाम भी लिया था।"

मैंने हारकर आह भरी। "बहुत बार?"

"बहुत बार से तुम्हारा क्या मतलब है?"

"ओह नहीं!" मेरा सिर लटक गया।

उसने मुझे अपने सीने से लगा लिया, हौले से, सामान्य रूप से।

"इसमें शर्मिंदा होने की क्या बात है," वह मेरे कान में फुसफुसाकर बोला। "अगर मैं सपने देख सकता, तो वे तुम्हारे बारे में होते। और मैं उनके बारे में शर्मिंदा नहीं होता।"

तभी हम दोनों ने ईंट के ड्राइववे पर टायरों की आवाज़ सुनी और सामने की खिड़कियों से हेडलाइट्स की चमक देखी, जो हॉल तक आ रही थी। मैं उसकी बाँहों में अकड़ गई।

"क्या तुम्हारे डैडी को पता होना चाहिए कि मैं यहाँ पर हूँ?" उसने पूछा।

"मुझे पक्का नहीं पता..." मैंने जल्दी से सोचने की कोशिश की।

"तो फिर किसी दूसरे समय..."

और मैं अकेली रह गई।

"एडवर्ड!" मैंने फुफकारा।

मुझे एक भुतहा हँसी के सिवा कुछ सुनाई नहीं दिया।

मेरे डैडी की चाबी दरवाज़े में घूमी।

"बेला?" उन्होंने आवाज़ लगाई। पहले मुझे इससे दिक़्क़त हुई थी और कौन होगा? अचानक उनकी बात इतनी अजीब नहीं लगी।

"यहाँ अंदर।" मुझे उम्मीद थी कि वे मेरी आवाज़ में हिस्टीरिया के अवशेषों को नहीं सुन पाएँगे। मैंने माइक्रोवेव से अपना डिनर बाहर निकाला और उनके अंदर आते समय टेबल पर बैठ गई। एडवर्ड के साथ दिन बिताने के बाद उनके क़दमों की आवाज़ शोर जैसी लग रही थी।

"क्या तुम मुझे भी यह थोड़ा खिला सकती हो? भूख से दम निकला जा रहा हूँ।" वे जूते उतारने के लिए एड़ी के बल खड़े हुए और एडवर्ड की कुर्सी का सहारा लिया।

मैंने अपना खाना अपने साथ लिया, इसे फटाफट खाया और उनका डिनर लाई। फुर्ती से खाने के चक्कर में मेरी जीभ जल गई। जब डैडी का लज़ान्या गर्म हो रहा था, तो मैंने दो गिलासों में दूध भरा और पेट में लगी आग को शांत करने के लिए अपना गिलास तुरंत गटक लिया। गिलास को रखते समय मैंने देखा कि दूध थरथरा रहा था और तब जाकर मुझे अहसास हुआ कि मेरा हाथ काँप रहा था। चार्ली कुर्सी पर बैठे। मुझे उनके और एडवर्ड के वहाँ बैठने के अंतर हास्यास्पद लगे।

जब मैंने उनका भोजन टेबल पर रखा, तो वे बोले, "धन्यवाद।"

"आपका दिन कैसा रहा?" मैंने पूछा। मैंने वे शब्द जल्दी में बोले थे, मैं बचकर अपने कमरे में जाने के लिए बेताब थी।

"अच्छा रहा। मछलियाँ फँस रही थीं... तुम्हारा? क्या तुमने हर वह चीज़ कर ली, जो तुम करना चाहती थीं?"

"दरअसल नहीं - दिन इतना ज़्यादा सुहाना था कि अंदर रहा नहीं गया।" मैंने एक और बड़ा कौर काटा।

"काफ़ी अच्छा दिन था," वे सहमत हुए। मैंने मन ही मन सोचा, आपको क्या पता कितना अच्छा था।

लज़ान्या का आख़िरी कौर खाने के बाद मैंने अपना गिलास उठाया और अपने बचे हुए दूध को अंदर भर लिया।

चार्ली ने मुझ पर ध्यान दिया, जिससे मैं हैरान रह गई। उन्होंने पूछा, "जल्दी में हो?"

"हाँ, थक गई हूँ। मैं जल्दी सोने जा रही हूँ।"

"ऐसा लग रहा है, जैसे तुम रोमांचित हो," उन्होंने कहा। ध्यान देने के लिए उन्होंने आज रात को ही क्यों चुना था?

"क्या सचमुच?" मैं इतना ही बोल पाई। मैंने जल्दी से सिंक में बर्तन साफ़ किए और सूखने के लिए डिश टॉवेल पर उलटे रख दिए।

"आज शनिवार है," उन्होंने विचारपूर्वक कहा।

मैंने जवाब नहीं दिया।

"आज रात की कोई योजना तो नहीं है?" उन्होंने अचानक पूछा।

"नहीं डैडी, मैं बस सोना चाहती हूँ।"

"शहर में कोई तुम्हारी पसंद का *लड़का* नहीं है, ना?" वे संदेह कर रहे थे, लेकिन इसे शांति से ले रहे थे।

"नहीं, अब तक कोई लड़का पसंद नहीं आया है।" मैं सावधान थी कि चार्ली के साथ ईमानदार रहने की कोशिश में मैं लड़का शब्द पर ज़्यादा ज़ोर न दूँ।

"मैंने सोचा था कि शायद माइक न्यूटन... तुमने कहा था कि वह दोस्ताना है।"

"डैड, वह *सिर्फ़* दोस्त है।"

"अच्छी बात है। वैसे भी उन सबके लिहाज़ से तुम ज़्यादा ही अच्छी हो। कॉलेज जाने के बाद देखना शुरू करना।" हर पिता की तरह ही उनका भी यही सपना था कि हॉरमोन्स के सक्रिय होने से पहले उसकी बेटी घर से बाहर चली जाए।

"मुझे भी ऐसा ही लगता है," मैं सीढ़ियाँ चढ़ते-चढ़ते बोली।

"गुड नाइट बेटा," उन्होंने पीछे से कहा। कोई शक नहीं कि वे आज रात सावधान रहेंगे और मेरे चुपके से बाहर निकलने का इंतज़ार करेंगे।

"सुबह मिलते हैं, डैडी।" मिलते हैं, जब आप आधी रात को जाँच करने के लिए मेरे कमरे में दबे पाँव आओगे।

अपने कमरे की सीढ़ियाँ चढ़ते समय मैंने क़दमों की आहट को दबाया, ताकि मैं थकी-थकी लगूँ, फिर मैंने भड़ाम से दरवाज़ा बंद किया, ताकि उन्हें सुनाई दे जाए। इसके बाद मैं पंजों के बल दौड़कर खिड़की तक गई। मैंने इसे खोलकर बाहर के अँधेरे में झाँका। मेरी आँखों ने अँधेरे में पेड़ों की अभेद्य शाखाओं में तलाश की।

"एडवर्ड?" मैं फुसफुसाई, मैं पूरी तरह मूर्ख महसूस कर रही थी।

मुझे अपने पीछे से धीमी हँसी सुनाई दी।

"हाँ?" मैं पलटी, मेरा एक हाथ हैरानी से उड़ता हुआ मेरे गले पर पहुँच गया।

वह चौड़ी मुस्कान के साथ मेरे बिस्तर पर लेटा था। उसके हाथ सिर के पीछे थे, उसके पैर सिरे से नीचे लटक रहे थे और वह आराम फ़रमा रहा था।

"ओह!" मैंने साँस छोड़ी और फ़र्श पर ढेर हो गई।

"मुझे अफ़सोस है।" उसने अपने होंठ दबाए और अपनी ख़ुशी छिपाने की कोशिश की।

"मुझे अपना दिल काबू में करने के लिए एक मिनट का समय दो।"

वह धीरे-धीरे बैठ गया, ताकि वह दोबारा मुझे न चौंका दे, फिर वह आगे झुका और उसने मुझे उठाने के लिए अपनी लंबी बाँहें बढ़ाईं और मेरी बाँहों के ऊपरी सिरों को इस तरह पकड़ा, मानो मैं छोटी बच्ची हूँ। उसने मुझे पलंग पर अपने पास बैठा लिया।

"तुम मेरे साथ क्यों नहीं बैठतीं," उसने सुझाव दिया और मेरे हाथ पर अपना ठंडा हाथ रख दिया। "दिल अब कैसा है?"

"यह तो तुम्हें बताना चाहिए - मुझे लगता है कि तुम इसकी आवाज़ मुझसे ज़्यादा अच्छी तरह से सुन सकते हो।"

मैंने उसकी धीमी हँसी की वजह से पलंग को हिलते देखा।

हम एक पल तक ख़ामोशी में बैठकर मेरी धड़कन को धीमा होते सुनते रहे। मैंने कमरे में एडवर्ड और घर में डैडी के होने के बारे में सोचा।

मैंने पूछा, "क्या मुझे इंसान बनने के लिए एक मिनट मिल सकता है?"

"निश्चित रूप से।" उसने एक हाथ हिलाया, ताकि मैं बढ़ सकूँ।

"रुकना," मैंने गंभीर बनते हुए कहा।

"जी मैडम।" और वह मेरे पलंग के कोने पर मूर्ति बनने का नाटक करने लगा।

मैं कूदी, फ़र्श से अपना पायजामा उठाया और डेस्क से अपने सौंदर्य प्रसाधनों का बैग उठाया। मैं बत्ती और दरवाज़ा बंद करके बाहर निकल गई।

सीढ़ियों से टीवी की आवाज़ ऊपर आ रही थी। मैंने बाथरूम का दरवाज़ा तेज़ी से बंद किया, ताकि चार्ली मुझे परेशान करने ऊपर न आएँ।

मैं यह काम फटाफट करना चाहती थी। मैंने अपने दाँतों पर अच्छी तरह और *तेज़ी* से कसकर ब्रश किया, ताकि लज़ान्या के सारे अंश हट जाएँ, लेकिन मैं गर्म पानी से शॉवर लेने के मामले में जल्दबाज़ी नहीं कर सकती थी। इसने मेरी पीठ की मांसपेशियों को ही ढीला नहीं किया, बल्कि मेरी नब्ज़ को भी शांत किया। मेरे शैम्पू की जानी-पहचानी ख़ुशबू ने मुझे ऐसा महसूस कराया, मानो मैं अब भी वही इंसान थी, जो मैं आज सुबह थी। मैंने यह भूलने की कोशिश की कि एडवर्ड मेरे कमरे में बैठकर मेरा इंतज़ार कर रहा है, क्योंकि तब मुझे ख़ुद को शांत करने की प्रक्रिया दोबारा शुरू करनी पड़ती। आख़िरकार, अब मैं और देर नहीं कर सकती थी। मैंने पानी बंद किया, टॉवेल से तेज़ी से शरीर सुखाया और फटाफट बाहर निकल आई। मैंने अपनी छेद वाली टी-शर्ट पहनी और भूरे स्वेटपैंट भी। अब इस बात पर अफ़सोस करने से क्या फ़ायदा था कि मैंने विक्टोरियाज़ सीक्रेट सिल्क पायजामा पैक नहीं किए थे, जो मेरी माँ ने मुझे दो साल पहले जन्मदिन पर दिए थे और जो अब भी पुराने घर के किसी ड्रॉअर में नए के नए रखे होंगे।

मैंने एक बार फिर टॉवेल से बाल पोंछे और फिर उन पर ब्रश फेरा। मैंने टॉवेल हैम्पर में डाला और अपने ब्रश तथा टूथपेस्ट को बैग में उछाल दिया। फिर मैं सीढ़ियाँ उतरकर तेज़ी से नीचे गई, ताकि चार्ली देख सकें कि मैं पायजामे में हूँ और मेरे बाल गीले हैं।

"गुड नाइट, डैड।"

"गुड नाइट, बेला।" ऐसा लगा, जैसे मेरे हुलिये को देखकर वे चौंक गए थे। शायद इसके बाद वे आज रात मेरी जाँच करने के लिए मेरे कमरे में नहीं आएँगे।

मैंने एक बार में दो-दो सीढ़ियाँ चढ़ी, आवाज़ न करने की कोशिश की और अपने पीछे दरवाज़े को कसकर बंद करते हुए अपने कमरे में धड़धड़ाते हुए घुसी ।

एडवर्ड अपनी जगह से एक इंच भी नहीं हिला था। वह एडोनिस की प्रतिमा जैसा लग रहा था, जो मेरी पुरानी रज़ाई पर रखी थी। जब मैं मुस्कराई, तो उसके होंठ फड़के; प्रतिमा में जान आ गई थी।

उसकी आँखों ने मुझे निहारा, मेरे गीले बालों और जर्जर शर्ट को देखा। उसने भौंह उठाई। "अच्छा लग रहा है।"

मैंने मुँह बनाया।

"नहीं, यह तुम पर अच्छा लग रहा है।"

"धन्यवाद," मैं फुसफुसाकर बोली। मैं आलथी-पालथी मारकर उसके पास बैठ गई और लकड़ी के फ़र्श की लकीरों को देखने लगी।

"यह सब किसलिए?"

"चार्ली सोचते हैं कि मैं चुपके से बाहर निकल सकती हूँ।"

"ओह।" उसने इस बारे में सोचा। "क्यों?" मानो वह चार्ली के दिमाग़ को मेरे अनुमान जितनी स्पष्टता से न समझ सकता हो।

"देखो, मैं थोड़ी अति रोमांचित दिखती हूँ।"

उसने मेरी ठुड्डी उठाई और मेरे चेहरे की जाँच की।

"दरअसल, तुम बहुत गर्म दिख रही हो।"

उसने अपना चेहरा धीरे से मेरे चेहरे पर झुकाया और मेरी त्वचा पर अपना ठंडा गाल रख दिया। मैं बिलकुल स्थिर रही।

"हूँ...," उसने साँस छोड़ी।

उसके छूते समय दिमाग़ चलाना बहुत मुश्किल था, इसलिए सही प्रश्न पूछने के लिए एकाग्रता बटोरने में मुझे एक मिनट का समय लग गया।

"तुम्हारे लिए अब यह ज़्यादा आसान नज़र आता है... मेरे क़रीब रहना।"

"क्या तुम्हें ऐसा लगता है?" वह बुदबुदाया और उसकी नाक ने मेरे जबड़े के कोने को छुआ। मैंने महसूस किया कि वह पतंगे के पंख से भी हल्के से मेरे गीले बालों पर हाथ फेर रहा है, ताकि उसके होंठ मेरे कान के नीचे के गड्ढे को छू सकें।

"बहुत, बहुत ज़्यादा आसान," मैंने कहा और साँस छोड़ने की कोशिश की।

"हूँ।"

"तो मैं सोच रही थी...," मैंने दोबारा शुरू किया, लेकिन उसकी अँगुलियाँ धीरे-धीरे मेरी कॉलरबोन पर चल रही थीं, जिससे मेरे विचारों का सिलसिला टूट गया।

"हाँ?" उसने धीरे से कहा।

"ऐसा क्यों है" - मेरी आवाज़ थरथराने लगी, जिससे मुझे शर्म आ गई। - "तुम क्या सोचते हो?"

जब वह हँसा, तो मैंने अपने गले पर उसकी साँस का कंपन महसूस किया। "दिमाग़ शरीर पर भारी होता है।"

मैंने ख़ुद को पीछे खींचा। जब मैं हिली, तो वह जम सा गया - और अब मुझे उसके साँस लेने की आवाज़ सुनाई नहीं दे रही थी।

हम पल भर के लिए एक दूसरे को सावधानी से घूरते रहे और फिर जब उसका भिंचा हुआ जबड़ा धीरे-धीरे तनावरहित हुआ, तो उसके चेहरे पर हैरानी का भाव दिखाई दिया।

"क्या मैंने कुछ ग़लत कर दिया?"

"नहीं - इसका उलटा। तुम मुझे मदहोश कर रहे हो," मैंने स्पष्ट किया।

उसने इस पर हल्के से विचार किया और जब वह बोला, तो वह ख़ुश नज़र आ रहा था। "सचमुच?" एक विजयी मुस्कान धीरे से उसके चेहरे को चमकाने लगी।

"तुम अपनी विजय पर तालियों की आवाज़ सुनना चाहते हो?" मैंने ताना मारते हुए पूछा।

वह मुस्कराया।

"मुझे तो बस सुखद हैरानी है," उसने स्पष्ट किया। "पिछले लगभग सौ सालों में," उसकी आवाज़ चिढ़ा रही थी - "मैंने इस तरह की किसी चीज़ की कभी कल्पना भी नहीं की थी। मुझे यक़ीन नहीं था कि मुझे कभी कोई मिलेगा, जिसके साथ मैं रहना चाहूँगा... भाई-बहन से अलग तरह से। और फिर यह पता लगना, हालाँकि यह सब मेरे लिए नया है, कि मैं इसमें अच्छा हूँ... तुम्हारे साथ रहते हुए..."

"तुम हर चीज़ में अच्छे हो," मैंने संकेत किया।

उसने कंधे उचकाए, इसे जाने दिया और हम बहुत धीरे-धीरे हँसे।

"लेकिन यह अब इतना आसान कैसे हो सकता है?" मैंने फिर से दबाव डाला। "आज दोपहर..."

"यह *आसान* नहीं है," उसने आह भरी। "लेकिन आज दोपहर तक मैंने निर्णय नहीं लिया था। मुझे उस तरह के व्यवहार के बारे में अफ़सोस है, वह मेरे लिए अक्षम्य था।"

"अक्षम्य तो नहीं," मैं असहमत हुई।

"धन्यवाद।" वह मुस्कराया। "तुमने देखा," उसने आगे कहा और अब वह नीचे देख रहा था, "मुझे पक्का नहीं था कि क्या मैं पर्याप्त शक्तिशाली हूँ..." उसने मेरा एक हाथ उठाया और उसे हल्के से अपने चेहरे पर दबाया। "तब यह संभावना थी कि मैं... हार सकता हूँ" - उसने मेरी कलाई की गंध को महसूस करते हुए कहा - "तब तक मैं... आसानी से प्रभावित हो जाता था। जब तक मैंने अपने दिमाग़ में यह नहीं सोच लिया कि मैं पर्याप्त शक्तिशाली हूँ, कि इस बात की ज़रा सी भी संभावना नहीं है कि मैं तुम्हें नुक़सान पहुँचाऊँगा... कभी नुक़सान पहुँचा सकता हूँ..."

मैंने उसे कभी शब्दों के लिए इतना जूझते हुए नहीं देखा था। यह बहुत... मानवीय था।

"तो अब कोई संभावना नहीं है?"

"दिमाग़ शरीर पर भारी पड़ता है," उसने मुस्कराते हुए कहा। उसके दाँत अँधेरे में भी चमक रहे थे।

"वाह, यह आसान था," मैंने कहा।

उसने अपना सिर पीछे उछाला और धीमे से लेकिन प्रफुल्लित अंदाज़ में हँसा।

"*तुम्हारे* लिए आसान!" उसने मेरी बात सुधारी और अपनी अँगुली से मेरी नाक को छुआ।

और फिर उसका चेहरा अचानक गंभीर हो गया।

"मैं कोशिश कर रहा हूँ," उसने फुसफुसाया और उसकी आवाज़ में दर्द था। "अगर यह... बहुत ज़्यादा हो गया और मैं झेल नहीं पाया, तो मुझे काफ़ी यक़ीन है कि मैं छोड़कर जा सकता हूँ।"

मैंने मुँह बनाया। मुझे छोड़कर जाने की बात पसंद नहीं आई थी।

"और यह कल ज़्यादा मुश्किल होगा," उसने आगे कहा। "तुम्हारी महक आज दिन भर मेरे दिमाग़ में रही है, इसलिए मैं आश्चर्यजनक रूप से असंवेदनशील हो गया हूँ। अगर मैं तुमसे लंबे समय तक दूर रहता हूँ, तो मुझे यह दोबारा नए सिरे से शुरू करना होगा। वैसे शायद शून्य से तो नहीं।"

"तो फिर दूर मत जाओ," मैं बोली और अपनी आवाज़ में हसरत को छिपा नहीं पाई।

"यह मेरे लिए बहुत अच्छा है," उसने जवाब दिया और उसका चेहरा एक हल्की मुस्कान में तनावरहित हुआ। "जंज़ीरें ले आओ - मैं तुम्हारा क़ैदी हूँ।" लेकिन यह बात कहते वक़्त उसके लंबे हाथों ने *मेरी* कलाइयों के चारों तरफ़ जंज़ीरें पहना दीं। वह अपनी शांत, संगीतमय हँसी हँसा। वह आज रात जितना हँसा था, उतना मैंने उसे उसके साथ गुज़रे सारे समय में कभी हँसते नहीं सुना था।

"तुम सामान्य से ज़्यादा... आशावादी लग रहे हो," मैंने कहा। "मैंने तुम्हें इस तरह पहले नहीं देखा है।"

"क्या ऐसा ही नहीं होना चाहिए?" वह मुस्कराया। "पहले प्यार की ख़ुमारी और नशा। यह अविश्वसनीय है, है ना? इसके बारे में पढ़ना या फ़िल्मों में देखना एक बात है और इसका ख़ुद अनुभव करना अलग ही बात है?"

"बहुत अलग," मैं सहमत हुई। "मेरी कल्पना से ज़्यादा शक्तिशाली।"

"मिसाल के तौर पर" - उसके शब्द तेज़ी से बहने लगे और मुझे उन्हें सुनने के लिए ध्यान केंद्रित करना पड़ा- "ईर्ष्या का भाव। मैंने इसके बारे में लाख बार पढ़ा है, अभिनेताओं को हज़ारों नाटकों और फ़िल्मों में इसका चित्रण करते देखा है। मुझे लगता था कि मैं इसे काफ़ी स्पष्टता से समझता हूँ, लेकिन इससे मुझे सदमा लगा..." उसने त्योरी चढ़ाई। "क्या तुम्हें वह दिन याद है, जब माइक ने तुमसे डांस करने को पूछा था?"

मैंने सिर हिलाया, हालाँकि वह दिन मुझे एक अलग कारण से याद था। "जिस दिन तुमने मुझसे दोबारा बात करना शुरू किया था।"

"मैं हैरान था कि उस समय मुझे द्वेष, लगभग आवेश, की लपट महसूस हुई थी - पहले तो मैं पहचान नहीं पाया कि यह क्या था। मैं और भी ज़्यादा नाराज़ इसलिए था, क्योंकि मैं यह नहीं जान सकता था कि तुम क्या सोच रही थीं और तुमने उसे इंकार क्यों किया? क्या तुमने ऐसा सिर्फ़ अपनी सहेली की ख़ातिर किया? या कोई और था? मैं जानता था कि मुझे दोनों ही मामलों में परवाह करने का कोई अधिकार नहीं था। मैंने परवाह *न* करने की कोशिश की।

"और फिर लाइन लगने लगी," उसने दबी हँसी निकाली। मैंने अँधेरे में मुँह बनाया।

"मैंने इंतज़ार किया, मैं यह सुनने के लिए बहुत बेक़रार था कि तुम उनसे क्या कहोगी, मैं तुम्हारे चेहरे के भाव देखने के लिए बेताब था। तुम्हारे चेहरे पर चिढ़ देखकर मुझे कितनी राहत मिली, यह मैं बता नहीं सकता, लेकिन मैं विश्वास नहीं कर सकता था।

"वह पहली रात थी, जब मैं यहाँ आया था। तुम्हें सोते हुए देखकर मैंने सारी रात कशमकश में गुज़ारी। एक तरफ़ तो *सही* और नैतिक विकल्प था और दूसरी तरफ़ मेरी *इच्छाएँ* थीं। दिक़्क़त यह थी कि उनमें ज़मीन-आसमान का अंतर था। मैं जानता था कि अगर मैं तुम्हें नज़रअंदाज़ करता रहा, जैसा कि मुझे करना चाहिए था या मैं तुम्हें कुछ सालों के लिए छोड़कर चला गया, जब तक कि तुम कहीं और न चली जाओ, तो किसी दिन तुम माइक या उसके जैसे किसी दूसरे को हाँ कह दोगी। और इस ख़याल से मैं नाराज़ हो गया।

"और फिर," वह फुसफुसाया, "नींद में तुमने मेरा नाम लिया। तुमने इसे इतनी स्पष्टता से लिया था कि शुरू में तो मुझे लगा कि तुम जाग गई हो, लेकिन तुमने बेचैनी में करवट बदली और फिर से मेरा नाम बुदबुदाकर आह भरी। तब मेरे अंदर जो भाव प्रवाहित हुआ, उसने मुझे पछाड़ दिया। और मैं समझ गया कि अब मैं तुम्हें नज़रअंदाज़ नहीं कर सकता था।" वह एक पल के लिए ख़ामोश रहा; शायद वह मेरे दिल की अचानक तेज़ हो गई धड़कन को सुन रहा था।

"लेकिन ईर्ष्या... भी एक अजीब चीज़ है। यह इतनी ज़्यादा शक्तिशाली होती है, जितना मैंने सोचा भी नहीं था। और अतार्किक भी! जैसे अभी, जब चार्ली ने तुमसे उस गंदे माइक न्यूटन के बारे में पूछा था..." उसने नाराज़गी में अपना सिर हिलाया।

"मुझे पता होना चाहिए था कि तुम सुन रहे होगे," मैं कराही।

"ज़ाहिर है।"

"*इससे* तुम ईर्ष्या महसूस करने लगे, सचमुच?"

"मैं इसमें नया हूँ; तुम मेरे अंदर के इंसान को जीवित कर रही हो, इसलिए हर चीज़ ज़्यादा शक्तिशाली महसूस होती है, क्योंकि यह नई है।"

"लेकिन ईमानदारी से," मैंने चिढ़ाया, "तुम्हें इससे समस्या हो गई, जबकि मैंने भी तो सुना था कि *रोज़ेली* - जो शुद्ध सुंदरता की मूर्ति है - तुम्हारे लिए लाई गई थी। एमथ हो या न हो, मैं उससे कैसे प्रतिस्पर्द्धा कर सकती हूँ?"

"कोई प्रतिस्पर्द्धा है ही नहीं।" उसने मेरे बँधे हाथ को अपनी पीठ पर खींचकर सीने से लगा लिया। मैं उतनी स्थिर रही, जितनी रह सकती थी, यहाँ तक कि साँस भी सावधानी से ले रही थी।

"मैं *जानती* हूँ कि कोई प्रतिस्पर्द्धा नहीं है," मैं उसकी ठंडी त्वचा में बुदबुदाई। "यही तो समस्या है।"

"ज़ाहिर है, रोज़ेली अपनी तरह से सुंदर है, लेकिन अगर वह मेरे लिए बहन जैसी न भी होती, अगर उसके साथ एमथ न भी होता, तब भी वह उसका दस प्रतिशत, नहीं, नहीं, एक प्रतिशत भी आकर्षित नहीं कर सकती थी, जितना तुम मुझे कर सकती हो।" वह अब गंभीर और विचारपूर्ण था। "लगभग नब्बे साल से मैं अपने जैसों और तुम्हारे जैसों के बीच रहा हूँ... सारे समय मैंने यही सोचा था कि मैं परिपूर्ण हूँ, मुझे अहसास ही नहीं था कि मैं किसी की तलाश कर रहा हूँ। और मुझे कोई मिल भी नहीं रहा था, क्योंकि तुम तब तक इस दुनिया में आई ही नहीं थीं।"

"यह न्यायपूर्ण नहीं लगता है," मैंने फुसफुसाकर कहा, मेरा चेहरा अब भी उसके सीने पर टिका था और उसकी साँस को आते-जाते हुए सुन रहा था। "मुझे ज़रा भी इंतज़ार नहीं करना पड़ा। मेरे लिए यह इतना आसान क्यों रहा?"

"तुम सही हो," उसने शरारती मुस्कान के साथ हामी भरी। "मुझे इसे तुम्हारे लिए ज़्यादा मुश्किल बनाना चाहिए।" उसने मेरी कलाई छोड़कर अपना एक हाथ ख़ाली किया और इसे सावधानी से अपने दूसरे हाथ में ले लिया। उसने मेरे गीले बाल सिर के ऊपर से कमर तक हौले से थपथपाए। "तुम मेरे साथ जो समय बिताती हो, उसके हर पल तुम्हारी जान जोखिम में रहती है, निश्चित रूप से यह ज़्यादा मुश्किल नहीं है। तुम्हें सिर्फ़ प्रकृति से, मानवता से अपनी पीठ मोड़नी है... इसकी क्या क़ीमत है?"

"बहुत कम - मैं किसी चीज़ से वंचित महसूस नहीं करती हूँ।"

"अब तक नहीं।" और उसकी आवाज़ अचानक दुख से भर गई थी।

मैंने पीछे हटकर उसका चेहरा देखने की कोशिश की, लेकिन मेरी कलाइयों पर उसके हाथ का शिकंजा अटूट था।

"क्या-" मैंने पूछना शुरू किया, जब उसका शरीर एकदम सतर्क हो गया। मैं जम गई, लेकिन तभी उसने अचानक मेरे हाथ छोड़ दिए और ग़ायब हो गया। मैं चेहरे के बल गिरते-गिरते बाल-बाल बची।

"लेट जाओ!" वह फुफकारते हुए बोला। मुझे पता नहीं था कि अँधेरे में वह कहाँ से बोला था।

मैं अपनी रज़ाई के नीचे लुढ़क गई और अपनी करवट बदलकर गुड़ी-मुड़ी हो गई, जैसे मैं आम तौर पर सोती थी। दरवाज़े के चूँ-चूँ करके खुलने की आवाज़ सुनाई दी, जब चार्ली ने झाँककर यह सुनिश्चित किया कि मैं वहीं पर थी, जहाँ मुझे होना चाहिए था। मैंने एक जैसे अंदाज़ में साँस ली और गतिविधि को अतिशयोक्तिपूर्ण बनाया।

एक लंबा मिनट गुज़र गया। मैं सुनती रही, लेकिन मुझे पक्का नहीं था कि दरवाज़ा बंद हुआ था या नहीं, फिर एडवर्ड की ठंडी बाँह रज़ाई के नीचे मेरे चारों तरफ़ थी और उसके होंठ मेरे कान पर थे।

"तुम बहुत बुरी अभिनेत्री हो - फ़िल्म लाइन में करियर की कोई संभावना नहीं है।"

"भाड़ में जाए," मैं बुदबुदाई। मेरा दिल सीने के अंदर बल्लियों जैसे उछल रहा था।

उसने एक धुन गुनगुनाई, जिसे मैं पहचान नहीं पाई, यह लोरी जैसी लग रही थी।

वह ठहरा। "क्या मैं तुम्हें गाकर सुला दूँ?"

"सही है," मैं खी-खी करने लगी। "जैसे तुम्हारे यहाँ होते हुए मैं सो सकती हूँ!"

"तुम यह सारे समय करती हो," उसने मुझे याद दिलाया।

"लेकिन तब मैं नहीं *जानती* थी कि तुम यहाँ हो," मैंने ठंडे लहज़े में कहा।

"अगर तुम सोना नहीं चाहती हो...," उसने मेरे लहज़े को नज़रअंदाज़ करते हुए सुझाव दिया। मेरी साँस अटक गई।

"अगर मैं सोना नहीं चाहती हूँ...?"

उसने दबी हँसी निकाली। "तो फिर तुम क्या करना चाहती हो?"

मैं शुरू में इसका जवाब नहीं दे पाई।

"क्या पता," मैंने आख़िरकार कहा।

"जब तुम फ़ैसला कर लो, तो मुझे बता देना।"

मैं अपने गले पर उसकी ठंडी साँस महसूस कर सकती थी। उसकी नाक मेरे जबड़े पर फिसल रही थी।

"मैंने तो सोचा था कि तुम असंवेदनशील हो चुके हो।"

"मैं शराब का प्रतिरोध कर रहा हूँ, इसका यह मतलब नहीं है कि मैं गुलदस्ते का आनंद नहीं ले सकता," उसने फुसफुसाया। "तुम्हारी फूलों जैसी ख़ुशबू है, लैवेंडर जैसी... या फ्रेसिया," उसने कहा। "इससे मुँह में पानी आ जाता है।

"हाँ, ऐसा कोई दिन शायद ही कभी गुज़रता है, जब *कोई* मुझे यह नहीं बताता कि मेरी ख़ुशबू किस खाने वाली चीज़ जैसी है।"

उसने दबी हँसी निकाली और फिर उसने आह भरी।

"मैंने तय कर लिया है कि मैं क्या करना चाहती हूँ," मैंने उससे कहा। "मैं तुम्हारे बारे में और ज़्यादा सुनना चाहती हूँ।"

"मुझसे कुछ भी पूछ लो।"

मैंने अपने प्रश्नों में से सबसे महत्त्वपूर्ण प्रश्न को छाँटा। "तुम यह क्यों करते हो?" मैंने कहा। "मैं अब भी नहीं समझ पाती हूँ कि तुम उसका प्रतिरोध करने की इतनी कड़ी मेहनत कैसे कर सकते हो, जो तुम... *हो*। कृपया मेरी बात का ग़लत मतलब मत समझना, ज़ाहिर है मुझे ख़ुशी है कि तुम ऐसा करते हो। मैं बस यह नहीं समझ पा रही हूँ कि तुम ऐसा क्यों करते हो।"

वह जवाब देने से पहले ठिठका। "यह एक अच्छा सवाल है और तुम यह पूछने वाली पहली नहीं हो। दूसरे - हमारी तरह के ज़्यादातर लोग, जो अपनी क़िस्मत से काफ़ी संतुष्ट हैं - वे भी हैरान होते हैं कि हम कैसे जीते हैं। देखो, हमारी क़िस्मत ने हमें... एक ख़ास तरह के अनचाहे पत्ते दिए हैं... इसका मतलब यह नहीं है कि हम उस क़िस्मत की सीमाओं से ऊपर उठने - उन पर विजय पाने का विकल्प नहीं चुन सकते। हमारे अंदर जो भी बुनियादी मानवता बची है, हम उसे क़ायम रखने की कोशिश तो कर ही सकते हैं।"

मैं बिना हिले ख़ामोशी में लेटी रही।।

"क्या तुम सो गईं?" उसने कुछ मिनट बाद फुसफुसाकर पूछा।

"नहीं।"

"तो क्या तुम्हें बस इसी के बारे में जिज्ञासा थी?"

मैंने अपनी आँखें गोल-गोल घुमाईं। "नहीं तो!"

"तुम और क्या जानना चाहती हो?"

"तुम दिमाग़ की बात कैसे पढ़ सकते हो - सिर्फ़ तुम ही क्यों? और एलिस, भविष्य देख सकती है... ऐसा क्यों होता है?"

मैंने उसे अँधेरे में कंधे उचकाते महसूस किया। "हम सचमुच नहीं जानते। कार्लाइल का अनुमान है... वे यह मानते हैं कि हम सभी जब अगले जीवन में पहुँचते हैं, तो हम अपने साथ अपने सबसे शक्तिशाली मानवीय गुणों को लेकर आते हैं, जहाँ वे ज़्यादा गहन बन जाते हैं - जैसे हमारे दिमाग़ और हमारी इंद्रियाँ। वे सोचते हैं कि मैं अपने आस-पास के लोगों के विचारों के बारे में पहले से बहुत संवेदनशील रहा होऊँगा। और एलिस में पूर्व-ज्ञान या पूर्व-अनुमान की थोड़ी योग्यता होगी।"

"वे अगले जीवन में क्या लेकर आए और दूसरे?"

"कार्लाइल अपनी करुणा लेकर आए। एस्मी जोश से प्रेम करने की योग्यता लेकर आई। एमथ शक्ति और रोज़ेली अपनी... लगन लेकर आई। या हम इसे अड़ियलपन भी कह सकते हैं," उसने हँसते हुए कहा। "जैस्पर बहुत रोचक है। वह अपने पुराने जीवन में काफ़ी करिश्माई था और अपने आस-पास के लोगों को प्रभावित करने में सक्षम था कि वे उसके दृष्टिकोण से ही चीज़ों को देखें। अब वह अपने आस-पास के लोगों की भावनाओं को बदल सकता है - मिसाल के तौर पर, गुस्सैल लोगों से भरे कमरे को शांत कर सकता है या इसके विपरीत, उदासीन लोगों को रोमांचित कर सकता है। यह बहुत सूक्ष्म प्रतिभा है।"

मैंने उन असंभव चीज़ों पर विचार किया, जो उसने बताई थीं और इस सबको समझने की कोशिश की। मेरे सोचते समय मैंने धैर्यपूर्वक इंतज़ार किया।

"तो यह सब कहाँ से शुरू हुआ? मेरा मतलब है, कार्लाइल ने तुम्हें बदला और किसी ने उन्हें बदला होगा और इस तरह..."

"देखो, तुम कहाँ से आई हो? विकास? सृष्टि का सृजन? क्या हम भी किसी दूसरी प्रजाति की तरह विकसित नहीं हो सकते, शिकारी और शिकार की तरह? या, अगर तुम यह नहीं मानती हो कि यह सारा संसार अपने आप अस्तित्व में आ सकता है, जो मेरे लिए स्वीकार करना मुश्किल है, तो क्या यह विश्वास करना मुश्किल है कि जिस शक्ति ने नाज़ुक एंजेलफिश और शार्क को एक साथ बनाया, बेबी सील और किलर व्हेल को बनाया, उसी ने इंसानों के साथ-साथ हमारे जैसे लोगों का भी सृजन किया?"

"मुझे इसे अच्छी तरह समझने दो - मैं बेबी सील हूँ, ठीक है?"

"ठीक है।" वह हँसा और किसी चीज़ ने मेरे बालों को छुआ - उसके होंठ?

मैं यह देखने के लिए उसकी तरफ़ मुड़ना चाहती थी कि क्या सचमुच उसके होंठ मेरे बालों पर थे, लेकिन मुझे सही तरह से रहना था। मैं नहीं चाहती थी कि यह काम उसके लिए उससे ज़्यादा मुश्किल हो, जितना यह पहले से था।

"क्या तुम सोने के लिए तैयार हो?" उसने पूछा और छोटी सी ख़ामोशी को तोड़ा। "या तुम्हारे दिमाग़ में और कोई सवाल हैं?-"

"एक-दो लाख सवाल और हैं।"

"हमारे पास कल है और परसों है और नरसों है...," उसने मुझे याद दिलाया। मैं मुस्कराई और इस विचार से बहुत ख़ुश हो गई।

"कहीं तुम सुबह ग़ायब तो नहीं हो जाओगे?" मैं पूरी तसल्ली कर लेना चाहती थी। "तुम आख़िरकार अलौकिक हो।"

"मैं तुम्हें छोड़कर नहीं जाऊँगा।" उसकी आवाज़ में वादे की मुहर थी।

"तो फिर आज रात बस एक और सवाल..." फिर मैं शरमा गई। अँधेरे से मदद नहीं मिली - मुझे यक़ीन था कि वह मेरी त्वचा को अचानक गर्म होते महसूस कर सकता था।

"यह क्या है?"

"नहीं, इसे भूल जाओ। मैंने अपना इरादा बदल लिया है।"

"बेला, तुम मुझसे कुछ भी पूछ सकती हो।"

मैंने जवाब नहीं दिया, जिससे वह कराहने लगा।

"मैं सोचता रहता हूँ कि तुम्हारे विचारों को न सुनने की कुंठा कम होती जाएगी, लेकिन यह तो *बढ़ती* जा रही है।"

"मुझे ख़ुशी है कि तुम मेरे विचारों को नहीं पढ़ सकते। यही पर्याप्त बुरा है कि तुम मेरी नींद में बोली बातें चोरी से सुनते हो।"

"प्लीज़?" उसकी आवाज़ इतनी सम्मोहक थी कि उसकी बात टालना मुश्किल था।

मैंने सिर हिलाया।

"अगर तुम मुझे नहीं बताओगी, तो मैं यह मान लूँगा कि यह उससे भी ज़्यादा बुरा है, जितना यह शायद नहीं होगा," उसने स्याह अंदाज़ में धमकी दी। "प्लीज़?" एक बार फिर, याचना भरी आवाज़।

"देखो," मैंने शुरू किया और मैं इस बात पर ख़ुश थी कि वह मेरा चेहरा नहीं देख सकता।

"हाँ?"

"तुमने कहा था कि जल्दी ही रोज़ेली और एमथ की शादी होगी... क्या वह शादी वैसी ही होती है, जैसी इंसानों में होती है?"

वह अब गंभीरता से हँसा, समझते हुए। "*क्या* तुम यही समझ रही हो?"

मैं कसमसाई और जवाब नहीं दे पाई।

"हाँ, मुझे लगता है कि यह काफ़ी कुछ वैसी ही होती है," उसने कहा। "मैंने तुम्हें बताया था ना, ज़्यादातर इंसानी इच्छाएँ अंदर रहती हैं। वे तो बस ज़्यादा शक्तिशाली इच्छाओं के पीछे छिपी रहती हैं।"

"ओह," बस मैं इतना ही कह पाई।

"क्या तुम्हारी उत्सुकता के पीछे कोई उद्देश्य था?"

"देखो, मैं बस सोच रही थी... तुम्हारे और मेरे बारे में... किसी दिन..."

वह तुरंत गंभीर हो गया और मैं उसके शरीर के अचानक स्थिर हो जाने से यह बात समझ गई। स्वतः प्रतिक्रिया करते हुए मैं भी अकड़ गई।

"मैं नहीं सोचता कि... कि... यह हमारे लिए संभव होगा।"

"क्योंकि यह तुम्हारे लिए बहुत ज़्यादा मुश्किल होगा, अगर मैं उतने... क़रीब रहूँ?"

"यह निश्चित रूप से एक समस्या है, लेकिन मैं उसके बारे में नहीं सोच रहा था। बात बस यह है कि तुम बहुत नरम और नाज़ुक हो। तुम्हारे साथ रहते समय मुझे हर पल अपनी गतिविधियों का ध्यान रखना पड़ता है, ताकि मैं तुम्हें चोट न पहुँचाऊँ। बेला, मैं तुम्हें बहुत आसानी से मार सकता हूँ, सिर्फ़ संयोग से।" उसकी आवाज़ धीमी फुसफुसाहट में बदल गई थी। उसने अपनी ठंडी हथेली मेरे गाल पर रखी। "अगर मैं ज़्यादा जल्दबाजी करूँ... अगर एक पल के लिए भी पर्याप्त ध्यान न रखूँ, तो मैं तुम्हारा चेहरा छूने के इरादे से हाथ बढ़ा सकता हूँ और ग़लती से तुम्हारी खोपड़ी को चकनाचूर कर सकता हूँ। तुम्हें इस बात का अहसास ही नहीं है कि तुम कितनी *नाज़ुक* हो। मैं जब तुम्हारे साथ रहता हूँ, तो नियंत्रण खोना कभी, गवारा नहीं कर सकता।"

उसने मेरी प्रतिक्रिया का इंतज़ार किया और न मिलने पर तनावग्रस्त हो गया। "क्या तुम डर गईं?" उसने पूछा।

मैंने जवाब देने के लिए एक मिनट तक इंतज़ार किया, ताकि शब्द सच्चे हों। "नहीं। मैं ठीक हूँ।"

ऐसा लगा कि वह एक पल तक सोचता रहा। "वैसे अब मुझे जिज्ञासा है," उसने कहा और उसकी आवाज़ एक बार फिर हल्की थी। "क्या तुमने *कभी* किसी के साथ...?" उसने वाक्य अधूरा छोड़ दिया।

"ज़ाहिर है, नहीं।" मैं शर्म से लाल हो गई। "मैंने तुम्हें बताया था ना कि मैंने पहले कभी किसी के बारे में इस तरह महसूस नहीं किया था, आस-पास भी नहीं।"

"मैं जानता हूँ। बात बस यह है कि मैं दूसरे लोगों के विचार जानता हूँ। मैं जानता हूँ कि प्रेम और वासना हमेशा समान लोगों के साथ नहीं होते हैं।"

"मेरे लिए वे होते हैं। वैसे मुझे उनका कोई अनुभव नहीं है," मैंने आह भरी।

"यह अच्छा है। हमारे बीच कम से कम यह एक समानता तो है।" वह संतुष्ट लग रहा था।

"तुम्हारी मानवीय इंद्रियाँ...," मैंने शुरू किया। उसने इंतज़ार किया। "देखो, क्या *उस* दृष्टि से मैं तुम्हें आकर्षक लगती हूँ?"

वह हँसा और मेरे लगभग सूखे बालों को हल्के से तितर-बितर करने लगा।

"मैं इंसान भले ही न होऊँ, लेकिन मैं पुरुष हूँ," उसने मुझे आश्वस्त किया।

न चाहते हुए भी मेरी जम्हाई निकल गई।

"मैंने तुम्हारे सवालों का जवाब दे दिया है, अब तुम्हें सोना चाहिए," उसने ज़ोर देकर कहा।

"मुझे भरोसा नहीं है कि मैं सो सकती हूँ।"

"क्या तुम चाहती हो कि मैं चला जाऊँ?"

"नहीं!" मैंने ज़्यादा ज़ोर से कहा।

वह हँसा और फिर देवदूत की आवाज़ में वही अनजान लोरी मेरे कानों में हौले-हौले गुनगुनाने लगा।

मुझे अहसास ही नहीं था कि मैं मानसिक और भावनात्मक तनाव के लंबे दिन के बाद कितनी थक गई थी, जितना तनाव मैंने पहले कभी महसूस नहीं किया था। उसकी ठंडी बाँहों में मैं जल्दी ही नींद के आगोश में चली गई।

15

कलन परिवार

बादल भरे एक और दिन की फीकी रोशनी ने अंततः मुझे जगा दिया। मैं अपनी बाँह आँखों पर रखकर लेटी थी... मदहोश और स्तब्ध। कोई चीज़ मेरी चेतना में आने के लिए जूझी, जैसे मैं किसी सपने को याद करने की कोशिश कर रही होऊँ। मैंने आह भरी और ज़्यादा सोने की उम्मीद में करवट बदली, लेकिन तभी पिछले दिन की यादों का सैलाब आ गया।

"ओह!" मैं इतनी तेज़ी से उठकर बैठी कि मेरा सिर ही घूमने लगा।

"तुम्हारे बाल सूखी घास के पूले जैसे लगते हैं... लेकिन ये मुझे पसंद हैं।" उसकी शांत आवाज कोने की रॉकिंग चेयर से आई।

"एडवर्ड! तुम रुके रहे!" मैंने ख़ुश होकर कहा और बिना सोचे-विचारे कमरे के पार उसकी गोद में छलाँग लगा दी। जब मुझे होश आया और मैंने अपनी इस हरकत के बारे में सोचा, तो मैं जम गई और अपने अनियंत्रित उत्साह से सदमे में आ गई। मैं उसे घूरने लगी, मुझे डर था कि मैंने ग़लत रेखा लाँघ ली है।

लेकिन वह हँस दिया।

"ज़ाहिर है," उसने जवाब दिया। वह आश्चर्यचकित था, लेकिन मेरी प्रतिक्रिया से ख़ुश नजर आ रहा था। उसने अपने हाथों से मेरी को छुआ।

मैंने अपना सिर सावधानी से उसके कंधे पर रखा और उसकी त्वचा की महक सूँघने लगी।

"मुझे लग रहा था कि यह एक सपना था।"

"तुम इतनी सृजनात्मक भी नहीं हो," उसने खिल्ली उड़ाई।

"चार्ली!" मुझे याद आया। मैं बिना सोचे एक बार फिर उछली और दरवाज़े की तरफ़ बढ़ी।

"वे एक घंटे पहले चले गए थे - तुम्हारी बैटरी के तार दोबारा जोड़ने के बाद। मुझे मानना होगा कि इससे मैं निराश हुआ था। अगर तुम कहीं जाने पर आमादा हो, तो क्या तुम सिर्फ़ इससे रुक जाओगी?"

मैं जहाँ खड़ी थी, वहीं खड़ी-खड़ी सोचने लगी। मैं उसके पास लौटने के लिए लालायित थी, लेकिन डर रही थी कि सुबह मेरी साँस में अलग तरह की महक आ सकती है।

"सुबह तुम आम तौर पर इतनी परेशान नहीं होती हो," उसने कहा। उसने मेरे लौटने के लिए बाँहें खोल दीं। एक ऐसा आमंत्रण, जिसका प्रतिरोध करना संभव नहीं था।

"मुझे एक इंसानी मिनट चाहिए," मैंने स्वीकार किया।

"मैं इंतज़ार करूँगा।"

मैं तेज़ी से बाथरूम में गई और मेरी भावनाएँ पहचान में नहीं आ रही थीं। आईने में जो चेहरा दिख रहा था, वह किसी अजनबी जैसा दिख रहा था - आँखें बहुत ज़्यादा चमकीली, गाल की हड्डियों पर लाल निशान। टूथब्रश करने के बाद मैंने अपने बालों के उलझे हुए झमेले को सीधा करने पर मेहनत की। मैंने अपने चेहरे पर ठंडा पानी मारा और सामान्य ढंग से साँस लेने की कोशिश की, जिसमें मुझे बहुत कम सफलता मिली। मैं आधा दौड़कर अपने कमरे में गई।

यह एक चमत्कार जैसा लग रहा था कि वह वहाँ पर था और उसकी बाँहें मेरा इंतज़ार कर रही थीं। उसने मेरी ओर हाथ बढ़ाए और मेरा दिल अस्थिर गति से धड़कने लगा।

"दोबारा स्वागत है," वह बुदबुदाया और मुझे अपनी बाँहों में ले लिया।

उसने कुछ समय तक ख़ामोशी में मुझे धीरे-धीरे झुलाया। तभी मैंने इस बात पर ग़ौर किया कि उसके कपड़े बदले हुए थे और बाल सपाट थे।

"तुम गए थे?" मैंने आरोप लगाया और उसकी नई शर्ट की कॉलर को छुआ।

"मैं जिन कपड़ों में अंदर आया था, उनमें बाहर कैसे जा सकता था - पड़ोसी क्या सोचते?"

मैं हैरान थी।

"तुम बहुत गहरी नींद में सो रही थीं, मैंने ज़्यादा कुछ नहीं खोया।" उसकी आँखों में चमक आई। "तुम पहले ही नींद में बोल चुकी थीं।"

मैं कराही। "तुमने क्या सुना?"

उसकी सुनहरी आँखें बहुत नरम हो गईं। "तुमने कहा कि तुम मुझसे प्यार करती हो।"

"वो तो तुम पहले से जानते हो," मैंने अपना सिर झुकाते हुए उसे याद दिलाया।

"फिर भी यह सुनना अच्छा लगा।"

मैंने उसके कंधे में चेहरा छिपा लिया।

"मैं तुमसे प्यार करती हूँ," मैंने फुसफुसाकर कहा।

"अब तुम मेरी ज़िंदगी हो," उसने जवाब दिया।

उस पल कहने के लिए और कुछ नहीं था। वह मुझे आगे-पीछे झुलाता रहा, जब तक कि कमरे में रोशनी बढ़ नहीं गई।

"नाश्ते का समय," उसने अंततः सामान्य अंदाज़ में कहा - मुझे यक़ीन है, वह यह साबित करना चाहता था कि उसे मेरी सारी मानवीय कमज़ोरियाँ याद हैं।

इसलिए मैंने अपना गला दोनों हाथों से पकड़ा और आँखें फाड़कर उसकी तरफ़ देखा। उसके चेहरे पर सदमा छा गया।

"मज़ाक़ कर रही थी!" मैं मक्कारी से हँसी। "और तुम कह रहे थे कि मुझे अभिनय करना नहीं आता!"

उसने अरुचि में त्योरियाँ चढ़ाईं। "यह मज़ेदार नहीं था।"

"यह बहुत मज़ेदार था और तुम यह बात जानते हो।" लेकिन मैंने उसकी सुनहरी आँखों की सावधानी से देखकर यह सुनिश्चित किया कि उसने मुझे क्षमा कर दिया था। ज़ाहिर है, उसने कर दिया था।

"क्या मैं उस वाक्य को दूसरी तरह से कहूँ?" उसने पूछा। "इंसानों के लिए नाश्ते का समय।"

"ओह, ठीक है।"

उसने मुझे अपने पत्थर के कंधे पर धीरे से लटका लिया, लेकिन इतने अप्रत्याशित तरीक़े से कि मैं बदहवास हो गई। जब वह मुझे सीढ़ियों से नीचे आसानी से ले गया, तो मैंने प्रतिरोध किया, लेकिन उसने उस पर ध्यान नहीं दिया। उसने मुझे सीधे एक कुर्सी पर उतारा।

किचन उल्लास में चमक रहा था और लगता था कि इसने मेरी मनोदशा को ग्रहण कर लिया था।

"नाश्ते में क्या है?" मैंने चहकते हुए पूछा।

इससे वह एक पल के लिए अवाक रह गया।

"अर, मुझे पक्का नहीं है। वैसे तुम क्या पसंद करोगी?" उसकी संगमरमर की भौंह थिरकने लगी।

मैं मुस्कराते हुए उछली।

"कोई बात नहीं, मैं अपनी पर्याप्त देखभाल कर सकती हूँ। मुझे शिकार करते देखो।"

मैंने एक बाउल और सीरियल का बॉक्स उठाया। मैं ख़ुद पर उसकी निगाहों को महसूस कर सकती थी, जब मैंने दूध उड़ेला और चम्मच उठाई। मैंने अपना भोजन टेबल पर रख दिया और फिर रुक गई।

"क्या मैं तुम्हारे लिए कुछ ला सकती हूँ?" मैंने पूछा, क्योंकि मैं शिष्टाचार निभाना चाहती थी।

उसने अपनी आँखें गोल-गोल घुमाईं। "खा लो, बेला?"

जब मैंने पहला कौर खाया, तो मैं टेबल पर बैठकर उसे देखती रही। वह मेरी तरफ़ निहार रहा था और मेरी हर गतिविधि का अध्ययन कर रहा था। इससे मैं अपने बारे में चेतन हो गई। मैंने बोलकर उसका ध्यान भटकाने के लिए अपना मुँह ख़ाली किया।

मैंने पूछा, "आज क्या योजना है?"

"हूँहूँ..." मैंने उसे सावधानी से जवाब तैयार करते देखा। "मेरे परिवार से मिलने के बारे में क्या ख़याल है?"

"क्या अब तुम्हें डर लग रहा है?" वह आशावादी लग रहा था।

"हाँ," मैंने स्वीकार किया, मैं इससे कैसे इंकार कर सकती थी - वह मेरी आँखें देख सकता था।

"चिंता मत करो।" वह बनावटी हँसी हँसने लगा। "मैं तुम्हारी रक्षा करूँगा।"

"मैं *उनसे* नहीं डर रही हूँ," मैंने स्पष्ट किया। "मैं तो इस बात से डर रही हूँ कि वे मुझे... पसंद नहीं करेंगे। देखो, क्या वे हैरान नहीं होंगे कि तुम... मुझ जैसी... किसी को उनसे मिलाने के लिए घर ले आए? क्या वे जानते हैं कि मैं उनके बारे में जानती हूँ?"

"ओह, वे हर चीज़ पहले से जानते हैं। जानती हो, कल उन्होंने इस बारे में शर्त लगाई थी," - वह मुस्कराया, लेकिन उसकी आवाज़ अब भी खुरदुरी थी, "कि मैं तुम्हें लौटाकर लाऊँगा या नहीं, हालाँकि मैं यह कल्पना नहीं कर सकता कि कोई एलिस के ख़िलाफ़ शर्त क्यों लगाएगा। चाहे जो हो, हमारे परिवार में कोई चीज़ रहस्य नहीं रहती है। दरअसल, यह व्यावहारिक नहीं है, क्योंकि मैं दूसरों के दिमाग़ की बात पढ़ सकता हूँ और एलिस भविष्य देख सकती है ।"

"और यह मत भूलो कि जैस्पर तुम सभी को गर्मजोश बनने और अपने भेद बताने के लिए उत्साहित कर सकता है।"

"तुमने मेरी बात ध्यान से सुनी थी," वह प्रशंसात्मक अंदाज़ में मुस्कराया।

"मैं कभी-कभार ऐसा करने के लिए मशहूर हूँ।" मैंने मुँह बनाया। "तो क्या एलिस ने मुझे आते हुए देखा था?"

उसकी प्रतिक्रिया विचित्र थी। "ऐसा ही कुछ," उसने असहज रूप से कहा और दूर घूम गया, ताकि मैं उसकी आँखें न देख सकूँ। मैंने जिज्ञासा से उसे घूरा।

"क्या यह अच्छा है?" उसने पूछा, जब वह अचानक मेरी तरफ़ मुड़ा और चिढ़ भरे भाव से मेरे नाश्ते को देखने लगा। "सच कहूँ, तो यह बहुत ललचाने वाला नहीं लगता है।"

"देखो, यह कोई चिड़चिड़ा भालू तो है नहीं..." मैं बुदबुदाई और जब उसने गुस्से से घूरा, तो मैंने उसे नज़रअंदाज़ कर दिया। मैं अब भी सोच रही थी कि जब मैंने एलिस का ज़िक्र किया था, तो उसने इतनी

विचित्र प्रतिक्रिया क्यों की थी। अटकलें लगाते हुए मैंने फटाफट अपना सीरियल खाया।

वह एडोनिस की मूर्ति की तरह स्थिर किचन के बीच में खड़ा था और पीछे की खिड़कियों से अन्यमनस्कता से घूर रहा था।

फिर उसकी निगाह मुझ पर लौटी और उसके चेहरे पर होश उड़ाने वाली मुस्कान दिखने लगी।

"मैं सोचता हूँ कि तुम्हें मेरा परिचय अपने डैडी से भी करा देना चाहिए।"

"वे पहले से ही तुम्हें जानते हैं," मैंने उसे याद दिलाया।

"मेरा मतलब है, तुम्हारे बॉयफ्रेंड के रूप में।"

मैंने उसे शक भरी निगाहों से घूरा। "क्यों?"

"क्या यह परंपरा नहीं है?" उसने मासूमियत से पूछा।

"मैं नहीं जानती," मैंने स्वीकार किया। मेरा डेटिंग इतिहास इतना कमज़ोर था कि मुझे इसकी परंपराओं के बारे में बहुत कम जानकारी थी। वैसे डेटिंग के सामान्य नियम यहाँ लागू भी नहीं होते थे। "तुम जानती हो, इसकी ज़रूरत नहीं है। मैं यह उम्मीद नहीं करता कि तुम... मेरा मतलब है, तुम्हें मेरी ख़ातिर नाटक करने की ज़रूरत नहीं है।"

उसकी मुस्कान धैर्यवान थी।

"मैं नाटक नहीं कर रही हूँ।"

मैंने अपना बचा हुआ सीरियल बाउल को कोने में धकाया और अपना होंठ काटा।

"मैं तुम्हारा बॉयफ्रेंड हूँ, यह तुम चार्ली को बताओगी या नहीं?" उसने पूछा।

"क्या तुम सचमुच मेरे बॉयफ्रेंड हो?" एडवर्ड, चार्ली और *बॉयफ्रेंड* शब्द के एक समय में एक ही कमरे में होने के विचार से मेरे अंदर खलबली होने लगी थी, जिसे मैंने दबाया।

"मैं मानता हूँ कि यह बॉय शब्द की काफ़ी उदार व्याख्या है।"

"मैं तो यह सोच रही थी कि तुम दरअसल इससे भी ज़्यादा हो," मैंने टेबल की ओर देखते हुए स्वीकार किया।

"देखो, मुझे नहीं लगता कि हमें उन्हें सारे ख़ूनी विवरण देने की ज़रूरत है।" उसने हाथ बढ़ाकर ठंडी, नरम अँगुली से मेरी ठुड्डी उठाई। "लेकिन तुम्हें इस बारे में कोई न कोई कारण तो बताना होगा कि मैं यहाँ इतना ज़्यादा क्यों रहता हूँ। मैं नहीं चाहता कि चीफ़ स्वान मुझ पर नज़रबंदी का आदेश लगा दें।"

"क्या तुम सचमुच यहाँ रहोगे?" मैंने अचानक चिंता से पूछा। "सचमुच?"

"जब तक तुम चाहो," उसने मुझे आश्वस्त किया।

"मैं तो चाहती हूँ कि तुम हमेशा यहीं रहो," मैंने उसे चेतावनी दी। "हमेशा-हमेशा के लिए।"

वह धीरे-धीरे टेबल के पास से घूमा और कुछ फ़ुट दूर ठहरकर अपनी अँगुलियों से मेरे गाल छूने लगा। उसके चेहरे का भाव इतना गूढ़ था कि समझ में नहीं आ रहा था।

"क्या इससे तुम दुखी हो रहे हो?" मैंने पूछा।

उसने जवाब नहीं दिया, बल्कि न जाने कितने समय तक मेरी आँखों को देखता रहा।

"क्या तुम्हारा नाश्ता हो गया?" उसने आख़िरकार पूछा।

मैं उछल गई। "हाँ।"

"कपड़े पहन लो - मैं यहाँ इंतज़ार करूँगा।"

क्या पहनूँ, यह तय करना मुश्किल था। मुझे नहीं लगता था कि शिष्टाचार की किसी किताब में यह बताया गया होगा कि जब आपका वैम्पायर प्रेमी आपको अपने वैम्पायर परिवार से मिलाने के लिए अपने घर ले जाए, तो आपको कैसे कपड़े पहनने चाहिए। मन ही मन यह शब्द बोलना राहत की बात थी। मैं जानती थी कि मैं इससे जान-बूझकर बचती थी।

मैंने अंत में अपनी एकमात्र स्कर्ट को चुना - लंबी, खाकी रंग की, कैज़ुअल। मैंने गहरे नीले रंग का ब्लाउज़ पहना, जिसकी उसने एक बार तारीफ़ की थी। आईने में निगाह डालते ही मुझे समझ आ गया कि बालों को सँवारना लगभग असंभव है, इसलिए मैंने उन्हें पीछे पोनीटेल में बाँध लिया।

"ठीक है।" मैं सीढ़ियों पर नीचे उतरी। "मैं ठीक दिख रही हूँ।"

वह सीढ़ियों के नीचे इंतज़ार कर रहा था। जितना मैंने सोचा था, वह उससे ज़्यादा क़रीब था और मैं धड़धड़ाती हुई सीधे उससे टकराने वाली थी। उसने मुझे सँभाला और कुछ पलों तक सावधान दूरी तक रखा और फिर अचानक मुझे क़रीब खींच लिया।

"एक बार फिर ग़लत कहा," उसने मेरे कान में बुदबुदाया। "तुम ठीक नहीं दिख रही हो, तुम तो बहुत जानलेवा दिख रही हो - किसी को भी इतना लुभावना नहीं होना चाहिए, यह ठीक नहीं है।"

"लुभावना मतलब?" मैंने पूछा। "मैं कपड़े बदल सकती हूँ..."

उसने सिर हिलाते हुए आह भरी। "तुम *बहुत* नादान हो।" उसने अपने ठंडे होंठ नज़ाकत से मेरे माथे पर दबाए और मुझे लगा जैसे कि कमरा घूमने लगा। उसकी साँस की महक के कारण कुछ भी सोचना असंभव हो गया।

"मैं बताऊँ कि तुम मुझे कितना लुभा रही हो?" उसने पूछा। स्पष्ट रूप से वह मेरे जवाब की उम्मीद नहीं कर रहा था। उसकी अँगुलियाँ मेरी रीढ़ पर घूमी और उसकी साँस ज़्यादा तेज़ी से मेरी त्वचा पर पड़ने लगी। मेरे हाथ उसके सीने पर बेजान थे और एक बार फिर मेरा सिर घूमने लगा। उसने अपना सिर हल्के से झुकाया और अपने ठंडे होंठों से मेरे होंठ दूसरी बार छुए, बहुत सावधानी से, उन्हें हल्के से खोलते हुए।

और फिर मैं ढह गई।

"बेला?" उसकी आवाज़ दहशत में आ गई, जब उसने मुझे पकड़कर सँभाला।

"तुमने... मुझे... चक्कर... दिला... दिए," मैंने चकराते हुए उस पर आरोप लगाया।

"मैं तुम्हारा क्या करूँ?" उसने चिढ़ में कराहते हुए कहा। "कल मैं तुम्हें चूमता हूँ और तुम हमला कर देती हो! आज तुम बेहोश हो जाती हो!"

मैं हँसी और सिर घूमने पर उसकी बाँहों का सहारा लेती रही।

"कौन कहता है कि मैं हर चीज़ में अच्छा हूँ," उसने आह भरी।

"यही तो समस्या है।" मेरा सिर अब भी घूम रहा था। "तुम कुछ *ज़्यादा* ही अच्छे हो। बहुत, बहुत, बहुत अच्छे।"

"क्या तुम्हें उलटी जैसा महसूस हो रहा है?" उसने पूछा वह मुझे पहले भी इस तरह देख चुका था।

"नहीं - यह उस तरह का चक्कर नहीं है। मैं नहीं जानती कि क्या हुआ।" मैंने क्षमायाचना में अपना सिर हिलाया। "मैं सोचती हूँ कि मैं साँस लेना भूल गई।"

"मैं तुम्हें इस हालत में कहीं नहीं ले जा सकता।"

"मैं ठीक हूँ," मैंने ज़ोर दिया। "वैसे भी तुम्हारे परिवार वाले यही सोचते होंगे कि मैं पागल हूँ, तो फिर क्या फ़र्क़ पड़ता है?"

उसने पल भर तक मेरे भाव को तौला। "मुझे तुम्हारी त्वचा का यह रंग बहुत अच्छा लगता है," उसने अप्रत्याशित रूप से कहा। मैं आनंद के मारे लजा गई और दूर देखने लगी।

"देखो, मैं जो करने वाली हूँ, दरअसल उसके बारे में न सोचने की बहुत कोशिश कर रही हूँ, इसलिए क्या हम चल सकते हैं?" मैंने पूछा।

"तुम्हें इस बात की चिंता नहीं है कि तुम वैम्पायरों से मिलने उनके घर जा रही हो, बल्कि इस बात की चिंता है कि तुम्हारे ख़याल से वो वैम्पायर तुम्हें पसंद नहीं करेंगे, है ना?"

"हाँ," मैंने तुरंत जवाब दिया और उसके वैम्पायर शब्द कहने पर अपनी हैरानी को छुपाया।

वह सिर हिलाने लगा। "तुम कमाल की हो!"

जब वह मेरे ट्रक को चलाकर शहर के मुख्य हिस्से से बाहर ले गया, तब मुझे अहसास हुआ कि मुझे पता ही नहीं था कि वह कहाँ रहता है। हम कैलाव नदी के पुल के पार गए, सड़क उत्तर दिशा में घूम रही थी, मकान तेज़ी से हमारे पास से गुज़र रहे थे और उनके बीच का फ़ासला धीरे-धीरे बढ़ता जा रहा था। वे ज़्यादा बड़े भी होते जा रहे थे, फिर हम बाक़ी मकानों से भी आगे निकल गए, सिर्फ़ धुंध भरा जंगल बचा था, जिसमें हम चले जा रहे थे। मैं यह तय नहीं कर पा रही थी कि उससे पूछूँ या फिर धैर्य रखूँ, तभी उसने अचानक ट्रक को एक कच्ची सड़क पर मोड़ लिया। इस पर कोई संकेत चिह्न नहीं था और फ़र्न के वृक्षों के बीच इसे देखना मुश्किल था। जंगल दोनों तरफ़ से इस पर अतिक्रमण कर रहा था और आगे सिर्फ़ कुछ मीटर की सड़क ही नज़र आती थी, क्योंकि यह सर्पाकार में प्राचीन पेड़ों के बीच से गुज़रती थी।

और फिर, कुछ मील बाद जंगल थोड़ा कम घना हुआ और हम अचानक एक छोटी बगिया में पहुँच गए या यह दरअसल लॉन था? वैसे जंगल की छाया कम नहीं हुई, क्योंकि छह प्राचीन देवदार वृक्षों की घनी शाखाओं की छाया उस पूरे इलाक़े में थी। पेड़ों की सुरक्षात्मक छाया मकान की दीवारों पर थी, जो उनके बीच से ऊपर उठी थीं, जिससे वह गहरा पोर्च छिप जाता था, जो पहली मंज़िल के आस-पास लिपटा हुआ था।

मैं नहीं जानती कि मैं क्या उम्मीद कर रही थी, लेकिन निश्चित रूप से यह तो नहीं कर रही थी। मकान कालातीत, आकर्षक और शायद सौ साल पुराना था। इस पर हल्के, फीके सफ़ेद रंग से पुताई हुई थी। यह तीन मंज़िला, आयताकार और अच्छे अनुपात वाला था। खिड़कियाँ और दरवाज़े या तो मूल संरचना का हिस्सा थे या उनका आदर्श जीर्णोद्धार किया गया था। मेरा ट्रक ही वहाँ दिखने वाला एकमात्र वाहन था। मैं पास ही नदी के बहने की आवाज़ सुन सकती थी, जो जंगल में छिपी हुई थी।

"वाह।"

"तुम्हें पसंद आया?" वह मुस्कराया।

"इसमें... एक तरह का सम्मोहन है।"

उसने मेरी पोनीटेल का सिरा खींचा और दबी हँसी हँसने लगा।

"तैयार?" उसने मेरी तरफ़ का दरवाज़ा खोलते हुए पूछा।

"ज़रा सा भी नहीं - चलो चलते हैं।" मैंने हँसने की कोशिश की, लेकिन हँसी मेरे गले में अटक गई थी। मैंने घबराहट में अपने बालों पर हाथ फेरा।

"तुम प्यारी दिख रही हो।" उसने कुछ सोचे बिना ही मेरा हाथ पकड़ लिया।

हम गहरी छाया में चलते हुए पोर्च तक पहुँचे। मैं जानती थी कि वह मेरे तनाव को महसूस कर सकता है। उसका अँगूठा मेरे हाथ के पिछले हिस्से में गोले बनाता जा रहा था।

उसने मेरे लिए दरवाज़ा खोला।

अंदर का परिवेश तो बाहर से भी ज़्यादा हैरान करने वाला था। यह बहुत चमकदार, बहुत खुला और बहुत बड़ा था। पहले यहाँ कई कमरे रहे होंगे, लेकिन अब पहली मंज़िल की ज़्यादातर दीवारों को हटाकर एक चौड़ी

जगह बना दी गई थी। पीछे दक्षिण दिशा वाली दीवार की जगह पर अब पूरे काँच थे और देवदार के दरख़्तों की छाया के पार लॉन चौड़ी नदी तक फैला था। पश्चिम दिशा में विशाल घूमती सीढ़ियों ने कमरे पर क़ब्ज़ा कर रखा था। दीवारें, ऊँची बीम वाली छत, लकड़ी के फ़र्श और मोटे गलीचे- सभी में सफ़ेद रंग के उतार-चढ़ाव थे।

हमारा अभिवादन करने के लिए एडवर्ड के अभिभावक खड़े थे- दरवाज़े के बाईं तरफ़, फ़र्श के उठे हुए हिस्से पर, एक भव्य ग्रांड पियानो के पास।

ज़ाहिर है, मैं डॉ. कलन से पहले मिल चुकी थी, लेकिन मैं उनके यौवन और उनकी आदर्श पूर्णता पर हैरान हुए बिना नहीं रह पाई। मैंने सोचा, उनके बग़ल में एस्मी ही होंगी, क्योंकि परिवार में वही अकेली थीं, जिन्हें मैंने पहले कभी नहीं देखा था। उनके नैन-नक़्श भी बाक़ी की तरह पीले और सुंदर थे। उनके दिल के आकार के चेहरे और नरम, हल्के भूरे रंग के लहरदार बालों की वजह से उन्हें देखकर मुझे मूक फ़िल्मों के दौर की अभिनेत्रियों की याद आ गई। वे छोटी, पतली, लेकिन बाक़ी से कम कोण वाली और ज़्यादा गोल थीं। वे दोनों ही हल्के रंगों की अनौपचारिक पोशाक में थे, जो घर के अंदर के रंग से मेल खाते थे। वे स्वागत में मुस्कराए, लेकिन हमारे पास आने की कोई कोशिश नहीं की। मुझे लगा, शायद वे नहीं चाहते थे कि मैं डर जाऊँ।

"कार्लाइल, एस्मी," एडवर्ड की आवाज़ ने संक्षिप्त ख़ामोशी को तोड़ा, "यह बेला है।"

"तुम्हारा बहुत स्वागत है, बेला।" कार्लाइल नपे-तुले, सावधान क़दमों से मेरे क़रीब आए। उन्होंने अपना हाथ अनिश्चित अंदाज़ में उठाया और मैं उनसे हाथ मिलाने के लिए आगे बढ़ गई।

"आपसे दोबारा मिलना अच्छा लगा, डॉ. कलन।"

"प्लीज़ मुझे कार्लाइल कहें।"

"कार्लाइल।" मैं उनकी तरफ़ मुस्कराई और मेरे अचानक आत्मविश्वास ने मुझे हैरान कर दिया। मैं अपने बग़ल में एडवर्ड की राहत महसूस कर सकती थी।

एस्मी भी मुस्कराकर आगे बढ़ीं और मेरे हाथ को अपने हाथ में लिया। उनकी ठंडी, पत्थर जैसी पकड़ वैसी ही थी, जैसी की मुझे उम्मीद थी।

"तुमसे जानकर बहुत अच्छा लगा," उन्होंने संजीदगी से कहा।

"धन्यवाद। मुझे भी आपसे मिलकर ख़ुशी हुई।" और मुझे सचमुच हुई थी। यह किसी परीकथा जैसा लग रहा था, जीती-जागती स्नो व्हाइट।

"एलिस और जैस्पर कहाँ हैं?" एडवर्ड ने पूछा, लेकिन किसी ने जवाब नहीं दिया, क्योंकि वे ठीक उसी समय चौड़ी सीढ़ियों के ऊपर प्रकट हो गए थे।

"हे, एडवर्ड!" एलिस उत्साह से चिल्लाई। काले बालों और सफ़ेद त्वचा के झोंके की तरह वह सीढ़ियों पर दौड़ी और अचानक मेरे सामने आकर आकर्षक तरीक़े से रुक गई। कार्लाइल और एस्मी ने उसे चेतावनी भरी निगाहों से देखा, लेकिन मुझे उसका अंदाज़ पसंद आया। यह स्वाभाविक था - कम से कम उसके लिए।

"हाय बेला!" एलिस बोली और मेरा गाल चूमने के लिए झुकी। अगर कार्लाइल और एस्मी पहले सावधान थे, तो अब वे बौखला गए थे। मेरी आँखों में भी सदमा था, लेकिन मैं बहुत ख़ुश भी थी कि वह मुझे पूरी तरह पसंद करने लगी थी। एडवर्ड मेरे बग़ल में सख़्त हो गया, जिससे मुझे हैरानी हुई। मैंने उसका चेहरा देखा, लेकिन उसका भाव समझ नहीं आया।

"मैंने पहले कभी ध्यान ही नहीं दिया था कि तुम्हारी ख़ुशबू इतनी अच्छी है," उसने टिप्पणी की, जिससे मुझे काफ़ी उलझन हुई।

किसी को भी समझ नहीं आ रहा था कि क्या कहे और फिर जैस्पर वहाँ आ गया - लंबा और शेर जैसा। ऐसे माहौल में रहने के बावजूद मैं अचानक अच्छा महसूस करने लगी। एडवर्ड ने एक भौंह चढ़ाकर जैस्पर को देखा और मुझे याद आ गया कि जैस्पर क्या कर सकता है।

"हेलो बेला," जैस्पर ने कहा। वह दूर ही रहा और मुझसे हाथ मिलाने की कोशिश नहीं की, लेकिन उसके आस-पास असहज महसूस करना असंभव था।

"हेलो जैस्पर।" मैं उसकी तरफ़ और फिर दूसरों की तरफ़ देखकर संकोच से मुस्कराई। "आप सबसे मिलकर बहुत अच्छा लगा - आपका घर बहुत सुंदर है।" मैंने पारंपरिक रूप से जोड़ दिया।

"धन्यवाद," एस्मी ने कहा। "हमें बहुत ख़ुशी है कि तुम आईं।" उन्होंने सच्ची भावना से कहा। मुझे अहसास हुआ कि वे मुझे बहुत बहादुर मान रही थीं।

मुझे यह भी अहसास हुआ कि रोज़ेली और एमथ कहीं नहीं दिख रहे थे, लेकिन फिर मुझे एडवर्ड की बात याद आई, जब मैंने उससे पूछा था कि क्या बाक़ी मुझे पसंद नहीं करते।

कार्लाइल के चेहरे का भाव देखकर मेरे विचारों का क़ाफ़िला भटक गया, वे एडवर्ड की तरफ़ अर्थपूर्ण तरीक़े से देख रहे थे। कनखियों से मैंने एडवर्ड को एक बार सिर हिलाते देखा।

विनम्र दिखने के लिए मैं दूर देखने लगी। मेरी भटकती हुई निगाह दरवाज़े के पास मंच पर रखे सुंदर पियानो पर पड़ी। मुझे अचानक अपनी बचपन की फंतासी याद आई कि अगर मैं कभी लॉटरी जीत जाऊँ, तो अपनी माँ के लिए ग्रांड पियानो ख़रीदूँगी। वे बहुत कुशल नहीं थीं - वे हमारे सेकंड हैंड अपराइट पियानो पर ही थोड़ा-बहुत बजाती थीं - लेकिन मुझे उन्हें पियानो बजाते देखने से प्रेम था। उस वक़्त वे ख़ुश और तल्लीन नज़र आती थीं - तब वे मुझे एक नई, रहस्यमय इंसान दिखती थीं, "माँ" वाले व्यक्तित्व के बाहर, जिसकी मैं आदी थी। ज़ाहिर है, उन्होंने मुझे भी पियानो की क्लास में भेजा, लेकिन ज़्यादातर बच्चों की तरह मैं भी तब तक शिकायतें करती रही, जब तक कि उन्होंने इसे छुड़वा नहीं दिया।

एस्मी ने मेरी तन्मयता को देख लिया।

"क्या तुम पियानो बजाती हो?" उन्होंने पियानो की तरफ़ सिर झुकाते हुए पूछा।

मैंने अपना सिर हिलाया। "बिलकुल नहीं। लेकिन यह बहुत सुंदर है। क्या यह आपका है?"

"नहीं," वे हँसीं। "एडवर्ड ने तुम्हें यह नहीं बताया कि वह संगीत में माहिर है?"

"नहीं।" मैंने आँखें सिकोड़कर उसके अचानक मासूम भाव को गुस्से से घूरा। "मुझे लगता है, मुझे पता होना चाहिए था।"

एस्मी ने परेशानी में अपनी नाज़ुक भौंहों को उठाया।

"एडवर्ड हर चीज़ कर सकता है, है ना?" मैंने स्पष्ट किया।

जैस्पर मक्कारी से हँसा और एस्मी ने एडवर्ड को आलोचनात्मक अंदाज़ में देखा।

"मुझे उम्मीद है कि तुम शान नहीं झाड़ रहे होगे - यह शिष्टाचार नहीं है," उन्होंने झिड़की दी।

"थोड़ा-सा," वह खुलकर हँसा। इस आवाज़ से एस्मी का चेहरा नरम हो गया और उन्होंने एक-दूसरे की तरफ़ हल्के से देखा, जिसका मतलब मुझे समझ नहीं आया, हालाँकि एस्मी का चेहरा लगभग आत्म-संतुष्ट दिख रहा था।

"वह दरअसल बहुत विनम्र रहा है," मैंने सुधार किया।

"आपने अभी कहा था कि शान झाड़ना शिष्टाचार नहीं होता," उसने आपत्ति की।

"हर नियम के अपवाद होते हैं," एस्मी ने जवाब दिया।

"मैं तुम्हारा पियानो सुनना चाहूँगी," मैंने हामी भर दी।

"तो फिर यह तय हो गया।" एस्मी ने एडवर्ड को पियानो की तरफ़ ठेला। वह मुझे भी साथ ले गया और अपने बग़ल वाली बेंच पर बैठा लिया।

उसने पियानो की तरफ़ मुड़ने से पहले मुझे उत्तेजित भाव से थोड़ी देर तक देखा।

और फिर उसकी अँगुलियाँ कीबोर्ड पर तेज़ी से चलने लगीं। कमरे में ऐसा संगीत भर गया, जो इतना जटिल, इतना मनमोहक था कि विश्वास ही नहीं हो रहा था कि सिर्फ़ दो ही हाथ बजा रहे हैं। मेरी ठुड्डी नीचे हो गई, मेरा मुँह हैरानी में खुला रह गया और मेरी प्रतिक्रिया पर मुझे पीछे से हँसी की हल्की आवाज़ सुनाई दी।

एडवर्ड ने मेरी तरफ़ अनौपचारिक अंदाज़ में देखा; संगीत अब भी हमारे चारों ओर घुमड़ रहा था। उसने आँख मारकर पूछा, "तुम्हें यह पसंद है?"

"इसे तुमने लिखा है?" मैंने समझते हुए साँस भरी।

उसने सिर हिलाया। "हाँ, यह एस्मी को बहुत पसंद है।"

मैंने अपनी आँखें बंद कर लीं और सिर हिलाया।

"क्या ग़लत है?"

"मैं बहुत महत्त्वहीन महसूस कर रही हूँ।"

संगीत धीमा हो गया, किसी और ज़्यादा नरम चीज़ में बदल गया और मुझे आश्चर्य हुआ कि संगीत में अब लोरी की धुन बुनी हुई थी।

"इसे तुमने प्रेरित किया था," उसने धीरे से कहा। संगीत इतना मीठा था कि बर्दाश्त के बाहर हो गया।

मैं बोल नहीं पाई।

"वे तुम्हें पसंद करते हैं, तुम जानती हो," उसने बातचीत करने की ख़ातिर कहा। "ख़ास तौर पर एस्मी।"

मैंने अपने पीछे देखा, लेकिन बड़ा कमरा अब ख़ाली था।

"वे कहाँ गए?"

"मुझे लगता है, वे बहुत समझदारी से हमें थोड़ा अकेलापन दे रहे हैं।"

मैंने आह भरी। "*वे* लोग मुझे पसंद करते हैं, लेकिन रोज़ेली और एमथ..." मैंने अपनी बात अधूरी रहने दी, क्योंकि मुझे समझ में नहीं आ रहा था कि अपनी शंकाओं को कैसे व्यक्त करूँ।

उसने त्योरी चढ़ाई। "रोज़ेली के बारे में चिंता मत करो," उसने कहा। उसकी आँखें चौड़ी और समझाने-बुझाने वाली थीं। "वह मान जाएगी।"

मैंने अपने होंठ संदेह में सिकोड़े। "एमथ?"

"देखो, वह सोचता है कि *मैं* पागल हूँ, जो सच है, लेकिन उसे तुमसे कोई दिक़्क़त नहीं है। वह तो रोज़ेली को समझाने की कोशिश कर रहा है।"

"ऐसा क्या है, जिससे वह विचलित हो रही है?" मुझे पक्का नहीं था कि मैं इसका जवाब जानना चाहती थी।

उसने गहरी आह भरी। "रोज़ेली को सबसे ज़्यादा दिक़्क़त इस बात से है... जो हम हैं। उसके लिए यह मुश्किल है कि यह सच्चाई किसी बाहरी व्यक्ति को पता चले। और वह थोड़ी ईर्ष्यालु भी है।"

"*रोज़ेली मुझसे* ईर्ष्या करती है?" मैंने अविश्वास से पूछा। मैंने ऐसी दुनिया की कल्पना करने की कोशिश की, जिसमें रोज़ेली जैसी अनन्य सुंदरी के पास मुझ जैसी साधारण लड़की से ईर्ष्या करने का कोई कारण हो सकता था।

"तुम इंसान हो।" उसने कंधे उचकाए। "उसकी इच्छा है कि काश वह भी इंसान होती।"

"ओह," मैं बुदबुदाई, हालाँकि मैं अब भी स्तब्ध थी। "जैस्पर भी वैसे..."

"यह दरअसल मेरी ग़लती है," उसने कहा। "मैंने तुम्हें बताया था ना कि जैस्पर हमारी जीवनशैली को अपनाने वाला सबसे नया सदस्य है। मैंने उसे चेतावनी दी थी कि वह दूरी बनाकर रखे।"

मैंने इसके कारण पर विचार किया और काँप उठी।

"एस्मी और कार्लाइल...?" मैंने जल्दी से आगे कहा, ताकि वह ग़ौर न करे।

"वे मेरी ख़ुशी में ख़ुश हैं। वास्तव में, एस्मी को तो इस बात की भी परवाह नहीं होती, अगर तुम्हारे तीसरी आँख होती और जालीदार पैर होते। वे काफ़ी समय से मुझे लेकर चिंतित थीं, इस बात से डर रही थीं कि मेरी बुनियादी संरचना में कोई कमी रह गई थी, कि जब कार्लाइल ने मेरा रूप-परिवर्तन किया था, तो मैं बहुत ज़्यादा छोटा था... वे तो आल्हादित हैं।

"एलिस बहुत... उत्साहित दिखती है।"

"एलिस का चीज़ों को देखने का अपना अलग तरीक़ा है," वह होंठ कसकर बोला।

"और तुम इसे बताने नहीं वाले हो, है ना?"

हमारे बीच निःशब्द संवाद का एक पल गुजरा। उसे अहसास हुआ कि मैं जानती थी कि वह मुझसे कोई चीज़ छिपा रहा है। मुझे अहसास हुआ कि वह उस चीज़ को बताने वाला नहीं है। हाल-फ़िलहाल।

"तो कार्लाइल कुछ समय पहले तुम्हें क्या बता रहे थे?"

उसकी भौंहें आश्चर्य के मारे आपस में जुड़ गईं। "तुमने इस पर भी ग़ौर कर लिया?"

मैंने कंधे उचकाए। "ज़ाहिर है।"

उसने जवाब देने से पहले कुछ पल तक मुझे विचारपूर्वक देखा।

"वे मुझे एक ख़बर देना चाहते थे – उन्हें पता नहीं था कि क्या मैं तुम्हें वह बात बताना चाहूँगा।"

"क्या तुम बताओगे?"

"मुझे बताना ही होगा, क्योंकि अगले कुछ दिनों तक मैं थोड़ा ज़्यादा ही रक्षात्मक रहूँगा - या हफ़्तों तक - और मैं यह नहीं चाहता कि तुम मुझे तानाशाह समझो।"

"क्या गड़बड़ हो गई?"

"दरअसल कोई गड़बड़ नहीं है। एलिस ने तो बस स्वप्न में देखा है कि जल्दी ही कुछ मेहमान आने वाले हैं। वे जानते हैं कि हम यहाँ पर हैं और उनके मन में जिज्ञासा है।"

"मेहमान?"

"हाँ... देखो, ज़ाहिर है, वे हमारे जैसे नहीं हैं - उनके शिकार की आदतें अलग हैं। हो सकता है कि वे शहर में आएँ ही नहीं, लेकिन मैं निश्चित रूप मैं तुम्हें अपनी निगाहों से तब तक ओझल नहीं होने दूँगा, जब तक कि वे चले न जाएँ।"

मैं काँप गई।

"आख़िरकार, तुमने समझदारी भरी प्रतिक्रिया दी!" वह बुदबुदाया। "मैं तो सोचने लगा था कि तुममें आत्म-रक्षा का बोध है ही नहीं।"

मैंने इसे जाने दिया और दूर देखने लगी। मेरी आँखें एक बार फिर चौड़े कमरे में चारों तरफ़ घूमीं।

उसने मेरी निगाह का पीछा किया। "इसकी तुम्हें उम्मीद नहीं थी, है ना?" उसने पूछा; उसकी आवाज़ आत्मसंतुष्ट थी।

"नहीं," मैंने स्वीकार किया।

"कोई ताबूत नहीं, कोनों में खोपड़ियों के ढेर नहीं, शायद हमारे यहाँ मकड़ी के जाले भी नहीं मिलेंगे... तुम्हारे लिए यह कितना निराशाजनक होगा," उसने संकोच से आगे कहा।

मैंने उसके मज़ाक़ को नज़रअंदाज़ कर दिया। "यह कितना रोशन है... कितना खुला-खुला है।"

वह ज़्यादा गंभीर था, जब उसने जवाब दिया। "यह एक जगह है, जो हमें कभी छिपानी नहीं पड़ती।"

वह जो गाना बजा रहा था - मेरा गाना - वह ख़त्म हो गया, आख़िरी धुनें ज़्यादा उदासी के माहौल में बदल गईं। आख़िरी धुन काफ़ी अर्थपूर्ण ढंग से मँडराती रही।

"धन्यवाद," मैं बुदबुदाई। मुझे अहसास हुआ कि मेरी आँखों में आँसू आ गए थे। मैंने शरमाते हुए उन्हें पोंछा।

उसने मेरी आँख का कोना छुआ और एक आँसू अपनी अँगुलियों पर उठा लिया, जो मुझसे रह गया था। उसने अँगुली उठाकर उस बूँद की जाँच की, फिर इतनी तेज़ी से कि मैं यक़ीन के साथ यह नहीं कह सकती थी कि उसने ऐसा किया था, उसने मेरे आँसू का स्वाद चखने के लिए अँगुली अपने मुँह में रख ली।

मैंने सवालिया निगाह से उसे देखा और उसने एक लंबे पल तक मुझे घूरा, जिसके बाद आख़िरकार वह मुस्करा दिया।

"क्या तुम बाक़ी का घर देखना चाहती हो?"

"कोई ताबूत तो नहीं हैं?" मैंने पुष्टि की। मेरी आवाज़ में जो ताना छिपा था, वह उस हल्की, लेकिन सच्ची चिंता को पूरी तरह नहीं छिपा पाया, जो मुझे महसूस हो रही थी।

उसने हँसकर मेरा हाथ पकड़ा और मुझे पियानो से दूर ले गया।

"कोई ताबूत नहीं हैं," उसने वादा किया।

हम विशाल सीढ़ियों पर ऊपर चढ़े, मेरा हाथ रेशम जैसी चिकनी रेलिंग पर फिसल रहा था। सीढ़ियों के ऊपर के लंबे हॉल में शहद जैसे रंग की लकड़ी के पैनल लगे थे, जैसे कि फ़र्श के पटिये थे।

"रोज़ेली और एमथ का कमरा... कार्लाइल का ऑफ़िस... एलिस का कमरा..." मुझे दरवाज़ों के पार ले जाते वक़्त उसने हाथ से इशारा किया।

वह आगे चलता रहता, लेकिन मैं हॉल के अंत में अचानक रुक गई और अपने सिर के ऊपर दीवार पर लटकने वाले आभूषण को अविश्वास से घूरने लगी। एडवर्ड मेरे चकराए हुए भाव पर हल्के से हँसा।

"तुम हँस सकती हो," उसने कहा। "*यह* एक तरह से विडंबना है।"

मैं हँसी नहीं। मेरा हाथ अपने आप उठा और एक अँगुली आगे बढ़ी, मानो उस बड़े लकड़ी के क्रॉस को छूने वाली हो, जिसका गहरा रंग दीवार के हल्के रंग के विपरीत था। मैंने इसे छुआ नहीं, हालाँकि मैं जिज्ञासु

थी कि क्या इतनी पुरानी लकड़ी भी उतनी ही रेशमी महसूस होगी, जितनी यह दिखती थी।

"यह बहुत पुराना होगा," मैंने अंदाज़ा लगाया।

उसने कंधे उचकाए। "सोलह सौ तीस के आस-पास का होगा।"

मैंने क्रॉस से नज़र हटाकर उसे घूरा।

"इसे यहाँ क्यों रखा है?" मैंने पूछा।

"पुराने दिनों की याद। यह कार्लाइल के डैडी का था।"

"वे पुरानी चीज़ों का संग्रह करते थे?" मैंने संदेह से पूछा।

"नहीं। इसे उन्होंने ख़ुद बनाया था। यह चर्च के उपदेश-मंच के ऊपर दीवार पर लटकता था, जहाँ वे उपदेश देते थे।"

मेरे चेहरे पर सदमे की झलक दिखाई दे गई थी या नहीं, यह न जानते हुए भी मेरी निगाह उस सीधे-सादे, प्राचीन क्रॉस की तरफ़ चली गई। मैंने मन में फटाफट हिसाब लगाया। क्रॉस 370 साल से ज़्यादा पुराना था। ख़ामोशी खिंचती गई, जब मैंने अपने दिमाग़ को इतने सारे वर्षों की अवधारणा को समझने की निरर्थक कोशिश की।

"तुम ठीक हो?" वह चिंतित लग रहा था।

"कार्लाइल की उम्र क्या है?" मैंने उसके प्रश्न को नज़रअंदाज़ करते हुए धीरे से पूछा और मैं अब भी घूर रही थी।

"उन्होंने अभी-अभी अपना 362वाँ जन्मदिन मनाया है," एडवर्ड ने कहा। मैंने पलटकर उसकी तरफ़ देखा और मेरी आँखों में लाखों सवाल थे।

उसने मुझे सावधानी से देखते हुए आगे कहा।

"कार्लाइल का मानना है कि उनका जन्म लंदन में 1640 के दशक में हुआ था। उस वक़्त समय का बहुत सटीक रिकॉर्ड नहीं रखा जाता था, ख़ास तौर पर आम लोगों के मामले में। वैसे यह क्रॉमवेल के शासनकाल से ठीक पहले की बात थी।"

मैंने अपना चेहरा शांत रखा और उसकी बात सुनते समय मैं जागरूक थी कि वह मेरी भावभंगिमा पर ग़ौर कर रहा होगा। अगर मैं विश्वास करने की कोशिश न करूँ, तो यह ज़्यादा आसान था।

"वे एक एंग्लिकन पादरी के एकमात्र पुत्र थे। उनकी माँ उन्हें जन्म देते समय ही मर गई थीं। उनके पिता धर्म के मामले में काफ़ी कट्टर थे।

जब प्रोटेस्टेंट सत्ता में आए, तो उन्होंने रोमन कैथोलिक और दूसरे धर्मों के लोगों के उत्पीड़न में काफ़ी उत्साह दिखाया। बुराई की वास्तविकता में भी उनका दृढ़ विश्वास था। उन्होंने चुड़ैलों, नरभेड़ियों... और वैम्पायरों को पकड़ने के खोजी अभियानों का भी नेतृत्व किया।" मैं इस शब्द पर बहुत स्थिर हो गई। मुझे यक़ीन है कि उसने ग़ौर कर लिया था, लेकिन वह रुके बिना बोलता चला गया।

"उन्होंने बहुत से मासूम लोगों को जलाया - ज़ाहिर है, वे जिन असली प्राणियों को खोज रहे थे, उन्हें पकड़ना इतना आसान नहीं था।

"जब पादरी बूढ़े हो गए, तो उन्होंने अपने आज्ञाकारी पुत्र को खोजी अभियानों का प्रभारी बना दिया। शुरुआत में तो कार्लाइल निराशाजनक साबित हुए, वे आरोप लगाने में जल्दबाज़ी नहीं करते थे, राक्षसों को तेज़ी से वहाँ नहीं देखते थे, जहाँ वे मौजूद ही नहीं थे, लेकिन वे लगनशील और अपने पिता से ज़्यादा चतुर भी थे। उन्होंने सच्चे वैम्पायर्स का एक दल खोज लिया, जो शहर के नालों में छिपा रहता था और शिकार करने के लिए सिर्फ़ रात को बाहर निकलता था। उन दिनों दरिंदे मिथक और किंवदंती न होकर असली माने जाते थे, इसलिए बहुत से वैम्पायर इसी तरह रहते थे।

"लोगों ने अपने काँटेदार पंजे और टॉर्च इकट्ठी कीं," - उसकी संक्षिप्त हँसी अब ज़्यादा स्याह थी - "और वहाँ इंतज़ार करने लगे, जहाँ कार्लाइल ने उन दरिंदों को सड़क से उतरते हुए देखा था। अंततः एक प्रकट हुआ।"

एडवर्ड की आवाज़ बहुत शांत थी। मुझे उसके शब्द सुनने के लिए बहुत चौकन्ना रहना पड़ रहा था।

"वह बहुत बूढ़ा रहा होगा और भूख की वजह से कमज़ोर होगा। जब उसे भीड़ की महक आई, तो कार्लाइल ने सुना कि वह दूसरों को लैटिन में पुकार रहा था। वह सड़कों पर दौड़ने लगा और कार्लाइल - जो उस वक़्त 23 साल के थे और बहुत तेज़ दौड़ते थे - उस दौड़ में सबसे आगे थे। वह प्राणी आसानी से उनसे तेज़ भागकर निकल सकता था, लेकिन कार्लाइल सोचते हैं कि वह बहुत ज़्यादा भूखा था, इसलिए उसने मुड़कर हमला कर दिया। उसने सबसे पहले कार्लाइल पर धावा बोला, लेकिन दूसरे लोग भी ठीक पीछे थे, इसलिए वह अपनी रक्षा करने के लिए मुड़ा। उसने

दो आदमियों को मार डाला और तीसरे को लेकर भाग गया, उसने ख़ून बहाते हुए कार्लाइल को सड़क पर ही छोड़ दिया।"

एडवर्ड रुका। मैं समझ सकती थी कि वह किसी चीज़ को संपादित कर रहा है और मुझसे कुछ छिपा रहा है।

"कार्लाइल जानते थे कि उनके पिता क्या करेंगे। दरिंदे से संक्रमित हर चीज़ को नष्ट करना होगा और संक्रमित शरीर को जलाना होगा। कार्लाइल ने अपनी जान बचाने के लिए सहज बोध से काम किया। जब भीड़ उस वैम्पायर और उसके शिकार के पीछे गई, तो वे उस रास्ते से रेंगकर दूर चले गए। वे एक कोठरी में छिप गए और तीन दिनों तक सड़ते आलुओं में दफ़न रहे। यह एक चमत्कार था कि वे ख़ामोश रह पाए और उन्हें कोई नहीं खोज पाया।

"फिर यह ख़त्म हो गया और उन्हें अहसास हुआ कि वे क्या बन गए हैं।"

मुझे पक्का नहीं है कि मेरा चेहरा क्या बयान कर रहा था, लेकिन उसने अचानक बताना छोड़ दिया।

"तुम कैसा महसूस कर रही हो?" उसने पूछा।

"मैं अच्छी हूँ," मैंने उसे आश्वस्त किया, हालाँकि मैंने झिझक में अपना होंठ काटा, फिर भी उसे मेरी आँखों में जिज्ञासा की लपट दिख गई होगी।

वह मुस्कराया। "मुझे उम्मीद है कि तुम्हारे मन में बहुत सारे सवाल उमड़ रहे होंगे।"

"थोड़े से हैं।"

उसकी मुस्कान चमकते दाँतों पर फैल गई। वह पलटकर हॉल में चलने लगा और मेरा हाथ पकड़कर मुझे भी खींचने लगा। "तो चलो," उसने प्रोत्साहित किया। "मैं तुम्हें दिखाता हूँ।"

16

कार्लाइल

वह मुझे उस कमरे तक ले गया, जिसकी तरफ़ इशारा करके उसने कार्लाइल का ऑफ़िस कहा था। वह एक पल के लिए दरवाज़े के बाहर रुका।

"अंदर आ जाओ," कार्लाइल की आवाज़ ने आमंत्रित किया।

एडवर्ड ने दरवाज़ा खोला। यह ऊँची छत वाला कमरा था, जिसमें पश्चिम की तरफ़ ऊँची खिड़कियाँ थीं। यहाँ भी दीवारों पर पैनल लगे थे, थोड़ी ज़्यादा स्याह रंग की लकड़ी के। दीवार की ज़्यादातर जगह कद्दावर बुकशेल्व्ज़ ने घेर रखी थी, जो मेरे सिर के ऊपर तक के थे और उनमें इतनी ज़्यादा किताबें थीं, जितनी मैंने कभी किसी लाइब्रेरी के बाहर नहीं देखी थीं।

कार्लाइल एक बड़ी महोगनी डेस्क के पीछे लेदर चेयर में बैठे थे। वे अपने हाथ में रखी एक मोटी किताब के पन्नों में बुकमार्क लगा रहे थे। कमरा वैसा ही था, जैसी मैंने हमेशा कॉलेज के डीन के कमरे की कल्पना की थी – अंतर सिर्फ़ यह था कि कार्लाइल इतने युवा दिखते थे कि इस भूमिका के लिए उपयुक्त नहीं दिखते थे।

"मैं तुम्हारे लिए क्या कर सकता हूँ?" उन्होंने कुर्सी से उठते हुए ख़ुशनुमा अंदाज़ में पूछा।

"मैं बेला को हमारा कुछ इतिहास दिखाना चाहता था," एडवर्ड ने कहा। "देखिए, दरअसल आपका इतिहास।"

"हम आपके काम में बाधा नहीं डालना चाहते," मैंने क्षमा माँगी।

"कोई दिक़्क़त नहीं। तुम कहाँ से शुरू करने जा रहे हो?"

"वैगनर से," एडवर्ड ने जवाब दिया, और मेरे कंधे पर हल्के से हाथ रखा और मुझे उस दरवाज़े की तरफ़ घुमाया, जिसमें से हम अभी-अभी आए थे। जब भी वह मुझे छूता था, भले ही यह सामान्य अंदाज़ में हो, तो मेरे दिल की प्रतिक्रिया हर बार सुनाई देने लगती थी। इस वक़्त शर्मिंदगी इसलिए ज़्यादा बढ़ बढ़ गई थी, क्योंकि कार्लाइल भी वहाँ पर थे।

हम अब जिस दीवार के सामने थे, वह दूसरों से अलग थी। बुकशेल्फ़ के बजाय इस दीवार पर सभी आकारों की फ्रेममढ़ित तसवीरें लगी थीं, कुछ चमकदार रंगों में बनी थीं, बाक़ी एक ही रंग की थीं। मैंने उस पूरे संग्रह में किसी तर्क या उद्देश्य की तलाश की, लेकिन पहली नज़र में मुझे कुछ समझ नहीं आया।

एडवर्ड ने मुझे एकदम बाएँ सिरे की तरफ़ खींचा और सादी लकड़ी के फ्रेम वाली एक छोटी चौकोर ऑइल पेंटिंग के सामने खड़ा कर दिया। आस-पास की ज़्यादा बड़ी और ज़्यादा चमकदार तसवीरों के बीच यह ज़्यादा उभरकर नहीं दिख रही थी। यह सेपिया के अलग-अलग रंगों में पेंट थी और इसमें एक छोटे शहर का चित्र था, जिसमें तीखे झुकाव वाली छतें थीं और कुछ बिखरे हुए टॉवरों के ऊपर पतली मीनारें दिख रही थीं। सामने की तरफ़ चौड़ी नदी दिख रही थी, जिसके ऊपर एक पुल था, जो छोटे गिरजे जैसी इमारतों से ढका था।

"सोलह सौ पचास के दशक का लंदन," एडवर्ड ने कहा।

"मेरी जवानी का लंदन," कार्लाइल ने हमारे कुछ फ़ुट पीछे से कहा। मैंने उन्हें क़रीब आते नहीं सुना था। एडवर्ड ने मेरा हाथ दबाया।

"क्या *आप* कहानी बताना चाहेंगे?" एडवर्ड ने पूछा। मैं कार्लाइल की प्रतिक्रिया देखने के लिए थोड़ी तिरछी हुई।

उन्होंने मेरी नज़रों से नज़रें मिलाईं और मुस्कराए। "मेरा ऐसा करने का बड़ा मन था," उन्होंने जवाब दिया। "लेकिन दरअसल मुझे देर हो रही है। अस्पताल वालों ने सुबह फ़ोन किया था - डॉ. स्नो आज बीमारी के कारण छुट्टी ले रहे हैं। इसके अलावा, तुम्हें भी कहानियाँ उतनी ही अच्छी तरह पता हैं, जितनी कि मुझे," उन्होंने अब एडवर्ड की ओर मुस्कराते हुए कहा।

इस अजीब तालमेल को जज़्ब करना मुश्किल था - शहर के डॉक्टर की रोज़मर्रा की चिंताएँ, जो सत्रहवीं सदी के लंदन के अपने शुरुआती दिनों की चर्चा में उलझा हुआ था।

मैं इस बात से भी विचलित हुई, क्योंकि मैं जानती थी कि उन्होंने ज़ोर से सिर्फ़ इसलिए बोला था, ताकि मैं समझ लूँ।

मुझे गर्मजोशी भरी मुस्कान देने के बाद कार्लाइल कमरे से चले गए।

मैं एक लंबे पल तक कार्लाइल के गृहनगर की छोटी तसवीर देखती रही।

"फिर क्या हुआ?" मैंने आख़िरकार पूछा और एडवर्ड को घूरा, जो अब मुझे देख रहा था। "जब उन्हें अहसास हो गया कि उनके साथ क्या हुआ था?"

एडवर्ड ने पेंटिंग्स पर नज़र डाली और मैंने देखा कि अब वह कौन सी पेंटिंग में रुचि ले रहा है। यह पतझड़ के रंगों वाला ज़्यादा बड़ा लैंडस्केप था - जंगल में एक ख़ाली, छायादार बगिया का दृश्य; दूर एक पहाड़ी का शिखर दिख रहा था।

"जब उन्हें पता चला कि वे क्या बन गए थे," एडवर्ड ने धीरे से कहा, "तो उन्होंने इसके ख़िलाफ़ बग़ावत की। उन्होंने ख़ुद को नष्ट करने की कोशिश की। लेकिन यह आसानी से नहीं होता है।"

"कैसे?" मैं इसे ज़ोर से नहीं कहना चाहती थी, लेकिन सदमे के कारण यह शब्द अचानक मेरे मुँह से निकल पड़ा।

"वे पहाड़ियों से कूदे," एडवर्ड ने मुझे बताया और उसकी आवाज़ भावशून्य थी। "उन्होंने ख़ुद को समुद्र में डुबाने की कोशिश की... लेकिन वे अपने नए जीवन में युवा थे और बहुत शक्तिशाली थे। यह आश्चर्यजनक है कि उस समय भी उन्होंने खाने... पीने... का प्रतिरोध किया। उस वक़्त सहज बोध ज़्यादा शक्तिशाली होता है। यह हर दूसरी चीज़ पर हावी हो जाता है, लेकिन आत्म-वितृष्णा के कारण वे इतने शक्तिशाली थे कि भूखे रहकर मरने की कोशिश कर रहे थे।"

"क्या यह संभव है?" मेरी आवाज़ कमज़ोर थी।

"नहीं, हमें बहुत कम तरीक़ों से मारा जा सकता है।"

मैंने अपना मुँह कुछ पूछने के लिए खोला, लेकिन मेरे बोलने से पहले ही वह बोल पड़ा।

"वे बहुत भूखे थे और अंततः बहुत कमज़ोर हो गए थे। वे मानव आबादी से ज़्यादा से ज़्यादा दूर रहने लगे। अंततः उन्हें इस बात का अहसास हो गया कि उनकी इच्छाशक्ति कमज़ोर हो रही थी। महीनों तक वे रात को भटकते रहे, सबसे वीरान जगहों पर रहते रहे और ख़ुद से नफ़रत करते रहे।

"एक रात को उनके छिपने की जगह के पास से हिरणों का झुंड गुज़रा। वे प्यास से इतने बावले थे कि उन्होंने बिना सोचे उस पर हमला कर दिया। उनकी शक्ति लौट आई और उन्हें अहसास हुआ कि वे जो दुष्ट दरिंदा बनने से डर रहे थे, उसका विकल्प मौजूद था। आख़िर उन्होंने अपने पुराने जीवन में भी तो हिरण का मांस खाया था! अगले कुछ महीनों में उन्होंने अपना जीवनदर्शन बनाया। वे राक्षस बने बिना ज़िंदा रह सकते थे। उन्होंने ख़ुद को दोबारा खोजा।

"वे अपने समय का बेहतर उपयोग करने लगे। वे हमेशा से बुद्धिमान थे और सीखने के लिए उत्सुक रहते थे। अब उनके पास असीमित समय था। वे रात भर पढ़ते थे और दिन भर योजना बनाते थे। वे तैरकर फ्रांस गए और-"

"वे *तैरकर* फ्रांस गए?"

"बेला, लोग सारे समय चैनल को तैरकर पार करते हैं," उसने मुझे धैर्यपूर्वक याद दिलाया।

"मुझे लगता है कि यह सच है। यह तो बस इस पृष्ठभूमि में थोड़ा अजीब लगा था। आगे बोलो।"

"तैरना हमारे लिए आसान होता है-"

"*तुम्हारे* लिए तो हर चीज़ आसान होती है," मैंने शिकायत की।

उसने इंतज़ार किया; उसका चेहरा थोड़ा ख़ुश था।

"मैं वादा करती हूँ कि अब बाधा नहीं डालूँगी।"

उसने स्याह अंदाज़ में हँसी दबाई और अपना वाक्य पूरा किया। "क्योंकि तकनीकी दृष्टि से हमें साँस लेने की ज़रूरत नहीं होती।"

"तुम्हें-"

"नहीं, नहीं, तुमने वादा किया था कि बीच में नहीं बोलोगी।" वह हँसा और मेरे होंठों पर अपनी ठंडी अँगुली रख दी। "तुम कहानी पूरी सुनना चाहती हो या नहीं?"

"तुम इस तरह की बात अचानक कहोगे, तो मैं कुछ कैसे नहीं बोलूँगी," उसकी अँगुली के बावजूद मैं बड़बड़ाई।

वह अपना हाथ उठाकर फेरने लगा, जब तक कि यह मेरी गर्दन पर आराम नहीं करने लगा। इस पर प्रतिक्रिया करते हुए मेरी हृदय गति बदल गई, लेकिन इसके बावजूद मैं बोलने से बाज नहीं आई।

"तुम्हें *साँस* लेने की ज़रूरत नहीं होती?" मैंने पूछा।

"नहीं, यह ज़रूरी नहीं है। यह तो बस एक आदत है।" उसने कंधे उचकाए।

"तुम... बिना *साँस* लिए कितने समय तक रह सकते हो?"

"मैं नहीं जानता, शायद अनंत काल तक। वैसे यह थोड़ा अटपटा लगता है – क्योंकि तब हमें ख़ुशबू नहीं आती है।"

"थोड़ा अटपटा," मैंने उसके शब्दों को दोहराया।

मैं अपने चेहरे के भाव पर ध्यान नहीं दे रही थी, लेकिन उसे देखकर वह उदास हो गया। उसका हाथ उसके बग़ल में लटक गया और बहुत स्थिर रहा। उसकी आँखें मेरे चेहरे पर टिकी थीं। ख़ामोशी लंबी खिंचती चली गई। उसके चेहरे के भाव किसी पत्थर जितने स्थिर थे।

"क्या हुआ?" मैं फुसफुसाई और उसके जमे हुए चेहरे को छुआ।

उसका चेहरा मेरे हाथ के स्पर्श से नरम हुआ और उसने आह भरी। "मैं इसके होने का इंतज़ार करता रहता हूँ।"

"किसके होने का?"

"मैं जानता हूँ कि मैं जब तुम्हें कोई चीज़ बताऊँगा या तुम कुछ देखोगी, तो किसी बिंदु पर यह तुम्हारे लिए बर्दाश्त के बाहर हो जाएगा। और फिर तुम चिल्लाते हुए मुझसे दूर भाग जाओगी।" उसके चेहरे पर आधी मुस्कान थी, लेकिन आँखें गंभीर थीं। "मैं तुम्हें नहीं रोकूँगा। मैं चाहता हूँ कि ऐसा ही हो, क्योंकि मैं तुम्हें सुरक्षित रखना चाहता हूँ, लेकिन मैं तुम्हारे साथ रहना भी चाहता हूँ। इन दोनों इच्छाओं का एक साथ पूरा होना असंभव है..." उसने यह वाक्य अधूरा छोड़ दिया और मेरे चेहरे को घूरने लगा। और इंतज़ार करने लगा।

"मैं कहीं नहीं भाग रही हूँ," मैंने वादा किया।

"हम देखते हैं," उसने कहा और वह एक बार फिर मुस्करा रहा था।

मैंने उसकी तरफ़ त्योरी चढ़ा ली। "तो आगे बोलो – कार्लाइल तैरकर फ्रांस जा रहे थे।"

वह रुका और अपनी कहानी में दोबारा लौटा। उसकी आँखें अपने आप एक और तसवीर की तरफ़ घूम गईं – जो उनमें सबसे रंगीन, सबसे अलंकृत अंदाज़ में मढ़ी हुई और सबसे बड़ी थी, यह जिस दरवाज़े के पास लटकी थी, उससे दोगुनी चौड़ी थी। कैनवास में लहराती पोशाकों में चमकदार आकृतियों का ढेर था, जो लंबे खंभों और संगमरमर की बालकनियों के चारों ओर कसमसा रहा था। मैं यह नहीं समझ सकती थी कि यह ग्रीक माइथोलॉजी का चित्र है या फिर ऊपर बादलों में तैरने वाले पात्र बाइबल के हैं।

"कार्लाइल तैरकर फ्रांस गए और यूरोप में यात्रा करते रहे, वहाँ के विश्वविद्यालयों में। रात को वे संगीत, विज्ञान और चिकित्सा का अध्ययन करते थे – और उन्हें अपना आह्वान, अपना प्रायश्चित जिस विषय में मिला, वह था इंसानों की जान बचाना।" उसका भाव श्रद्धा से, लगभग आराधना से ओत-प्रोत हो गया था। "मैं उस संघर्ष को पूरी तरह नहीं बता सकता, अपने आत्म-नियंत्रण को आदर्श बनाने के लिए कार्लाइल ने दो सदियों तक यातना झेली। अब वे मानव रक्त की ख़ुशबू से लगभग प्रतिरक्षित हैं और बिना किसी कष्ट के अपना प्रिय काम कर सकते हैं। उन्हें वहाँ, अस्पताल में बहुत शांति मिलती है..." एडवर्ड एक लंबे पल तक ख़ाली जगह को घूरता रहा। ऐसा लग रहा था कि वह अपना उद्देश्य याद कर रहा था। उसने हमारे सामने की विशाल पेंटिंग पर अँगुली थपथपाई।

"वे इटली में अध्ययन कर रहे थे, तब उन्हें वहाँ पर अपने जैसे दूसरे प्राणी मिले। वे लंदन के नालों के दरिंदों से ज़्यादा सभ्य और शिक्षित थे।"

उसने सबसे ऊँची बालकनी पर चित्रित तुलनात्मक रूप से शांत चार आकृतियों को छुआ, जो बैठकर नीचे की अफरा-तफरी को शांति से निहार रहे थे। मैंने उस समूह की सावधानी से जाँच की और चौंकी हुई हँसी के साथ अहसास हुआ कि मैंने सुनहरे बालों वाले आदमी को पहचान लिया था।

"सोलिमेना कार्लाइल के मित्रों को देवतातुल्य मानता था, इसलिए वह अक्सर उन्हें देवताओं के रूप में चित्रित करता था," एडवर्ड ने हँसते हुए कहा। "एरो, मार्कस, केयस," उसने तीन की तरफ़ इशारा करते हुए कहा, दो के बाल काले थे और एक के बर्फ़ जैसे सफ़ेद। "कलाओं के रात्रिकालीन संरक्षक।"

"उनका क्या हुआ?" मैंने ज़ोर से पूछा और अपनी अँगुली कैनवास की आकृतियों से एक सेंटीमीटर दूर रखी।

"वे अब भी वहाँ हैं," उसने कंधे उचकाए। जैसे कि वे न जाने कितनी सहस्त्राब्दियों से रहे हैं। कार्लाइल बहुत कम समय तक उनके साथ रहे, सिर्फ़ कुछ दशक। वे उनकी सभ्यता और परिष्कार के बहुत बड़े प्रशंसक थे, लेकिन उन्हें 'प्राकृतिक भोजन स्रोत' के प्रति कार्लाइल की वितृष्णा रास नहीं आई और वे इसका इलाज करने में जुटे रहे। उन्होंने कार्लाइल को मनाने की कोशिश की और कार्लाइल ने उन्हें मनाने की, कोई नहीं माना। तब कार्लाइल ने नए संसार को आज़माने का फ़ैसला किया। उन्होंने अपने जैसे दूसरे प्राणियों को खोजने के सपने देखे। वे बहुत अकेलापन महसूस कर रहे थे।

उन्हें लंबे समय तक कोई नहीं मिला, लेकिन जब राक्षस परीकथाओं का हिस्सा बन गए, तो उन्होंने पाया कि वे संदेह न करने वाले इंसानों के साथ इस तरह घुल-मिल सकते हैं, मानो वे भी उनके जैसे ही हों। वे चिकित्सा का अभ्यास करने लगे, लेकिन वे जिस साहचर्य की कामना करते थे, वह उन्हें नहीं मिला, वे पहचाने जाने का जोखिम नहीं ले सकते थे।

"जब इंफ्लुएंजा की महामारी आई, तो वे शिकागो के एक अस्पताल में रात को काम कर रहे थे। वे कई सालों से एक विचार को अपने मन में तौल रहे थे और उन्होंने इस पर काम करने का निर्णय ले लिया था - चूँकि उन्हें कोई साथी नहीं मिल रहा था, इसलिए वे अपने लिए एक साथी ख़ुद बनाएँगे। उन्हें पूरी तरह पक्का नहीं था कि उनका ख़ुद का रूप-परिवर्तन कैसे हुआ था, इसलिए वे झिझक रहे थे। वे किसी दूसरे के जीवन को उस तरह नहीं चुराना चाहते थे, जिस तरह उनका चुराया गया था। इस मानसिक स्थिति में उन्हें मैं मिल गया। मेरे बचने की कोई उम्मीद नहीं थी। मुझे मरणासन्न लोगों के साथ एक वार्ड में छोड़ दिया गया था। कार्लाइल ने

मेरे माता-पिता का इलाज किया था, इसलिए वे जानते थे कि मैं बिलकुल अकेला हूँ। उन्होंने अपने विचार को आज़माने का निर्णय लिया..."

उसकी आवाज़ अब कानाफूसी जैसी थी और फिर यह भी खो गई। वह बिना देखे पश्चिम की खिड़कियों को घूरता रहा। मैंने सोचा कि अब उसके दिमाग़ में कौन सी तसवीरें भरी होंगी - कार्लाइल की यादें या उसकी ख़ुद की। मैं शांति से इंतज़ार करती रही।

जब वह मेरी तरफ़ मुड़ा, तो उसके चेहरे पर देवदूत जैसी हल्की मुस्कान खिल उठी।

"और इस तरह हमारी कहानी पूरी हो गई," उसने अंत में कहा।

"क्या तुम हमेशा कार्लाइल के साथ रहे हो?" मैंने पूछा।

"लगभग हमेशा।" उसने अपना हाथ हल्के से मेरी कमर में डालकर मुझे अपनी तरफ़ खींचा, जब वह दरवाज़े से पार गया। मैंने पलटकर तसवीरों की दीवार को घूरा और सोचने लगी कि क्या मुझे कभी बाक़ी कहानियाँ भी सुनने को मिलेंगी।

जब हम हॉल में गए, तो एडवर्ड चुप था, इसलिए मैंने पूछ लिया, "लगभग?"

उसने आह भरी और वह जवाब नहीं देना चाहता था। "देखो, विद्रोही किशोर का सामान्य दौर मेरे भी नए जीवन में आया था - मेरे पैदा होने... उत्पन्न होने के लगभग दस साल बाद, तुम इसे चाहे जो कह लो। मैं संयम की उनकी जीवनशैली से सहमत नहीं था और अपनी भूख पर बंधन लगाने के लिए उनसे द्वेष करता था। इसलिए मैं कुछ समय तक अकेले रहने के लिए उनसे दूर चला गया था।"

"सचमुच?" मुझे शायद डरना चाहिए था, लेकिन मेरे अंदर आश्चर्य का भाव था।

वह समझ सकता था। मुझे अस्पष्टता से अहसास हुआ कि हम अगली सीढ़ियाँ चढ़ने वाले हैं, लेकिन मैं आस-पास के माहौल पर ज़्यादा ध्यान नहीं दे रही थी।

"इससे तुम्हें वितृष्णा नहीं हुई?"

"नहीं।"

"क्यों नहीं?"

"देखो... यह तार्किक लगता है।"

वह हँसा, पहले से भी ज़्यादा तेज। अब हम सीढ़ियों के ऊपर एक और पैनल वाले गलियारे में पहुँच गए थे।

"मेरे नए जन्म के बाद," वह बुदबुदाया, सौभाग्य से मैं यह जान सकता था कि मेरे आस-पास का हर व्यक्ति क्या सोच रहा है, इंसान भी और ग़ैर-इंसान भी। इसीलिए मुझे कार्लाइल को छोड़कर जाने में दस साल का समय लगा - मैं उनकी आदर्श संजीदगी पढ़ सकता था और पूरी तरह समझ सकता था कि वे जिस तरह जीते थे, उसका असली कारण क्या था।

"कार्लाइल के पास लौटने और उनकी जीवनशैली दोबारा अपनाने में मुझे केवल कुछ साल लगे। मैंने सोचा था कि मैं उस... डिप्रेशन... से आज़ाद हो जाऊँगा, जो अंतरात्मा की वजह से उत्पन्न होता है। मैंने सोचा था कि चूँकि मुझे अपने शिकार के विचार मालूम रहते थे, इसलिए मैं मासूमों को छोड़ दूँगा और सिर्फ़ बुरे लोगों का ही शिकार करूँगा। अगर मैं किसी अँधेरी गली में किसी युवती के पीछे पड़े किसी हत्यारे का पीछा करूँ - अगर मैं युवती की जान बचा लूँ, तो निश्चित रूप से मैं ज़्यादा बुरा काम नहीं कर रहा था।"

मैं काँप गई, जब मैंने बहुत स्पष्टता से उसके वर्णन की तसवीर देखी - रात के समय अँधेरी गली, डरी हुई लड़की और उसके पीछे पड़ा स्याह आदमी। और एडवर्ड, एडवर्ड जब वह शिकार करता था, भयंकर और किसी युवा देवता की तरह सुंदर, अजेय। क्या वह लड़की कृतज्ञ होती या पहले से भी ज़्यादा डर जाती?

"लेकिन जब समय गुज़रता गया, तो मैं अपनी आँखों में राक्षस को देखने लगा। मैं इतने सारे इंसानों की जान लेने के क़र्ज़ से नहीं बच सकता था, चाहे यह कितना भी तर्कसंगत हो, फिर मैं कार्लाइल और एस्मी के पास लौट आया। उन्होंने घर लौटे बेटे की तरह मेरा स्वागत किया। यह उससे ज़्यादा था, जिसका मैं हक़दार था।"

हम हॉल में आख़िरी दरवाज़े के सामने आकर रुक गए थे।

"मेरा कमरा," उसने मुझे जानकारी दी, फिर उसने कमरा खोला और मुझे अंदर खींच लिया।

उसके कमरे का मुँह दक्षिण दिशा में था, नीचे वाले बड़े कमरे की तरह इसमें भी दीवार के आकार की खिड़की थी। घर का पीछे वाला पूरा हिस्सा काँच का था। उसके कमरे से सोल डक रिवर मुड़ते हुए दिख रही थी, अछूते जंगल से ओलिंपिक माउंटेन रेंज तक। पहाड़ मेरी कल्पना से ज़्यादा क़रीब थे।

पश्चिमी दीवार सीडी के शेल्फ़ों से पूरी भरी थी। उसके कमरे में किसी म्यूज़िक स्टोर से ज़्यादा सीडी होंगी। कोने में आधुनिक दिखने वाला साउंड सिस्टम रखा था, जिसे मैं छूने से डर रही थी, क्योंकि मुझे लग रहा था कि मुझसे कुछ टूट जाएगा। कोई पलंग नहीं था, सिर्फ़ एक चौड़ा और आमंत्रित करने वाला ब्लैक लेदर सोफ़ा था। फ़र्श मोटे सुनहरे गलीचे से ढका था और दीवारों पर थोड़े गहरे रंग का मोटा कपड़ा लटका था।

"संगीत कक्ष?" मैंने अंदाज़ा लगाया।

उसने हँसकर सिर हिलाया।

उसने एक रिमोट उठाकर स्टीरियो चला दिया। यह धीमा था, लेकिन हल्की जैज़ धुन ऐसी लग रही थी, मानो बैंड कमरे में हमारे साथ ही हो, फिर मैं उसके अविश्वसनीय संगीत संग्रह को देखने लगी।

"तुमने सीडी कैसे जमाई हैं?" मैंने पूछा, क्योंकि मैं उसके एलबमों के टाइटल का ओर-छोर नहीं समझ पाई थी।

वह ध्यान नहीं दे रहा था।

उसने बेध्यानी से कहा, "उह, साल के हिसाब से और फिर उस फ्रेम के भीतर मेरी व्यक्तिगत पसंद के हिसाब से।"

मैं मुड़ी और वह मुझे एक विचित्र भाव से देख रहा था।

"क्या?"

"मैं राहत... महसूस करने के लिए तैयार था। इस बात पर कि तुम्हें हर चीज़ बता दूँगा और तुमसे कोई रहस्य छुपाने की ज़रूरत नहीं होगी, लेकिन मुझे राहत से ज़्यादा की उम्मीद नहीं थी। अब मुझे *अच्छा महसूस* हो रहा है। इससे मुझे... ख़ुशी मिली।" उसने कंधे उचकाए और हल्के से मुस्कराया।

"मुझे ख़ुशी है," मैंने मुस्कराते हुए कहा। मुझे चिंता थी कि मुझे ये बातें बताने पर कहीं उसे अफ़सोस न हो। यह जानना अच्छा था कि मामला यह नहीं था।

लेकिन फिर जब उसकी आँखों ने मेरे भाव का परीक्षण किया, तो उसकी मुस्कान धुँधली हो गई और उसके माथे पर बल पड़ गए।

"तुम अब भी मेरे चीख़ते हुए भागने का इंतज़ार कर रहे हो, है ना?" मैंने अंदाज़ा लगाया।

उसके होंठों पर हल्की मुस्कान थिरक उठी और उसने सिर हिलाया।

"मुझे तुम्हारे बुलबुले को फोड़ने से नफ़रत है, लेकिन तुम दरअसल उतने डरावने नहीं हो, जितना तुम सोचते हो कि तुम हो। दरअसल तुम ज़रा भी डरावने नज़र नहीं आते हो," मैंने सामान्य अंदाज़ में झूठ बोल दिया।

वह रुक गया और उसकी भौंहें घोर अविश्वास में उठ गईं। फिर उसने एक चौड़ी, दुष्ट मुस्कान दी।

"तुम्हें *वास्तव में* यह बात नहीं कहनी चाहिए थी," वह मक्कारी से हँसा।

वह गुर्राया और गले के पीछे से हल्की आवाज़ निकाली, उसके होंठ उसके आदर्श दाँतों के ऊपर मुड़े हुए थे। उसका शरीर अचानक आधा झुक गया, किसी हमला करने को तैयार शेर की तरह तनावग्रस्त।

मैं गुस्सा करते हुए उससे पीछे हटी।

"कुछ मत करना।"

मैं उसे ख़ुद पर झपटते नहीं देख पाई - यह बहुत तेज़ी से हुआ। मैं अचानक हवा में उठ गई थी और फिर हम सोफे पर गिर गए, जो दीवार से टकरा गया। इस समय उसकी बाँहों ने मेरे चारों तरफ़ सुरक्षा का फ़ौलादी पिंजरा बना रखा था - मुझे सिर्फ़ हल्का सा झटका लगा था, लेकिन फिर भी मैं हाँफने लगी और ख़ुद को सही करने की कोशिश करने लगी।

वह नहीं माना। उसने मुझे अपने सीने पर गेंद की तरह सटा लिया और लोहे की जंज़ीरों से भी ज़्यादा सुरक्षित तरीक़े से थामे रहा। मैंने डरकर उसकी तरफ़ गुस्से से घूरा, लेकिन वह नियंत्रण में नज़र आ रहा था और मुस्कराते समय उसका जबड़ा तनावरहित था, उसकी आँखों में मज़ाक़ चमक रहा था।

"तुम कह रही थीं," वह शरारत करते हुए गुर्राया।

"कि तुम बहुत, बहुत वहशी दरिंदे हो," मैंने कहा; मेरा ताना मेरी हाँफती आवाज़ से थोड़ा गड़बड़ा गया था।

"यह ज़्यादा बेहतर है," उसने अनुमोदन किया।

"उह।" मैं जूझी। "क्या अब मैं उठ सकती हूँ?"

वह बस हँस दिया।

"क्या हम अंदर आ सकते हैं?" हॉल से एक धीमी आवाज़ आई।

मैं ख़ुद को छुड़ाने के लिए जूझी, लेकिन एडवर्ड ने मुझे सिर्फ़ थोड़ा इधर-उधर किया, जिससे मैं ज़्यादा आरामदेह तरीक़े से उसकी गोद में बैठ गई। एलिस अंदर आई और उसके पीछे दरवाज़े पर जैस्पर था। मेरे गाल जल रहे थे, लेकिन एडवर्ड काफ़ी आरामदेह था।

"आगे आ जाओ।" एडवर्ड अब भी धीरे से मुस्करा रहा था।

एलिस को हमारे आलिंगन में कुछ भी अजीब नहीं लगा; वह चलकर - लगभग नाचते हुए, उसकी गतिविधियाँ बहुत आकर्षक थीं - कमरे के बीच तक आई, जहाँ उसने ख़ुद को फ़र्श पर लहराते हुए मोड़ लिया। दूसरी ओर जैस्पर दरवाज़े पर ठिठक गया और उसके चेहरे पर थोड़े सदमे का भाव था। उसने एडवर्ड के चेहरे को घूरा और मैंने सोचा कि क्या वह अपनी असाधारण संवेदनशीलता से माहौल का जायज़ा ले रहा है।

"आवाज़ तो ऐसे आ रही थी, जैसे तुम बेला का लंच कर रहे हो और हम यह देखने आए हैं कि क्या तुम हमें भी हिस्सा दोगे," एलिस ने घोषणा की।

मैं पल भर के लिए सख़्त हो गई, जब तक कि मुझे यह नहीं दिखा कि एडवर्ड दाँत दिखा रहा है - उसकी टिप्पणी पर या मेरी प्रतिक्रिया पर, यह मुझे पता नहीं था।

"सॉरी, मुझे नहीं लगता कि कुछ बचेगा," उसने जवाब दिया; उसकी बाँहों ने मुझे धृष्ट अंदाज़ में क़रीब थामे रखा।

"दरअसल," जैस्पर ने मुस्कराते हुए कहा, जब वह अनिच्छा से कमरे के अंदर आया, "एलिस कह रही है कि आज रात असली वाला तूफ़ान आने वाला है और एमथ बेसबॉल खेलना चाहता है। क्या तुम तैयार हो?"

ये सभी शब्द सामान्य थे, लेकिन इसकी पृष्ठभूमि ने मुझे चकरा दिया। वैसे मैं इतना समझ गई कि एलिस मौसम के भविष्यवक्ताओं से ज़्यादा विश्वसनीय थी।

एडवर्ड की आँखों में चमक आ गई, लेकिन वह झिझका।

"ज़ाहिर है, तुम्हें बेला को भी लाना चाहिए," एलिस चहकी। मैंने जैस्पर को तुरंत उसकी तरफ़ निगाह डालते देखा।

"क्या तुम चलना चाहती हो?" एडवर्ड ने रोमांचित होकर मुझसे पूछा, उसके चेहरे पर उत्साह का भाव था।

"बिलकुल।" मैं ऐसे चेहरे को निराश नहीं कर सकती थी। "उह, हम कहाँ जा रहे हैं?"

"हमें बेसबॉल खेलने के लिए बादल गरजने का इंतज़ार करना पड़ता है - तुम्हें इसका कारण समझ में आ जाएगा," उसने वादा किया।

"क्या मुझे छाते की ज़रूरत पड़ेगी?"

वे तीनों ज़ोर से हँस पड़े।

"क्या उसे पड़ेगी?" जैस्पर ने एलिस से पूछा।

"नहीं।" उसे पूरा विश्वास था। "तूफ़ान शहर पर क़हर बरपाएगा। हम जहाँ खेलेंगे, वहाँ मौसम पर्याप्त सूखा रहना चाहिए।"

"तब अच्छा है।" स्वाभाविक रूप से जैस्पर की आवाज़ का उत्साह संक्रामक था। मैं डरने के बजाय उत्साहित महसूस कर रही थी।

"चलो, चलकर देखते हैं कि क्या कार्लाइल भी चलेंगे।" एलिस दरवाज़े तक ऐसे अंदाज़ में फुदककर गई कि किसी भी बैले नर्तकी का दिल टूट जाता।

"जैसे तुम्हें पता नहीं हो," जैस्पर ने मज़ाक़ किया और वे फुर्ती से अपने रास्ते चले गए। जाते समय जैस्पर दरवाज़े को सामान्य अंदाज़ में बंद करने में कामयाब हुआ।

"हम क्या खेलेंगे?" मैंने पूछा।

"*तुम* देखोगी!" एडवर्ड ने स्पष्ट किया। "हम बेसबॉल खेलेंगे।"

मैंने अपनी आँखें गोल-गोल घुमाईं। "वैम्पायर बेसबॉल खेलते हैं?"

"यह अमेरिकी शौक़ है," उसने नक़ली गंभीरता से कहा।

17

खेल

जब एडवर्ड मेरी सड़क पर पहुँचा, तो बूँदाबाँदी होने लगी थी। उस समय तक मेरे मन में कोई शंका नहीं थी कि जब मैं बीच के कुछ घंटे असली संसार में बिताऊँगी, तो वह मेरे साथ ही रुकेगा।

तभी मुझे चार्ली के ड्राइववे में काली पुरानी फ़ोर्ड खड़ी दिखी। मैंने सुना कि एडवर्ड धीमी, खुरदुरी आवाज़ में कुछ शब्द बुदबुदा रहा है, जो मुझे समझ नहीं आए।

सामने वाले पोर्च के नीचे जैकब ब्लैक बिली की व्हीलचेयर के पीछे खड़ा था। जब एडवर्ड ने मेरा ट्रक खड़ा किया, तो बिली का चेहरा पत्थर की तरह भावहीन था। जैकब के चेहरे पर यातना का भाव था।

एडवर्ड की धीमी आवाज़ में आवेश था। "यह तो सीमा का उल्लंघन है।"

"वह चार्ली को चेतावनी देने आया था?" मैंने अंदाज़ा लगाया; मेरे अंदर गुस्सा कम, दहशत ज़्यादा थी।

एडवर्ड ने हाँ में सिर हिलाया और आँखें सिकोड़कर बारिश में बिली की निगाह का जवाब दिया।

मुझे राहत का अहसास हुआ कि चार्ली अब तक घर नहीं लौटे थे।

"इससे मुझे निपटने दो," मैंने सुझाव दिया। एडवर्ड की क्रुद्ध निगाह ने मुझे चिंतित कर दिया था।

मुझे हैरानी हुई, जब वह मेरी बात मान गया। “यह शायद सबसे अच्छा रहेगा। वैसे सावधान रहना। बच्चे को कुछ पता नहीं है।”

बच्चे शब्द पर मैं थोड़ा भड़क गई। “जैकब मुझसे उतना ज़्यादा छोटा भी नहीं है,” मैंने उसे याद दिलाया।

उसने मेरी तरफ़ देखा और उसका गुस्सा अचानक ग़ायब हो गया। “ओह, मैं जानता हूँ,” उसने एक मुस्कान के साथ मुझे आश्वस्त किया।

मैंने आह भरकर दरवाज़े के हैंडल पर हाथ रखा।

“उन्हें अंदर ले जाओ,” उसने हिदायत दी, “ताकि मैं जा सकूँ। मैं शाम के क़रीब आ जाऊँगा।”

“क्या तुम मेरा ट्रक ले जाना चाहते हो?” मैंने प्रस्ताव रखा, हालाँकि मैं सोच रही थी कि मैं इसके न होने के बारे में चार्ली से क्या कहूँगी।

उसने अपनी आँखें गोल-गोल घुमाईं। “मैं इस ट्रक से ज़्यादा तेज़ी से *पैदल* घर पहुँच सकता हूँ।”

“तुम्हें जाने की ज़रूरत नहीं है,” मैंने उत्कंठा से कहा।

वह मेरे उदास भाव पर मुस्कराया। “दरअसल मुझे है। जब तुम उनसे पीछा छुड़ा लो” - उसने ब्लैक पिता-पुत्र की दिशा में स्याह दृष्टि डाली - “तो तुम्हें चार्ली को अपने नए बॉयफ्रेंड से मिलने के लिए तैयार करना होगा।” वह खुलकर मुस्कराया और सारे दाँत दिखा दिए।

मैंने कराह भरी। “बहुत-बहुत धन्यवाद।”

वह अपनी वक्र मुस्कान में मुस्कराया, जिससे मैं प्रेम करती थी। उसने वादा किया, “मैं जल्दी ही आ जाऊँगा।” उसकी निगाह एक बार फिर पोर्च पर लौटी और फिर वह मेरे जबड़े के कोने के नीचे मुझे तेज़ी से चूमने के लिए झुका। मेरा दिल तेज़ी से उछल गया और मैंने भी पोर्च की तरफ़ निगाह डाली। बिली का चेहरा अब भावहीन नहीं था और उसके हाथों ने कुर्सी के हत्थों को जकड़ रखा था।

“*जल्दी,*” मैंने ज़ोर दिया, जब मैंने दरवाज़ा खोला और बारिश में बाहर क़दम रखा।

जब मैं पोर्च की तरफ़ हल्की बौछार में थोड़ा दौड़कर गई, तो मुझे महसूस हुआ कि वो मेरी पीठ को देख रहा है।

"हे, बिली। हाय, जैकब।" मैंने उनका अभिवादन उतने ख़ुशनुमा अंदाज़ में किया, जितना मैं कर सकती थी। "चार्ली दिनभर के लिए बाहर गए हैं – मुझे उम्मीद है कि आप ज़्यादा समय से इंतज़ार नहीं कर रहे होंगे।"

"ज़्यादा समय से तो नहीं," बिली ने बुझे अंदाज़ में कहा। उसकी काली आँखें बहुत पैनी थीं। "मैं बस यह लाना चाहता था।" उसने अपनी गोद में रखे भूरे पेपर बैग की तरफ़ इशारा किया।

"धन्यवाद," मैंने कहा, हालाँकि मुझे ज़रा भी अंदाज़ा नहीं था कि इसमें क्या हो सकता है। "आप अंदर आकर एक मिनट के लिए ख़ुद को सुखा क्यों नहीं लेते?"

मैंने उनकी गहरी जाँच से अनजान होने का नाटक किया, जब मैंने दरवाज़े का ताला खोला और हाथ हिलाकर उन्हें अपने आगे जाने का संकेत दिया।

"मैं इसे ले लेती हूँ," मैंने प्रस्ताव रखा और दरवाज़े को बंद करने के लिए मुड़ी। मैंने ख़ुद को एडवर्ड की तरफ़ आख़िरी निगाह डालने की अनुमति दी। वह पूरी तरह स्थिर था और इंतज़ार कर रहा था, उसकी आँखें गंभीर थीं।

"तुम्हें इसे फ्रिज में रखना होगा," बिली ने मुझे पेपर बैग थमाते हुए कहा। "यह हैरी क्लियरवाटर की घर पर बनी फ़िश फ्राई है – चार्ली को बहुत पसंद है। फ्रिज में यह सूखी रहती है।" उसने कंधे उचकाए।

"धन्यवाद," मैंने दोबारा कहा, लेकिन इस बार भावना के साथ। "मैं अब मछली बनाने के नए तरीक़े सोच नहीं पा रही थी और यह तय है कि आज रात वे और ज़्यादा मछलियाँ लेकर आएँगे।"

"दोबारा मछली पकड़ने गया है?" बिली ने अपनी आँखों में हल्की चमक के साथ कहा। "उसी पुरानी जगह? मैं वहीं जाकर उससे मिल लेता हूँ।"

"नहीं," मैंने जल्दी से झूठ बोल दिया और मेरा चेहरा सख़्त हो गया। "वे किसी नई जगह गए हैं... मुझे पता नहीं कहाँ।"

उन्होंने मेरे बदले हुए भाव को देख लिया और सोच में डूब गए।

"जेक," उन्होंने कहा और वे अब भी मुझे तौल रहे थे। "तुम बाहर जाकर कार से रेबेका का नया चित्र क्यों नहीं निकाल लेते? मैं वह भी चार्ली को देना चाहता हूँ।"

"यह कहाँ रखा है?" जैकब ने रूखी आवाज़ में पूछा। मैंने उसकी तरफ़ देखा, लेकिन वह फ़र्श को देख रहा था और उसकी भौंहें इकट्ठी हो रही थीं।

"मैं सोचता हूँ कि मैंने इसे डिग्गी में देखा था," बिली ने कहा। "हो सकता है, तुम्हें इसे खोजना पड़े।"

जैकब बारिश में छप-छप करते हुए चला गया।

बिली और मैं ख़ामोशी में एक दूसरे के सामने थे। कुछ सेकंड बाद ख़ामोशी अजीब लगने लगी, इसलिए मैं मुड़कर किचन की तरफ़ चल दी। मैं मेरे पीछे लिनोलियम पर उसके गीले पहियों की चूँ-चूँ सुन सकती थी।

मैंने पेपर बैग को फ्रिज के सबसे ऊपर वाले शेल्फ़ में रख दिया, जो पहले से काफ़ी भरा हुआ था, फिर मैं उनसे आमना-सामना करने के लिए घूमी। उनकी गहरी लकीरों वाला चेहरा पढ़ने में नहीं आ रहा था।

"चार्ली काफ़ी समय तक नहीं लौटेंगे," मेरी आवाज़ लगभग अशिष्ट थी।

उन्होंने सहमति में सिर हिलाया, लेकिन कुछ नहीं कह।

"फ़िश फ़्राई के लिए धन्यवाद," मैंने संकेत दिया।

वे सिर हिलाते रहे। मैंने आह भरी और अपनी बाँहें सीने के सामने बाँध लीं।

उन्हें शायद अहसास हो गया था कि मैंने छुटपुट बातचीत का इरादा छोड़ दिया है। "बेला," वे बोले और फिर ठिठक गए।

मैंने इंतज़ार किया।

"बेला," वे दोबारा बोले, "चार्ली मेरे सबसे अच्छे दोस्तों में से एक है।"

"हाँ।"

अपनी गड़गड़ाती आवाज़ में उन्होंने हर शब्द सावधानी से कहा। "मैंने ग़ौर किया है कि तुम एक कलन के साथ समय बिता रही हो।"

"हाँ," मैंने अशिष्टतापूर्ण अंदाज़ में जवाब दिया।

उनकी आँखें सिकुड़ गईं। "शायद इससे मुझे कोई लेना-देना न हो, लेकिन मैं नहीं सोचता कि यह अच्छा विचार है।"

"आपने सही कहा," मैं सहमत हुई। "*इससे* आपको कोई लेना-देना नहीं है।"

मेरे लहज़े पर उन्होंने अपनी सफ़ेद हो रही भौंहें उठाईं। "तुम शायद यह नहीं जानती हो, लेकिन कलन परिवार की रिज़र्वेशन पर काफ़ी अप्रिय छवि है।"

"दरअसल मैं यह बात जानती हूँ," मैंने कठोर आवाज़ में उन्हें जानकारी दी। इससे वे हैरान रह गए। "लेकिन हो सकता है कि यह छवि वास्तविकता पर आधारित न हो, है ना? क्योंकि कलन परिवार कभी रिज़र्वेशन पर क़दम नहीं रखता, है ना?" इस तरह मैंने उन्हें एक तरह से उस अनुबंध की याद दिला दी, जो उनके कुनबे की रक्षा करता था, लेकिन इसके साथ ही उस राज़ को गोपनीय रखने की शर्त भी जुड़ी थी। इससे वे ठिठक गए।

"सही है," उन्होंने स्वीकार किया और उनकी आँखें सतर्क थीं। "तुम्हें... कलन परिवार के बारे में अच्छी जानकारी है। मेरी उम्मीद से ज़्यादा जानकारी।"

मैंने उन्हें घूरा। "शायद आपसे भी ज़्यादा जानकारी।"

इस बारे में सोचते समय उन्होंने अपने मोटे होंठ गोल किए। "शायद," उन्होंने इसकी अनुमति दी, लेकिन उनकी आँखों में चालाकी का भाव नज़र आने लगा। "क्या चार्ली को भी इतनी ही अच्छी जानकारी है।"

उन्होंने मेरे कवच की कमज़ोर कड़ी खोज ली थी।

"चार्ली कलन परिवार को काफ़ी पसंद करते हैं," मैंने बचाव किया। वे मेरे कन्नी काटने को अच्छी तरह समझ गए। उनका भाव दुखद था, लेकिन हैरानी का नहीं।

"इससे मेरा लेना-देना भले ही न हो," उन्होंने कहा, "लेकिन शायद इससे चार्ली का लेना-देना हो सकता है।"

"वैसे एक बार फिर यह सोचना मेरा काम है कि मेरे हिसाब से इससे चार्ली का लेना-देना है या नहीं, ठीक है?"

मैंने सोचा कि क्या वे मेरे इस गोल-मोल सवाल को समझ गए हैं, क्योंकि मैं कोई उलझाने वाली बात न बोलने के लिए जूझ रही थी, लेकिन

ऐसा लग रहा था कि वे समझ गए। उन्होंने इस बारे में सोचा, जब बारिश छत पर तेज़ हुई, ख़ामोशी को तोड़ने वाली एकमात्र आवाज़।

"हाँ," उन्होंने आख़िरकार समर्पण के अंदाज़ में कहा। "मुझे लगता है कि यह सोचना तुम्हारा काम है।"

मैंने राहत के साथ आह भरी। "धन्यवाद, बिली।"

"बस तुम जो कर रही हो, उसके बारे में सोचना, बेला," उन्होंने आग्रह किया।

"ठीक है," मैं तुरंत सहमत हो गई।

उन्होंने त्योरी चढ़ाई। "मेरे कहने का मतलब यह है कि तुम जो कर रही हो, वह मत करो।"

मैंने उनकी आँखों में देखा, जिनमें मेरे लिए चिंता के भाव के अलावा कुछ नहीं था, इसलिए मैं आगे कुछ नहीं कह सकती थी।

तभी सामने वाला दरवाज़ा धड़ाम से बंद हुआ, जिससे मैं उछल पड़ी।

"कार में कहीं कोई तसवीर नहीं है।" जैकब की शिकायत भरी आवाज़ उससे पहले हम तक पहुँच गई। जब वह मोड़ पर मुड़ा, तो उसके शर्ट के कंधे बारिश से भीग गए थे और उसके बालों से पानी रिस रहा था।

"हूँ," बिली अचानक विरक्त स्वर में घुरघुराए और कुर्सी अपने बेटे की ओर घुमाई। "मुझे लगता है कि मैं इसे घर पर ही भूल आया।"

जैकब ने अपनी आँखें नाटकीय अंदाज़ में गोल-गोल घुमाईं। "बेहतरीन।"

"अच्छा बेला, चार्ली को बता देना" - बिली आगे बोलने से पहले रुके - "कि हम आए थे, मेरा मतलब है।"

"मैं बता दूँगी," मैं बुदबुदाई।

जैकब हैरान था। "क्या हम अभी जा रहे हैं?"

"चार्ली देर से आएगा," बिली ने समझाया, जब वे चेयर पर जैकब के पार धकाकर ले गए।

"ओह।" जैकब निराश दिख रहा था। "अच्छा तो बेला, मुझे लगता है कि बाद में मिलते हैं।"

"पक्का," मैं सहमत हुई।

"ध्यान रखना," बिली ने मुझे चेतावनी दी। मैंने जवाब नहीं दिया।

जैकब ने दरवाज़े के बाहर निकलने में अपने पिता की मदद की। मैंने हल्के से हाथ हिलाया और तेज़ी से अपने ख़ाली ट्रक पर निगाह डाली और फिर उनके जाने से पहले ही दरवाज़ा बंद कर लिया।

मैं एक मिनट तक गलियारे में खड़ी रही और उनकी कार के जाने की आवाज़ सुनती रही, जब उन्होंने गाड़ी पीछे की ओर चले गए। मैं जहाँ थी, वहीं खड़ी रही। मैं अपनी चिढ़ और चिंता के कम होने का इंतज़ार कर रही थी। आख़िरकार, जब तनाव थोड़ा कम हुआ, तो मैं अपने ड्रेस वाले कपड़े बदलने के लिए ऊपर की सीढ़ियों की ओर बढ़ी।

मैंने दो टॉप आज़माकर देखे। मुझे पक्का नहीं था कि आज रात मैं क्या उम्मीद करूँ। जब मैंने आने वाली घटनाओं पर ध्यान केंद्रित किया, तो उनके सामने अभी-अभी हुई घटना महत्त्वहीन लगने लगी। अब मैं जैस्पर और एडवर्ड के प्रभाव से आज़ाद थी, इसलिए मेरी पुरानी दहशत लौट आई थी। मैंने पोशाक चुनने का काम जल्दी ही छोड़ दिया और फलालेन की पुरानी शर्ट तथा जीन्स पहन ली - मैं जानती थी कि मैं रात भर रेनकोट में रहने वाली हूँ।

फ़ोन की घंटी बजी और मैं इसे सुनने के लिए धड़धड़ाती हुई नीचे गई। सिर्फ़ एक ही आवाज़ थी, जो मैं सुनना चाहती थी; कोई भी दूसरी आवाज़ निराशाजनक होगी, लेकिन मैं जानती थी कि अगर *वह* मुझसे बात करना चाहता, तो शायद मेरे कमरे में प्रकट हो जाता।

"हेलो?" मैं हाँफते हुए बोली।

"बेला? मैं हूँ," जेसिका ने कहा।

"ओह, हे, जेस।" वास्तविकता तक नीचे आने में मुझे एक पल का समय लगा। ऐसा लग रहा था कि जेस से जब मेरी आख़िरी बार बात हुई थी, उसके बाद कई दिन नहीं, बल्कि महीने गुज़र गए थे। "डांस कैसा रहा?"

"यह बहुत मज़ेदार था!" जेसिका ने उत्साह से कहा। उसे इससे ज़्यादा आमंत्रण की ज़रूरत नहीं थी और वह पिछली रात के हर मिनट के वर्णन में जुट गई। मैंने सही जगहों पर *हूँहूँ* और *आह* की, लेकिन उसकी बातों पर ध्यान केंद्रित करना आसान नहीं था। जेसिका, माइक, डांस, स्कूल -

ये सभी इस समय महत्त्वहीन लग रहे थे। मेरी आँखें खिड़की की तरफ़ जाती रहीं और यह अंदाज़ा लगाने की कोशिश करती रही कि भारी बादलों के पीछे रोशनी कितनी है।

"मैंने अभी जो कहा, क्या तुमने सुना, बेला?" जेस ने चिढ़कर पूछा।

"मुझे माफ़ करना, क्या कहा?"

"मैंने कहा, माइक ने मुझे चूमा! क्या तुम इस पर भरोसा कर सकती हो?"

"यह तो बहुत बढ़िया रहा, जेस," मैंने कहा।

"तो *तुमने* कल क्या किया?" जेसिका ने चुनौती दी। वह अब भी मेरे ध्यान न देने से चिढ़ी हुई लग रही थी या शायद वह इस बात पर नाराज़ थी, क्योंकि मैंने उससे विस्तार से वर्णन करने को नहीं कहा था।

"कुछ नहीं, दरअसल। मैं तो बस धूप का आनंद लेने के लिए बाहर रही।"

मैंने गैराज में चार्ली की कार की आवाज़ सुनी।

"क्या एडवर्ड कलन की तरफ़ से कुछ हुआ?"

आगे का दरवाज़ा धड़ाम से बंद हुआ और मैं सुन सकती थी कि चार्ली सीढ़ियों के नीचे चीज़ें पटक रहे थे और मछली पकड़ने का काँटा रख रहे थे।

"उँह।" मैं झिझकी, मुझे यक़ीन नहीं था कि अब मैं क्या कहानी बताऊँ।

"हाय, बेटा!" चार्ली ने पुकारा, जब वे किचन में दाख़िल हुए। मैंने उनकी तरफ़ हाथ हिलाया।

जेस ने उनकी आवाज़ सुन ली। "ओह, तुम्हारे डैडी वहाँ हैं। कोई बात नहीं – हम कल बात कर लेंगे। ट्रिगनोमेट्री में मिलते हैं।"

"मिलते हैं, जेस।" मैंने फ़ोन रख दिया।

"हे, डैड," मैंने कहा। वे सिंक में अपने हाथ साफ़ कर रहे थे। "मछली कहाँ है?"

"मैंने फ़्रीजर में रख दी है।"

"मैं जाकर कुछ टुकड़े ले आती हूँ, इससे पहले कि वे जम जाएँ - बिली आज दोपहर हैरी क्लियरवाटर की फ़िश फ्राई दे गए हैं।" मैंने उत्साही दिखने की कोशिश की।

"ऐसा क्या?" चार्ली की आँखों में चमक आ गई। "वह तो मुझे बेहद पसंद है।"

जब मैंने डिनर तैयार किया, तब तक चार्ली ने स्नान कर लिया। कुछ ही समय बाद हम टेबल पर बैठकर ख़ामोशी में खा रहे थे। चार्ली खाने का स्वाद ले रहे थे। मैं इस बारे में हताशा से सोच रही थी कि मुझे सौंपा गया काम कैसे पूरा करूँ और मुझे उस विषय पर बात छेड़ने का कोई तरीक़ा नहीं सूझ रहा था।

"तुमने आज क्या किया?" उन्होंने पूछा और मेरे ख़यालों से बाहर खींच लिया।

"देखिए, आज दोपहर तो मैं घर पर ही रही..." दरअसल, दोपहर के बहुत आख़िरी समय। मैंने अपनी आवाज़ उत्साही रखने की कोशिश की, लेकिन मेरा पेट खोखला था। "और आज दोपहर मैं कलन परिवार के घर गई थी।"

चार्ली के हाथ से काँटा गिर गया।

"डॉ. कलन के घर?" उन्होंने आश्चर्य से पूछा।

मैंने उनकी प्रतिक्रिया पर ग़ौर न करने का नाटक किया। "हाँ।"

"तुम वहाँ क्या करने गई थीं?" उन्होंने अपना काँटा दोबारा नहीं उठाया था।

"देखिए, मेरी आज रात को एडवर्ड कलन के साथ एक तरह से डेटिंग है और वह अपने माता-पिता से मेरा परिचय कराना चाहता था... डैडी?"

ऐसा लग रहा था कि चार्ली को हार्ट अटैक हो रहा था।

"डैडी, आप ठीक तो हैं?"

"तुम एडवर्ड कलन के साथ बाहर जा रही हो?" उन्होंने गरजते हुए पूछा।

उह-ओह। "मैंने तो सोचा था कि आप कलन परिवार को पसंद करते हैं।"

“उसकी उम्र तुम्हारे हिसाब से बहुत ज़्यादा है,” वे बड़बड़ाए।

“हम दोनों ही जूनियर हैं,” मैंने सुधारा, हालाँकि वे सोच भी नहीं सकते थे कि उनकी बात कितनी सही थी।

“ठहरो...” वे रुके। “एडविन कौन सा वाला है?”

“*एडवर्ड* सबसे छोटा है, जिसके लाल भूरे बाल हैं।” सुंदर सा, देवता जैसा...

“ओह, ठीक है, यह”- वे जूझे - “बेहतर है, मुझे लगता है। मुझे उस बड़े वाले के लक्षण ठीक नहीं दिखते हैं। मुझे लगता है कि वह अच्छा लड़का है, लेकिन वह तुम्हारे हिसाब से बहुत... ज़्यादा परिपक्व है। क्या यह एडविन तुम्हारा बॉयफ्रेंड है?”

“उसका नाम एडवर्ड है, डैडी।”

“क्या वह है?”

“एक तरह से, मुझे लगता है।”

“कल रात को तो तुम कह रही थीं कि इस शहर के किसी लड़के में तुम्हारी दिलचस्पी नहीं है।” लेकिन उन्होंने अपनी छुरी दोबारा उठा ली, इसलिए मैं समझ गई कि सबसे बुरा हिस्सा ख़त्म हो गया था।

“देखिए डैडी, एडवर्ड शहर में नहीं रहता है।”

उन्होंने चबाते समय मुझे ओछी निगाह से देखा।

“और वैसे भी,” मैंने आगे कहा, “यह एक तरह से शुरुआती दौर में है। बॉयफ्रेंड वाली इतनी सारी बातों से मुझे शर्मिंदा न करें, ठीक है?”

“वह कब आ रहा है?”

“वह कुछ मिनटों में आ जाएगा।”

“वह तुम्हें कहाँ ले जा रहा है?”

मैंने ज़ोर से कराह भरी। “मुझे उम्मीद है कि अब थर्ड डिग्री का इस्तेमाल ख़त्म हो गया होगा। हम उसके परिवार के साथ बेसबॉल खेलने जा रहे हैं।”

उनका चेहरा सिकुड़ा और फिर वे आख़िरकार हँसने लगे। “*तुम बेसबॉल खेलोगी?*”

“मैं ज़्यादातर समय देखूँगी।”

"तुम्हें यह लड़का सचमुच पसंद होगा," उन्होंने संदेह से कहा।

मैंने आह भरी और उन्हें दिखाने के लिए अपनी आँखें गोल-गोल घुमाईं।

मैंने मकान के सामने गाड़ी के इंजन का शोर सुना। मैं उछल पड़ी और अपने बर्तन साफ़ करने लगी।

"बर्तन रहने दो। आज रात मैं साफ़ कर दूँगा। तुम मुझे बहुत ज़्यादा पराधीन बनाती हो।"

दरवाज़े की घंटी बजी और चार्ली दरवाज़े की तरफ़ तेज़ी से गए। मैं उनसे आधा क़दम पीछे थी।

मुझे अहसास नहीं था कि बाहर कितनी तेज़ बारिश हो रही थी। एडवर्ड पोर्च की रोशनी में खड़ा था और बरसाती का विज्ञापन करने वाले पुरुष मॉडल जैसा दिख रहा था।

"अंदर आओ, एडवर्ड।"

मैंने राहत की साँस ली, जब चार्ली ने उसका नाम सही लिया।

"धन्यवाद, चीफ़ स्वान," एडवर्ड सम्मानजनक स्वर में बोला।

"मुझे चार्ली कहो। मैं तुम्हारी जैकेट ले लेता हूँ।"

"धन्यवाद, सर।"

"बैठ जाओ, एडवर्ड।"

मैंने मुँह बनाया। एडवर्ड एकमात्र कुर्सी पर लहरदार अंदाज़ में बैठ गया और मुझे सोफ़े पर चीफ़ स्वान के बग़ल में बैठने के लिए विवश किया। मैंने जल्दी से उस पर गंदी निगाह डाली। उसने चार्ली की पीठ के पीछे से आँख मारी।

"तो मैंने सुना है कि तुम मेरी लड़की को बेसबॉल दिखाने ले जा रहे हो।" सिर्फ़ वॉशिंगटन में ही ज़ोरदार बारिश से भी आउटडोर खेल खेलने पर कोई असर नहीं हो सकता था।

"हाँ सर, यही योजना है।" वह हैरान नहीं दिख रहा था कि मैं अपने पिता को सच्चाई बता दी थी। वैसे हो सकता है कि वह सुन रहा हो।

"इसके लिए तुम्हें बहुत शुभकामनाएँ।"

चार्ली हँस पड़े और एडवर्ड भी शामिल हो गया।

"ठीक है।" मैं उठकर खड़ी हो गई। "मुझ पर काफ़ी हँसी-मज़ाक़ हो गई। चलो चलते हैं।" मैंने हॉल में जाकर अपनी जैकेट पहन ली। वे पीछे आए।

"ज़्यादा देर मत करना, बेल।"

"चिंता न करें, चार्ली, मैं उसे जल्दी घर ले आऊँगा," एडवर्ड ने वादा किया।

"तुम मेरी लड़की का ध्यान रखना, ठीक है?"

मैं कराहने लगी, लेकिन उन दोनों ने मुझे नज़रअंदाज़ कर दिया।

"वह मेरे साथ सुरक्षित रहेगी, मैं वादा करता हूँ, सर।"

चार्ली एडवर्ड की संजीदगी पर शक नहीं कर सकते थे। यह हर शब्द में कूट-कूट कर भरी थी।

मैं तेज़ी से बाहर निकली। वे दोनों हँसे और एडवर्ड मेरे पीछे था।

मैं पोर्च पर अचानक रुक गई। वहाँ मेरे ट्रक के पीछे एक दैत्याकार जीप खड़ी थी। इसके टायर मेरी कमर से भी ज़्यादा ऊँचे थे। हेडलाइट और टेललाइट के ऊपर धातु के गार्ड लगे थे और चार बड़ी स्पॉटलाइट क्रैश बार से जुड़ी थीं। ऊपर का कठोर हिस्सा चमचमाते लाल रंग का था।

चार्ली के मुँह से हल्की सीटी निकल गई।

"अपनी सीट बेल्ट पहन लो," उन्होंने अपनी भावनाओं को दबाते हुए कहा।

एडवर्ड पीछे-पीछे मेरे बग़ल में आया और दरवाज़ा खोल दिया। मैंने सीट तक की दूरी का अनुमान लगाया और इसके लिए उछलने की तैयारी की। उसने आह भरकर एक हाथ से मुझे उठा दिया। मुझे उम्मीद थी कि चार्ली ने इस पर ग़ौर नहीं किया होगा।

जब वह ड्राइवर वाले हिस्से में सामान्य मानवीय गति से पहुँचा, तो मैंने अपना सीट बेल्ट लगाने की कोशिश की, लेकिन बकल बहुत ज़्यादा थे।

"यह सब क्या है?" मैंने पूछा, जब उसने दरवाज़ा खोला।

"यह कच्ची सड़क पर लगाने वाला कवच है।"

"उह-ओह।"

मैंने सभी बकल फ़िट करने के लिए सही जगह खोजने की कोशिश की, लेकिन यह जल्दी नहीं हो रहा था। उसने एक बार फिर आह भरी

और मेरी मदद करने के लिए झुका। मुझे ख़ुशी थी कि बारिश इतनी तेज़ हो रही थी कि चार्ली पोर्च से स्पष्टता से ज़्यादा कुछ नहीं देख सकते थे। इसका मतलब था कि वे यह नहीं देख सकते थे कि एडवर्ड के हाथ मेरे गले पर रुक गए और वह मेरी कॉलरबोन्स पर हाथ फेरने लगा। मैंने उसकी मदद करने की कोशिश छोड़ दी और तेज़-तेज़ साँस न लेने पर ध्यान केंद्रित किया।

एडवर्ड ने चाबी घुमाई और इंजन गरजने लगा। हम घर से दूर चल दिए।

"यह... उह... *बड़ी* जीप है तुम्हारे पास।"

"यह एमथ की है। मैंने सोचा कि तुम पूरे रास्ते दौड़ना नहीं चाहोगी।"

"तुम इस चीज़ को कहाँ रखते हो?"

"हमने एक बाहरी इमारत को गैराज में बदल दिया है।"

"क्या तुम अपना सीट बेल्ट नहीं बाँधोगे?"

उसने अविश्वास से मुझे देखा।

फिर उसकी पहले कही बात मुझे देर से समझ में आई।

"*पूरे* रास्ते दौड़ना? यानी अब भी हमें थोड़े रास्ते दौड़ना पड़ेगा?" मेरी आवाज़ में कुछ ज़्यादा ही चढ़ाई थी।

वह कसकर मुस्कराया। "तुम नहीं दौड़ोगी।"

"*मुझे* चक्कर आ जाएँगे।"

"अपनी आँखें बंद रखना, तुम्हें कुछ नहीं होगा।"

मैंने अपना होंठ काटा और दहशत से जूझने की कोशिश की।

वह मेरे माथे को चूमने के लिए झुका और फिर कराहा। मैंने हैरानी से उसे देखा।

उसने स्पष्ट किया, "हमेशा बारिश में तुम्हारी ख़ुशबू बहुत अच्छी आती है।"

मैंने सावधानी से पूछा, "अच्छी तरह से या बुरी तरह से?"

उसने आह भरी। "दोनों, हमेशा दोनों।"

मैं नहीं जानती थी कि उसने अँधेरे और बारिश में रास्ता कैसे खोजा, लेकिन उसने एक साइड रोड खोज ली, जो सड़क कम, पहाड़ी रास्ता ज़्यादा

था। काफ़ी समय तक बातचीत असंभव थी, क्योंकि मैं सीट पर हथौड़े की तरह ऊपर-नीचे हो रही थी। वैसे उसे यात्रा में आनंद आता दिख रहा था और वह पूरे रास्ते मुस्करा रहा था।

फिर हम सड़क के सिरे तक आ गए, जीप के तीन तरफ़ पेड़ों की हरी दीवारें दिख रही थीं। बारिश अब सिर्फ़ बौछार थी और हर पल धीमी हो रही थी, बादलों के पार आसमान ज़्यादा चमकदार हो रहा था।

"सॉरी बेला, यहाँ से हमें पैदल जाना होगा।"

"तुम जानते हो? मैं यहीं इंतज़ार कर लूँगी।"

"तुम्हारी बहादुरी कहाँ गई? आज सुबह तो तुम बहुत बहादुरी दिखा रही थीं।"

"मैं पिछली बार की हालत को अब तक नहीं भूल पाई हूँ।" क्या यह कल ही की बात थी?

वह एक झटके में कार के मेरे वाले हिस्से में आ गया और मेरे बकल खोलने लगा।

"मैं यह कर लूँगी, तुम आगे जाओ," मैंने प्रतिरोध किया।

"हूँहूँ...," उसने सोच-विचार किया, जब उसने यह काम जल्दी पूरा कर लिया। "ऐसा लगता है कि मुझे तुम्हारी याददाश्त के साथ छेड़छाड़ करनी होगी।"

मेरे प्रतिक्रिया करने से पहले उसने मुझे जीप से नीचे खींच लिया और मेरे पैरों को ज़मीन पर रख दिया। अब ओस जैसी गिर रही थी, एलिस ने सही कहा था।

"मेरी याददाश्त के साथ छेड़छाड़?" मैंने घबराकर पूछा।

"कुछ इस तरह।" वह मुझे ग़ौर से, सावधानी से देख रहा था, लेकिन उसकी आँखों में गहरी हँसी दिख रही थी। उसने अपने हाथ मेरे सिर के दोनों तरफ़ जीप पर टिका दिए और आगे झुका। मैं मजबूरी में जीप के दरवाज़े से टिक गई। वह और ज़्यादा क़रीब आया, जब तक कि उसका चेहरा मेरे चेहरे से कुछ इंच दूर नहीं रह गया। मेरे पास बचने की जगह ही नहीं थी।

"अब," उसने कहा और उसकी ख़ुशबू ने मेरी विचार प्रतिक्रिया को बाधित कर दिया, "तुम किस बारे में चिंता कर रही थीं?"

"देखो, उह, पेड़ से टकराने" - मैंने गटका - "और मरने। और चक्कर आने।"

उसने एक मुस्कान को रोका, फिर उसने अपना सिर झुकाया और अपने ठंडे होंठ धीरे से मेरे गले के मुहाने के गड्ढे पर रख दिए।

"क्या तुम्हें अब भी चिंता हो रही है?" मेरी त्वचा पर साँस छोड़ते हुए वह बुदबुदाया।

"हाँ।" मैंने ध्यान केंद्रित करने के लिए संघर्ष किया। "पेड़ों से टकराने और चक्कर आने के बारे में।"

उसकी नाक ने मेरे गले की त्वचा पर एक लकीर खींची मेरी ठुड्डी के बिंदु तक। उसकी ठंडी साँस मेरी त्वचा में गुदगुदी कर रही थी।

"और अब?" उसके होंठ मेरे जबड़े से सट गए थे।

"पेड़," मैंने हाँफते हुए कहा। "मोशन सिकनेस।"

उसने मेरी पलकों को चूमने के लिए चेहरा उठाया। "बेला, तुम यह तो नहीं सोचती हो कि मैं किसी पेड़ से टकरा जाऊँगा, है ना?"

"नहीं, लेकिन मैं तो टकरा सकती हूँ।" मेरी आवाज़ में कोई विश्वास नहीं था। उसने एक आसान विजय की ख़ूशबू सूँघ ली।

उसने मेरे गाल पर नीचे तक धीरे से चूमा और मेरे मुँह के कोने पर आकर रुक गया।

"क्या मैं किसी पेड़ को तुम्हें चोट पहुँचाने दूँगा?" उसके होंठ मेरे थरथराते निचले होंठ को छू रहे थे।

"नहीं," मैं बोली। मैं जानती थी कि मेरी ज़बर्दस्त रक्षा का दूसरा हिस्सा भी था, लेकिन मैं इसे याद नहीं कर पाई।

"तुमने देखा," उसने कहा और उसके होंठ मेरे होंठों से लग गए। "तुम्हें किसी चीज़ से डर लगता ही नहीं है। डरने के लिए कोई चीज़ है ही नहीं, है ना?"

"नहीं," मैंने आह भरते हुए हार मान ली।

फिर उसने मेरा चेहरा अपने हाथों में लगभग खुरदुरे तरीक़े से लिया और मुझे गंभीरता से चूम लिया। उसके हठी होंठ मेरे होंठों पर कस गए।

मेरे व्यवहार के लिए दरअसल कोई बहाना नहीं था। ज़ाहिर है, अब तक मैं सब कुछ जान चुकी थी, लेकिन फिर भी मैं ख़ुद को ठीक वैसी ही

प्रतिक्रिया करने से नहीं रोक पाई, जिस तरह पहली बार की थी। सुरक्षित रूप से गतिहीन रहने के बजाय मेरी बाँहें उसके गले के चारों ओर कस गईं और मैं अचानक उसकी पत्थर जैसी आकृति के साथ सटकर एक हो गई। मैंने आह भरी और मेरे होंठ खुल गए।

वह लड़खड़ाते हुए पीछे हटा और प्रयासरहित तरीक़े से मेरी पकड़ को ढीला किया।

"बेड़ा गर्क हो, बेला!" उसने हाँफते हुए कहा। "तुम किसी दिन मेरी जान लेकर रहोगी, मैं क़सम खाता हूँ कि तुम ऐसा कर दोगी।"

मैं आगे झुकी और सहारे के लिए अपने हाथों को अपने घुटनों पर टिकाया।

"तुम अविनाशी हो," मैं बुदबुदाई और अपनी साँस सही करने की कोशिश करने लगी।

"तुमसे मिलने से पहले मैं इस पर विश्वास कर सकता था। अब यहाँ से चलते हैं, इससे पहले कि मैं कोई सचमुच मूर्खतापूर्ण चीज़ कर दूँ," वह गुर्राया।

उसने मुझे अपनी पीठ पर उछाला, जैसा पहले किया था और मैं देख सकती थी कि वह जितना कोमल था, वैसा बनने के लिए उसे अतिरिक्त प्रयास करना पड़ रहा था। मैंने उसकी कमर के चारों ओर अपने पैर बाँध लिए और अपनी बाँहें उसके गले के चारों ओर कस लीं।

"अपनी आँखें बंद करना मत भूलना," उसने गंभीरता से चेतावनी दी।

मैंने अपना चेहरा अपनी बाँह के नीचे उसके कंधे की हड्डी में जल्दी से धँसा लिया और आँखें बंद कर लीं।

और मुझे पता ही नहीं लगा कि हम चल रहे थे। मुझे वह अपने नीचे फिसलता महसूस हुआ, लेकिन उसकी गतिविधि इतनी सुचारू थी, मानो वह फ़ुटपाथ पर टहल रहा हो। मेरे मन में झाँकने का प्रलोभन हुआ, सिर्फ़ यह देखने के लिए कि क्या वह सचमुच पहले की तरह जंगल में उड़ रहा था, लेकिन मैंने प्रतिरोध किया। भयंकर चक्कर का जोखिम क्यों लेना? मैंने उसकी आती-जाती समतल साँस को सुनने से ही ख़ुद को संतुष्ट किया।

मैं पक्का नहीं कह सकती थी कि हम रुक गए हैं, जब तक कि उसने अपना हाथ पीछे करके मेरे बालों को नहीं छुआ।

"यह ख़त्म हो गया, बेला।"

मैंने अपनी आँखें खोलने की हिम्मत की, निश्चित रूप से हम रुक गए थे। मैंने अकड़न के साथ उसके शरीर पर अपनी पकड़ खोली और ज़मीन पर फिसल गई, मेरा पिछवाड़ा ज़मीन से टकराया।

"ओह!" मैंने कहा, जब मैं गीली ज़मीन से टकराई।

वह अविश्वास से मुझे घूरता रहा। वह स्पष्ट रूप से यह तय नहीं कर पा रहा था कि वह गुस्सा हो या मेरे मज़े ले, लेकिन मेरे चकराए हुए भाव से उसे मदद मिली और वह ठहाका लगाकर हँसने लगा।

मैंने उसे नज़रअंदाज़ करते हुए ख़ुद को उठाया और कीचड़ तथा पत्तों को अपनी जैकेट के पिछले हिस्से से झाड़ा। इससे वह और जमकर हँसने लगा। चिढ़कर मैं जंगल की तरफ़ डग भरने लगी।

मुझे उसकी बाँह अपनी कमर के चारों ओर महसूस हुई।

"तुम कहाँ जा रही हो, बेला?"

"बेसबॉल गेम देखने। तुम्हारी अब उसे खेलने में रुचि नज़र नहीं आती है, लेकिन मुझे यक़ीन है कि दूसरे तुम्हारे बिना मज़े करेंगे।"

"तुम ग़लत रास्ते पर जा रही हो।"

मैं उसकी तरफ़ देखे बिना मुड़ी और विपरीत दिशा में जाने लगी। उसने मुझे फिर पकड़ लिया।

"गुस्सा मत करना। मैं ख़ुद पर क़ाबू नहीं रख पाया। तुम्हें अपना चेहरा देखना चाहिए था।" वह हँसने को हुआ, लेकिन फिर ख़ुद को रोक लिया।

"ओह, तुम अकेले ही हो, जिसे नाराज़ होने की छूट है?" मैंने अपनी भौंहें उठाते हुए पूछा।

"मैं तुम पर नाराज़ नहीं था।"

"बेला, तुम मेरी जान लेकर रहोगी?" मैंने उसकी बात को चिड़चिड़े अंदाज़ में दोहराया।

"*यह* तो सच्चाई थी।"

मैंने एक बार फिर उससे दूर मुड़ने की कोशिश की, लेकिन वह मुझे कसकर पकड़े रहा।

"तुम नाराज़ थे," मैंने ज़ोर देकर कहा।

"हाँ।"

"लेकिन तुमने तो अभी कहा था –"

"कि मैं *तुम* पर नाराज़ नहीं था। क्या तुम देख नहीं सकतीं, बेला?" वह अचानक भावुक हो गया और मज़ाक़ के सारे संकेत हवा हो गए। "क्या तुम समझ नहीं पा रही हो?"

"क्या नहीं समझ पा रही हूँ?" मैंने पूछा; मैं उसके मूड के अचानक बदलने से उतनी ही दुविधा में थी, जितने कि उसके शब्दों से थी।

"मैं तुमसे कभी नाराज़ नहीं होता हूँ – मैं कैसे हो सकता हूँ? तुम इतनी बहादुर, विश्वास करने वाली... गर्मजोश हो।"

"तो फिर क्यों?" मैं फुसफुसाई। मैंने उसके स्याह मूड को याद किया, जो उसे मुझसे दूर ले जाते थे, जिन्हें मैंने हमेशा तार्किक कुंठा माना था – मेरी कमज़ोरी, मेरे धीमेपन, मेरी अनियंत्रित मानवीय प्रतिक्रियाओं पर कुंठा...

उसने अपने हाथ सावधानी से मेरे चेहरे के दोनों तरफ़ रखे। "मैं ख़ुद पर नाराज़ होता हूँ," उसने कोमलता से कहा। "जब मैं तुम्हें ख़तरे में डालने से रोक नहीं पाता हूँ। मेरा अस्तित्व ही तुम्हारे लिए ख़तरा है। कई बार तो मैं सचमुच ख़ुद से नफ़रत करता हूँ। मुझे ज़्यादा शक्तिशाली होना चाहिए, मुझे तुमसे दूर –"

मैंने अपना हाथ उसके मुँह पर रख दिया। "अब आगे कुछ नहीं।"

उसने मेरा हाथ पकड़कर अपने होंठों से हटाया, लेकिन इसे अब भी अपने चेहरे पर लगाए रखा।

"मैं तुमसे प्यार करता हूँ," उसने कहा। "मैं जो कर रहा हूँ, यह उसके लिए काफ़ी लचर बहाना है, लेकिन इसके बावजूद यह सच है।"

यह पहली बार था, जब उसने कहा था कि वह मुझसे प्यार करता है – यानी ये शब्द उसने पहली बार कहे थे। हो सकता है कि उसे इस बात का अहसास न हो, लेकिन मुझे निश्चित रूप से था।

"अब सही व्यवहार करने की कोशिश करो," उसने आगे कहा और वह अपने होंठ मेरे होंठों पर हल्के से फेरने के लिए झुका।

मैं सही तरीक़े से स्थिर रही, फिर मैंने आह भरी।

"तुमने चीफ़ स्वान से वादा किया था कि तुम मुझे जल्दी घर पहुँचा दोगे, याद है? बेहतर होगा कि हम चलना शुरू कर दें।"

"जी मैडम।"

वह आतुर अंदाज़ में मुस्कराया और एक हाथ को छोड़कर मेरे बाक़ी शरीर को आज़ाद कर दिया। वह मुझे लंबे, गीले फ़र्न के वृक्षों और उन पर लिपटी काई के बीच से कुछ फ़ुट दूर तक ले गया। एक विशाल हेमलॉक वृक्ष के आगे निकलते ही हम वहाँ पहुँच गए थे, ओलिंपिक के शिखरों की गोद में एक विशाल खुले मैदान के कोने पर। यह बेसबॉल स्टेडियम से दोगुने आकार का था।

मैं बाक़ी सबको वहाँ पर देख सकती थी; एस्मी, एमथ और रोज़ेली चट्टान पर बैठे थे, वे हमारे सबसे क़रीब थे, शायद सौ गज़ दूर। काफ़ी आगे मैं जैस्पर और एलिस को देख सकती थी, कम से कम चौथाई मील के फ़ासले पर। वे किसी चीज़ को इधर-उधर फेंक रहे थे, लेकिन मुझे गेंद नहीं दिखी। ऐसा लग रहा था, जैसे कार्लाइल बेस के निशान लगा रहे थे, लेकिन क्या वे सचमुच इतनी दूरी पर हो सकते हैं?

जब हम दिखाई देने लगे, तो तीनों चट्टानों से उठ गए। एस्मी हमारी तरफ़ चलकर आने लगीं। रोज़ेली की पीठ पर लंबी निगाह डालने के बाद एमथ उनके पीछे आया। रोज़ेली आकर्षक अंदाज़ में उठ गई थी और हमारी दिशा में एक नज़र डाले बिना ही मैदान की ओर चल दी थी। मेरा पेट यह देखकर असहज रूप से कुलबुलाने लगा।

"क्या हमने तुम्हारे ही आने की आवाज़ सुनी थी?" एस्मी ने क़रीब आते वक़्त पूछा।

"ऐसा लग रहा था, जैसे किसी भालू का गला दबाया जा रहा हो," एमथ ने स्पष्ट किया।

मैं एस्मी की ओर झिझकते हुए मुस्कराई। "यही था।"

"बेला अनजाने में मज़ेदार बन रही थी," एडवर्ड ने स्पष्ट किया, जिससे स्कोर तुरंत बराबर हो गया।

एलिस अपनी जगह छोड़ चुकी थी और हमारी ओर दौड़ रही थी या नाच रही थी। वह हमारे पैरों के पास आकर एक झटके में रुकी। "समय हो गया," उसने ऐलान किया।

जैसे ही उसने यह बोला, बादलों की गहरी गड़गड़ाहट ने दूसरी ओर के जंगलों को हिला दिया और फिर पश्चिम दिशा में शहर की तरफ़ से आवाज़ आई।

"अजीब है, है ना?" एमथ ने जान-पहचान के अंदाज़ में कहा और मेरी तरफ़ आँख मारी।

"चलो, चलते हैं।" एलिस ने एमथ की तरफ़ हाथ बढ़ाया और वे दोगुने आकार के मैदान की ओर दौड़े। वह हिरणी की तरह भागी। एमथ भी लगभग उतना ही आकर्षक और तेज़ था - लेकिन एमथ की तुलना कभी हिरण से नहीं की जा सकती थी।

"क्या तुम बेसबॉल के लिए तैयार हो?" एडवर्ड ने पूछा। उसकी आँखें उत्सुक और चमकदार थीं।

मैंने सही उत्साही आवाज़ निकालने की कोशिश की। "चलो टीम!"

वह मक्कारी से हँसा और मेरे बाल बिखेरने के बाद बाक़ी दोनों के पीछे दौड़ने लगा। उसकी दौड़ ज़्यादा आक्रामक थी। यह हिरण के बजाय चीते जैसी थी और वह जल्दी ही उनके पार निकल गया। उसके मनभावन अंदाज़ और शक्ति को देखकर मेरी साँस रुक गई।

"हम नीचे चलें?" एस्मी ने कोमल, सुरीली आवाज़ में पूछा और तब जाकर मुझे अहसास हुआ कि मैं एडवर्ड को मुँह फाड़कर घूर रही थी। मैंने जल्दी ही अपने चेहरे का भाव ठीक किया और सिर हिलाया। एस्मी ने हमारे बीच कुछ फ़ुट का फ़ासला रखा, जिससे मैं सोचने लगी कि क्या वे अब भी सावधान थीं कि मैं डर न जाऊँ। उन्होंने मेरी चाल से अपनी चाल मिलाई और वे मेरी गति पर अधीर नज़र नहीं आ रही थीं।

"आप उनके साथ नहीं खेलतीं?" मैंने संकोच से पूछा।

"नहीं, मैं रेफ़री बनना ज़्यादा पसंद करती हूँ - मैं उन्हें ईमानदार रखना पसंद करती हूँ," उन्होंने स्पष्ट किया।

"तो क्या वे चीटिंग करते हैं?"

"ओह हाँ – तुम्हें उनकी बहसें सुनना चाहिए! दरअसल, मुझे उम्मीद है कि वे तुम्हें सुनने को न मिलें। तुम सोचोगी कि उनकी परवरिश भेड़ियों के झुंड ने की है।"

"आप मेरी माँ जैसी बातें करती हैं," मैं हैरानी में हँसी।

वे भी हँसीं। "देखो, मैं ज़्यादातर मायनों में उन्हें अपने बच्चों जैसा ही मानती हूँ। मैं कभी मातृत्व की इंद्रियों से उबर नहीं पाई – क्या एडवर्ड ने तुम्हें बताया था कि मैंने एक बच्चा खो दिया था?"

"नहीं," मैं स्तब्ध होकर बुदबुदाई और यह समझने की कोशिश करने लगी कि वे किस जीवनकाल की बात कर रही हैं।

"हाँ, मेरा पहला और एकमात्र बच्चा। वह पैदा होने के कुछ ही दिनों बाद मर गया था, बेचारी नन्ही सी जान," उन्होंने आह भरी। "इससे मेरा दिल टूट गया – इसीलिए तो मैं चट्टान से कूदी थी," उन्होंने यथार्थवादी अंदाज़ में कहा।

"एडवर्ड ने बस इतना बताया था कि आप गिर गई थीं," मैंने कहा।

"हमेशा सज्जन।" वे मुस्कराईं। "एडवर्ड मेरे नए बेटों में पहला है। मैंने हमेशा उसके बारे में इसी तरह से सोचा है, हालाँकि वह मुझसे बड़ा है, कम से कम एक मायने में।" वे मेरी तरफ़ गर्मजोशी से मुस्कराईं। "इसीलिए मुझे बहुत ख़ुशी है कि उसे तुम मिल गई हो, बेटा।" यह प्यार का शब्द उनके होंठों पर बहुत स्वाभाविक लगा। "वह बहुत लंबे समय से अकेला रहा है, मुझे उसे अकेला देखकर बहुत दुख होता था।"

"तो आपको दिक़्क़त नहीं है?" मैंने एक बार फिर झिझकते हुए पूछा। "कि मैं... उसके लिए ग़लत हूँ?"

"नहीं," वे विचार कर रही थीं। "तुम ही हो, जिसे वह चाहता है। किसी तरह सब कुछ अच्छा हो जाएगा," उन्होंने कहा, हालाँकि उनके माथे पर चिंता की लकीरें आ गई थीं। एक बार फिर बादल गरजे।

एस्मी अब रुक गईं। हम मैदान के कोने पर पहुँच चुके थे। ऐसा लग रहा था कि उन्होंने टीमें बना ली थीं। एडवर्ड बाएँ मैदान में दूर था, कार्लाइल पहले और दूसरे बेस के बीच में खड़े थे और एलिस के हाथ में गेंद थी, जो उस जगह पर थी, जो पिचर यानी गेंदबाज़ का टीला होना चाहिए था।

एमथ एल्यूमीनियम का बैट लहरा रहा था, यह हवा में सीटी बजा रहा था। मैंने इंतज़ार किया कि वह होम प्लेट पर पहुँचेगा, लेकिन जब उसने पोज़ीशन ली, तो मुझे अहसास हुआ कि वह वहीं खड़ा था - पिचर के टीले से इतनी ज़्यादा दूर कि मुझे यह संभव ही नहीं लग रहा था। जैस्पर उसके कुछ फ़ुट पीछे खड़ा था और दूसरी टीम के लिए कैचिंग कर रहा था। ज़ाहिर है, उनमें से किसी ने भी दस्ताने नहीं पहने थे।

"ठीक है," एस्मी ने साफ़ आवाज़ में कहा। मैं जानती थी कि यह एडवर्ड को भी सुनाई दे जाएगी, हालाँकि वह हमसे बहुत दूर था। "बैटर तैयार।"

एलिस सीधे खड़ी हुई और धोखा देने वाली स्थिर मुद्रा में आ गई। उसकी शैली डराने के बजाय छलावा देने की लग रही थी। उसने अपनी कमर पर दोनों हाथों में गेंद पकड़ी और फिर उसके दाएँ हाथ से कोबरा जितनी तेज़ी से गेंद छूटी और जैस्पर के हाथ में समा गई।

"क्या यह स्ट्राइक थी?" मैंने एस्मी से फुसफुसाकर पूछा।

"अगर वे इसे नहीं मार पाते हैं, तो यह स्ट्राइक होती है," उन्होंने मुझे बताया।

जैस्पर ने गेंद वापस एलिस के इंतज़ार करते हाथों में फेंकी। वह हल्के से मुस्कराई। और फिर उसका हाथ एक बार फिर घूमा।

इस बार बल्ले ने समय रहते अदृश्य गेंद पर प्रहार करने में कामयाबी पा ली। प्रहार की आवाज़ इतनी कानफोड़ू थी कि बादलों की गर्जना जैसी लग रही थी, यह आवाज़ पहाड़ों में गूँजने लगी - मैं तुरंत तूफ़ान या बादल गरजने की ज़रूरत को समझ गई।

गेंद धूमकेतु की तरह मैदान के ऊपर उड़ने लगी और आस-पास के जंगल में गहरी जा रही थी।

"होम रन," मैं बुदबुदाई।

"इंतज़ार करो," एस्मी ने सावधान किया और एक हाथ उठाकर ग़ौर से सुनने लगीं। एमथ बेसेस के चारों तरफ़ झोंके की तरह जा रहा था और कार्लाइल छाया की तरह उसके साथ थे। मुझे अहसास हुआ कि एडवर्ड ग़ायब था।

"आउट!" एस्मी स्पष्ट आवाज़ में चिल्लाई। मैंने अविश्वास में घूरा, जब एडवर्ड पेड़ों के किनारे से कूदकर आया, उसके ऊपर उठे हाथ में गेंद थी और उसकी चौड़ी मुस्कान मुझे भी दिख रही थी।

"एमथ सबसे कसकर प्रहार करता है" एस्मी ने स्पष्ट किया, "लेकिन एडवर्ड सबसे तेज़ भागता है।"

पारी मेरी अविश्वसनीय आँखों के सामने चलती रही। गेंद जिस गति से उड़ रही थी, उस पर नज़र रखना असंभव था। जिस गति से उनके शरीर मैदान में दौड़ रहे थे, उस पर भी नज़र नहीं रखी जा सकती थी।

मुझे एक और कारण का पता चला कि वे खेलने के लिए तूफ़ान का इंतज़ार क्यों करते थे, जब जैस्पर ने एडवर्ड की अचूक फील्डिंग से बचने की कोशिश में कार्लाइल की तरफ़ ज़मीनी गेंद मारी। कार्लाइल गेंद की तरफ़ भागे और फिर फ़र्स्ट बेस तक जैस्पर का पीछा करने लगे। जब उनकी टक्कर हुई, तो ऐसी आवाज़ आई, जैसे दो विशाल गिरने वाली चट्टानें टकरा गई हों। मैं चिंता में उछल पड़ी, लेकिन उन्हें कोई चोट नहीं लगी थी।

"सुरक्षित," एस्मी ने शांत आवाज़ में कहा।

एमथ की टीम एक से आगे थी – रोज़ेली ने एमथ की एक लंबी उड़ान पर बेस दौड़ने में कामयाबी हासिल कर ली थी – जब एडवर्ड ने तीसरा आउट पकड़ा। वह दौड़कर मेरे बग़ल में आया और वह रोमांच से दमक रहा था।

"तुम क्या सोचती हो?" उसने पूछा।

"एक चीज़ तो पक्की है। मैं आज के बाद नीरस मेजर लीग बेसबॉल दोबारा बैठकर नहीं देख पाऊँगी।"

"तुम्हारी बात से ऐसा लगता है, जैसे तुम यह पहले बहुत ज़्यादा देखती थीं," वह हँसा।

"मैं थोड़ी निराश हूँ," मैंने छेड़ा।

"क्यों?" उसने चकराकर पूछा।

"देखो, यह अच्छा होगा, अगर मैं बस एक चीज़ खोज सकूँ, जो तुम इस पृथ्वी पर हर एक से अच्छी तरह न करते हो।"

वह अपनी ख़ास वक्र मुस्कान देने लगा, जिससे मैं बेदम हो गई।

"मेरी बैटिंग," उसने कहा और प्लेट की तरफ़ चल दिया।

वह समझदारी से खेला, गेंद को नीचे रखा, रोज़ेली के आउटफ़ील्ड में हमेशा तैयार हाथों की पहुँच से दूर रखा, बिजली जितनी तेज़ी से दो बेस चुरा लिए, इससे पहले कि एमथ गेंद को खेल में ला पाता। कार्लाइल ने मैदान के इतनी बाहर प्रहार किया - एक बूम के साथ जिससे मेरे कानों को चोट पहुँची - कि वे और एडवर्ड दोनों ही एक साथ पहुँचने में कामयाब हो गए। एलिस ने हाथ ऊपर करके शाबाशी दी।

खेल का स्कोर लगातार बदलता रहा और उनकी लीड जब अदलती-बदलती रही, तो वे सड़क पर खेलने वाले बेसबॉल खिलाड़ियों की तरह एक-दूसरे को छीलते रहे। कभी-कभार एस्मी उन्हें नियंत्रण में रहने को बोल देती थीं। बादल गरजते रहे, लेकिन हम सूखे रहे, जैसी एलिस ने भविष्यवाणी की थी।

कार्लाइल की बैटिंग थी और एडवर्ड कैच कर रहा था, तभी एलिस ने अचानक हाँफने जैसी आवाज़ निकाली। मेरी निगाहें हमेशा की तरह एडवर्ड पर थीं और मैंने उसका सिर एलिस की तरफ़ झटके से घूमते देखा। उनकी आँखें मिलीं और उनके बीच पल भर में कुछ प्रवाहित हुआ। वह मेरे बग़ल में था, इससे पहले कि बाक़ी लोग एलिस से पूछ सकें कि क्या गड़बड़ थी।

"एलिस?" एस्मी की आवाज़ तनावपूर्ण थी।

"मैं देख नहीं पाई - मैं बता नहीं सकती थी," वह फुसफुसाकर बोली।

बाक़ी सभी इस दौरान इकट्ठे हो रहे थे।

"क्या हुआ, एलिस?" कार्लाइल ने नियंत्रण की शांत आवाज़ में पूछा।

"वे उससे ज़्यादा तेज़ी से यात्रा कर रहे हैं, जितना मैंने सोचा था। मैं देख सकती हूँ कि पहले मैंने ग़लत दृष्टिकोण रखा था," वह बुदबुदाई।

जैस्पर उसके क़रीब आ गया और उसकी मुद्रा रक्षात्मक थी। "क्या बदला है?" उसने पूछा।

"उन्होंने हमें खेलते सुन लिया है और इस वजह से उन्होंने अपना रास्ता बदल लिया है," उसने पश्चाताप में कहा, मानो वही उसके लिए ज़िम्मेदार हो, जिससे वह डर रही थी।

सात जोड़ी आँखों ने मेरे चेहरे पर निगाह डाली और दूर देखने लगीं।

"कितनी जल्दी?" कार्लाइल ने एडवर्ड की तरफ़ मुड़ते हुए पूछा।

उसके चेहरे पर गहन एकाग्रता का भाव आ गया।

"पाँच मिनट से भी कम। वे दौड़ रहे हैं – वे खेलना चाहते हैं।" उसने त्योरी चढ़ाई।

"क्या तुम कामयाब हो सकते हो?" कार्लाइल ने उससे पूछा, उनकी आँखें दोबारा मेरी तरफ़ मुड़ गईं।

"नहीं, उसे उठाकर तो नहीं-" उसने अपनी बात अधूरी छोड़ दी। "इसके अलावा, हम यह नहीं चाहते कि वे उसकी महक को पकड़ लें और शिकार करने लगें।"

"कितने हैं?" एमथ ने एलिस से पूछा।

"तीन," उसने रूखे अंदाज़ में जवाब दिया।

"तीन!" उसने उपहास किया। "उन्हें आने दो।" मांसपेशियों के फ़ौलादी उभार उसकी विशाल बाँहों पर कस गए।

पल भर तक, जो बहुत लंबा लग रहा था, कार्लाइल ने सोच-विचार किया। सिर्फ़ एमथ परेशान नहीं दिख रहा था, बाक़ी सभी चिंतित निगाहों से कार्लाइल का चेहरा देख रहे थे।

"हम खेल चालू रखते हैं," कार्लाइल ने आख़िरकार निर्णय लिया। उनकी आवाज़ शांत और सपाट थी। "एलिस ने कहा था कि उनकी बस जिज्ञासा है।"

यह सब इतनी तेज़ी से कहा गया कि इसमें केवल कुछ सेकंड का समय लगा। मैंने ग़ौर से सुना था और इसका ज़्यादातर हिस्सा समझ भी लिया था, हालाँकि मैं वह नहीं सुन पाई, जो एस्मी ने एडवर्ड से अपने होंठों के मौन कंपन में कहा था। मैंने सिर्फ़ उसका सिर इंकार में हिलते देखा, जिसे देखकर एस्मी के चेहरे पर राहत का भाव आ गया।

"अब आप कैच करो, एस्मी," उसने कहा। "अब मैं अंपायरिंग करता हूँ।" और वह मेरे सामने जम गया।

बाक़ी लोग मैदान में लौट गए और सतर्क तथा पैनी निगाहों से अँधेरे जंगल को देखते रहे। एलिस और एस्मी ने ख़ुद को मेरे आस-पास रखा था।

"अपने बाल नीचे कर लो," एडवर्ड ने हल्की, सपाट आवाज़ में कहा।

मैंने उसका कहना मानते हुए अपने बालों का रबर बैंड खोल दिया और बालों को फैला लिया।

मैंने स्पष्ट बात कह दी। "बाक़ी अभी आ रहे हैं।"

"हाँ, बहुत स्थिर रहना, शांत रहना और मेरे बग़ल से मत हिलना, प्लीज़।" उसने अपनी आवाज़ में तनाव को अच्छी तरह छिपाया था, लेकिन फिर भी मुझे यह सुनाई दे गया था। उसने मेरे लंबे बालों को आगे की तरफ़, मेरे चेहरे के चारों ओर खींचा।

"इससे मदद नहीं मिलेगी," एलिस ने धीरे से कहा। "मैं उसकी महक मैदान के पार से सूँघ सकती हूँ।"

"मैं जानता हूँ।" एडवर्ड के लहज़े में कुंठा की झलक थी।

कार्लाइल प्लेट पर खड़े हो गए और बाक़ी सभी आधे-अधूरे मन से खेलने लगे।

"एस्मी ने तुमसे क्या पूछा था?" मैंने फुसफुसाया।

वह जवाब देने से पहले एक पल झिझका। "क्या वे प्यासे हैं," उसने अनिच्छा से बुदबुदाया।

सेकंड गुज़रते गए, खेल अब उदासीनता से आगे बढ़ रहा था। कोई भी ज़्यादा तेज़ी से प्रहार करने की हिम्मत नहीं कर रहा था। एमथ, रोज़ेली और जैस्पर अंदरूनी मैदान में ही मँडरा रहे थे। कभी-कभार, उस डर के बावजूद जो मेरे मस्तिष्क को कुंद कर रहा था, मैं ख़ुद पर रोज़ेली की आँखों के बारे में जागरूक हो जाती थी। वे भावहीन थीं, लेकिन उसके मुँह की भाव-भंगिमा से वह नाराज़ लग रही थी।

एडवर्ड ने खेल पर क़तई ध्यान नहीं दिया, उसकी आँखें और दिमाग़ जंगल में थे।

"मुझे अफ़सोस है, बेला," वह खूँखार अंदाज़ में बुदबुदाया। "यह मूर्खतापूर्ण और ग़ैर-ज़िम्मेदारी का काम था, जिससे तुम इस तरह उनके संपर्क में आ जाओगी। मुझे बहुत अफ़सोस है।"

मैंने उसकी साँस को रुकते सुना और उसकी निगाहें दाएँ मैदान पर जम गईं। उसने आधा क़दम उठाया और ख़ुद को मेरे और आगंतुकों के ठीक बीच में जमा लिया।

कार्लाइल, एमथ और बाक़ी भी उसी दिशा में घूम गए और उन क़दमों की आवाज़ें सुनने लगे, जो अब तक मेरे कानों को सुनाई नहीं दे रही थीं।

18

शिकार

वे एक-एक करके जंगल के कोने से प्रकट हुए... एक दर्जन मीटर के दायरे में। खुली जगह पर आने के बाद पहला पुरुष तुरंत ही पीछे हो गया और दूसरे पुरुष को सामने कर दिया। वह लंबे, काले बालों वाले पुरुष के पास इस तरह रहा, जिससे यह साफ़ पता चलता था कि उस समूह का मुखिया कौन है। तीसरी महिला थी। इतनी दूरी से मैं सिर्फ़ यही देख सकती थी कि उसके बाल भड़कीले लाल हैं।

वे सावधानी से एडवर्ड के परिवार की ओर क़रीब आने लगे। उन्होंने शिकारी पशुओं के समूह का स्वाभाविक सम्मान दिखाया, जब यह अपने से ज़्यादा बड़े और अपरिचित समूह के सामने आता है।

जब वे क़रीब आए, तो मैं देख सकती थी कि वे कलन परिवार से कितने अलग थे। उनकी चाल बिल्ली जैसी थी, जो लगातार उन्हें झुकने की कगार पर रखती थी। वे बैकपैकर्स की सामान्य पोशाक में थे : जीन्स और कैजुअल बटन-डाउन शर्ट, भारी, सदाबहार कपड़े। ज़्यादा पहनने के कारण कपड़े घिस गए थे और वे नंगे पैर थे। दोनों पुरुषों के बाल छोटे थे, लेकिन महिला के चमकदार नारंगी बालों में पत्तियाँ और जंगल का कचरा भरा था।

उनकी पैनी निगाहों ने कार्लाइल के खड़े होने की ज़्यादा सुसंस्कृत और अभिजात्य मुद्रा का जायज़ा लिया, जो एमथ और जैस्पर को दाएँ-बाएँ रखकर उनसे मिलने के लिए रक्षात्मक अंदाज़ में आगे बढ़े। उनके बीच

कोई संवाद होता नहीं दिखा, लेकिन वे सभी ज़्यादा अनौपचारिक अंदाज़ में तनकर खड़े हो गए।

सामने वाला पुरुष ज़्यादा सुंदर था, सामान्य पीली रंगत के नीचे उसकी त्वचा जैतूनी थी और बाल चमकदार काले थे। वह मध्यन क़द-काठी का था और ज़ाहिर है, उसकी मांसपेशियाँ सख़्त थीं, हालाँकि एमथ की मांसपेशियों के सामने वे कुछ नहीं थीं। वह आसानी से मुस्कराया और चमकते सफ़ेद दाँत दिखने लगे।

महिला ज़्यादा जंगली थी और उसकी आँखें अपने सामने के पुरुषों तथा मेरे चारों ओर के समूह पर बेचैनी से घूमती रहीं। उसके अस्त-व्यस्त बाल हल्की हवा में उड़ रहे थे। उसकी मुद्रा स्पष्ट रूप से बिल्ली जैसी थी। दूसरा पुरुष उनके पीछे मँडराता रहा। वह लीडर से ज़्यादा छोटी बनावट का था, हल्के भूरे बाल और सामान्य नैन-नक़्श, जो बहुत सामान्य थे, हालाँकि उसकी आँखें पूरी तरह स्थिर थीं, लेकिन वह सबसे ज़्यादा सतर्क दिख रहा था।

उनकी आँखें भी अलग थीं। वे सुनहरी या काली नहीं थीं, जैसी मैं उम्मीद कर रही थी, बल्कि एक गहरे बरगंडी रंग की थीं, जो विचलित करने वाला और डरावना था।

काले बालों वाला आदमी मुस्कराते हुए कार्लाइल की तरफ़ बढ़ा।

"हमने सोचा कि हमें मैच की आवाज़ सुनाई दी," उसने फ्रांसीसी लहज़े के थोड़े अवशेष के साथ तनावरहित आवाज़ में कहा। "मैं लुरॉन हूँ, ये विक्टोरिया और जेम्स हैं।" उसने अपने पास खड़े वैम्पायरों की तरफ़ इशारा किया।

"मैं कार्लाइल हूँ। यह मेरा परिवार है, एमथ और जैस्पर, रोज़ेली, एस्मी और एलिस, एडवर्ड और बेला।" उन्होंने समूहों में हमारी ओर संकेत किया और जान-बूझकर व्यक्तियों की ओर ध्यान नहीं दिलाया। जब उन्होंने मेरा नाम भी लिया, तो मुझे सदमा लगा।

"क्या आपके पास कुछ और खिलाड़ियों के लिए जगह है?" लुरॉन ने मेल-मिलाप के अंदाज़ में पूछा।

कार्लाइल का अंदाज़ भी लुरॉन के दोस्ताना लहज़े के अनुरूप था। "दरअसल, हम अभी खेल ख़त्म ही कर रहे थे, लेकिन हम निश्चित रूप

से फिर कभी ऐसा करना चाहेंगे। क्या आप लंबे समय तक इस इलाक़े में रुकने की योजना बना रहे हैं?"

"दरअसल, हम उत्तर दिशा में जा रहे हैं, लेकिन हमारे मन में यह देखने की जिज्ञासा थी कि इस इलाक़े में कौन है। हम काफ़ी समय से अपने जैसे किसी से नहीं मिले हैं।"

"नहीं, हमें छोड़कर यह इलाक़ा आम तौर पर ख़ाली रहता है और आपकी तरह के मेहमान कभी-कभार ही आते हैं।"

सामान्य बातचीत में तनावपूर्ण माहौल धीरे-धीरे बिखर गया। मैंने अंदाज़ा लगाया कि जैस्पर स्थिति को नियंत्रित करने के लिए अपनी ख़ास प्रतिभा का इस्तेमाल कर रहा था।

"आपके शिकार का दायरा क्या है?" लुरॉन ने सामान्य अंदाज़ में पूछा।

कार्लाइल ने इस सवाल के पीछे के संकेत को नज़रअंदाज़ कर दिया। "ओलिंपिक रेंज, कभी-कभार कोस्ट रेंजेस। नज़दीक ही हमारा स्थायी निवास है। डेनाली के क़रीब भी हमारे जैसा एक और स्थायी निवास है।"

लुरॉन अपने पैरों पर हल्का सा पीछे हुआ।

"स्थायी? आप ऐसा कैसे कर लेते हैं?" उसकी आवाज़ में सचमुच की जिज्ञासा थी।

"आप लोग हमारे साथ हमारे घर क्यों नहीं चलते। वहाँ हम लोग आराम से बातचीत कर लेंगे?" कार्लाइल ने आमंत्रित किया। "यह थोड़ी लंबी कहानी है।"

जेम्स और विक्टोरिया ने 'घर' शब्द पर हैरानी से एक-दूसरे को देखा, लेकिन लुरॉन ने अपने भाव को ज़्यादा अच्छी तरह नियंत्रित किया।

"यह बहुत रोचक लगता है और स्वागत भरा भी।" उसकी मुस्कान दयालु थी। "हम ओंटेरियो से यहाँ तक सारे रास्ते शिकार कर रहे हैं और हमें कुछ समय से सफ़ाई का मौक़ा नहीं मिला है।" उसकी निगाहें कार्लाइल के सुसंस्कृत हुलिये पर प्रशंसात्मक अंदाज़ में घूमीं।

"कृपया बुरा न मानें, लेकिन हमें अच्छा लगेगा, अगर आप आस-पास के इलाक़े में शिकार न करें। आप समझते हैं, हमें सामान्य दिखना पड़ता है," कार्लाइल ने स्पष्ट किया।

"ज़ाहिर है।" लुरॉन ने सिर हिलाया। "हम निश्चित रूप से आपके इलाक़े में अतिक्रमण नहीं करेंगे। वैसे भी हमने अभी-अभी सिएटल के बाहर अपनी भूख शांत की है," वह हँसा। मेरी रीढ़ में सिहरन दौड़ गई।

"अगर आप हमारे साथ दौड़ना चाहें, तो हम आपको रास्ता दिखा देंगे - एमथ और एलिस, तुम एडवर्ड और बेला के साथ जीप तक जा सकते हो," उन्होंने सामान्य अंदाज़ में कहा।

कार्लाइल के बोलते वक़्त तीन चीज़ें एक साथ होती दिखीं। मेरे बाल हल्की हवा में लहराने लगे, एडवर्ड सख़्त हुआ और दूसरे पुरुष जेम्स ने अचानक अपना सिर चारों तरफ़ घुमाकर मुझे ग़ौर से देखा। उसके नथुने फड़फड़ा रहे थे।

तेज़ी से वे सभी सख़्त हो गए, जब जेम्स एक झुकी मुद्रा में एक क़दम आगे बढ़ा। एडवर्ड ने रक्षात्मक मुद्रा में झुककर अपने दाँत दिखाए और गले से एक गर्जना निकाली। यह मज़ाक़िया आवाज़ जैसी नहीं थी, जो आज सुबह मैंने उसके मुँह से सुनी थी, यह वह सबसे ख़तरनाक चीज़ थी, जो मैंने कभी सुनी थी और इसे सुनकर मेरे सिर से पैर तक सिहरन दौड़ गई।

"यह क्या है?" लुरॉन ने आश्चर्य में कहा। न तो जेम्स ने, न ही एडवर्ड ने अपनी आक्रामक मुद्रा छोड़ी। जेम्स ने हल्के से बग़ल में छलावा किया और एडवर्ड ने प्रतिक्रिया में अपनी मुद्रा बदली।

"वह हमारे साथ है।" कार्लाइल की दृढ़ झिड़की जेम्स के प्रति थी। लुरॉन ने मेरी महक को जेम्स से ज़्यादा देर से पकड़ा था, लेकिन अब उसके चेहरे पर जागरूकता दिखाई देने लगी थी।

"आप नाश्ता साथ लेकर आए हैं?" उसने पूछा और उसका भाव अविश्वास का था, जब उसने स्वचालित अंदाज़ में एक क़दम आगे बढ़ाया।

"मैंने कहा कि वह हमारे साथ है," कार्लाइल ने कठोर आवाज़ में सही किया।

"लेकिन वह तो *इंसान* है," लुरॉन ने प्रतिरोध किया। ये शब्द ज़रा भी आक्रामक नहीं थे, सिर्फ़ आश्चर्य से भरे थे।

"हाँ।" एमथ कार्लाइल के बग़ल में साफ़ दिख रहा था और उसकी निगाह जेम्स पर थी। जेम्स अपनी झुकी मुद्रा छोड़कर धीरे-धीरे तनकर

खड़ा हुआ, लेकिन उसकी निगाह मुझ पर जमी रही, उसके नथुने अब भी चौड़े थे। एडवर्ड मेरे सामने शेर की तरह तनावग्रस्त बना रहा।

जब लुरॉन बोला, तो उसका लहज़ा शांतिपूर्ण था - अचानक शत्रुता को ख़त्म करने की कोशिश। "ऐसा लगता है, हमें एक-दूसरे के बारे में बहुत कुछ सीखना है।"

"सचमुच," कार्लाइल की आवाज़ अब भी ठंडी थी।

"लेकिन हम आपके आमंत्रण को स्वीकार करना चाहेंगे।" उसकी आँखें मेरी और फिर कार्लाइल की तरफ़ गईं। "और ज़ाहिर है, हम इंसान लड़की को कोई नुक़सान नहीं पहुँचाएँगे। जैसा मैंने कहा था, हम आपके इलाक़े में शिकार नहीं करेंगे।"

जेम्स ने अविश्वास और उत्तेजना में लुरॉन को देखा और विक्टोरिया पर तुरत-फुरत निगाह डाली, जिसकी आँखें पैने अंदाज़ में हर चेहरे पर घूम रही थीं।

कार्लाइल ने बोलने से पहले लुरॉन के खुले भाव को तौला और कहा, "हम आपको रास्ता दिखाएँगे। जैस्पर, रोज़ेली, एस्मी?" उन्होंने पुकारा। वे एक साथ खड़े हो गए और मुझे उनकी दृष्टि से छिपा लिया। एलिस तुरंत मेरे बग़ल में आ गई और एमथ धीरे-धीरे पीछे हटा, हमारी तरफ़ आते समय भी उसकी निगाहें जेम्स पर थीं।

"चलो बेला।" एडवर्ड की आवाज़ धीमी और सूनी थी।

इस पूरे समय मैं उस जगह पर जड़ की तरह जम गई थी और दहशत में पूरी तरह स्थिर थी। एडवर्ड को मेरी कोहनी पकड़कर झटके से मुझे तंद्रा से बाहर निकालना पड़ा। एलिस और एमथ हमारे ठीक पीछे थे और मुझे छिपा रहे थे। मैं एडवर्ड के बग़ल में लड़खड़ाते हुए चली, क्योंकि मैं अब भी डर से स्तब्ध थी। मैं नहीं सुन सकती थी कि मुख्य समूह अब तक गया था या नहीं। जब हम इंसानी गति से जंगल के कोने तक पहुँचे, तो एडवर्ड की अधीरता साफ़ दिख रही थी।

जब हम पेड़ों में पहुँच गए, तो एडवर्ड ने रुके बिना ही मुझे अपनी पीठ पर लाद लिया। उसके चलते समय मैंने पूरी ताक़त से उसे पकड़ा और बाक़ी सब उसके ठीक पीछे थे। मैंने अपना सिर नीचे रखा, लेकिन मेरी डर के मारे फटी आँखें बंद होने का नाम नहीं ले रही थीं। वे अब

काले जंगल में भूतों की तरह मँडरा रही थीं। जब एडवर्ड दौड़ता था, तो उसमें आम तौर पर उल्लास का भाव नज़र आता था, लेकिन आज वह नदारद था। इसकी जगह पर वह भारी आवेश में था, जिस वजह से वह ज़्यादा तेज़ी से चल रहा था। पीठ पर मुझे बैठाने के बावजूद बाक़ी सब उससे पीछे रह गए।

हम पलक झपकते ही जीप तक पहुँच गए और एडवर्ड ने धीमे हुए बिना मुझे पीछे वाली सीट पर उछाल दिया।

"उसके फीते बाँध दो," उसने एमथ को आदेश दिया, जो मेरे बग़ल में आ गया था।

एलिस पहले ही सामने वाली सीट पर पहुँच गई थी और एडवर्ड इंजन चालू कर रहा था। हम पीछे की तरफ़ घूमे और घुमावदार सड़क के सामने मुँह किया।

एडवर्ड इतनी तेज़ी से कुछ गुर्राकर बोल रहा था, जिसे मैं समझ नहीं पाई, लेकिन यह गालियों जैसा लग रहा था।

यात्रा इस बार ज़्यादा बुरी थी और अँधेरे की वजह से और भी ज़्यादा डरावनी बन गई थी। एमथ और एलिस दोनों ने बग़ल की खिड़कियों से गुस्से से बाहर घूरा।

हम मुख्य सड़क पर पहुँच गए और हालाँकि हमारी गति बढ़ गई थी, लेकिन मैं ज़्यादा अच्छी तरह देख सकती थी कि हम कहाँ जा रहे थे। और हम दक्षिण दिशा में जा रहे थे, जो फ़ोर्क्स से दूर था।

"हम कहाँ जा रहे हैं?" मैंने पूछा।

किसी ने भी जवाब नहीं दिया। किसी ने मेरी तरफ़ देखा तक नहीं।

"बेड़ा गर्क हो, एडवर्ड! तुम मुझे कहाँ ले जा रहे हो?"

"हमें तुम्हें यहाँ से दूर ले जाना है - बहुत दूर - अभी।" उसने पलटकर नहीं देखा, उसकी आँखें सड़क पर थीं। स्पीडोमीटर पर 105 मील की रफ़्तार दिख रही थी।

"पलटो! तुम्हें मुझे घर ले जाना होगा!" मैं चिल्लाई। मैं मूर्खतापूर्ण कवच के साथ जूझी और फीते नोंचने लगी।

"एमथ," एडवर्ड ने उदास अंदाज़ में कहा।

और एमथ ने मेरे हाथों को अपने फ़ौलादी शिकंजे नें कस लिया।

"लेकिन! एडवर्ड! नहीं, तुम यह नहीं कर सकते।"

"मुझे करना पड़ेगा, बेला, अब मेहरबानी करके चुप रहो।"

"मैं चुप नहीं रहूँगी! तुम्हें मुझे वापस ले जाना होगा - चार्ली एफ़बीआई बुला लेंगे! वे तुम्हारे पूरे परिवार की जाँच करेंगे - कार्लाइल और एस्मी! उन्हें हमेशा के लिए यहाँ से जाना होगा, हमेशा के लिए छुपना होगा!"

"शांत हो जाओ, बेला।" उसकी आवाज़ ठंडी थी। "हम पहले भी ऐसा कर चुके हैं।"

"मेरे कारण नहीं, तुम ऐसा नहीं कर सकते! तुम मेरे कारण हर चीज़ बर्बाद नहीं करोगे!" मैं हिंसक तरीक़े से जूझी, पूरी तरह निरर्थक।

एलिस पहली बार बोली। "एडवर्ड, गाड़ी रोक दो।"

एडवर्ड ने उसे सख़्त निगाह से देखा और गाड़ी की गति बढ़ा दी।

"एडवर्ड, हम इस पर बात कर लेते हैं।"

"तुम समझती नहीं हो," एडवर्ड कुंठा में गरजा। मैंने कभी उसे इतनी ऊँची आवाज़ में बोलते नहीं सुना था, जीप के अंदर यह कानफोड़ू लग रही थी। स्पीडोमीटर पर 115 दिख रहे थे। "वह एक ट्रैकर है, एलिस, क्या तुमने नहीं *देखा?* वह शिकारी है!"

मैंने अपने बग़ल में एमथ के शरीर को सख़्त होते महसूस किया और मैं इस शब्द पर उसकी प्रतिक्रिया से हैरान हुई। इसका ऐसा कोई मतलब था, जो मेरे लिए ख़ास नहीं था, लेकिन उनके लिए था। मैं समझना चाहती थी, लेकिन पूछने का कोई रास्ता नहीं था।

"गाड़ी रोक दो, एडवर्ड।" एलिस का लहज़ा तार्किक था, लेकिन इसमें सत्ता की ऐसी खनक थी, जो मैंने पहले कभी नहीं सुनी थी।

स्पीडोमीटर 120 के पार जा चुका था।

"रोक लो, एडवर्ड।"

"मेरी बात सुनो, एलिस। मैंने उसका दिमाग़ पढ़ा था। शिकार फाँसना उसका जुनून है - और वह उसे चाहता है, एलिस - ख़ास तौर पर उसे। और वह आज रात को ही शिकार शुरू करने वाला है।"

"वह नहीं जानता है कि कहाँ-"

एडवर्ड ने उसकी बात काट दी। "तुम्हें क्या लगता है शहर में उसकी महक खोजने में उसे कितना समय लगेगा? उसकी योजना पहले से ही तय थी, लुरॉन के मुँह से शब्द निकलने से पहले से।"

मेरा दिल धक्क रह गया, जब मैंने सोचा कि मेरी महक उसे कहाँ ले जाएगी। "चार्ली! तुम उन्हें वहाँ नहीं छोड़ सकते! तुम उन्हें नहीं छोड़ सकते!" मैंने कवच के ख़िलाफ़ हाथ चलाए।

"वह सही कह रही है," एलिस बोली।

कार थोड़ी धीमी हुई।

"चलो, एक मिनट रुककर हम अपने विकल्पों पर ग़ौर कर लेते हैं," एलिस ने मनुहार वाले स्वर में कहा।

कार एक बार फिर धीमी हुई और फिर हम कार की चीं-चीं के साथ हाइवे की पटरी पर रुक गए। मैं कवच के ख़िलाफ़ उड़ी और फिर अपनी सीट पर आ गिरी।

"कोई विकल्प नहीं है," एडवर्ड फुफकारते हुए बोला।

"मैं चार्ली को नहीं छोड़ रही हूँ!" मैं चिल्लाई।

उसने मुझे पूरी तरह नज़रअंदाज़ कर दिया।

"हमें उसे वापस ले जाना होगा," एमथ आख़िरकार बोला।

"नहीं।" एडवर्ड पूरी तरह अटल था।

"वह हमसे टक्कर नहीं ले सकता, एडवर्ड। वह उसे छू भी नहीं पाएगा।"

"वह इंतज़ार करेगा।"

एमथ मुस्कराया। "मैं भी इंतज़ार कर सकता हूँ।"

"तुमने उसके दिमाग़ को नहीं पढ़ा है - इसलिए तुम नहीं समझते हो। एक बार जब वह किसी शिकार का मन बना लेता है, तो वह अटल रहता है। हमें उसे मारना पड़ेगा।"

एमथ इस विचार से ज़रा भी विचलित नज़र नहीं आया। "यह एक विकल्प है।"

"और वह महिला। वह उसके साथ है। अगर लड़ाई की नौबत आती है, तो लीडर भी उसी का पक्ष लेगा।"

"हम पर्याप्त हैं।"

"एक और विकल्प है," एलिस धीरे से बोली।

एडवर्ड आवेश में उसकी ओर मुड़ा, उसकी आवाज़ बहुत तेज़ गुर्राहट में बाहर निकली। "दूसरा-कोई-विकल्प-नहीं-है!"

एमथ और मैं दोनों ही सदमे में उसे घूरने लगे, लेकिन एलिस हैरान नज़र नहीं आ रही थी। ख़ामोशी एक मिनट तक रही, जब एडवर्ड और एलिस एक-दूसरे को घूरते रहे।

मैंने इसे तोड़ा। "क्या कोई मेरी योजना सुनना चाहता है?"

"नहीं," एडवर्ड गुर्राया। एलिस ने अंततः उत्तेजित होकर उसकी तरफ़ गुस्से से घूरा।

"सुनो," मैंने अनुरोध किया। "तुम मुझे वापस ले चलो।"

"नहीं," वह बोला।

मैं उसे गुस्से से घूरकर आगे बोली। "तुम मुझे वापस ले चलो। मैं अपने डैडी को बता दूँगी कि मैं फ़ीनिक्स में अपने घर जाना चाहती हूँ। मैं अपने बैग पैक कर लेती हूँ। हम तब तक इंतज़ार करते हैं, जब तक कि यह शिकारी देख न रहा हो और फिर हम भाग चलते हैं। वह हमारे पीछे आएगा और चार्ली को अकेला छोड़ देगा। चार्ली तुम्हारे परिवार के पीछे एफ़बीआई नहीं लगाएगा, फिर तुम मुझे किसी भी कमबख़्त जगह ले जा सकते हो, जहाँ तुम चाहो।"

सभी मुझे स्तब्ध होकर घूरते रहे।

"दरअसल, यह बुरा विचार नहीं है।" एमथ की हैरानी निश्चित रूप से अपमान थी।

"यह कामयाब हो सकता है - और हम उसके पिता को असुरक्षित नहीं छोड़ सकते। तुम यह बात जानते हो," एलिस ने कहा।

सबकी निगाह एडवर्ड पर थी।

"यह बहुत ज़्यादा ख़तरनाक है - मैं नहीं चाहता कि वह बेला के आस-पास सौ मील के दायरे में भी रहे।"

एमथ आत्मविश्वास से भरपूर था। "एडवर्ड, वह हमसे बचकर नहीं निकल सकता।"

एलिस ने पल भर सोचा। "मैं उसे हमला करते हुए नहीं देख रही हूँ। वह इंतज़ार करेगा कि हम उसे अकेला छोड़ दें।"

"उसे यह अहसास होने में लंबा समय नहीं लगेगा कि यह नहीं होने वाला।"

"मैं *माँग* करती हूँ कि तुम मुझे घर ले चलो।" मैंने दृढ़ दिखने की कोशिश की।

एडवर्ड ने अपनी अँगुलियाँ अपनी कनपटी पर दबाईं और अपनी आँखें कसकर बंद कर लीं।

"प्लीज़," मैंने बहुत धीमी आवाज़ में कहा।

उसने ऊपर नहीं देखा। जब वह बोला, तो उसकी आवाज़ थकी-थकी लग रही थी।

"तुम आज रात चल रही हो, चाहे शिकारी तुम्हें देखे या न देखे। तुम चार्ली को बता रही हो कि तुम फ़ोक्र्स में एक मिनट रुकना बर्दाश्त नहीं कर सकतीं। जिस भी कहानी से काम बन जाए, सुना देना। जो पहली चीज़ें तुम्हारे हाथ में आएँ, उन्हें उठाकर पैक कर लेना और फिर अपने ट्रक में बैठ जाना। मुझे परवाह नहीं है कि चार्ली तुमसे क्या कहते हैं। तुम्हारे पास पंद्रह मिनट का समय है। तुमने मेरी बात सुनी? चौखट लाँघने के बाद पंद्रह मिनट।"

जीप का इंजन दोबारा चालू हुआ और एडवर्ड ने हमें विपरीत दिशा में घुमाया, टायर आवाज़ करने लगे। स्पीडोमीटर की सुई एक बार फिर डायल से रेस लगाने लगी।

"एमथ?" मैंने अपने हाथों की तरफ़ इशारा करते हुए कहा।

"ओह, सॉरी।" उसने मेरे हाथ छोड़ दिए।

कुछ मिनट ख़ामोशी में गुज़र गए और इंजन की गर्जना के सिवाय कुछ सुनाई नहीं दे रहा था। फिर एडवर्ड दोबारा बोला।

"देखो, यह इस तरह से होने वाला है। जब हम घर पहुँचते हैं और अगर शिकारी वहाँ नहीं हुआ, तो मैं उसे लेकर दरवाज़े तक जाऊँगा। इसके बाद उसके पास पंद्रह मिनट हैं।" उसने पीछे वाले आईने में मेरी तरफ़ घूरा। "एमथ, तुम घर के बाहर का मोर्चा सँभालना। एलिस, तुम ट्रक निकालना। मैं अंदर रहूँगा, जब तक कि वह अंदर रहती है। जब वह बाहर निकल आती है, तो तुम दोनों जीप लेकर घर लौट जाना और कार्लाइल को बता देना।"

"किसी हाल में नहीं।" एमथ ने कहा। "मैं तुम्हारे साथ रहूँगा।"

"अच्छी तरह सोच लो, एमथ। मैं नहीं जानता कि मैं कितने लंबे समय तक दूर रहूँगा।"

"जब तक हम नहीं जानते कि यह कितनी दूर तक चलने वाला है, मैं हमेशा तुम्हारे साथ हूँ।"

एडवर्ड ने आह भरी। "अगर शिकारी वहाँ है," एडवर्ड ने सख़्त अंदाज़ में कहा, "तो हम कार चलाते रहेंगे।"

"हम उससे पहले वहाँ पहुँच जाएँगे," एलिस ने विश्वास से कहा।

शायद एडवर्ड ने उसकी बात मान ली थी। एलिस के साथ उसे जो भी समस्या हो, वह उस पर शक नहीं कर रहा था।

एलिस ने पूछा, "हम जीप का क्या करने वाले हैं?"

एडवर्ड की आवाज़ में एक कठोर नोंक थी। "तुम इसे चलाकर घर ले जा रही हो।"

"नहीं, मैं ऐसा नहीं कर रही हूँ," एलिस ने शांति से कहा।

अबोधगम्य शब्दों की धारा एक बार फिर शुरू हो गई।

"हम सभी मेरे ट्रक में नहीं समा सकते," मैंने फुसफुसाकर कहा।

ऐसा लगा, जैसे एडवर्ड ने मेरी बात सुनी ही नहीं थी।

"मैं सोचती हूँ, कि तुम्हें मुझे अकेले जाने देना चाहिए," मैंने और भी ज़्यादा धीरे से कहा।

एडवर्ड ने यह बात सुन ली।

"बेला, कृपया इसे मेरे तरीक़े से करो, बस इस बार," उसने भिंचे हुए दाँतों के बीच से कहा।

"सुनो, चार्ली मूर्ख नहीं है," मैंने विरोध किया। "अगर तुम कल शहर में नहीं रहोगे, तो उसे शक हो जाएगा।"

"यह महत्त्वहीन है। हम यह सुनिश्चित करेंगे कि वे सुरक्षित रहें और यही है, जो मायने रखता है।"

"तो फिर उस शिकारी के बारे में क्या? तुमने आज रात जिस तरह मेरा बचाव किया था, वह उसने देखा था। वह यही सोचेगा कि तुम जहाँ भी हो, मेरे साथ हो।"

एमथ ने मेरी तरफ़ देखा और एक बार फिर अपमानजनक रूप से हैरान नज़र आया। "एडवर्ड, उसकी बात सुन लो," उसने आग्रह किया। "मैं सोचता हूँ कि वह सही कह रही है।"

"हाँ, सही है," एलिस सहमत थी।

"मैं ऐसा नहीं कर सकता," एडवर्ड की आवाज़ बर्फीली थी।

"एमथ को भी रुकना चाहिए," मैंने आगे कहा। "उसने निश्चित रूप से एमथ को भी काफ़ी ग़ौर से देखा था।"

"क्या?" एमथ मेरी ओर मुड़ा।

"अगर तुम यहाँ रुकते हो, तो तुम उस पर ज़्यादा अच्छी तरह निशाना लगा सकते हो," एलिस सहमत हुई।

एडवर्ड ने अविश्वास से उसे घूरा। "तुम सोचती हो कि मुझे उसे अकेले जाने देना चाहिए?"

"ज़ाहिर है, नहीं," एलिस ने कहा। "जैस्पर और मैं उसे लेकर जाएँगे।"

"मैं ऐसा नहीं कर सकता," एडवर्ड ने दोहराया, लेकिन इस बार उसकी आवाज़ में पराजय का संकेत था। तर्क उस पर हावी हो रहा था।

मैंने मनाने की कोशिश की। "एक सप्ताह तक यहीं रुको"- मैंने आईने में उसके चेहरे का भाव देखा और अपनी बात को सुधारा -"कुछ दिनों तक। चार्ली को यह देख लेने दो कि तुमने मेरा अपहरण नहीं किया है और इस जेम्स को मूर्खतापूर्ण चकमा दो। यह सुनिश्चित करो कि वह मेरे पीछे से पूरी तरह हट जाए। फिर आकर मुझसे मिल लेना। ज़ाहिर है, गोल-गोल रास्ते से आना। फिर जैस्पर और एलिस घर लौट सकते हैं।"

मैं देख सकती थी कि वह इस पर विचार कर रहा है।

"तुमसे कहाँ मिलूँ?"

"फ़ीनिक्स में।" ज़ाहिर है।

"नहीं। वह सुन लेगा कि तुम वहीं जा रही हो," उसने अधीरता से कहा।

"और तुम ऐसा दिखाओगे, जैसे यह छलावा है। वह जान जाएगा कि हम जानते हैं कि वह सुन रहा है। वह कभी इस बात पर विश्वास नहीं करेगा कि मैं सचमुच वहीं जा रही हूँ, जहाँ मैं कहती हूँ कि मैं जा रही हूँ।"

"यह लड़की तो शैतानी है," एमथ दबी हँसी के साथ बोला।

"और अगर यह काम नहीं करता है?"

"फ़ीनिक्स में करोड़ों लोग रहते हैं," मैंने उसे जानकारी दी। "फ़ोन बुक खोजना ख़ास मुश्किल नहीं है।"

"मैं घर नहीं जाऊँगी।"

"ओह?" एडवर्ड ने जाँच की, उसकी आवाज़ में एक ख़तरनाक पुट था।

"मैं अब इतनी बड़ी हो गई हूँ कि अपनी ख़ुद की जगह ले सकूँ।"

"एडवर्ड, हम उसके साथ रहेंगे," एलिस ने एडवर्ड को याद दिलाया।

"*तुम लोग फ़ीनिक्स* में क्या करने वाले हो?" उसने एलिस से तीखे अंदाज़ में पूछा।

"अंदर रहने वाले हैं।"

"मुझे यह एक तरह से पसंद है।" इस बारे में कोई शक नहीं था कि एमथ जेम्स को घेरने के बारे में सोच रहा था।

"चुप रहो, एमथ।"

"देखो, अगर हम उसे तब घेरते हैं, जब बेला आस-पास हो, तो इस बात की काफ़ी ज़्यादा संभावना है कि कोई न कोई घायल हो जाएगा - वह घायल हो जाएगी या उसकी रक्षा करने की कोशिश में तुम हो जाओगे, लेकिन अगर हम उसे अकेले में घेरते हैं..." एमथ ने धीमी मुस्कान के साथ वाक्य अधूरा छोड़ दिया।

शहर में घुसने के बाद अब जीप धीरे चल रही थी। बहादुरी भरी बातचीत के बावजूद मेरे रोंगटे खड़े हो रहे थे। मैंने घर पर अकेले रह रहे चार्ली के बारे में सोचा और बहादुर बनने की कोशिश की।

"बेला।" एडवर्ड की आवाज़ बहुत नरम थी। एलिस और एमथ अपनी खिड़कियों से बाहर देखने लगे। "अगर तुम ख़ुद को कुछ होने देती हो - कुछ भी - तो मैं तुम्हें व्यक्तिगत रूप से ज़िम्मेदार मानूँगा। क्या तुम यह बात समझती हो?"

"हाँ," मैंने थूक गटका।

वह एलिस की तरफ़ मुड़ा।

"क्या जैस्पर इसे सँभाल सकता है?"

"उसे थोड़ा श्रेय दो, एडवर्ड। सारी चीज़ों को देखते हुए वह बहुत, बहुत अच्छा काम कर रहा है।"

"क्या *तुम* इसे सँभाल सकती हो?" एडवर्ड ने पूछा।

और आकर्षक एलिस ने अपने होंठ एक भयंकर ऐंठन में पीछे किए और गले से गुर्राहट छोड़ी, जिसे सुनकर मैं दहशत में अपनी सीट पर दुबक गई।

एडवर्ड उसकी तरफ़ देखकर मुस्कराया। "लेकिन अपनी राय अपने तक ही रखो," एडवर्ड अचानक बुदबुदाया।

19

अलविदा

चार्ली मेरा इंतज़ार कर रहे थे। घर की सारी बत्तियाँ जल रही थीं। मेरा दिमाग़ सुन्न था, जब मैंने कोई ऐसा तरीक़ा सोचने की कोशिश की, जिससे वे मुझे जाने दें। यह सुखद नहीं होने वाला था।

एडवर्ड ने धीरे-धीरे गाड़ी रोकी, मेरे ट्रक से काफ़ी दूर। वे तीनों बहुत सतर्क थे, सीट पर तनकर बैठे थे, जंगल की हर आवाज़ सुन रहे थे, हर छाया में देख रहे थे, हर महक को पकड़ रहे थे और किसी भी अस्वाभाविक चीज़ की तलाश कर रहे थे। इंजन बंद हुआ और मैं स्थिर बैठी रही, जब उन्होंने तहक़ीक़ात की।

"वह यहाँ नहीं है," एडवर्ड ने तनावपूर्वक कहा। "हम चलते हैं।"

एमथ ने कवच में से बाहर निकालने के लिए मदद का हाथ बढ़ाया।

"चिंता मत करो, बेला," उसने धीमी, लेकिन ख़ुशनुमा आवाज़ में कहा, "हम यहाँ चीज़ों को जल्दी ही सँभाल लेंगे।"

एमथ को देखते समय मुझे अपनी आँखों में नमी महसूस हुई। मैं उसे मुश्किल से जानती थी, लेकिन न जाने क्यों यह विचार बहुत दर्द भरा था कि आज रात के बाद मैं उसे कब देख पाऊँगी। मैं जानती थी कि अगले घंटे में मुझे बहुत सी विदाओं का स्वाद लेना होगा और यह सोचकर मेरे आँसू बहने लगे।

"एलिस, एमथ।" एडवर्ड की आवाज़ आदेश थी। वे बिना आवाज़ किए अँधेरे में तुरंत ग़ायब हो गए। एडवर्ड ने मेरा दरवाज़ा खोला और

मेरा हाथ पकड़कर मुझे अपनी बाँह के रक्षात्मक घेरे में खींचा। वह मुझे तेज़ी से घर की तरफ़ ले गया और उसकी आँखें रात के अँधेरे में चारों तरफ़ घूमती रहीं।

"पंद्रह मिनट," उसने धीरे से मुझे चेतावनी दी।

"मैं यह कर सकती हूँ," मैंने सिसकते हुए कहा। मेरे आँसुओं ने मुझे प्रेरणा दे दी थी।

मैं पोर्च पर रुकी और उसका चेहरा अपने हाथों में भर लिया। मैंने उसकी आँखों में खूँखार अंदाज़ से देखा।

"मैं तुमसे प्यार करती हूँ," मैंने धीमी, लेकिन उन्मत्त आवाज़ में कहा। "अब चाहे जो भी हो, मैं हमेशा तुमसे प्यार करती रहूँगी।"

"तुम्हें कुछ नहीं होगा, बेला," उसने भी उतने ही खूँखार अंदाज़ में कहा।

"बस योजना पर अमल करना, ठीक है? चार्ली को मेरी ख़ातिर सुरक्षित रखना। वे इसके बाद मुझे ज़्यादा पसंद नहीं करेंगे और मैं बाद में क्षमा माँगने का मौक़ा चाहती हूँ।"

"अंदर जाओ, बेला। हमें जल्दी है।" उसकी आवाज़ व्यग्र थी।

"एक और चीज़," मैंने जोश से फुसफुसाकर कहा। "मैं आज रात जो भी कहूँ, उसका एक भी शब्द मत सुनना!" वह झुक रहा था और इसलिए मुझे बस अपने पंजों को उठाना था, ताकि उसके हैरान, जमे हुए होंठों को उतनी शक्ति से चूम लूँ, जितनी शक्ति मैं बटोर सकती थी। फिर मैं मुड़ी और मैंने लात मारकर दरवाज़े को खोल दिया।

"चले जाओ, एडवर्ड!" मैं उस पर चिल्लाई, अंदर दौड़कर गई और उसके सदमे से भरे चेहरे पर दरवाज़ा बंद कर दिया।

"बेला?" चार्ली लिविंग रूम में ही थे और उठकर खड़े हो गए थे।

"मुझे अकेला छोड़ दें!" मैं अपने आँसुओं के बीच उन पर चिल्लाई, जो अब लगातार बह रहे थे। मैं सीढ़ियों पर दौड़कर अपने कमरे तक गई, दरवाज़ा बंद किया और ताला लगा लिया। मैं अपने बिस्तर तक दौड़कर गई और अपना मोटे कपड़े वाला डफ़ेल बैग निकालने के लिए फ़र्श पर लेट गई। मैंने तेज़ी से गद्दे और बॉक्स स्प्रिंग के बीच में हाथ डाला; मैं वह पुराना मोजा निकालना चाहती थी, जिसमें मैं पैसे छुपाकर रखती थी।

चार्ली दरवाज़े पर मुक्का मार रहे थे।

“बेला, तुम ठीक तो हो? हो क्या रहा है?” उनकी आवाज़ डरी हुई थी।

“मैं *घर* जा रही हूँ?” मैं चिल्लाई, मेरी आवाज़ आदर्श जगह पर लग रही थी।

“क्या उसने तुम्हें चोट पहुँचाई?” वे अब गुस्से की तरफ़ झुक गए थे।

“नहीं!” मैं और ऊँचा चीख़ी। मैं अपने ड्रेसर की ओर मुड़ी, जहाँ एडवर्ड पहले से ही आ गया था। वह हाथ भरकर बेतरतीब कपड़े उठा चुका था, जिन्हें वह मेरी ओर फेंकने लगा था।

“क्या उसने तुम्हारे साथ ब्रेकअप कर दिया?” चार्ली चकरा रहे थे।

“नहीं!” मैं चिल्लाई और थोड़ी ज़्यादा हाँफ रही थी, जब मैंने हर चीज़ बैग में ठूँसी। एडवर्ड ने ड्रॉअर का सामान मेरी तरफ़ उछाला। बैग अब काफ़ी हद तक भर चुका था।

“तो फिर क्या हुआ, बेला?” चार्ली दरवाज़े के बाहर से चिल्लाए और एक बार फिर उस पर मुक्का मारा।

“मैंने *उसके* साथ ब्रेकअप कर लिया!” मैं चिल्लाई और अपने बैग की ज़िप बंद करने की असफल कोशिश की। एडवर्ड के सक्षम हाथों ने मुझे दूर धकेला और आराम से ज़िप लगा दी। उसने स्ट्रैप सावधानी से मेरी बाँह पर रख दिए।

“मैं ट्रक में मिलता हूँ - जाओ!” उसने फुसफुसाकर कहा और मुझे दरवाज़े की तरफ़ धकेला। वह खिड़की से बाहर निकलकर ग़ायब हो गया।

मैंने दरवाज़े का ताला खोला और चार्ली को रूखे अंदाज़ में धकाते हुए निकल गई, अपने भारी बैग के वज़न के साथ जूझती रही, जब मैं सीढ़ियों से नीचे दौड़ी।

“हुआ क्या है?” उसने चिल्लाकर पूछा। वे मेरे ठीक पीछे थे। “मैं तो सोच रहा था कि तुम उसे पसंद करती थीं।”

उन्होंने किचन में मेरी कोहनी पकड़ ली, हालाँकि वे अब भी चकराए हुए थे, लेकिन उनकी पकड़ सख़्त थी।

उन्होंने मुझे अपनी तरफ़ देखने के लिए घुमा लिया और मैं देख सकती थी कि उनका मुझे जाने देने का कोई इरादा नहीं है। मैं बचकर

पलायन करने का सिर्फ़ एक ही तरीक़ा सोच सकती थी, लेकिन इसमें उन्हें इतनी ज़्यादा चोट पहुँचेगी कि मैं इस पर विचार करने के लिए भी ख़ुद से नफ़रत कर रही थी, लेकिन मेरे पास समय नहीं था और मुझे चार्ली को सुरक्षित रखना था।

मैंने चार्ली को गुस्से से घूरा। मैं जो करने वाली थी, उसके लिए मेरी आँखों में नए आँसू आ गए।

"मैं *उसे* पसंद करती हूँ - यही समस्या है। मैं अब यह और नहीं झेल सकती! मैं यहाँ अपनी जड़ें नहीं जमा सकती! मैं अंततः मम्मी की तरह इस मूर्खतापूर्ण और नीरस शहर में फँसकर नहीं रहना चाहती! मैं वही मूर्खतापूर्ण ग़लती नहीं करना चाहती, जो उन्होंने की थी। मैं इससे नफ़रत करती हूँ - मैं एक और मिनट यहाँ नहीं रुक सकती!"

उनका हाथ मेरी बाँह से इस तरह छूटा, जैसे मुझसे उन्हें बिजली का करेंट लग गया हो। मैं उनके सदमे भरे, आहत चेहरे से दूर मुड़कर दरवाज़े की तरफ़ गई।

"बेल्स, तुम इस वक़्त नहीं जा सकतीं। रात का समय है," उन्होंने मेरे पीछे से फुसफुसाकर कहा।

मैं नहीं मुड़ी। "अगर मैं थक गई, तो ट्रक में ही सो जाऊँगी।"

"बस एक और हफ़्ते इंतज़ार कर लो," उन्होंने आग्रह किया। वे अब भी सदमे में थे। "रिनी तब तक लौट आएगी।"

इससे मैं पूरी तरह अचकचा गई। "क्या?"

जब मैं झिझकती दिखी, तो चार्ली ने राहत और उत्साह भरी आवाज़ में आगे कहा, "जब तुम बाहर थीं, तब उसका फ़ोन आया था। चीज़ें फ्लोरिडा में ज़्यादा अच्छी नहीं चल रही हैं और अगर फ़िल को सप्ताह के अंत तक साइन नहीं किया गया, तो वे एरिज़ोना लौटने वाले हैं। साइडविंडर्स के असिस्टेंट कोच ने कहा था कि उनके पास एक और शॉर्टस्टॉप के लिए जगह हो सकती है।"

मैंने अपना सिर हिलाया और दुविधाग्रस्त विचारों को दोबारा व्यवस्थित करने की कोशिश की। हर गुज़रता सेकंड चार्ली को ख़तरे में डाल रहा था।

"मेरे पास चाबी है," मैं बुदबुदाई और दरवाज़े के नॉब को घुमाया। चार्ली बहुत ज़्यादा क़रीब थे और उनका एक हाथ मेरी तरफ़ बढ़ा हुआ

था, उनका चेहरा स्तब्ध था। मैं अब उनके साथ बहस करने में और समय बर्बाद नहीं कर सकती थी। मुझे उन्हें और ज़्यादा चोट पहुँचाने के लिए मजबूर होना पड़ा।

"बस मुझे जाने दो, चार्ली," मैंने अपनी माँ के आख़िरी शब्द दोहराए, जब वे उसी दरवाज़े से बहुत साल पहले बाहर चलकर गई थीं। मैंने उन्हें उतनी नाराज़गी से कहा, जितनी मैं बटोर सकती थी और मैंने दरवाज़ा खोल दिया। "यह कामयाब नहीं रहा, ओके? मैं सचमुच, सचमुच फ़ोर्क्स से *नफ़रत* करती हूँ!"

मेरे क्रूर शब्दों से काम बन गया – चार्ली स्तब्ध होकर दरवाज़े पर जमे रह गए और मैं रात के अँधेरे में दौड़कर बाहर निकल गई। ख़ाली आँगन में मुझे बहुत डर लग रहा था। मैं ट्रक की तरफ़ बावले अंदाज़ में भागी और कल्पना करती रही कि मेरे पीछे कोई स्याह छाया है। मैंने अपना बैग उछालकर दरवाज़ा खोला। चाबी इग्नीशन में इंतज़ार कर रही थी।

"मैं कल आपको फ़ोन करूँगी!" मैं चिल्लाई, हालाँकि मेरा मन तो चाह रहा था कि मैं उसी समय हर चीज़ स्पष्ट कर दूँ, लेकिन मैं जानती थी कि मैं ऐसा कभी नहीं कर पाऊँगी। मैंने एक्सीलरेटर दबाया और बाहर निकल गई।

एडवर्ड ने मेरा हाथ थामने के लिए हाथ बढ़ाया।

"रोको," उसने कहा, जब घर और चार्ली हमारे पीछे ग़ायब हो गए।

"मैं गाड़ी चला सकती हूँ," मैंने गालों पर बहते आँसुओं के बीच से कहा।

उसके लंबे हाथों ने अप्रत्याशित रूप से मेरी कमर पकड़ी और उसके पैर ने मेरे पैर को गैस पेडल से दूर धका दिया। उसने मुझे अपनी गोद के पार खींचा, मेरे हाथों से स्टियरिंग व्हील छुड़ाया और अचानक ड्राइवर की सीट पर पहुँच गया। ट्रक एक इंच भी नहीं लहराया था।

"तुम घर का रास्ता नहीं खोज पाओगी," उसने स्पष्ट किया।

हमारे पीछे अचानक बत्तियाँ दिखाई दीं। मैंने पीछे की खिड़की से बाहर घूरा और मेरी आँखें दहशत के मारे फैल गई थीं।

"एलिस है," उसने मुझे आश्वस्त किया और एक बार फिर मेरा हाथ थाम लिया।

मेरे दिमाग़ में दरवाज़े पर खड़े चार्ली की तसवीर भरी थी। "शिकारी?"

"उसने तुम्हारी डायलॉगबाज़ी का अंत सुन लिया था!" एडवर्ड सख़्त लहज़े में बोला।

"चार्ली?" मैंने दहशत में पूछा।

"शिकारी हमारे पीछे आ गया है। वह अब हमारे पीछे दौड़ रहा है।"

मेरा शरीर ठंडा पड़ गया।

"क्या हम उससे तेज़ दौड़ सकते हैं?"

"नहीं।" लेकिन यह बोलते समय उसने गति बढ़ा ली। ट्रक का इंजन विरोध में घरघराया।

मेरी योजना अचानक अब उतनी ज़बर्दस्त महसूस नहीं हो रही थी।

मैंने पलटकर एलिस की हेडलाइट को देखा, जब ट्रक थरथराया और एक स्याह छाया खिड़की के बाहर कूदी।

मेरी रूह कँपाने वाली चीख़ एक सेकंड के कुछ हिस्से तक चली और फिर एडवर्ड के हाथ ने मेरा मुँह बंद कर दिया।

"एमथ है!"

उसने मेरा मुँह खोल दिया और मेरी कमर में बाँह डाल ली।

"सब ठीक है, बेला," उसने वादा किया। "तुम सुरक्षित रहोगी।"

हम शांत शहर से तेज़ी से गुज़रते हुए उत्तरी हाइवे की ओर पहुँच गए।

"मुझे अहसास नहीं था कि तुम छोटे शहर के जीवन से उकता गई थीं," उसने बातचीत करने के लिए कहा और मैं जानती थी कि वह मेरा ध्यान भटकाने की कोशिश कर रहा था। "ऐसा लग रहा था कि तुम काफ़ी अच्छी तरह तालमेल बैठाने लगी थीं - ख़ास तौर पर कुछ समय से। शायद मैं ख़ुद को बहला रहा था कि मैं तुम्हारे लिए जीवन को ज़्यादा रोचक बना रहा था।"

"मैंने अच्छा व्यवहार नहीं किया," मैंने स्वीकार किया और ध्यान बँटाने की उसकी कोशिश को नज़रअंदाज़ करते हुए अपने घुटनों की तरफ़ नीचे देखा। "यही बात मेरी माँ ने कही थी, जब वे उन्हें छोड़कर गई थीं। तुम कह सकते हो कि मैं अनुचित प्रहार कर रही थी।"

"चिंता मत करो। वे तुम्हें माफ़ कर देंगे।" वह थोड़ा मुस्कराया, हालाँकि यह मुस्कान उसकी आँखों तक नहीं गई।

मैंने उसे हताश अंदाज़ में घूरा और उसे मेरी आँखों में शुद्ध दहशत का भाव दिखा।

"बेला, सब कुछ ठीक हो जाएगा।"

"लेकिन जब मैं तुम्हारे साथ नहीं रहती हूँ, तब सब कुछ ठीक नहीं रहता है," मैं फुसफुसाई।

"हम कुछ दिनों में एक साथ होंगे," उसने कहा और मेरी कमर में डली बाँह को और कस लिया। "यह मत भूलो कि यह तुम्हारा ही विचार था।"

"यह सबसे अच्छा विचार था - ज़ाहिर है, यह मेरा था।"

उसकी जवाबी मुस्कान स्याह थी और तुरंत ही ग़ायब हो गई।

"यह क्यों हुआ?" मैंने पूछा, मेरी आवाज़ प्रभाव डालने वाली थी। "मैं ही क्यों?"

उसने आगे की सड़क को स्याह अंदाज़ में घूरा। "यह मेरी ग़लती थी - मैं मूर्ख था, जो तुम्हें इस तरह उनके सामने लाया।" उसकी आवाज़ में ख़ुद पर गुस्सा झलक रहा था।

"मेरा यह मतलब नहीं है," मैंने ज़ोर देकर कहा। "मैं वहाँ थी, इसमें क्या बड़ी बात हो गई? इससे बाक़ी दोनों को तो ख़ास दिक़्क़त नहीं हुई। इस जेम्स ने मुझे *मारने* का निर्णय क्यों लिया? लोग तो हर तरफ़ हैं, मैं ही क्यों?"

वह झिझका और जवाब देने से पहले सोचने लगा।

"मैंने आज रात उसके दिमाग़ पर अच्छी निगाह डाली," उसने धीमी आवाज़ में बताना शुरू किया। "मुझे लगता है कि जब उसने तुम्हें देख लिया, तो मैं इस बखेड़े से बचने के लिए शायद कुछ नहीं कर सकता था। यह *कुछ हद* तक तुम्हारी ग़लती है।" उसकी आवाज़ व्यंग्यपूर्ण थी। "अगर तुम्हारी महक इतनी ज़ायक़ेदार नहीं होती, तो हो सकता है कि वह ऐसा नहीं करता, लेकिन जब मैंने तुम्हारी रक्षा की... देखो, इससे स्थिति और बिगड़ गई। उसे मनचाही चीज़ हासिल करने की आदत है, चाहे वह चीज़ कितनी ही महत्त्वहीन क्यों न हो। वह ख़ुद को और कुछ नहीं, सिर्फ़ शिकारी मानता है। उसका अस्तित्व शिकार पर केंद्रित है और जीवन में

सिर्फ़ चुनौती चाहता है। अचानक हमने उसके सामने एक सुंदर चुनौती पेश कर दी - शक्तिशाली योद्धाओं का एक बड़ा समूह, जो एक कमज़ोर इंसान की रक्षा करने पर तुले हुए हैं। तुम यक़ीन नहीं करोगी कि वह इस वक़्त कितने उल्लास में है। यह उसका प्रिय खेल है और हमने अभी-अभी इसे उसके लिए सबसे रोमांचक खेल बना दिया है।" उसका लहज़ा हिक़ारत से भरा हुआ था।

वह पल भर रुका।

"लेकिन अगर मैं चुपचाप खड़ा रहता, तो वह वहीं पर तुम्हारी जान ले लेता" एडवर्ड निराश कुंठा में बोला।

"मैंने सोचा था... दूसरों को मेरी महक उतनी आकर्षक नहीं लगती... जितनी तुम्हें लगती है," मैंने झिझकते हुए कहा।

"सच है, नहीं लगती, लेकिन इसका यह मतलब नहीं है कि यह लुभावनी नहीं है। अगर तुम शिकारी को उतना आकर्षित *करतीं* - या उनमें से किसी को भी - जितना मुझे करती हो, तो वहीं पर लड़ाई हो जाती।"

मैं काँप गई।

"मैं नहीं सोचता कि अब मेरे पास उसे मारने के अलावा कोई दूसरा विकल्प है," वह बुदबुदाया। "कार्लाइल को यह पसंद नहीं आएगा।"

मैं टायरों को पुल पार करते सुन सकती थी, हालाँकि अँधेरे में नदी दिखाई नहीं दे रही थी। मैं जानती थी कि हम क़रीब पहुँच रहे हैं। मुझे उससे अभी पूछना था।

"तुम वैम्पायर को कैसे मार सकते हो?"

उसने भावहीन आँखों से मुझे देखा और उसकी आवाज़ अचानक खुरदुरी हो गई। "सुनिश्चित करने का एकमात्र तरीक़ा यह है कि उसके टुकड़े-टुकड़े करके जला दो।"

"और बाक़ी दोनों उसकी तरफ़ से लड़ेंगे?"

"औरत लड़ेगी। मुझे लुरॉन के बारे में पक्का नहीं है। उनका बंधन बहुत मज़बूत नहीं है - वह तो केवल सुविधा के लिए उनके साथ है। वह मैदान में जेम्स की वजह से शर्मिंदा था..."

"लेकिन जेम्स और औरत - वे तुम्हें मारने की कोशिश करेंगे?" मैंने पूछा; मेरी आवाज़ भावुक थी।

"बेला, मेरी चिंता करके अपना समय बर्बाद मत करो। तुम्हारी एकमात्र चिंता यह है कि तुम ख़ुद को सुरक्षित रखो और - प्लीज़, प्लीज़ - लापरवाही मत करना।"

"क्या वह अब भी पीछा कर रहा है?"

"हाँ। वह घर पर हमला नहीं करेगा। आज रात को नहीं।"

उसने ट्रक को अदृश्य रास्ते पर मोड़ दिया और एलिस ठीक पीछे थी।

हम सीधे घर तक गए। अंदर बत्तियाँ जल रही थीं, लेकिन उनसे आस-पास के जंगल का अँधेरा ज़्यादा कम नहीं हो रहा था।

ट्रक रुकने से पहले ही एमथ ने मेरा दरवाज़ा खोल दिया, उसने मुझे सीट से बाहर खींचा, मुझे फुटबॉल की तरह अपने विशाल सीने में दबाया और दौड़ता हुआ दरवाज़े के अंदर चला गया।

हम एक बड़े सफ़ेद कमरे में धड़धड़ाते हुए पहुँचे। एडवर्ड और एलिस हमारे बगल में थे। वे सभी वहाँ पर थे, हमारे आने की आवाज़ सुनकर वे खड़े हो गए थे। लुरॉन उनके बीच में खड़ा था। मुझे एडवर्ड के बग़ल में उतारते वक़्त मैं एमथ के गले की धीमी गुर्राहटों को गहरा होते सुन सकती थी।

"वह हमारे पीछे पड़ गया है," एडवर्ड ने घोषणा की और लुरॉन को ख़तरनाक अंदाज़ में देखा।

लुरॉन का चेहरा नाख़ुश था। "मुझे इसी बात का डर था।"

एलिस नाचती हुई जैस्पर के बग़ल में पहुँची और उसके कानों में फुसफुसाकर बोली। एलिस के होंठ उसकी बोलने की गति के साथ हिल रहे थे। दोनों ही दौड़ते हुए ऊपर सीढ़ियों पर पहुँच गए। रोज़ेली ने उन्हें देखा और फिर जल्दी से एमथ के बग़ल में जाकर खड़ी हो गई। उसकी सुंदर आँखें उग्र थीं और - जब वे अनिच्छा से मेरे चेहरे की ओर आईं - तो उनमें आवेश झलकने लगा।

"वह क्या करेगा?" कार्लाइल ने लुरॉन से कँपकँपाने वाले लहज़े में पूछा।

"मुझे अफ़सोस है," उसने जवाब दिया। "जब तुम्हारे उस लड़के ने लड़की की रक्षा की थी, तभी मैं समझ गया था कि इससे वह पीछे पड़ जाएगा।"

"क्या तुम उसे रोक सकते हो?"

लुरॉन ने अपना सिर हिलाया। "जेम्स जब एक बार शुरू कर देता है, तो कोई चीज़ उसे नहीं रोक पाती।"

"हम उसे रोकेंगे," एमथ ने वादा किया। कोई शक नहीं था कि उसका यही इरादा था।

"तुम उसे नहीं हरा सकते। मैंने अपने तीन सौ सालों में उस जैसी कोई चीज़ कभी नहीं देखी। वह पूरी बहुत जानलेवा और ख़तरनाक है। इसीलिए मैं उसके दल में शामिल हुआ था।"

उसका दल, मैंने सोचा, ज़ाहिर है। मैदान में नेतृत्व का दिखावा बस यही था... दिखावा।

लुरॉन अपना सिर हिला रहा था। चकराते हुए उसने मुझे देखा और फिर कार्लाइल की तरफ़ दोबारा देखा। "क्या आपको यक़ीन है कि यह इस लायक़ है?"

एडवर्ड की ग़ुस्सैल गर्जना कमरे में भर गई, लुरॉन सहम गया।

कार्लाइल ने लुरॉन को गंभीरता से घूरा। "मुझे डर है कि अब आपको अपना विकल्प चुनना है।"

लुरॉन समझ गया। उसने पलभर के लिए सोच-विचार किया। उसकी आँखों ने हर चेहरे पर ग़ौर किया और आख़िरकार उजले कमरे को देखा।

"आपने यहाँ जो जीवन बनाया है, उसे देखकर मुझे कौतूहल हुआ है, लेकिन मैं इस झमेले के बीच में नहीं पड़ूँगा। मेरी आपमें से किसी से भी दुश्मनी नहीं है, लेकिन मैं जेम्स के ख़िलाफ़ नहीं जाऊँगा। मैं सोचता हूँ कि मैं उत्तर दिशा में चला जाऊँगा - डेनाली के उस कुनबे के पास।" वह झिझका। "जेम्स को कम मत समझना। उसके पास तेज़ दिमाग़ है और अनूठी इंद्रियाँ हैं। वह मानव संसार में उतना ही आरामदेह है, जितने आप नज़र आते हैं और वह आप पर सीधे हमला नहीं करेगा... मुझे अफ़सोस है कि यहाँ यह बखेड़ा हो गया। सचमुच अफ़सोस है।" उसने अपना सिर झुकाया, लेकिन मैंने देखा कि वह मुझे आश्चर्य से देख रहा था।

"शांति में जाओ," कार्लाइल का औपचारिक जवाब था।

लुरॉन ने अपने चारों तरफ़ एक और लंबी निगाह डाली और फिर तेज़ी से दरवाज़े से बाहर चला गया।

ख़ामोशी एक पल से भी कम समय तक क़ायम रही।

"कितना क़रीब?" कार्लाइल ने एडवर्ड से पूछा।

एस्मी पहले ही चलने लगी थीं, उनका हाथ दीवार पर न दिखने वाले कीपैड पर पड़ा और एक आवाज़ के साथ भारी धातु के शटर काँच की दीवार को बंद करने लगे। मैं मुँह फाड़े खड़ी रही।

"नदी पार लगभग तीन मील दूर, वह औरत से मिलने के लिए गोल-गोल घूम रहा है।"

"योजना क्या है?"

"हम आदमी के पीछे जाएँगे और फिर जैस्पर और एलिस बेला को दक्षिण में ले जाएँगे।"

"और फिर?"

एडवर्ड का लहज़ा मारक था। "जैसे ही बेला बचकर निकलती है, हम उसका शिकार करेंगे।"

"मुझे लगता है, दूसरा कोई विकल्प नहीं है," कार्लाइल सहमत हुए, उनका चेहरा सख़्त था।

एडवर्ड रोज़ेली की तरफ़ मुड़ा।

"उसे ऊपर की मंज़िल पर ले जाओ," एडवर्ड ने आदेश दिया। रोज़ेली ने गुस्से भरी हैरानी से एडवर्ड को घूरा।

"मैं क्यों करूँ?" वह फुफकारते हुए बोली। "वह मेरे लिए क्या है? एक ख़तरे के सिवाय - एक ऐसा ख़तरा, जो तुम हम सभी पर लाए हो।"

मैं उसकी आवाज़ के ज़हर से दूर हट गई।

"रोज़...," एडवर्ड बुदबुदाया और उसके कंधे पर एक हाथ रखा। रोज़ेली ने हाथ झटक दिया।

लेकिन मैं एडवर्ड को सावधानी से देख रही थी। मैं उसका गुस्सा जानती थी, इसलिए उसकी प्रतिक्रिया के बारे में चिंतित थी।

उसने मुझे हैरान कर दिया। वह रोज़ेली से दूर देखने लगा, मानो उसने कुछ कहा ही न हो, मानो उसका अस्तित्व ही न हो।

"एस्मी?" उसने शांति से पूछा।

"क्यों नहीं," एस्मी ने बुदबुदाकर कहा।

एस्मी आधे दिल की धड़कन में मेरी बग़ल में थी और इससे पहले कि मैं सदमे में साँस भी ले पाऊँ, मुझे उन्होंने आसानी से अपनी बाँहों में उठाया और सीढ़ियों पर दौड़ने लगीं।

"हम क्या कर रहे हैं?" मैंने हाँफते अंदाज़ में पूछा, जब उन्होंने मुझे दूसरी मंज़िल के हॉल से दूर किसी अँधेरे कमरे में उतारा।

"महक से चकमा देने की कोशिश कर रहे हैं। यह ज़्यादा समय तक काम नहीं करेगा, लेकिन इससे तुम्हें बाहर निकलने में मदद मिल सकती है।" मैं उनके कपड़े ज़मीन पर गिरने की आवाज़ें सुन सकती थी।

"मैं नहीं सोचती कि यह मुझे फ़िट आएगा..." मैं झिझकी, लेकिन उनके हाथ मेरी शर्ट को सिर के ऊपर से तेज़ी से खींच रहे थे। मैंने जल्दी से अपनी जीन्स उतारी। उन्होंने मुझे कोई चीज़ थमाई, जो शर्ट जैसी महसूस हुई। मैं सही छेदों में बाँहें डालने के लिए जूझी। जैसे ही मैंने यह कर लिया, उन्होंने मुझे अपने स्लैक्स थमा दिए। मैंने उन्हें पहन तो लिया, लेकिन पैर बाहर नहीं निकाल पाई, वे बहुत लंबे थे। उन्होंने कुशलता से नीचे के हिस्से को कई बार मोड़ा, ताकि मैं खड़ी हो सकूँ। जाने कैसे वे मेरे कपड़े पहले ही पहन चुकी थीं। उन्होंने मुझे दोबारा सीढ़ियों तक खींचा, जहाँ एलिस एक हाथ में छोटा लेदर बैग लेकर खड़ी थी। उन्होंने मेरी एक-एक कोहनी पकड़कर आधा उठाया और फटाफट सीढ़ियाँ उतर गईं।

ऐसा लग रहा था कि हमारी अनुपस्थिति में नीचे की मंज़िल पर हर चीज़ तय हो चुकी थी। एडवर्ड और एमथ जाने के लिए तैयार थे, एमथ के कंधे पर भारी दिखने वाला बैकपैक था। कार्लाइल एस्मी को कोई छोटी चीज़ थमा रहे थे। उन्होंने मुड़कर एलिस को भी वही चीज़ दे दी - यह एक छोटा सिल्वर सेल फ़ोन था।

"एस्मी और रोज़ेली तुम्हारा ट्रक ले जाएँगी, बेला," उन्होंने मुझे बताया। मैंने सिर हिलाया और रोज़ेली को सावधानी से देखा। वह द्वेषपूर्ण अंदाज़ में कार्लाइल को घूर रही थी।

"एलिस, जैस्पर - मर्सिडीज़ ले जाओ। तुम्हें दक्षिण में गहरे रंग के काँच की ज़रूरत होगी।"

उन्होंने भी सिर हिलाया।

"हम जीप ले जा रहे हैं।"

मैं यह देखकर हैरान थी कि कार्लाइल एडवर्ड के साथ जा रहे थे। मुझे अचानक डर का डंक महसूस हुआ कि वे शिकारी दल के साथ जा रहे हैं।

"एलिस?" कार्लाइल ने पूछा, "क्या वे इस चाल में फँस जाएँगे?"

हर एक ने एलिस को देखा, जब उसने अपनी आँखें बंद कीं और अविश्वसनीय रूप से स्थिर हो गई।

आख़िरकार उसकी आँखें खुलीं। "वह एस्मी का पीछा करेगा। औरत ट्रक के पीछे जाएगी। उसके बाद हमें चल देना चाहिए।" उसकी आवाज़ विश्वास से भरी थी।

"चलो चलते हैं।" कार्लाइल किचन की तरफ़ जाने लगे।

लेकिन एडवर्ड तुरंत मेरे बग़ल में आ गया। उसने मुझे अपने फ़ौलादी शिकंजे में कसा और सीने से चिपका लिया। ऐसा लग रहा था कि उसे पता नहीं था कि उसका पूरा परिवार देख रहा था, जब उसने मेरा चेहरा अपने चेहरे तक खींचा और मेरे पैरों को फ़र्श से ऊपर उठा लिया। पल भर के लिए उसके होंठ मेरे होंठों पर बर्फ़ीले और सख़्त रहे, फिर यह ख़त्म हो गया। उसने मुझे नीचे उतार दिया, हालाँकि वह अब भी मेरा चेहरा थामे हुए था और उसकी सुंदर आँखें मेरी आँखों में जल रही थीं।

दूर मुड़ते वक़्त उसकी आँखें सूनी हो गईं, अजीब तरीक़े से बेजान।

और फिर वे चले गए।

हम वहाँ खड़े थे और बाक़ी मुझसे दूर देख रहे थे, तभी आँसू बिना आवाज़ किए मेरे चेहरे से नीचे बहने लगे।

ख़ामोश पल खिंचता गया और फिर एस्मी के हाथ वाला फ़ोन बजा। यह उनके कानों तक तुरंत पहुँच गया।

"अभी," उन्होंने कहा। रोज़ेली मेरी दिशा में निगाह डाले बिना सामने वाले दरवाज़े से धड़धड़ाती हुई निकल गई, लेकिन एस्मी ने पास से गुज़रते समय मेरा गाल छुआ।

"सुरक्षित रहना।" उनकी फुसफुसाहट उनके पीछे हवा में रही, जब वे दरवाज़े से बाहर निकलीं। मैंने अपने ट्रक की कानफोड़ू आवाज़ सुनी और फिर आवाज़ दूर होती गई।

जैस्पर और एलिस ने इंतज़ार किया। एलिस का फ़ोन बजने से पहले ही उसने उठा लिया।

"एडवर्ड कह रहा है कि औरत एस्मी के पीछे है। मैं कार निकाल लाती हूँ।" जिस तरफ़ एडवर्ड गया था, वह भी उधर चली गई और छायाओं में गुम हो गई।

जैस्पर और मैं एक-दूसरे की तरफ़ देखने लगे। वह मुझसे बहुत दूर खड़ा था... सावधान रहते हुए।

"तुम जानती हो, तुम ग़लत हो," उसने धीरे से कहा।

"क्या?" मैंने हाँफते हुए बोला।

"तुम इस समय जो महसूस कर रही हो, वह मैं समझ सकता हूँ – और तुम इस *लायक़* हो।"

"मैं नहीं हूँ," मैं बुदबुदाई। "अगर उन्हें कुछ हो जाए, तो यह सब निरर्थक रहेगा।"

"तुम ग़लत हो," उसने दोहराया और दयालुता से मेरी ओर मुस्कराया।

मैंने कुछ नहीं सुना, लेकिन तभी एलिस सामने वाले दरवाज़े से आई और अपनी बाँहें फैलाकर मेरे क़रीब आई।

"क्या मैं?" उसने पूछा।

"अनुमति माँगने वाली तुम पहली हो।" मैं सख़्त अंदाज़ में मुस्कराई।

उसने मुझे अपनी पतली बाँहों में उतनी ही आसानी से उठा लिया, जितनी आसानी से एमथ ने उठाया था। फिर उसने मुझे रक्षात्मक अंदाज़ में कसा और हम दरवाज़े से बाहर निकल गए, हमारे पीछे बत्तियाँ उसी तरह जलती रहीं।

20

अधीरता

जब मैं जागी, तो मैं चकरा रही थी। मेरे विचार धुँधले थे, वे अब भी सपनों और दुःस्वप्नों में उलझे हुए थे। इसीलिए मैं कहाँ थी, यह अहसास करने में मुझे उससे थोड़ा ज़्यादा समय लगा, जितना लगना चाहिए था।

कमरा इतना ज़्यादा सजावटी था कि यह होटल का कमरा ही हो सकता था। टेबल्स पर बोल्ट से कसे बेडसाइड लैंप्स तुरंत यह भेद खोल रहे थे। लंबे परदे भी, जो बिस्तर की चादर के कपड़े से ही बने थे और दीवारों पर लगे जेनेरिक वाटरकलर प्रिंट भी।

मैंने यह याद करने की कोशिश की कि मैं यहाँ कैसे पहुँची, लेकिन शुरू में कुछ सूझ नहीं पड़ा।

मुझे चमचमाती काली कार याद आई, जिनकी खिड़कियों के काँच लिमोज़ीन से भी गहरे रंग के थे। इंजन लगभग ख़ामोश था, हालाँकि हम क़ानून-सम्मत गति से दोगुने से भी तेज़ चल रहे थे।

और मुझे याद आया कि काली लेदर बैकसीट पर एलिस मेरे पास बैठी थी। लंबी रात के दौरान मेरा सिर उसकी ग्रेनाइट जैसी गर्दन पर टिक गया। मेरी निकटता से उसे ज़रा भी उलझन नहीं हो रही थी और उसकी ठंडी, सख़्त त्वचा मुझे अजीब तरीक़े से तसल्ली दे रही थी। उसकी पतली कॉटन शर्ट का सामने वाला हिस्सा ठंडा था। यह उन आँसुओं से तरबतर हो गया था, जो मेरी आँखों से तब तक बहे, जब तक कि आँखें लाल होकर सूख नहीं गईं।

नींद जाने क्यों मुझसे बच रही थी, मेरी दुखती आँखें खुली रहने की कोशिश करती रहीं, हालाँकि रात आख़िरकार ख़त्म हो गई और कैलिफ़ोर्निया में कहीं पर एक छोटे शिखर के पार सुबह होती दिखी। बादलरहित आसमान के पार से आने वाली भूरी रोशनी मेरी आँखों में चुभने लगी, लेकिन मैं उन्हें बंद नहीं कर सकती थी। ऐसा करने पर तसवीरें बहुत ज़्यादा स्पष्टता से सामने आ जाती थीं, जैसे मेरी पलकों के पीछे स्लाइड रखी हों, और वे असहनीय थीं। चार्ली का टूटा हुआ भाव - एडवर्ड की क्रूर गुर्राहट और उसके खुले दाँत - रोज़ेली की द्वेषपूर्ण आक्रोश भरी दृष्टि - शिकारी की पैनी निगाह... मैं उन्हें देखना गवारा नहीं कर सकती थी। इसलिए मैं अपनी थकान के ख़िलाफ़ जूझी और सूरज आसमान में ज़्यादा ऊपर होता गया।

मैं तब भी जागी हुई थी, जब हम एक पहाड़ी दर्रे से गुज़रे और सूरज, जो अब हमारे पीछे पहुँच चुका था, सूरज की घाटी कहे जाने वाले इलाक़े में टाइल वाली छतों से प्रतिबिंबित हुआ। मेरे पास पर्याप्त भाव नहीं बचे थे कि इस बात पर हैरान हो सकूँ कि हमने तीन दिनों की यात्रा एक ही दिन में कर ली थी। मैंने अपने सामने के चौड़े और समतल फैलाव को सूनेपन से घूरा। फ़ीनिक्स - पाम के पेड़, छोटे क्रिअसोट, हाइवे के चौराहों की बेतरतीब रेखाएँ, गोल्फ़ कोर्स की हरियाली और स्विमिंग पूलों के नीले धब्बे, सभी एक महीन धुंध में डूबे थे और छोटी, चट्टानी पहाड़ियाँ उनका आलिंगन कर रही थीं, जो इतनी बड़ी नहीं थीं कि उन्हें पहाड़ कहा जा सके।

पाम के वृक्षों की छायाएँ हाइवे पर तिरछी पड़ीं - जितना मुझे याद था, उम्मीद से ज़्यादा पैनी और ज़्यादा पीली। कोई चीज़ इन छायाओं में नहीं छिप सकती थी। चमकता, खुला हाइवे पर्याप्त अनुकूल लग रहा था, लेकिन मुझे राहत महसूस नहीं हुई। घर वापसी का कोई अहसास नहीं था।

"हवाई अड्डे का रास्ता कौन सा है, बेला?" जैस्पर ने पूछा था और मैं ठिठक गई, हालाँकि उसकी आवाज़ काफ़ी कोमल और बिना दहशत वाली थी। यह कार के अलावा पहली आवाज़ थी, जिसने लंबी रात की ख़ामोशी तोड़ी थी।

"आई-टेन पर चलते चलो," मैंने स्वचालित अंदाज़ में जवाब दिया था। "हमें यह रास्ते में मिलेगा।"

मेरा दिमाग़ धीरे-धीरे नींद की कमी के कोहरे से निकलकर काम कर रहा था।

"क्या हम विमान से उड़ने वाले हैं?" मैंने एलिस से पूछा था।

"नहीं, लेकिन क़रीब रहना बेहतर है, वक़्त-ज़रूरत के लिए।"

मुझे स्काई हार्बर इंटरनेशनल के पास के घुमावदार वक्र की शुरुआत याद आई... लेकिन इसका अंत याद नहीं आया। मुझे लगता है कि तभी मेरी नींद लगी होगी।

वैसे अब जब मैं अपनी यादों का पीछा करती हूँ, तो मुझे हल्का आभास है कि मैं कार से निकल रही थी - सूरज क्षितिज के पीछे डूब रहा था - मेरी बाँह एलिस के कंधे पर लिपटी थी और उसकी बाँह मेरी कमर के चारों ओर कसी हुई थी, मुझे खींच रही थी और मैं गर्म, सूखी छायाओं में लड़खड़ाती हुई चल रही थी।

मुझे इस कमरे की कोई याद नहीं है।

मैंने नाइटस्टैंड पर रखी डिजिटल क्लॉक को देखा। लाल अंक बता रहे थे कि तीन बजे हैं, लेकिन इस बात का कोई संकेत नहीं दे रहे थे कि दिन के या रात के। रोशनी की हल्की सी किरण भी मोटे परदों से अंदर नहीं आ पा रही थी, लेकिन लैंप्स की वजह से कमरे में काफ़ी रोशनी थी।

मैं अकड़ती हुई उठी और लड़खड़ाते हुए खिड़की तक गई और परदे खींच दिए।

बाहर अँधेरा था, यानी सुबह के तीन बजे थे। मेरे कमरे से हाइवे का वीरान खंड दिखता था और हवाई अड्डे का नया दीर्घकालीन पार्किंग गैराज भी। समय और जगह समझने के बाद थोड़ी राहत मिली।

मैंने ख़ुद को नीचे देखा। मैं अब भी एस्मी के कपड़े पहने थी और वे अच्छी तरह फिट नहीं आ रहे थे। मैंने कमरे में देखा और ख़ुशी महसूस करने लगी, जब मुझे लो ड्रेसर के ऊपर अपना डफ़ेल बैग दिखा।

मैं नए कपड़े निकालने जा ही रही थी, तभी दरवाज़े पर हल्की दस्तक की वजह से मैं उछल पड़ी।

"क्या मैं अंदर आ सकती हूँ?" एलिस ने पूछा।

मैंने गहरी साँस ली। "बिलकुल।"

अंदर आकर उसने मुझे सावधानी से देखा। "तुम्हें देखकर ऐसा लग रहा है कि तुम और ज़्यादा सो सकती हो," उसने कहा।

मैंने बस अपना सिर हिलाया।

वह धीरे से परदों के पास तक गई और मेरी ओर मुड़ने से पहले उन्हें दोबारा सुरक्षित तरीक़े से बंद कर दिया।

"हमें अंदर रहने की ज़रूरत है," उसने कहा।

"ठीक है।" मेरी आवाज़ भर्राई हुई थी, यह टूट गई।

"प्यासी हो?" उसने पूछा।

मैंने कंधे उचकाए। "मैं ठीक हूँ। और तुम?"

"ऐसा कुछ नहीं है, जो सँभाला न जा सके।" वह मुस्कराई। "मैंने तुम्हारे लिए थोड़ा खाना बुलवा लिया है। यह सामने वाले कमरे में है। एडवर्ड ने मुझे बताया था कि तुम्हें हमसे ज़्यादा बार खाने की ज़रूरत होती है।"

मैं एकदम सतर्क हो गई। "उसने फ़ोन किया था।"

"नहीं," एलिस बोली और मेरा चेहरा लटक गया। "हमारे आने से पहले बताया था।"

उसने मेरा हाथ सावधानी से पकड़ा और मुझे दरवाज़े से होटल स्यूट के लिविंग रूम में ले गई। मैं टीवी से आती आवाज़ों की धीमी गुनगुनाहट सुन सकती थी। जैस्पर कोने में डेस्क पर स्थिर बैठा था और उसकी आँखें बिना किसी दिलचस्पी के न्यूज़ देख रही थीं।

मैं कॉफ़ी टेबल के पास फ़र्श पर बैठ गई, जहाँ भोजन की एक ट्रे रखी थी। मैं क्या खा रही थी, यह देखे बिना ही मैं उठाने लगी।

एलिस सोफ़े के हत्थे पर बैठ गई और जैस्पर की तरह ही टीवी को सूनेपन से घूरने लगी।

मैंने धीरे-धीरे खाया, कभी एलिस को देखते हुए, तो कभी-कभार तेज़ी से जैस्पर को देखते हुए। मुझे समझ आने लगा कि वे कुछ ज़्यादा ही स्थिर थे। उनकी निगाहें स्क्रीन से कभी नहीं हटीं, हालाँकि अब उस पर विज्ञापन चल रहे थे। मैंने ट्रे को दूर धकाया, क्योंकि मेरे पेट में अचानक खलबली मचने लगी थी। एलिस ने मुझे देखा।

"क्या गड़बड़ है, एलिस?" मैंने पूछा।

"कोई गड़बड़ नहीं है।" उसकी आँखें चौड़ी, ईमानदार थीं... और मैंने उन पर भरोसा नहीं किया।

"अब हम क्या कर रहे हैं?"

"हम कार्लाइल के फ़ोन का इंतज़ार कर रहे हैं।"

"और क्या उन्हें अब तक फ़ोन कर देना चाहिए था?" मैं देख सकती थी कि मैं निशाने के क़रीब थी। एलिस की आँखें मेरे चेहरे से हटकर फ़ोन पर गईं, जो उसके लेदर बैग के ऊपर था और फिर मुझ पर लौट आईं।

"इसका क्या मतलब है?" मेरी आवाज़ काँपी और मैं इसे नियंत्रित करने के लिए जूझी। "कि उन्होंने अब तक फ़ोन नहीं किया?"

"इसका बस यह मतलब है कि उनके पास हमें बताने के लिए कुछ नहीं है।" लेकिन उसकी आवाज़ बहुत ज़्यादा सपाट थी और हवा में साँस लेना ज़्यादा मुश्किल था।

जैस्पर अचानक एलिस के बग़ल में आ गया, अब वह सामान्य से मेरे ज़्यादा क़रीब आ गया था।

"बेला," उसने संदिग्ध शांतिदायक आवाज़ में कहा। "तुम्हारे पास चिंता करने का कोई कारण नहीं है। तुम यहाँ पूरी तरह सुरक्षित हो।"

"मैं यह बात जानती हूँ।"

"तो फिर तुम्हें डर क्यों लग रहा है?" उसने दुविधा में पूछा। वह मेरे भावों को तो समझ सकता था, लेकिन उनके पीछे के कारणों को नहीं जान सकता था।

"तुमने लुरॉन की बात सुनी थी ना।" मेरी आवाज़ फुसफुसाहट के स्तर पर थी, लेकिन मुझे यक़ीन था कि वे मेरी बात सुन सकते हैं। "उसने कहा था कि जेम्स ख़तरनाक है। अगर कुछ गड़बड़ हो गई हो और वे अलग-अलग हो गए हों, तो क्या होगा? अगर उनमें से किसी को भी कुछ हो जाता है, कार्लाइल, एमथ... एडवर्ड..." मैंने थूक गटका। "अगर वह जंगली औरत एस्मी को चोट पहुँचा देती है..." मेरी आवाज़ ज़्यादा ऊँची हो गई और इसमें हिस्टीरिया का पुट आने लगा। "मैं ख़ुद को कभी कैसे माफ़ कर पाऊँगी, जब यह मेरी ग़लती है? तुममें से किसी को भी मेरी ख़ातिर अपनी ज़िंदगी दाँव पर नहीं लगाना चाहिए-"

"बेला, बेला, रुक जाओ," उसने बीच में मेरी बात काटी और उसके शब्द इतनी ज़्यादा तेज़ी से निकल रहे थे कि उन्हें समझना मुश्किल था। "तुम ग़लत चीज़ों के बारे में चिंता कर रही हो। इस मामले में मेरी बात पर भरोसा करो - हम में से कोई भी ख़तरे में नहीं है। तुम वैसे ही काफ़ी तनाव में हो; अनावश्यक चिंता पालकर इसे मत बढ़ाओ। मेरी बात सुनो!" उसने आदेश दिया, क्योंकि मैं दूर देखने लगी थी। "हमारा परिवार शक्तिशाली है। हमें एकमात्र डर यह है कि तुम्हें खो न दें।"

"लेकिन तुम लोग क्यों-"

एलिस ने इस बार टोका और अपनी ठंडी अँगुलियों से मेरे गाल को छुआ। "लगभग एक सदी से एडवर्ड अकेला है। अब उसे तुम मिल गई हो। तुम उन परिवर्तनों को नहीं देख सकतीं, जो हम देख सकते हैं, क्योंकि हम उसके साथ इतने लंबे समय से रह रहे हैं। क्या तुम सोचती हो कि अगर वह तुम्हें खो देता है, तो हममें से कोई भी अगले सौ साल तक उससे निगाहें मिलाना चाहेगा?"

एलिस की स्याह आँखों में देखने पर मेरा अपराधबोध धीरे-धीरे कम हुआ, लेकिन जब मैं शांत हो गई, तो मैं जानती थी कि जैस्पर के वहाँ होते समय मैं अपनी भावनाओं पर भरोसा नहीं कर सकती।

दिन बहुत लंबा था।

हम कमरे में ही रहे। एलिस ने फ्रंट डेस्क पर फ़ोन करके कह दिया था कि अभी सफ़ाई की ज़रूरत नहीं है। खिड़कियाँ बंद रहीं, टीवी चलता रहा, हालाँकि इसे कोई नहीं देख रहा था। नियमित अंतरालों से भोजन मेरे लिए आता रहा। जब घंटे गुज़रते गए, तो एलिस के बैग पर रखा सिल्वर फ़ोन ज़्यादा बड़ा नज़र आने लगा।

मेरे बेबीसिटर्स ने सस्पेंस को मुझसे ज़्यादा अच्छी तरह सँभाला। जब मैं कसमसाती रही और चहलक़दमी करती रही, तो वे बस और ज़्यादा स्थिर हो गए। वे दो मूर्तियाँ थीं, जिनकी आँखें चुपचाप मेरा पीछा करती थीं, जब मैं हिलती थी। मैंने कमरे को याद करने में ख़ुद को व्यस्त रखा, काउच के धारीदार पैटर्न, टैन, पीच, क्रीम, फीका सुनहरा और दोबारा टैन। कई बार मैंने एब्स्ट्रैक्ट प्रिंट्स की तरफ़ घूरा और आकारों में तसवीरें खोजने लगी, जैसे बचपन में बादलों में तसवीरें खोजती थी। मैंने एक नीला हाथ खोजा, एक महिला जो अपने बालों पर कंघी कर रही थी, बिल्ली जम्हाई

ले रही थी, लेकिन जब पीला लाल गोला घूरने वाली आँख बन गया, तो मैं दूर देखने लगी।

जब दोपहर ढलने लगी, तो मैं सिर्फ़ कुछ करने की ख़ातिर बिस्तर पर चली गई। मुझे उम्मीद थी कि अँधेरे में अकेली रहने पर मैं उन दहशत भरे डरों से पराजित हो जाऊँगी, जो मेरी चेतना की सरहद पर मँडरा रहे थे, लेकिन जैस्पर की सावधान निगरानी की वजह से अंदर नहीं आ पा रहे थे।

एलिस भी सामान्य तरीक़े से मेरे पीछे आ गई, मानो संयोग से वह भी उसी समय सामने वाले कमरे से थक गई हो। मैं सोचने लगी कि एडवर्ड ने उसे किस तरह के निर्देश दिए थे। मैं पलंग पर लेट गई और वह पैर मोड़कर मेरे बग़ल में बैठ गई। मैंने शुरू में उसे नज़रअंदाज़ किया और अचानक इतनी थकान महसूस करने लगी कि सो जाऊँ, लेकिन कुछ मिनट बाद जैस्पर की उपस्थिति की वजह से दूर रहने वाली दहशत एक बार फिर मुझ पर हावी हो गई। तब मैंने तुरंत ही सोने का विचार छोड़ दिया और एक छोटी गेंद में मुड़ गई, मेरी बाँहें मेरे पैरों में लिपटी हुई थीं।

"एलिस?"

"हाँ?"

मैंने अपनी आवाज़ को बहुत शांत रखा। "तुम्हें क्या लगता है, वे क्या कर रहे हैं?"

"कार्लाइल शिकारी को ज़्यादा से ज़्यादा उत्तर की तरफ़ ले जाना चाहते थे, उसके क़रीब आने का इंतज़ार करना चाहते थे और फिर उस पर मुड़कर हमला करने वाले थे। एस्मी और रोज़ेली को पश्चिम दिशा में जाना था, जब तक कि वे औरत को अपने पीछे रख सकें। अगर वह पलटती, तो उन्हें लौटकर फ़ोर्क्स आना था और तुम्हारे डैडी पर निगाह रखनी थी। इसलिए मैं सोचती हूँ कि अगर वे फ़ोन नहीं कर सकते, तो सब कुछ ठीक चल रहा है। इसका मतलब है कि शिकारी इतना क़रीब है कि वे नहीं चाहते कि वह उनकी बात सुन ले।"

"और एस्मी?"

"मैं सोचती हूँ कि उन्हें फ़ोर्क्स में होना चाहिए। वे फ़ोन नहीं करेंगी, अगर इस बात की कोई संभावना है कि वह औरत सुन लेगी। मुझे लगता है कि वे सिर्फ़ बहुत सावधानी से काम कर रहे हैं।"

"तो क्या तुम वाक़ई सोचती हो कि वे सुरक्षित हैं?"

"बेला, हमें तुम्हें कितनी बार बताना पड़ेगा कि हमें कोई ख़तरा नहीं है?"

"क्या तुम मुझे हमेशा सच्चाई बताओगी?"

"हाँ। मैं तुम्हें हमेशा सच्चाई बताऊँगी।" उसकी आवाज़ गंभीर थी।

मैंने पल भर सोचा और फिर इस नतीजे पर पहुँची कि उसका सचमुच यही इरादा था।

"तो फिर मुझे यह बताओ... कि तुम वैम्पायर कैसे बनीं?"

उसे मेरे इस प्रश्न के पूछने की क़तई उम्मीद नहीं थी। वह अवाक रह गई। मैं उसकी तरफ़ देखने के लिए लुढ़की और उसके चेहरे का दुविधामय भाव देखने लगी।

"एडवर्ड नहीं चाहता है कि मैं तुम्हें यह बताऊँ," उसने दृढ़ता से कहा, लेकिन मुझे अहसास हुआ कि वह इससे सहमत नहीं थी।

"यह तो उचित नहीं है। मैं सोचती हूँ कि मुझे जानने का हक़ है।"

"मैं जानती हूँ।"

मैंने इंतज़ार करते हुए उसकी तरफ़ देखा।

उसने आह भरी। "वह बहुत *अत्यधिक* गुस्सा हो जाएगा।"

"इससे उसका कोई संबंध नहीं है। यह तुम्हारे और मेरे बीच की बात है। एलिस, दोस्त की तरह, मैं तुमसे आग्रह करती हूँ।" और अब हम दोस्त ही तो बन गए थे - जैसा कि उसे पहले से पता होगा कि हम बनेंगे।

उसने अपनी शानदार, समझदार आँखों से मुझे देखा... चुनाव करते हुए।

"मैं तुम्हें इसकी मोटी बातें बताऊँगी," उसने आख़िरकार कहा, "लेकिन यह मुझे भी याद नहीं है और मैंने इसे कभी करते हुए या होते हुए नहीं देखा है, इसलिए ध्यान रखना कि मैं तुम्हें सिर्फ़ सिद्धांत बता रही हूँ।"

मैंने इंतज़ार किया।

"हिंसक दरिंदों के रूप में हमारे शारीरिक शस्त्रागार में बहुत से हथियार होते हैं - ज़रूरत से बहुत, बहुत ज़्यादा। शक्ति, गति और पैनी इंद्रियाँ... एडवर्ड, जैस्पर और मेरे जैसे लोगों का ज़िक्र तो रहने दो, जिनके

पास अतिरिक्त इंद्रियाँ होती हैं। इसके अलावा, मांसाहारी फूलों की तरह हम भी अपने शिकार के लिए शारीरिक रूप से आकर्षक होते हैं।"

मैं बहुत स्थिर रही और याद किया कि एडवर्ड ने बगिया में इसी अवधारणा का मेरे सामने प्रदर्शन किया था।

उसने एक चौड़ी मुस्कान दी। "हमारे पास एक और काफ़ी अनावश्यक हथियार होता है। हम ज़हरीले भी होते हैं," उसने कहा और उसके दाँत चमक रहे थे। "यह ज़हर जान नहीं लेता है - सिर्फ़ पंगु बनाता है। यह धीरे-धीरे असर करता है और ख़ून में फैलता है, इसलिए एक बार काट लेने पर हमारे शिकार को इतना ज़्यादा शारीरिक दर्द होता है कि वह हमसे बचकर भाग नहीं सकता। काफ़ी अनावश्यक, जैसा मैंने कहा। अगर हम इतने क़रीब हैं, तो शिकार वैसे भी बचकर नहीं निकल सकता। ज़ाहिर है, हमेशा अपवाद होते हैं। मिसाल के तौर पर, कार्लाइल।"

"तो... अगर ज़हर फैलने दिया जाता है...," मैं बुदबुदाई।

"पूरा रूपांतरण होने में कुछ दिन का समय लगता है, जो इस बात पर निर्भर करता है कि ख़ून में कितना ज़हर है, ज़हर दिल के कितने क़रीब दाख़िल हुआ है। जब तक दिल धड़कता रहता है, ज़हर फैलता रहता है, उपचार करता रहता है और प्रवाहित होने के साथ शरीर को बदलता रहता है। अंततः दिल रुक जाता है और रूपांतरण पूरा हो जाता है, लेकिन इस पूरे समय, हर घंटे, हर मिनट शिकार मौत की कामना करता रहेगा।"

मैं काँप उठी।

"यह सुखद नहीं है, समझीं।"

"एडवर्ड ने कहा था कि इसे करना बहुत मुश्किल है... मैं ज़्यादा नहीं समझ पाई," मैंने कहा।

"हम एक तरह से शार्क जैसे भी हैं। जब हम एक बार ख़ून का स्वाद चख लेते हैं या हमें इसकी ख़ुशबू भी आ जाती है, तो उसे पीने से रुकना बहुत मुश्किल हो जाता है। कई बार तो असंभव। तो तुमने देखा, किसी को सचमुच काटने और ख़ून का स्वाद चखने से जुनून सवार हो जाता है। यह दोनों ही तरफ़ मुश्किल होता है - एक तरफ़ तो ख़ून पीने की उन्मत्त इच्छा, दूसरी तरफ़ भयंकर दर्द।"

"तुम्हें क्या लगता है, तुम्हें याद क्यों नहीं है?"

"मुझे नहीं पता। हर एक के लिए रूपांतरण का दर्द उनके मानव जीवन की सबसे पैनी याद होती है। मुझे इंसान होने के बारे नें कुछ याद नहीं है।" उसकी आवाज़ विषादग्रस्त थी।

हम ख़ामोशी में लेटे रहे और अपने-अपने विचारों में खोए रहे।

सेकंड गुज़रते गए और मैं उसकी उपस्थिति के बारे में भूल सी गई, क्योंकि मैं अपने विचारों में पूरी तरह खो गई थी।

फिर कोई चेतावनी दिए बिना एलिस पलंग से उछली और अपने पैरों पर हल्के से खड़ी हुई। जब मैंने उसे चौंककर देखा, तो मेरा सिर घूम गया।

"कुछ बदल गया है।" उसकी आवाज़ व्यग्र थी और अब वह मुझसे बात नहीं कर रही थी।

वह दरवाज़े तक उसी समय पहुँची, जब जैस्पर पहुँचा। उसने स्पष्ट रूप से हमारी बातचीत और उसकी हैरानी भरी आवाज़ सुन ली थी। जैस्पर ने अपने हाथ एलिस के कंधों पर रखे और उसे बिस्तर तक ले जाकर कोने पर बैठा दिया।

"तुम क्या देख रही हो?" उसने उत्कट अंदाज़ में पूछा और उसकी आँखों में घूरा। एलिस की आँखें बहुत दूर की किसी चीज़ पर केंद्रित थीं। मैं उसके क़रीब बैठी और उसकी धीमी, फटाफट आवाज़ को सुनने के लिए झुक गई।

"मैं एक कमरा देख रही हूँ। यह लंबा है और हर तरफ़ दर्पण हैं। फ़र्श लकड़ी का है। वह कमरे में है और इंतज़ार कर रहा है। सुनहरा रंग है... दर्पणों पर सुनहरी धारी है।"

"कमरा कहाँ है?"

"मैं नहीं जानती। किसी चीज़ की कमी है - एक और निर्णय है, जो अब तक नहीं लिया गया है।"

"कितना समय?"

"जल्दी ही। वह आज या शायद कल मिरर रूम में होगा। यह सब बहुत सी चीज़ों पर निर्भर करता है। वह किसी चीज़ का इंतज़ार कर रहा है। और वह अभी अँधेरे में है।"

जैस्पर की आवाज़ शांत और सुनियोजित थी, जब उसने उससे पूछा। "वह क्या कर रहा है?"

"वह टीवी देख रहा है... नहीं, वह वीसीआर चला रहा है, अँधेरे में, किसी दूसरी जगह।"

"क्या तुम देख सकती हो कि वह कहाँ है?"

"नहीं, बहुत ज़्यादा अँधेरा है।"

"और मिरर रूम, वहाँ और क्या है?"

"सिर्फ़ दर्पण और सुनहरी धारी। कमरे में चारों तरफ़ एक बेंड है। और एक काली टेबल है, जिस पर एक बड़ा स्टीरियो और टीवी है। वह वहाँ वीसीआर को छू रहा है, लेकिन वह उस तरह नहीं देखता है, जिस तरह वह अँधेरे कमरे में देखता है। यही वह कमरा है, जहाँ वह इंतज़ार करता है।" उसकी आँखें भटकीं और फिर जैस्पर के चेहरे पर केंद्रित हो गईं।

"और कुछ नहीं है?"

एलिस ने अपना सिर हिलाया। दोनों स्थिर होकर एक-दूसरे को देखते रहे।

"इसका क्या मतलब है?" मैंने पूछा।

उनमें से किसी ने भी तुरंत जवाब नहीं दिया, फिर जैस्पर ने मेरी तरफ़ देखा।

"इसका मतलब है कि शिकारी की योजनाएँ बदल गई हैं। उसने एक निर्णय ले लिया है, जो उसे मिरर रूम और अँधेरे कमरे में ले जाएगा।"

"लेकिन हम नहीं जानते कि वे कमरे कहाँ हैं?"

"नहीं।"

"लेकिन हम जानते हैं कि वह वॉशिंगटन के उत्तर में पहाड़ों पर नहीं रहेगा, जहाँ उसका शिकार किया जा सके। वह उनसे बचकर निकल जाएगा।" एलिस की आवाज़ में निराशा थी।

"क्या हमें फ़ोन करना चाहिए?" मैंने पूछा। उन्होंने अनिर्णय की स्थिति में एक-दूसरे को गंभीरता से देखा।

तभी फ़ोन बजने लगा।

मैं इसकी तरफ़ देखने के लिए अपना सिर उठा सकूँ, इससे पहले ही एलिस कमरे के पार पहुँच गई थी।

उसने एक बटन दबाकर फ़ोन को अपने कान पर लगाया, लेकिन वह पहले नहीं बोली।

"कार्लाइल," उसने कहा। वह आश्चर्य या राहत में नहीं दिख रही थी, जिस तरह मैं महसूस कर रही थी।

"हाँ," एलिस ने मुझ पर निगाह डालते हुए कहा। उसने एक लंबे पल तक सुना।

"मैंने उसे अभी-अभी देखा था।" उसने उस स्वप्न का दोबारा वर्णन किया, जो उसने अभी-अभी देखा था। "जिस भी वजह से वह उस विमान में चढ़ा था... वह उसे उन कमरों की ओर ले जा रहा था।" वह रुकी। "हाँ," एलिस ने फ़ोन पर कहा और फिर वह मुझसे बोली। "बेला?"

उसने फ़ोन मेरी तरफ़ बढ़ाया। मैं इसकी तरफ़ भागी।

"हेलो?" मैंने कहा।

"बेला," एडवर्ड बोला।

"ओह, एडवर्ड! मैं बहुत चिंता कर रही थी।"

"बेला," वह कुंठा में आह भरकर बोला, "मैंने तुमसे कहा था ना कि तुम ख़ुद के सिवा किसी दूसरे की चिंता मत करना।" उसकी आवाज़ सुनकर इतना अच्छा लगा कि मैं बता नहीं सकती थी। मुझे महसूस हुआ कि उसके बोलते ही निराशा का मँडराता बादल हल्का हुआ और दूर चला गया।

"तुम कहाँ हो?"

"हम वैंकूवर के बाहर हैं। बेला, मुझे अफ़सोस है - वह हमसे बचकर निकल गया। ऐसा लगता है कि उसे हम पर शक हो गया था - वह इतना सावधान था कि हमेशा बस इतनी दूर रहता था, ताकि मैं यह न सुन सकूँ कि वह क्या सोच रहा है, लेकिन अब वह जा चुका है - ऐसा लगता है कि वह विमान से चला गया है। हम सोच रहे हैं कि वह दोबारा शुरू करने के लिए फ़ोर्क्स गया है।" मैं सुन सकती थी कि एलिस मेरे पीछे जैस्पर को जानकारी दे रही है और इतने फर्राटे में बोल रही थी कि उसके शब्द गुनगुनाहट की आवाज़ लग रहे थे।

"मैं जानती हूँ। एलिस ने देख लिया था कि वह बचकर निकल गया है।"

"वैसे तुम्हें चिंता करने की ज़रूरत नहीं है। उसे ऐसी कोई चीज़ नहीं मिलेगी, जो उसे तुम तक ले जाए। तुम्हें तो बस वहाँ पर रहना है और तब तक इंतज़ार करना है, जब तक कि हम उसे दोबारा न खोज लें।"

"मैं ठीक रहूँगी। क्या एस्मी चार्ली के साथ हैं?"

"हाँ - औरत शहर में ही है। वह मकान तक गई थी, लेकिन उस वक़्त चार्ली ऑफ़िस में थे। वह उनके क़रीब नहीं गई है, इसलिए डरना मत। चार्ली सुरक्षित हैं। एस्मी और रोज़ेली निगाह रख रही हैं।"

"वह औरत क्या कर रही है?"

"शायद शिकार की महक पकड़ने की कोशिश कर रही है। वह रात में पूरा शहर घूम चुकी है। रोज़ेली ने उसे हवाई अड्डे, शहर की सभी सड़कों, स्कूल जाते देखा... वह खुदाई कर रही है, बेला, लेकिन कुछ है ही नहीं जो उसे मिलेगा।"

"और तुम्हें पक्का विश्वास है कि चार्ली सुरक्षित हैं?"

"हाँ, एस्मी उन्हें अपनी नज़रों से दूर नहीं होने देंगी। और हम जल्दी ही वहाँ पहुँच जाएँगे। अगर शिकारी फ़ोर्क्स के आस-पास कहीं पहुँचता है, तो हम उसका काम लगा देंगे।"

"तुम्हारी याद आती है," मैं फुसफुसाई।

"मैं जानता हूँ, बेला। मेरा यक़ीन करो, मैं जानता हूँ। ऐसा लगता है, जैसे तुम मेरी आधी जान अपने साथ लेकर चली गई हो।"

"तो आकर इसे ले लो," मैंने चुनौती दी।

"जल्दी ही, जितनी जल्दी हो सकता है, लेकिन तुम्हारी सुरक्षा मैं सबसे पहले *करूँगा*।" उसकी आवाज़ सख़्त थी।

"मैं तुमसे प्यार करती हूँ," मैंने उसे याद दिलाया।

"क्या तुम इस पर यक़ीन कर सकती हो कि मैंने तुम्हें जिस बखेड़े में डाला है, उसके बावजूद मैं भी तुमसे प्यार करता हूँ?"

"हाँ, दरअसल मैं कर सकती हूँ।"

"मैं जल्दी ही तुम्हारे पास आ जाऊँगा।"

"मैं इंतज़ार करूँगी।"

जैसे ही फ़ोन बंद हुआ, निराशा का बादल रेंगकर मुझ पर दोबारा हावी होने लगा।

मैं फ़ोन एलिस को देने के लिए घूमी। तब जाकर मुझे दिखा कि वह और जैस्पर टेबल पर झुके हुए थे। एलिस होटल की स्टेशनरी पर एक स्केच बना रही थी। मैं काउच के पीछे टिकी और उसके कंधे के ऊपर से देखा।

उसने एक कमरे का स्केच बनाया था : लंबा, आयताकार, पीछे ज़्यादा पतला, चौकोर खंड। लकड़ी के पटियों की फ़र्श थी, जो कमरे में लंबे रखे थे। दीवारों पर लकीरें थीं, जो दर्पणों के अंतराल को बताती थीं। और फिर, दीवार के चारों ओर कमर की ऊँचाई पर एक लंबा बैंड था। एलिस ने कहा था कि यह सुनहरा बैंड था।

"यह तो बैले स्टूडियो है," मैंने अचानक जाने-पहचाने आकारों को पहचानते हुए कहा।

उन्होंने मेरी ओर हैरानी से देखा।

"क्या तुम इस कमरे को पहचानती हो?" जैस्पर की आवाज़ शांत लग रही थी, लेकिन किसी दूसरी चीज़ का आभास भी था, जिसे मैं पहचान नहीं पाई। एलिस ने अपना सिर अपने स्केच पर झुकाया, उसका हाथ अब काग़ज़ पर उड़ रहा था, पीछे की दीवार पर एक इमरजेंसी एग्ज़िट आकार ले रहा था और सामने दाएँ कोने के पास एक निचली टेबल थी, जिस पर स्टीरियो और टीवी रखे थे।

"यह वैसी जगह दिखती है, जहाँ मैं डांस लेसन्स लेने जाती थी - जब मैं आठ-नौ साल की थी। यह ठीक इसी आकार की थी।" मैंने उस पेज को छुआ, जहाँ चौकोर खंड उभरा था और कमरे के पीछे वाले हिस्से को सँकरा कर रहा था। "बाथरूम वहाँ थे - दरवाज़े दूसरे डांस फ्लोर के थे, लेकिन स्टीरियो यहाँ था" - मैंने बाएँ कोने की तरफ़ इशारा किया- "यह ज़्यादा पुराना था और वहाँ टीवी नहीं था। वेटिंग रूम में एक खिड़की थी - अगर आप खिड़की में से देखें, तभी आपको कमरा इस तरह से दिखेगा।"

एलिस और जैस्पर मुझे घूर रहे थे।

"क्या तुम्हें यक़ीन है कि यह वही कमरा है?" जैस्पर ने पूछा। वह अब भी शांत था।

"नहीं, बिलकुल नहीं - मुझे लगता है कि ज़्यादातर डांस स्टूडियो ऐसे ही दिखते होंगे - दर्पण, बार।" मैंने दर्पणों पर बनी बैले बार पर अँगुली

फेरी। "यह तो बस आकार है, जो जाना-पहचाना दिखता है।" मैंने दरवाज़े को छुआ, जो ठीक इसी जगह था, जिसकी मुझे याद थी।

"क्या अभी तुम्हारे पास वहाँ जाने का कोई कारण है?" एलिस ने मेरी कल्पना को तोड़ते हुए पूछा।

"नहीं, मैं पिछले लगभग दस साल से वहाँ नहीं गई हूँ। मैं बहुत बुरी डांसर थी - वे मुझे संगीत प्रस्तुति में हमेशा पीछे रखते थे," मैंने स्वीकार किया।

"तो यह किसी तरह तुमसे जुड़ा नहीं हो सकता है?" एलिस ने व्यग्र अंदाज़ में पूछा।

"नहीं, मैं तो यह भी नहीं सोचती कि वही व्यक्ति अब इसका मालिक होगा। मुझे यक़ीन है कि यह कोई दूसरा डांस स्टूडियो होगा।"

"वह स्टूडियो कहाँ था, जहाँ तुम गई थीं?" जैस्पर ने सामान्य लहज़े में पूछा।

"यह मेरी माँ के घर के पास वाले मोड़ पर ही था। मैं वहाँ स्कूल के बाद पैदल जाती थी...," मैंने कहा। मेरी आवाज़ बीच में ही रुक गई। उनके बीच निगाहों का जो आदान-प्रदान हुआ, वह मुझे दिख गया।

"यहीं फ़ीनिक्स में?" जैस्पर की आवाज़ अब भी सामान्य थी।

"हाँ," मैं फुसफुसाई। "58वीं सड़क, कैक्टस।"

हम ख़ामोशी में बैठे ड्रॉइंग को घूरते रहे।

"एलिस, क्या वह फ़ोन सुरक्षित है?"

"हाँ," उसने मुझे आश्वस्त किया। "इस नंबर को सिर्फ़ वॉशिंगटन तक ही खोजा सकता है।"

"यानी मैं अपनी माँ को फ़ोन करने के लिए इसका इस्तेमाल कर सकती हूँ।"

"मैंने सोचा था कि वे फ्लोरिडा में थीं।"

"वे हैं - लेकिन वे जल्दी ही घर लौटने वाली हैं और वे घर नहीं जा सकतीं, जब..." मेरी आवाज़ काँपी। मैं एडवर्ड की कही बात के बारे में सोच रही थी कि लाल बालों वाली औरत चार्ली के घर में घुसी थी और स्कूल गई थी, जहाँ मेरे रिकॉर्ड रखे थे।

"तुम उन तक कैसे पहुँचोगी?"

“मकान को छोड़कर उनका दूसरा स्थायी नंबर नहीं है - वे नियमित रूप से अपने संदेश चेक करती होंगी।”

“जैस्पर?” एलिस ने पूछा।

उसने इस बारे में सोचा। “मैं नहीं सोचता कि इससे किसी तरह का नुक़सान हो सकता है - बस ज़ाहिर है यह मत बताना कि तुम कहाँ हो।”

मैं उत्सुकता से फ़ोन तक पहुँची और जाना-पहचाना नंबर डायल किया। यह चार बार बजा और फिर मैंने अपनी माँ की ख़ुशनुमा आवाज़ सुनी, जिसने मुझे संदेश छोड़ने के लिए कहा।

“माँ,” मैंने बीप के बाद कहा, “यह मैं हूँ। सुनो, मुझे आपको कुछ बताना है। यह महत्त्वपूर्ण है। जैसे ही आपको यह संदेश मिले, मुझे इस नंबर पर फ़ोन करना।” एलिस पहले ही मेरे बग़ल में थी और अपने स्केच के नीचे नंबर लिख रही थी। मैंने इसे सावधानी से दो बार पढ़ा। “जब तक आप मुझसे बात न कर लो, तब तक कृपया कहीं मत जाना। चिंता मत करना, मैं ठीक हूँ, लेकिन मुझे आपसे तुरंत बात करनी है, चाहे यह संदेश आपको कितनी भी देर से मिले, ठीक है? मैं आपसे प्यार करती हूँ, माँ। बाय।” मैंने अपनी आँखें बंद कर लीं और पूरी ताक़त से प्रार्थना की कि मेरा संदेश मिलने से पहले उनकी योजनाएँ अचानक न बदल जाएँ और वे घर न लौट आएँ।

मैं सोफ़े पर बैठ गई, प्लेट में बचे हुए फलों को कुतरती रही और एक लंबी शाम की उम्मीद करती रही। मैंने चार्ली को फ़ोन करने के बारे में सोचा, लेकिन मुझे पक्का नहीं था कि अब तक मुझे घर पहुँच जाना चाहिए था या नहीं। मैंने न्यूज़ पर ध्यान केंद्रित किया और फ्लोरिडा या स्प्रिंग ट्रेनिंग - हड़ताल या तूफ़ान या आतंकवादी हमलों की ख़बरों की तलाश की - कोई भी चीज़, जो उन्हें जल्दी घर भेज सकती हो।

अमरता से अंतहीन धैर्य आ जाता है। न तो जैस्पर, न ही एलिस को किसी चीज़ की ज़रूरत महसूस हुई। कुछ समय तक एलिस अपने स्वप्न वाले अँधेरे कमरे की अस्पष्ट रूपरेखा को स्केच करती रही, जितना वह टीवी से आती रोशनी में देख सकती थी, लेकिन यह काम पूरा करने के बाद वह बस बैठकर अपनी कालातीत आँखों से ख़ाली दीवारों को देखती रही। जैस्पर के मन में भी चहलक़दमी करने या परदों में से झाँकने

या चिल्लाकर दरवाज़े तक जाने की कोई इच्छा नहीं हुई, जिस तरह मेरी होती थी।

फ़ोन की घंटी दोबारा बजने के इंतज़ार में मैं काउच पर सो गई होऊँगी। एलिस के ठंडे हाथों की वजह से मेरी नींद खुली, जब वह मुझे उठाकर पलंग तक ले गई, लेकिन मेरा सिर तकिये से टकराने से पहले ही मैं दोबारा बेसुध हो गई थी।

21

फ़ोन कॉल

जागने पर मुझे महसूस हो रहा था कि मैं बहुत जल्दी उठ गई हूँ। मैं जानती थी कि दिन और रात की दिनचर्या धीरे-धीरे उलट रही थी। मैं अपने बिस्तर पर लेटी रही और दूसरे कमरे में एलिस और जैस्पर की धीमी आवाज़ें सुनती रही। यह अजीब था कि वे इतनी तेज़ बोल रहे थे कि मुझे उनकी आवाज़ें सुनाई दे रही थीं। मैं लुढ़की, जब तक कि मेरे पैर फ़र्श को नहीं छूने लगे और फिर लड़खड़ाती हुई लिविंग रूम में पहुँची।

टीवी की घड़ी बता रही थी कि सुबह के दो बजकर कुछ मिनट हुए थे। एलिस और जैस्पर सोफ़े पर एक साथ बैठे थे, एलिस एक बार फिर स्केचिंग कर रही थी, जबकि जैस्पर उसके कंधे के ऊपर से देख रहा था। जब मैं दाख़िल हुई, तो उन्होंने ऊपर नहीं देखा, वे एलिस की स्केचिंग में बहुत ज़्यादा डूबे हुए थे।

मैं झाँकने के लिए जैस्पर के बग़ल तक रेंगकर गई।

"क्या उसने कुछ और देखा है?" मैंने धीरे से जैस्पर से पूछा।

"हाँ। कोई चीज़ उसे वीसीआर वाले कमरे में ले आई है, लेकिन अब वहाँ उजाला है।"

मैंने देखा, जब एलिस ने एक चौकोर कमरे का स्केच खींचा, जिसकी निचली छत के पार गहरे रंग के बीम थे। दीवारों पर लकड़ी के पैनल लगे थे, थोड़े ज़्यादा गहरे रंग के, बहुत पुराने। फ़र्श पर गहरे रंग का गलीचा था, जिस पर आकृति बनी थी। दक्षिण की दीवार में एक बड़ी खिड़की थी और पश्चिमी दीवार में लिविंग रूम तक जाने का रास्ता था। उस प्रवेश

द्वार का एक सिरा पत्थर का था - पत्थर की एक बड़ी टैन फ़ायरप्लेस, जो दोनों ही कमरों के लिए खुली थी। टीवी और वीसीआर बहुत छोटे लकड़ी के स्टैंड पर दक्षिण पश्चिमी कोने में रखे थे। एक पुराना सोफ़ा टीवी के सामने घूमा हुआ था, जिसके सामने गोल कॉफ़ी टेबल थी।

"फ़ोन वहाँ पर है," मैं इशारा करते हुए फुसफुसाई।

दो जोड़ी जीवंत आँखें मुझे घूरने लगीं।

"यह मेरी माँ का घर है।"

एलिस पहले ही काउच से उतर चुकी थी और फ़ोन हाथ में लेकर डायल करने लगी थी। मैंने अपनी माँ के फ़ैमिली रूम की सटीक चित्रकारी को घूरा। जैस्पर मेरे क़रीब खिसक आया। उसने अपने हाथ से मेरे कंधे को हल्के से छुआ और शारीरिक संपर्क से उसका शांतिदायक प्रभाव ज़्यादा शक्तिशाली बन गया। दहशत छिटककर दूर चली गई।

एलिस के होंठ उसके शब्दों की गति से काँप रहे थे, धीमी भनभन को समझना असंभव था। मैं ध्यान केंद्रित नहीं कर पाई।

"बेला," एलिस ने कहा। मैंने उसकी तरफ़ सुन्न अंदाज़ में देखा।

"बेला, एडवर्ड तुम्हें लेने आ रहा है। वह, एमथ और कार्लाइल तुम्हें कहीं ले जाने आ रहे हैं, तुम्हें कुछ समय तक छिपाने के लिए।"

"एडवर्ड आ रहा है?" ये शब्द जीवन की डोर की तरह थे, जो मेरे सिर को बाढ़ के ऊपर रखे थी।

"हाँ, वह सिएटल से पहली फ़्लाइट पकड़ रहा है। हम उससे हवाई अड्डे पर मिलेंगे और तुम उसके साथ चली जाओगी।"

"लेकिन, मेरी माँ... वह यहाँ मेरी माँ की ख़ातिर आया था, एलिस!" जैस्पर के शांतिदायक प्रभाव के बावजूद मेरी आवाज़ में हिस्टीरिया का उबाल आ गया।

"जैस्पर और मैं तब तक रुकेंगे, जब तक कि वे सुरक्षित न हों।"

"मैं नहीं जीत सकती, एलिस। तुम मेरी जान-पहचान के हर व्यक्ति की हमेशा रक्षा नहीं कर सकतीं। क्या तुम देख नहीं रही हो, वह क्या कर रहा है? वह मेरा पीछा नहीं कर रहा है। वह किसी को खोजेगा, वह किसी ऐसे व्यक्ति को चोट पहुँचाएगा, जिससे मैं प्रेम करती हूँ... एलिस, यह मुझसे न हो पाएगा -"

"हम उसे पकड़ लेंगे, बेला," उसने मुझे आश्वस्त किया।

"और एलिस, अगर तुम्हें चोट पहुँची, तो? क्या तुम सोचती हो कि इससे मुझे ठीक लगेगा? क्या तुम सोचती हो कि यह सिर्फ़ मेरा इंसानी परिवार है, जिससे वह मुझे चोट पहुँचा सकता है?"

एलिस ने जैस्पर को अर्थपूर्ण निगाहों से देखा। नींद का एक गहरा, भारी कोहरा मुझ पर हावी हो गया और मेरी आँखें मेरी अनिच्छा के बावजूद बंद हो गईं। मेरा दिमाग़ कोहरे के ख़िलाफ़ जूझा, क्योंकि इसे अहसास हो गया था कि क्या हो रहा था। मैंने अपनी आँखों को खुलने पर मजबूर किया और जैस्पर के हाथ से दूर जाकर खड़ी हो गई।

"मैं सोने नहीं जाना चाहती," मैंने तेज़ी से कहा।

मैं अपने कमरे तक चलकर गई और दरवाज़ा बंद कर लिया। मैंने इसे दरअसल धड़ाम से बंद किया, ताकि मैं अकेले में आज़ादी से रो सकूँ। इस बार एलिस मेरे पीछे नहीं आई। साढ़े तीन घंटे तक मैं दीवार को घूरती रही और गेंद के आकार में इधर-उधर हिलती रही। मेरा दिमाग़ गोल-गोल घूमता रहा और इस बुरे सपने से बाहर निकलने का कोई तरीक़ा सोचने की कोशिश करता रहा। बचने का कोई रास्ता नहीं था, कोई मोहलत नहीं थी। मैं सिर्फ़ एक ही संभव अंत देख सकती थी, जो स्याह तरीक़े से मेरे भविष्य में लटक रहा था। एकमात्र प्रश्न यह था कि मेरे इस अंत तक पहुँचने से पहले कितने दूसरे लोग घायल होंगे।

मेरी एकमात्र सांत्वना, एकमात्र उम्मीद यह जानकारी थी कि मैं एडवर्ड को जल्दी ही देख पाऊँगी। अगर मैं बस उसका चेहरा दोबारा देख सकूँ, तो शायद मुझे वह समाधान भी दिख जाएगा, जो मुझे अब तक नहीं सूझा था।

जब फ़ोन की घंटी बजी, तो मैं सामने वाले कमरे में लौट आई, हालाँकि मैं अपने व्यवहार पर थोड़ी शर्मिंदा थी। मुझे उम्मीद थी कि उनमें से कोई मेरे व्यवहार से नाराज़ नहीं हुआ होगा, शायद उन्हें पता होगा कि मैं उन त्यागों के लिए कितनी कृतज्ञ थी, जो वे मेरी ख़ातिर कर रहे थे।

"वे विमान में बैठ रहे हैं," एलिस ने मुझे बताया। "वे पौने दस बजे आ जाएँगे।" बस कुछ और घंटे तक साँस लेते रहना है, जब तक कि वह यहाँ नहीं पहुँच जाता।

"जैस्पर कहाँ है?"

"चेक आउट करने गया है।"

"तुम यहाँ नहीं रुक रही हो?"

"नहीं, हम तुम्हारी माँ के घर के ज़्यादा क़रीब जाकर रहने वाले हैं।"

उसके शब्दों को सुनकर मेरे पेट में बेचैनी होने लगी।

लेकिन फ़ोन की घंटी दोबारा बजी, जिससे मेरा ध्यान भटक गया। वह हैरान नज़र आ रही थी, लेकिन मैं पहले ही आगे चल रही थी और फ़ोन के क़रीब पहुँचने की उम्मीद कर रही थी।

"हेलो?" एलिस ने पूछा। "नहीं, वह यहीं है।" उसने फ़ोन मेरी तरफ़ बढ़ाया। *तुम्हारी माँ,* उसने बिना आवाज़ के होंठों से बोलकर बताया।

"हेलो?"

"बेला? बेला?" यह मेरी माँ की आवाज़ थी, वही जाना-पहचाना लहज़ा, जो मैंने बचपन में हज़ार बार सुना था, जब भी मैं फ़ुटपाथ के कोने के ज़रूरत से ज़्यादा क़रीब पहुँच जाती थी या किसी भीड़ भरी जगह पर उनकी नज़रों से दूर हो जाती थी। यह दहशत की आवाज़ थी।

मैंने आह भरी। मुझे इसी की उम्मीद थी, हालाँकि मैं अपने संदेश को ऐसा रखना चाहती थी कि उन्हें दहशत न हो, लेकिन मैं यह भी जताना चाहती थी कि यह बहुत महत्त्वपूर्ण है।

"शांत हो जाओ, माँ," मैंने अपनी सबसे शांत आवाज़ में कहा और धीरे-धीरे एलिस से दूर चली गई। अगर उसकी निगाह मुझ पर टिकी रही, तो मैं शायद विश्वसनीय अंदाज़ में झूठ नहीं बोल सकती थी। "हर चीज़ ठीक है, ठीक है? बस मुझे एक मिनट दो और मैं हर चीज़ स्पष्ट कर दूँगी, मैं वादा करती हूँ।"

मैं रुकी और इस बात पर हैरान थी कि उन्होंने अब तक मेरी बात नहीं काटी थी।

"माँ?"

"बहुत सावधान रहना कि तुम कुछ न कहो, जब तक कि मैं तुमसे ऐसा करने को न कहूँ।" जो आवाज़ मैंने अब सुनी, वह अपरिचित भी थी और अप्रत्याशित भी। यह एक पुरुष की ऊँची आवाज़ थी; बहुत सुखद,

सामान्य आवाज़ - उस तरह की आवाज़ जिसे आप लग्ज़री कार के विज्ञापनों की पृष्ठभूमि में सुनते हैं। वह बहुत जल्दी में बोला।

"देखो, मुझे तुम्हारी माँ को चोट पहुँचाने की ज़रूरत नहीं है, इसलिए कृपया ठीक वैसा ही करो, जैसा मैं कहता हूँ और वे सही रहेंगी।" वह एक मिनट तक रुका, जब मैंने मूक दहशत में सुना। "यह बहुत अच्छा है," उसने बधाई दी। "अब मेरे बाद दोहराओ और सामान्य दिखने की कोशिश करो। कृपया कहो, 'नहीं माँ, वहीं रुको जहाँ तुम हो।'"

"नहीं माँ, वहीं रुको जहाँ तुम हो।" मेरी आवाज़ कानाफूसी से ज़्यादा ऊँची नहीं थी।

"मैं देख सकता हूँ कि यह मुश्किल होने वाला है।" उसकी आवाज़ ख़ुश थी, अब भी हल्की और दोस्ताना थी। "तुम अब किसी दूसरे कमरे में क्यों नहीं चली जातीं, ताकि तुम्हारा चेहरा हर चीज़ बर्बाद न कर दे? तुम्हारी माँ बेवजह कष्ट क्यों उठाएँ? चलते समय कृपया यह कहो, 'माँ, प्लीज़ मेरी बात सुनो।' इसे अभी कहो।"

"माँ, प्लीज़ मेरी बात सुनो," मेरी आवाज़ ने आग्रह किया। मैं बहुत धीरे-धीरे चलकर बेडरूम तक गई और अपनी पीठ पर एलिस की चिंतातुर निगाह महसूस की। मैंने अपने पीछे दरवाज़ा बंद कर लिया और दिमाग़ को जकड़ने वाली दहशत के बावजूद स्पष्टता से सोचने की कोशिश की।

"तो अब क्या तुम अकेली हो? बस हाँ या न में जवाब देना।"

"हाँ।"

"लेकिन मुझे लगता है कि वे अब भी तुम्हारी आवाज़ सुन सकते होंगे।"

"हाँ।"

"तो फिर ठीक है," सुखद आवाज़ आगे बोली, "अब कहो, 'माँ, मुझ पर भरोसा रखो।'"

"माँ, मुझ पर भरोसा रखो।"

"यह मेरी उम्मीद से ज़्यादा अच्छी तरह हो गया। मैं इंतज़ार करने के लिए तैयार था, लेकिन तुम्हारी माँ समय से पहले ही आ गईं। यह इस तरह ज़्यादा आसान है, है ना? तुम्हारे लिए कम सस्पेंस, कम चिंता।"

मैंने इंतज़ार किया।

"अब मैं चाहता हूँ कि तुम बहुत सावधानी से सुनो। तुम्हें अपने दोस्तों से दूर आना होगा, क्या तुम सोचती हो कि तुम यह कर सकती हो? हाँ या न में जवाब देना।"

"नहीं।"

"मुझे यह सुनकर अफ़सोस हुआ। मुझे उम्मीद थी कि तुम कोई न कोई रास्ता निकाल लोगी। क्या तुम सोचती हो कि तुम उनसे दूर जा सकती हो, अगर तुम्हारी माँ की जान इस पर निर्भर हो? हाँ या न में जवाब देना।"

कोई न कोई रास्ता तो होगा। मुझे याद आया कि हम हवाई अड्डे जा रहे थे। स्काई हार्बर इंटरनेशनल एयरपोर्ट : भीड़ भरा, दुविधा में डालने वाली बनावट के साथ...

"हाँ।"

"अच्छी बात है। मुझे लगता है, यह आसान नहीं होगा, लेकिन अगर मुझे हलकी सी भी भनक लगी कि तुम्हारे साथ कोई और है, तो यह तुम्हारी माँ के लिए बहुत बुरा होगा," दोस्ताना आवाज़ ने कहा। "तुम हमारे बारे में अब तक इतना तो जान चुकी हो कि अगर तुमने किसी को अपने साथ लाने की कोशिश की, तो मुझे कितनी जल्दी पता चल जाएगा और अगर ऐसा हुआ, तो तुम्हारी माँ का काम तमाम करने में मुझे कितना समय लगेगा। क्या तुम समझती हो? हाँ या न में जवाब देना।"

"हाँ।" मेरी आवाज़ टूट गई।

"बहुत बढ़िया, बेला। अब ध्यान से सुनो, तुम्हें क्या करना है। मैं चाहता हूँ कि तुम अपनी माँ के घर जाओ। वहाँ फ़ोन के ठीक पास एक नंबर होगा। उस नंबर पर फ़ोन करना, मैं तुम्हें बताऊँगा कि तुम्हें वहाँ से कहाँ जाना है।" मैं पहले ही जानती थी कि मुझे कहाँ जाना होगा और इसका अंत कहाँ होगा, लेकिन मैं उसके निर्देशों का सटीकता से अनुसरण करूँगी। "क्या तुम यह कर सकती हो? हाँ या ना में जवाब देना।"

"हाँ।"

"दोपहर से पहले, प्लीज़, बेला, मेरे पास पूरा दिन नहीं है," उसने विनम्रता से कहा।

"फ़िल कहाँ है?" मैंने रूखे अंदाज़ में पूछा।

"आह, सावधान रहो, बेला। तब तक इंतज़ार करो, जब तक कि मैं तुमसे बोलने को न कहूँ, प्लीज़।"

मैंने इंतज़ार किया।

"अब यह महत्त्वपूर्ण है कि तुम अपने मित्रों के पास जाने पर उन्हें शंका में न डालो। उन्हें बताना कि तुम्हारी माँ ने फ़ोन किया था और वे घर लौटना चाहती थीं, लेकिन तुमने उन्हें ऐसा न करने के लिए मना लिया। अब मेरे बाद दोहराओ, 'धन्यवाद माँ।' इसे अभी कहो।"

"धन्यवाद माँ।" आँसू आ रहे थे। मैंने उनसे जूझने की कोशिश की।

"कहो, 'मैं आपसे प्यार करती हूँ, माँ, मैं आपसे जल्दी मिलती हूँ।' इसे अभी कहो।"

"मैं आपसे प्यार करती हूँ, माँ।" मेरी आवाज़ भर्रा रही थी। "मैं आपसे जल्दी मिलती हूँ," मैंने वादा किया।

"बाय, बेला। मैं तुमसे दोबारा मिलने का इंतज़ार कर रहा हूँ।" उसने फ़ोन काट दिया।

मैंने फ़ोन को अपने कान पर लगाए रखा। मेरे जोड़ दहशत के मारे अकड़ गए थे - मैं फ़ोन रखने के लिए अपनी अँगुलियाँ नहीं मोड़ सकती थी।

मैं जानती थी कि मुझे सोचना होगा, लेकिन मेरे दिमाग़ में मेरी माँ की दहशत वाली आवाज़ भरी थी। सेकंड गुज़रते गए, जब मैं नियंत्रण के लिए जूझी।

धीरे-धीरे मेरे विचार दर्द की उस ईंट की दीवार को तोड़ने लगे। योजना बनाने के लिए, क्योंकि अब मेरे पास सिर्फ़ एक ही विकल्प बचा था : दर्पण वाले कमरे में जाना और जान देना। मेरे पास कोई गारंटी नहीं थी, कोई चीज़ नहीं थी, जिसे देकर मैं अपनी माँ को ज़िंदा रख सकूँ। मैं सिर्फ़ यह उम्मीद कर सकती थी कि जेम्स खेल जीतने से संतुष्ट होगा। एडवर्ड को हराना उसके लिए काफ़ी होगा। निराशा ने मुझे जकड़ लिया, सौदेबाज़ी करने का कोई तरीक़ा नहीं था, मैं उसे ऐसा कुछ नहीं दे सकती थी या देने से इंकार कर सकती थी, जिससे वह प्रभावित हो जाए। मेरे पास अब भी कोई विकल्प नहीं था। मुझे कोशिश करनी थी।

मैंने दहशत को उतना पीछे धकेला, जितना धकेल सकती थी। मैंने निर्णय ले लिया था। परिणाम के बारे में अफ़सोस करने में समय बर्बाद करने से कोई फ़ायदा नहीं होना था। मुझे स्पष्टता से सोचना था, क्योंकि एलिस और जैस्पर मेरा इंतज़ार कर रहे थे और उनसे बचना अनिवार्य भी था और असंभव भी।

में अचानक कृतज्ञ थी कि जैस्पर चला गया था। अगर वह वहाँ होता, तो पिछले पाँच मिनट में मेरी गहन पीड़ा को महसूस कर लेता और तब मैं उन्हें शक करने से कैसे रोक सकती थी? मैंने दहशत और चिंता को पीछे रोकने तथा उनका दमन करने की कोशिश की। मैं अब इसे गवारा नहीं कर सकती थी। मैं नहीं जानती थी कि वह कब लौटेगा।

मैंने अपने बचकर निकलने पर ध्यान केंद्रित किया। मुझे उम्मीद थी कि हवाई अड्डे के जाना-पहचाना होने से संभावनाएँ मेरे पक्ष में बढ़ जाएँगी। किसी तरह मुझे एलिस को दूर रखना था...

मैं जानती थी कि एलिस दूसरे कमरे में मेरा इंतज़ार कर रही थी और उसके मन में जिज्ञासा होगी, लेकिन जैस्पर के लौटने से पहले मुझे गोपनीय तरीक़े से एक और काम करना था।

मुझे इस बात को स्वीकार करना था कि मैं एडवर्ड को दोबारा नहीं देख पाऊँगी। मैं मिरर रूम में अपने साथ उसके चेहरे की आख़िरी झलक भी नहीं ले जा पाऊँगी। मैं उसे चोट पहुँचाने जा रही थी और मैं अलविदा तक नहीं कह सकती थी। मैंने यातना की लहरों में ख़ुद को डूबने दिया और कुछ समय तक उन्हें उनका काम करने दिया। फिर मैंने उन्हें दूर धका दिया और एलिस का सामना करने गई।

मैं चेहरे पर जो एकमात्र भाव ला पाई, वह बोझिल और बेजान था। मैंने उसकी शंका देखी और उसके पूछने का इंतज़ार नहीं किया। मेरे पास बस एक ही पटकथा थी और मैं अचानक लाइनें बदलने में आज तक कामयाब नहीं हुई थी।

"मेरी माँ चिंता कर रही थीं, वे घर लौटना चाहती थीं, लेकिन यह ठीक है, मैंने उन्हें दूर रहने के लिए राज़ी कर लिया है।" मेरी आवाज़ बेजान थी।

"बेला, हम यह सुनिश्चित करेंगे कि वे सही रहें, चिंता मत करो।"

मैंने अपना चेहरा मोड़ लिया, मैं उसे अपना चेहरा नहीं देखने दे सकती थी।

मेरी निगाह डेस्क पर होटल स्टेशनरी के एक ख़ाली पेज पर गई। मैं इस तक धीरे-धीरे गई और मेरे मन में एक योजना बनने लगी। वहाँ एक लिफ़ाफ़ा भी था। यह अच्छा था।

"एलिस," मैंने बिना मुड़े धीरे से कहा और अपनी आवाज़ सपाट रखी। "अगर मैं अपनी माँ के लिए एक पत्र लिख दूँ, तो क्या तुम उन्हें यह दे दोगी? मेरा मतलब है, इसे उनके घर पर छोड़ दोगी।"

"पक्का, बेला।" उसकी आवाज़ सावधान थी। वह देख सकती थी कि मैं बुरी तरह टूट गई हूँ। मुझे अपनी भावनाओं को ज़्यादा अच्छी तरह नियंत्रण में रखना *था*।

मैं दोबारा बेडरूम में गई और छोटी बेडसाइड टेबल के बग़ल में झुककर लिखने लगी।

"एडवर्ड," मैंने लिखा। मेरा हाथ काँप रहा था, जिस वजह से अक्षर मुश्किल से पढ़ने में आ रहे थे।

मैं तुमसे प्यार करती हूँ। मुझे बहुत अफ़सोस है। उसके पास मेरी माँ है और मुझे कोशिश करनी ही है। मैं जानती हूँ कि शायद यह काम न करे। मुझे बहुत, बहुत अफ़सोस है।

एलिस और जैस्पर से नाराज़ मत होना। अगर मैं उनसे बच निकलने में कामयाब हो जाती हूँ, तो यह किसी चमत्कार से कम नहीं होगा। उन्हें मेरी तरफ़ से धन्यवाद देना, ख़ास तौर पर एलिस को, प्लीज़।

और कृपया, उसका पीछा मत करना। मेरे ख़याल से वह यही चाहता है। मैं यह सहन नहीं कर सकती कि मेरे कारण किसी को भी चोट पहुँचे, ख़ास तौर पर तुम्हें। प्लीज़, यह एकमात्र चीज़ है, जो मैं तुमसे इस समय माँग सकती हूँ। मेरी ख़ातिर।

मैं तुमसे प्यार करती हूँ। मुझे माफ़ कर देना।

बेला।

मैंने पत्र को सावधानी से तह किया और इसे लिफ़ाफ़े में रखकर चिपका दिया। अंततः यह उसे मिल जाएगा। मुझे बस यही उम्मीद थी कि वह समझ जाएगा और इस एक बार मेरी बात मान लेगा।

और फिर मैंने सावधानी से अपने दिल को बंद कर दिया।

22

लुकाछिपी

इसमें मेरी उम्मीद से बहुत कम समय लगा था - मेरे दिल की सारी दहशत, निराशा, बिखरना। मिनट सामान्य से ज़्यादा धीमी गति से गुज़र रहे थे। जब मैं एलिस के पास पहुँची, तब तक जैस्पर नहीं लौटा था। मुझे एलिस के साथ एक ही कमरे में रहने से डर लग रहा था, ताकि वह अंदाज़ा न लगा ले... और इसी कारण उससे छिपने से भी डर रही थी।

मैंने सोचा था कि मैं अब किसी बात पर हैरान नहीं हो सकती हूँ, क्योंकि मेरे विचार यातना भरे और अस्थिर थे, लेकिन मैं हैरान हो गई, जब मैंने एलिस को डेस्क पर झुके देखा और दोनों हाथों से इसके कोने को पकड़ते देखा।

"एलिस?"

उसने प्रतिक्रिया नहीं की, जब मैंने उसका नाम लिया, लेकिन उसका सिर अगल-बग़ल में हिलता जा रहा था और मैंने उसका चेहरा देखा। उसकी आँखें सूनी और स्तब्ध थीं... मेरे मन में सहसा मेरी माँ का विचार आया। क्या मुझे पहले ही बहुत देर हो गई थी?

मैं उसके बग़ल में जल्दी से पहुँची और उसका हाथ छूने के लिए अपने आप मेरा हाथ बढ़ गया।

"एलिस!" जैस्पर की आवाज़ चाबुक की तरह लगी और फिर वह उसके पीछे था। जैस्पर के हाथ उसके हाथ पर थे और उसकी पकड़ को टेबल पर से छुड़ा रहे थे। कमरे के पार दरवाज़ा हल्की क्लिक के साथ बंद हुआ।

"यह क्या है?" जैस्पर ने पूछा।

एलिस ने अपना चेहरा मुझसे दूर जैस्पर के सीने में घुसाया और कहा, "बेला!"

"मैं यहीं हूँ," मैंने जवाब दिया।

एलिस का सिर घूमा, उसकी आँखें मेरी निगाहों से मिलीं, लेकिन उनका भाव अजीब तरीक़े से सूना था। मुझे तुरंत अहसास हो गया कि वह मुझसे नहीं बोल रही थी, वह तो जैस्पर के सवाल का जवाब दे रही थी।

"तुमने क्या देखा?" मैंने कहा - और मेरी सपाट, परवाह न करने वाली आवाज़ में कोई सवाल नहीं था।

जैस्पर ने तेज़ी से मेरी तरफ़ देखा। मैं सूने चेहरे के साथ इंतज़ार करती रही। एलिस और मेरे चेहरों के बीच घूमती जैस्पर की आँखें दुविधा में थीं, उसे भारी खलबली महसूस हो रही होगी... क्योंकि मैं अंदाज़ा लगा सकती थी कि एलिस ने अब क्या देखा होगा।

मुझे अपने चारों तरफ़ का माहौल शांत होता लगा। मैंने इसका स्वागत किया और अपनी भावनाओं को अनुशासित तथा नियंत्रित रखने के लिए इसका इस्तेमाल किया।

एलिस ने भी ख़ुद को सँभाल लिया।

"कुछ नहीं, दरअसल," उसने आख़िरकार जवाब दिया; उसकी आवाज़ उल्लेखनीय रूप से शांत और विश्वस्त थी। "बस पहले वाला ही कमरा था।"

उसने आख़िरकार मेरी तरफ़ देखा; उसके चेहरे का भाव समतल और निर्लिप्त था। "क्या तुमने नाश्ता किया?"

"नहीं, मैं हवाई अड्डे पर खा लूँगी।" मैं भी बहुत शांत थी। मैं नहाने के लिए बाथरूम गई। जैस्पर की अजीब अतिरिक्त इंद्रिय के बिना भी मैं एलिस की बौखलाई हुई - हालाँकि, अच्छी तरह छिपी हुई - हताशा को महसूस कर रही थी कि वह मुझे कमरे से बाहर भेजना चाहती थी, ताकि जैस्पर के साथ अकेली रह सके, वह उसे बता सके कि वे कुछ ग़लत कर रहे थे, और वे नाकामयाब होने वाले थे...

मैं सुनियोजित तरीक़े से तैयार हुई और हर छोटे काम पर ध्यान केंद्रित किया। मैंने अपने बाल खुले छोड़ दिए, अपने चारों ओर लहराते

हुए, मेरे चेहरे को ढकते हुए। जैस्पर ने जो शांत मनोदशा बनाई थी, वह मेरे अंदर काम करती रही और इसने ज़्यादा स्पष्टता से सोचने में मेरी मदद की। इससे मुझे योजना बनाने में मदद मिली। मैंने अपने बैग में खुदाई की और पैसों से भरा मोजा निकालकर अपनी जेब में ख़ाली कर लिया।

मैं हवाई अड्डे जाने के लिए उतावली थी और जब हम सात बजे चल दिए, तो मुझे ख़ुशी हुई। मैं इस बार स्याह कार की पीछे वाली सीट पर अकेली बैठी थी। एलिस दरवाज़े से टिकी बैठी थी और उसका चेहरा जैस्पर की तरफ़ था, लेकिन धूप के चश्मे के पीछे से वह हर कुछ सेकंड बाद मेरी तरफ़ निगाहें डालती जा रही थी।

"एलिस?" मैंने तटस्थ अंदाज़ में पूछा।

वह सावधान हो गई। "हाँ?"

"यह कैसे काम करता है? ये चीज़ें जो तुम देखती हो?" मैंने बग़ल वाली खिड़की से बाहर घूरा और मेरी आवाज़ में ऊब का भाव था। "एडवर्ड ने कहा था कि यह निश्चित नहीं था... कि चीज़ें बदलती हैं?" उसका नाम लेना उम्मीद से ज़्यादा मुश्किल था। शायद इससे जैस्पर चौकस हुआ होगा, क्योंकि कार में शांति की एक नई लहर आ गई थी।

"हाँ, चीज़ें बदलती हैं...," वह बुदबुदाई - आशाजनक रूप से, मैंने सोचा। "कुछ चीज़ें बाक़ी से ज़्यादा निश्चित होती हैं... जैसे मौसम। लोगों के मामले में ज़्यादा मुश्किल होती है, मैं सिर्फ़ वही दिशा देख सकती हूँ, जिस पर वे तब होते हैं, जब मैं उन्हें देखती हूँ। एक बार जब वे अपना इरादा बदल लेते हैं - एक नया निर्णय ले लेते हैं, चाहे वह कितना ही छोटा क्यों न हो - तो पूरा भविष्य बदल जाता है।"

मैंने विचारपूर्वक सिर हिलाया। "तो तुम फ़ीनिक्स में जेम्स को तब तक नहीं देख सकती थीं, जब तक कि उसने यहाँ आने का निर्णय नहीं लिया।"

"हाँ," वह सहमत हुई और एक बार फिर सतर्क हो गई।

और उसने मुझे जेम्स के साथ मिरर रूम में तब तक नहीं देखा था, जब तक कि मैंने वहाँ जाकर उससे मिलने का निर्णय नहीं लिया था। मैंने इस बारे में न सोचने की कोशिश की कि उसने और क्या देखा हो सकता है। मैं नहीं चाहती थी कि मेरी दहशत से जैस्पर ज़्यादा शंका करने लगे।

वैसे भी एलिस के सपने के बाद वे अब मुझ पर दोगुनी सावधानी से निगाह रख रहे थे। यह असंभव होने वाला था।

हम हवाई अड्डे पहुँच गए। क़िस्मत मेरे साथ थी या शायद यह सिर्फ़ अच्छी संभावना थी। एडवर्ड का विमान टर्मिनल फ़ोर में उतर रहा था, जो सबसे बड़ा टर्मिनल था और जहाँ ज़्यादातर विमान उतरते थे - इसलिए इसमें कोई आश्चर्य की बात नहीं थी कि उसका विमान भी वहीं उतर रहा था, लेकिन यही वह टर्मिनल था, जिसकी मुझे ज़रूरत थी : सबसे बड़ा और सबसे ज़्यादा चकराने वाला। और लेवल थ्री पर एक दरवाज़ा था, जहाँ मेरा एकमात्र मौक़ा था।

हमने बड़े गैराज की चौथी मंज़िल पर कार पार्क की। मैं रास्ता दिखाते हुए गई, क्योंकि इस बार मैं माहौल के बारे में उनसे ज़्यादा जानकारी रखती थी। हम लेवल थ्री तक लिफ़्ट से गए, जहाँ यात्री उतरते थे। एलिस और जैस्पर ने जाने वाली उड़ानों में यात्रियों को लंबे समय तक बैठते देखा। वे न्यू यॉर्क, अटलांटा, शिकागो की अच्छी और बुरी चीज़ों पर बात कर रहे थे। ऐसी जगहें, जिन्हें मैंने कभी नहीं देखा था। और कभी देख भी नहीं पाऊँगी।

मैंने बेचैनी से अपने अवसर का इंतज़ार किया और अपने पैर के अँगूठे को ठक-ठक करने से नहीं रोक पाई। हम मेटल डिटेक्टर्स के पास कुर्सियों की लंबी क़तारों में बैठे थे। जैस्पर और एलिस लोगों को देखने का नाटक कर रहे थे, लेकिन वे दरअसल मुझे देख रहे थे। अगर मैं अपनी सीट पर एक इंच भी इधर से उधर होती थी, तो उनकी आँखों के कोने से तीव्र निगाह उधर ही आ जाती थी। यह निराशाजनक था। क्या मुझे दौड़ना चाहिए? क्या वे इस सार्वजनिक जगह पर मुझे रोकने की जुर्रत करेंगे? या वे बस मेरे पीछे-पीछे चले आएँगे?

मैंने अपनी जेब से बिना नाम-पते वाला लिफ़ाफ़ा निकाला और इसे एलिस के काले लेदर बैग के ऊपर रख दिया। उसने मेरी तरफ़ देखा।

"मेरी चिट्ठी," मैंने कहा। उसने सिर हिलाया और इसे सबसे ऊपरी फ्लैप के नीचे डाल लिया। एडवर्ड को यह जल्दी ही मिल जाएगा।

मिनट गुज़रते गए और एडवर्ड के आने का समय ज़्यादा क़रीब आने लगा। यह आश्चर्यजनक था कि मेरे शरीर के रोम-रोम को उसके आने का पता चल गया था और यह उसके आगमन के लिए व्याकुल था। इसकी वजह से यह काम ज़्यादा मुश्किल हो गया था। मैं रुकने के बहाने

बनाने लगी थी और उसे देखने के बाद बचकर निकलने की सोचने लगी थी, लेकिन मैं जानती थी कि यह असंभव था, क्योंकि तब वह मुझे बचकर निकलने का कोई मौक़ा नहीं देगा।

कई बार एलिस ने मेरे लिए नाश्ता लाने की पेशकश की। मैंने उसे बताया, अभी नहीं, बाद में।

मैं आगमन बोर्ड को देखती रही, जब एक के बाद एक फ़्लाइट समय पर आती रहीं। सिएटल वाली फ़्लाइट बोर्ड के ऊपर खिसकती रही।

और फिर जब मेरे पास बचकर निकलने के लिए सिर्फ़ तीस मिनट बचे थे, तो संख्याएँ बदल गईं। उसका विमान दस मिनट पहले आ रहा था। मेरे पास अब और समय नहीं था।

"मैं सोचती हूँ कि अब मैं कुछ खा लेती हूँ," मैंने जल्दी से कहा।

एलिस खड़ी हो गई। "मैं तुम्हारे साथ चलती हूँ।"

"तुम्हें दिक़्क़त तो नहीं है, अगर जैस्पर मेरे साथ जाए?" मैंने पूछा। "मैं थोड़ा सा..." मैंने वाक्य पूरा नहीं किया। मेरी आँखें इतनी निरंकुश थीं कि वे मेरे जज़्बात बयान कर रही थीं।

जैस्पर उठकर खड़ा हो गया। एलिस की आँखें दुविधा में थीं, लेकिन मुझे यह देखकर राहत हुई कि वे शक नहीं कर रही थीं। उसे लग रहा होगा कि उसके स्वप्न में परिवर्तन का कारण मेरा धोखा नहीं, बल्कि शिकारी का कोई पैंतरा होगा।

जैस्पर ख़ामोशी में मेरे साथ चला, उसका हाथ मेरी पीठ के कोने पर था, मानो वह मेरा मार्गदर्शन कर रहा हो। मैंने पहले एयरपोर्ट कैफ़े में रुचि नहीं ली। मेरी निगाह तो किसी ख़ास जगह की तलाश कर रही थीं। और फिर वह जगह मुझे मोड़ पर दिख गई, एलिस की पैनी निगाह से दूर - लेवल थ्री लेडीज़ रूम।

"तुम्हें कोई दिक़्क़त तो नहीं?" मैंने जैस्पर से पूछा, जब हम उसके पास से गुज़रे। "मैं बस एक मिनट में आती हूँ।"

"मैं यहीं रहूँगा," उसने कहा।

जैसे ही मेरे पीछे दरवाज़ा बंद हुआ, मैं दौड़ने लगी। मुझे याद था कि इस बाथरूम से मैं पहले खो गई थी, क्योंकि इसमें बाहर निकलने के दो रास्ते थे।

दूर वाले दरवाज़े के बाहर पहुँचने पर लिफ़्ट आ जाएगी और अगर जैस्पर वहीं रहता है, जहाँ उसने कहा था कि वह रहेगा, तो मैं उसे दिखाई नहीं दूँगी। मैंने दौड़ते समय पीछे पलटकर नहीं देखा। यह मेरा एकमात्र मौक़ा था और भले ही वह मुझे देख ले, लेकिन मुझे दौड़ते रहना था। लोगों ने मुझे घूरकर देखा, लेकिन मैंने उन्हें नज़रअंदाज़ कर दिया। मोड़ पर लिफ़्ट मेरा इंतज़ार कर रही थी और मैं तेज़ी से दौड़ी और अपना हाथ नीचे जाने वाली भरी हुई लिफ़्ट के बंद होते दरवाज़ों के बीच डाल दिया। मैं चिड़चिड़ाते यात्रियों के बीच में जैसे-तैसे घुसी और यह तसल्ली की कि लेवल वन का बटन दबा हुआ था। इसकी बत्ती पहले से जल रही थी और दरवाज़ा बंद हो गया।

जैसे ही दरवाज़ा खुला, मैं एक बार फिर दौड़ने लगी, हालाँकि मुझे पीछे से चिढ़ भरी बुदबुदाहटें सुनाई दे रही थीं। मैंने ख़ुद को धीमा किया, जब मैं लगेज वाले पट्टे के पास के सिक्युरिटी गार्ड्स के पास से गुज़री, लेकिन बाहर निकलने का दरवाज़ा दिखने पर एक बार फिर दौड़ने लगी। मुझे पता नहीं चल सकता था कि क्या जैस्पर अब तक मेरी तलाश करने लगा था। अगर वह मेरी महक का पीछा कर रहा होगा, तो मेरे पास सिर्फ़ कुछ ही सेकंड का समय था। मैंने स्वचालित दरवाज़ों की तरफ़ छलाँग लगाई और काँच से टकराते-टकराते बची, क्योंकि वे काफ़ी धीमी गति से खुले।

भीड़ भरे फ़ुटपाथ पर एक भी कैब नहीं दिख रही थी।

मेरे पास समय नहीं था। एलिस और जैस्पर को या तो अहसास होने वाला था कि मैं चली गई हूँ या उन्हें पहले ही यह पता चल गया था। वे पलक झपकते मुझे खोज लेंगे।

मेरे कुछ फ़ुट पीछे हयात की एक शटल के दरवाज़े बंद हो रहे थे।

"ठहरो!" मैं चिल्लाते हुए दौड़ी और ड्राइवर की तरफ़ हाथ हिलाया।

"यह हयात जाने वाली शटल है," ड्राइवर ने दुविधा में कहा, जब उसने दरवाज़ा खोला।

"हाँ," मैं हाँफी, "मैं वहीं जा रही हूँ।" मैं सीढ़ियों पर तेज़ी से चढ़ी।

उसने मेरी बिना लगेज वाली स्थिति को कनखियों से देखा, लेकिन फिर कंधे उचका दिए और पूछने की ज़रूरत नहीं समझी।

ज़्यादातर सीटें ख़ाली थीं। मैं बाक़ी यात्रियों से यथासंभव दूरी पर बैठी और खिड़की से बाहर देखने लगी, जब पहले फ़ुटपाथ और फिर हवाई

अड्डा दूर जाने लगे। मैं यह कल्पना किए बिना नहीं रह पाई कि एडवर्ड मेरे सुराग़ का पीछा करते-करते अंत में सड़क के इसी कोने पर खड़ा होगा। मैंने ख़ुद को बताया, मैं अब भी रो नहीं सकती हूँ, मुझे बहुत दूर जाना है।

मेरी क़िस्मत ने साथ दिया। हयात के सामने थके-थके दिखने वाले पति-पत्नी एक कैब की डिग्गी से अपना आख़िरी सूटकेस बाहर निकाल रहे थे। मैं शटल से कूदी और कैब की तरफ़ दौड़कर ड्राइवर के पीछे वाली सीट पर बैठ गई। थके हुए पति-पत्नी और शटल ड्राइवर मुझे घूरकर देखने लगे।

मैंने कैब के हैरान ड्राइवर को अपनी माँ का पता बताया। "मुझे जल्दी से जल्दी वहाँ पहुँचना है।"

"यह तो स्कॉट्सडेल में है," वह शिकायत भरे लहज़े में बोला।

मैंने सीट के ऊपर बीस-बीस के चार नोट बढ़ा दिए।

"क्या इतना काफ़ी होगा?"

"बिलकुल बेटा, कोई दिक़्क़त नहीं।"

मैं सीट से टिक गई और अपने हाथ गोद में रख लिए। मेरे चारों तरफ़ जाने-पहचाने शहर की जानी-पहचानी गतिविधियाँ थीं, लेकिन मैंने खिड़कियों से बाहर नहीं देखा। मैंने नियंत्रण क़ायम रखने के लिए ख़ुद पर दबाव डाला। मैं संकल्पित थी कि इस बिंदु पर आपा नहीं खोऊँगी, जब मेरी योजना सफलतापूर्वक पूरी हो गई थी। ज़्यादा दहशत या ज़्यादा चिंता में डूबने में कोई तुक नहीं थी। मेरा रास्ता निश्चित था। मुझे तो अब बस उस पर चलना था।

इसलिए दहशत करने के बजाय मैंने अपनी आँखें बंद कीं और एडवर्ड के साथ बीस मिनट की यात्रा की।

मैंने कल्पना की कि मैं एडवर्ड से मिलने के लिए हवाई अड्डे पर रुक गई थी। मैंने तसवीर देखी कि मैं अपने पंजों के बल खड़ी हो गई थी, ताकि उसका चेहरा ज़्यादा जल्दी दिख जाए। वह हमारे बीच के लोगों की भीड़ में कितनी जल्दी, कितने आकर्षक अंदाज़ में चल रहा होगा। और फिर मैं हमारे बीच के आख़िरी चंद फ़ुट के फ़ासले को दौड़कर पूरा कर लूँगी - हमेशा की तरह लापरवाह - और मैं उसकी संगमरमरी बाँहों में होऊँगी, आख़िरकार सुरक्षित।

मैं सोचने लगी कि हम कहाँ जाते। उत्तर में कहीं पर, ताकि वह दिन में बाहर रह सके। या शायद किसी दूर-दराज़ की जगह पर, ताकि हम एक साथ दोबारा धूप में लेट सकते। मैंने समुद्र किनारे उसकी कल्पना की, जहाँ उसकी त्वचा समुद्र की तरह चमक रही थी। इससे कोई फ़र्क़ नहीं पड़ता था कि हमें कितने समय तक छिपना पड़ता। उसके साथ होटल के कमरे में बंद रहना भी एक तरह की जन्नत थी। मेरे पास उससे पूछने के लिए ढेर सारे सवाल बचे थे। मैं अनंत काल तक उससे बातें कर सकती थी, कभी सोए बिना, कभी उसके बग़ल से हिले बिना।

मैं अब उसका चेहरा बहुत स्पष्टता से देख सकती थी... लगभग उसकी आवाज़ सुन सकती थी। तमाम दहशत और निराशा के बावजूद मैं कुछ समय के लिए ख़ुश थी। मैं अपने पलायनवादी दिवास्वप्नों में इतनी ज़्यादा खो गई थी कि मुझे भान ही नहीं हुआ कि समय कैसे गुज़र गया।

"सुनो, नंबर क्या था?"

ड्राइवर के सवाल ने मेरी फंतासी में तलवार चुभा दी और मेरे प्यारे मुग़ालतों के सारे रंग बिखरा दिए। स्याह और सख़्त डर मुग़ालतों की ख़ाली जगह को भरने के लिए इंतज़ार कर रहा था।

"5821।" मेरी आवाज़ कसी हुई थी। कैब ड्राइवर ने मेरी तरफ़ देखा और घबराकर सोचा कि मैं किसी गड़बड़झाले या उलटी-सीधी चीज़ में तो शामिल नहीं हूँ।

"लो, हम वहाँ पहुँच गए।" वह अपनी कार से मुझे बाहर उतारने के लिए बेचैन था और शायद उम्मीद कर रहा था कि मैं बचे हुए पैसे नहीं माँगूँगी।

"धन्यवाद," मैंने फुसफुसाकर कहा। डरने की कोई ज़रूरत नहीं है, मैंने ख़ुद को याद दिलाया। घर ख़ाली है। मुझे जल्दी करनी होगी, मेरी माँ दहशत में मेरा इंतज़ार कर रही थीं और मेरे भरोसे थीं।

मैं दरवाज़े तक भागी और छज्जे के नीचे से चाबी निकालने के लिए स्वचालित ढंग से हाथ बढ़ाया। मैंने दरवाज़े का ताला खोला। अंदर अँधेरा था, ख़ाली, सामान्य। मैं फ़ोन तक भागी और रास्ते में किचन की बत्ती जला ली। वहाँ व्हाइटबोर्ड पर छोटी, साफ़-सुथरी लिखाई में दस अंकों का नंबर लिखा था। मेरी अँगुलियाँ कीपैड पर उलझती रहीं और ग़लतियाँ करती रहीं। मुझे दोबारा शुरू करना पड़ा। मैंने इस बार सिर्फ़ बटनों पर ध्यान

केंद्रित किया और हर एक को सावधानी से दबाया। मैं कामयाब रही। मैंने काँपते हाथ से फ़ोन कान तक उठाया। यह केवल एक बार बजा।

"हेलो बेला?" उसकी आरामदेह आवाज़ ने जवाब दिया। "बहुत जल्दी कर लिया। मैं प्रभावित हूँ।"

"क्या मेरी माँ ठीक हैं?"

"वे पूरी तरह अच्छी हैं। चिंता मत करो, बेला, मेरी उनसे कोई दुश्मनी नहीं है। जब तक तुम्हारे साथ कोई और नहीं आता, ज़ाहिर है।" हल्की, ख़ुश।

"मैं अकेली हूँ।" मैं पूरे जीवन में इससे ज़्यादा अकेली कभी नहीं थी।

"बहुत बढ़िया। अब क्या तुम अपने घर के मोड़ वाले बैले स्टूडियो को जानती हो?"

"हाँ। मैं जानती हूँ कि वहाँ कैसे पहुँचना है।"

"अच्छा, तो फिर तुमसे जल्दी ही मुलाक़ात होती है।"

मैंने फ़ोन रख दिया।

मैं कमरे से दौड़ी और दरवाज़े से होती हुई तपाने वाली गर्मी में बाहर निकल गई।

इस बार घर को पलटकर देखने का समय ही नहीं था और मैं देखना भी नहीं चाहती थी, जैसा यह इस वक़्त था - ख़ाली और अभयारण्य के बजाय डर का संकेत। उन जाने-पहचाने कमरों में चलने वाला आख़िरी व्यक्ति मेरा दुश्मन था।

कनखियों से मैं लगभग देख सकती थी कि बचपन में मेरे खेलते समय माँ यूकेलिप्टस के बड़े पेड़ की छाया में खड़ी थीं या मेलबॉक्स के चारों ओर मिट्टी के छोटे प्लॉट के पास झुकी थीं, उन सभी फूलों की क़ब्र, जिन्हें उन्होंने उगाने की कोशिश की थी। यादें आज आने वाली किसी भी हक़ीक़त से बेहतर थीं, लेकिन मैं यादों से दूर दौड़ी और हर चीज़ को अपने पीछे छोड़ते हुए मोड़ के क़रीब पहुँच गई।

मैं बहुत धीमी लग रही थी, जैसे गीली मिट्टी में दौड़ रही हूँ - कंक्रीट से ज़्यादा मदद नहीं मिल रही थी। मैं कई बार गिरी। एक बार तो गिरते हुए मैंने अपने हाथों से ख़ुद को सँभाला, जिससे वे छिल गए। मैं दोबारा दौड़ने लगी, लेकिन आख़िरकार मैं मोड़ तक पहुँच ही गई। अब

बस एक और सड़क; मैं हाँफते हुए दौड़ी और पसीना मेरे चेहरे पर बह रहा था। धूप मेरी त्वचा को गर्मा रही थी और बहुत चमकीली थी, जब यह सफ़ेद कंक्रीट पर से परावर्तित हुई और इसकी चकाचौंध ने मुझे अंधा कर दिया। मैं ख़तरनाक रूप से असुरक्षित महसूस करने लगी, फिर बहुत अदम्य भाव से, जिसकी मैंने सपने में भी कल्पना नहीं की थी, मैंने फ़ोर्क्स के... घर के हरे, रक्षात्मक जंगलों की कामना की।

जब मैं आख़िरी मोड़ मुड़कर कैक्टस पर पहुँची, तो स्टूडियो दिखने लगा था। यह ठीक वैसा ही दिख रहा था, जैसा मुझे याद था। सामने वाला पार्किंग लॉट ख़ाली था। सारी खिड़कियों के खड़े ब्लाइंड खिंचे हुए थे। मैं अब और दौड़ नहीं सकती थी - मैं साँस नहीं ले सकती थी, दौड़ और डर ने मुझे ख़ाली कर दिया था। मैंने अपने पैर हिलाने के लिए और एक पैर के सामने दूसरा रखने के लिए अपनी माँ के बारे में सोचा।

जब मैं ज़्यादा क़रीब पहुँची, तो मुझे दरवाज़े के भीतर साइनबोर्ड दिखा। इसे गुलाबी काग़ज़ पर हाथ से लिखा गया था। इस पर लिखा था कि डांस स्टूडियो स्प्रिंग ब्रेक के कारण बंद है। मैंने हैंडल को छुआ और इसे सावधानी से घुमाया। ताला खुला था। मैं अपनी साँस सही करने के लिए जूझी और दरवाज़ा खोल दिया।

लॉबी अँधेरी, ख़ाली और ठंडी थी; एयर कंडीशनर लयबद्ध आवाज़ कर रहा था। प्लास्टिक की कुर्सियाँ दीवार के पास ढेर में रखी थीं और कारपेट से शैम्पू जैसी ख़ुशबू आ रही थी। खुली खिड़की से अंदर दिख रहा था कि पश्चिमी डांस फ्लोर में अँधेरा भरा था। ज़्यादा बड़ी पूर्वी डांस फ्लोर में रोशनी नज़र आ रही थी, लेकिन खिड़की पर परदे लगे थे।

दहशत ने मुझे इतनी कसकर जकड़ लिया कि मैं सचमुच इसके कारण हिल नहीं सकती थी। मैं अपने पैरों को आगे नहीं बढ़ा सकती थी।

तभी मेरी माँ की आवाज़ आई।

"बेला? बेला?" वही डर और दहशत भरा लहज़ा। मैं दौड़कर दरवाज़े तक गई और उनकी आवाज़ के क़रीब पहुँची।

"बेला, तुमने मुझे डरा दिया! मेरे साथ दोबारा कभी ऐसा मत करना!" उनकी आवाज़ आती रही, जब मैं दौड़ते हुए लंबे, ऊँची छत वाले कमरे में घुसी।

मैंने चारों तरफ़ घूरा और यह पता लगाने की कोशिश की कि उनकी आवाज़ कहाँ से आ रही थी, फिर मुझे माँ के हँसने की आवाज़ सुनाई दी और मैं आवाज़ की तरफ़ पलटकर घूमी।

वे टीवी स्क्रीन पर थीं और राहत में मेरे बालों पर हाथ फेर रही थीं। यह थैंक्सगिविंग का मौक़ा था और तब मैं बारह साल की थी। हम कैलिफ़ोर्निया में मेरी नानी से मिलने गए थे, जिसके एक साल बाद वे मर गई थीं। हम एक दिन समुद्र तट पर गए थे और मैं सेतुबंध के कोने पर ज़रूरत से ज़्यादा झुक गई थी। उन्होंने मुझे पैर लहराते और संतुलन हासिल करने की कोशिश करते देखा था। तब उन्होंने डर के मारे चिल्लाकर कहा था, "बेला? बेला?"

और फिर टीवी स्क्रीन नीली हो गई।

मैं धीरे-धीरे पलटी। वह पीछे वाले दरवाज़े के पास बहुत स्थिर खड़ा था, इतना स्थिर कि पहले मैंने उस पर ग़ौर ही नहीं किया था। उसके हाथ में एक रिमोट कंट्रोल था। हमने एक लंबे पल तक एक-दूसरे को घूरकर देखा और फिर वह मुस्कराया।

वह मेरी तरफ़ चलकर आया और फिर मेरे पास से गुज़रकर रिमोट को वीसीआर के बग़ल में रख दिया। मैं उसे देखने के लिए सावधानी से मुड़ी।

"इसके बारे में अफ़सोस है, बेला, लेकिन क्या यह बेहतर नहीं है कि तुम्हारी माँ को दरअसल इसमें शामिल होने की ज़रूरत ही नहीं है?" उसकी आवाज़ शिष्ट और दयालु थी।

और अचानक यह बात मुझे समझ में आ गई। मेरी माँ सुरक्षित थीं। वे अब भी फ्लोरिडा में ही थीं। उन्हें कभी मेरा संदेश मिला ही नहीं था। वे कभी मेरे सामने के असामान्य रूप से पीले चेहरे की गहरी लाल आँखों से दहशत में आई ही नहीं थीं। वे सुरक्षित थीं।

"हाँ," मैंने जवाब दिया और मेरी आवाज़ में राहत का स्पष्ट अहसास था।

"तुम नाराज़ नहीं लग रही हो कि मैं तुम्हारे साथ चाल चली।"

"मैं नाराज़ नहीं हूँ।" मेरे अचानक भावोत्सर्ग ने मुझे बहादुर बना दिया था। अब इससे क्या फ़र्क़ पड़ता है? यह जल्दी ही ख़त्म हो जाएगा। चार्ली और माँ को कभी नुक़सान नहीं होगा, कभी डरना नहीं पड़ेगा। मैं

लगभग चक्कर से आक्रांत महसूस कर रही थी। मेरे दिमाग़ के किसी विश्लेषणात्मक हिस्से ने मुझे चेतावनी दी कि मैं तनाव की वजह से टूटने के बेहद क़रीब थी।

"कितनी अजीब बात है! तुम सचमुच ऐसा ही सोचती हो।" उसकी स्याह आँखों ने दिलचस्पी के साथ मुझे तौला। उसकी पुतलियाँ लगभग काली थीं, बस कोनों के चारों ओर लाली के संकेत थे। प्यासी। "मैं तुम्हारे अजीब वैम्पायर दल को इस बात का श्रेय दूँगा, तुम इंसान काफ़ी दिलचस्प हो सकते हो। मुझे अंदाज़ा है कि मैं तुम्हारा अवलोकन करने के निष्कर्ष को देख सकता हूँ। यह आश्चर्यजनक है - तुममें से कुछ में तो स्वार्थ का कोई अहसास ही नहीं होता है।"

वह मुझसे कुछ फ़ुट दूर खड़ा था और बाँहें मोड़कर मुझे जिज्ञासा से देख रहा था। उसके चेहरे या मुद्रा में कोई ख़तरा नहीं था। वह इतना ज़्यादा साधारण दिख रहा था कि उसके चेहरे या शरीर में कुछ भी उल्लेखनीय नहीं था। बस सफ़ेद त्वचा और घेरे वाली आँखें थीं, जिनकी मैं बहुत आदी हो चुकी थी। वह हल्की नीली लंबी आस्तीन की शर्ट और घिसी हुई नीली जीन्स पहने था।

"मैं सोचता हूँ कि तुम मुझे बताओगी कि तुम्हारा बॉयफ्रेंड तुम्हारा प्रतिशोध लेगा?" उसने पूछा और मुझे लगा कि वह इसकी उम्मीद कर रहा था।

"नहीं, मैं ऐसा नहीं सोचती। कम से कम, मैंने तो उससे ऐसा न करने को कहा है।"

"और इस पर उसका क्या जवाब था?"

"मैं नहीं जानती।" अजीब बात थी कि इस शिष्ट शिकारी के साथ बातचीत करना काफ़ी आसान था। "मैं उसे एक पत्र छोड़कर आई हूँ।"

"कितना रोमांटिक है, आख़िरी पत्र! और क्या तुम सोचती हो कि वह तुम्हारी बात का सम्मान करेगा?" उसकी आवाज़ अब थोड़ी ज़्यादा सख़्त थी और ताने का अंश उसके विनम्र लहज़े को गड़बड़ा रहा था।

"मुझे ऐसी ही उम्मीद है।"

"हूँ। देखो, इस मामले में हमारी आशाएँ अलग-अलग हैं। देखो, यह सब इतनी आसानी से और इतनी जल्दी हो गया! सच कहूँ, तो मैं निराश

हूँ। मुझे ज़्यादा बड़ी चुनौती की उम्मीद थी, लेकिन जैसा पता चला, मुझे सिर्फ़ थोड़ी ख़ुशक़िस्मती की ज़रूरत थी।"

मैंने ख़ामोशी में इंतज़ार किया।

"जब विक्टोरिया तुम्हारे डैडी तक नहीं पहुँच पाई, तो मैंने उससे कहा कि वह तुम्हारे बारे में ज़्यादा पता लगाए। जब मैं अपनी चुनी हुई किसी जगह पर आराम से तुम्हारा इंतज़ार कर सकता था, तो पूरी धरती पर तुम्हारे पीछे दौड़ने में कोई समझदारी नहीं थी। विक्टोरिया से बात करने के बाद मैंने तुम्हारी माँ से मिलने के लिए फ़ीनिक्स आने का निर्णय लिया। मैंने तुम्हें कहते सुना था कि तुम घर जा रही हो। पहले तो मैंने सपने में भी नहीं सोचा था कि तुम सचमुच ऐसा करोगी, लेकिन फिर मैं सोचने लगा। इंसान इतने सीधे होते हैं कि उनके कामों की भविष्यवाणी की जा सकती है। वे किसी जानी-पहचानी और सुरक्षित जगह जाना पसंद करते हैं। और क्या यह आदर्श चाल नहीं होगी, उस आख़िरी जगह पर जाना, जहाँ तुम्हें छिपने के लिए जाना चाहिए - वह जगह जहाँ तुमने कहा था कि तुम जा रही हो।

"लेकिन ज़ाहिर है, मुझे पक्का नहीं था, यह बस एक अंदरूनी अनुमान था। मुझे आम तौर पर मैं जिसका शिकार कर रहा होता हूँ, उसके बारे में मुझे अहसास हो जाता है; एक तरह की छठी इंद्रिय, तुम कह सकती हो। जब मैं तुम्हारी माँ के घर पहुँचा, तो मैंने तुम्हारा संदेश सुना। ज़ाहिर है, मुझे पक्का नहीं पता था कि तुमने कहाँ से फ़ोन किया था। तुम्हारा नंबर मिलना तो बहुत उपयोगी था, लेकिन तुम अंटार्कटिका में भी हो सकती थीं और खेल तब तक संभव नहीं होने वाला था, जब तक कि तुम क़रीब न हो।

"फिर तुम्हारा बॉयफ्रेंड फ़ीनिक्स जाने वाले विमान में बैठा। ज़ाहिर है, विक्टोरिया मेरी ख़ातिर उनकी निगरानी कर रही थी, इतने सारे खिलाड़ियों के साथ हो रहे इस मैच में मैं अकेला कामयाब नहीं हो सकता था। इस तरह मुझे वह पता चल गया, जिसकी मैं आशा कर रहा था कि आख़िरकार तुम यहीं पर थीं। मैं तैयार था, मैं पहले ही तुम्हारी आकर्षक होम मूवीज़ देख चुका था। और फिर सिर्फ़ झाँसा देने का मामला बचा था।

"बहुत आसान था, तुम जानती हो, यह दरअसल मेरे पैमानों के अनुरूप नहीं है। तो मुझे उम्मीद है, तुमने देख लिया होगा कि तुम अपने बॉयफ्रेंड के बारे में ग़लत हो। एडवर्ड, है ना?"

मैंने जवाब नहीं दिया। बहादुरी ख़त्म होने लगी थी। मुझे अहसास हुआ कि उसका शेखी बघारना अब ख़त्म होने वाला है। यह वैसे भी मेरे बारे में नहीं था। मुझे जैसी कमज़ोर इंसान को हराना कोई प्रतिष्ठा की बात नहीं थी।

"क्या तुम्हें बहुत ज़्यादा फ़र्क़ पड़ेगा, अगर मैं तुम्हारे एडवर्ड को अपना एक छोटा सा पत्र छोड़ूँ?"

उसने एक क़दम पीछे बढ़ाया और स्टीरियो के ऊपर सावधानी से रखे हथेली के आकार के डिजिटल वीडियो कैमरे को छुआ। एक छोटी लाल रोशनी ने बताया कि यह पहले ही चल रहा था। उसने इसे कई बार संतुलित किया और फ्रेम को चौड़ा किया। मैं दहशत में उसे घूरती रही।

"मुझे अफ़सोस है, लेकिन मैं नहीं सोचता कि इसे देखने के बाद वह ख़ुद को मेरा शिकार करने से रोक पाएगा। और मैं नहीं चाहता कि वह कोई चीज़ चूके। ज़ाहिर है, यह सब उसके लिए था। तुम तो बस एक इंसान हो, जो दुर्भाग्य से ग़लत जगह पर, ग़लत समय पर थीं और बिना किसी शक के ग़लत लोगों के साथ थीं, मैं जोड़ सकता हूँ।"

उसने मुस्कराते हुए मेरी तरफ़ क़दम बढ़ाया। "इससे पहले कि हम शुरू करें..."

जब उसने बोला, तो मेरे पेट में मतली का अहसास हुआ। यह ऐसी चीज़ थी, जिसकी मुझे उम्मीद नहीं थी।

"मैं बस इसमें नमक-मिर्च लगाना चाहूँगा, बस थोड़ा सा। जवाब वहाँ हमेशा से था और मुझे बहुत डर था कि एडवर्ड यह देख लेगा और मेरा मज़ा किरकिरा कर देगा। यह एक बार हुआ था, ओह, कई युगों पहले। एक ही बार... एकमात्र बार, जब मेरा शिकार मुझसे बचकर निकल गया था।

"देखो, एक वैम्पायर अपने छोटे शिकार से बहुत मूर्खतापूर्ण रूप से स्नेह करता था। उसने वह विकल्प चुना, जिसे तुम्हारा एडवर्ड बहुत कमज़ोर होने के कारण नहीं चुन पाया। जब बड़े वैम्पायर को पता चला कि मैं उसकी छोटी दोस्त के पीछे पड़ा हूँ, तो उसने उसे उस पागलख़ाने से चुरा लिया, जहाँ वह काम करता था - मैं कभी उस जुनून को *कभी नहीं* समझ पाऊँगा, जो कुछ वैम्पायर तुम इंसानों के प्रति बना लेते हैं - और उसे आज़ाद करते ही उसने उसे भी वैम्पायर बना दिया। उस बेचारी लड़की ने तो दर्द पर ग़ौर भी नहीं किया, बेचारी छोटी प्राणी। वह कोठरी के उस काले

छेद में बहुत लंबे समय से बंद थी। सौ साल पहले उसे उसके स्वप्नों के लिए खूँटी पर जला दिया जाता। उन्नीस सौ बीस के दशक में पागलख़ाने और बिजली के झटके वाले उपचार थे। जब उस लड़की ने अपनी आँखें खोलीं, तो अपनी नई जवानी से वह शक्तिशाली बन चुकी थी और ऐसा लगा, जैसे उसने पहले कभी सूरज देखा ही नहीं था। बूढ़े वैम्पायर ने उसे शक्तिशाली नया वैम्पायर बना दिया था और फिर मेरे पास उस लड़की को छूने का कोई कारण नहीं था।" उसने आह भरी। "मैंने प्रतिशोध में बूढ़े वैम्पायर को नष्ट कर दिया।"

"एलिस," मैंने हैरानी में फुसफुसाया।

"हाँ, तुम्हारी छोटी दोस्त। मैदान में उसे देखकर मैं हैरान *हुआ था।* इसलिए मैं सोचता हूँ कि इस अनुभव से उसके दल को थोड़ी राहत मिलनी चाहिए। मुझे तुम मिल गईं, लेकिन उन्हें वह मिल गई। वह शिकार जो मुझसे बचकर निकल गया था, दरअसल सम्मान की बात है।

"और उसकी महक बहुत ज़ायक़ेदार थी। मुझे अब भी अफ़सोस है कि मुझे कभी उसका स्वाद चखने को नहीं मिला... उसकी महक तो तुमसे भी ज़्यादा अच्छी थी। सॉरी - मैं नहीं चाहता था कि तुम ईर्ष्या करो। तुम्हारी महक बहुत अच्छी है। फूलों वाली..."

उसने मेरी तरफ़ एक और क़दम बढ़ाया, जब तक कि वह सिर्फ़ कुछ इंच दूर नहीं रह गया। उसने मेरे बालों की एक लट उठाई और इसे नज़ाकत से सूँघा। फिर उसने इस लट को धीरे से जगह पर रख दिया और मैं उसकी ठंडी अँगुलियों को अपने गले पर महसूस करने लगी। उसने हाथ बढ़ाकर अपने अँगूठे से तेज़ी से मेरा गाल थपथपाया। मैं बहुत बुरी तरह दौड़ना चाहती थी, लेकिन मैं अपनी जगह पर जमी हुई थी। मैं तो इधर-उधर हिल भी नहीं सकती थी।

"नहीं," उसने ख़ुद से बुदबुदाकर कहा, जब उसने अपना हाथ गिराया। "मैं समझ नहीं पाता हूँ।" उसने आह भरी। "देखो, मुझे लगता है कि हमें यह कर देना चाहिए। और फिर मैं तुम्हारे दोस्तों को फ़ोन करके उन्हें बता सकता हूँ कि तुम्हें और मेरे छोटे संदेश को कहाँ खोजें।"

मुझे अब निश्चित रूप से मतली आ रही थी। दर्द आने वाला था, मैं इसे उसकी आँखों में देख सकती थी। उसके लिए जीतना और मेरा ख़ून पीना ही काफ़ी नहीं था। उस तरह का कोई फटाफट अंत नहीं होगा,

जिस पर मैं भरोसा कर रही थी। मेरे घुटने काँपने लगे और मुझे डर लगा कि मैं गिरने वाली हूँ।

वह एक क़दम पीछे हटा और गोल-गोल सामान्य तरीक़े से चलने लगा, मानो वह म्यूज़ियम में किसी मूर्ति को ज़्यादा अच्छी तरह देखने की कोशिश कर रहा हो। उसका चेहरा अब भी खुला और दोस्ताना था, जब उसने निर्णय लिया कि कहाँ से शुरू करे।

फिर वह आगे की तरफ़ एक ऐसी मुद्रा में झुका, जिसे मैं पहचानती थी और उसकी सुखद मुस्कान धीरे-धीरे चौड़ी होकर फैली, जब तक कि यह मुस्कान से दाँतों की विकृति में नहीं बदल गई, खुले हुए और चमकते हुए।

मैं ख़ुद पर नियंत्रण नहीं रख पाई - मैंने दौड़ने की कोशिश की। मैं जानती थी कि यह कोशिश बेकार होगी। मैं जानती थी कि मेरे घुटने पहले से ही कमज़ोर हैं, लेकिन दहशत हावी हो गई और मैं इमरजेंसी द्वार की तरफ़ दौड़ी।

वह एक झटके में मेरे सामने था। मैं नहीं देख पाई कि उसने अपने हाथ का इस्तेमाल किया या पैर का, वह बहुत तेज़ था। एक तेज़ प्रहार मेरे सीने पर पड़ा - मैंने महसूस किया कि मैं पीछे की तरफ़ उड़ रही हूँ और फिर मैंने छन्न की आवाज़ सुनी, जब मेरा सिर दर्पणों से टकराया। काँच झुकने लगा और कुछ टुकड़े टूटकर मेरे पास फ़र्श पर गिरे।

मैं इतनी स्तब्ध थी कि दर्द महसूस नहीं कर सकती थी। मैं साँस भी नहीं ले सकती थी।

वह मेरी तरफ़ धीरे-धीरे चलकर आया।

"यह बहुत अच्छा सीन है," उसने काँच के चूरे की जाँच करते हुए कहा और उसकी आवाज़ एक बार फिर दोस्ताना थी। "मैंने सोचा था कि यह कमरा मेरी छोटी सी फ़िल्म के लिए काफ़ी नाटकीय रहेगा। इसीलिए तुमसे मिलने के लिए मैंने इस जगह को चुना था। यह आदर्श है, है ना?"

मैंने उसे नज़रअंदाज़ किया और अपने हाथों तथा घुटनों के बल दूसरे दरवाज़े की तरफ़ रेंगी।

वह तुरंत ही मेरे पास आ गया और उसने मेरे पैर पर कसकर लात मार दी। दर्द महसूस करने से पहले मुझे चटाक की आवाज़ सुनाई

दी। फिर मुझे दर्द महसूस हुआ और मैं वेदना की चीख़ रोक नहीं सकी। मैं अपने पैर की तरफ़ हाथ बढ़ाने के लिए मुड़ी और वह मुस्कराता हुआ मेरे ऊपर खड़ा था।

"क्या तुम अपने आख़िरी आग्रह पर दोबारा सोचना चाहोगी?" उसने अच्छे अंदाज़ में कहा। उसके अँगूठे ने मेरे टूटे हुए पैर को दबाया और मैंने एक कानफोड़ू चीख़ सुनी। सदमे के साथ मुझे अहसास हुआ कि यह मेरी थी।

"क्या तुम यह नहीं चाहोगी कि एडवर्ड मुझे ढूँढने की कोशिश करे?" उसने उकसाया।

"नहीं!" मैंने फटी आवाज़ में बोला। "नहीं, एडवर्ड, नहीं-" और फिर कोई चीज़ मेरे चेहरे से टकराई, जिसने मुझे टूटे हुए दर्पणों में उछाल दिया।

मेरे पैर के दर्द के ऊपर मुझे अपनी खोपड़ी पर पैना घाव महसूस हुआ, जहाँ काँच चुभा था। दहशत भरी गति से गर्म गीलापन मेरे बालों में फैलने लगा। मैं इसे अपनी शर्ट के कंधे पर से होकर नीचे लकड़ी पर टपकते हुए सुन सकती थी। इसकी ख़ुशबू से मेरे पेट में खलबली मचने लगी।

मतली और चक्करों के बीच मैंने कोई चीज़ देखी, जिससे मुझे अचानक आख़िरी उम्मीद मिली। उसकी आँखें, जो पहले सिर्फ़ उत्कट थीं, अब अनियंत्रित आवश्यकता से जलने लगी थीं। ख़ून - जो मेरी सफ़ेद शर्ट पर फैला था, तेज़ी से ज़मीन पर ढेर लगा रहा था - उसे प्यास से पगला रहा था। चाहे उसके मूल इरादे जो भी हों, वह अब अपनी प्यास ज़्यादा लंबे समय तक नहीं रोक सकता था।

इसे जल्दी से हो जाने दो, मैं बस यही उम्मीद कर सकती थी, जब मेरे सिर से बहने वाला ख़ून अपने साथ मेरी चेतना को भी ले गया। मेरी आँखें बंद हो रही थीं।

मैंने जैसे पानी के नीचे से शिकारी की आख़िरी गुर्राहट सुनी। मेरी आँखें अब लंबी सुरंगें बन गई थीं और मैं देख सकती थी कि उसकी स्याह आकृति मेरी तरफ़ आ रही थी। बचने की आख़िरी कोशिश में मेरा हाथ मेरे चेहरे की रक्षा करने के लिए अपने आप उठा। मेरी आँखें बंद हो गईं और मैं बेहोश हो गई।

23

देवदूत

जब मैं बेहोशी में चली गई, तो मैंने सपना देखा।

गहरे रंग के पानी के नीचे, जहाँ मैं तैर रही थी, वहाँ मैंने वह सबसे सुखद आवाज़ सुनी, जिसकी मेरा दिमाग़ कल्पना कर सकता था – इतनी सुंदर, इतनी प्रेरक, जितनी यह विकराल थी। यह एक और गुर्राहट थी; एक ज़्यादा गहरी, ज़्यादा जंगली गर्जना, जो आवेश से भरपूर थी।

मुझे मेरे उठे हुए हाथ में होने वाला तेज़ दर्द दोबारा सतह तक ले आया, लेकिन मैं अपनी आँखें खोलने लायक़ रास्ता तय नहीं कर पाई।

और फिर मैं समझ गई कि मैं मर गई थी।

क्योंकि भारी पानी में मैंने एक देवदूत की आवाज़ सुनी, जो मेरा नाम पुकार रहा था, मुझे उस एकमात्र स्वर्ग की ओर पुकार रहा था, जो मैं चाहती थी।

"ओह नहीं, बेला नहीं!" देवदूत की आवाज़ दहशत में चिल्लाई।

उस हसरत भरी आवाज़ के पीछे शोर हो रहा था – एक भयंकर उथल-पुथल, जिससे मेरा दिमाग़ दूर चला गया। किसी की गुर्राहट, सदमे भरी तड़कने की आवाज़ और एक तीखी शोक-ध्वनि, अचानक टूटती हुई...

मैंने इसके बजाय देवदूत की आवाज़ पर ध्यान केंद्रित करने की कोशिश की।

"बेला, प्लीज़! बेला, मेरी बात सुनो, प्लीज़, प्लीज़, बेला, प्लीज़!" वह अनुरोध कर रहा था।

हाँ, मैं कहना चाहती थी। कुछ भी, लेकिन मेरे होंठ ही नहीं मिले।

"कार्लाइल!" देवदूत ने पुकारा, उसकी आदर्श आवाज़ में भयंकर दर्द था। "बेला, बेला, नहीं, ओह प्लीज़, नहीं, नहीं!" और देवदूत बिना आँसुओं के सुबक रहा था; उसकी सुबकियाँ टूट रही थीं।

यह तो ग़लत बात है देवदूत को रोना नहीं चाहिए। मैंने उसे खोजने, उसे बताने की कोशिश की कि हर चीज़ सही है, लेकिन पानी इतना गहरा था और मुझ पर इतना दबाव डाल रहा था कि मैं साँस नहीं ले पा रही थी।

मेरे सिर पर दबाव की एक नोंक थी। इससे दर्द होता था, फिर जब वह दर्द अँधेरे को भेदकर मुझे महसूस हुआ, तो दूसरे दर्द भी आए, जो ज़्यादा शक्तिशाली थे। मैं चिल्लाई, हाँफते हुए, गहरे रंग के तालाब से आज़ाद होने की कोशिश करते हुए।

"बेला!" देवदूत चिल्लाया।

"उसका कुछ ख़ून निकल गया है, लेकिन सिर का घाव गहरा नहीं है," एक शांत आवाज़ ने मुझे जानकारी दी। "उसके पैर का ध्यान रखना, यह टूट गया है।"

क्रोध की एक गर्जना देवदूत के होंठों पर दब गई।

मुझे अपने बग़ल में तीखी टीस महसूस हुई। यह स्वर्ग नहीं हो सकता। उसके लिहाज़ से दर्द बहुत ज़्यादा था।

"मुझे लगता है कुछ पसलियाँ भी," शांत आवाज़ ने आगे कहा।

लेकिन पैने दर्द अब ग़ायब हो रहे थे। एक नया दर्द उभर आया था। मेरे हाथ में जलने वाला दर्द था, जो हर दर्द पर भारी पड़ रहा था।

कोई मुझे जला रहा था।

"एडवर्ड!" मैंने उसे बताने की कोशिश की, लेकिन मेरी आवाज़ बहुत भारी और धीमी थी। मैं ख़ुद को नहीं समझ सकती थी।

"बेला, तुम ठीक हो जाओगी। क्या तुम मेरी आवाज़ सुन सकती हो, बेला? मैं तुमसे प्यार करता हूँ।"

"एडवर्ड" मैंने दोबारा कोशिश की। अब मेरी आवाज़ थोड़ी ज़्यादा स्पष्ट थी।

"हाँ, मैं यहाँ हूँ।"

"दर्द होता है," मैं बच्चों की तरह रिरियाई।

"मैं जानता हूँ, बेला, मैं जानता हूँ" – और फिर, मुझसे दूर, दर्द भरे लहज़े में – "क्या आप कुछ नहीं कर सकते?"

"मेरा बैग, प्लीज़... अपनी साँस रोक लो, एलिस, इससे मदद मिलेगी," कार्लाइल ने वादा किया।

"एलिस?" मैंने कराहते हुए कहा।

"वह यहीं है; उसे पता था कि तुम्हें कहाँ खोजना है।"

"मेरे हाथ में दर्द है," मैंने उसे बताने की कोशिश की।

"मैं जानता हूँ, बेला। कार्लाइल तुम्हें कुछ देंगे, जिससे यह रुक जाएगा।"

"मेरा हाथ जल रहा है!" मैं चीख़ी, आख़िरकार अँधेरे के बाहर निकल आई और मेरी आँखें फड़फड़ाकर खुल गईं। मैं उसका चेहरा नहीं देख सकती थी, कोई स्याह और गर्म चीज़ मेरी आँखों पर बादल की तरह छा रही थी। उन्हें आग क्यों नहीं दिख रही है और वे इसे बुझा क्यों नहीं सकते?

उसकी आवाज़ में अब डर झलक रहा था। "बेला?"

"आग! कोई तो आग को रोको!" मैं चिल्लाई, जब इसने मुझे जलाया।

"कार्लाइल! उसका हाथ!"

"उसने बेला को काट लिया था।" कार्लाइल की आवाज़ अब शांत नहीं, भयभीत थी।

मैंने एडवर्ड को दहशत में साँस रोकते सुना।

"एडवर्ड, यह तुम्हीं को करना होगा।" यह एलिस की आवाज़ थी, जो मेरे सिर के क़रीब थी। ठंडी अँगुलियाँ मेरी आँखों के गीलेपन को पोंछ रही थीं।

"नहीं!" वह गरजा।

"एलिस," मैंने कराहते हुए कहा।

"एक संभावना हो सकती है," कार्लाइल ने कहा।

"क्या?" एडवर्ड ने अनुरोध किया।

"देखो कि क्या तुम ज़हर को बाहर चूसकर निकाल सकते हो। घाव काफ़ी साफ़ है।" जब कार्लाइल बोले, तो मैं अपने सिर पर ज़्यादा दबाव

महसूस कर सकती थी, कोई चीज़ मेरी खोपड़ी पर चुभ रही थी और खींच रही थी। इसका दर्द आग के दर्द में खो गया था।

"क्या यह तरीक़ा कामयाब होगा?" एलिस की आवाज़ बहुत तनावग्रस्त थी।

"मैं नहीं जानता," कार्लाइल ने कहा। "लेकिन हमें यह जल्दी करना होगा।"

"कार्लाइल, मैं..." एडवर्ड झिझका। "मैं नहीं जानता कि क्या मैं यह कर सकता हूँ।" उसकी सुंदर आवाज़ में एक बार फिर दर्द था।

"यह तुम्हारा निर्णय है, एडवर्ड, दोनों ही स्थितियों में। मैं तुम्हारी मदद नहीं कर सकता। अगर तुम उसके हाथ से ख़ून चूसने जा रहे हो, तो मुझे यहाँ इस ख़ून को रोकना होगा।"

मैं आग की यातना में छटपटाने लगी, जिस कारण मेरे पैर का दर्द बुरी तरह भड़क गया।

"एडवर्ड!" मैं चीख़ी। मुझे अहसास हुआ कि मेरी आँखें एक बार फिर बंद हो रही थीं। मैंने उन्हें खोला और मैं उसका चेहरा खोजने के लिए उतावली थी। और मैंने उसे खोज लिया। आख़िरकार, मैं उसका आदर्श चेहरा देख सकती थी, मुझे घूरते हुए, अनिर्णय और दर्द के नक़ाब में मुड़ा हुआ।

"एलिस, उसके पैर को सहारा देने के लिए कोई चीज़ दो!" कार्लाइल मुझ पर झुके हुए थे और मेरे सिर पर काम कर रहे थे। "एडवर्ड, तुम्हें अभी करना होगा, वरना बहुत देर हो जाएगी।"

एडवर्ड का चेहरा खिंचा हुआ था। मैंने उसकी आँखों को देखा, जिनमें अचानक शंका की जगह अचानक प्रबल संकल्प का भाव आ गया। उसका जबड़ा कस गया। मैं उसकी ठंडी, मज़बूत अँगुलियों को अपने जलते हाथ पर महसूस कर सकती थी, फिर उसका सिर इस पर झुका और उसके ठंडे होंठ मेरी त्वचा पर कस गए।

पहले तो दर्द ज़्यादा हुआ। मैं उन ठंडे हाथों के ख़िलाफ़ चीख़ी और छटपटाई, जिन्होंने मुझे रोककर रखा था। मैंने एलिस की आवाज़ सुनी, जो मुझे शांत करने की कोशिश कर रही थी। कोई भारी चीज़ मेरे पैर को फ़र्श पर रखे थी और कार्लाइल ने मेरा सिर अपनी पत्थर की बाँहों के शिकंजे में कस रखा था।

फिर धीरे-धीरे मेरी छटपटाहट शांत हो गई, जब मेरे हाथ सुन्न होते चले गए। आग बुझ रही थी और ज़्यादा छोटी होती जा रही थी।

जब दर्द कम हुआ, तो मुझे अपनी चेतना फिसलती महसूस हुई। मुझे दोबारा काले पानी में गिरने का डर था, इस बात का डर था कि अँधेरे में मैं एडवर्ड को खो दूँगी।

"एडवर्ड," मैंने कहने की कोशिश की, लेकिन मैं अपनी आवाज़ नहीं सुन पाई। वे लोग मेरी आवाज़ सुन सकते थे।

"वह यहीं पर है, बेला।"

"रुको, एडवर्ड, मेरे पास ही रुको..."

"मैं तुम्हारे पास ही रहूँगा।" उसकी आवाज़ दबाव में थी, लेकिन उसमें विजय का भाव था।

मैंने संतोष की साँस ली। आग बुझ गई थी, दूसरे दर्द एक उनींदेपन से मंद हो गए थे, जो मेरे शरीर में प्रवाहित हो रहा था।

"क्या सारा बाहर निकल गया?" कार्लाइल ने दूर कहीं से पूछा।

"उसके ख़ून का स्वाद साफ़ है," एडवर्ड ने धीरे से कहा। "मुझे मॉरफ़ीन का स्वाद आने लगा है।"

"बेला?" कार्लाइल ने मुझसे पूछा।

मैंने जवाब देने की कोशिश की। "हूँहूँ?"

"आग बुझ गई?"

"हाँ," मैंने आह भरी। "धन्यवाद, एडवर्ड।"

"मैं तुमसे प्यार करता हूँ," उसने जवाब दिया।

"मैं जानती हूँ," मैंने कहा, बहुत थकी हुई आवाज़ में।

मैंने संसार में अपनी सबसे प्रिय आवाज़ सुनी - एडवर्ड की धीमी हँसी, जो राहत से भरपूर थी।

"बेला?" कार्लाइल ने दोबारा पूछा।

मैंने त्योरी चढ़ाई; मैं नींद चाहती थी। "क्या?"

"तुम्हारी माँ कहाँ है?"

"फ्लोरिडा में," मैंने आह भरी। "उसने मेरे साथ चाल चली थी, एडवर्ड। उसने हमारे वीडियो देखे थे।" मेरी आवाज़ में आक्रोश बहुत कमज़ोर था।

लेकिन इससे मुझे याद आई।

"एलिस।" मैंने अपनी आँखें खोलने की कोशिश कीं। "एलिस, वीडियो - वह जानता था, एलिस, वह जानता था कि तुम कहाँ से आई हो।" मैं व्याकुल तरीक़े से बोलना चाहती थी, लेकिन मेरी आवाज़ कमज़ोर थी। "मुझे गैसोलीन की बदबू आ रही है," मैंने कहा और दिमाग़ के कुहासे के बीच हैरान रह गई।

"अब उसे यहाँ से हटाने का समय है," कार्लाइल ने कहा।

"नहीं, मैं नींद चाहती हूँ," मैंने शिकायत की।

"तुम सो सकती हो, प्रिय, मैं तुम्हें उठाकर ले चलूँगा," एडवर्ड ने मुझे पुचकारते हुए कहा।

और मैं उसकी बाँहों में थी, उसके सीने से टिकी हुई, उसकी गोद में - तैरती हुई, सारा दर्द जा चुका था।

"अब सो जाओ, बेला," यही वे आख़िरी शब्द थे, जो मैंने सुने।

24

बंद रास्ता

जब मेरी आँखें खुलीं, तो एक चमकदार, सफ़ेद रोशनी दिख रही थी। मैं एक अपरिचित सफ़ेद कमरे में थी। मेरे बग़ल की दीवार पर लंबे वर्टिकल ब्लाइंड्स लगे थे। सिर के ऊपर की तेज़ बत्तियाँ मुझे चकाचौंध कर रही थीं। मैं एक सख़्त, ऊबड़-खाबड़ पलंग पर टेक लगाए लेटी थी - रेलिंग वाला पलंग। तकिये सपाट और ढेलेदार थे। पास ही कहीं पर एक चिढ़ाने वाली बीप-बीप की आवाज़ आ रही थी। इसका मतलब था कि मैं अब भी ज़िंदा हूँ। मृत्यु इतनी कष्टकारी नहीं होनी चाहिए।

मेरे हाथ साफ़ नलियों में बहुत उलझे हुए थे और कोई चीज़ मेरे चेहरे पर, मेरी नाक के नीचे टेप से चिपकी थी। मैंने इसे निकालने के लिए अपना हाथ उठाया।

"नहीं, ऐसा मत करो।" ठंडी अँगुलियों ने मेरा हाथ पकड़ लिया।

"एडवर्ड?" मैंने अपना सिर हल्का सा घुमाया और उसका शानदार चेहरा मेरे चेहरे से कुछ इंच दूर था, उसकी ठुड्डी मेरे तकिये के कोने से टिकी थी। मुझे एक बार फिर अहसास हुआ कि मैं ज़िंदा थी, इस बार कृतज्ञता और उल्लास के साथ। "ओह, एडवर्ड, मुझे बहुत अफ़सोस है!"

"शश्श," उसने मुझे चुप कराया। "अब सब कुछ सही है।"

"क्या हुआ था?" मैं स्पष्टता से याद नहीं कर पाई और जब मैंने याद करने की कोशिश की, तो मेरा दिमाग़ मेरे ख़िलाफ़ बग़ावत करने लगा।

"मुझे आने में बहुत देर हो गई थी। मुझे आने में बहुत देर हो सकती थी," उसने फुसफुसाकर कहा और उसकी आवाज़ में यातना का भाव था।

"मैं बहुत मूर्ख थी, एडवर्ड। मैंने सोचा था कि उसने मेरी माँ को अगवा कर लिया है।"

"उसने हम सबको चालाकी से धोखा दिया था।"

"मुझे चार्ली और मेरी माँ को फ़ोन करना होगा," मुझे धुंध के बीच से अहसास हुआ।

"एलिस ने उन्हें फ़ोन कर दिया था। रिनी यहीं हैं - दरअसल, यहीं अस्पताल में। वे इस समय खाने के लिए कुछ लेने गई हैं।"

"वे यहाँ हैं?" मैंने उठकर बैठने की कोशिश की, लेकिन इससे मेरा दिमाग़ और तेज़ी से घूमने लगा और उसके हाथ ने मुझे धीमे से तकियों पर नीचे धँसा दिया।

"वे जल्दी ही लौट आएँगी," उसने वादा किया। "और तुम्हें स्थिर रहना चाहिए।"

"लेकिन तुमने उनसे क्या कहा?" मैं दहशत में आ गई। तसल्ली में मेरी कोई दिलचस्पी नहीं थी। मेरी माँ यहाँ थीं और मैं वैम्पायर के हमले के बाद स्वस्थ हो रही थी। "तुमने उन्हें क्यों बताया कि मैं यहाँ हूँ?"

"तुम दो लंबी सीढ़ियों से गिरीं और फिर खिड़की से नीचे गिर गईं।" वह ठहरा। "तुम्हें मानना पड़ेगा कि यह हो सकता था।"

मैंने आह भरी और इससे दर्द हुआ। मैंने चादर के नीचे अपने शरीर को देखा - उस भारी ढेले को, जो मेरा पैर था।

"मेरी हालत कितनी ख़राब है?" मैंने पूछा।

"तुम्हारा एक पैर टूटा है, चार पसलियाँ टूटी हैं, तुम्हारी खोपड़ी में कुछ जगह दरारें हैं, तुम्हारी त्वचा का एक-एक इंच चोटों से ढका है और तुम्हारा बहुत सारा ख़ून निकल गया है। उन्होंने कुछ ख़ून चढ़ाया भी है। मुझे यह पसंद नहीं आया - कुछ समय तक तो तुम्हारी सारी महक गड़बड़ हो गई थी।"

"इससे तुम्हें अच्छा लगा होगा।"

"नहीं, *मुझे* तुम्हारी महक पसंद है।"

"तुमने यह कैसे किया?" मैंने धीरे से पूछा। वह तुरंत समझ गया कि मेरा क्या मतलब था।

"मुझे पक्का नहीं पता।" उसने मेरी हैरान आँखों से दूर देखा, मेरे पट्टी में लिपटे हाथ को बिस्तर से उठाया और धीरे से अपने हाथ में थामा। इस दौरान वह उस तार को न छेड़ने के बारे में सावधान रहा, जो किसी मॉनीटर से जुड़ा था।

मैंने बाक़ी कहानी के सुनने लिए धैर्य से इंतज़ार किया।

उसने मुझसे निगाह मिलाए बिना आह भरी। "यह असंभव था... रुकना," वह फुसफुसाया। "असंभव। लेकिन मैं रुक गया।" उसने आख़िरकार ऊपर देखा, आधी मुस्कान के साथ। "मैं तुमसे प्यार *करता हूँ*।"

"क्या मेरा स्वाद भी महक जितना ही अच्छा है?" मैं बदले में मुस्कराई। इससे मेरे चेहरे में दर्द होने लगा।

"और भी बेहतर - मेरी कल्पना से भी बेहतर।"

"मुझे अफ़सोस है," मैंने माफ़ी माँगी।

उसने अपनी आँखें छत की ओर उठाईं। "यह भी अफ़सोस करने की बात है।"

"तो मुझे किस चीज़ पर अफ़सोस करना *चाहिए?*"

"ख़ुद को मुझसे हमेशा के लिए लगभग दूर ले जाने के लिए।"

"मुझे अफ़सोस है," मैंने एक बार फिर क्षमा माँगी।

"मैं जानता हूँ कि तुमने यह क्यों किया।" उसकी आवाज़ तसल्ली देने वाली थी। "ज़ाहिर है, इसके बावजूद यह अतार्किक था। तुम्हें मेरा इंतज़ार तो करना चाहिए था, तुम्हें मुझे बताना तो चाहिए था।"

"तुम मुझे नहीं जाने देते।"

"नहीं," वह सख़्त लहज़े में सहमत हुआ, "मैं तुम्हें नहीं जाने देता।"

कुछ बहुत अप्रिय यादें मेरे मन में लौट रही थीं। मैं काँपी और फिर दर्द की शिकन आ गई।

वह तुरंत चिंता में पड़ गया। "बेला, क्या गड़बड़ है?"

"जेम्स का क्या हुआ?"

"जब मैंने उसे तुम पर से खींचा, उसके बाद एमथ और जैस्पर ने उसे सँभाल लिया।" उसकी आवाज़ में अफ़सोस का एक खूँखार पुट था।

इससे मैं चकरा गई। “मैंने एमथ और जैस्पर को वहाँ नहीं देखा।”

“उन्हें कमरे से बाहर रहना था... वहाँ बहुत सारा ख़ून था।”

“लेकिन तुम रुके रहे।”

“हाँ, मैं रुका रहा।”

“और एलिस, और कार्लाइल...,” मैंने हैरानी में कहा।

“तुम जानती हो, वे भी तुमसे प्यार करते हैं।”

पिछली बार जब मैंने एलिस को देखा था, तब की दर्द भरी तसवीरों की झलक ने मुझे किसी चीज़ की याद दिलाई। “क्या एलिस ने टेप देखा?” मैंने चिंता से पूछा।

“हाँ।” एक नया लहज़ा उसकी आवाज़ को स्याह कर गया, इसमें शुद्ध नफ़रत भरी थी।

“वह हमेशा अँधेरे में थी, इसीलिए याद नहीं कर पाई।”

“मैं जानता हूँ। वह अब समझ गई है।” उसकी आवाज़ सपाट थी, लेकिन उसका चेहरा आवेश के मारे काला था।

मैंने अपने आज़ाद हाथ से उसके चेहरे को छूने की कोशिश की, लेकिन किसी चीज़ ने मुझे रोक दिया। मैंने नीचे देखा कि आईवी मेरे हाथ को रोक रही थी।

“उह।” मैं कराहने लगी।

“अब क्या हुआ?” उसने चिंता से पूछा - वह भटक गया, लेकिन पर्याप्त नहीं। स्याह अंदाज़ उसकी आँखों को पूरी तरह छोड़कर नहीं गया।

“सुइयाँ,” मैंने स्पष्ट किया और हाथ में लगी सुई से दूर देखने लगी। मैंने एक मुड़ी छत की टाइल पर ध्यान केंद्रित किया और अपनी पसलियों में होने वाले दर्द के बावजूद गहरी साँस लेने की कोशिश की।

“सुई से डर रही हो,” वह अपनी साँस के नीचे बुदबुदाया और अपना सिर हिलाने लगा। “ओह, एक परपीड़क वैम्पायर, जो उसे मौत तक यातना देने पर आमादा था, वहाँ कोई समस्या नहीं थी; वह उससे मिलने के लिए भाग जाती है। दूसरी तरफ़, आईवी...”

मैंने अपनी आँखें गोल-गोल घुमाईं। मैं यह जानकर ख़ुश थी कि कम से कम यह प्रतिक्रिया दर्दरहित थी। मैंने विषय बदलने की सोची।

“*तुम* यहाँ क्यों हो?” मैंने पूछा।

उसने मुझे घूरा, पहले तो घबड़ाहट और फिर चोट का भाव उसकी आँखों में दिखाई दिया। उसकी भौंहें इकट्ठी हो गईं, जब उसने त्योरी चढ़ाई। "क्या तुम यह चाहती हो कि मैं चला जाऊँ?"

"नहीं!" मैंने प्रतिरोध किया और यह सोचकर ही दहशत में आ गई। "नहीं, मेरा मतलब था, मेरी माँ क्या सोचती हैं कि तुम यहाँ पर क्यों हो? जब वे लौटकर आती हैं, तो मुझे अपनी कहानी तैयार रखनी होगी।"

"ओह," उसका माथा एक बार फिर चिकना होकर संगमरमर जैसा बन गया। "मैं तुम्हें थोड़ा समझाने की ख़ातिर फ़ीनिक्स आया था, मैं तुम्हें फ़ोर्क्स चलने के लिए मनाने आया था।" उसकी फैली हुई आँखें इतनी गंभीर और संजीदा थीं कि मुझ तक को उसकी बात पर विश्वास होने लगा। "तुम मुझसे मिलने के लिए तैयार हो गईं और तुम ट्रक से उस होटल तक गईं, जहाँ मैं कार्लाइल और एलिस के साथ ठहरा हुआ था - ज़ाहिर है, मैं अभिभावक की निगरानी में यहाँ आया था," उसने नैतिकतापूर्ण तरीक़े से जोड़ा, "लेकिन मेरे कमरे की ओर जाते समय तुम सीढ़ियों पर से फिसल गईं और... इसके बाद की कहानी तुम जानती हो। तुम्हें कोई विस्तृत विवरण याद करने की ज़रूरत नहीं है, वैसे; विस्तृत विवरणों के बारे में थोड़ा गड़बड़ होने के लिए तुम्हारे पास एक अच्छा बहाना है।"

मैंने इसके बारे में पल भर सोचा। "इस कहानी में कुछ कमियाँ हैं। जैसे कोई खिड़कियाँ नहीं टूटी हैं।"

"दरअसल नहीं," उसने कहा। "एलिस को प्रमाण गढ़ने में ज़रूरत से ज़्यादा मज़ा आया। यह बहुत विश्वसनीय तरीक़े से हो चुका है - तुम चाहो, तो उस होटल पर दावा भी ठोक सकती हो। तुम्हें चिंता करने की कोई ज़रूरत नहीं है," उसने वादा किया और हल्के से मेरे गाल को थपथपाया। "अब तुम्हारा इकलौता काम ठीक होना है।"

मैं पीड़ा या दवाओं के कोहरे में इतनी नहीं खोई थी कि उसके स्पर्श पर प्रतिक्रिया न करूँ। मॉनीटर की बीप-बीप डावाँडोल होने लगी - अब वह अकेला नहीं था, जो मेरे दिल को ग़लत हरकतें करता हुए सुन सकता था।

"यह शर्मिंदा करने वाला है," मैं ख़ुद से बुदबुदाई।

उसने हँसी दबाई और उसकी आँख में एक चिंतनशील भाव आया। "हूँ, मुझे लगता है..."

वह धीरे से झुका, बीप-बीप की आवाज़ बुरी तरह तेज़ हो गई और फिर उसके होंठों ने मेरे होंठों को छुआ, लेकिन जब उन्होंने ऐसा किया, हालाँकि बहुत हल्के दबाव से, तो बीप-बीप अचानक रुक गई।

वह अचानक पीछे हट गया और उसका चिंतित भाव राहत में बदल गया, जब मॉनीटर ने बताया कि मेरे दिल की धड़कन दोबारा शुरू हो गई है।

"ऐसा लगता है कि मुझे तुम्हारे साथ सामान्य से भी ज़्यादा सावधान रहना पड़ेगा।" उसने त्योरी चढ़ाई।

"मैंने तुम्हें चूमने का काम पूरा नहीं किया है," मैंने शिकायत की। "अब मुझे वहाँ तक आने पर मजबूर मत करो।"

वह शरारत से मुस्कराया और अपने होंठ हल्के से मेरे होंठों पर दबाने के लिए झुका। मॉनीटर बावला हो गया।

लेकिन फिर उसके होंठ सख़्त हो गए। उसने ख़ुद को दूर खींच लिया।

"मैं सोचता हूँ कि मैंने तुम्हारी माँ को सुन लिया है," उसने कहा और एक बार फिर शरारत से मुस्कराया।

"मुझे छोड़कर मत जाना," मैं चिल्लाई और दहशत का अतार्किक सैलाब मेरे अंदर प्रवाहित होने लगा। मैं उसे जाने नहीं दे सकती थी - वह दोबारा मेरे सामने से ग़ायब हो सकता था।

उसने पल भर के लिए मेरी आँखों में आई दहशत को पढ़ा। "मैं नहीं जाऊँगा," उसने गंभीरता से वादा किया और फिर मुस्कराया। "मैं झपकी ले लेता हूँ।"

वह मेरे बग़ल में रखी सख़्त प्लास्टिक की कुर्सी से हटकर मेरे बिस्तर के पैताने पर फ़िरोज़ी फ़ॉ-लेदर के रिक्लाइनर के पास पहुँचा और इस पर झुकते हुए अपनी आँखें बंद कर लीं। वह पूरी तरह स्थिर था।

"साँस लेना मत भूलना," मैंने फुसफुसाकर ताना मारा। उसने एक गहरी साँस ली, उसकी आँखें अब भी बंद थीं।

मैं अब अपनी माँ की आवाज़ सुन सकती थी। वे किसी से बात कर रही थीं, शायद नर्स से। उनकी आवाज़ थकी हुई और परेशान लग रही थी। मैं बिस्तर से कूदकर उनके पास दौड़ना चाहती थी, उन्हें शांत करना

चाहती थी, वादा करना चाहती थी कि सब कुछ ठीक है, लेकिन मैं कूदने की हालत में नहीं थी, इसलिए मैंने अधीरता से इंतज़ार किया।

दरवाज़ा हल्का सा खुला और उन्होंने उसमें से झाँका।

"माँ!" मैं फुसफुसाई, मेरी आवाज़ प्रेम और राहत से भरी हुई थी।

उन्होंने स्थिर एडवर्ड को रिक्लाइनर पर देखा और दबे पाँव मेरे पास आईं।

"वह कभी नहीं जाता है, है ना?" वे ख़ुद से बुदबुदाकर बोलीं।

"माँ, मैं तुम्हें देखकर बहुत ख़ुश हूँ!"

वे मुझे हौले से गले लगाने के लिए झुकीं और मुझे अपने गालों पर गर्म आँसू बहते महसूस हुए।

"बेला, मैं बहुत परेशान थी!"

"मुझे अफ़सोस है, माँ। लेकिन अब हर चीज़ अच्छी है, सब ठीक है," मैंने उन्हें तसल्ली दी।

"मुझे तो बस यही ख़ुशी है कि आख़िरकार तुमने आँखें खोल लीं।" वे मेरे पलंग के कोने पर बैठ गईं।

मुझे अचानक अहसास हुआ कि मुझे कोई अंदाज़ा नहीं है कि मेरी आँखें कब से बंद थीं। "मेरी आँखें कितने समय से बंद थीं?"

"आज शुक्रवार है, बेटा, तुम काफ़ी समय से बेहोश हो।"

"शुक्रवार?" मैं सदमे में थी। मैंने याद करने की कोशिश की कि वह कौन सा दिन था, जब... लेकिन मैं उसके बारे में सोचना नहीं चाहती थी।

"उन्हें तुम्हें कुछ समय तक बेहोश रखना पड़ा, बेटा - तुम्हें बहुत सारी चोटें लगी हैं।"

"मैं जानती हूँ।" मैं उन्हें महसूस कर सकती थी।

"तुम्हारी क़िस्मत अच्छी थी कि डॉ. कलन वहीं पर थे। वे बहुत अच्छे इंसान हैं... वैसे काफ़ी युवा हैं। और वे डॉक्टर कम, मॉडल ज़्यादा दिखते हैं..."

"आप कार्लाइल से मिल लीं?"

"और एडवर्ड की बहन एलिस से। बड़ी प्यारी लड़की है।"

"हाँ," मैं पूरे दिल से सहमत हुई।

उन्होंने अपने कंधे के ऊपर से एडवर्ड को देखा, जो आँखें बंद करके कुर्सी पर लेटा था। "तुमने मुझे कभी बताया नहीं कि तुम्हारे फ़ोर्क्स में इतने अच्छे दोस्त बन गए हैं।"

मैं घिघियाई और फिर कराह निकाली।

"दर्द हो रहा है?" उन्होंने चिंता से पूछा और मेरी ओर मुड़ीं। एडवर्ड की निगाहें मेरे चेहरे पर टिक गईं।

"यह ठीक है," मैंने उन्हें आश्वस्त किया। "मुझे तो बस न हिलने की याद रखना है।" वह फिर से नींद का नाटक करने लगा।

मैंने माँ के क्षणिक भटकाव का लाभ लेकर विषय को मेरे व्यवहार की ओर लौटने से रोक दिया। "फ़िल कहाँ हैं?" मैंने जल्दी से पूछा।

"फ्लोरिडा – ओह, बेला! तुम अंदाज़ा भी नहीं लगा सकतीं! जब हम वहाँ से चलने वाले थे, तभी सबसे अच्छी ख़बर मिली!"

"फ़िल को साइन कर लिया गया?" मैंने अंदाज़ लगाया।

"हाँ! तुमने कैसे अंदाज़ा लगा लिया! द सन्स, क्या तुम यक़ीन कर सकती हो?"

"यह बेहतरीन है, माँ," मैंने उतने उत्साह से कहा, जितना मैं भर सकती थी, हालाँकि मुझे बहुत कम पता था कि इसका क्या मतलब है।

"और तुम्हें जैक्सनविल बहुत पसंद आएगा," वे बोलती चली गईं, जबकि मैं सूनेपन से उन्हें घूरती रही। "मैं थोड़ा चिंतित थी, जब फ़िल ने एक्रॉन के बारे में बोलना शुरू किया था, वहाँ बर्फ़ होती है और ठंडक भी, क्योंकि तुम तो जानती ही हो मुझे ठंड से नफ़रत है, लेकिन अब जैक्सनविल! यहाँ हमेशा धूप रहती है और आर्द्रता भी दरअसल उतनी बुरी नहीं है। हमें सबसे प्यारा मकान भी मिल गया है, पीला, सफ़ेद किनारियों वाला और पुरानी फ़िल्म जैसा दिखने वाला पोर्च और विशाल ओक वृक्ष और यह समुद्र से कुछ मिनट की दूरी पर है और तुम्हारे पास तुम्हारा ख़ुद का बाथरूम होगा–"

"ठहरो, माँ!" मैंने बाधा डाली। एडवर्ड की आँखें अब भी बंद थीं, लेकिन वह इतना तनावग्रस्त दिख रहा था कि उसे सोया नहीं कहा जा सकता था। "आप यह क्या बोल रही हैं? मैं फ्लोरिडा नहीं जा रही हूँ। मैं फ़ोर्क्स में रहती हूँ।"

"लेकिन अब तुम्हें ऐसा करने की ज़रूरत नहीं है, मूर्ख लड़की," वे हँसीं। "अब फ़िल ज़्यादा समय आस-पास रहेगा... हमने इस बारे में बहुत बातें की हैं और मैं दूर के मैच छोड़ने जा रही हूँ, आधा समय तुम्हारे साथ, आधा समय उसके साथ।"

"माँ।" मैं झिझकी और सोचने लगी कि इस बारे में कूटनीतिज्ञ बनने का सबसे अच्छा रास्ता कौन सा है। "मैं फ़ोर्क्स में रहना चाहती हूँ। मेरा पहले ही स्कूल में मन लग चुका है और मेरी दो सहेलियाँ भी हैं" - सहेलियों की बात पर उन्होंने एक बार फिर एडवर्ड की तरफ़ निगाह डाली, इसलिए मैंने एक और दिशा आज़माई- "और चार्ली को मेरी ज़रूरत है। वे सारे समय वहाँ अकेले रहते हैं और वे खाना बिलकुल भी नहीं पका सकते।"

"तुम फ़ोर्क्स में रहना चाहती हो?" उन्होंने चकराते हुए पूछा। यह विचार उनकी कल्पना से बाहर था। और फिर उनकी आँखें एक बार फिर एडवर्ड की ओर मुड़ गईं। "क्यों?"

"मैंने आपको बताया था ना - स्कूल, चार्ली - आउच!" मैंने कंधे उचकाए थे। यह अच्छा विचार नहीं था।

उनके हाथ मेरे ऊपर असहाय तरीक़े से फड़फड़ाए और उन्होंने थपथपाने के लिए कोई सुरक्षित जगह खोजने की कोशिश की। उन्होंने मेरे माथे से काम चलाया, इस पर पट्टी नहीं बँधी थी।

"बेला, तुम फ़ोर्क्स से नफ़रत करती हो," उन्होंने मुझे याद दिलाया।

"यह उतना बुरा नहीं है।"

उनकी त्योरी चढ़ गई और उन्होंने एडवर्ड और मेरे बीच नज़रों को घुमाया, इस बार बहुत जान-बूझकर।

"क्या इस लड़के के कारण?" उन्होंने फुसफुसाकर पूछा।

मैंने झूठ बोलने के लिए अपना मुँह खोला, लेकिन उनकी आँखें मेरे चेहरे की जाँच कर रही थीं और मैं जानती थी कि वे पकड़ लेंगी।

"वह इसका हिस्सा है," मैंने स्वीकार किया। यह बताने की ज़रूरत नहीं थी कि वह कितना बड़ा हिस्सा था। "तो क्या आपको एडवर्ड के साथ बात करने का मौक़ा मिला है?" मैंने पूछा।

"हाँ।" वे झिझकीं और उसके पूरी तरह स्थिर स्वरूप को देखा। "और मैं तुमसे उसके बारे में बात करना चाहती हूँ।"

उह-ओह। "किसके बारे में?" मैंने पूछा।

"मैं सोचती हूँ कि वह लड़का तुम्हारे प्यार में पड़ गया है," उन्होंने आरोप लगाया और अपनी आवाज़ नीची रखी।

"मैं भी ऐसा ही सोचती हूँ," मैंने गोपनीय रूप से बताया।

"और तुम उसके बारे में कैसा महसूस करती हो?" उन्होंने अपनी आवाज़ में उत्सुकता को बहुत कमज़ोरी से छिपाया।

मैंने आह भरी और दूर देखने लगी। चाहे मैं अपनी माँ से कितना भी प्यार करती होऊँ, लेकिन यह ऐसी बातचीत नहीं थी, जो मैं उनके साथ करना चाहती थी। "मैं उसके बारे में काफ़ी पागल हूँ।"यह किसी किशोरी के वाक्य जैसा लग रहा था, जिसे उसका पहला बॉयफ्रेंड मिला हो।

"देखो, वह बहुत अच्छा दिखता है और हे भगवान, वह गज़ब का सुंदर दिखता है, लेकिन तुम बहुत छोटी हो, बेला..." उनकी आवाज़ अनिश्चित थी, जहाँ तक मैं याद कर सकती हूँ, मैं आठ साल की थी, उसके बाद यह पहली बार था, जब वे अभिभावक की सत्ता जैसी दिखने की कोशिश कर रही थीं। मैंने पुरुषों के बारे में माँ से हुई बातचीतों से तार्किक-लेकिन-दृढ़ आवाज़ के लहज़े को पहचान लिया।

"मैं जानती हूँ, माँ। इसके बारे में चिंता मत करो। यह सिर्फ़ क्रश है," मैंने उन्हें तसल्ली दी।

"यह सही है," वे सहमत हुईं और आसानी से ख़ुश हो गईं।

फिर उन्होंने आह भरी और अपराधी की तरह अपने कंधे के ऊपर से दीवार पर लगी बड़ी, गोल घड़ी को देखा।

"क्या आपको जाना है?"

उन्होंने अपना होंठ काट लिया। "फ़िल कुछ समय बाद फ़ोन करने वाला था... मैं नहीं जानती थी कि तुम जाग जाओगी..."

"कोई दिक़्क़त नहीं, माँ।" मैंने अपनी राहत को छिपाने की कोशिश की, ताकि उनकी भावनाएँ आहत न हों। "मैं अकेली नहीं रहूँगी।"

"मैं जल्दी ही लौट आऊँगी। तुम तो जानती हो, मैं रात को यहीं सो रही हूँ," उन्होंने ख़ुद पर गर्व करते हुए घोषणा की।

“मैं बहुत ज़्यादा घबरा रही थी,” उन्होंने झेंपकर स्वीकार किया। “पड़ोस में एक अपराध हो गया है और मैं वहाँ अकेले रहना पसंद नहीं करती।”

“अपराध?” मैंने चिंतित स्वर में पूछा।

“मकान के मोड़ वाले डांस स्टूडियो में कोई घुस गया और उसे पूरा जला दिया – कुछ भी नहीं बचा है! और वे वहाँ पर चोरी की एक कार सामने खड़ी छोड़ गए। क्या तुम्हें याद है, तुम वहाँ डांस करने जाती थीं, बेटा?”

“मुझे याद है।” मैं काँपी और मेरे चेहरे पर शिकन आ गई।

“अगर तुम्हें मेरी ज़रूरत हो, तो मैं रुक सकती हूँ, बेटा।”

“नहीं माँ, मैं ठीक रहूँगी। एडवर्ड मेरे साथ रहेगा।”

उन्हें देखकर लगा, मानो वे इसी कारण रुकना चाहती थीं। “मैं रात को लौटकर आऊँगी।” यह उतनी ही चेतावनी लग रही थी, जितना कि वादा और उन्होंने यह कहते वक़्त एडवर्ड पर निगाह डाली।

“मैं आपसे प्यार करती हूँ, माँ।”

“मैं भी तुमसे प्यार करती हूँ, बेला। जब तुम चलो, तो सँभलकर चला करो, मैं तुम्हें खोना नहीं चाहती।”

एडवर्ड की आँखें बंद रहीं, लेकिन उसके चेहरे पर एक चौड़ी मुस्कान चमक उठी।

नलियों और तारों की जाँच करने के लिए एक नर्स अंदर आई। मेरी माँ ने मेरा माथा चूमा, मेरे पट्टी से लिपटे हाथ को थपथपाया और चली गईं।

नर्स मेरे हार्ट मॉनीटर की रीडिंग देख रही थी।

“क्या तुम्हें तनाव महसूस हो रहा है? वहाँ तुम्हारे दिल की धड़कन थोड़ी बढ़ गई थी।”

“मैं अच्छी हूँ,” मैंने उसे आश्वस्त किया।

“मैं तुम्हारी रजिस्टर्ड नर्स को बता देती हूँ कि तुम जाग गई हो। वह एक मिनट में तुमसे मिलने के लिए आ जाएगी।”

जैसे ही नर्स ने दरवाज़ा बंद किया, एडवर्ड मेरे बग़ल में खड़ा था।

“तुमने कार चुराई थी?” मैंने अपनी भौंहें उठाईं।

वह किसी पछतावे के बिना मुस्कराया। "यह काफ़ी अच्छी कार थी, बहुत तेज़।"

"तुम्हारी झपकी कैसी थी?" मैंने पूछा।

"दिलचस्प।" उसकी आँखें सिकुड़ गईं।

"क्या?"

उसने नीचे देखकर जवाब दिया। "मुझे हैरानी है। मैंने तो सोचा था कि फ्लोरिडा... और तुम्हारी माँ... देखो, मैंने सोचा था कि तुम यही चाहोगी।"

मैंने उसे देखे बिना उसे घूरा। "लेकिन तुम दिन भर फ्लोरिडा में अंदर ही अटके रहोगे। तुम बस रात को ही बाहर निकल पाओगे, असली वैम्पायर की तरह।"

वह लगभग मुस्कराया, लेकिन पूरा नहीं। और फिर उसका चेहरा गंभीर हो गया। "मैं फ़ोर्क्स में रहूँगा, बेला। या ऐसी ही किसी जगह पर," उसने स्पष्ट किया। "किसी ऐसी जगह पर, जहाँ मैं तुम्हें कोई और नुक़सान न पहुँचा सकूँ।"

यह पहले तो अंदर नहीं घुसा। मैं उसे सूनेपन से घूरती रही, जब उसके शब्द एक-एक करके किसी भुतहा पहेली की तरह मेरे दिमाग़ के अंदर घुसे। मैं अपने दिल की धड़कन तेज़ होने के बारे में मुश्किल से चेतन थी। जब मेरी साँस बहुत तेज़ हो गई, तो मैं पसलियों में पैने दर्द के बारे में जागरूक हुई।

उसने कुछ नहीं कहा, उसने मेरे चेहरे को सतर्कता से देखा, जब वह दर्द जिसका टूटी हड्डियों से कोई संबंध नहीं था, वह दर्द जो उससे बहुत ज़्यादा बुरा था, मुझे कुचलने का जोखिम पेश करने लगा।

और फिर एक नई नर्स उद्देश्यपूर्ण तरीक़े से कमरे में चलकर आई। एडवर्ड पत्थर की तरह स्थिर बैठा रहा, जब उसने मॉनीटर्स की तरफ़ मुड़ने से पहले मेरे भाव को देखा।

"दर्द की दवाओं का समय हो गया है, स्वीटहार्ट?" उसने दयालुता से कहा और आईवी फ़ीड को थपथपाया।

"नहीं, नहीं," मैं बुदबुदाई और अपनी आवाज़ से वेदना को दूर रखने की कोशिश की। "मुझे किसी चीज़ की ज़रूरत नहीं है।" मैं अब अपनी आँखें बंद करना गवारा नहीं कर सकती थी।

"बहादुर बनने की ज़रूरत नहीं है, बेटा। यह बेहतर है अगर तुम बहुत तनाव में न आओ, तुम्हें आराम करने की ज़रूरत है।" वह इंतज़ार करती रही, लेकिन मैंने अपना सिर हिला दिया।

"ठीक है," उसने आह भरकर कहा। "जब तुम्हें ज़रूरत लगे, तो कॉल बटन दबा देना।"

उसने एडवर्ड को कठोर निगाह से देखा और जाने से पहले मशीनों पर एक और चिंतित निगाह डाली।

एडवर्ड के ठंडे हाथ मेरे चेहरे पर थे, मैंने उसे उन्मत्त आँखों से घूरा।

"शश्श्श, बेला, शांत हो जाओ।"

"मुझे छोड़कर मत जाना," मैंने टूटी हुई आवाज़ में अनुरोध किया।

"मैं नहीं जाऊँगा," उसने वादा किया। "अब शांत हो जाओ, इससे पहले कि मैं नर्स को तुम्हें नींद का इंजेक्शन लगाने के लिए बुलाऊँ।"

लेकिन मेरे दिल की धड़कन धीमी नहीं हो पाई।

"बेला।" उसने मेरे चेहरे को चिंता से थपथपाया। "मैं कहीं नहीं जा रहा हूँ। जब तक तुम्हें मेरी ज़रूरत है, मैं यहीं रहूँगा।"

"क्या तुम क़सम खाते हो कि तुम मुझे छोड़कर नहीं जाओगे?" मैंने फुसफुसाकर कहा। मैंने हाँफने को नियंत्रित करने की कोशिश की। मेरी पसलियों में चमक चल रही थी।

उसने अपने दोनों हाथ मेरे चेहरे के दोनों तरफ़ रखे और अपना चेहरा मेरे चेहरे के क़रीब लाया। उसकी आँखें चौड़ी और गंभीर थीं। "मैं क़सम खाता हूँ।"

उसकी साँस की महक शांतिदायक थी। इससे साँस लेने के दर्द में राहत मिलती नज़र आई। वह मेरी निगाह को थामे रहा, जब मेरा शरीर धीरे-धीरे तनावरहित हुआ और बीपिंग सामान्य गति पर लौटी। उसकी आँखें स्याह थीं और आज सुनहरी के बजाय काले के ज़्यादा क़रीब थीं।

"बेहतर?" उसने पूछा।

"हाँ," मैंने सावधानी से कहा।

उसने अपना सिर हिलाया और कोई अस्पष्ट चीज़ बुदबुदाई। मुझे लगा कि मैंने "अति प्रतिक्रिया" जैसी कोई बात सुनी थी।

"तुमने यह क्यों कहा?" मैं फुसफुसाई और अपनी आवाज़ को थरथराने से रोकने की कोशिश की। "क्या तुम सारे समय मुझे बचाते-बचाते थक चुके हो? क्या तुम चाहते हो कि मैं दूर चली जाऊँ?"

"नहीं, मैं तुम्हारे बिना नहीं रहना चाहता, बेला, ज़ाहिर है नहीं। तार्किक बनो। और मुझे तुम्हें बचाने से भी कोई समस्या नहीं है - सच्चाई सिर्फ़ इतनी है कि मैं ही था, जिसने तुम्हें ख़तरे में डाला था... मैं ही वह कारण हूँ, जिसकी वजह से तुम यहाँ हो।"

"हाँ, तुम ही कारण हो।" मैंने त्योरी चढ़ाई। "वह कारण जिसकी वजह से मैं यहाँ हूँ - ज़िंदा।"

"मुश्किल से।" उसकी आवाज़ बस एक फुसफुसाहट थी। "पट्टियों और प्लास्टर में लिपटी हुई और हिलने में भी असमर्थ।"

"मैं मेरे सबसे हाल के मौत के अनुभव का ज़िक्र नहीं कर रही हूँ," मैंने चिढ़ते हुए कहा। "मैं तो बाक़ी के बारे में सोच रही हूँ - तुम ख़ुद चुन सकते हो। अगर तुम न होते, तो मैं फ़ोर्क्स के क़ब्रिस्तान में सड़ रही होती।"

मेरे शब्दों से उसके चेहरे पर दर्द की शिकन आई, लेकिन त्रस्त भाव उसकी आँखों से बाहर नहीं निकला।

"यह सबसे बुरा हिस्सा नहीं है," उसने फुसफुसाना जारी रखा। उसने इस तरह नाटक किया, जैसे मैंने कुछ बोला ही न हो। "तुम्हें फ़र्श पर देखना भी नहीं... तुड़ी-मुड़ी और टूटी हुई।" उसकी आवाज़ भर्राई थी। "यह सोचना भी नहीं कि मुझे बहुत देर हो गई है। दर्द में तुम्हारी चीख़ भी नहीं - ये सारी असहनीय यादें मैं बाक़ी अमरता तक अपने साथ ले जाऊँगा। नहीं, सबसे बुरा तो यह अहसास था... यह जानना था कि मैं रुक नहीं सकता। यह विश्वास करना कि मैं तुम्हें ख़ुद मारने वाला था।"

"लेकिन तुमने मारा तो नहीं।"

"मैं आसानी से ऐसा कर सकता था। बहुत आसानी से।"

मैं जानती थी कि मुझे शांत रहना चाहिए... लेकिन वह मुझे छोड़कर जाने की बात कर रहा था, जिससे दहशत मेरे फेफड़ों में फड़फड़ाने लगी और बाहर निकलने की कोशिश करने लगी।

"मुझसे वादा करो," मैं फुसफुसाई।

"क्या?"

"तुम जानते हो कि क्या।" मैं अब नाराज़ होने लगी थी। वह नकारात्मक बातों पर ध्यान केंद्रित करने पर अड़ा था।

उसने मेरे लहज़े को बदलते सुन लिया। उसकी आँखें कस गईं। "मैं इतना शक्तिशाली नज़र नहीं आता हूँ कि तुमसे दूर रह सकूँ, इसलिए मुझे लगता है कि तुम्हारी इच्छा पूरी हो जाएगी... चाहे इससे तुम्हारी जान जाए या न जाए," उसने रूखे अंदाज़ में आगे कहा।

"अच्छा है।" वैसे उसने वादा नहीं किया था - यह बात मुझसे बच नहीं पाई थी। दहशत सिर्फ़ हल्की सी कम हुई थी, मुझमें अपने गुस्से पर क़ाबू करने की शक्ति नहीं थी। "तुमने मुझे बताया था कि तुम रुक गए थे... अब मैं जानना चाहती हूँ कि क्यों?" मैंने माँग की।

"क्यों?" उसने सतर्कता से दोहराया।

"तुमने यह क्यों किया? तुमने ज़हर को फैलने क्यों नहीं दिया? अब तक मैं ठीक तुम्हारे जैसी बन जाती।"

एडवर्ड की आँखें पूरी तरह से काली नज़र आने लगीं और मुझे याद आया कि यह ऐसी चीज़ थी, जो वह मुझे कभी नहीं बताना चाहता था। एलिस उन चीज़ों में व्यस्त होगी, जो उसे ख़ुद के बारे में पता चली थीं... या वह उसके आस-पास रहते समय अपने विचारों के बारे में बहुत सावधान रही होगी - स्पष्ट से, एडवर्ड को कोई अंदाज़ा नहीं था कि एलिस मुझे वैम्पायर बनने की प्रक्रिया के बारे में बता चुकी है। वह हैरान था और आगबबूला भी। उसके नथुने फड़फड़ाने लगे, उसका मुँह ऐसा दिख रहा था, जैसे पत्थर से तराशा गया हो।

यह स्पष्ट था कि वह जवाब नहीं देने वाला था।

"मैं स्वीकार करती हूँ कि संबंधों के मामले में मुझे कोई अनुभव नहीं है," मैंने कहा। "लेकिन यह बस तार्किक लगता है... कि पुरुष और स्त्री कमोबेश समान होने चाहिए... ऐसा नहीं होना चाहिए कि एक हमेशा दूसरे को बचाता रहे। दोनों को एक-दूसरे को *बराबरी* से बचाना चाहिए।"

उसने अपनी बाँहें मेरे पलंग के बग़ल में बाँध लीं और अपनी ठुड्डी अपनी बाँहों पर रख ली। उसका भाव रेशमी था और उसने अपने गुस्से पर क़ाबू पा लिया था। स्पष्ट रूप से वह इस नतीजे पर पहुँचा था कि वह

मुझसे नाराज़ नहीं था। मैं उम्मीद कर रही थी कि वह एलिस की ख़बर ले, इससे पहले मुझे एलिस को चेतावनी देने का मौक़ा मिल जाए।

"तुमने मुझे *बचाया है,*" उसने धीरे से कहा।

"मैं हमेशा कमज़ोर लड़की नहीं रह सकती," मैंने ज़ोर देकर कहा। "मैं भी सुपरमैन बनना चाहती हूँ।"

"तुम *नहीं* जानतीं कि तुम क्या माँग रही हो।" उसकी आवाज़ नरम थी, उसने तकिये के कोने को एकाग्र अंदाज़ में घूरा।

"मैं सोचती हूँ कि मैं जानती हूँ।"

"बेला, तुम नहीं जानतीं। मेरे पास इस बारे में सोचने के लिए लगभग नब्बे साल का समय रहा है और मुझे अब भी पक्का नहीं है।"

"क्या तुम चाहते हो कि कार्लाइल ने तुम्हें नहीं बचाया होता?"

"नहीं, मैं ऐसा नहीं सोचता।" उसने आगे बोलने से पहले रुका। "लेकिन मेरी ज़िंदगी ख़त्म हो चुकी थी। मैं कुछ नहीं छोड़ रहा था।"

"*तुम मेरी* ज़िंदगी हो। तुम एकमात्र चीज़ हो, जिसे खोने पर मुझे चोट पहुँचेगी।" मैं इसमें बेहतर होती जा रही थी। यह स्वीकार करना आसान था कि मुझे उसकी कितनी ज़्यादा ज़रूरत है।

वह बहुत शांत था। जैसे निर्णय पर पहुँच गया हो।

"मैं यह नहीं कर सकता, बेला। मैं तुम्हारे साथ ऐसा नहीं करूँगा"

"क्यों नहीं?" मेरा गला कर्कश हो गया था और शब्द उतनी ज़ोर से नहीं निकले, जितना मैं चाहती थी। "मुझे मत बताओ कि यह बहुत ज़्यादा मुश्किल है! आज के बाद या मुझे लगता है यह कुछ दिन पहले था... जो भी हो, *उसके बाद* यह कुछ नहीं होना चाहिए।"

उसने गुस्से से मुझे देखा।

"और दर्द?" उसने पूछा।

मेरा चेहरा पीला पड़ गया। मैं ऐसा करने से ख़ुद को रोक नहीं पाई, लेकिन मैंने अपने लहज़े को यह दिखाने से रोकने की कोशिश की कि वह भावना मुझे कितनी स्पष्टता से याद थी... मेरी नसों में आग।

"यह मेरी समस्या है," मैंने कहा। "मैं इसे सँभाल सकती हूँ।"

"बहादुरी को इस बिंदु तक ले जाना संभव है, जहाँ यह पागलपन बन जाती है।"

"यह मुद्‌दे की बात नहीं है। तीन दिन। कोई बड़ी बात नहीं है।"

एडवर्ड ने एक बार फिर मुँह बनाया, जब मेरे शब्दों ने उसे याद दिलाया कि मेरे पास उससे ज़्यादा जानकारी है, जितनी वह कभी नहीं देना चाहता था। मैंने उसे अपना ग़ुस्सा दबाते देखा, जब उसकी आँखें सोचने लग गईं।

"चार्ली?" उसने रूखे अंदाज़ में पूछा। "रिनी?"

मिनट ख़ामोशी में गुज़रते गए, जब मैं उसके सवाल का जवाब देने के लिए जूझी। मैंने अपना मुँह खोला, लेकिन कोई आवाज़ बाहर नहीं निकली। मैंने इसे दोबारा बंद कर लिया। उसने इंतज़ार किया और उसके चेहरे पर विजय का भाव आ गया, क्योंकि वह जानता था कि मेरे पास कोई सच्चा जवाब नहीं है।

"देखो, यह भी मुद्‌दा नहीं है," मैं आख़िरकार बुदबुदाई, मेरी आवाज़ उतनी ही अविश्वसनीय लग रही थी, जितनी हमेशा झूठ बोलने पर लगती थी। "रिनी ने हमेशा वे विकल्प चुने हैं, जो उनके लिए काम करते हैं - वे चाहेंगी कि मैं भी ऐसा ही करूँ। और चार्ली लचकदार हैं, वे अपने दम पर रहने के आदी हैं। मैं हमेशा उनकी परवाह नहीं कर सकती। मेरे पास जीने के लिए अपना ख़ुद का जीवन है।"

"बिलकुल," उसने तपाक से कहा। "और मैं इसे तुम्हारे लिए ख़त्म नहीं करूँगा।"

"अगर तुम मृत्युशैया पर मेरे लेटने का इंतज़ार कर रहे हो, तो मैं तुम्हें एक ख़बर देना चाहती हूँ! मैं अभी-अभी वहाँ पर थी!"

"तुम ठीक होने वाली हो," उसने मुझे याद दिलाया।

मैंने ख़ुद को शांत करने के लिए एक गहरी साँस ली और दर्द की उस लहर को नज़रअंदाज़ किया, जो इस वजह से उत्पन्न हुई थी। मैंने उसे घूरा और वह भी पलटकर घूरने लगा। उसके चेहरे पर समझौते जैसा कोई भाव नहीं था।

"नहीं," मैंने धीरे से कहा। "मैं ठीक नहीं होने वाली।"

उसके माथे पर सिलवटें पड़ गईं। "ज़ाहिर है, तुम ठीक होने वाली हो। तुम्हारे एक-दो घाव हो सकते हैं..."

"तुम ग़लत हो," मैंने ज़ोर देकर कहा। "मैं मरने वाली हूँ।"

"सचमुच, बेला," वह अब चिंतित था। "तुम कुछ दिनों में अस्पताल से निकल जाओगी। ज़्यादा से ज़्यादा दो हफ़्ते।"

मैंने उसकी तरफ़ आँखें तरेरकर देखा। "हो सकता है कि मैं अभी न मरूँ... लेकिन मैं किसी समय तो मरूँगी। हर दिन, हर मिनट मैं ज़्यादा क़रीब पहुँच रही हूँ। और मैं *बूढ़ी* भी हो जाऊँगी।"

उसने त्योरी चढ़ाई, जब मेरी बात का मतलब उसके दिमाग़ के अंदर घुसा। उसने अपनी लंबी अँगुलियों से अपनी कनपटी दबाई और अपनी आँखें बंद कर लीं। "यही होना प्रारब्ध में है। यह इसी तरह होना चाहिए। यह इसी तरह होता, अगर मेरा अस्तित्व नहीं होता - और मेरा *अस्तित्व नहीं होना चाहिए।*"

मैंने घरघराहट की आवाज़ निकाली। उसने हैरानी से आँखें खोलीं। "यह मूर्खतापूर्ण है। यह तो किसी ऐसे व्यक्ति के पास जाने जैसा है, जिसने अभी-अभी लॉटरी जीती हो और उसका पैसा लेकर यह कहना है, 'देखो, हमें उस तरफ़ लौट जाना चाहिए, जैसा चीज़ों को होना चाहिए। यह इस तरह से बेहतर है।' लेकिन मैं इससे सहमत नहीं हूँ।"

"मैं लॉटरी का पुरस्कार नहीं हूँ," उसने गुर्राकर कहा।

"सही है। तुम उससे बहुत बेहतर हो।"

उसने अपनी आँखें गोल-गोल घुमाईं और अपने होंठ सख़्त किए। "बेला, अब हम इस बारे में और बातचीत नहीं करेंगे। मैं तुम्हें अनंत रात में नहीं धकेलूँगा और यह मामला यहीं ख़त्म हो जाता है।"

"अगर तुम सोचते हो कि यही अंत है, तो तुम मुझे ज़्यादा अच्छी तरह नहीं जानते हो," मैंने उसे चेतावनी दी। "तुम ही मेरी पहचान के एकमात्र वैम्पायर नहीं हो।"

उसकी आँखें एक बार फिर स्याह हो गईं। "एलिस यह दुस्साहस नहीं करेगी।"

और एक पल के लिए तो वह इतना डरावना दिख रहा था कि मैं इस पर विश्वास किए बिना नहीं रह पाई - मैं कल्पना नहीं कर सकती थी कि कोई इतना बहादुर होगा, जो उसका विरोध करे।

"एलिस ने इसे पहले ही देख लिया था, है ना?" मैंने अंदाज़ा लगाया। "इसीलिए उसकी बातों से तुम परेशान हो जाते हो। वह जानती है कि मैं तुम्हारे जैसी बनने वाली हूँ... किसी दिन।"

"वह ग़लत है। उसने तो तुम्हें मुर्दा भी देखा था, लेकिन यह भी तो नहीं हुआ।"

"तुम *मुझे* कभी एलिस के ख़िलाफ़ शर्त लगाते नहीं पकड़ोगे।"

हम काफ़ी लंबे समय तक एक दूसरे को घूरते रहे। मशीनों की आवाज़, बीपिंग, बूँद टपकने, दीवार पर बड़ी घड़ी की टिकटिक के सिवाय शांति थी। आख़िरकार, उसके चेहरे का भाव नरम हुआ।

"तो इससे हम कहाँ पहुँचे?" मैंने सोचा।

उसने बिना हँसी के हँसने की आवाज़ निकाली। "मुझे लगता है कि इसे *बंद रास्ता* कहा जाता है।"

मैंने आह भरी। "आउच," मैं बुदबुदाई।

"तुम कैसा महसूस कर रही हो?" उसने नर्स को बुलाने वाले बटन को देखते हुए पूछा।

"मैं ठीक हूँ," मैंने झूठ बोला।

"मुझे तुम्हारी बात पर विश्वास नहीं होता," उसने धीरे से कहा।

"मैं दोबारा नहीं सोने वाली।"

"तुम्हें आराम की ज़रूरत है। यह बहस तुम्हारे लिए अच्छी नहीं है।"

"तो हार मान लो," मैंने तपाक से कहा।

"नहीं!"

उसने मुझे नज़रअंदाज़ किया।

"हाँ?" दीवार पर लगे स्पीकर से आवाज़ आई।

"मैं सोचता हूँ कि हम दर्द की दवा के लिए तैयार हैं," उसने शांति से कहा और मेरे आवेशमय भाव को नज़रअंदाज़ कर दिया।

"मैं नर्स को भेजती हूँ।" आवाज़ बहुत बोर लग रही थी।

"मैं इसे नहीं लूँगी," मैंने वादा किया।

उसने मेरे पलंग के पास लटके द्रवों की थैली की तरफ़ देखा। "मुझे नहीं लगता कि वे तुमसे कोई गोली निगलने को कहेंगे।"

मेरे दिल की धड़कन तेज़ होने लगी। उसने मेरी आँखों में डर को पढ़ लिया और कुंठा में आह भरी।

“बेला, तुम्हें दर्द हो रहा है। तुम्हें तनावरहित होने की ज़रूरत है, ताकि तुम ठीक हो सको। तुम इतनी मुश्किल क्यों दे रही हो? वे अब तुम्हें और ज़्यादा सुई नहीं लगाएँगे।”

“मुझे सुइयों से डर नहीं लगता,” मैं बुदबुदाई। “मुझे तो अपनी आँखें बंद करने से डर लगता है।”

वह अपनी वक्र मुस्कान मुस्कराया और मेरा चेहरा अपने हाथों में लिया। “मैंने तुम्हें बताया ना कि मैं कहीं नहीं जा रहा हूँ। डरो मत! जब तक तुम्हें ख़ुशी मिलती है, मैं यहीं रहूँगा।”

मैं पलटकर मुस्कराई और अपने गालों में होने वाले दर्द को नज़रअंदाज़ किया। “तुम जानते हो, तुम अनंत काल तक की बात कर रहे हो।”

“ओह, तुम इससे बाहर निकल जाओगी - यह तो बस एक क्रश है।”

मैंने अपना सिर अविश्वास में हिलाया - इससे मेरा सिर घूमने लगा। “मैं सदमे में आ गई, जब रिनी ने यह पुड़िया निगल ली। मैं जानती हूँ कि *तुम* हक़ीक़त जानते हो।”

“यही तो इंसान होने के बारे में सुंदर चीज़ है,” उसने मुझे बताया। “चीज़ें बदलती हैं।”

मेरी आँखें सिकुड़ गईं। “अपनी साँस मत रोको।”

वह हँस रहा था, जब नर्स सिरिंज लहराती हुई अंदर आई।

“माफ़ करें,” उसने एडवर्ड से रूखे अंदाज़ में कहा।

वह उठा और छोटे कमरे के सिरे पर जाकर दीवार से टिक गया। उसने अपनी बाँहें बाँध लीं और इंतज़ार करने लगा। मैंने उस पर निगाह रखी, अब भी डरते हुए। एडवर्ड ने शांति से मुझसे निगाह मिलाई।

“यह लो, बेटा।” नर्स मुस्कराई, जब उसने मेरी ट्यूब में दवा डाली। “अब तुम बेहतर महसूस करोगी।”

“धन्यवाद,” मैं बिना उत्साह के बुदबुदाई। इसमें ज़्यादा समय नहीं लगा। मैं लगभग तुरंत ही अपने ख़ून में नींद के अहसास को प्रवाहित होते महसूस कर सकती थी।

“इससे काम हो जाना चाहिए,” वह बुदबुदाई, जब मेरी पलकें झुकीं।

वह कमरे से चली गई होगी, क्योंकि किसी ठंडी और चिकनी चीज़ ने मेरे चेहरे को छुआ।

"रुकना।" शब्द अस्पष्टता से बाहर निकला था।

"मैं रुकूँगा," उसने वादा किया। उसकी आवाज़ सुंदर थी, किसी लोरी की तरह। "जैसा मैंने कहा था, जब तक इससे तुम्हें ख़ुशी मिलती है... जब तक यह तुम्हारे लिए सबसे अच्छा रहता है।"

मैंने अपना सिर हिलाने की कोशिश की, लेकिन यह बहुत भारी था। "यह एक ही चीज़ नहीं है," मैं बुदबुदाई।

वह हँसा। "उस बारे में अभी चिंता मत करो, बेला। तुम जागने पर मेरे साथ बहस कर सकती हो।"

मुझे लगता है कि मैं मुस्कराई। "ठीक है।"

मैं अपने कान पर उसके होंठ महसूस कर सकती थी।

"मैं तुमसे प्यार करता हूँ," वह फुसफुसाकर बोला।

"मैं भी।"

"मैं जानता हूँ," वह धीरे से हँसा।

मैंने अपना सिर हल्के से मोड़ा... खोजते हुए। वह जानता था कि मैं क्या चाहती हूँ। उसके होंठ धीरे से मेरे होंठों से छूने लगे।

"धन्यवाद," मैंने आह भरी।

"कभी भी।"

मैं दरअसल नींद की गिरफ़्त में थी, लेकिन मैं कमज़ोरी से नींद के ख़िलाफ़ लड़ी। बस एक और चीज़ थी, जो मैं उसे बताना चाहती थी।

"एडवर्ड?" मैं उसका नाम स्पष्टता से बोलने के लिए जूझी।

"हाँ?"

"मैं एलिस पर शर्त लगा रही हूँ?" मैं बुदबुदाई।

और फिर रात ने मुझे ढक लिया।

उपसंहार : एक समारोह

एडवर्ड ने अपनी कार में बैठने में मेरी मदद की। वह सिल्क और शिफ़ॉन के बोझ के बारे में बहुत सावधान रहा और उन फूलों के बारे में भी, जिन्हें उसने अभी-अभी मेरे सुसज्जित शैली के बालों के घूँघरों में लगाया था और मेरी भारी प्लास्टर में भी। उसने मेरे मुँह के गुस्से के भाव को नज़रअंदाज़ कर दिया।

मुझे बैठाने के बाद वह ड्राइवर की सीट पर बैठा और लंबे, सँकरे ड्राइव से कार पीछे लेने लगा।

"किस बिंदु पर तुम मुझे बताने वाले हो कि क्या हो रहा है?" मैंने शिकायती अंदाज़ में पूछा। मुझे दरअसल आश्चर्यों से नफ़रत थी। और वह यह बात जानता था।

"मैं ख़ुद हैरान हूँ कि तुम अब तक इसका अनुमान क्यों नहीं लगा पाई हो!" उसने मेरी तरफ़ चिढ़ाने वाली मुस्कान उछाली और मेरी साँस मेरे गले में अटक गई। क्या मैं कभी इतने आदर्श व्यक्ति की आदी हो पाऊँगी?

"मैंने ज़िक्र किया था कि तुम बहुत अच्छे दिख रहे हो, है ना?" मैंने पुष्टि की।

"हाँ।" वह एक बार फिर शरारत से मुस्कराने लगा। मैंने पहले कभी उसे काली पोशाक में नहीं देखा था और उसकी पीली त्वचा के कंट्रास्ट में उसकी सुंदरता अलौकिक थी। इससे मैं इंकार नहीं कर सकती थी, इस तथ्य के बावजूद कि वह टक्सीडो पहने था, इससे मैं बहुत घबरा रही थी।

पोशाक से नहीं। जूते से भी नहीं। केवल एक जूता, क्योंकि मेरा दूसरा पैर अब भी प्लास्टर में बँधा था। ऊँची एड़ी के जूते, जो केवल

साटन के रिबन्स से बँधे थे, निश्चित रूप से लँगड़ाकर चलने में मेरी मदद नहीं करने वाले थे।

"मैं अब और नहीं आऊँगी, अगर एलिस मेरे साथ गिनी पिग बार्बी जैसा सलूक करेगी," मैंने मजबूती से कहा। मैंने अपने दिन का ज़्यादातर हिस्सा एलिस के बहुत बड़े बाथरूम में बिताया था। मैं एक असहाय शिकार थी, जबकि वह हेयरड्रेसर और कॉस्मेटिशियन की भूमिका निभा रही थी। जब भी मैं कसमसाती थी या शिकायत करती थी, तो वह मुझे याद दिलाती थी कि उसे इंसान होने की कोई याद नहीं है और वह मुझसे कहती थी कि मैं उसके सेकंड हैंड आनंद को बर्बाद न करूँ, फिर उसने मुझे सबसे मूर्खतापूर्ण ड्रेस में लपेट दिया - गहरी नीली, झालर वाली और कंधों से नीची। इसमें फ्रांसीसी टैग थे, जिन्हें मैं पढ़ नहीं सकती थी। यह ड्रेस फ़ोर्क्स के बजाय किसी फ़िल्म के लिए ज़्यादा उपयुक्त थी। मुझे तो इस बात का यक़ीन था कि इस सारी सजावट से कोई अच्छा परिणाम नहीं निकल सकता। जब तक कि... लेकिन मैं अपनी शंकाओं को शब्दों में रखने से डर रही थी, अपने दिमाग़ में भी।

मेरा ध्यान बजते फ़ोन की आवाज़ से भटक गया। एडवर्ड ने अपना सेल फ़ोन जैकेट के भीतर की जेब से निकाला और जवाब देने से पहले नाम पर नज़र डाली।

वह सावधानी से बोला, "हेलो चार्ली।"

"चार्ली?" मैंने त्योरी चढ़ाई।

मेरे फ़ोर्क्स लौटने के बाद से... चार्ली मुश्किल में थे। उन्होंने मेरे बुरे अनुभव को दो स्पष्ट हिस्सों में बाँट दिया था। कार्लाइल के प्रति वे आराधना करने की हद तक कृतज्ञ थे। दूसरी तरफ़, उनके मन में यह कट्टर विश्वास था कि ग़लती एडवर्ड की थी - क्योंकि अगर वह नहीं होता, तो मैं घर छोड़कर जाती ही नहीं। और एडवर्ड उनसे असहमत नहीं था। इन दिनों मुझ पर ऐसे नियम लाद दिए गए थे, जो पहले मौजूद नहीं थे : कर्फ़्यू... मिलने के घंटे।

चार्ली ने कोई ऐसी बात कही, जिससे एडवर्ड की आँखें अविश्वास में चौड़ी हो गईं और फिर उसके चेहरे पर मुस्कान फैल गई।

"आप मज़ाक़ कर रहे हैं!" वह हँसा।

"यह क्या है?" मैंने माँग की।

उसने मुझे नज़रअंदाज़ कर दिया। "आप उसकी बात मुझसे क्यों नहीं करवा देते?" एडवर्ड ने स्पष्ट ख़ुशी के साथ सुझाव दिया। उसने कुछ सेकंड इंतज़ार किया।

"हेलो टाइलर, मैं एडवर्ड कलन।" उसकी आवाज़ बहुत दोस्ताना थी, सतह पर। मैं ख़तरे के हल्के कटाव को पकड़ने में अब तक काफ़ी माहिर हो चुकी थी। टाइलर मेरे घर पर क्या कर रहा था? मेरे सामने भयंकर सच्चाई प्रकट होने लगी। मैंने उस अनुचित ड्रेस को देखा, जो एलिस ने मुझे जबरन पहनाई थी।

"मुझे अफ़सोस है, अगर किसी तरह का ग़लत संप्रेषण हुआ हो, लेकिन बेला आज रात को उपलब्ध नहीं है।" एडवर्ड का लहज़ा बदल गया और उसकी आवाज़ में जोखिम अचानक और ज़्यादा स्पष्ट हो गया, जब उसने आगे कहा। "पूरी ईमानदारी से कहूँ, तो वह मेरे सिवा किसी के लिए भी किसी भी रात को उपलब्ध नहीं है। बुरा मत मानना। और मुझे तुम्हारी शाम के बारे में अफ़सोस है।" उसकी आवाज़ में अफ़सोस जैसा कुछ नहीं था। और फिर उसने झटके से फ़ोन बंद कर दिया, उसके चेहरे पर एक बड़ी मुस्कान थी।

मेरा चेहरा और गला गुस्से के मारे लाल हो गया। मैं महसूस कर सकती थी कि गुस्से की वजह से मेरी आँखों में आँसू भरने लगे थे।

उसने हैरानी से देखा। "क्या वह आख़िरी हिस्सा ज़रूरत से ज़्यादा हो गया? मैं तुम्हें नाराज़ नहीं करना चाहता था।"

मैंने उसे नज़रअंदाज़ कर दिया।

"तुम मुझे *प्रॉम* में ले जा रहे हो!" मैं चिल्लाई।

यह अब इतना स्पष्ट था कि मुझे शर्म आ गई। मुझे यक़ीन है कि अगर मैं ज़रा भी ध्यान दे रही होती, तो मुझे स्कूल में लगे पोस्टर्स की तारीख़ दिख जाती। लेकिन मैंने कभी सपने में भी नहीं सोचा था कि वह मेरे साथ ऐसा करने की सोच रहा है। क्या वह मुझे ज़रा भी नहीं जानता था?

यह स्पष्ट था कि उसे मेरी इतनी प्रबल प्रतिक्रिया की उम्मीद नहीं थी। उसने अपने होंठ दबाए और उसकी आँखें सिकुड़ गईं। "मुश्किल मत खड़ी करो, बेला।"

मेरी आँखें खिड़की की ओर चमकीं, हम स्कूल के आधे रास्ते तक पहुँच गए थे।

"तुम मेरे साथ यह क्यों कर रहे हो?" मैंने दहशत में पूछा।

उसने अपने टक्सीडो की तरफ़ इशारा किया। "सच्ची बेला, तुम क्या सोचती थीं कि हम क्या कर रहे थे?"

मैं बुरी यातना में थी। सबसे पहले तो इसलिए, क्योंकि मैं स्पष्ट चीज़ को चूक गई थी। और इसलिए भी क्योंकि अस्पष्ट शंकाएँ - दरअसल अपेक्षाएँ - जो दिन भर से बँध रही थीं, जब एलिस ने मुझे ब्यूटी क्वीन में बदलने की कोशिश की थी, इतनी ज़्यादा अलग थीं। मेरी आधी डरी हुई उम्मीदें अब बहुत मूर्खतापूर्ण दिख रही थीं।

मुझे अंदाज़ा था कि यह किसी तरह का समारोह होगा। लेकिन *प्रॉम* ! यह मेरे दिमाग़ से कोसों दूर था।

क्रोधित आँसू मेरे गालों पर बहने लगे। मुझे निराशा से याद आया कि मैंने आज मस्कारा लगाया था। मैंने अपनी आँखों के नीचे से जल्दी से पोंछा, ताकि धब्बा न पड़ जाए। मेरा हाथ काला नहीं हुआ, जब मैंने उसे दूर खींचा, शायद एलिस को पता होगा कि मुझे वाटरप्रूफ़ मेकअप की ज़रूरत है।

"यह सरासर मूर्खतापूर्ण है। तुम रो क्यों रही हो?" उसने कुंठा में पूछा।

"क्योंकि मैं *पागल* हूँ!"

"बेला।" उसने अपनी सुलगती सुनहरी आँखों की पूरी शक्ति मुझ पर उड़ेल दी।

"क्या?" मैं बुदबुदाई। मेरा ध्यान भटक गया था।

"मेरा दिल रख लो," उसने ज़ोर दिया।

उसकी आँखें मेरे सारे गुस्से को पिघला रही थीं। जब वह इस तरह धोखा देता था, तो उसके साथ लड़ना असंभव हो जाता था। मैंने कमज़ोरी से हथियार डाल दिए।

"ठीक है," मैंने मुँह फुलाया और मैं उतने गुस्से से नहीं देख पाई, जितने गुस्से से उसे देखना चाहती थी। "मैं चुपचाप चलूँगी, लेकिन तुम देख लेना। मेरे हिसाब से और ज़्यादा बदक़िस्मती लिखी होगी। मेरी शायद

दूसरी टाँग भी टूट जाएगी। इस जूते को देखो! यह तो मौत का जाल है!" मैंने अपने अच्छे पैर को प्रमाण के रूप में दिखाया।

"हूँहूँ।" उसने मेरे पैर को आवश्यकता से ज़्यादा समय तक घूरा। "आज रात मुझे एलिस को धन्यवाद देने की याद दिलाना।"

"एलिस भी वहाँ होगी?" इससे मुझे थोड़ी राहत मिली।

"जैस्पर के साथ, और एमथ... और रोज़ेली," उसने स्वीकार किया।

आराम की भावना ग़ायब हो गई। रोज़ेली के साथ कोई प्रगति नहीं हुई थी, हालाँकि उसके कई बार पति रह चुके एमथ के साथ मेरे काफ़ी अच्छे संबंध बन गए थे। एमथ को मेरे आस-पास रहने में मज़ा आता था - उसे मेरी विचित्र मानवीय प्रतिक्रियाएँ मज़ेदार लगती थीं... या शायद मैं बहुत ज़्यादा गिरती थी, यह बात उसे बहुत मज़ेदार लगती थी। रोज़ेली इस तरह व्यवहार करती थी, मानो मेरा अस्तित्व ही न हो। हालाँकि मेरे विचार मुझे जिस दिशा में ले गए थे, उसे झटकने के लिए मैंने अपना सिर हिलाया और किसी दूसरी चीज़ के बारे में सोचा।

"क्या चार्ली को यह पता है?" मैंने अचानक संदेह में पूछा।

"ज़ाहिर है।" वह मुस्कराया और उसने अपनी हँसी दबाई। "स्पष्ट रूप से टाइलर को यह पता नहीं था।"

मैंने अपने दाँत पीसे। मैं कल्पना नहीं कर सकती थी कि टाइलर इतना मूर्ख कैसे हो सकता है। स्कूल में, जहाँ चार्ली हस्तक्षेप नहीं कर सकते थे, एडवर्ड और मैं एक जिस्म दो जान थे - सिवाय उन दुर्लभ धूप वाले दिनों के।

हम अब स्कूल में थे। रोज़ेली की लाल कनवर्टिबल पार्किंग लॉट में अलग ही चमक रही थी। बादल आज पतले थे और धूप की कुछ लकीरें पश्चिम में दूरी पर बचकर निकल रही थीं।

वह बाहर उतरा और मेरा दरवाज़ा खोलने के लिए चलकर आया। उसने अपना हाथ बढ़ाया।

मैं बाँहें बाँधकर ज़िद से सीट पर ही बैठी रही और आत्मसंतुष्टि का गोपनीय भाव महसूस करती रही। पार्किंग लॉट में औपचारिक पोशाक वाले लोगों की भीड़ थी : गवाह। वह मुझे कार से मजबूर करके नहीं उतार सकता था, जैसा वह अकेले में कर सकता था।

उसने आह भरी। "जब कोई तुम्हें मारना चाहता है, तब तो तुम शेर जितनी बहादुर हो जाती हो – और जब कोई डांस का ज़िक्र करता है..." उसने अपना सिर हिलाया।

मैंने थूक गटका। डांस करना।

"बेला, मैं किसी चीज़ को तुम्हें चोट नहीं पहुँचाने दूँगा – तुम्हें भी ख़ुद को चोट पहुँचाने नहीं दूँगा। मैं एक बार भी तुम्हें नहीं छोड़ूँगा, मैं वादा करता हूँ।"

मैंने इस बारे में सोचा और अचानक काफ़ी बेहतर महसूस करने लगी। वह मेरे चेहरे पर यह देख सकता था।

"तो अब ठीक है," उसने हल्के से कहा, "यह इतना बुरा नहीं होगा।" वह झुका और उसने एक बाँह मेरी कमर में लपेट ली। मैंने उसका दूसरा हाथ पकड़ा और उसे कार से ख़ुद को उठाने दिया।

उसने अपनी बाँह मेरे चारों ओर कसी और मुझे सहारा दिया, जब मैं लँगड़ाते हुए स्कूल की तरफ़ गई।

फ़ीनिक्स में प्रॉम होटल के बॉलरूम में होते थे। ज़ाहिर है, यहाँ डांस जिम में हो रहा था। शायद यह शहर का इकलौता कमरा था, जो इतना बड़ा था कि वहाँ डांस हो सके। जब हम अंदर पहुँचे, तो मैंने नक़ली हँसी निकाली। वहाँ सचमुच के गुब्बारे तोरणों और क्रीप पेपर के मुड़े हुए हार दीवारों पर बंदनवार से सजे थे।

"यह तो ऐसा दिख रहा है, जैसे कोई हॉरर मूवी होने वाली है," मैं मक्कारी से हँसी।

"देखो," वह बुदबुदाया, जब हम धीरे-धीरे टिकट टेबल के क़रीब पहुँचे – वह मेरा ज़्यादातर वज़न उठा रहा था, लेकिन मुझे फिर भी लँगड़ाना पड़ रहा था और अपने पैर आगे की तरफ़ हिलाना पड़ रहा था – "यहाँ पर्याप्त से ज़्यादा वैम्पायर मौजूद हैं।"

मैंने डांस फ्लोर की तरफ़ देखा। फ्लोर के बीच में एक चौड़ी खाई बन गई थी, जहाँ दो जोड़े शानदार नृत्यकला दिखा रहे थे। बाक़ी के डांसर्स उन्हें जगह देने के लिए कमरे के बग़ल में दब गए थे – कोई भी इतने शानदार नृत्य की तुलना में खड़ा नहीं होना चाहता था। एमथ और जैस्पर क्लासिक टक्सीडोज़ में भयभीत करने वाले और निर्दोष थे। एलिस काली

साटन ड्रेस में कमाल लग रही थी, जिसके ज्योमेट्रिक कटआउट थे, जो उसकी बर्फ़ीली सफ़ेद त्वचा के बड़े त्रिकोणों को दिखा रहे थे। और रोज़ेली तो... बस रोज़ेली थी। वह विश्वास से भी परे थी। उसकी चमकदार लाल ड्रेस बिना पीठ वाली थी, उसकी पिंडलियों तक कसी हुई, जहाँ यह चौड़ी वाली झालर में बदल गई थी, गला उसकी कमर तक आ रहा था। मुझे उस कमरे में मौजूद हर लड़की पर तरस आया, जिसमें मैं भी शामिल थी।

"क्या तुम दरवाज़े की कुंडी लगाना चाहते हो, ताकि तुम संदेह करने वाले नागरिकों का नरसंहार कर सको?" मैंने षड्यंत्रकारी ढंग से फुसफुसाते हुए कहा।

"और तुम किसके साथ हो?" उसने गुस्से से पूछा।

"ओह, मैं तो वैम्पायरों के साथ हूँ, ज़ाहिर है।"

वह अनिच्छा से मुस्कराया। "डांस करने से बचने के लिए कुछ भी चलेगा।"

"कुछ भी।"

उसने हमारे टिकट ख़रीदे और मुझे डांस फ्लोर की ओर ले गया। मैं उसकी बाँह से टिककर घबराने लगी और पैर घसीटने लगी।

"मेरे पास सारी रात है," उसने चेतावनी दी।

अंततः वह मुझे उस जगह तक खींचकर ले गया, जहाँ उसका परिवार शानदार तरीक़े से डांस कर रहा था - भले ही उनकी नृत्य शैली वर्तमान समय और संगीत के हिसाब से पूरी तरह उपयुक्त नहीं थी। मैंने दहशत में देखा।

"एडवर्ड।" मेरा गला इतना सूख गया था कि सिर्फ़ फुसफुसाहट ही निकल पाई। "मैं सच्ची में डांस नहीं कर सकती!" मैं अपने सीने के भीतर दहशत को उबलते हुए महसूस कर सकती थी।

"चिंता मत करो, मूर्ख लड़की," उसने फुसफुसाकर कहा। "मैं कर सकता हूँ।" उसने अपनी बाँहें मेरे गले के चारों ओर डालीं और मुझे अपने पैरों के नीचे खिसका लिया।

और फिर हम घूमने भी लगे।

"मुझे ऐसा महसूस हो रहा है, जैसे मैं पाँच साल की हूँ," कुछ मिनट तक प्रयासरहित नृत्य करने के बाद मैं हँसते हुए बोली।

"तुम पाँच की दिखती नहीं हो," वह बुदबुदाया और एक पल के लिए मुझे ज़्यादा क़रीब खींचा, जिससे मेरे पैर ज़मीन से लगभग एक फ़ुट ऊपर हो गए।

एलिस ने मोड़ पर मुझसे नज़रें मिलाईं और प्रोत्साहन देते हुए मुस्कराई – मैं भी बदले में मुस्कराई। मैं यह अहसास करके हैरान थी कि मैं दरअसल मज़े ले रही थी... थोड़े से।

"ठीक है, यह उतना बुरा भी नहीं है," मैंने स्वीकार किया।

लेकिन एडवर्ड दरवाज़ों की तरफ़ घूर रहा था और उसका चेहरा क्रोधित था।

"क्या है?" मैंने ज़ोर से पूछा। मैंने उसकी निगाह का अनुसरण किया और हालाँकि घूमने से थोड़ी दिशा भटक गई, लेकिन आख़िरकार मैंने देख लिया कि उसे किस चीज़ से उलझन हो रही थी। जैकब ब्लैक फ्लोर पार करके हमारी तरफ़ आ रहा था। वह टक्सीडो में नहीं था, बल्कि लंबी आस्तीन की सफ़ेद शर्ट और टाई में था और उसके चिकने बाल सामान्य पोनीटेल में बँधे थे।

पहचानने के पहले सदमे के बाद मुझे जैकब पर तरस आया। वह स्पष्ट रूप से असहज था – यातनामय तरीक़े से। उसका चेहरा क्षमायाचना से भरपूर था, जब उसने मुझसे नज़रें मिलाईं।

एडवर्ड बहुत धीरे से गुर्राया।

"शांति!" मैंने फुफकारते हुए कहा।

एडवर्ड की आवाज़ तीखी थी। "वह तुमसे बात करना चाहता है।"

जैकब तब तक हमारे पास पहुँच गया था। अब शर्मिंदगी और क्षमायाचना के भाव उसके चेहरे पर और ज़्यादा स्पष्ट दिखाई दे रहे थे।

"हे बेला, मैं उम्मीद कर रहा था कि तुम यहाँ मिलोगी।" जैकब की आवाज़ से लग रहा था कि वह इसकी ठीक विपरीत उम्मीद कर रहा था, लेकिन उसकी मुस्कान हमेशा जितनी ही गर्मजोशी से भरी थी।

"हाय, जैकब।" मैं पलटकर मुस्कराई। "क्या हुआ?"

"क्या मैं बीच में आ सकता हूँ?" उसने असहजता से पूछा और पहली बार एडवर्ड को देखा। मुझे इस बात पर ग़ौर करके सदमा लगा कि

जैकब को ऊपर नहीं देखना पड़ा। जब मैंने उसे पहली बार देखा था, तब से उसकी लंबाई आधा फ़ुट बढ़ गई होगी।

एडवर्ड का चेहरा शांत और भाव सूना था। उसका एकमात्र जवाब यह था कि उसने मुझे सावधानी से अपने पैरों पर खड़ा किया और एक क़दम पीछे हट गया।

"धन्यवाद," जैकब ने शिष्टता से कहा।

एडवर्ड ने बस सिर हिलाया, मेरी तरफ़ उग्र अंदाज़ में देखा और फिर दूर चला गया।

जैकब ने अपने हाथ मेरी कमर पर रखे और मैं अपने हाथ उसके कंधों पर रखने के लिए ऊपर हुई।

"वाह जेक, तुम अब कितने लंबे हो गए हो?"

वह आत्मसंतुष्ट था। "छह-दो।"

हम दरअसल डांस नहीं कर रहे थे - मेरे पैर की वजह से यह असंभव था। इसके बजाय हम अपने पैर हिलाए बिना बस इधर-उधर डोल रहे थे। यह अच्छा ही था; हाल में उसकी लंबाई बढ़ने की वजह से वह दुबला और अनियंत्रित दिख रहा था, इसलिए शायद वह भी मेरे जितनी ही अच्छी तरह डांस कर सकता था।

"तो आज रात तुम यहाँ कैसे आ गए?" मैंने सच्ची उत्सुकता के बिना पूछा। एडवर्ड की प्रतिक्रिया को देखते हुए मैं अंदाज़ा लगा सकती थी।

"क्या तुम यक़ीन कर सकती हो कि मेरे डैडी ने तुम्हारे प्रॉम में आने के लिए मुझे बीस डॉलर दिए हैं?" उसने थोड़ा शर्मिंदा होते हुए स्वीकार किया।

"हाँ, मैं कर सकती हूँ," मैं बुदबुदाई। "देखो, मुझे उम्मीद है कि तुम्हें मज़ा आ रहा होगा। कोई दिखा, जो तुम्हें पसंद हो?" मैंने छीलते हुए कहा और सजावट की तरह दीवार से टिकी लड़कियों के समूह की तरफ़ इशारा किया।

"हाँ," उसने आह भरी। "लेकिन वह किसी और के साथ है।"

उसने एक पल के लिए मेरी उत्सुक निगाह से निगाह मिलाई - फिर हम दोनों ही दूर देखने लगे, शर्मिंदा होकर।

"वैसे तुम काफ़ी अच्छी दिख रही हो," उसने संकोच से कहा।

"उह, धन्यवाद। तो बिली ने तुम्हें यहाँ आने के लिए पैसे क्यों दिए?" मैंने जल्दी से पूछा, हालाँकि मुझे जवाब मालूम था।

जैकब विषय बदलने के कारण कृतज्ञ नहीं दिख रहा था; उसने दूर देखा और एक बार फिर असहज हो गया। "उन्होंने कहा था कि तुमसे बात करने के लिए यह जगह 'सुरक्षित' है। मैं क़सम खाता हूँ कि बूढ़े आदमी का दिमाग़ चल गया है।"

मैं कमज़ोरी से उसकी हँसी में शामिल हुई।

"चाहे जो हो, उन्होंने कहा कि अगर मैं तुम्हें कोई चीज़ बोल दूँगा, तो वे मुझे वह मास्टर सिलिंडर दिला देंगे, जिसकी मुझे ज़रूरत है," उसने झेंपी हुई मुस्कान के साथ स्वीकार किया।

"तो फिर बता दो। मैं चाहती हूँ कि तुम अपनी कार पूरी कर लो।" मैं मुस्कराई। कम से कम जैकब को इसमें से किसी चीज़ पर भरोसा नहीं था। इससे स्थिति थोड़ी ज़्यादा आसान बन गई। दीवार से टिककर एडवर्ड मेरा चेहरा देख रहा था; उसका ख़ुद का चेहरा भावरहित था। मैंने देखा कि गुलाबी ड्रेस में सेकंड इयर की एक छात्रा उसे हसरत से देखे जा रही थी, लेकिन एडवर्ड तो उसके बारे में जागरूक ही नहीं था।

जैकब ने एक बार फिर दूर देखा, शर्मिंदा होते हुए। "नाराज़ मत होना, ठीक है?"

"मैं तुम पर नाराज़ नहीं होऊँगी, जैकब," मैंने उसे आश्वस्त किया। "मैं बिली पर भी नाराज़ नहीं होऊँगी। बस वह कह दो, जो तुम्हें कहना है।"

"देखो – यह इतना मूर्खतापूर्ण है, मुझे अफ़सोस है, बेला – वे चाहते हैं कि तुम अपने बॉयफ्रेंड से ब्रेकअप कर लो। उन्होंने कहा है कि मैं तुमसे 'प्लीज़' भी कहूँ।" उसने हिक़ारत में सिर हिलाया।

"वे अब भी अंधविश्वासी हैं, अह?"

"हाँ। वे... एक तरह से बौरा गए थे, जब तुम्हें फ़ीनिक्स में चोट लगी थी। उन्हें यक़ीन ही नहीं हुआ..." जैकब संकोच में वाक्य अधूरा छोड़ गया।

मेरी आँखें सिकुड़ गईं। "मैं गिर गई थी।"

"मैं यह बात जानता हूँ," जैकब ने जल्दी से कहा।

"वे सोचते हैं कि मेरे घायल होने का एडवर्ड से कोई संबंध था।" यह प्रश्न नहीं था और मेरे वादे के बावजूद मैं नाराज़ हो गई।

जैकब मुझसे नज़रें नहीं मिला रहा था। हम अब संगीत पर लहराने की जहमत भी नहीं उठा रहे थे, हालाँकि उसके हाथ अब भी मेरी कमर पर थे और मेरे उसके गले के चारों ओर।

"देखो जैकब, मैं जानती हूँ कि बिली शायद इस पर विश्वास नहीं करेंगे, लेकिन फिर भी तुम यह बात जान लो"- उसने अब मेरी ओर देखा और मेरी आवाज़ की गंभीरता पर प्रतिक्रिया की - "एडवर्ड ने दरअसल मेरी जान बचाई थी। अगर एडवर्ड और उसके डैडी नहीं होते, तो मैं मर चुकी होती।"

"मैं जानता हूँ," उसने दावा किया, लेकिन उसकी आवाज़ से लग रहा था कि मेरे संजीदा शब्दों ने उसे थोड़ा प्रभावित किया था। शायद वह बिली को भी इस बात का विश्वास दिला पाएगा।

"मुझे अफ़सोस है कि तुम्हें यह करना पड़ा, जैकब," मैंने माफ़ी माँगी। "कम से कम तुम्हें तुम्हारे पार्ट तो मिल जाएँगे, ठीक है?"

"हाँ," वह बुदबुदाया। वह अब भी अजीब... परेशान दिख रहा था।

"संदेश और बचा है?" मैंने अविश्वास में पूछा।

"भूल जाओ," वह बुदबुदाया, "मैं नौकरी करके ख़ुद पैसे बचा लूँगा।"

मैंने उसे गुस्से से घूरा, जब तक कि उसने मुझसे नज़रें नहीं मिलाईं। "बस उगल दो, जैकब।"

"यह बहुत बुरा है।"

"मुझे परवाह नहीं है। मुझे बताओ," मैंने ज़ोर देकर कहा।

"ठीक है... लेकिन, उह, यह बुरा लगता है।" उसने अपना सिर हिलाया। "उन्होंने तुम्हें यह बताने को, नहीं, तुम्हें चेतावनी देने को कहा था - और यह उनकी कही हुई बात है, मेरी नहीं -" उसने अपना एक हाथ मेरी कमर से उठाया और हवा में छोटे कोटेशन मार्क्स बना दिए - 'हम नज़र रखेंगे।'" उसने मेरी प्रतिक्रिया को सावधानी से देखा।

यह माफ़िया फ़िल्म जैसा लगा। मैं ज़ोर से हँस दी।

"अफ़सोस है कि तुम्हें यह करना पड़ा, जेक," मैंने मुस्कराकर कहा।

"मुझे उतना ज़्यादा फ़र्क़ नहीं पड़ा।" उसने राहत में मुस्कराया। उसकी आँखें मूल्यांकन कर रही थीं, जब वे मेरी ड्रेस पर घूमीं। "तो उनसे कह दूँ कि तुमने कहा है कि भाड़ में जाओ?" उसने आशा भरे स्वर में कहा।

"नहीं," मैंने आह भरी। "उनसे कहना कि मैंने धन्यवाद कहा है। मैं जानती हूँ कि उनके इरादे नेक हैं।"

गाना ख़त्म हो गया और मैंने अपनी बाँहें नीचे कर लीं।

उसके हाथ मेरी कमर पर झिझके और उसने मेरे टूटे हुए पैर पर निगाह डाली। "क्या तुम दोबारा डांस करना चाहती हो? या मैं तुम्हें कहीं पहुँचाने में मदद कर सकता हूँ?"

एडवर्ड ने मेरी तरफ़ से जवाब दे दिया। "ठीक है, जैकब। यहाँ से मैं सँभाल लेता हूँ।"

"हे, तुम्हें यहाँ नहीं देखा," वह बुदबुदाया। "मुझे लगता है, बाद में मिलते हैं, बेला।" वह पीछे हटा और आधे-अधूरे मन से हाथ हिलाया।

मैं मुस्कराई। "हाँ, मैं तुमसे बाद में मिलूँगी।"

"सॉरी," उसने दोबारा कहा और दरवाज़े की तरफ़ मुड़ गया।

जब अगला गाना शुरू हुआ, तो एडवर्ड की बाँहें मेरे चारों ओर थीं। यह धीमे डांस के हिसाब से थोड़ा ज़्यादा तेज़ संगीत था, लेकिन उसे परवाह नहीं थी। मैंने संतुष्टि से अपना सिर उसके सीने पर टिका लिया।

"बेहतर महसूस कर रहे हो?" मैंने ताना मारा।

"दरअसल नहीं," वह रूखे अंदाज़ में बोला।

"बिली पर गुस्सा मत करना," मैंने आह भरी। "वे चार्ली की ख़ातिर मेरी चिंता करते हैं। इसमें व्यक्तिगत कुछ नहीं है।"

"मैं बिली पर नाराज़ नहीं हूँ," उसने पैनी आवाज़ में कहा। "लेकिन उनका बेटा मुझे चिढ़ा रहा है।"

मैंने पीछे हटकर उसे देखा। उसका चेहरा बहुत गंभीर था।

"क्यों?"

"सबसे पहले तो उसने मुझसे अपना वादा तुड़वाया।"

मैंने चकराकर उसे घूरा।

वह आधा मुस्कराया और अपनी बात को स्पष्ट किया, "मैंने वादा किया था कि मैं आज रात तुम्हें नहीं छोड़ूँगा।"

"ओह। चलो, मैं तुम्हें माफ़ करती हूँ।"

"धन्यवाद। लेकिन कोई दूसरी चीज़ भी है।" एडवर्ड की त्योरी चढ़ गई।

मैंने धैर्यपूर्वक इंतज़ार किया।

"उसने तुम्हें काफ़ी अच्छा कहा," वह आख़िरकार आगे बोला और उसकी त्योरी गहरी हो गई। "यह दरअसल एक अपमान था, क्योंकि तुम कमाल दिख रही हो। तुम तो सुंदर से भी ज़्यादा हो।"

मैं हँसी। "हो सकता है कि तुम थोड़ा पक्षपात कर रहे हो।"

"मुझे ऐसा नहीं लगता। इसके अलावा मेरी आँखों की रोशनी बहुत बढ़िया है।"

हम एक बार फिर घूम रहे थे, मेरे पैर उसके पैरों पर थे, जब उसने मुझे क़रीब थामा।

"तो क्या तुम इस सबका कारण बताने जा रहे हो?" मैंने कहा।

उसने दुविधा में नीचे की तरफ़ देखा और मैं क्रीप पेपर को गुस्से से देखने लगी।

उसने पल भर के लिए सोचा और फिर दिशा बदल दी। अब वह मुझे भीड़ से होते हुए जिम के पिछले दरवाज़े की तरफ़ ले जा रहा था। मुझे डांस करते जेसिका और माइक की झलक दिखी, जो उत्सुकता से मुझे घूर रहे थे। जेसिका ने हाथ हिलाया और मैं तुरंत उसकी तरफ़ मुस्कराई। एंजेला भी वहाँ पर थी और बेन चेनी की बाँहों में बेहद आनंदित दिख रही थी, उसने बेन की आँखों से नज़रें उठाकर ऊपर नहीं देखा, जो उससे एक सिर छोटा था। ली और सामंथा... लॉरेन हमें गुस्से से घूर रही थी और वह कॉनर के साथ थी, मैं हर उस चेहरे का नाम याद कर सकती थी, जो मेरे पास से घूमता हुआ गुज़रा। और फिर हम दरवाज़े के बाहर थे... डूबते सूरज की ठंडी, धीमी रोशनी में।

जैसे ही हम अकेले हुए, उसने मुझे उठाकर बाँहों में ले लिया और अँधेरे मैदान के पार ले गया, जहाँ वह मैड्रोन पेड़ों की छाया के नीचे बेंच की तरफ़ बढ़ा। वह वहाँ मुझे अपने सीने से चिपकाकर बैठ गया। चाँद निकल आया था, पट्टी बँधे बादलों के बीच से दिख रहा था और एडवर्ड

का चेहरा सफ़ेद रोशनी में पीला चमक रहा था। उसका मुँह सख़्त था और आँखें परेशान थीं।

"मुद्दे की बात?" मैंने धीरे से कुरेदा।

मुझे नज़रअंदाज़ करके वह चाँद को घूरने लगा।

"एक बार फिर, साँझ," उसने बुदबुदाया। "एक और अंत। चाहे दिन कितना ही आदर्श रहे, इसका हमेशा अंत होता है।"

"कुछ चीज़ों का कभी अंत नहीं होता," मैं तुरंत तनाव में आ गई और अपने दाँतों के बीच से बुदबुदाई।

उसने आह भरी।

"मैं तुम्हें प्रॉम इसलिए लाया," उसने धीरे से कहा और आख़िरकार मेरे सवाल का जवाब दिया, "क्योंकि मैं नहीं चाहता हूँ कि तुमसे कोई चीज़ छूटे। मैं नहीं चाहता कि मेरी उपस्थिति तुम्हें किसी चीज़ से दूर रखे, अगर मैं ऐसा कर सकूँ। मैं चाहता हूँ कि तुम इंसान रहो। मैं चाहता हूँ कि तुम्हारी ज़िंदगी उसी तरह से चले, जिस तरह से तब चलती, अगर मैं 1918 में मर जाता, जैसा मुझे मर जाना चाहिए था।"

मैं उसके शब्द सुनकर काँपी और फिर गुस्से से सिर हिलाने लगी। "किस दुनिया में मैं अपनी ख़ुद की इच्छा से कभी प्रॉम जाती? अगर तुम मुझसे हज़ार गुना ज़्यादा शक्तिशाली नहीं होते, तो मैं तुम्हें यह कभी नहीं करने देती।"

वह हल्के से मुस्कराया, लेकिन मुस्कान उसकी आँखों तक नहीं गई। "यह उतना बुरा नहीं था, तुमने ख़ुद यह कहा था।"

"ऐसा इसलिए है, क्योंकि मैं तुम्हारे साथ थी।"

हम एक मिनट तक शांत रहे; उसने चाँद को घूरा और मैंने उसे। मैं सोच रही थी कि काश उसे बता पाती कि सामान्य इंसानी जीवन में मेरी कितनी कम रुचि थी।

"क्या तुम मुझे कुछ बताओगी?" उसने पूछा और हल्की मुस्कान के साथ मेरी तरफ़ नीचे देखा।

"क्या मैं हमेशा नहीं बताती?"

"बस वादा करो कि तुम मुझे बताओगी," उसने मुस्कराते हुए ज़ोर दिया।

मैं जानती थी कि मुझे इस पर लगभग तुरंत ही अफ़सोस होने वाला था। "ठीक है।"

"तुम्हें सचमुच की हैरानी हुई थी, जब तुम्हें पता लगा कि मैं तुम्हें यहाँ ला रहा था," उसने शुरू किया।

"सचमुच हुई थी," मैंने कहा।

"बिलकुल," वह सहमत हुआ। "लेकिन तुम्हारे दिमाग़ में कोई और अनुमान रहा होगा... मेरे मन में जिज्ञासा है - तुमने क्या सोचा था कि मैं तुम्हें इस तरह तैयार क्यों करा रहा हूँ?"

हाँ, तुरंत अफ़सोस। मैंने अपने होंठ सिकोड़े और झिझकने लगी। "मैं तुम्हें नहीं बताना चाहती।"

"तुमने वादा किया था," उसने आपत्ति की।

"मैं जानती हूँ।"

"समस्या क्या है?"

मैं जानती थी कि वह यह सोच रहा होगा कि मैं सिर्फ़ शर्म के कारण नहीं बता रही हूँ। "मैं सोचती हूँ कि इससे या तो तुम नाराज़ हो जाओगे - या फिर दुखी।"

इस बारे में सोचते समय उसकी भौंहें उसकी आँखों के ऊपर खिंच गईं। "मैं फिर भी जानना चाहता हूँ। प्लीज़?"

मैंने आह भरी। उसने इंतज़ार किया।

"देखो... मैंने सोचा था कि यह किसी तरह का... समारोह होगा। लेकिन मैं नहीं सोचती थी कि यह कोई छुटपुट इंसानी चीज़ होगी... प्रॉम!" मैंने व्यंग्य किया।

"इंसानी?" उसने सपाट अंदाज़ में पूछा। उसने मुख्य शब्द को पकड़ लिया था।

मैंने अपनी ड्रेस को देखा और शिफ़ॉन के एक रिबन से खेलने लगी। वह ख़ामोशी से इंतज़ार करता रहा।

"ठीक है," मैंने तेज़ी से स्वीकार किया। "मैं उम्मीद कर रही थी कि हो सकता है तुमने अपना मन बदल लिया हो... कि तुम आख़िरकार मेरा रूप-परिवर्तन करने वाले हो।"

उसके चेहरे पर एक दर्जन भाव दिखाई दिए। कुछ को मैंने पहचाना : क्रोध... दर्द... और फिर उसने ख़ुद को सँभाला और उसके चेहरे पर हँसी का भाव स्थिर हो गया।

"तुमने सोचा था कि यह काली टाई वाला अवसर होगा, है ना?" उसने चिढ़ाया और अपने टक्सीडो जैकेट के किनारे को छुआ।

मैंने अपनी शर्म छिपाने के लिए मुँह बनाया। "मैं नहीं जानती कि ये चीज़ें कैसे होती हैं। मेरे लिए कम से कम यह प्रॉम से ज़्यादा तार्किक नज़र आता है।" वह अब भी शरारत से मुस्करा रहा था। "यह मज़ेदार नहीं है," मैंने कहा।

"नहीं, तुम सही हो, यह नहीं है," वह सहमत हुआ और उसकी मुस्कान फीकी पड़ गई। "तुम गंभीर हो, यह विश्वास करने के बजाय मैं इसे मज़ाक़ समझना ज़्यादा पसंद करूँगा।"

"लेकिन मैं गंभीर हूँ।"

उसने गहरी आह भरी। "मैं जानता हूँ। और क्या तुम सचमुच इतनी इच्छुक हो?"

दर्द एक बार फिर उसकी आँखों में लौट आया था। मैंने अपना होंठ काटा और सिर हिलाया।

"तो फिर तैयार रहो कि अंत होने वाला है," वह लगभग ख़ुद से बुदबुदाया, "तुम्हारे जीवन की साँझ होने वाली है, हालाँकि तुम्हारा जीवन अभी अच्छी तरह शुरू भी नहीं हुआ है। तुम हर चीज़ छोड़ने के लिए तैयार हो।"

"यह अंत नहीं है; यह तो शुरुआत है," मैं धीरे से असहमत हुई।

"मैं इस लायक़ नहीं हूँ," उसने दुख से कहा।

"क्या तुम्हें याद है, जब तुमने मुझे बताया था कि मैं ख़ुद को बहुत स्पष्टता से नहीं देख पाती हूँ?" मैंने अपनी भौंहें उठाते हुए पूछा। "स्पष्ट रूप से तुममें भी यही दृष्टिदोष है।"

"मैं जानता हूँ कि मैं क्या हूँ।"

मैंने आह भरी।

लेकिन उसका परिवर्तनशील मूड बदल गया। उसने अपने होंठ सिकोड़े और उसकी आँखें तहक़ीक़ात कर रही थीं। उसने मेरे चेहरे की काफ़ी समय तक जाँच की।

उसने पूछा, “तो क्या तुम इसी समय तैयार हो?” उसने पूछा।

“उह।” “हाँ?”

वह मुस्कराया और अपना सिर धीरे-धीरे झुकाया, जब तक कि उसके ठंडे होंठ मेरे जबड़े के कोने के ठीक नीचे मेरी त्वचा पर तैरने नहीं लगे।

“इसी समय?” उसने फुसफुसाया, उसकी साँस मेरी गर्दन पर ठंडी लग रही थी। मैं न चाहते हुए भी काँप गई।

“हाँ,” मैंने फुसफुसाकर कहा, ताकि मेरी आवाज़ को टूटने का कोई मौक़ा न मिले। अगर वह सोचता था कि मैं झाँसा दे रही हूँ, तो वह निराश होने वाला है। मैं पहले ही यह निर्णय ले चुकी थी और मुझे पूरा भरोसा था। यह मायने नहीं रखता था कि मेरा शरीर किसी लट्ठे की तरह सख़्त था, मेरे हाथ मुट्ठी में बँध गए थे, मेरी साँस गड़बड़ा गई थी...

वह स्याह अंदाज़ में हँसा और दूर झुक गया। उसका चेहरा निराश दिख रहा था।

“तुम यह यक़ीन कैसे कर सकती हो कि मैं इतनी जल्दी मान जाऊँगा,” उसने अपने चिढ़ाने वाले लहज़े में कटु भाव के साथ कहा।

“लड़कियाँ सपने तो देख सकती हैं।”

उसकी भौंहें उठीं। “तो क्या तुम इसके बारे में सपना देखती हो? दरिंदा बनने के बारे में?”

“नहीं,” मैंने उसके शब्दों के चयन पर त्योरी चढ़ाते हुए कहा। दरिंदा? “ज़्यादातर तो मैं तुम्हारे साथ हमेशा-हमेशा रहने के बारे में सपने देखती हूँ।”

उसके चेहरे का भाव बदल गया; यह मेरी आवाज़ में सूक्ष्म दर्द से नरम और दुखी हुआ।

“बेला।” उसकी अँगुलियाँ मेरे होंठों के आकार पर फिरने लगीं। “मैं तुम्हारे साथ रहूँगा - क्या यह काफ़ी नहीं है?”

मैं उसकी अँगुलियों के नीचे मुस्कराई। “हाल-फ़िलहाल के लिए काफ़ी है।”

उसने मेरी दृढ़ता पर त्योरी चढ़ाई। कोई भी आज रात समर्पण नहीं करने वाला था। उसने साँस छोड़ी और उसकी आवाज़ एक तरह से गुर्राहट थी।

मैंने उसका चेहरा छुआ। "देखो," मैंने कहा। "मैं पूरे संसार से ज़्यादा तुमसे प्यार करती हूँ। क्या यह काफ़ी नहीं है?"

"हाँ, यह काफ़ी है," उसने मुस्कराते हुए जवाब दिया। "हमेशा-हमेशा के लिए काफ़ी है।"

और उसने झुककर अपने ठंडे होंठ मेरी गर्दन पर एक बार फिर रख दिए।

आभार

आप सभी लोगों को बहुत-बहुत धन्यवाद :

मेरे माता-पिता स्टीव और कैंडी को,

जीवन भर प्रेम और समर्थन देने के लिए,

बचपन में मुझे बेहतरीन किताबें पढ़कर सुनाने के लिए,

और जिन चीज़ों से मुझे घबराहट होती थी, उनमें मेरा हाथ थामने के लिए;

मेरे पति पान्चो और मेरे बेटों गेब, सेट और एली को, मेरे काल्पनिक मित्रों की बातें इतनी ज़्यादा बार बताने के लिए;

राइटर्स हाउस के मेरे मित्रों को,

जेनेवीव गैग्ने-हॉउज़, मुझे पहला मौक़ा देने के लिए,

और मेरी एजेंट जोडी रीमर को, सबसे असंभव स्वप्नों को हक़ीक़त में बदलने के लिए;

मेरे भाइयों पॉल और जैकब को मेरे ऑटोमोटिव प्रश्नों पर उनकी विशेषज्ञतापूर्ण सलाह के लिए और मेरे ऑनलाइन परिवार fansofrealitytv.com के प्रतिभाशाली स्टाफ़ और लेखकों को, ख़ास तौर पर किम्बरली 'शैज़र', और कॉलिन 'मैन्टेना' को प्रोत्साहन, सलाह और प्रेरणा के लिए।

लेखिका के बारे में

स्टेफ़नी मेयर ने ब्रिघम यंग यूनिवर्सिटी से अँग्रेज़ी साहित्य में स्नातक किया है। वे अब एरिज़ोना में अपने पति और तीन बेटों के साध रहती हैं। उनकी पहली किताब 'ट्वाइलाइट' और उसके बाद की कड़ियाँ 'न्यू मून', 'अक्लिप्स' और 'ब्रेकिंग डॉन' अंतरराष्ट्रीय बेस्ट सेलर रही हैं। स्टेफ़नी से उनकी आधिकारिक वेबसाइट www.stepheniemeyer.com पर संपर्क किया जा सकता है।

अनुवादक के बारे में

डॉ. सुधीर दीक्षित *टाइम मैनेजमेंट* सहित सात लोकप्रिय पुस्तकों के लेखक हैं, जिनमें से कुछ के मराठी व गुजराती भाषाओं में अनुवाद हो चुके हैं। उन्होंने जे.के. रोलिंग की हैरी पॉटर सीरीज़ सहित 150 से भी अधिक अंतरराष्ट्रीय बेस्टसेलर्स का हिंदी अनुवाद भी किया है। पाठक sdixit123@gmail.com पर अनुवादक से संपर्क कर सकते हैं।